이성의 목소리

OSTATNIE ZYCZENIE © 1993 by Andrzej Sapkowski

"The Korean language edition is published in agreement with Andrzej Sapkowski c/o Agence de l'Est, through Milkwood Agency."

이 책의 한국어판 저작권은 밀크우드 에이전시를 통해 독점 계약한 '제우미디어'에 있습니다. 저작권법에 의하여 한국 내에서 보호를 받는 저작물이므로 무단전재와 복제를 금합니다.

위쳐 이성의 목소리

초판 1쇄 | 2011년 10월 15일
2판 19쇄 | 2021년 12월 20일

지은이 | 안제이 사프콥스키
옮긴이 | 함미라

펴낸이 | 서인석
펴낸곳 | 제우미디어
출판등록 | 제 3-429호
등록일자 | 1992년 8월 17일
주소 | 서울시 마포구 상수동 324-1 한주빌딩 5층
전화 | 02-3142-6845
팩스 | 02-3142-0075
홈페이지 | www.jeumedia.com

ISBN | 978-89-5952-239-2
• 파본은 본사나 구입하신 서점에서 교환해 드립니다.

만든 사람들
출판사업부 총괄 손대현 | **책임 편집** 하일구 | **기획** 전태준, 김용진 | **디자인** 고민수
제작 김금남 | **영업** 김응현, 김소영, 설종원, 김영욱
도와주신분 정동진, 종수, 홍성주, 박민지, 박문수, 정종선, 조성훈

위쳐
이성의 목소리

안제이 사프콥스키 지음 · 함미라 옮김

THE WITCHER

5 · 이성의 목소리 1

7 · 위쳐

52 · 이성의 목소리 2

61 · 티끌만 한 진실

105 · 이성의 목소리 3

113 · 피해가 더 적은 쪽

173 · 이성의 목소리 4

180 · 가격이 문제

241 · 이성의 목소리 5

252 · 세상의 끝자락: 땅 끝 마을

321 · 이성의 목소리 6

332 · 마지막 소원

418 · 이성의 목소리 7

이성의 목소리
1

 동틀 무렵이었다. 그녀가 그를 찾아왔다.
 그녀는 조심스럽게 방으로 들어와 마치 유령처럼 둥실둥실 방안을 가로질러갔다. 들리는 소리라고는 그녀가 움직일 때마다 실오라기 하나 걸치지 않은 그녀의 맨살에 망토가 스치며 내는 소리뿐이었다. 그러나 그를 잠에서 깨어나게 한 건 아니 어쩌면 끝 모를 심연에 누운 듯, 고요한 바다 속, 바다과 수면 사이에 붕 떠 있는 듯, 단조롭게 비몽사몽을 오가던 선잠에서 그를 **빠져나오게** 한 건, 바로 이 작디작은 거의 들릴 락 말락 한 바스락거리는 그 소리였다.
 그는 움직이지도, 들썩거리지도 않았다. 소녀가 옷자락을 펄럭이며 그에게 다가왔다. 그러곤 망토를 벗어던지더니, 천천히 머뭇거리며 한쪽 무릎을 굽혀 침대 가장자리에 올려놓았다. 그는 두 눈을 내리깐 채 소녀의 일거수일투족을 살펴보며, 잠에서 깨어난 티를 내지 않았다. 소녀가 조심스럽게 침상으로 올라와 그의 몸에 올라탄 후, 허벅지로 그의 몸을 감쌌다. 그리고 한쪽 팔을 곧게 뻗어 몸을 지탱하고, 카밀레 향이 풍기는 머리카락으로 그의 얼굴을 쓰다듬었다. 마침내 결심이 섰는지, 소녀는 더는 못 참겠다는 듯 몸을 숙였다. 소녀의 유두가 그의 눈꺼풀과 뺨, 입술을 스치고 지나갔다. 그는 빙긋이 미소를 지으며 그녀의 어깨를 감싸 쥐었다. 아주 느릿느릿, 조심스럽고, 부드러운 손놀림이었다. 소녀가 몸을 쭉 뻗으며 그의 손길을 피했다. 희뿌옇게 밝아오는 아침 여명에 그녀의 몸이 희미하게 빛났다. 그가 몸을 움직였다. 그러나 소녀는 그의 손바닥을 꽉 누른 채 체위를 바꾸지 못하도록 했다. 그러곤 가벼우면서도 단호한 몸짓으로 엉덩이를 놀리며 그에게 답변을 재촉했다.

그가 대답했다. 이제 소녀는 더 이상 그의 손길을 뿌리치지 않았다. 소녀의 몸과 머리카락이 뒤로 젖혀졌다. 그녀의 살결은 서늘했고, 놀라울 정도로 매끈했다. 소녀의 얼굴이 그의 얼굴로 다가왔다. 그의 눈에 들어온 소녀의 두 눈은 엘프의 눈처럼 크고 검었다.

그는 이리저리 흔들리며 카밀레 향의 바다에 빠져들었다. 카밀레 향의 바다가 물결치며 쏴쏴 소리를 내기 시작했다. 그러곤 이내 평정을 잃고 요동쳤다.

위쳐

I

나중에 사람들이 말하기를 그 남자는 밧줄 장인들이 오가는 북쪽 관문을 통해 들어왔다고 했다. 남자가 고삐를 맨 말을 끌고 걸어 들어온 때는 오후 느지막한 시간으로 밧줄이나 마구, 가죽제품을 파는 노점상들은 이미 문을 닫은 뒤였고 골목도 텅 비어 있었다. 더운 날씨였지만 남자는 어깨 위에 검은색 외투를 걸치고 있었다. 누가 보아도 눈길을 끄는 행색이었다.

남자가 구(舊) 나라코트라는 여관에 딸린 주점 앞에서 걸음을 멈추었다. 그리고 잠시 그 자리에 서서 웅성거리는 소리에 귀를 기울였다. 이 시간이면 으레 그러하듯 주점은 사람들로 가득했다.

남자는 구 나라코트로 들어가는 대신, 말을 끌고 골목길을 따라 계속 내려갔다. 그곳엔 또 다른 작은 술집이 있었다. 여우골이라는 술집이었다. 술집 안은 텅 비어 있었다. 평판이 좋지 않은 술집이었다.

주인 남자가 오이피클을 담은 나무통 뒤에서 고개를 빼꼼히 내밀고 손님을 훑어보았다. 낯선 남자는 외투를 그대로 걸친 채 비스듬히 카운터 탁자에 기대어 섰다. 그러곤 한마디도 하지 않고 가만히 서 있었다.

"뭘 드릴까?"

"맥주."

낯선 남자가 말했다. 낮고 무거운 목소리였다.

주인은 앞치마에 양손을 쓱쓱 문질러 닦고는 오래 쓴 티가 역력한 질그릇 잔에 맥주를 채웠다.

낯선 남자는 노인도 아닌데, 머리카락이 거의 백발에 가까웠다. 외투 속에는 반질반질하게 닳은 가죽 밤스[1]를 입고 있었다. 목 부분과 어깨 위쪽을 끈으로 묶는 밤스였다. 남자가 외투를 벗자 어깨에 비껴 멘 가죽 띠에 칼을 찬 것이 고스란히 드러났다. 비지마에선 거의 모든 사람들이 무기를 지니고 다녔으므로 칼을 찬 것이 딱히 특별할 것이 없었다. 그러나 칼을 활이나 화살 통처럼 둘러메고 다니는 사람은 아무도 없었다.

낯선 남자는 몇 안 되는 손님들이 둘러앉은 탁자로 가지 않고, 카운터 탁자 앞에 선 채 주인의 움직임을 하나하나 뚫어지게 바라보고 있었다. 낯선 남자가 잔을 잡았다.

"묵을 곳을 찾고 있소."

"빈 방 없소."

주인은 먼지가 뽀얀 지저분한 손님의 장화에 눈길을 주며 퉁명스럽게 말했다.

"구 나라코트에서 찾아보쇼."

"난 여기서 묵었으면 더 좋겠소만."

"묵을 곳이 없다니까 그러시네."

주인은 마침내 나그네의 억양을 잡아냈다. 리비아 지방 사람이었다.

"돈을 내겠소."

낯선 남자가 믿지 못하겠다는 듯 나직이 말했다. 아주 볼썽사나운 일이 일어난 건 그때부터였다. 얼굴이 마마자국으로 얽은, 막돼먹은 사내 한 명이 자리에서 일어나 카운터 탁자로 다가왔다. 낯선 남자가 도착했을 때부터 줄곧 적의를 풍기며 남자를 주시하고 있던 사내였다. 그의 패거리인 듯 보이는 사내 둘이 기껏해야 두 발자국 정도 거리를 두고 그를 뒤따라왔다.

"이거 순 건달이구먼. 방 없다잖아, 이 리비아 뜨내기야."

---

[1] 주로 소매가 없는 슬리브리스 형태의 남성용 상의, 갑옷 안에 받쳐 입는 용도로 자주 사용되었다.

곰보 사내가 으르렁거리며 낯선 남자에게 바싹 다가섰다.

"여기 비지마는 너 같은 놈이 있을 곳이 못돼. 여긴 점잖은 도시니까!"

낯선 남자가 술잔을 쥐고 뒤로 물러났다. 주인을 쳐다보았지만 그는 남자의 눈길을 피했다. 리비아 지방 사람을 옹호한다는 건 그로선 생각도 할 수 없는 일이었다. 리비아 사람을 불쌍히 여길 사람이 어디 있단 말인가?

"리비아 놈들은 누구랄 것 없이 다 범죄자이지."

곰보 사내가 계속 떠들었다. 맥주 냄새와 마늘 냄새에 분노가 버무려진 지독한 악취가 훅훅 풍겨져 나왔다.

"이 작자, 안 들리나 보네. 귓구멍에 똥이 찼나."

곰보 사내의 패거리 중 한 명이 다른 한 명에게 말하자, 두 번째 사내가 고약한 표정을 지으며 웃음을 터트렸다.

"술값이나 내고 썩 꺼지시지!"

곰보가 퉁명스럽게 말했다. 그제야 낯선 남자가 그를 쳐다보았다.

"아직 술이 남았소. 우선 잔부터 비우고 봅시다."

"우리가 도와주지."

막돼먹은 사내가 쇳소리를 내며 말했다. 사내가 리비아에서 온 이방인의 손에 든 술잔을 치면서 동시에 가슴팍에 사선으로 흘러내리는 띠를 손가락으로 그러쥐었다. 사내의 뒤에 서 있던 패거리 중 한 명이 주먹 쥔 손을 들어 올렸다. 낯선 남자는 옆으로 비켜서며 곰보 사내의 중심을 흐트러트렸다. 칼집에서 슈욱하고 쇳소리와 함께 미끄러져 나온 칼이 기름램프의 불빛에 짧게 번쩍였다. 잠시 얽히고설킨 혼란상태가 지속되었다. 뒤이어 비명소리가 들려왔고 나머지 술집 손님 중 누군가 출입문을 향해 질주했다. 와지끈하며 의자가 뒤집혔고, 퍽 하는 둔탁한 소리와 함께 질그릇이 바닥으로 쏟아졌다. 주점 주인은 입술을 벌벌 떨며 끔찍하게 칼에 베인 곰보 사내의 얼굴로 시선을 돌렸다. 곰보 사내는 계산대 탁자 가장자리를 손가락으로 움켜쥔 채 무너져 내렸다. 그러곤 땅속으로 꺼진 듯 시야에서 사라졌다. 다른 둘은 바닥에 널브러져 있었다. 한 명은 미동도 없었고, 다른 한 명은 빠른 속도로 커지는 검붉은 웅덩이 속에서 움찔움찔 몸을 뒤틀고 있었다. 귀를 찢을 듯 파고드는 가늘고, 신경질적인 여인네의 비명소리가 공중에서 떨고 있었다. 주인 남자가 쥐어짜듯 몸을 움츠렸다. 그러곤 숨을 크게 들이마시더니 구토를 하기 시작했다.

낯선 남자는 벽 쪽으로 물러섰다. 그리고 몸을 굽힌 채 여전히 긴장을 풀지 않고 주의 깊게 주변을 둘러보았다. 그는 양손으로 칼을 쥐고 칼끝으로 공중에 원을 그렸다. 손끝 하나 꿈쩍하는 사람이 없었다. 차가운 진흙처럼 사람들을 덮친 공포가 사지를 결박하고 목을 졸랐다. 보초병들이 괴성을 지르며 요란하게 술집으로 달려 들어왔다. 세 명이었다. 모두들 근처에 있었던 모양이다. 끈으로 동여맨 몽둥이를 들고 왔다가 시신들을 보자 그 즉시 세 명 모두 칼집으로 손을 뻗었다. 리비아 사나이는 벽에다 등을 붙이고, 왼손으로 장화 몸통에서 단검을 꺼내들었다.

"그 칼 버려!"

보초병 중 한 명이 놀라서 떨리는 목소리로 절규하듯 외쳤다.

"칼 버려, 이 살인자야! 순순히 따라 오시지!"

나머지 보초병 한 명은 탁자를 쓰러뜨렸다. 측면에서 리비아 남자에게 접근하려는데, 떡하니 버티고 있어 방해가 되었던 것이다.

"트레스카, 가서 사람들을 더 데려와!"

그가 문 근처에 서 있던 다른 보초병을 향해 소리쳤다.

"그럴 필요 없소."

낯선 남자가 단검을 내리며 말했다.

"내 발로 따라갈 테니까."

"네 발로 따라와? 이런 개자식을 봤나! 그렇다면 목줄을 매어 끌고 가주마."

흥분한 보초병이 버럭 소리를 질렀다.

"그 칼 내려놓으시지, 머리통을 두 쪽 내기 전에!"

리비아 사나이가 몸을 곧추세웠다. 그러곤 재빠르게 왼쪽 겨드랑이 사이에 칼을 끼우며, 보초병을 향해 오른손을 뻗어 허공에 대고 빠른 속도로 복잡한 기호를 그려 넣었다. 팔꿈치까지 내려오는 가죽 밤스의 소맷부리에 촘촘히 박힌 리벳[1]에서 번쩍하고 빛이 났다.

보초병들이 순식간에 뒤로 물러나며 팔을 들어 얼굴을 가렸다. 술손님들 중에 어떤 이는 용수철처럼 벌떡 일어섰고 이번에도 잽싸게 문 쪽으로 사라지는 사람이 있는가 하면, 아까 비명을 질렀던 여인네는 다시 비명을 지르기 시작했다. 공포감을 자아내는 격한 비명소리였다.

"내 발로 간다니까."

낯선 남자가 울림이 큰 금속성의 목소리로 되풀이하며 말했다.

"그런데 자네들이 앞장을 좀 서야겠어. 나를 이 도시의 총독에게 안내하게. 내가 길을 몰라서 말이야."

"아……알겠습니다, 나으리."

보초병 하나가 잔뜩 겁먹은 표정으로 고개를 숙이고 우물거렸다.

그는 서둘러 문 쪽으로 가며 불안한 눈길로 주변을 둘러보았다. 나머지 보초 두 명이 황망히 그를 쫓아갔다. 낯선 남자는 칼집에 칼을 넣고 단도를 장화에 꽂으며 그들의 뒤를 따라갔다. 그들이 탁자 곁을 지나가자 술손님들이 질그릇 술잔 뒤로 얼굴을 숨겼다.

II

비지마의 총독 벨레라드는 턱을 긁적이며 생각에 잠겼다. 그는 콧대가 높다거나 겁이 많은 편은 아니었지만, 그래도 백발의 남자와 독대하는 것은 썩 내키는 일이 아니었다. 고심 끝에 그는 결정을 내렸다.

---

[1] 흔히 '징'이라고 하며 머리가 둥글고 동그란 버섯모양의 굵은 못을 말한다.

"나가들 있게."

총독이 보초병들에게 지시했다.

"그리고 자네는 앉지. 아니, 여기 말고. 괜찮다면 저기, 저 맞은편에."

낯선 남자가 자리에 앉았다. 칼뿐 아니라 검은 외투까지 모두 벗어 놓은 상태였다.

"말해 보게."

벨레라드가 탁자에 놓인 묵직한 철퇴 곤봉을 만지작거리며 말했다.

"나는 비지마의 총독, 벨레라드일세. 그래, 지하 감옥으로 가기 전에 나한테 할 말이 뭔가, 강도 양반. 자네 손에 죽어나간 자가 셋이고 공공질서를 해치려는 시도까지 있었다고 하더군. 뭐, 괜찮네, 괜찮아. 우리 비지마에선 그런 행위를 저지른 자에게 말뚝형을 내리니까. 하지만 나는 공정한 사람이네. 그 전에 먼저 자네 이야기부터 들어 보세. 말하게."

리비아 사나이는 밤스의 끈을 풀고, 하얀 염소가죽 두루마리를 꺼내었다.

"이걸 술집과 사거리 곳곳에 걸어 놓으셨더군요."

사나이가 처음으로 말했다.

"여기에 적힌 내용이 사실입니까?"

"아……."

벨레라드는 중얼거리며 염소가죽에 그림처럼 그려놓은 룬 문자[1]를 자세히 들여다보았다.

"거기 쓰인 대로네. 내가 직접 관여하지 않았다는 거 말일세. 아, 물론 내용도 사실이라네, 완전무결한 사실이지. 서명까지 있지 않은가. 테메리아와 폰타르, 마하캄의 군주요 왕인 폴테스트라고. 그러니 맞는 말이긴 하네. 하지만 공고문은 공고문이고, 법은 법. 나는 이곳 비지마의 법과 질서를 지키는 몸일세! 그 누구라도 사람을 죽이는 건 허용할 수 없네! 알아들었는가?"

---

[1] 1세기경 게르만 민족이 처음 사용했던 문자로 북유럽의 대표적인 고대문자이다.

리비아 사나이는 고개를 숙여, 알아들었다는 표시를 했다. 벨레라드가 분개하여 숨을 헐떡였다.

"위쳐 표식은 갖고 있나?"

낯선 남자는 다시 입고 있는 밤스에 손을 넣어 은으로 된 목걸이에 달린 둥근 메달을 끄집어냈다. 메달엔 송곳니를 드러낸 늑대의 머리가 그려져 있었다.

"혹시 이름이 있는가? 아무 거라도 괜찮네. 궁금해서가 아니라 좀 더 편하게 대화를 나누기 위해 묻는 거네."

"게롤트라고 합니다."

"리비아 출신의 위쳐인가? 리비아의 게롤트로군."

"리비아의 게롤트, 그렇게 하시죠."

"그렇게 하세, 그럼. 게롤트 자네, 그거 아나? 이 일 말일세."

벨레라드가 탁자 위에 펼쳐 놓은 공고문을 손으로 치며 말했다.

"이 일에서 손 떼게. 이건 무척 심각한 일이야. 이보게, 이 일은 부랑자들 몇 명 해치우는 것과는 차원이 다른 일이네."

"압니다. 하지만 그게 제 직업인 걸요, 총독님. 여기에 이렇게 씌어 있더군요. 현상금 삼천 오렌."

"삼천에다가……."

벨레라드가 입꼬리를 일그러뜨리며 말했다.

"사람들이 얘기하는 것처럼 덤으로 공주를 아내로 얻게 되지. 자비로우신 폴테스트 왕께선 그에 관해 한마디도 공표하신 적이 없지만 말일세."

"공주는 관심 없습니다."

게롤트는 심드렁하게 말했다. 그는 양손을 무릎에 얹은 채 미동도 않고 앉아 있었다.

"제가 관심 있는 건 삼천 오렌뿐입니다."

"망할 놈의 세상!"

총독이 한숨을 내쉬었다.

"세상이 어쩌다 이렇게 한심해졌는지! 20년 전만 해도 이런 직업이 생길 거라고 생각이나 했겠나? 위쳐에, 떠돌이 바실리스크[1] 사냥꾼은 뭐며, 이 집, 저 집 떠돌며 용과 물귀신들을 박멸하는 자들까지! 게롤트! 자네, 직업상 맥주를 못 마시는 건 아닐 테지?"

"당연히 아닙니다."

"맥주!"

벨레라드가 손뼉을 치며 소리쳤다.

"그리고 자네, 좀 가까이 오게, 게롤트. 그렇게 멀찍이 떨어져서야 어찌 이야기를 하겠나."

맥주는 차고 거품이 알찼다.

"한심한 세상이 돼 버렸어."

벨레라드는 맥주잔을 향해 손을 뻗으며 독백을 이어갔다.

"해충이란 해충은 빠짐없이 수가 늘고 있어. 마하캄에선 산속에 마멋[2] 인간들이 우글거리고 있네. 옛날만 해도 숲 속에서 늑대가 울부짖는 게 고작이었지. 그런데 요즘은 코볼트에 스프리건, 발에 차이는 건 짐승들 아니면 늑대인간이라네. 마을마다 나쁜 요정과 루살카[3]들이 아이들을 도둑질해 가는데, 그 숫자가 이미 수백 명에 달한다네. 듣도 보도 못한 병들은 어떻고. 머리카락이 다 곤두설 지경이지. 그리고 마지막으로 이것까지!"

그가 탁자 위의 염소가죽 두루마리를 탁탁 쳤다.

"그러니 게롤트, 사람들이 자네 같은 위쳐들에게 일을 의뢰하는 것도 놀랄 일이 아니지."

---

[1] 노려보는 것만으로도 사람을 죽인다는 전설의 뱀이다.
[2] 다람쥣과의 동물 중 하나이다.
[3] 습지나 물이 있는 곳을 선호하는 괴수로, 주로 물고기와 닮은 여인이다.

"총독님, 왕께서 공표한 공고문 말입니다."

게롤트가 천천히 고개를 들며 물었다.

"구체적으로 알고 계신지요?"

벨레라드가 푹신한 팔걸이의자에 몸을 파묻더니 양손을 포개어 배 위에 얹었다.

"구체적으로 알고 있냐고 물었나? 알고 있지. 직접 들은 건 아니네만, 믿을 만한 소식통을 통해 들었네."

"바로 그런 구체적인 사실이 제가 중요하게 여기는 것입니다."

"단단히 결심한 모양이군. 좋을 대로 하게. 잘 들어 보게나."

벨레라드가 맥주를 한 모금 마신 다음, 목소리를 낮추고 이야기를 시작했다.

"우리의 자비하신 폴테스트 왕께선 이미 왕자 시절부터, 그러니까 저 연로하셨던 메델 왕 시절부터 실력을 발휘하곤 했다네. 가지가지 많은 것을 보여 주었지. 우리는 시간이 지나면 그런 면이 잦아들 거라 생각했다네. 그러나 잦아들기는커녕, 대관식을 치른 뒤 얼마 안 있어, 그러니까 연로한 메델 왕께서 서거하신 후 곧바로 예전의 것과는 비교도 안 되는 뛰어난 실력 발휘를 하고 말았지. 모두들 곤혹스러워 어쩔 줄 몰랐다네. 단도직입적으로 말하지. 폴테스트가 자기 친누이인 아다를 임신시킨 것이었다네. 아다는 폴테스트보다 손아래 누이였지. 둘이 늘 붙어 다니긴 했지만 그런 의심을 한 사람은 아무도 없었어. 지금 생각해 보면 아마 대비마마께선 알고 계셨던 것 같기도 해…… 한마디로 아다의 배는 생각했던 것보다 빨리 불러 왔다네. 그러자 폴테스트가 결혼 이야기를 꺼내기 시작했지. 자신의 여동생과 말이네. 요주의할 일이었어. 정세가 긴장국면을 맞았지. 하필이면 그 시점에 노비그라드의 비지미르 왕이 자신의 딸인 달카를 폴테스트에게 주겠다고 마음을 먹었거든. 그가 사절단을 보내왔고 우리는 폴테스트가 달아나 사절단을 모욕할까 봐 손이 발이 되도록 싹싹 빌며 폴테스트에게 매달렸다네. 결국 우리는 그를 붙잡아 둘 수 있었지. 정말 다행이었어. 비지미르 왕의 심사를 뒤틀어 놓았다가는 그의 손에 우리의 오장육부가 갈기갈기 찢기고 말았을 테니까. 그런 다음 우리는 젊은 폴테스트에게 신속하게 혼인을 치르자는 이야기를—아다의 도움이 없었으면 힘들었을 거야. 오라비에게 영향을 주는 인물이었으니까—끝마칠 수 있었다네. 내원, 그러고 난 뒤 아다가 몸을 풀지. 제때에 풀긴 했지만 그러면 뭣 하나. 이제부터 잘 듣게. 지금부터 시작이니까. 그때 무엇이 태어났는지 직접 본 사람의 수는 많지 않았다네. 하지만 산파는 창문을 열고 탑에서 뛰어내려 죽었고 다른 사람들은 미치광이가 되어 지금까지도 제정신으로 돌아오지 못했다네. 그래서 나는 그 사생아가 특별히 예쁘지는 않았나 보다, 그렇게 생각했었네. 여자아이였거든. 그건 그렇고, 아이는 태어나자마자 곧바로 숨을 거두었다네. 서둘러 아이의 탯줄을 끊으려 한 사람도 없었던 것 같고. 아다는 출산의 고통을 견디지 못하고 죽고 말았다네. 그녀에겐 다행이었다고 할 수 있지. 그런데 그 이후가 문제였다네. 폴테스트가 또다시 두고두고 조롱당할 일을 저지르고 말았거든. 그 사생아는 불에 태워 버리거나 내가 아는 한, 어디 황무지 같은 곳에 묻었어야 했어. 대리석관에 매장하여 성의 아치지붕 아래 모셔 둘 게 아니라."

"이제 와서 그 문제를 두고 왈가왈부하는 건 때늦은 일입니다."

게롤트가 고개를 들었다.

"어쨌든 그런 일에 정통한 사람들 중 누구라도 불렀어야 할 일이었습니다."

"자네 지금 별점이나 보면서 농부들 등쳐먹기나 하는 그런 사기꾼들을 말하는 건가? 그런 인간들이라면 수십 명도 더 몰려왔지. 그것도 대리석관에 누워 있는 것이 무엇인지 밝혀진 뒤에. 그리고 밤이면 관에서 기어 나오는 것이 무엇인지도 밝혀지고 난 이후의 일이었다네. 그러니까 그것이 곧바로 기어 나온 건 아니었네, 아니고말고! 관에 매장한 뒤 7년 동안은 조용했다네. 그러던 어느 날, 보름달이 뜬 밤이었지. 성에서 울부짖는 소리가 들리더니 비명소리가 났고, 일대 혼란이 일어났다네! 이 이야긴 할 필요가 없을 걸세. 자네도 다 알고 있으니. 공고문에 나온 그대로이네. 그 젖먹이가 관 속에서 무럭무럭 자라난 것이었어, 그것도 튼실하게. 게다가 정상적으로 이빨도 나 있었지. 한마디로 괴물이었어. 스트리가[1]였다네. 자네도 나처럼 시신들

---

[1] 저주를 통해 야수로 변한 여자 괴물이다.

을 보았어야 했는데 유감이군. 그랬으면 틀림없이 비지마를 우회해 갔을 거야."

게롤트는 말이 없었다.

"당시……."

벨레라드는 계속하여 말을 이어갔다.

"말한 바대로 폴테스트는 마법사들을 대거 불러들였고. 모두들 자기가 더 잘났다고 큰소리를 쳤어. 지니고 다니던 마법지팡이로 거의 드잡이를 할 기세들이었지. 사람들이 개를 풀 경우 ─내 생각엔 그런 일이 일상적으로 벌어질 거라고 보이네만─ 를 대비해 호신용으로 들고 다니는 것처럼 생겨 먹은 지팡이로 말일세. 마법사에 관해 다른 생각을 갖고 있다면, 내 사과하지, 게롤트. 자네는 직업상 그들을 정확하게 알고 있을 테니까. 하지만 내 눈에는 식충이에다 멍청이로 보일 뿐이네. 자네와 같은 위쳐들이야 사람들에게 많은 존경을 받지만. 위쳐들은 적어도 뭐랄까, 구체적이지 않니."

게롤트의 얼굴에 미소가 번졌지만 그는 아무런 대꾸도 하지 않았다.

"그럼 본론으로 들어가지."

총독이 맥주잔에 눈길을 돌리더니 자신의 잔과 게롤트의 잔에 맥주를 더 채웠다.

"하지만 마법사들의 상당수가 그렇게 멍청한 것만은 아니라는 것이 밝혀졌지. 성과 대리석관 그리고 스트리가를 한꺼번에 불태워 버리라고 제안한 자도 있었고, 쇠지레로 괴물의 이마를 날려 버리라고 조언한 마법사도 있었다네. 나머지 마법사들은 괴물의 다양한 신체 부위에 사시나무 말뚝을 박는 방법을 더 선호했지. 물론 낮 동안에 말일세. 악녀가 한밤의 유희에 지쳐 관 속에 들어가 뻗어 자고 있을 때 말이야. 유감스러운 건 대머리에 뾰족 모자를 눌러쓴 어떤 바보가 있었는데, 이 곱사등이 은자라는 작자는 이 모든 것은 저주 때문이고 저주만 풀 수 있다면 스트리가는 그림같이 아름다운 본래의 공주로 되돌아올 거라고 주장했다는 점이네. 방법은 간단했어. 아무나 지하납골당에서 하룻밤만 견디어내면 된다고 했으니까. 그 길로 그자는─생각해 보게, 게롤트. 세상에 그런 바보가 또 어디 있겠나─성에 들어갔지. 물론 사람들이 예상했던 대로 그의 흔적은 거의 찾아볼 수 없었어. 남아 있는 것이라곤 기껏해야 모자와 옹이진 지팡이뿐이었지. 그러나 폴테스트는 개꼬리에 붙은 우엉깍정이처럼 끈질기게 이 방법에 매달렸다네. 그리하여 스트리가를 죽이는 다른 방법은 모두 금지하고, 전국 방방곡곡의 협잡꾼들을 불러들였지. 스트리가를 공주로 되돌리려고 말일세. 별별 이상한 것들이 다 몰려오더군. 정말 가관도 아니었네! 미친 여편네에 희귀한 절름발이들까지……. 더럽고 이가 들끓어 괴로워하는 자들도 있었지. 뒤이어 거침없는 마법 퍼레이드가 이어졌다네. 대부분은 탁자보를 덮은 탁자 위에서 부리는 마법이더군. 하지만 많은 경우, 폴테스트나 자문단에게 금방 속임수가 발각되었고 몇몇은 심지어 말뚝형에 처해지기도 했지. 하지만 극히 소수였어, 극히. 나 같았으면 그것들을 깡그리 목매달았을 걸세. 사기꾼들과 그들의 주문 따위엔 아랑곳 않고 그 와중에도 계속하여 스트리가가 누군가를 잡아먹었다는 건 말할 필요도 없지. 폴테스트가 더 이상 그 성에 살지 않게 되었다는 것도. 이제 성에 사는 사람은 아무도 없다네."

　벨레라드는 말을 멈추고 맥주 한 모금을 마셨다. 게롤트는 여전히 아무 말도 하지 않았다.

　"게롤트, 이렇게 벌써 7년이 흘렀네. 대략 14년 전에 그 물건이 태어났으니까 말일세. 그 7년이라는 시간 동안 다른 고민거리들이 몇 가지 있었지. 노비그라드의 비지미르와 싸우고 있었으니까. 우리 측으로선 국경표시 말뚝의 위치변경이 중요하다는 점잖고 이성적인 이유에서였어. 그건 여느 집 딸이니 왕조의 결혼이니 하는 문제와는 다른 것이었지. 그건 그렇고, 폴테스트는 누이와 사별한 지 얼마나 되었다고 벌써 결혼에 신경 쓰기 시작했네. 그리고 이웃궁정에서 보내 온 초상화들을 살펴보더군. 옛날엔 뒷간에 던져두곤 했었는데 말이지, 거참. 하지만 때때로 다시금 불안이 그를 엄습했지. 그는 기마(騎馬)전령을 보내어 새로운 마법사들을 찾아오게 했다네. 삼천 오렌의 보상금도 내걸었지. 그걸 보고 몇몇 정신 나간 자들이 또다시 나타났지. 떠돌이 기사에 심지어 일대에서 유명한 백치 양치기까지. 이자의 명복을 빌어 주게! 스트리가는 어쨌든 잘 지내고 있네. 가끔 누군가를 잡아먹는 것만 빼면 말일세. 이 일이야 이젠 익숙한 일이 되었지만……. 그리고 이 야수의 마법을 풀어 보겠다고 덤비는 영웅들은 즉석에서 야수에게 잡아먹혀 야수가 성 밖으로 나돌지 않게 해 주니까, 최소한 그런 면에선 유용하다네. 폴테스트는 새 성에서 살고 있네. 아주 예쁜 성이지."

"7년 동안……."

게롤트가 고개를 들었다.

"7년 동안 아무도 이 일을 해결하지 못했다는 겁니까?"

"그렇다네."

벨레라드가 게롤트를 뚫어지게 바라보았다.

"세상엔 해결할 수 없는 일도 있는 법이라네. 그리고 그런 일은 단념해야 해. 우리의 자비롭고 사랑 많으신 통치자, 폴테스트로 말할 것 같으면 여전히 사거리 곳곳에 공고문을 게시하라고 하지만, 지원자의 수는 현격하게 줄고 있다네. 물론 최근에 자원한 자가 한 명 있긴 했지. 그런데 무조건 삼천 오렌을 선불로 받길 원하는 거야. 그래서 우린 그자를 사루에 집어넣어 호수에 던져 버렸지."

"협잡꾼은 늘 있기 마련이죠."

"정말로 그래. 그것도 좀 많아야 말이지."

총독은 게롤트에게서 눈길을 거두지 않고 그의 말에 수긍하였다.

"그러니 성에 가면 먼저 돈을 요구하진 말게. 물론 갈 거라면 말일세."

"갈 겁니다."

"좋아, 그건 자네의 일이니까. 하지만 내 충고, 유념해 두게. 보상금 이야기가 나오면 말했던 것처럼 다른 부분에 관한 이야기를 언급할 걸세. 공주를 아내로 맞이하는 이야기 말이네. 그걸 누가 생각해 냈는지는 나도 모른다네. 하지만 스트리가가 소문대로 생겼다면, 그 이야기는 지독하게 슬픈 농담이겠지. 그런데도 왕가의 데릴사위가 될 기회가 있다는 사실이 알려지기가 무섭게 전속력을 다해 성으로 뛰어드는 멍청이들이 나타나더군. 정확히 말하자면 제화점 직공 두 명이 그랬지. 게롤트, 제화공들은 왜 그렇게까지 어리석은 거지?"

"잘 모르겠습니다. 그런데 총독님, 위쳐들은 어땠습니까? 시도해 본 자가 있었습니까?"

"몇 명 있긴 있었지만, 지금은 글쎄…… 스트리가를 죽이지 않고 마법에서 풀리게 해야 한다는 말을 들으면, 위쳐들 대부분은 어깨를 움찔해 보이곤 그냥 돌아가더군. 그걸 보고 위쳐에 대해 존경하는 마음이 생겼다네. 맞아, 그 다음에 또 있었지. 자네보다 더 어렸어. 이름이 기억나지 않는군. 뭐, 이름이 있었다면 말일세. 그자는 덤벼들었지."

"그래서요?"

"거대 이빨을 가진 공주님께서 그자의 내장을 멀리까지 뿌려 놓았더군. 화살을 한 번 쏜 거리만큼 멀리."

게롤트가 고개를 끄덕였다.

"그게 전부입니까?"

"한 사람 더 있긴 했네."

벨레라드는 잠시 말을 멈추었다. 게롤트는 그를 재촉하지 않았다.

"그러니까……."

마침내 총독이 입을 열었다.

"한 사람이 더 있었지. 처음에, 폴테스트가 스트리가를 죽이거나 불구가 되게 할 경우, 말뚝형에 처하겠다고 하자 그 사람, 그냥 웃기만 하더니 주섬주섬 짐을 챙기기 시작하더군. 그런데 그 후에……."

벨레라드가 또다시 거의 속삭임에 가까울 정도로 목소리를 낮추더니 탁자 너머로 몸을 숙였다.

"그 후에 그자가 그 일을 받아들였다네. 알고 있나, 게롤트? 이곳 비지마에는 이 일에 진절머리를 내는 합리적인 사람들이 좀 있다네. 그것도 높은 지위에 있는 사람들이 말이네. 이 사람들이 비밀리에 그 위쳐를 설득했다는 소문이 있어. 이런저런 잡소리나 마법 나부랭이 따위는 치우고, 스트리가를 일단 처치하고 보자는 거지. 그런 다음 왕에겐 마법이 듣질 않았고 따님은 계단에서 떨어졌다고, 요컨대, 사고사한 거라고 말하라고 말일세. 당연히 왕은 길길이 날뛸 거고 보나마나 왕이 한 푼의 보상금도 지급하지 않는 일이 생기겠지. 위쳐의 입장에서 이 말을 들으면 우리가 보상금을 한 푼도 주지 않고 직접 스트리가 괴물을 처단할 수도 있었겠구나, 이런 생각이 들 거야. 천만에, 우리가 어떻게 했을 것 같은가. 우리는 서로 담합하였다네, 거래를 한 거지. 아무것도 건진 것이 없긴 했지만."

게롤트가 눈썹을 추켜 올렸다.

"아무것도 없었네."

벨레라드가 말했다.

"그 위쳐, 첫날 밤 바로 떠날 생각은 아니었던 것 같아. 그러니 여기저기 기어 다니며 망을 보고 일대를 정찰했겠지. 그러다 결국, 스트리가 괴물을 봤던 모양이야. 틀림없이 괴물이 한창 활동 중일 때 보았겠지. 걸음마 연습이나 하려고 납골당에서 바로 나오진 않았을 테니까. 그러니까 그자는 스트리가를 보았던 거고, 그날 밤 줄행랑을 놓았다는 말이네. 작별인사도 없이."

게롤트가 살짝 볼을 일그러뜨렸다. 미소를 짓는 것처럼 보였다.

"그럼 그 합리적인 분들이……."

게롤트가 나직이 말을 이었다.

"아직 그 돈을 그대로 갖고 있다는 뜻이군요. 위쳐 사전에 선불이란 없으니까요."

"그렇겠지."

벨레라드가 대꾸했다.

"틀림없이 아직까지 갖고 있을 걸세."

"소문에 떠도는 액수는 얼마입니까?"

벨레라드가 이를 드러내 보이며 말했다.

"팔백이라고 하는 소문도 있고."

게롤트가 고개를 저었다.

"어떤 데선……."

총독이 웅얼거리며 말했다.

"천이라는 이야기도 있더군."

"소문은 과장되기 마련이라는 걸 생각하면 많은 것도 아니군요. 아무튼 왕께선 삼천을 주신다고 하셨고요."

"신부는 왜 빼먹나."

벨레라드가 조롱하듯 말했다.

"그런데 우리 지금 무슨 이야길 하는 겐가? 어차피 삼천 오렌은 못 받을 게 분명한데."

"어째서 분명하다는 말씀입니까?"

벨레라드가 손으로 탁상을 쳤다.

"게롤트, 위쳐에 대한 나의 환상을 망가뜨리지 말게! 벌써 7년이 넘었네! 스트리가 먹어 치우는 사람들이 매년 오십 명에 이르네. 지금은 모두들 성을 멀리 피해 다니니까, 조금 줄어들긴 했지만 말일세. 나는 마법을 믿네. 한두 번 본 게 아니니까. 그러니 당연히 어느 정도 마법사와 위쳐의 능력을 믿기는 하네. 하지만 그 저주를 풀어야 한다는 헛소리는 죄다 그 시건방진 곱사등이 노인네가 생각해 낸 거야. 은둔생활 하느라 정신이 나갔을 터이니. 아무도 믿지 않는 헛소리라고. 폴테스트 이외엔 아무도 믿지 않네! 그래, 게롤트! 아다가 자기 친오라비와 잠자리를 함께 했기 때문에 스트리가 괴물을 낳았다는 것, 그것은 사실일세. 그러니 어떤 마법인들 소용이 있겠나. 일반적인 스트리가 괴물들이 그러하듯 이 스트리가도 똑같이 사람을 잡아먹네. 간단히 말해서 이 스트리가는 죽여야 마땅해. 들어 보게. 이 년 전, 마하캄 인근의 어떤 황량한 곳에 살던 농부들이 그들이 치던 양 떼가 용에게 잡아먹히자 다 함께 용을 공격하였다네. 그리고 들보로 용을 때려잡았지만, 단 한 번도 그걸 특별난 자랑거리라고 생각하지 않았지. 그런데 이곳 비지마에선 매달 보름만 되면 기적을 고대하며 문에 빗장을 지르거나 범죄자를 말뚝에 묶어 성곽 앞에 세워두지. 야수가 배불리 뜯어먹고 관으로 되돌아가길 바라면서."

"나쁘지 않은 방법인 걸요."

게롤트가 미소를 지으며 말했다.

"범죄사건은 줄어들었습니까?"

"조금도 줄지 않았지."

"어디가 성으로 가는 길입니까? 새로 옮겨 간 성 말입니다."

"내가 직접 데려다 주겠네. 합리적인 분들의 제안은 어쩔 작정인가?"

"총독님."

게롤트가 말했다.

"무엇 때문에 그리 재촉하십니까? 제가 의도하든 하지 않든 그와는 상관없이 정말로 업무상 사고가 발생할 수도 있습니다. 그때가 되면 이성적인 분들께선 왕의 노여움으로부터 저를 어떻게 지켜주실지 생각해 보시고, 소문에 떠도는 천오백 오렌을 준비해 두시면 됩니다."

"천이라고 들었네만."

"그건 아니지요, 벨레라드님."

게롤트가 단호한 어투로 말했다.

"그분들이 천 오렌을 주려고 했던 그자는 스트리가를 그냥 보는 것만으로도 줄행랑을 놓있습니다. 화살도 한 번 쏘아보지 않고 말입니다. 그러므로 천 오렌을 받기엔 위험부담이 너무 높습니다. 위험부담이 천오백 이상일지 아닐지는 두고 보면 알겠지요. 물론 저는 작별인사는 꼭 하고 떠날 겁니다."

벨레라드가 머리를 긁적였다.

"게롤트, 천이백은 어떤가?"

"안 됩니다, 총독님. 이 일은 결코 쉬운 작업이 아닙니다. 왕께선 삼천을 주신다고 했습니다. 그리고 그분들께 꼭 말씀드리고 넘어갈 것이 있습니다. 마법을 푸는 편이 죽이는 것보다 더 쉬울 때가 많다는 겁니다. 결론적으로 말씀드리자면, 괴물을 죽이는 것이 그렇게 간단한 일이었다면, 제 앞에 왔던 사람들 중 누군가가 스트리가를 죽였겠지요. 그들이 그저 왕이 두려워서 자신을 먹이로 내놓은 거라고 믿는 건 아니시겠죠?"

"좋네, 형제여."

벨레라드가 낙담한 표정으로 고개를 끄덕였다.

"타협한 걸로 하세. 단, 왕 앞에서만은 사고사에 관한 가능성이 있다, 뭐 그런 말은 절대 꺼내지 않도록 하게! 내 진심으로 자네에게 충고하네."

III

폴테스트는 날씬한 체형에 잘생긴, 너무나도 수려한 용모의 미남이었다. 어림잡아 아직 마흔도 안 되는 것 같았다. 그는 검은색 나무를 깎아 만든 등받이소파에 앉아 벽난로를 향해 두 다리를 쭉 뻗고 있었다. 벽난로 가엔 두 마리의 개가 불을 쬐고 있었다. 그 옆의 긴 의자에는 수염을 기른 한 남자가 앉아 있었다. 좀 나이가 들어 보였으나 다부진 체격이었다. 왕의 뒤에는 부유한 차림새에 표정이 오만한 두 사람이 서 있었다. 최고위 귀족이었다.

"리비아 출신의 위쳐라고?"

왕이 말했다. 벨레라드가 그를 소개하고 잠시 정적이 흐른 후였다.

"그렇습니다, 전하."

게롤트가 머리를 조아렸다.

"그 백발은 어떻게 된 사연인가? 마법을 쓴 건가? 보아하니 늙은 것 같지는 않은데. 됐네, 됐어. 농담이었어. 말할 필요 없네. 경험이 많다고?"

"예, 전하."

"경험담을 들었으면 싶네만."

게롤트는 더욱더 몸을 숙였다.

"전하, 알고 계시다시피 위쳐들은 규정상 우리가 한 일에 관해 말하는 것이 금지되어 있습니다."

"훌륭한 규정이군, 위쳐. 아주 훌륭해. 그런데 그런 개별적인 사례들도 모르면서 숲속 괴물들을 상대했단 말인가?"

"예."

"뱀파이어와 레쉬[1]도?"

"물론입니다."

폴테스트가 주저하며 말했다.

"스트리가는?"

게롤트가 고개를 들고 왕의 두 눈을 바라보았다.

"물론입니다."

폴테스트가 그의 시선을 피했다.

"벨레라드!"

"말씀하십시오, 전하."

"이자에게 조목조목 일러 주었는가?"

"예, 전하. 저자가 주장하기를 공주님의 마법은 풀 수 있는 것이라 하옵니다."

"그건 이미 오래 전부터 알고 있던 것이고. 그래, 위쳐 선생, 어떤 방법을……? 아 참! 규정상 안 된다 그랬지. 좋아. 단지 궁금해서 물은 것뿐이네. 이곳에 있는 동안에도 벌써 몇 명의 위쳐들이 나를 거쳐 갔다네. 그래서 나는 위쳐들의 주특기가 마법을 푸는 것보다 죽이는 데 있다는 걸 알게 되었지. 그러나 언감생심! 내 딸의 머리카락 하나라도 상하게 했다가는 자네의 목이 달아날 줄 알게. 이 정도만 말해 두지. 오스

---

[1] 숲의 정령으로 산짐승과 나무를 수호한다.

트리트 그리고 세겔린, 당신들도 여기 남아서 위쳐가 원하는 만큼 충분히 정보를 주시오. 위쳐들은 늘 궁금한 게 많다오. 그에게 먹을 걸 좀 갖다 주고 성안에서 지내라고 하시오. 술집 근처엔 얼씬거리지도 말게 하고."

왕이 자리에서 일어났다. 그러곤 휘파람을 불어 개들을 불러 모은 뒤 바닥에 덮여 있는 밀짚을 밀치며 문 쪽으로 갔다. 문에 다다르자 왕이 뒤돌아섰다.

"위쳐, 내 생각에 이 보상금은 자네 차지가 될 것 같군. 일을 잘 해내면, 내 좀 더 얹어 주겠네. 공주와 결혼할 거라는 소문은 물론 진짜가 아닐세. 자네 설마 내가 어디서 굴러먹다 온지도 모르는, 난생처음 본 떠돌이에게 딸을 내어 줄 거라고 생각하는 건 아니겠지?"

"물론입니다, 전하. 그건 생각도 하지 않았습니다."

"좋아. 그 말로 자네가 분별력 있는 사람이라는 게 입증되었군."

폴테스트가 밖으로 나간 뒤 문을 닫았다.

그러자 방금 전까지 조신하게 서 있던 벨레라드와 최고위 귀족이 탁자 곁에 앉았다. 총독은 왕의 술잔에 반쯤 남아 있던 술을 쭉 들이키고는 술잔을 들여다보며 욕설을 퍼부었다. 오스트리트는 폴테스트 왕의 소파를 차지하고 앉아 두 눈을 내리깐 채 나무 팔걸이를 손으로 쓰다듬으며 게롤트를 바라보았다.

수염을 기른 세겔린이 게롤트에게 고갯짓을 했다.

"앉으시오, 위쳐 선생, 앉아요. 곧 저녁식사가 준비될 거요. 무슨 이야기를 하고 싶소? 보아하니 벨레라드 총독께서 벌써 전부 다 이야길 한 것 같소만. 벨레라드 총독은 내가 잘 알아요. 많으면 많았지 조금만 이야기하지는 않았을 거요."

"몇 가지만 여쭙겠습니다."

"말해 보시오."

"총독님이 그러시더군요. 왕께서 스트리가가 모습을 드러낸 이후로 이 분야에 정통한 사람들을 수없이 불러들였다고요."

"그래요. 그런데 스트리가라고 부르지 말고 공주라고 부르시오. 그렇게 하면 왕이 있는 자리에서 명칭 때문에 실수하는 건 피할 수 있을 테니까요. 그리고 그에 수반되는 불편함도 피할 수 있고."

"정통한 사람들 중에 잘 알려진 사람이 있었습니까? 저명인사는요?"

"초창기에도 있었고 그 이후에도 있었지요. 헌데 이름이 기억이 나지 않네. 오스트리트씨, 당신은 어때요?"

"나도 기억이 나지 않네."

최고위 귀족이 말했다.

"그들 중에 인정받으며 명성을 누리던 자들이 많았다는 건 내 알지. 그에 관해서라면 할 이야기가 많네."

"그들도 저주를 풀 수 있다는 데 의견일치를 보이던가요?"

"의견일치와는 거리가 멀었소."

세겔린이 미소를 지었다.

"어떤 면에서도. 그런데 그 주장은 마음에 들었소. 아주 간단하고, 어떤 마법 능력도 필요 없다는 주장 말이오. 내가 이해한 대로라면, 누군가 일몰 때부터 새벽닭이 세 번 울 때까지 돔 지붕 아래에서, 그러니까 대리석관이 있는 곳에서 하룻밤을 보내면 그것으로 충분하다는 것이었소."

"아주 간단하지, 정말로……."

벨레라드가 풋! 하고 웃으며 말했다.

"생김새는, 그러니까…… 공주님의 생김새에 관해 듣고 싶습니다."

벨레라드가 자리에서 벌떡 일어섰다.

"그야 스트리가 괴물처럼 생겼지!"

벨레라드가 버럭 소리를 지르며 말했다.

"내가 지금껏 들었던 스트리가 괴물 중에서도 가장 괴물답게 생긴 스트리가라네! 이 빌어먹을 사생아 공주마마께서는 키가 4피트에 몸은 드럼통과 비슷하게 생겼다네. 이쪽 귀 끝에서 저쪽 귀 끝까지 찢어진 입에 비수같이 날카로운 이빨이 박혀 있고

위쳐 27

빨간 눈알에 머리카락을 산발했는데, 꼭 여우 털처럼 붉은 머리카락이라네! 우리가 친교를 맺은 궁정들에 아직껏 공주의 미니어처를 보내지 않았다는 사실이 놀라울 뿐이네. 어느덧 공주도―죽어야 마땅하건만―열네 살이 되었으니, 아무 왕자에게든 시집보낼 때가 되었는데 말이야."

"고정하시게, 총독."

오스트리트가 이마를 찡그린 채 문 쪽을 힐끔거리며 말했다.

세겔린이 나직이 미소를 지으며 말했다.

"많은 비유가 들어간 설명이지만, 상당히 정확한 설명이오. 그대에겐 이 설명이 중요할 것이오, 위쳐. 그렇지 않소? 그런데 벨레라드 총독이 잊고 설명하지 않은 게 있는데, 공주가 믿기지 않을 정도로 빨리 움직인다는 것과 그 정도 키와 몸집에서 예상할 수 있는 것보다 훨씬 더 힘이 세다는 것이오. 그러나 공주가 열네 살이라는 건 맞소. 그것도 중요하다면 말이오."

"중요합니다."

게롤트가 말했다.

"보름달이 떴을 때만 사람들을 습격합니까?"

"그렇소."

세겔린이 대답했다.

"옛 성 밖으로 나와 공격할 때 보면 그랬소. 성 안에서야 달의 주기와 상관없이 사람들이 죽어 나갔지만. 그러나 그녀가 밖으로 나오는 건 보름달이 떴을 때뿐이오. 그리고 그것도 매번 그러는 건 아니오."

"낮에 사람들을 공격한 적이 있었습니까?"

"아니, 낮에는 없었소."

"공주가 늘 희생자들을 먹어 치웠습니까?"

벨레라드가 뱉은 침이 길게 포물선을 그리며 바닥에 깔린 밀집에 떨어졌다.

"제기랄, 게롤트. 곧 저녁 먹을 시간이야. 휴! 먹어 치우기도 하고, 갉작거려 놓기도 하고, 그냥 내버려 두기도 하지. 취향도 아주 가지가지라네. 그때그때 기분 내키는 대로 하는 게 분명해. 어떤 시신은 머리만 뜯어먹힌 것도 있었고, 몇 구는 내장을 파헤쳐 놓은 것도 있었지. 그래도 몽땅 다 먹어치운 경우가 많았어. 뼛조각 하나 남김없이 말일세. 그 어미에 그 딸년이지!"

"입 조심하시오, 벨레라드."

오스트리트가 쉿소리를 내며 말했다.

"스트리가에 관해선 당신 마음껏 말해도 좋아. 그렇지만 내가 있을 때 아다에 관해서 나쁘게 말해선 안 되지. 왕 앞에선 한마디도 못하면서 말이야."

"그녀에게 기습을 당했다가 살아난 사람이 있었습니까?"

게롤트가 물었다. 그는 최고위 귀족의 말은 안중에 없다는 듯 행동했다.

세겔린과 오스트리트의 시선이 마주쳤다.

"있소."

세겔린이 말했다.

"아주 초창기에, 그러니까 7년 전에 스트리가가 지하납골당에서 보초를 서던 두 병사에게 달려들었던 적이 있었소. 그때 한 명이 도망쳐 나왔었소."

"그리고 나중엔……."

벨레라드가 불쑥 끼어들었다.

"방앗간 주인도 있었지요. 시 외곽에서 그녀가 습격했었던. 기억하시지요?"

IV

다음 날 늦은 저녁, 방앗간 주인이 초소 위층의 방으로 불려 왔다. 게롤트가 묵고 있는 방이었다. 모자가 딸린 외투를 입은 한 병사가 그와 동행했다.

대화를 계속해 보았지만, 아무런 성과가 없었다. 방앗간 주인은 어쩔 줄 몰라 하며 되는대로 지껄였고, 제대로 말을 잇지 못했다. 게롤트에겐 그의 상처가 훨씬 많은 것을 이야기해 주었다.

스트리가는 한 번 보면 절대 잊지 못할 큰 입에 정말로 날카로운 이빨을 가졌으며, 특히 위쪽 송곳니가 매우 길 것이다. 송곳니는 양쪽에 두 개씩 모두 네 개이고, 발톱은 분명 들고양이보다 더 날카로울 것이다. 물론 들고양이의 그것보다는 덜 휘어져 있을 것이다. 그 덕분에 방앗간 주인이 스트리가의 손아귀에서 벗어날 수 있었던 것이다.

조사를 마친 후, 게롤트는 고개를 끄덕여 방앗간 주인과 병사에게 나가도 좋다는 표시를 했다. 병사가 방앗간 주인을 문까지 데리고 가, 그를 내보낸 뒤 자신의 외투에 붙은 모자를 뒤로 젖혔다. 폴테스트 왕이 친히 왕림한 것이었다.

"앉아 있게. 일어나지 않아도 되네."

왕이 말했다.

"비공식적으로 온 거니까. 심문은 만족스러웠나? 오늘 오전에 옛 성에 다녀왔다고 들었네."

"예, 전하."

"일은 언제 시작할 건가?"

"나흘 후면 보름입니다. 보름달이 뜬 뒤에 할 겁니다."

"그전에 그녀를 미리 보아 두고 싶은 생각은 없는가?"

"그럴 필요는 없을 듯합니다. 스트……공주님……께서 시장하지 않으실 땐, 그렇게 활발하게 움직이지 않을 겁니다."

"스트리가라고 하게, 우리끼리 말할 땐 외교적인 화법에 시간낭비하지 마세. 아직 공주가 된 건 아니니까. 말이 나온 김에 말인데, 바로 그 이유 때문에 내가 여기 온 걸세. 말해 주겠나, 비공식적으로 간단명료하게 말이네. 공주가 될 수 있는 건가, 없는 건가? 또 무슨 규정 타령이나 하며 숨길 생각은 말게."

게롤트가 이마를 문지르며 말했다.

"전하, 마법은 풀릴 수 있습니다. 그것은 저도 인정합니다. 그리고 제가 아는 것이 틀리지 않는 한, 성에서 하룻밤만 보내면 마법이 풀릴 거라는 말도 사실입니다. 새벽닭이 세 번 울기 전에 석관 밖으로 나온 스트리가를 놀라게 하면 저주가 풀립니다. 관례상 스트리가는 그렇게 처리합니다."

"그렇게 간단하게?"

"그게 간단치가 않습니다. 우선 밤새 살아남아야 하니까요. 그리고 규준에서 벗어난 경우도 있습니다. 예컨대 하룻밤이 아니라 사흘 밤인 경우도 있지요. 연속으로 말입니다. 또 많은 경우…… 그러니까 아예 가망성이 없는 경우도 많습니다."

"그렇군."

폴테스트가 탐탁지 않은 표정으로 말했다.

"그 '많은 경우'에 관해선 지금껏 죽 들어왔네. 치유할 수 없기 때문에 괴물을 죽여야 한다고. 위쳐, 내 확신컨대 사람들이 이미 자네와 이야기를 나눴을 걸세. 뭐라던가? 의식 따위는 필요 없이 식인괴물을 처치하라고, 그것도 일을 시작하는 즉시 앞뒤 보지 말고 그러라고, 그런 다음 달리 어쩔 수가 없었다고 말해라, 왕은 보상금을 지불하지 않을 거다, 우리가 지불하겠다, 그러던가? 아주 유용한 방법이지, 저렴하기도 하고. 그도 그럴 것이 왕은 위쳐를 참수형에 처하거나 목을 매달아 죽일 거고, 그러면 돈은 금고에 고스란히 남을 테니까."

"왕께선 어떠한 경우에도 위쳐를 참수시키실 겁니까?"

폴테스트가 세롤트의 두 눈을 한참 동안 바라보았다.

"아직은 모르겠네."

마침내 그가 입을 열었다.

"하지만 위쳐는 어쨌든 그럴 가능성을 염두에 두어야 할 걸세."

이번엔 게롤트가 한참 동안 말이 없었다.

"저는 제가 할 수 있는 걸 할 작정입니다."

게롤트도 입을 열었다.

"그러나 일이 잘 안 되면, 저는 제 생명을 지킬 겁니다. 전하, 그 가능성도 염두에 두셔야 할 것 같습니다."

폴테스트가 일어섰다.

"자네는 나를 모르는군. 그건 아무래도 괜찮네. 선택의 여지가 없다면 자네가 그녀를 죽이는 건 당연한 일이야. 설사 그걸 내가 원하든 원치 않든 간에. 안 그러면 그녀가 자네를 죽일 테니까, 확실하고 돌이킬 수 없게 죽이겠지. 만약 일이 그렇게 된다면, 나는 그 사실을 공표하지 않을 걸세. 정당방위로 그녀를 죽였다면 아무도 벌하지 않을 거야. 구해 보려는 시도도 하지 않고 그녀를 죽이려 드는 건 내, 용납하지 못하네. 옛 성을 불 지르려고 했던 사람, 그녀를 향해 화살을 쏜 사람도 있었네. 함정을 파 허방다리를 놓은 자가 있었는가 하면, 올가미와 그물을 설치한 자도 있었지. 내가 몇 명을 목매달아 죽일 때까지 계속 그랬네. 하지만 그런 건 중요하지 않아. 잘 들어두게, 위쳐!"

"말씀하시지요."

"내가 제대로 이해했는지 모르겠네만, 그렇다면 새벽닭이 세 번 울고 난 후에는 더 이상 스트리가는 없다, 이 말인데…… 그러면 그 대신에 있는 것은 무엇인가?"

"일이 잘 풀린다면, 열네 살 소녀가 있겠지요."

"빨간 눈에, 악어 이빨을 지닌 소녀 말인가?"

"흔히 보는 열네 살 여자아이입니다. 물론……."

"물론?"

"신체적인 면만 보자면 그렇습니다."

"그렇다면 이거 큰일 났군. 그럼 정신은? 매일 아침식사로 피를 한 양동이씩 들이켜야 하나? 아니면 반푼이라는 말인가?"

"아닙니다. 정신적으로는…… 말씀드리기 까다롭군요. 제가 말씀드리고자 하는 건 정신수준입니다. 제가 아는 한, 서너 살 어린이의 수준일 겁니다. 장기간에 걸친 세심한 보살핌이 필요합니다."

"그야 물론이지. 위쳐?"

"듣고 있습니다."

"혹시 다시 괴물 상태로 돌아갈 수도 있는가? 나중에 말이네."

게롤트는 아무런 말도 하지 않았다.

"아하."

왕이 말했다.

"그렇다는 말이군. 그럼 어떻게 해야 하나?"

"오랫동안 무기력하게 있다가 죽게 될 겁니다. 그럼 화장하여 육신을 불태워야 합니다. 그것도 신속하게요."

폴테스트의 표정이 침울해졌다.

"하지만 저는……."

게롤트가 이어서 말했다.

"그런 상황이 오지 않으리라고 믿습니다. 안전을 기하기 위해 제가 위험을 줄일 수 있는 몇 가지 사항을 전하께 말씀드릴 테니까요."

"지금 말인가, 벌써? 너무 이른 거 아닌가, 위쳐?"

"아닙니다, 지금 말씀드려야 합니다."

게롤트는 폴테스트의 말을 잘랐다.

"전하, 일이 어떻게 될지는 아무도 모릅니다. 아침에 지하납골당을 찾으셨다가 마법에서 풀려난 공주님과 동시에 저의 시체를 보게 되실 수도 있으니까 말입니다."

"정말인가? 내, 자네의 목숨을 지켜도 된다고 하였네. 그런데도 말인가? 그 정도로 공주가 자네한테 중요한 것 같아 보이지는 않네만."

"이것은 극히 심각한 사안입니다, 전하. 위험도가 높습니다. 그러니 잘 들어 두십시오. 공주께선 항상 사파이어를 목에 걸고 계셔야 합니다. 더 좋은 것은 은목걸이에 인클루젼을 부착하여 밤낮으로 착용하는 것이죠."

"인클루젼은 또 뭔가?"

"원석에 공기방울이 포함된 사파이어입니다. 그 외에 공주님이 주무시는 방의 벽난로에 가끔 노간주나무와 노랑싸리 또는 개암나무 가지를 넣고 태워 주십시오."

폴테스트가 생각에 잠겨 있다 말했다.

"충고 고맙네, 위쳐. 자네 말대로 하겠네. 그럼 이제 내 말을 잘 들어 두게. 만약 가망성이 없는 경우라면 스트리가를 죽이게. 또 자네가 마법을 풀었는데, 그 아이가 건강⋯⋯하지 않다면, 또 완벽하게 마법을 풀었는지, 조금이라도 의심이 든다면 그때에도 공주를 죽이게. 두려워하지 말게, 자네를 협박하려고 하는 말이 절대 아니니까. 사람들이 보는 앞에서 내가 자네에게 호통을 칠 걸세. 그리고 자네를 성과 도시에서 몰아낼 걸세. 더 이상은 없을 거야. 그런데 그렇게 되면 당연히 나는 자네에게 보상금을 줄 수 없네. 그래도 조금은 건질 수 있을 걸세. 누굴 털지는 자네도 이미 알 테고."

두 사람 사이에 한동안 침묵이 흘렀다.

"게롤트."

폴테스트가 그의 이름을 부르며 먼저 말문을 열었다.

"말씀하시지요."

"아다가 내 여동생이기 때문에 그런 아이가 나올 수밖에 없었다는 소문 말이네. 사실인가?"

"전부 다는 아닙니다. 누군가 마법을 건 것이 틀림없습니다. 저절로 저주가 내리는 법은 없습니다. 그러나 저주를 내리게 된 근거가 여동생분과의 관계에 있었다는 생각은 듭니다. 다시 말해 그런 결과를 초래하게 된 근거였다는 생각은 드는군요."

"나도 그렇게 생각했네. 정통한 사람들 중에도 그렇게 말하는 사람들이 많더군. 물론 전부 다는 아니었지만. 게롤트, 그런 괴물들은 어디에서 생겨나는 건가? 마법 때문인가?"

"잘 모르겠습니다, 전하. 그런 현상의 원인을 연구하는 건 정통한 사람들이 하는 일이라서요. 저희 위쳐들이야 여러 의지가 한데 묶여서 그런 현상들에 영향을 미칠 수 있다는 것, 그리고 그들을 퇴치할 수 있는 방법을 아는 것, 거기에 만족합니다."

"늘 그들을 죽이는가?"

"죽일 때가 많습니다. 뿐만 아니라 대부분의 경우는 그들을 죽이는 조건으로 돈을 지불합니다. 마법이 풀리는 걸 원하는 경우는 극히 적습니다, 전하. 일반적으로 사람들은 위험으로부터 자신을 보호하는 데 급급합니다. 그리고 인간의 목숨을 앗아간 책임이 괴물에게 있을 땐, 복수라는 동기가 첨가되기도 하죠."

왕이 자리에서 일어서더니 방을 가로질러 걸어갔다. 그러곤 벽에 걸려 있는 게롤트의 칼 앞에 멈추어 섰다.

"이걸 쓸 건가?"

왕이 게롤트를 등진 채 물었다.

"아닙니다. 그것은 인간들을 상대할 때 씁니다."

"그건 들은 적이 있네. 게롤트, 내 자네와 납골당에 함께 갈 걸세."

"당치 않은 말씀입니다."

폴테스트가 돌아섰다. 그의 눈에서 불꽃이 튀었다.

"이보게 위쳐, 자네 아는가? 지금껏 내, 그 아이를 한 번도 보지 못했다는 것을? 태어났을 때에도, 그리고 그 이후에도. 나는 두려웠었네. 어쩌면 그 아이를 영영 못 보게 될지도 몰라, 그렇지 않은가? 나에겐 최소한 자네가 그 아이를 어떻게 죽이는지 정도는 알 권리가 있지 않은가."

"다시 한 번 말씀드리지만, 그건 당치 않은 말씀입니다. 죽음으로 가는 확실한 길이 될 테니까요. 저에게도 그렇습니다. 만약 저의 주의력, 저의 의지가 흐트러지게 되면…… 안 됩니다, 전하."

폴테스트가 휙 돌아서더니 문을 향해 걸음을 재촉했다. 잠깐 동안이었지만 게롤트는 그가 아무 말도 없이, 작별의 몸짓도 없이 그냥 가려나 보다, 생각했다. 그러나 왕은 멈추어 섰고 그런 다음 게롤트를 돌아보았다.

"자네에겐 믿음이 가네."

그가 말했다.

"자네가 어떤 인물인지 알고 있는데도 말일세. 술집에서 벌어졌던 일에 관해 들었네. 자네가 그 노상강도 같은 놈들을 죽인 건 사람들에게, 누구보다도 나에게 깊은 인상을 주려고 한 짓이었다는 확신이 드는군. 죽이지 않고도 자네가 그들을 이길 수 있었다는 데 대해서도 역시 한 치의 의심도 없네. 다만 자네가 내 딸아이를 구할 작정인지, 아니면 그 아이 역시 죽일 작정인지 알 수 없다는 게 나로선 유감이네. 하지만 그 점은 감수하겠네. 그 정도는 감수해야 하지. 왜인지 아는가?"

게롤트는 아무 대답도 하지 않았다.

"왜냐하면 믿기 때문이네."

왕이 말했다.

"나는 믿네, 그 아이가 괴로워하고 있다는걸. 그렇지 않은가?"

게롤트는 뚫어질 듯 왕을 바라보았다. 그는 고개를 끄덕이지도, 머리를 조아리지도 않았다. 그는 아무런 몸짓도 하지 않았다. 그러나 폴테스트는 알았다. 그는 알 수 있었다. 게롤트의 대답이 무엇인지.

V

마지막으로 게롤트는 성의 창문 너머로 밖을 내다보았다. 저녁 어스름이 빠른 속도로 밀려들었다. 호수 저편에선 비지마의 불빛들이 희미하게 깜박였다. 성 주변을 빙 둘러 황무지가 펼쳐져 있었다. 7년 세월이 흐르는 동안 시(市)와 위험 지역 사이의 경계를 이루게 된 일종의 무인지대였다. 무인지대가 된 땅에 남아 있는 것은 폐허와 썩어 문드러진 들보, 군데군데 말뚝이 빠져나가 척 보기에도 가져갈 가치가 전혀 없어 보이는 보루뿐이었다. 왕은 멀리 떨어진 곳, 그러니까 정확히 맞은편에 있는 시 끝자락으로 관저를 이전하였다. 멀리서 왕이 새로 옮겨간 성의 높고 거대한 실루엣이 핏빛으로 붉게 물든 하늘과 대조되어 검게 도드라져 보였다.

게롤트는 뽀얗게 먼지 덮인 탁자를 향해 되돌아왔다. 탁자는 약탈로 싹쓸이 당해 텅 빈 방들 중 한곳에 있었다. 그는 이곳에서 서두르지 않고 침착하게 준비하며 신중을 기했다. 그는 아직 시간이 많다는 걸 알고 있었다. 스트리가는 자정 전에는 납골당을 떠나지 않을 것이다.

그의 앞에 있는 탁자 위엔 무두질한 가죽을 덧댄 작은 상자 하나가 놓여 있었다. 그가 상자를 열었다. 상자 속엔 건초를 가득 채운 칸들로 나뉘어 있었고 칸 속엔 짙은 색 유리병들이 촘촘히 세워져 있었다. 게롤트는 그중 병 세 개를 꺼냈다.

그런 다음 바닥에서 길쭉한 꾸러미를 들어 올렸다. 양털가죽에 아무렇게나 싸서 가죽 끈으로 동여맨 것이었다. 게롤트는 꾸러미를 풀고 칼을 꺼내들었다. 조각 장식을 한 손잡이를 지닌 칼은 일련의 룬 문자와 마법기호들로 뒤덮인 검은 광택이 감도는 칼집에 꽂혀 있었다. 칼을 꺼내자 흠결 하나 없이 대칭을 이룬 매끈한 칼날이 번쩍하며 모습을 드러냈다. 순은(純銀)으로 만들어진 칼날이었다.

게롤트는 주문을 중얼거리며 세 병 중 두 병의 내용물을 차례로 마셨다. 한 모금씩 삼킬 때마다 왼손을 칼날에 갖다 댔다. 그런 다음 검정색 외투로 온몸을 단단히 감싼 뒤 자리에 앉았다. 맨 바닥이었다. 성의 다른 방들과 마찬가지로 방안엔 단 한 개의 의자조차도 없었다.

그는 눈을 감은 채 그 자리에 가만히 앉아 있었다. 처음엔 규칙적이던 호흡이 갑자기 빨라지더니 간헐적으로 변하며 불안정해졌다. 그런 다음 호흡이 완전히 멈추었다. 그가 완벽하게 몸의 모든 기관을 통제하도록 도움을 준 이 혼합물은 흰 여로와 흰 독말풀, 서양산사나무, 대극(大戟)이 주성분을 이루었고, 나머지 성분은 인간의 언어에는 없는 것들이었다. 그러나 게롤트처럼 어려서부터 적응하지 않은 사람들에겐 치명적인 독이 될 성분들이었다.

게롤트가 갑자기 고개를 돌렸다. 이제 극도로 예민해진 그의 청각은 풀이 우거진 궁정 앞마당을 바스락거리며 나직이 걷는 발소리를 어렵지 않게 잡아낼 수 있었다.

스트리가는 아니었다. 그러기엔 소리가 너무 맑았다. 게롤트는 다시 칼을 등에 메고 금이 간 벽난로 속에 꾸러미를 숨겼다. 그리고는 박쥐처럼 소리 없이 계단을 뛰어올라갔다.

궁정 마당은 아직 밝아서 성에 도착한 남자는 게롤트의 얼굴을 잘 볼 수 있었다. 남자가 뒤로 물러섰다. 오스트리트였다. 그는 놀라움과 혐오감에 저도 모르게 얼굴을 찡그리며 입꼬리를 일그러트렸다. 게롤트가 비죽이 미소를 지었다. 자신이 어떻게 보일지 알고 있었던 것이다. 미나리아재비와 투구꽃, 앉은좁쌀풀의 혼합물을 마시면 얼굴이 흰 석회석 빛을 띠게 되며, 동공이 홍채 전체를 대체하게 된다. 그러나 그 덕분에 아주 깊은 어둠 속에서도 사물을 볼 수 있다. 게롤트에게 중요한 건 바로 그 점이었다.

오스트리트는 재빨리 평정을 되찾았다.

"벌써 시체라도 된 듯한 모습이군, 위쳐."

그가 말했다.

"당연히 겁이 날만도 하지. 두려워하지 말게나. 내가 자네를 안심시켜 줄 테니."

게롤트는 아무 말도 하지 않았다.

"내 말이 들리지 않나? 리비아 돌팔이 같으니. 자네는 이제 살았네. 그뿐인가, 부자도 되었고."

오스트리트가 불룩하게 채운 조그만 자루를 손에 들고 흔들었다. 그러곤 게롤트의 발치에 던졌다.

"천 오렌이네. 받게. 그리고 이곳을 떠나게!"

게롤트는 여전히 침묵으로 일관했다.

"그렇게 사람을 쏘아보지 말게!"

오스트리트가 언성을 높였다.

"그리고 내 시간을 빼앗지도 말고. 자정이 될 때까지 여기서 어슬렁거릴 생각은 없으니까. 내 말 알아듣겠나? 나는 자네가 마법을 푸는 걸 원치 않네. 아니, 괜한 추측은 하지 말게. 난 벨레라다나 세겔린과 내통하는 사이가 절대 아니네. 나는 공주가 죽는 걸 원치 않아. 자네는 그냥 떠나기만 하면 돼. 모든 게 지금처럼 그대로 있어야 하거든.”

게롤트는 미동도 하지 않았다. 그는 지금 자신이 얼마나 빨리 움직이고 반응할 수 있는지 이 최고위 귀족이 알아차리길 원치 않았다. 빠른 속도로 어둠이 찾아올 것이다. 그에겐 잘된 일이었다. 동공이 확장되면 어스름의 박명(薄明)조차도 너무 눈부시기 때문이다.

“그런데 왜, 모든 것이, 지금 있는 그대로, 있어야 합니까?”

게롤트는 단어 하나하나를 천천히 또박또박 발음하기 위해 애를 썼다.

“그건……..”

오스트리트가 비열한 표정으로 고개를 들었다.

“자네가 신경 쓸 일이 아니네.”

“그런데 제가 그 이유를 이미 알고 있다면요?”

“거 재미있군.”

“스트리가가 사람들에게 좀 더 오래 부담을 준다면, 그래서 결국 최고위 귀족계급은 물론이고 국민들 역시 왕의 광기에 넌더리를 낸다면…… 폴테스트 왕을 권좌에서 몰아내기가 더 수월하겠지요? 이리로 오는 길에 르다니아와 노비그라드를 지나쳐 왔습니다. 그런데 지나오면서 보니 비지마에서는 비지미르 왕을 그들의 구원자요 진정한 군주라 생각하는 사람들이 많다는 이야기를 들었지요. 오스트리트 어르신, 저는 정치나 왕위계승, 또 궁정개혁 같은 것엔 일말의 관심도 없습니다. 저는 일을 하려고 여기에 왔습니다. 의무감이라던가 일상적인 예의범절과 같은 것에 관해 들어 보신 적이 있으시지요? 직업윤리에 관해서도요.”

“이런 발칙한 놈, 지금 네가 누구와 이야기를 하고 있는지 알고 하는 소리렷다!”

오스트리트는 화가 나서 소리를 지르며 칼 손잡이에 손을 뻗었다.

“더는 못 참겠군. 나는 누구랑 논쟁하는 것이 익숙하지 않은 사람이야! 뭐가 어째, 윤리? 규정? 도덕? 지금 이 말이 누구 입에서 나온 것이지? 도착하기 무섭게 사람을 죽인 깡패, 폴테스트 왕의 면전에선 굽실거리다가, 그의 등 뒤에서 벨레라드와 용병처럼 몸값을 흥정하던 주제에 그런 말을 해? 그러고도 감히 고개를 빳빳이 쳐들어? 이 부랑자 놈 같으니! 감히 정통한 사람들 흉내를 내려고 해? 네가 무슨 마법사라도 되는 줄 아느냐? 너는 한낱 초라한 위쳐일 뿐이야! 주둥이에 칼날을 쑤셔 넣기 전에 어서 썩 꺼지지 못할까!"

게롤트는 꿈쩍도 하지 않았다. 그는 침착하게 가만히 서 있었다.

"오스트리트님이야말로 지금 여기서 나가시는 게 좋을 겁니다."

그가 말했다.

"어두워지고 있으니까요."

오스트리트가 한 발짝 뒤로 물러서더니 번개 같은 속도로 칼을 빼들었다.

"이건 네가 자초한 일이다. 내, 네 녀석을 죽이고 말겠어. 속임수를 써봐야 소용없다. 나에겐 거북석(石)[1]이 있으니까."

게롤트가 미소를 지었다. 거북석의 힘에 대한 믿음은 널리 전파되어 있으나 그만큼이나 잘못 알려진 게 많았다. 그러나 그는 주문에 쓸 힘을 허비하고 싶지 않았다. 그리고 순은 칼날이 오스트리트의 불룩한 배에 닿아 더럽혀지게 하고 싶은 생각은 더더욱 없었다. 그는 격하게 움직이는 칼날 아래로 빠져나가 아래팔의 은(銀)징이 박힌 소맷부리로 오스트리트의 관자놀이에 일격을 가했다.

VI

오스트리트는 빠르게 의식을 회복했다. 그리고 깜깜한 어둠을 뚫고 사방을 훑어보았다. 그는 자신이 묶여 있다는 걸 알았다. 게롤트는 그의 옆에 서 있었다. 그러나

---

[1] 퇴적암 중에서 마치 거북의 등껍질 모양처럼 무늬가 형성된 바위이다.

그의 눈엔 보이지 않았다. 그래도 오스트리트는 그가 있다는 걸 알 수 있었다. 그는 울부짖기 시작했다. 날카로운 소리로 끊임없이 울부짖었다.

"조용히 하시오."

게롤트가 말했다.

"안 그러면 자정이 되기도 전에 미리 그녀를 불러들이게 될 겁니다."

"네 이놈, 천벌을 받아 마땅할 이 살인자! 어디에 있는 게냐? 지금 당장 날 풀어 주지 못할까, 더러운 놈! 이건 교수형 감이야, 이 짐승만도 못한 놈!"

"조용히 하시오."

오스트리트는 힘겹게 숨을 쉬며 말했다.

"날 먹잇감으로 던질 작정이냐! 이렇게 포박한 채로?"

벌써 한풀 꺾인 목소리였다. 그렇게 묻고 난 다음 그는 거의 속삭이듯 독한 욕설을 내뱉었다.

"아닙니다."

게롤트가 말했다.

"풀어드릴 겁니다. 하지만 지금은 아닙니다."

"못된 놈."

오스트리트가 잇새로 쉿소리를 내었다.

"스트리가의 관심을 돌리려는 것이냐?"

"그렇죠."

오스트리트는 입을 다물었다. 그러곤 끈에 묶인 몸을 이리저리 펄떡이던 걸 그만두고 가만히 누웠다.

"여보게."

"예."

"내가 폴테스트 왕을 실각시키려 한다는 말은 사실일세. 나뿐만이 아니지. 그러나 그의 죽음을 원하는 건 오직 나뿐이었어. 난 그가 고통스럽게 죽기를, 미쳐서 산채로 썩어 문드러져 죽기를 원했어. 왜 그랬는지 아나?"

게롤트는 말이 없었다.

"나는 아다를 사랑했네. 왕의 누이동생이자 왕의 연인이요, 왕의 창녀를. 나는 그녀를 사랑했어…… 위쳐, 자네 거기 있는가?"

"예."

"자네가 무슨 생각하는지 아네. 하지만 그건 아니네. 날 믿어도 좋아. 나는 저주의 말을 입 밖에 낸 적이 없어. 마법에 관한 한 완전 까막눈이지. 딱 한 번, 화가 나서 말한 적은 있었지…… 딱 한 번이었네. 위쳐, 듣고 있나?"

"예."

"저주에 관한 건 폴테스트의 어머니, 연로한 왕비님이었을 걸세. 왕비님이 그러신 것이 확실하네. 왕비님께선 폴테스트와 아다가 어떤 관계인지 알고 있었어. 두고 볼 수 없으셨던 거지. 내가 그런 것이 아니야. 딱 한 번 내가 그녀의 마음을 돌려 보려고 했던 적이 있었지. 하지만 아다는…… 위쳐! 나는 정말 어렵게 말을 꺼냈던 거였다네. 그래서 내가 말했었지…… 위쳐, 내가 그런 건가? 내가?"

"이제 와서 그건 더 이상 중요하지 않습니다."

"위쳐, 자정이 가까웠는가?"

"예."

"날 풀어 주게나. 나한테 조금만 더 시간을 주게."

"안 됩니다."

오스트리트에겐 석관의 뚜껑이 밀리며 덜거덕거리는 소리가 들리지 않았지만, 게롤트는 아니었다. 그는 몸을 숙여 단도로 그를 묶은 끈을 잘랐다. 오스트리트는 아무 말 없이 벌떡 일어나, 뻣뻣해진 팔다리를 흔들며 달리기 시작했다. 이미 어둠에 익숙해진 그의 눈에 대형 홀에서 밖으로 이어지는 길이 보였다.

우지끈, 하며 납골당 입구를 가로막고 있던 두꺼운 송판이 바닥으로 떨어졌다. 게롤트는 계단 난간 뒤에 조심스럽게 숨어, 스트리가 멀어져 가는 오스트리트의 신발 소리를 따라 재빠르게 목표물을 추격하는 걸 살펴보았다. 스트리가는 쥐죽은 듯 소리 없이 움직였다.

무시무시하고, 폐부를 찢는 듯한 광기 어린 비명소리가 밤공기를 가르고 성벽에 부딪혔다. 떨리는 비명소리는 계속 이어지며 고음을 향해 올라가다 차츰 저음으로 떨어졌다. 게롤트는 거리를 정확히 가늠할 수 없었다. 예민해진 청각이 오히려 그를 헷갈리게 했던 것이다. 그러나 스트리가가 오스트리트를 재빨리 제거했다는 건 알 수 있었다. 빨라도 너무 빨랐다.

그는 홀 중앙으로 가, 지하납골당으로 들어가는 입구에 멈추어 섰다. 그리고 외투를 벗어 던지고 어깨를 움직여 칼의 위치를 바로잡았다. 그런 다음 장갑을 높이 끌어 올렸다. 아직 그에겐 시간이 좀 있었다. 그는 지난 보름 때의 전적으로 보아 스트리가가 아직 포만상태라는 것과 오스트리트의 시신을 두고 그렇게 빨리 자리를 뜨진 않으리라는 것도 알고 있었다. 심장과 내장은 그녀가 움직이지 않고 머무는 긴 시간 동안 영양분을 공급해 줄 값진 비축 식량이었다.

게롤트는 기다렸다. 그가 계산한 대로라면 새벽동이 틀 때까진 아직 3시간이나 더 있어야 했다. 닭울음소리는 그를 헷갈리게 할 뿐이다. 더군다나 성 주변으로 닭이 있을 리 만무했다.

그의 귀에 뭔가 소리가 들렸다. 천천히 그녀가 다가오고 있었다. 발을 끌며 쪽마루를 지나는 소리가 났다. 잠시 후, 그녀가 눈에 들어왔다.

정확히 사람들이 말한 그대로였다. 짧은 목 위에 자리 잡은 어울리지 않게 큰 머리통이 바람에 나부끼는 구름처럼 엉클어진 붉은 머리카락에 감싸여 있었다. 두 눈이 어둠 속에서 홍옥처럼 이글거렸다. 스트리가는 게롤트에게 시선을 고정시킨 채 미동도 않고 서 있었다. 갑자기 스트리가가 한 줄로 늘어선 희고 뾰족한 이빨을 뽐내려는 듯 입을 쩌억 벌리더니 다시 탁! 소리를 내며 턱을 맞물었다. 궤짝 뚜껑을 연상시키는 소리였다. 그와 동시에 곧바로 도움닫기도 하지 않은 채 용수철처럼 튀어 오르며 게롤트를 향해 피 묻은 손톱을 뻗쳤다.

게롤트는 옆으로 비켜서며 번개같이 빨리 발끝으로 돌았다. 그에게 부딪혀 튕겨져 나간 스트리가 역시 똑같이 빙글빙글 몸을 돌리며 손톱으로 허공을 갈랐다. 그런데도 스트리가는 중심을 잃지 않고 다시금 공격을 시도했다. 이번엔 괴물의 이빨이 게롤트의 가슴팍 바로 앞에서 탁탁 맞물렸다. 그는 반대방향으로 뛰어오르며 휙휙 소리가 나도록 돌았다. 스트리가를 교란시키기 위해 방향을 세 번이나 바꾸어 돈 것이다. 그리고 옆으로 비껴 오르며 장갑 손가락 마디마다 덧대져 있는 은(銀)고리로 힘껏 괴물의 옆머리를 가격했다.

스트리가가 끔찍한 소리로 울부짖었다. 울부짖는 소리가 메아리치며 성 전체를 가득 채웠다. 스트리가가 바닥으로 쓰러졌다. 그리고 뻣뻣하게 경직된 몸으로 울먹이기 시작했다. 먹먹하고, 음침하고, 분노에 찬 목소리였다.

게롤트는 냉소를 지었다. 첫 번째 시도는 예상대로 성공했다. 마법을 통해 살아난 대부분의 괴물들이 그러하듯 스트리가에게도 은은 치명적으로 작용했다. 그러므로 이제 그에겐 기회가 있었다. 이 괴물이 여타의 괴물들과 다르지 않다는 것, 그것은 공주를 마법에서 구해 낼 수 있음을 보장하는 것이었고, 순은으로 만들어진 검(劍)은 그의 목숨을 구할 수 있는 최후의 수단으로서 그를 안전하게 지켜 줄 것이다.

스트리가는 또다시 공격해 왔지만 서두르진 않았다. 이번엔 엄니를 드러내고 혐오스럽게 침을 뚝뚝 흘리며 천천히 다가왔다. 게롤트는 뒤로 물러서서 반원을 그리며 움직임을 늦추었다가 다시 빠르게 속도를 냈다. 스트리가를 당황하게 하여, 도약하는 데 힘을 쏟지 못하도록 하려는 것이었다. 게롤트는 걸음을 옮기며 가늘고 튼실한 긴 사슬을 풀었다. 끝에 추(錘)가 달린 은사슬이었다.

스트리가가 몸을 팽팽 하고 뛰어올랐다. 그때였다. 순간, 사슬이 휘익 소리를 내며 허공을 뚫는가 싶더니 눈 깜짝 할 사이에 스트리가의 어깨와 목, 머리를 휘감았다. 스트리가는 뛰어오른 상태에서 그대로 바닥으로 곤두박질쳤다. 스트리가는 귀가 먹먹해질 정도로 새된 소리를 내질렀다. 그러곤 분해서인지, 아니면 혐오하는 금속이 가져다 준 타는 듯한 고통 때문인지 무시무시하게 울부짖으며 바닥을 뒹굴었다. 게롤트는 그것으로 만족했다. 죽이려면 죽일 수도 있었다. 지금이라면 스트리가를 죽이는 것이 별로 어렵진 않을 것이다. 그러나 그는 칼을 빼지 않았다. 지금까지 스트리가가 보인 태도를 보면 치유할 수 없는 경우라고 단정 지을 만한 아무런 근거도 없었다.

게롤트는 적당한 간격을 두고 뒤로 물러났다. 그러곤 꿈틀거리며 바닥에 누워 있는 스트리가에게서 눈길을 떼지 않은 채 심호흡을 하며 정신을 가다듬었다.

사슬이 끊어졌다. 은으로 된 사슬고리들이 비처럼 사방으로 흩어지며 쩔그렁쩔그렁 돌바닥에 떨어졌다. 분노에 눈이 먼 스트리가가 울부짖으며 달려들었다. 게롤트는 침착하게 기다렸다가 오른손을 들어 아드 기호[1]를 그렸다.

쇠망치라도 맞은 듯 스트리가가 몇 걸음 뒤로 튕겨져 나갔다. 그러나 쓰러지지 않고 버티고 서더니, 송곳니를 드러내고 손톱을 뻗었다. 붉은 머리카락이 곤두섰다가 강한 바람을 맞은 것처럼 출렁거렸다. 스트리가가 떨어지지 않는 발걸음을 힘겹게 한 발 한 발 옮기며 천천히 다가왔다. 느리긴 했지만 점점 둘 사이의 간격이 좁아졌.

게롤트는 불안해졌다. 그런 단순한 마법기호에 스트리가가 완전히 마비될 것이라곤 기대하지 않았다. 그러나 그렇게 빨리 마법기호를 극복해 낼 수 있으리라는 것 역시 예상하지 못했다. 이 기호를 마냥 유지할 수는 없었다. 그러려면 너무 많은 힘을 써야 했다. 스트리가는 이제 열 걸음 정도만 남겨 놓았을 뿐이다. 게롤트는 돌연히 마법기호를 거둬들인 후, 옆으로 풀쩍 뛰며 비켜섰다. 예상했던 대로 미친 듯 달려오던 스트리가는 놀라서 균형을 잃었고 그 바람에 박자를 잃고 미끄럼을 타듯 쪽마루를 지나 계단 아래로 달려갔다. 이어서 바닥에 이른 스트리가는 하품하듯 열려 있던 납골당 출입문으로 들어갔다. 스트리가의 끔찍한 울부짖음이 울려 퍼지며 성 전체를 가득 메웠다.

시간을 벌기 위해 게롤트는 회랑으로 이어지는 층계로 뛰어올라갔다. 계단을 절

---

[1] 상대를 밀어내 기절시키고, 무장해제 시키는 주문이다.

반도 못 올랐는데 벌써 납골당에서 튀어나온 스트리가가 한 마리의 거대한 검은 거미처럼 돌진해 왔다. 게롤트는 스트리가가 그를 쫓아 계단으로 올라올 때까지 기다렸다가 난간 위로 몸을 훌쩍 날려 날렵하게 아래로 내려왔다. 스트리가가 계단에서 돌아섰다. 그러곤 반동을 주며 뛰어오르더니 도저히 믿을 수 없을 정도로 멀리, 10미터도 넘는 포물선을 그리며 그를 향해 돌진해 왔다. 그의 발끝 회전에도 이제 스트리가는 그렇게 쉽게 속지 않았다. 스트리가의 발톱이 두 번이나 그의 가죽 밤스에 닿았다. 그러나 스트리가는 뒤이어 날아온 절망적이리만치 강력한 은고리의 타격에 튕겨져 나가 비틀거렸다. 게롤트는 마음 속 깊은 곳에서 분노가 차오르는 것이 느껴졌다. 그는 비약하며 동시에 몸통을 뒤로 젖혔다. 그러곤 스트리가의 옆구리를 힘차게 들이받아 바닥에 쓰러뜨렸다.

스트리가가 내뿜은 비명소리는 그 어느 때보다도 컸다. 천장에 바른 회칠이 부슬거리며 떨어질 정도였다.

스트리가가 억누를 길 없는 분노와 살의에 부들부들 떨며 돌진해 왔다. 게롤트는 기다렸다. 그는 칼집에서 칼을 빼어 들고 공중에 원을 그렸다. 그리고 칼의 움직임이 자신의 걸음걸이와 박자를 맞추지 않도록 유의하며 스트리가 주변을 빙빙 돌았다. 스트리가는 도약하지 못했다. 대신 칼날의 밝은 사선에 시선을 고정시키고 서서히 다가왔다.

게롤트는 돌연 걸음을 멈추고, 칼을 치켜든 채 얼어붙은 듯 멈추어 섰다. 당황했는지 스트리가도 그대로 멈추어 섰다. 그는 칼끝으로 천천히 반원을 그리며 스트리가를 향해 걸음을 내디뎠다. 한 걸음, 또 한 걸음. 그런 다음 풀쩍 뛰어오르면서 동시에 머리 위로 치켜든 칼을 빙글빙글 돌렸다.

스트리가가 이빨을 번득였다. 그러곤 갈 지(之)자를 그리며 뒤로 물러났다. 게롤트는 계속해서 스트리가에게 다가가며 손에 든 칼을 이리저리 휘둘렀다. 그의 두 눈에선 악의에 찬 불꽃이 일었고, 꼭 다문 잇새로 거친 신음소리가 새어 나왔다. 게롤트의 응축된 증오와 분노, 그리고 폭력의 힘이 파도처럼 스트리가에게 쏟아졌고, 심신을 파고드는 힘에 밀려 스트리가는 뒤로 물러섰다. 지금껏 자신이 몰랐던 감각들 하나하나까지 고통이 미치자 스트리가는 가느다랗게 떨리는 비명소리를 내며, 그대로 돌아서서 구불구불한 회랑 사이로 미친 듯 도망치기 시작했다.

게롤트는 공포에 사로잡힌 채 홀 한가운데에 멈추어 섰다. 혼자였다.

오래 걸렸군, 그는 생각했다. 심연의 가장자리에서 춘 이 춤, 이 섬뜩하고 광기 어린 전투의 춤사위가 기대했던 대로 그로 하여금 적과 영적 일치를 이루어, 스트리가를 사로잡고 있는 의지, 즉 먹을거리를 비축하리라는 의지를 파고들 수 있는 결과를 낳기까지 말이다. 스트리가의 엄청난 악의를 거울에 투영하듯 고스란히 괴물에게 투사하기 위해 자신 속에 그 엄청난 악의를 받아들이던 순간이 떠오르자 게롤트는 전율이 일었다. 이제까지 그렇게 강한 증오와 살의의 협연(協演)은 단 한 번도 접해 본 적이 없었다. 증오와 살의로 가장 악명이 높은 바실리스크를 만났을 때도 이 정도는 아니었다.

그럴수록 더 잘된 일이지…… 거대한 웅덩이처럼 바닥에 검게 놓여 있는 납골당의 입구로 걸어가며 그는 생각했다. 스트리가가 충격을 강하게 받을수록 더 잘된 일이다. 그럴수록 야수가 충격에서 벗어나기 전에, 그가 해야 할 일들을 위해 더 많은 시간이 주어질 것이다.

게롤트는 계속해서 지금처럼 전력을 다할 수 있을지 의심이 갔다. 영약(靈藥)의 효험이 떨어지고 있었다. 동틀 녘까지는 아직도 멀었다. 새벽이 오기 전에 스트리가가 다시 납골당으로 들어가게 해선 안 된다. 안 그러면 지금까지 한 일이 모두 허사가 되고 말 터였다.

그는 계단을 따라 내려갔다. 납골당은 크지 않았다. 납골당은 화려하게 장식된 세 개의 석관을 품고 있었다. 입구 바로 옆에 놓여 있는 석관의 뚜껑이 반쯤 옆으로 밀려나 있었다. 게롤트는 밤스에서 세 번째 병을 꺼내서 재빨리 내용물을 비웠다. 그런 다음 관 속으로 들어가 몸을 감추었다. 예상대로 어머니와 딸을 위한 2인용 관이었다.

위에서 다시 스트리가의 포효소리가 들렸다. 그제야 그는 뚜껑을 끌어당겼다. 그리고 미라가 된 아다의 시체 곁에 등을 대고 누운 채, 관 뚜껑 안쪽에 이든[1]이라는 마법기호를 표시했다. 그리고 가슴에 칼을 놓고, 야광모래를 채운 조그만 모래시계를 추가로 세워 두었다. 그런 다음 그는 양팔을 포개어 팔짱을 끼었다. 더 이상 성을 뒤흔드는 괴물의 비명소리는 들리지 않았다. 그에겐 이제 아무 소리도 들리지 않았다. 삿갓풀과 애기똥풀이 효력을 발하기 시작한 것이다.

VII

게롤트가 눈을 떴을 땐 모래시계의 모래가 남김없이 흘러내리고 난 뒤였다. 이것은 그의 무감각 상태가 필요이상으로 오래 지속된 것을 뜻했다. 귀를 기울여 보았으나 아무 소리도 들리지 않았다. 사고력은 다시 정상적으로 기능하고 있었다.

그는 한 손엔 칼을 쥐고 다른 한 손은 석관 뚜껑을 향해 손을 뻗고 주문을 외웠다. 뒤이어 그는 석관 뚜껑을 가볍게 밀어 올렸다.

정적이 흘렀다. 그는 관 뚜껑을 더 뒤로 밀친 다음 일어나 앉아 무기를 챙긴 뒤 관 가장자리 위로 고개를 내밀었다. 납골당 안은 어두웠지만, 그래도 밖에선 이미 먼동이 트기 시작했으리라는 걸 그는 알 수 있었다.

게롤트는 부싯돌로 불씨를 만들어 등잔에 불을 붙였다. 그런 다음 등잔을 높이 들어 올렸다. 납골당 벽에 기이한 그림자가 드리워졌다.

아무것도 없었다. 그는 석관에서 나왔다. 감각이 없고 몸이 뻣뻣한 것이 완전히 얼어붙은 것 같았다. 그때였다. 그의 눈에 '그녀'가 들어왔다. 그녀가 알몸으로 사지를 쭉 뻗은 채, 의식을 잃고 석관 옆에 누워 있었다.

그녀는 상당히 추했다. 가냘픈 몸매에, 봉긋 솟아오른 가슴은 작았고, 몸은 더럽

---

[1] 상대의 움직임을 마비시키고 피해를 입히는 함정을 바닥에 까는 주문이다.

기 짝이 없었다. 적갈색의 머리카락이 허리까지 내려왔다. 그는 관 뚜껑 위에 등잔불을 세워 놓고 그녀의 곁으로 가서 무릎을 꿇고 몸을 숙였다. 입술이 창백했고 광대뼈 위엔 커다랗게 피멍이 들어 있었다. 그에게 맞아서 생긴 일혈(溢血)이었다. 게롤트는 장갑을 벗고 칼을 옆에 놓은 뒤, 다짜고짜 그녀의 윗입술부터 들어 보았다. 평범한 치아였다. 그런 다음 헝클어진 머리카락을 움켜쥔 그녀의 손을 잡으려고 손을 뻗었다. 미처 그가 손을 대기도 전에, 그녀가 눈을 뜨는 것이 보였다. 그러나 이미 늦고 말았다.

그녀가 손톱을 세운 채 그의 목덜미로 달려들었고, 이어 손톱을 목 깊숙이 찔러 넣었다. 피가 분수처럼 그녀의 얼굴로 튀었다. 그녀는 울부짖으며 다른 손을 들어 그의 눈에 일격을 가했다. 게롤트는 그녀를 향해 몸을 날렸다. 그러곤 그녀의 양쪽 손목을 움켜쥐고 바닥에 눌렀다. 그녀는 이빨을 드러내며 그의 얼굴을 물려고 했지만, 그러기엔 이빨이 너무 짧았다. 게롤트는 이마를 들어 그녀의 얼굴에 박치기를 하며 더욱 세차게 그녀를 내리눌렀다. 그녀는 이제 스트리가 때처럼 힘이 세지 않았다. 그저 게롤트에게 깔린 채 몸을 뒤틀며 울부짖을 뿐이었다. 그러면서 입술 위로 쏟아지는 그의 피를 큭큭 뱉어냈다.

게롤트의 몸에서 빠른 속도로 피가 빠져나갔다. 시간이 없었다. 게롤트는 몸을 숙여 그녀의 귀 바로 밑에 있는 목을 힘껏 깨물었다. 인간답지 못하던 포효소리가 부드러워지며 가늘고 절망적인 비명소리가 되었다가 흐느낌으로 잦아들 때까지, 심상한 열네 살 소녀의 울음소리로 잦아들 때까지 그렇게 그녀의 목을 깨문 채로 힘껏 누르고 있었다.

그녀가 미동도 않자, 그제야 그는 그녀를 놓아주었다. 그는 무릎을 세워 몸을 일으킨 다음 소매 주머니에서 수건을 꺼내어 목에 대고 눌렀다. 그리고 더듬거리며 옆에 두었던 칼을 찾아 의식을 잃은 소녀의 목에 갖다 대고, 몸을 숙여 소녀의 손을 보았다. 못생기고 부러진 데다 피가 흘렀지만 그래도 정상이었다. 손톱은 완전히 정상이었다.

게롤트가 힘겹게 일어섰다. 납골당 출입구로 어느새 축축하고 끈적거리는 잿빛 여명이 밀려들었다. 그는 서둘러 계단을 향해 갔다. 하지만 이내 걸음을 멈추고 무겁게 바닥에 주저앉고 말았다. 피에 흠뻑 젖은 수건 새로 피가 배어 나와 손등을 타고 소매 속으로 흘러들었다. 그는 외투를 열어젖히고 셔츠를 잡아 찢었다. 그러곤 찢어낸 셔츠의 천을 목에 감았다. 그는 알았다. 자신에게 시간이 얼마 없다는 것과 자신이 곧 정신을 잃게 되리라는 것을……

천 조각을 다 두른 다음 그는 그대로 정신을 잃었다.

호수 저편, 비지마에선 수탉 한 마리가 축축한 찬 기운에 털을 곤두세우고 쉰 목소리로 세 번째 울음을 터트렸다.

VIII

초소 위층 방의 들보가 드러난 천장과 하얗게 칠한 벽이 눈에 들어왔다. 그는 고개를 돌리다가 고통으로 얼굴을 일그러뜨리며 신음소리를 냈다. 목에는 붕대가 감겨져 있었다. 두툼하고 꼼꼼하게 맨 것이 전문가의 솜씨였다.

"누워 있게, 위쳐."

벨레라드가 말했다.

"누워 있어, 움직이지 말고."

"제…… 칼은……?"

"그래, 그래. 위쳐에겐 당연히 은검(銀劍)이 중요하지. 그건 저기 있네, 걱정하지 말게. 칼도 있고 작은 상자도 있네. 그리고 삼천 오렌도. 그래, 그래. 아무 말도 하지 말게. 여기 있는 나는 늙은 얼간이이고, 자네는 현명한 위쳐라네. 폴테스트 왕이 이틀 전부터 계속 되뇌며 하는 말이기도 하지."

"이틀이나……"

"그러게, 이틀이나 되었군. 그 아이, 자네의 목을 제대로 찢어 놓았더구먼. 목 속에 뭐가 들었는지 다 드러나 보일 정도였지. 자네, 피를 엄청나게 쏟았더군. 세 번째 닭 울음소리를 듣자마자 우리가 옛 성으로 곧바로 몰려갔기에 망정이지……. 그날 밤 비지마에 사는 사람들은 한숨도 못 잤다네. 잘 수가 없었지. 둘이서 좀 끔찍한 소리를 냈어야 말이지. 두서없이 떠들어서 괜히 자넬 힘들게 한 건 아닌지 모르겠군."

"공……주는요?"

"그냥 여느 공주와 같네. 말랐더군. 어리석은 것만은 여느 여자애들과 같지. 계속 울면서 침대에서 나올 생각을 안 해. 하지만 폴테스트 왕이 그러더군. 차츰 변할 거라고. 내 생각엔 나쁜 쪽으로 변할 것 같지는 않더군. 어떤가, 게롤트?"

게롤트가 눈을 감았다.

"알았네, 그만 가 보겠네."

벨레라드가 일어섰다.

"푹 쉬게. 게롤트, 가기 전에 듣고 싶은 말이 있네. 말해 보게, 그녀를 물어 죽이려 한 이유가 뭔가? 여보게, 게롤트?"

게롤트는 다시 잠들어 있었다.

이성의 목소리

2

I

"게롤트."

게롤트는 잠에서 깨어나 고개를 돌렸다. 벌써 높이 떠오른 해가 나뭇잎 사이를 파고들며 창구멍마다 눈부신 황금빛 반점을 남겼고, 오두막 구석구석에 홍수처럼 빛을 쏟아붓고 있었다. 게롤트는 눈 위에 손차양을 쳤다. 위쳐에겐 불필요한 본능적인 몸짓이었다. 햇빛을 막는 건 동공을 조그만 점으로 축소시키는 것만으로 충분했다.

"늦었네."

네네케가 창문을 열며 말했다.

"둘 다 늦잠을 잤군. 이올라, 얼른 가거라. 아직까지 여기 있으면 안 되지."

소녀가 화들짝 놀라 자리에서 벌떡 일어났다. 그러곤 침대 아래로 몸을 굽혀 바닥에 있는 망토를 집어 들었다. 게롤트는 어깨에, 방금 전까지 그녀가 입술을 대고 있던 자리에 침이 얼룩져 있는 걸 느꼈다.

"기다려……."

그가 불분명한 어조로 말했다. 소녀는 그를 바라보다 재빨리 고개를 돌렸다.

소녀는 사뭇 달라진 모습이었다. 그녀의 어디에서도 엘프의 모습은 더 이상 찾아볼 수 없었다. 어스름 여명 속에서 빛을 발하며 카밀레 향을 풍기던 환영의 모습은 온데 간데 없었다. 검은 눈동자가 아니라 푸른 눈동자였고 주근깨도 있었다. 콧잔등과 가슴팍, 어깨까지 차지한 흠잡을 데 없이 귀여운 주근깨였고 그녀의 피부색과 적갈색 머리카락에도 잘 어울렸다. 그러나 게롤트는 이올라가 그의 꿈이었던 그때, 새벽 어스름엔 그것을 보지 못했다. 그는 부끄럽고 불쾌했다. 그리고 자신이 그녀에게서 느끼는 이 감정이 아쉬움이라는 걸, 그녀가 그의 이상형의 모습으로 머물지 않은 데서 느끼는 아쉬움이라는 걸 깨달았다. 더불어 자신이 느끼는 이 아쉬움을 결코 용서하지 못하리라는 것도.

"기다려."

그가 다시 한 번 말했다.

"이올라…… 나는……."

"그 아이에게 아무 말도 하지 말게, 게롤트."

네네케가 말했다.

"어차피 대답하지도 않을 테니까. 어서 가라, 애야. 서둘러, 이올라."

소녀는 망토로 몸을 휘감고 맨발로 타박타박 문을 향해 걸어갔다. 어딘가 주눅이 든 듯 침울했고 얼굴을 붉힌 것이 안쓰러웠다.

이올라의 모습 어디에서도 이젠 그녀를……, 예니퍼를…… 기억할 수가 없었다.

"네네케."

그가 셔츠로 손을 뻗으며 말했다.

"이 일로 화내지 않으셨으면 합니다. 이올라를 벌하지 말아 주세요."

"어리석기는."

여사제가 풋, 하고 웃으며 침대로 다가갔다.

"게롤트, 지금 자네가 어디 있는지 잊은 모양이네. 여기가 은둔자의 암자인가? 수도원인가? 멜리텔레의 성전일세. 우리가 모시는 여신께선 여사제들에게 금(禁)하시는 것이…… 없다네. 거의 아무것도 없지."

"그런데도 당신은 내가 그녀와 이야기하는 걸 금하셨잖아요."

"나는 금지한 게 아니라 그래 봤자 허사라는 걸 자네에게 환기시켜 준 것뿐이야.

이올라는 말을 하지 않네."

"뭐라고 하셨습니까?"

"말을 안 한다고. 그렇게 하겠노라고 그녀가 서원했거든. 그것은 일종의 단념과 같은 것이라네. 그런 단념을 통해서…… 아, 이걸 어떻게 설명한다? 아니지, 어차피 자네는 이해하지도 못할 텐데. 아니 이해하려고 하지도 않을 걸, 뭐. 자네가 종교에 대해 어떤 견해를 갖고 있는지 내 다 알고 있네. 안 돼, 아직 입지 마. 목이 얼마나 아물었는지 살펴봐야 해."

그녀는 침대 가장자리에 앉아 능숙한 손놀림으로 게롤트의 목에 두툼하게 감겨 있는 붕대를 풀었다. 게롤트는 고통스러워하며 얼굴을 찡그렸다.

네네케는 게롤트가 엘란더에 도착하자 곧바로 비지마에서 수지실[1]로 대충 봉합했던 상처 부위에서 수지실을 제거해 내고, 봉합한 상처를 열어 새로 치료를 했다. 결과는 확연히 드러났다. 성전에 있는 동안 목이 조금 뻣뻣할 뿐 거의 건강을 되찾은 듯했다. 그런데 어찌된 일인지 지금 다시 상처가 도져 그를 고통스럽게 했다. 그래도 반항하지는 않았다. 이미 여러 해 동안 여사제 네네케를 알아 왔고, 그녀의 의료지식이 얼마나 엄청난지, 그리고 얼마나 다방면에 걸쳐 다양한 약제를 조제할 수 있는지 잘 알고 있었던 것이다. 멜리텔레 성전에서 치료를 받는 것은 그에게 큰 도움을 주는 일이었다.

네네케가 상처의 가장자리를 닦아내고 상처를 소독하면서 잔소리를 하기 시작했다. 게롤트는 그녀가 하는 잔소리를 다 외울 수 있을 정도였다. 상처를 본 첫날부터 곧바로 잔소리를 하기 시작하더니 비지마 공주의 손톱이 남긴 기념물을 볼 때마다 단 한 번도 잊지 않고 태엽을 감듯 같은 잔소리를 늘어놓았던 것이다.

"말도 안 돼! 특출하지도 않은 스트리가 하나가 이렇게 찢어발길 때까지 그걸 그냥 둬? 근육, 힘줄, 하마터면 목으로 지나가는 동맥까지 당할 뻔했어! 위대하신 멜리텔

---

[1] 송진을 칠하여 주로 구두를 깁는 데 쓰는 실이다.

레 여신이여, 세상에 이게 웬일이랍니까. 게롤트, 대체 무슨 일인가? 무슨 일이 있었기에 스트리가를 그렇게 가까이 오게 두었어? 그 스트리가와 뭘 하려고 했던 거지? 그 짓이라도 하려고 그랬어?"

게롤트는 대답은 않고 부드럽게 미소만 지었다.

"그렇게 바보같이 히죽거리지 말게."

여사제가 자리에서 일어났다. 그리고 서랍장에서 붕대 가방을 꺼내었다. 풍만한 몸에 신장은 작았지만, 그녀의 움직임은 숙련되고 기품이 있었다.

"무슨 일이 일어났는지 자세히는 모르겠지만 그 일은 전혀 웃을 일이 아니라네. 자네, 반응력이 떨어지고 있어, 게롤트."

"과장하지 마세요."

"내가 과장하는 것처럼 보이나?"

네네케가 곤죽 같은 녹색 연고를 상처에 문질렀다. 약재에 스며 있던 유칼립투스 향이 사방으로 퍼졌다.

"상처를 입도록 내버려 둬선 안 되는 거였어. 그런데 그렇게 했지, 그깃도 아주 엉망이 되도록 치명적인 상처였어. 심지어 자네같이 믿을 수 없는 재생 능력을 가진 몸으로도 몇 개월이 걸려야 다시 자유자재로 목을 움직일 수 있을 정도이니 말이네. 내 경고해 두는데, 이 기간 중에 움직이는 적과 겨루는 건 절대 금물이네."

"경고, 고맙습니다. 경고하신 김에 혹시 조언 한 말씀 해 주실 수 있겠습니까? 그 기간 동안 그림 저는 무엇으로 벌어먹고 살아야 하나요? 여자들을 모으고, 마차를 사서 이동식 색시집이라도 열까요?"

네네케가 어깨를 으쓱해 보이며 재빠르고 야무진 손놀림으로 그의 목에 붕대를 감았다.

"나한테 지금 자네에게 조언도 하고 삶의 지혜도 알려 주라는 말인가? 내가 무슨 자네 어머니라도 되는가? 자, 끝났네. 이제 옷을 입어도 되네. 사원식당에 아침식사를 차려 놓았어. 서두르게나. 안 그러면 자네가 직접 밥을 지어먹어야 할 걸세. 내, 점심때까지 애들을 부엌에 붙잡아 둘 생각은 없으니까."

"어딜 가야 다시 뵐 수 있죠? 지성소에 계실 건가요?"

"아니."

네네케가 일어서며 말했다.

"지성소엔 없을 거야. 게롤트, 자넨 늘 곁에 두고 보고 싶은 손님이네만 날 찾아 지성소로 따라오지는 말게. 가서 식사나 하게. 때가 되면 내가 자네를 찾아갈 테니까."

"그렇게 하죠."

II

게롤트는 조그만 포플러 가로수 길을 따라 걸어갔다. 네 번째로 찾아온 길이었다. 가로수 길은 성문에서 주거지역으로 이어져 있었는데 그 근처에 깎아지른 바위산과 어우러진 지성소와 중앙신전 구역이 있었다. 그는 잠시 생각해 본 뒤, 안가로 돌아가려던 걸 포기하고, 정원과 농사(農舍)[1] 쪽으로 방향을 틀었다. 그곳에선 10명 남짓 되는 회색 작업가운 차림의 여사제들이 부지런히 텃밭을 매거나 닭장 안에 있는 닭들에게 먹이를 주고 있었다. 대부분 젊은 여사제들이었고, 젊다기보다는 아직 어린 티를 못 벗어나 아이처럼 보이는 이들도 있었다. 여사제들 몇이 지나가는 그를 보고 고개를 숙이거나 미소를 지으며 인사를 건넸다. 인사에 응답하긴 했지만, 다들 모르는 얼굴이었다. 대부분 성전 안에서만 머물렀고 일 년에 두 번씩 이곳을 찾을 때도 있었지만, 아는 얼굴을 서너 명 이상 만난 적은 단 한 번도 없었다. 소녀들은 왔다가 간다. 예언녀의 몸이 되어 다른 사원으로 가거나, 산파가 되거나, 아니면 부인병과 소아병 전문치료사, 떠돌이 드루이드 사제[2], 선생이나 가정교사의 몸이 되어 사원을 떠난

---

[1] 농작물을 수확하여 처리하는 막사를 말한다.
[2] 고대 켈트족이 믿던 드루이드교의 사제 혹은 제사를 치르는 제관을 뜻한다.

다. 그런데도 절대로 결원은 생기지 않았다. 곳곳에서, 심지어 두메산골 외딴 지역에서도 새로운 얼굴들이 찾아왔다. 엘란더에 있는 멜리텔레 성전은 널리 알려져 있었고, 그에 걸맞은 명성을 누렸다.

멜리텔레 여신 숭배는 가장 오래 되고, 또 당대 가장 널리 퍼져 있던 제식 중 하나였다. 이 숭배의식의 시발점은 옛날 옛적, 화석인류 시대로 거슬러 올라간다. 화석인류 시대의 모든 인종과 원시시대 그리고 아직 유목생활을 하던 시대의 모든 인간종족들은 수확과 다산의 여신, 농경과 원예의 수호여신, 사랑과 결혼을 관장하는 여신을 숭배하였다. 이러한 숭배의식들 대부분이 한데 어우러져 멜리텔레 숭배의식 속에 녹아들어 있었다.

다른 종교와 의식들이 상당히 무자비한 취급을 받던 시대, 그리하여 결국 잊혀 사람의 발길이 끊긴 채 번화한 도시 속 어디에 붙어 있는지도 모를 작은 성전과 사원들로 밀려나게 된 시대에도 멜리텔레 숭배는 후한 대접을 받았다. 멜리텔레 신전에는 계속하여 신도도 후원자도 부족함 없이 이어졌다. 이 현상을 분석한 학자들은 멜리텔레 여신의 인기를 설명하기 위해 내부분 위대한 어머니, 즉 어머니 자연에 대한 원시숭배 현상으로 거슬러 올라갔다. 그러면서 그들은 자연의 순환성질과 생명의 재생산 그리고 인구에 회자되는 다른 여러 현상들과의 연계성을 환기시켰다. 게롤트의 친구이자 음유시인인 단델라이언은 좀 더 간단한 설명을 찾아냈다. 그는 온갖 분야의 전문가를 자처하는 친구였다. 그에 따르면 멜리텔레 숭배는 전형적인 여성숭배였다. 멜리텔레는 다산과 출산을 관장하는 여신이요, 산후조리 중인 여성을 보호하는 수호신이다. 그래서 여자들은 출산할 때 소리를 질러야 한다는 것이었다. 출산하는 여성은 보잘 것 없는 사내에게 다시는 몸을 맡기지 않겠노라는, 그냥 통상적으로 약속한 듯 질러대는 공허한 비명 이외에 어떤 신성한 존재에게 도와달라고 외쳐야 하는데, 그 점에서 멜리텔레가 안성맞춤이라는 것이었다. 그리고 여성들은 우리가 기억하는 한 언제나 아이들을 낳아 왔고 앞으로도 계속 그럴 것이기 때문에 멜리텔레 여신의 인기에 대해선 걱정할 필요조차 없다는 말로 설명을 매듭지었다.

"게롤트."

"여기 있었군요, 네네케. 한참을 찾았습니다."

"나를?"

여사제가 놀리듯 그를 빤히 쳐다보았다.

"이올라가 아니라?"

"물론 이올라도요."

그는 순순히 수긍하였다.

"만나면 안 됩니까?"

"지금은 그래. 자네가 그 아이의 길을 가로막고 딴 쪽으로 돌아가게 만드는 것은 원치 않아. 이번 트랜스[1] 때 뭘 좀 알아내려면 그 아이는 준비도 하고 기도도 해야 한다네."

"이미 말씀드렸잖아요."

그가 쌀쌀맞게 대꾸했다.

"저는 트랜스를 원치 않는다고요. 그런 트랜스가 제게 득이 될 거라고는 생각지 않습니다."

"나는 자네와 반대로……."

네네케가 살짝 인상을 찌푸리며 말을 이었다.

"그런 트랜스가 자네에게 해를 끼치진 않을 거라고 생각하네."

"저는 트랜스 상태에 들어갈 수 없어요. 트랜스에 대한 항체가 있거든요. 이올라가 걱정될 뿐입니다. 영매(靈媒)에게 트랜스는 너무 과도한 부담일지도 몰라요."

"이올라는 영매도 귀신들린 점쟁이도 아닐세. 그 아이는 여신의 특별한 총애를 기쁘게 누리고 있을 뿐이야. 멍청한 표정 좀 짓지 말게. 말했다시피 나는 종교에 대한 자네의 생각을 알고 있고, 여태까지 그 문제로 신경이 거슬려 본 적은 한 번도 없었

---

[1] '삶에서 죽음으로의 옮김'이라는 어원을 가진 단어로 무아지경, 실신, 혼수상태의 뜻으로 쓰인다. 여기선 영매를 통해 무아지경의 상태로 들어가 자신의 과거와 미래의 숨겨진 비밀을 캐는 일종의 접신과정을 뜻한다.

고, 확신컨대 앞으로도 그것 때문에 신경 거슬려 할 일은 없을 걸세. 나는 광신도가 아니니까. 우리가 자연과 그 자연 속에 숨겨져 있는 힘에 지배당한다고 믿는 믿음, 그건 자네의 훌륭한 권리이지. 자네가 신들이란—우리 멜리텔레 여신까지 포함해서—바로 이런 힘의 화신일 뿐이고, 단순한 사람들에게 그 힘을 더 잘 이해시키기 위해, 그로써 그 힘의 현존을 받아들이도록 하기 위해 고안된 존재라는 견해를 가져도 나로선 할 말이 없네. 자네 견해에 따르자면 이 힘은 눈 먼 힘이지. 하지만 게롤트, 나에겐 나의 믿음을 허락해 주게. 나는 우리 여신께서 구현하고 있는 것, 즉 질서와 정의, 선량함 그리고 희망을 자연에서 찾을 수 있다는 믿음을 갖고 있네."

"알고 있습니다."

"알고 있다면서 그럼 왜 트랜스에 대해 그렇게 반대하는 건가? 뭘 두려워하는 거지? 내가 자네를 신상 앞, 바닥에 키스하게 하고 성가(聖歌)라도 부르게 할까 봐서? 게롤트, 우리끼리, 그러니까 자네와 이올라, 나 이렇게 셋이서 그냥 한동안 함께 앉아 있기만 하면 되는 거야. 그리고 두고 보는 거네. 그 아이의 능력이 자네를 칭칭 감고 있는 힘의 실타래를 읽을 수 있는지 말이야. 아마 뭔가를 경험하게 될지도 몰라. 어쩌면 자네를 감싸고 있는 운명의 힘들이 우리에게 그 힘을 드러내지 않으려 할 수도 있어. 꽁꽁 숨어 아무것도 알아내지 못할지도 모르지. 그건 나도 알 수 없네. 그렇다고 해서 그걸 해 보지도 말라는 법은 없지 않은가?"

"그렇게 하는 것이 의미가 없기 때문입니다. 저를 감고 있는 운명의 실타래 같은 건 없으니까요. 그리고 설령 그렇다 한들, 빌어먹을, 뭣 하러 그걸 캐내려 하시는 겁니까?"

"게롤트, 자네가 아프잖아."

"상처를 입었잖아, 라고 말씀하시려던 거겠죠."

"내가 무슨 말을 하려는지도 모르는 줄 아나. 자넨 지금 뭔가 정상이 아니야. 나는 그걸 느낄 수 있어. 나로 말하자면, 자네가 아직, 응, 요만할 때부터 알았던 사람이야. 내 허리춤에 닿을 정도로 어릴 때부터 말이야. 그런데 지금의 내 느낌은 자네가 뭔가 굉장한 소용돌이에 빠져 계속 맴을 돌고 있는 것 같다는 거야. 완전히 빨려 들어간 것 같아. 서서히 숨통을 조여 오는 올가미에 사로잡혀 있는 것 같기도 하고. 나는 무엇이 잘못된 건지 알고 싶네. 하지만 나 혼자 힘으론 알아낼 수가 없어. 그래서 이 올라의 재능에 의존할 수밖에 없네."

"너무 깊이 파고드시는 거 아닙니까? 형이상학은 또 어디에 쓰시려고 공부하신 겁니까? 원하시면 제가 지금껏 아무에게도 말하지 않았던 이야기를 해 드리겠습니다. 밤마다 지난 몇 년간 있었던 사건들을 이야기해 드리면 시간이 잘 갈 겁니다. 들을수록 더더욱 기묘한 이야기들이 이어지거든요. 맥주 한 통만 준비해 주시면 됩니다. 그래야 목도 축이고 이야기도 술술 풀려나올 테니까요. 그럼 우리 당장 오늘밤부터 시작할까요? 전 아무래도 괜찮습니다. 걱정이라면 당신이 혹시 지루해 하시진 않을까, 그것뿐입니다. 올가미나 실타래 같은 건 이야기에 나오지 않거든요. 그냥 평범한 위쳐 이야기지요."

"자네의 이야기야 거절할 이유가 없지. 하지만 한 번 더 말해 두는데, 트랜스를 하면 자네한테 해가 되지는 않을 걸세."

"그런 생각은 안 하십니까?"

게롤트가 미소를 지으며 말했다.

"그런 저의 불신이 트랜스 자체를 무의미하게 만든다는 생각 말입니다."

"아니, 나는 그렇게 생각지 않네. 왜인지 아나?"

"모릅니다."

네네케는 창백한 입술에 묘한 미소를 띠고는 그의 눈을 빤히 들여다보았다. 그러곤 확신에 찬 표정으로 입을 열었다.

"만약 그렇다면, 그런 불신조차 무언가 영향력을 행사할 수 있다는 사실을 자네가 처음으로 입증하는 셈이 될 테니."

티끌만 한 진실

I

게롤트는 안개 띠를 두른 밝은 하늘을 바라보며 검은 점들의 움직임에 주의를 기울였다. 검은 점들은 수가 꽤 많았다. 새들은 느릿느릿 여유롭게 원을 그리다가 갑자기 빠른 속도로 날아내렸고, 그런 다음 곧바로 날개를 퍼덕이며 다시 하늘로 날아올랐다.

게롤트는 한참 동안 새들을 관찰하며 거리를 가늠했다. 그리고 숲의 빽빽한 정도와 가는 길에 예상되는 골짜기의 깊이와 코스 등 지형을 고려하여 새들이 있는 곳까지 예상되는 시간도 계산해 보았다. 갑자기 그가 외투를 뒤로 젖혔다. 그러곤 비스듬하게 가슴팍을 가로지르는 가죽 띠의 구멍을 두 칸 더 조였다. 등에 찬 칼의 끝머리장식과 손잡이가 그의 오른쪽 어깨 위로 불쑥 솟았다.

"좀 더 속도를 내야겠어, 로치."

그가 말했다.

"길을 떠날 거야. 내 생각엔 말이지, 새들이 아무 이유 없이 서서 서렇게 맴을 돌리가 없어."

암말(馬)은 물론 아무 대답도 하지 않았다. 그러나 귀에 익은 목소리에 순종하며 잔걸음을 걷기 시작했다.

"누가 알겠어? 어쩌면 죽은 엘크[1]가 있을지도."

---

[1] 힘이 세고 큰 뿔이 나 있는 사슴으로 숲의 왕이라 불린다.

게롤트가 말했다.

"어쩌면 엘크가 아닐 수도 있고. 그야 모를 일이지."

정말로 게롤트가 예상했던 그곳에 골짜기가 나타났다. 그는 잠시 위쪽에 서서 아래쪽, 벌어진 골짜기 틈새를 빽빽하게 채우고 있는 나무 꼭대기들을 굽어보았다. 경사면은 흐름이 완만하지 않았고, 바닥은 가시덤불 하나, 썩은 나무둥치 하나 없이 메말라 있었다. 그는 너끈히 골짜기를 지나쳤다. 골짜기 반대편에는 자작나무 숲이 있었다. 자작나무 숲 뒤로 넓은 빈터가 나타났다. 진달래 관목과 바람에 부러진 수목들이 가지와 뿌리가 서로 뒤엉켜 촉수처럼 비죽비죽 솟아 있었다.

갑자기 말을 탄 사람이 나타나자 놀란 새들이 하늘 높이 날아오르며 거칠고 날카롭게 새된 소리를 내며 울기 시작했다.

곧바로 첫 번째 시신이 게롤트의 눈에 들어왔다. 시신은 사초 덤불에 꽂혀 있었다. 시신의 흰색 사슴가죽 밤스와 푸른색의 광택 없는 드레스가 누런 방동사니 덤불과 선명하게 대조를 이루었다. 다른 시신들은 보이지 않았다. 그러나 게롤트는 그 시신들이 어디에 있는지 알 수 있었다. 뒷다리를 괴고 앉아 조용히 말 탄 남자를 살펴보고 있는 늑대 세 마리가 시신이 있는 곳을 말해 주고 있었다. 게롤트의 암말이 씩씩 콧김을 내뿜었다. 늑대들은 누가 시키기라도 한 듯 소리 없이 일어났다. 그러곤 서두르는 기색도 없이 터벅터벅 삼각형으로 각진 머리통을 들어 지금 막 도착한 남자를 한참 동안이나 뒤돌아보며 숲 속으로 걸어갔다. 게롤트가 말에서 뛰어내렸다.

푸른색 드레스에 밤스를 입은 여인은 얼굴과 목, 왼쪽 넓적다리의 상당부분이 없었다. 게롤트는 시신을 자세히 살펴보지 않고 그냥 지나쳐 갔다.

남자는 땅 쪽으로 얼굴을 향한 채 누워 있었다. 게롤트는 남자의 몸을 뒤집어 보지 않았다. 굳이 보지 않아도 늑대와 새들이 이곳에서도 즐거운 식사를 했다는 걸 알 수 있었다. 추가로 시신을 더 자세히 살펴볼 필요도 없었다. 모직 밤스의 어깨부분과 등 부분에 여러 갈래로 흘러내린 검은 피가 말라붙어 있었다. 남자는 목을 가격당해 죽었고, 나중에야 늑대들이 그의 몸을 도륙(屠戮)한 것이 분명했다.

남자는 가죽 허리띠에 나무칼집에 넣은 짧은 사냥칼과 가죽주머니를 차고 있었다. 게롤트는 가죽주머니를 벗겨내어 부싯돌과 백묵, 봉랍(封蠟), 은화 몇 닢, 뼈로 만든 손잡이가 달린 접이식 면도칼, 토끼 귀 한 개, 열쇠 세 개가 달린 고리 한 개, 남근 상징물이 달린 액막이 부적 한 개를 차례차례 풀 위에 던졌다. 얇은 천에 룬 문자로 쓴 두 통의 편지는 비와 이슬에 흠뻑 젖어 한 글자도 알아볼 수 없었다. 세 번째 편지는 양피지에 쓴 것이었다. 마찬가지로 축축해지긴 했지만 읽을 수는 있었다.

편지는 신용장이었다. 무리벨에 있는 한 드워프 은행에서 룰레 아스페르인지 아스펜인지 하는 상인에게 교부한 것이었다. 금액은 크지 않았다.

게롤트는 몸을 숙여 남자의 오른손을 들어 올렸다. 예상했던 대로였다. 부풀어 오르고 퍼렇게 변색된 손가락을 당장이라도 절단 낼 듯 구리반지가 끼워져 있었다. 그 반지에는 선명하게 판금공(板金工) 조합의 표시가 새겨져 있었다. 돋을새김으로 면갑[1](面甲)이 달린 투구와 십자형으로 교차된 두 개의 칼을 새기고 그 아래에 룬 문자 A를 새겨 넣은 표시였다.

게롤트는 여자의 시신이 있는 곳으로 되돌아왔다. 시신을 이리저리 돌려 보는데, 무엇인가 그의 손가락을 찔렀다. 드레스에 달라붙어 있던 장미였다. 꽃은 시들었지만 색은 그대로였다. 꽃잎은 진한 청색, 거의 석류알갱이 같은 청보라에 가까운 색이었다. 게롤트는 그런 장미는 난생처음 보았다. 여자의 몸을 완전히 뒤집었을 때였다. 그가 움찔하며 미간을 좁혔다.

찢기고 뜯긴 채 창백하게 놓여 있는 여자의 목에서 선명한 이빨자국이 드러나 보였던 것이다. 그런데 늑대의 이빨자국이 아니었다.

게롤트는 조심스럽게 말이 있는 곳으로 되돌아왔다. 그리고 숲 가장자리를 계속 주시하며 안장에 오른 다음, 몸을 숙인 채 빈터 바닥을 주의 깊게 훑어보았다. 그는 두 번이나 그렇게 숲 속의 빈터를 돌며 이리저리 주변을 둘러보았다.

---

[1] 보호창 역할을 하는 머리갑옷의 일부이다.

"자, 로치."

그는 나직한 목소리로 말을 멈추어 세웠다.

"완전하진 않지만 사건은 분명해. 판금공과 그 여인은 숲의 반대편에서 말을 타고 왔어. 두 사람이 무리벨에서 집으로 돌아가던 길이라는 건 의심할 여지가 없어. 현금이 지급되지 않은 신용장을 장시간 지니고 다닐 인물은 아무도 없을 테니까. 그들이 왜 도로를 두고, 이 길을 따라 말을 타고 왔는지 모르겠어. 하지만 그들이 나란히 말을 몰면서 이 빈터를 지나간 건 분명해. 그런 다음 그들 두 사람은, 무슨 이유에서인지는 모르겠지만 말에서 내렸거나 떨어졌고. 판금공은 그 즉시 사망했고 여자는 도망치던 중에 넘어져서 역시 목숨을 잃었지. 그러니까 아무 흔적도 남겨 놓지 않은 어떤 존재가 이빨로 그녀의 목을 물고 땅바닥에 엎어뜨린 뒤 물어뜯었던 거야. 이 일이 벌어진 건 이틀 혹은 사흘 전이었어. 말들은 달아나 버렸지. 그 말들은 찾기가 힘들 거야."

암말은 물론 대답하지 않았다. 그러나 주인의 말을 알아듣는다는 듯 불안하게 콧김을 뿜으며 씩씩거렸다.

"두 사람의 목숨을 앗아간 건 늑대인간도 아니고 레쉬도 아니야. 늑대인간이나 레쉬라면 썩은 고기를 먹는 짐승들을 위해 그렇게 많은 부분을 남겨 놓을 리가 없어. 이곳에 늪이 있다면 키키모어[1]나 북(北)살모사의 짓이라고 할 수도 있겠지. 하지만 이곳엔 늪이 없어."

게롤트는 몸을 뒤로 젖혀 말의 양 옆구리를 덮고 있던 덮개를 뒤로 살짝 밀었다. 덮개 아래엔 안장주머니에 단단하게 고정시킨 또 다른 칼이 숨겨져 있었다. 화려한 장식을 새긴 칼날에 톱니처럼 울퉁불퉁한 검은 손잡이가 달린 칼이었다.

"자, 로치. 계속 가는 거야. 우리, 판금공과 그 여인이 왜 도로 대신 숲길로 지나갔는지 그 이유를 밝혀내야 하지 않겠어? 이런 종류의 사건들을 무관심하게 피해간다

---

[1] 슬라브 신화에 나오는 가정의 여자 정령으로 보통 난로 뒤나 지하실, 늪이나 숲에서 발견된다.

면 네 귀리는 무슨 돈으로 사겠냐. 안 그래, 로치?"

암말은 고분고분 게롤트가 이끄는 대로 움직이며, 비바람에 꺾여 나간 수목 사이를 지나갔다. 그러면서 비죽이 솟아오른 나뭇가지들을 조심스럽게 넘어갔다.

"늑대인간이 아닌 건 알고 있지만 일부러 위험을 무릅쓸 것까지야 없지."

게롤트는 안장주머니에서 말린 투구꽃 한 다발을 꺼내어 재갈 옆에 매달았다. 암말이 코를 킁킁거렸다. 게롤트는 밤스의 목 부분을 살짝 풀어 아가리를 쩍 벌린 늑대 문양의 메달을 꺼내었다. 은목걸이에 매단 메달이 햇빛을 받아 수은처럼 빛나며 말 걸음걸이에 맞추어 이리저리 흔들렸다.

II

먼 곳에서는 거의 눈에 띄지 않던 굽이진 오솔길을 질러가자 길이 언덕으로 접어들었다. 언덕 꼭대기에서 맨 처음 그의 눈에 들어온 것은 탑의 원추형 지붕에 얹은 붉은색 너와들이었다. 개암나무 관목이 우거지고 마른 나뭇가지가 길을 가로 막은 데다, 누렇게 변색된 잎사귀들이 양탄자처럼 언덕을 뒤덮고 있었다. 말을 타고 가기엔 특히 안전해 보이지 않았다. 게롤트는 언덕 꼭대기에서 다시 조심스럽게 말을 몰고 내려와 오솔길로 되돌아왔다.

그는 천천히 말을 몰았다. 그러다 가끔씩 말을 세우고 안장에 앉은 채 몸을 숙여 발자국 흔적들을 찾아보았다.

암말이 갑자기 움찔움찔 고갯짓을 하며 거칠게 씩씩거렸다. 말이 겅중거리며 오솔길 위를 이리저리 맴돌자 바싹 마른 잎사귀가 구름처럼 회오리쳐 올랐다. 게롤트는 왼팔로 말의 목을 휘감고, 오른손을 들어 액시 기호를 만든 다음 주문을 외며 말의 이마 위에 손을 가져갔다.

"그렇게 지독하니?"

그는 마법기호를 풀지 않은 채 주변을 둘러보며 중얼거렸다.

"그렇게 심해? 진정해라, 로치, 진정해."

게롤트는 얼른 발꿈치로 말의 옆구리를 차며 박차를 가하였다. 그러나 암말은 발을 질질 끌며 부자연스럽게 무거운 발걸음을 내디뎠다. 기호 때문에 리듬을 타는 탄력 있는 걸음걸이를 잃은 탓이었다. 게롤트는 능숙한 솜씨로 말에서 내린 다음 계속 걸으며 고삐를 잡고 말을 이끌었다. 성벽을 보았던 것이다.

성벽은 숲과 곧바로 이어져 있었다. 둘 사이를 구분하는 구덩이 하나조차 보이지 않았다. 자란 지 얼마 되지 않은 어린 나무와 노간주나무의 잎사귀가 돌담 새에서 자란 야생 포도와 담쟁이 넝쿨과 한데 뒤섞여 있었다.

게롤트가 고개를 들었다. 그와 동시에 그는 보이지 않는 작고 부드러운 무엇인가가 그의 목에 달라붙는 느낌을 받았다. 머리카락이 쭈뼛 서고 근질거리기 시작했다. 그는 그것의 정체를 알고 있었다.

누군가 그를 보고 있다!

그는 천천히, 그러나 아무렇지 않은 듯 자연스럽게 돌아섰다. 암말이 콧김을 푹푹 내뿜었다. 말의 목 근육이 경련하듯 떨렸고 살갗이 파닥파닥 뛰었다.

조금 전 그가 떠나 온 언덕의 경사면에 한 소녀가 미동도 않고 서 있었다. 바닥까지 끌리는 긴 백색 드레스가 어깨까지 풀어헤친 희미하게 빛나는 검은 머리카락과 대조를 이루었다. 미소를 짓고 있는 것처럼 보이긴 했지만 게롤트는 확신할 수 없었다. 그러기엔 너무 멀리 떨어져 있었다.

"어이, 이봐."

그는 한 손을 들어 올려 친절한 제스처를 취하며 소녀를 향해 한 걸음 다가갔다. 소녀는 살짝 고개를 기울이고 그의 움직임을 따라갔다. 소녀는 창백한 얼굴에 눈동자가 검고 눈이 컸다. 그녀의 얼굴에서 씻은 듯이 미소가—만약 아까 그것이 미소였다면—사라졌다. 게롤트는 한 걸음 더 다가가 보았다. 잎사귀들이 발에 밟혀 바스락거렸다. 소녀가 사슴처럼 언덕 위로 달려가 바람에 부러져 엉켜 있는 수목들 사이로 재빨리 모습을 감추었다. 숲 속 깊이 사라져 가는 그녀의 모습이 흰색 점처럼 보였다. 그녀는 치렁치렁한 긴 드레스에 전혀 구애받지 않는 듯 자유롭게 움직였다.

게롤트의 암말이 고개를 빼들고 경련하듯 씩씩대기 시작했다. 여전히 숲 쪽을 바라보고 있던 게롤트는 본능적으로 마법기호를 그려 말을 진정시켰다. 그리고 말고삐를 끌고 천천히 우엉 덤불에 허리가 잠길 때까지 계속 담벼락을 따라 걸어갔다.

녹슨 돌쩌귀에 매달려 있는 대문은 쇠를 입혀 견고했고 커다란 놋쇠 문고리가 달려 있었다. 그는 잠시 머뭇거리다 손을 뻗어 대팻밥처럼 푸슬푸슬 녹이 슨 놋쇠 문고리에 손을 댔다. 순간, 그는 화들짝 놀라며 뒤로 물러났다. 날카롭게 삐꺽거리는 소리와 함께 덤불처럼 우거진 풀과 돌멩이들을 밀치며 순식간에 문이 열렸던 것이다. 하지만 문 뒤엔 아무도 없었다. 게롤트의 눈에 보이는 것은 돌보지 않아 풀들이 웃자란 텅 빈 뜰뿐이었다. 그는 말을 끌고 안으로 들어섰다. 마법기호로 진정시켜 놓은 말은 저항하지 않고 따라왔지만 발굽을 내딛는 모양새가 뻣뻣하고 불안했다.

뜰은 삼면이 담장과 목조비계[1]에 둘러싸여 있었고, 작은 성체(城體)의 전면이 나머지 면을 이루고 있었다. 군데군데 떨어져 나간 회벽, 지저분하게 줄이 죽죽 내려간 빗물자국 그리고 늘어진 담쟁이덩굴이 마치 얼룩덜룩한 뽀루지처럼 건물 전면을 덮고 있었다. 칠이 조각조각 갈라져 일어난 덧창들은 굳게 잠겨 있었다. 문들도 마찬가지였다.

게롤트는 성문 옆 기둥 위에 로치의 고삐를 던져 놓고 천천히 자갈길을 따라 성채로 향했다. 지나면서 보니 잎사귀와 잡초로 가득한 작은 분수대의 납작한 조개모양 접시가 보였다. 분수대 중앙의 받침대 위엔 흰색 돌로 조각한 돌고래상이 곧 부서질 것 같은 꼬리를 위로 뻗은 채 화려하게 장식되어 있었다.

분수대 옆, 아마 아주 오래 전엔 꽃밭이었을 성 싶은 곳에서 넝쿨째 장미가 자라고 있었다. 게롤트가 이제껏 보았던 장미넝쿨들과는 구분되는 색다른 장미넝쿨이었다.

---

[1] 높은 곳에서 공사를 할 수 있도록 임시로 설치한 가설물 혹은 목재 골조나 구조물을 뜻한다.

장미 색깔 때문이었다. 꽃잎이 많고 끝자락에 가벼운 보라색 색조를 띠는 인디고 색상의 장미꽃이었다. 게롤트는 그중 한 송이를 쥐고 얼굴 가까이 가져와 냄새를 맡아 보았다. 일반적으로 맡을 수 있는 장미 향기였지만 다만 향이 좀 더 진할 뿐이었다.

그 순간 쿵하고 성채의 문이 열렸다. 동시에 모든 덧문들이 삐거덕거리며 열리기 시작했다. 게롤트는 재빨리 고개를 들었다. 그가 가던 길에서 자갈 바람을 일으키며 괴물 하나가 그를 향해 곧바로 달려오고 있었다.

게롤트가 오른손을 번개처럼 오른쪽 어깨 위로 올리는 동시에 왼손으로 가슴을 비스듬히 지나가는 가죽 띠를 힘차게 잡아채자 칼 손잡이가 저절로 튀어 올라 오른손으로 들어왔다. 챙! 하는 소리와 함께 칼집에서 칼날이 미끄러져 나왔다. 칼날이 번쩍이며 잠시 짧은 반원을 그리는가 싶더니 공격해 오는 괴수를 향했다. 칼을 목격하자 괴물이 속도를 줄이며 멈추어 섰다. 게롤트는 눈도 깜짝하지 않았다.

괴물은 인간의 형상을 하고 있었다. 매무새가 단정치 않고 쓸데없이 치렁거리는 치장에도 불구하고 미적 취향이 느껴지는 훌륭한 옷차림이었다. 그러나 인간의 형상은 때가 꼬질꼬질한 목깃까지만 이어졌다. 그 위엔 거대한 귀가 달린, 불곰처럼 무시무시하고 더부룩하게 털이 난 머리가 자리 잡고 있었다. 거칠게 부릅뜬 눈이 번뜩이고 주둥이는 휘어진 멧돼지 엄니 때문에 공포를 불러일으켰다. 그리고 주둥이 속에선 불꽃같이 빨간 혀가 널름거리고 있었다.

"썩 꺼져라, 이 죽을 운명의 인간아!"

괴물이 멈추어 선 자리에서 그대로 앞발을 휘두르며 으르렁거렸다.

"안 그러면 네놈을 갈기갈기 찢어버릴 테다!"

게롤트는 꿈쩍도 하지 않았다. 물론 칼도 내려놓지 않았다.

"귀가 먹었나? 썩 꺼져라!"

괴물이 고함을 치더니 뒤이어 멧돼지 멱따는 소리와 교미기의 사슴 소리 같은 괴이한 소리를 질렀다. 사방에서 덜컹거리며 덧창들이 여닫히기 시작했다. 천장에서 벽돌 부스러기들이 떨어져 내렸다.

"무사하고 싶으냐? 그렇다면 당장 이곳을 나가거라!"

괴물이 벼락같이 소리를 질렀다. 하지만 어딘가 설득하는 말처럼 들리기도 했다.

"왜냐하면 그렇게 하지 않으면……."

"그렇게 하지 않으면 어쩔 셈이냐?"

게롤트가 끼어들며 말했다.

괴물이 거칠게 숨을 몰아쉬며 끔찍하게 생긴 얼굴을 일그러뜨렸다.

"이것 봐라, 제법인데?"

괴물은 침착하게 말하곤 엄니를 드러내며 눈알을 굴렸다.

"좀 친절하게 집주인을 대하는 게 어때? 그리고 그 칼 좀 치워. 네놈이 지금 서 있는 곳이 내 집 안마당이라는 걸 인식하지 못하는 것 같은데, 네놈이 살던 곳에선 집주인의 안마당에서 칼을 휘두르며 주인을 위협하는 일이 다반사더냐?"

"그렇다."

게롤트가 대답하고는 말을 이었다.

"단, 손님들에게 으르렁거리는 것으로 인사를 대신하고 손님들을 갈기갈기 찢어 놓겠다고 협박하는 그런 주인들에게만 흔히 있는 일이지."

"제기랄!"

괴물이 벌컥 화를 내며 말했다.

"어디서 굴러먹다 온지도 모르는 놈이 감히 나를 모욕하다니. 이렇게 훌륭하신 손님이 또 이디 있겠는가! 뜰로 처들어와선 알지도 못하는 남의 꽃을 꺾질 않나, 젠체하지를 않나. 이젠 아예 빵과 고기까지 갖다 바치라고 하시겠습니다, 그래. 에이, 퉤!"

괴물은 침을 탁 뱉고는 요란하게 숨을 들이마시더니 주둥이를 다물었다. 여전히 아래 엄니가 밖으로 비죽 나와 있는 것이 영락없는 수퇘지의 모습이었다.

"또 할 말이 남았나?"

잠시 후 게롤트가 칼을 내리며 물었다.

"우리 계속 이렇게 서 있을 건가?"

"그럼 뭘 하자는 거야? 드러눕기라도 하자는 거야?"

괴물이 씩씩거리며 말했다.

"내가 말했지, 그 칼 치우라고."

게롤트는 숙련된 솜씨로 등에 매단 칼집에 칼을 밀어 넣었다. 그러곤 손을 그대로 올린 채 어깨 위로 솟아오른 칼의 손잡이 장식을 쓰다듬었다.

"너무 빨리 움직이지 않는 편이……."

게롤트가 천천히 말을 이었다.

"좋을 거야. 이 칼을 다시 꺼낼 수도 있어. 그런데 그게 생각보다 빠르거든."

"그건 이미 보았고."

괴물이 으르렁거리며 말했다.

"안 그랬으면 벌써 성문 밖에 나가 있겠지. 엉덩이에 내 장화발자국이 찍힌 채로 말이야. 원하는 게 뭐야? 넌 어디에서 온 놈이냐?"

"길을 잃고 헤매던 중이었다."

게롤트는 거짓말을 했다.

"길을 잃고 헤매던 중이었단 말이지."

괴물이 그의 말을 되뇌더니 주둥이를 일그러뜨리며 위협하듯 찡그린 표정을 지었다.

"그렇다면 지금 바로 여길 나가서 다시 헤매고 다녀. 그러니까 성문 밖으로 나가라는 말이다. 해를 왼쪽에 두고 그 방향을 따라가. 그러면 곧장 길이 나올 거야. 자, 썩 꺼지지 않고 뭘 그렇게 꾸물거려?"

"여기 물 좀 있나?"

게롤트가 차분하게 물었다.

"말이 목말라 해서 말이야. 폐가 되지 않는다면, 나도 목이 마른데."

괴물이 다리를 벌리고 서더니 귀를 긁적였다.

"그런데 있잖아, 너 말이야."

괴물이 말했다.

"진짜로 내가 두렵지 않나?"

"꼭 두려워해야 하는 건가?"

괴물이 꿀꿀거리며 주변을 두리번거리더니 팔을 크게 벌렸다. 그러곤 터키풍의 바지를 추켜 올렸다.

"아, 젠장, 하는 수 없지. 손님이라…… 뭐, 날 보고 도망치지 않거나 기절하지 않는 손님이 날이면 날마다 나타나는 건 아니니까. 좋아, 지치고 점잖은 나그네라면 청컨대 들어오게. 그러나 도둑이나 범죄자라면 경고해 두지. 이 집 안에서는 내 명령을 준수한다. 이 성벽 안에선 내가 지배자다!"

괴물은 털이 북슬북슬한 앞발을 들어 올렸다. 다시 한 번 덧창들이 일제히 벽을 향해 탁탁 여닫혔고 돌고래 조각상의 목구멍에선 부글거리는 소리가 나기 시작했다.

"들어와."

괴물이 또다시 들어오라고 말했다. 게롤트는 꿈쩍도 하지 않고 서서 괴물을 찬찬이 살펴보며 됨됨이를 어림하였다.

"자네 혼자 사는 건가?"

"내가 누구랑 살든 그게 네놈이랑 무슨 상관이 있지?"

괴물이 버럭 화를 내며 주둥이를 쩌억 벌렸다. 그러곤 큰 소리로 트림을 했다.

"아하, 이제 일겠군. 분명 네가 ─알리바바와 40인의 도적처럼─ 내 미모에 버금가는 40명의 젊은이라도 수하에 두고 사는 건 아닌지 그게 궁금한 모양인데 그런 건 없어. 그러니 젠장, 어떡할 거야? 나의 정중한 초대를 받아들이겠다는 거야, 말겠다는 거야? 싫다면 저기, 정확히 자네의 등 뒤에 성문이 있네."

게롤트는 뻣뻣하게 몸을 숙이고 조금은 장난스럽지만 정중하게 말했다.

"초대를 받아들이겠습니다. 손님으로서의 예절을 잘 지키겠다고 약속드립니다."

괴물은 잠시 머뭇거리다가 정중히 대꾸했다.

"내 집이라 생각하고 편히 지내시지요."

그러고는 이렇게 덧붙여 말했다.

"이봐, 저기 우물이 있는 곳까지 말을 데리고 가면 물을 먹일 수 있을 거야."

성의 내부 역시 외부와 마찬가지로 근본적인 수리를 요했다. 물론 외부에 비해 어느 정도 깨끗하고 정돈되어 있기는 했다. 가구들은 전부 오래된 것이긴 했으나 그래도 훌륭한 가구장이의 손끝에서 나온 것이라는 데에는 의심의 여지가 없었다. 공중에서 매콤한 먼지 냄새가 났다. 안은 어두웠다.

"불!"

괴물이 명령하자 그 즉시 철 받침대에 끼워둔 횃불에서 불꽃이 일며 빛과 그을음을 뿜어냈다.

"나쁘지 않군."

게롤트가 혼잣말을 하자 괴물이 웃음을 터트렸다.

"그게 전부인가? 정말이지 보아하니 웬만한 것으론 자넬 놀라게 하지 못할 것 같군. 내가 말했잖아, 이 집은 내 명령을 따른다고. 자, 이리로 따라오게. 조심해, 계단이 기울어져 있으니. 불!"

계단에 서자 괴물이 돌아서며 말했다.

"거, 손님, 손님의 목에 매달려서 흔들거리는 거 말이야, 대체 그게 뭔가?"

"직접 보시지."

괴물은 앞발에 메달을 올려놓고 눈 가까이 들어 올렸다. 게롤트의 목에 둘러져 있던 목걸이 줄이 살짝 팽팽해졌다.

"표정 한 번 더럽군. 이게 뭔가?"

"길드[1]의 상징이지."

"아하, 동물의 입마개를 만드는 일을 하는군. 이리로 가지. 불!"

창문이라곤 찾아볼 수 없는 커다란 방의 중앙에 엄청나게 큰 참나무 식탁이 자리를 차지하고 있었다. 식탁 위엔 녹색으로 변색된 커다란 놋쇠 촛대 이외엔 아무것도 없었다. 촛대엔 촛농이 굳어진 채 늘어져 있었다. 계속하여 괴물이 명령을 내리자 초들이 너울거리며 타들어가기 시작했고 실내가 조금 밝아졌다.

벽 한 면엔 무기들이 매달려 있었다. 둥근 방패와 X자로 교차시킨 쌍 갈고리 양날창, 묵직한 에스터크[2]와 도끼들이 한데 모여 걸려 있었다. 이 벽의 맞은편에는 커다란 벽난로가 벽면의 절반을 차지하고 있었고, 그 위엔 어그러진 액자 틀에 담긴 빛바랜 초상화들이 줄지어 걸려 있었다. 입구 맞은편 벽은 사냥에서 거둔 전리품들로 그득했다. 엘크와 사방으로 뻗은 수사슴의 뿔이 이빨을 드러내고 있는 멧돼지와 불곰, 스라소니 머리와 박제된 독수리 그리고 올이 풀린 것 같이 너덜거리는 매의 날개 위로 긴 그림자를 드리우고 있었다. 정 가운데에 있는 명예의 자리엔 스토프베르그에서 출몰하는 바위용의 머리가 차지하고 있었다. 용의 머리는 갈색으로 퇴색한 데다 손상된 상태였다. 게롤트는 좀 더 가까이 다가가 보았다.

"그건 우리 할아버지가 잡으신 거야."

괴물이 말했다. 그런 다음 괴물은 커다란 통나무장작을 불속에 밀어 넣었다.

"그 지역에서 사살된 최후의 용이었지. 앉으시지요, 손님. 내 짐작이 틀리지 않다면 시장할 것 같습니다만?"

"그 말에 대해 가타부타 따지고 싶지 않소, 주인장."

괴물은 식탁에 자리를 잡고 앉아 고개를 숙였다. 그러곤 털이 덥수룩한 앞발을 겹쳐 배 위에 올려놓고는 잠시 무어라 중얼거렸다. 그러면서 커다란 엄지로 원을 그리고 뒤이어 암전하게 그르렁거리더니 앞발로 식탁을 내리쳤다. 신주와 은으로 된 주발과 접시들이 쩔그렁거렸고 목이 긴 큰 크리스털 잔이 쨍하고 맑은 소리를 내며 나타났다. 구이 요리와 마늘, 마요라나, 육두구 열매 냄새가 솔솔 풍겼다.

"자."

---

[1] 일반적으로는 중세 시대에 상공업자들이 만든 동업 조합을 말한다. 위쳐들에게는 보통 집이나 고향의 의미를 담고 있다.
[2] 펜싱용 칼처럼 가늘고 길지만 강철로 만들어져 단단하고 칼끝이 바늘 끝처럼 날카로운 칼이다.

괴물이 앞발을 마주 비볐다.

"하인들을 다 합쳐 놓은 것보다 낫지, 그렇지 않은가? 드시지요, 손님. 여기 이건 영계이고 이건 멧돼지 고기로 만든 햄이고, 이건 고기파이인데…… 무슨 고기인질 모르겠군. 뭐 여하튼 아무거나 고기로 만든 것이겠지. 여기 이건 들꿩이야. 아니, 젠장, 들꿩이 아니라 자고[1]야. 이름을 헷갈렸어. 먹게, 먹어. 제대로 된 정식 요리이니 겁먹지 말고."

"나는 겁 같은 건 먹지 않는다니까."

게롤트가 영계를 찢어 두 쪽을 내며 말했다.

"이런, 내가 잊고 있었군."

괴물이 킁킁거렸다.

"자네가 겁쟁이 부류와는 거리가 먼 인물이란 걸 말이야. 말이 나온 김에 말인데 이름이 뭔가?"

"게롤트. 그러는 주인장, 댁의 이름은?"

"니벨렌. 하지만 이곳 일대에선 다들 나를 기형아 괴물 내지 멧돼지 어금니라고들 부르지. 그러면서 나를 아이들을 겁주는 데 이용한다네."

괴물은 커다란 술잔에 담긴 내용물을 목구멍에 털어 넣었다. 이어서 손가락을 고기파이에 푹 집어넣더니 한 번에 고기파이의 절반가량을 덜어냈다.

"아이들을 겁주는 데 이용한다……."

게롤트는 입 안 가득 음식을 넣고 괴물의 말을 반복했다.

"분명히 그럴 만한 아무 근거도 없는데 말이지?"

"전적으로. 자, 게롤트, 자네의 안녕을 위해 건배!"

"그리고 니벨렌, 자네를 위해서도, 건배!"

"와인 맛 어떤가? 사과와인이 아니라 포도와인인 건 눈치챘나? 맛이 없다면 다른

---

[1] 꿩과의 새로 메추리와 비슷하다.

걸로 만들어 주지."

"고맙네. 이것도 나쁘진 않은걸. 마법능력은 날 때부터 타고난 건가?"

"아니. 마법능력은 여기 이게 생긴 뒤부터 쓸 수 있게 되었지. 내 말은 내 아가리 말일세. 어떻게 이렇게 되었는지는 나조차도 모르네만 이 집은 내가 바라는 걸 다 충족시켜 주지. 뭐 거창한 것들은 아니야. 마법을 사용해서 음식을 마련하고 마실 것과 옷가지, 깨끗한 이부자리, 따뜻한 물과 비누 따위를 마련할 수 있지. 창문이나 문을 열 수도 있고 불도 붙일 수 있지. 거창한 것들은 아무것도 없어."

"아무튼 그게 어딘가. 그리고 그…… 자네의 말대로 말하자면, 그런 아가리를 갖게 된 지는 얼마나 되었나?"

"12년 정도 되었네."

"어쩌다가 그렇게 되었나?"

"그게 자네랑 무슨 상관이 있어? 술이나 한 잔 더 받게."

"좋지. 물론 나랑 아무 상관없어, 단지 궁금해서 물어본 거야."

"이유 한번 그럴싸하군. 그런 이유라면 받아들일 만하지."

괴물이 큰 소리로 웃었다.

"하지만 받아들이지 않겠네. 자네가 관여할 일이 아니야. 그 이야긴 이걸로 끝내세! 하지만 예전에 내가 어떻게 생겼었는지는 보여 줄 수 있어. 자네의 호기심을 부분적으로나마 해소시킬 수 있을 걸세. 저길 보게. 저기 초상화들 말이야. 벽난로를 중심으로 첫 번째 초상화가 우리 아버지야. 두 번째는 전혀 모르겠고. 그리고 세 번째가 나야. 보이나?"

거미줄과 그을음을 뒤집어쓴 초상화에는 몇 살인지 가늠하기 힘든 뚱하고 슬픈 표정에 여드름 꽃이 핀 키 작은 한 풍보 소년이 촉촉한 눈길로 전방을 바라보고 있었다. 게롤트는 초상화 화가들 사이에 널리 퍼진 경향, 즉 고객에게 아첨하는 경향을 잘 알고 있었다. 안쓰러운 눈길로 그가 고개를 끄덕였다.

"보이나?"

니벨렌은 아까 했던 말을 다시 반복하고는 엄니를 드러냈다.

"보이네."

"누구냐, 너는?"

"갑자기 무슨 말인가?"

"무슨 말이냐고?"

니벨렌이 고개를 들었다. 두 눈이 고양이의 그것처럼 번득였다.

"이봐, 손님. 내 초상화가 걸려 있는 곳은 촛불이 미치지 않는 곳이야. 나는 그걸 볼 수 있지. 나는 인간이 아니니까. 적어도 현재로선 인간의 몸이 아니지. 인간이라면 자리에서 일어나 초상화 가까이로 갔을 거야. 촛불도 분명 들고 갔을 거고. 자네는 그렇게 하지 않았지. 결론은 간단해. 이런저런 잡소리는 생략하고 묻겠다. 인간인가?"

게롤트는 시선을 피하지 않았다.

"그렇게 묻는다면……."

마침내 그가 대답했다.

"온전한 인간은 아니라고 답해 두지."

"아하, 그렇다면 자네 정체가 무엇인지 물어보아도 결례는 아니겠군?"

"위쳐네."

"아하."

잠시 후 니벨렌은 또다시 감탄사를 반복했다.

"내 기억이 맞는다면 위쳐들은 아주 이상한 방식으로 생활비를 벌더군. 돈을 받고 그 대가로 온갖 괴물들을 처리해 주지."

"제대로 기억하는군."

또다시 정적이 흘렀다. 촛불 끝자락이 펄럭이며 가늘게 솟구쳐 올랐다. 그러자 흠결 하나 없이 매끈한 크리스털 술잔과 촛대에서 계단식 폭포처럼 흘러내린 촛농이 반짝반짝 빛났다. 니벨렌은 꼼짝도 하지 않고 그대로 자리에 앉아 커다란 귀만 달싹거렸다.

"우리 이렇게 가정해 보세."

마침내 니벨렌이 입을 열었다.

"지금 내가 자네한테 달려들기 전에 자네가 칼을 뽑을 수 있다고. 심지어 나를 심하게 한 방 먹일 수도 있다고 가정해 보세. 내 덩치가 그런 공격에 크게 흔들릴 덩치는 아니지. 그냥 무심한 발길질 한 번으로 나는 자네를 찢어 버릴 수 있어. 그 다음은 내 이빨들이 결판을 내겠지. 위쳐, 자네 생각에 목 물어뜯기 종목에서 자네와 나 둘 중에 누가 더 승산이 있을 것 같나?"

게롤트는 카라페의 백랍 마개를 엄지로 밀어 젖혔다. 그러곤 포도주를 잔에 따라 한 모금 마신 후 소파 등받이에 기대어 앉았다. 그런 다음 괴물을 바라보며 건방지기 짝이 없는 미소를 지었다.

"이거야 원……."

니벨렌은 말끝을 천천히 늘이면서 고기파이의 모서리에 발톱을 들이밀었다.

"말을 많이 하지 않고도 질문에 답할 수 있는 능력에 대해선 인정할 수밖에 없겠군. 이번 질문엔 또 어떤 식으로 답할지 궁금한걸. 나를 처리하는 조건으로 누가 돈을 지불했나?"

"아무도. 그저 우연히 여기에 오게 된 걸세."

"거짓말하는 건 아니지?"

"난 거짓말을 예사로 하는 그런 위인은 아니네."

"그럼 예사로 하는 건 뭔가? 위쳐에 관한 이야기를 들은 적이 있어. 인상 깊었던 건 위쳐들이 어린아이를 훔쳐가서 그 아이들에게 마법의 약초를 먹여서 키운다는 것이었어. 그걸 먹고 살아남은 아이들은 스스로 위쳐가 된다더군. 비인간적인 능력을 가진 존재 말일세. 위쳐들이 이 아이들에게 죽이는 법을 가르치고 아이들에게서 인간적인 감정과 격정을 몽땅 근절시킨다더군. 아이들을 데려다가 다른 괴물을 죽여야 하는 또 하나의 괴물로 만드는 거지. 누군가 위쳐 사냥을 시작하기에 최적의 시간이 왔다고 하는 말을 들었지. 괴물은 점점 줄어드는데 위쳐는 점점 늘고 있기 때문이라

나. 자, 자고 고기 좀 드시게. 식기 전에."

니벨렌은 주발에서 자고 고기를 꺼내어 통째로 주둥이에 밀어 넣고는, 각설탕처럼 와그작거리며 씹었다. 그의 이빨에 씹히는 뼈들이 오도독오도독 소리를 내며 부서졌다.

"왜 아무 말도 없나?"

니벨렌은 벌컥벌컥 포도주를 삼키며 불분명한 발음으로 물었다.

"사람들이 말하는 위쳐 이야기가 다 사실인가?"

"전부 다는 아니지."

"그럼 거짓은?"

"괴물이 점점 줄어든다는 것."

"맞아. 사실 엄청나게 많지."

니벨렌이 이빨을 번득였다.

"그중 하나가 바로 자네 앞에 앉아 있지 않나. 자네를 초대한 것이 잘한 건가 생각하면서. 사실 자네의 그 길드 표시는 마음에 들지 않았어."

"자넨 절대로 괴물이 아니야, 니벨렌."

게롤트가 건조한 말투로 말했다.

"이런 제길, 그거 새로운 소식이로군. 그렇다면 자네가 보기에 나는 뭔가? 월귤 열매로 만든 젤리? 음울한 11월 아침에 남쪽으로 날아가는 한 떼의 기러기? 아니야? 그렇다면 혹시 풍만한 가슴의 방앗간 집 딸이 샘물 곁에서 잃어버린 순결인가? 자, 게롤트, 그러니까 내가 무엇인지 말해 보라고. 궁금해서 이렇게 몸까지 떨고 있는 게 안 보이나?"

"자네는 괴물이 아니네. 괴물이었다면 이 은쟁반은 만지지도 못했을 거야. 그리고 내 메달 역시 손바닥 위에 제대로 얹을 수도 없었을 걸세."

"하!"

니벨렌이 크게 소리쳤다. 순간적으로 촛불이 가로로 누웠다 일어섰다.

"오늘은 의심할 필요도 없이 위대하고도 끔찍한 비밀이 밝혀지는 날이 되겠군. 조금 있으면 내 귀가 이렇게 자란 건 어릴 때 내가 귀리 플레이크를 싫어해서라는 이야기까지 듣게 되겠는걸!"

"아니, 니벨렌."

게롤트가 침착하게 말을 이었다.

"그건 저주 때문에 생긴 결과야. 누가 자네에게 저주를 퍼부었는지, 자네는 알고 있을 거라는 확신이 드는군."

"내가 알고 있다면 그럼 어떻게 되는 건데?"

"저주는 풀 수 있지. 많은 경우 그렇다네."

"자네는 위쳐니까 당연히 저주를 풀 수 있겠지. 많은 경우 그렇다고?"

"풀 수 있지. 내가 한번 해 볼까?"

"아니, 그럴 필요 없네."

니벨렌이 아가리를 벌리더니 혀를 밖으로 늘어뜨렸다. 혀는 두 뼘 정도나 되었다.

"자, 이래도 할 말이 있나, 엉? 말문이 턱 막히지?"

"그렇군."

게롤트가 맞장구를 쳤다. 괴물이 키득거리며 등받이 의자를 널찍이 차지하고 앉았다.

"이걸 보면 할 말을 잃을 거라고 생각했지."

그가 말했다.

"자, 잔을 마저 채우고 편히 앉게. 전부 다 이야기해 주겠네. 위쳐든 아니든 자네 인상이 좋아서 얘기하는 거야. 또 나도 수다를 떨고 싶은 기분이고. 더 따라 마시게."

"병이 비었군."

"아, 이런 젠장."

니벨렌이 그르렁거리는 소리를 내더니 이번에도 앞발을 식탁 위에 탁 내리쳤다. 두 개의 빈 포도주병 옆에 어디서 솟았는지 커다랗고 배가 불룩한 질그릇 술병이 담긴 바구니가 나타났다. 버드나무로 엮은 바구니였다. 니벨렌이 이빨로 밀랍봉인을 잡아 뜯었다.

"자네도 분명히 깨달았겠지만……."

니벨렌이 술을 따르며 이야기를 시작했다.

"이 근방은 상당히 인적이 드물어. 사람들이 사는 가장 가까운 인근 마을도 길 끝까지 가야 나오지. 왜 그런지 아나? 그건 우리 아버지와 또 우리 할아버지 두 분 다 살아생전 이웃주민들은 물론이고 길을 따라 이동하던 상인들에게도 인심을 얻지 못했기 때문이야. 누구든 길을 잃고 이곳을 헤매다가 탑에서 내려다보던 아버지의 눈에 띄게 되면 결국 갖고 있는 것들을 다 빼앗기고 말았지. 그리고 가까운 마을 몇 곳은 불태워지기도 했고. 아버지가 거기 사람들이 이자를 늦게 내는 것 같다고 생각했거든. 우리 아버지를 좋아하는 사람은 아무도 없었어. 물론 나는 예외였어. 어느 날 사람들이 양손 검에 가격 당해 죽은 아버지의 남은 몸을 마차에 싣고 왔을 때 끔찍이도 울었지. 할아버진 이미 그 당시에 산적 활동을 그만두신 상태였어. 어느 날 가시철퇴에 두개골 위쪽을 한 번 맞으신 후로 침을 흘리며 대소변조차 제때 가리지 못하게 되셨거든. 사정이 그렇다 보니 결과적으로 상속자인 내가 무리를 이끌 수밖에 없었지. 그때 난 아직 어린애였어."

니벨렌이 이어서 말했다.

"진짜 풋내기 소년이었지. 그러니 무리의 청년들은 나를 손에 넣고 쥐락펴락했어. 뚱뚱한 돼지 한 마리가 늑대 무리를 이끄는 것이 어떻게 가능하겠는가. 그림이 잘 그려지지 않나? 곧이어 우리는 아버지가 살아 있었더라면 절대로 허락하지 않을 짓거리들을 시작했다네. 일일이 설명하는 건 생략하고 곧장 본론으로 들어가겠네. 어느 날 우리는 미르트 근방의 겔리볼까지 가게 되었다네. 그리고 거기서 한 성전을 약탈하였지. 정말 운이 나빴던 것은 그곳에 젊은 여사제가 한 명 있었다는 거야."

"어떤 종류의 성전이었나, 니벨렌?"

"그걸 무슨 수로 알겠나. 하지만 어딘지 기분 나쁜 곳이었던 건 분명해. 제단 위에,

지금도 기억이 생생한데 해골과 뼈가 놓여 있더군. 초록색 불이 타고 있었고 냄새가 참을 수 없을 정도로 고약했지. 어쨌든 본론으로 돌아가서, 청년들이 여사제를 붙잡아 옷을 벗긴 다음 나에게 말했네. 내가 남자가 되어야 한다는 것이었어. 그래서 나는 남자가 되었지. 내가 바보였지. 내가 남자가 되어가는 동안, 여사제가 내 입에 침을 뱉으며 뭐라고 말을 하더군."

"뭐라고 했는데?"

"나더러 인간의 탈을 쓴 괴물이라고 했어. 그리고 언젠가 괴물의 형상으로 변할 거라면서 무슨 사랑이 어쩌고, 피가 어쩌고 말을 했는데 지금은 모르겠네. 그 여사제, 요만한 작은 단검을 머리카락에 숨기고 있었나 봐. 스스로 자결을 했지. 그런 다음…… 우리는 부리나케 그곳을 빠져나왔다네. 정말이지 게롤트, 얼마나 말들을 다그쳤는지 말들이 거의 죽어 나갈 지경이 되도록 달렸지. 정말 기분 나쁜 성전이었어."

"계속 얘기해 봐."

"얼마 지나지 않아 여사제의 저주는 시작됐어. 며칠 뒤 새벽 일찍 잠에서 깨어났을 때였어. 하녀가 나를 보자 곧바로 울부짖으며 도망가 버렸지. 나는 거울 앞으로 갔어…… 자네 아나, 게롤트. 나는 극도의 공포에 빠졌고 발작 같은 것을 일으켰던 것 같아. 마치 안개를 뚫고 나온 듯 그때의 기억이 선명치 않아. 각설하고…… 사람들이 죽어 있더군, 몇 명이나. 난 나에게 굴러 들어온 능력을 사용했어. 나는 갑자기 아주 강해졌어. 그리고 집이 힘껏 나를 도와주었지. 문짝들이 떨어져 나갔고, 가구는 집 밖으로 날아갔고, 불이 솟구쳐 올랐지. 도망칠 수 있는 사람들은 뒤도 돌아보지 않고 줄행랑을 놓았지. 고모들과 조카들, 우리 무리의 청년들, 심지어는 이런 말까지 해야 하나…… 개들까지 꼬리를 딱 붙인 채 깨갱거리며 달아나 버리더군. 게다가 고모가 기르던 앵무새도 겁에 질려 자빠질 뻔했지. 졸지에 혼자가 된 나는 울부짖다가, 울다가, 화가 나서 길길이 날뛰다가, 손에 잡히는 건 뭐든 부셔 버렸어. 주로 거울이 박살났지."

니벨렌은 잠시 아무 말 않고 있다가 한숨을 내쉬며 코를 킁킁거렸다.
"한바탕 발작이 지나고 났을 땐……."
잠시 생각에 잠겨 있던 그가 이어서 말했다.
"이미 모든 것이 돌이킬 수 없는 상태였지. 나는 혼자였어. 아무도 없었지. 변한 건 단지 내 겉모습뿐이었어. 끔찍한 모습이긴 하지만 나는 텅 빈 성에서 하인들의 시신을 보며 흐느끼는 아직 어리석은 어린애에 불과했어. 그 다음엔 그들이 돌아와서 내가 자초지종을 설명하기도 전에 나를 때려죽일지도 모른다는 끔찍한 공포가 밀려왔지. 하지만 돌아온 사람은 아무도 없었어."
한참 동안 말을 멈추었던 괴물이 소맷자락으로 코를 훔쳤다.
"처음 몇 달 동안은 생각도 하기 싫네. 그때 생각만 하면 지금도 소름이 끼치거든. 본론으로 돌아가지. 오래, 아주 오래 나는 밖에는 코빼기도 보이지 않은 채 쥐죽은 듯 성 안에 웅크리고 있었어. 누군가 나타나면, 그래 봤자 아주 가끔 있는 일이었지만 나는 밖으로 나가는 대신 집의 덧창들을 여닫게 하거나 처마 끝 망새 석상에 대고 포효를 했지. 방문객들이 진한 먼지구름을 일으키며 사라지게 하는데 보통 그 정도면 충분했어. 그러나 이렇게 하는 것도 어느 날 아침 종지부를 찍었다네. 그날 내가 무얼 봤는지 아나? 웬 뚱보 한 명이 숙모님의 꽃밭에서 장미를 꺾고 있지 뭔가. 자네가 알아 둬야 할 게 있는데 말이야, 그 장미는 그렇고 그런 흔한 장미가 아니었어. 나자이르 산 푸른 장미로, 우리 할아버지가 몸소 가져오셔서 휘묻이한 것이었어. 나는 주체할 수 없이 화가 끓어올라 마당으로 냅다 달렸지. 그 뚱보, 나를 본 순간 목소리를 삼키고 말았다네. 그러다 소리를 되찾자 빽빽대며 이렇게 말하더군. 딸에게 주려고 몇 송이만 꺾으려고 했다며 해치지 말고 몸 성히 보내 달라고 했지. 막 뚱보를 문밖으로 걷어차려는 찰나, 갑자기 머릿속에 한 줄기 빛이 스쳐 지나가더군. 예전에 나의 보모 렌헨 할멈이 들려주었던 동화가 기억났어. 빌어먹을! 예쁜 소녀들이 개구리를 왕자로 변하게 하거나 아니면 그 반대이거나 뭐 그런 이야기들 말이야. 그러니까 나도 그럴 수 있겠구나…… 그 말도 안 되는 황당한 이야기들에 티끌만 한 진실이 들어 있을 거다, 기회가 있을 거다……라는 생각이 들었던 거야. 나는 길길이 날뛰며 으르렁거렸지. 벽에 달라붙어 있던 담쟁이들이 떨어져나갈 정도로. 그러곤 벽력같이 소리쳤어. '딸, 아니면 목숨을 내놓아라!' 뭐 더 멋진 말은 떠오르지 않더군. 그 남자, 그는 상인이었어. 울음을 터뜨리더니 뒤이어 나에게 고백하더군. 딸이 여덟 살이라나. 뭐야, 지금 웃는 거야?"

"아니."

"나는 정말이지 더러운 내 운명에 대해 웃어야 할지 울어야 할지 모르겠더군. 그 상인, 안쓰럽더라고. 어찌나 떨던지 차마 눈뜨고 볼 수 없었지. 그에게 들어오라고 청하여 하룻밤 묵게 해 주었어. 그러곤 그가 다시 길을 떠날 때 금은보석을 그의 자루에 쏟아부어 주었지. 자네가 알아 둬야 할 게 있어. 우리 집엔 엄청난 물건들이 있었어. 아버지가 살아계실 때부터 있던 것이지. 난 그걸로 뭘 시작해야 할지 잘 몰랐어. 그러니까 그렇게 제멋대로 행동할 수 있었던 거야. 상인은 환한 얼굴로 침까지 튀겨가며 고맙다고 하더군. 그런데 그 작자, 어디서 모험담을 떠벌린 모양이야. 두 달도 지나지 않아 또 다른 상인이 나타났으니까. 그 사람, 넉넉하게 천을 뜬 돈 자루를 가져왔더군. 그리고 딸도 한 명 데리고 왔는데 딸도 자루만큼이나 넉넉하더군."

니벨렌은 탁자 아래로 두 발을 쭉 뻗으며 편안한 자세를 취했다. 의자의 이음새에서 삐꺽거리는 소리가 났다.

"속전속결로 상인과 의견일치를 보았지."

그는 계속해서 이야기를 했다.

"상인이 일 년 동안 딸을 여기에 두기로 합의했거든. 나는 상인을 도와 노새 등에 보석이 잔뜩 든 자루를 옮겨 주었지. 그 사람 혼자였다면 자루를 들지도 못했을걸."

"그럼 그 소녀는?"

"한동안은 나를 볼 때마다 경기를 일으키더군. 내가 끝내 자기를 잡아먹을 거라고 확신했던 것 같아. 하지만 한 달쯤 지났을 땐, 나와 한 식탁에 앉아 식사를 하고 수다를 떨며 오랫동안 산책도 했어. 그녀는 사랑스럽고 놀라우리만치 영리했어. 그런데 그녀와 이야기를 할 때면 늘 혀가 꼬인 것 같았다네. 게롤트, 있잖아. 나는 여자들 앞에선 늘 부끄럼을 탔어. 그래서 항상 웃음거리가 되곤 했지. 심지어는 가축 치는 여자들 앞에서도 그랬어. 그 여자들은 우리 무리의 청년들이 마음만 먹으면 언제든 원하는 대로 놀 수 있는 그런 여자들이었지. 그런데 심지어 그런 여자들조차도 나를 바보 취급할 정도였으니까. 그래서 어쩌자는 거냐, 나는 생각했어. 이 주변머리를 하고서 뭘 어쩌자는 거냐, 하고 말이야. 일 년간 그녀와 살면서 왜 그렇게 비싼 돈을 치렀는지…… 난 그녀에게 에둘러 말하는 것조차도 하질 못했어. 일 년이 마치 민병대가 남긴 악취처럼 지나갔고 마침내 상인이 나타나서 그녀를 데리고 갔지. 나는 체념한 채 문을 걸어 잠그고 몇 달 동안은 딸을 데리고 이곳에 나타나는 손님들에게 전혀 반응하지 않았어. 그러나 누군가와 1년을 함께 보내고 난 뒤 나는 확실히 알게 되었어. 이야기를 나눌 사람이 없다는 게 얼마나 외롭고 힘든지.”

니벨렌이 뭔가 소리를 냈다. 분명 한숨인 듯한데 딸꾹질을 하는 것처럼 들렸다.

"다음 여자는……."

잠시 후 이야기가 이어졌다.

"펜네라고 해. 조그맣고 민첩한 데다, 재잘거리길 좋아했지. 굴뚝새가 따로 없었어. 도무지 나를 겁내지 않았지. 그러던 어느 날, 정확히 나의 헌정기념일이었어. 그날 펜네와 나는 메트[1]를 마셨다네. 그리고 휴…… 나는 일을 치른 후 곧바로 거울 앞으로 뛰어갔어. 솔직히 말하자면 실망하고 낙담했었다네. 내 입이 예전이랑 똑같은 거야. 변한 것이라곤 표정이 좀 더 바보스러워진 것뿐이었어. 게롤트, 동화 속엔 민중의 지혜가 담겨 있다는 말이 있잖아! 그런 지혜는 똥통에나 빠트리라 그래! 나 원, 펜네는 즉시 내가 걱정근심을 잊도록 노력을 기울였다네. 재미있는 아이였어. 그 아이가 어떤 생각을 해냈는지 아나? 우리 둘이 한 조가 되어서 불청객들을 놀라게 해주자는 것이었어. 상상해 봐. 저기 어떤 사람이 우리 안마당으로 들어와. 그러곤 두

---

[1] 옛 게르만족이 마시던 꿀 술의 한 종류이다.

리번거리며 주변을 둘러보겠지. 그때 내가 으르렁거리며 그에게로 돌진하는 거야, 네 발로 다다다다! 펜네는 실오라기 하나 걸치지 않은 몸으로 내 등에 올라탄 채 할아버지의 사냥나팔을 불고!"

니벨렌은 허연 엄니를 번쩍이며 배를 움켜쥐고 웃어 재꼈다.

"펜네는……."

니벨렌이 다시 이야기를 시작했다.

"일 년 내내 우리 집에 머물렀다가 많은 선물을 받고 가족의 품으로 돌아갔지. 어떤 홀아비 술집 주인에게 시집가기로 했다나."

"더 얘기해 주게, 니벨렌. 아주 흥미로운 이야기로군."

"그렇게 생각하나?"

괴물은 양쪽 귀 사이를 요란스럽게 긁었다.

"그럼 좋아. 그 다음 여자는 가난뱅이 기사를 아버지로 둔 프리물라였지. 이곳에 도착했을 때 그녀의 아버지는 뼈쩍 마른 말 한 필에 녹슨 갑옷과 믿을 수 없을 만큼 어마어마한 빚을 끌고 왔었지. 게롤트, 그 기사는 불결하기 짝이 없었어. 뭐랄까, 꼭 똥통 같았다고나 할까. 여하튼 그의 옆에만 가면 그 비슷한 냄새가 팍팍 풍겼다네. 프리물라는…… 거짓말이라면 내 손에 장을 지져도 좋아. 그가 전장에 있을 때 낳은 것이 틀림없어. 너무 완벽하게 아름다웠거든. 그녀도 날 두려워하지 않았어. 말이 나온 김에 하는 말이지만 놀랄 일도 아니었지. 그녀의 부모에 비하면 난 그저 평범해 보였을 대니까. 외모 못지않게 그녀는 성정(性情)도 나쁘지 않았어. 그리고 나는 자신감을 갖게 된 후였던 터라 자신만만했고 나의 강인함을 숨기지 않았어. 이미 2주가 지난 뒤 나는 프리물라와 아주 내밀한 관계를 맺었고 그럴 때마다 그녀는 내 두 귀를 잡고 이렇게 소리치길 좋아했다네. '날 잡아먹어, 이 짐승!', '나를 갈기갈기 찢어 버리라고, 이 야수야!' 뭐, 그런 비슷한 막돼먹은 말들 말일세. 막간에 쉴 때마다 나는 거울로 달려갔어. 상상해 보게, 게롤트. 점점 더 커지는 불안감으로 거울을 들여다보는 내 모습을. 사실 나는 강한 인상을 주지 못했던 본래의 내 모습을 동경하는 마음이 점점 줄어들었거든. 게롤트, 그거 알아? 이전에 나는 볼품없었지만, 지금은 굉장한 남자가 되었어. 예전에 나는 늘 병을 달고 살았어. 기침을 하고 콧물을 질질 흘렸지. 그런데 지금은 모든 게 정상이야. 그리고 이빨은 또 어떻고? 내 치아가 얼마나 형편없었는지 믿지 못할 거야! 그럼 지금은 어떠냐고? 의자다리도 씹어 삼킬 수 있을 정도지. 의자다리 한 번 씹어 볼까?"

"아니. 그럴 필요까진 없네."

"그게 나을 것 같군. 프리물라는 내가 별난 짓을 하면 그걸 보며 재미있어 했다네. 그러다 보니 성한 의자가 몇 개 안 남았지."

니벨렌이 하품을 했다. 혀가 호스처럼 돌돌 말렸다.

"게롤트, 말을 많이 했더니 피곤하군. 요약하자면 그 후 두 명이 더 있었지. 일카와 베니미라. 또다시 그렇고 그렇게 시간이 흘러갔지. 얘기해 봤자 지루해. 처음엔 두려움과 의심이 뒤섞인 마음이었다가 시간이 지나면 약간의 동정심, 그 후 작지만 비싼 기념품으로 사이가 끈끈해지면 그 다음은 '날 깨물어 줘, 날 잡아먹어 줘' 그런 대사가 나오지. 그리고 나면 여자의 아버지가 돌아오고 정겨운 작별인사가 이어지고 남는 건 엄청나게 줄어든 금은보화…… 나는 휴식기를 갖고 혼자 보내는 시간을 좀 더 가져 보자, 결심했어. 숫처녀의 키스가 내 모습을 변하게 할 거라는 믿음은 오래 전에 버렸고, 한층 더 나아가 이런 결론에 도달했지. 그냥 지금 있는 그대로도 좋다, 다른 모습이 되지 않아도 좋다고 말이야."

"그래도 좋다고, 니벨렌?"

"잘 알면서 뭘 그러나. 내가 말했잖아, 이 모습 속엔 강철 같은 건강이 들어 있다고. 그게 첫 번째 이유이지. 두 번째는 내가 다른 존재가 되어 있다는 것이지. 그것이 여자들에게 마치 최음제와 같은 효과를 내거든. 웃지 말라니까! 내가 만약 사람의 몸으로 베니미라와 같은 그런 여자를 곁에 두려고 했다면 어땠을까? 무진장 애를 써야 했겠지. 초상화 속, 그런 모습의 나였다면 그녀는 내게 눈길조차도 주지 않았을 거라고 생각해. 그리고 세 번째는 '안전'이야. 아버지에겐 적이 많았고 그들 중 몇몇은 살아

남았지. 그리고 형편없는 내 명령에 따라 부하들이 저 세상으로 보낸 사람들에겐 그들의 친인척들이 있고, 또 성의 지하실엔 황금도 있네. 내가 공포감을 조장하지 않았더라면 누군가 그걸 가져가려고 이곳으로 왔겠지. 그런데 생각해 봐, 그 누군가가 도리깨를 든 농부들이었다면?"

"아주 확신에 찬 것 같아 보이는군."

게롤트가 손에 들고 있던 빈 잔을 돌리며 말했다.

"지금 모습대로라면 누구도 자네에게 대들지 못할 거라고 말이네. 아버지들이든 딸들이든, 친척이든 아니면 딸의 약혼자들이든, 아무도 말이지. 응, 니벨렌?"

"가만히 좀 있게, 게롤트."

니벨렌이 발끈 화를 냈다.

"무슨 말을 하는 건가? 아버지들은 기쁨을 억누르질 못했다고. 똑똑히 들어 두게. 나는 과하다 싶을 만큼 통이 컸어. 인심이 후했지. 그리고 딸들이라고 했나? 그 애들이 어떤 몰골로 여기 나타났는지 못 봤으니 그런 말을 하지. 다 헤진 옷에 빨래를 하느라 온통 부르튼 손 그리고 물통을 나르느라 완전히 굽은 등은 또 어떻고. 프리물라는 우리 집에 온 지 2주일이 지난 후에도 등짝과 엉덩이에 난 피멍자국이 사라지질 않았다네. 그녀의 아버지가 휘두른 가죽 띠에 맞은 자국이었지. 반면에 우리 집에 머무는 동안은 모두들 공주처럼 집안을 누비고 다녔어. 일이라고 해봐야 기껏 손에 부채를 들고 다니는 게 전부였으니까. 부엌이 어디에 붙어 있는 줄도 몰랐다고. 나는 여자들을 잘 차려 입히고 장신구를 주렁주렁 달아 주었어. 여자들이 원하면 마법을 부려 양은 욕조에 뜨거운 물을 받아 주었지. 양은 욕조는 예전에 아버지가 어머니를 위해 아센가르드에서 훔쳐온 것이었어. 게롤트, 상상이라도 할 수 있겠나? 양은 욕조였다고! 백작, 아니, 백작은 무슨! 군주라도 양은 욕조를 갖고 있는 사람은 거의 없어. 여자들에게 이 집은 마치 동화 속의 집과도 같았다네, 게롤트. 그리고 침대로 말할 것 같으면…… 빌어먹을, 요즘 순결이 어딨어? 용보다 만나기 힘든 게 순결인데. 나는 단 한 명에게도 순결을 강요하지 않았네."

"그런데도 누군가 자네를 처리하는 조건으로 나한테 값을 지불했을 거라 생각한 건가? 자네 말대로라면 대체 누가 그런 일을 맡기겠나?"

"딸도 없는 주제에 우리 지하실에 남아 있는 것들을 갖고자 하는 비열한 놈들이겠지."

니벨렌이 힘주어 말했다.

"인간의 욕심은 한도 끝도 없어."

"그게 전부인가, 그 외엔 아무도 없나?"

"당연히 그 외엔 아무도 없네."

둘은 불안정하게 펄럭이며 타들어 가는 촛불에 시선을 고정시킨 채 한동안 잠자코 있었다.

"니벨렌."

갑자기 게롤트가 물었다.

"그럼 지금은 혼자인가 보군?"

잠시 머뭇거리더니 괴물이 대답했다.

"원래 지금의 이 상황은 내가 자네에게 점잖지 못한 말을 하며 멱살을 붙잡고 계단 아래로 던져 버려야 할 그런 상황이라네. 왜인 줄 아나? 자네가 나를 반편이 취급하듯 하기 때문이야. 내, 자네가 두 귀를 쫑긋 세우고 몰래 문 쪽을 살펴보는 걸 처음부터 다 보고 있었어. 자네는 내가 혼자 살지 않는다는 걸 정확히 알고 있었어. 내 말이 맞지?"

"그래, 자네 말이 맞아. 미안하네."

"미안하다면 다인가? 그런 말은 집어 치워. 그녀를 봤나?"

"그렇다네. 성문 근처 숲에서 보았지. 그 이유 때문에 딸을 데리고 오는 상인들이 얼마 전부터 여기서 빈손으로 돌아가게 된 건가?"

"그러니까 그것도 알고 있었단 말이지? 그래, 그 이유 때문이라네."

"자세히 물어봐도 될까?"

"아니, 물어보지 말게."

또다시 침묵이 흘렀다.

"그래, 좋아. 자네 좋을 대로 하게."

게롤트는 이 말을 끝으로 자리에서 일어났다.

"친절하게 대접해 주어서 고마웠네, 주인장. 일어설 시간이 된 것 같아서."

"그래."

니벨렌도 동시에 일어섰다.

"피치 못할 사정이 있어 성에서 자고 가라는 말은 않겠네. 그리고 근방의 숲 속에서 밤을 보내는 것 역시 권하지 않고. 인적이 끊긴 이후로 이곳은 밤을 보내기에는 위험한 곳이 되었지. 자네, 날이 저물기 전에 큰길로 다시 나가야 하네."

"유념해 두겠네, 니벨렌. 자네, 내 도움이 필요하지 않다는 말, 확실한가?"

니벨렌이 그를 삐딱하게 보았다.

"그러는 자네는 나를 도와줄 수 있다고 확신하는가? 저주를 완벽하게 풀 수 있다고 확신해?"

"내가 생각하는 도움은 비단 그 부분만이 아니야."

"자네, 아직 내 질문에 답하지 않았네. 설령 말한 대로 행동에 옮긴다 한들, 어차피 일을 종결짓지도 못하겠지만……."

"그때 자네 일행은 운이 나빴어."

게롤트가 그의 눈을 바라보며 말했다.

"겔리볼 지역과 님나르 계곡에 위치한 모든 사원들 중에 하필 자네 일행이 찾아낸 사원은 코람 아 터 사원이었어. 사자머리가 달린 거미 신을 모시는 신전이지. 코람 아 터의 여사제에게 받은 저주를 풀려면 나에겐 없는 지식과 능력이 필요하다네."

"그럼 그런 지식과 능력을 갖춘 사람은 있나?"

"그래도 관심이 있긴 있나 보군. 자네, 지금 있는 그대로가 좋다며."

"있는 그대로가 좋다는 건 맞네. 그런데 있는 그대로 쭉 살아야 한다면? 그건 아니지.

나는 두려워……."

"뭐가 두렵다는 건가?"

괴물이 방 문 앞에 멈추어 서더니 뒤로 돌아섰다.

"위쳐, 나는 내 질문엔 대답도 하지 않고 끊임없이 던져대는 자네의 질문에 충분히 답했네. 보아하니 자네에겐 다른 방식으로 물어봐야 할 것 같네. 얼마 전부터 나는 불쾌한 꿈을 자꾸 꾸네. 아마도 '끔찍한'이라는 단어가 더 어울릴 거야. 두려운 마음이 드는 건 무엇인가 이유가 있어서일까? 말해 보게, 제발."

"그런 꿈을 꾸고 난 다음, 꿈에서 깨어나 보니 발이 더러웠다거나 침대에 솔잎이 흩어져 있다거나 그런 적은 없었나?"

"전혀. 그런 적은 한 번도 없었네. 다만 이유를 알 수 없는 두려움 때문에 괴로워."

"자네가 두려워하는 건 당연하네."

"그걸 막을 수 있는 길이 있을까? 어서 말해 보게, 제발."

"없어."

"결국 그렇단 말이군. 가세, 내가 배웅해 주겠네."

게롤트가 말안장을 정돈하는 동안 니벨렌은 암말의 콧잔등을 쓰다듬으며 목덜미를 토닥였다. 로치가 기분이 좋은 듯 머리를 조아렸다.

"동물들은 나를 좋아해."

니벨렌이 뿌듯해하며 말했다.

"그리고 나도 동물들을 좋아하지. 내가 기르던 고양이도 처음엔 도망쳤지만 나중엔 다시 돌아왔어. 오랫동안 불행에 빠진 나와 함께 해 준 유일한 존재가 바로 그 고양이였어. 베레나도……."

니벨렌이 말을 하다 말고 주둥이를 비죽였다. 게롤트가 미소를 지으며 물었다.

"그녀도 고양이를 좋아하나 보지?"

"새들을 좋아하지."

니벨렌이 이빨을 드러내며 말했다.

"젠장, 다 불어 버렸군. 뭐 어쩔 수 없지. 게롤트, 이번엔 그렇고 그런 상인의 딸이 아니네. 그리고 옛 동화 속에 든 티끌만 한 진실을 찾아보려던 것과도 달라. 이번엔 심각해. 우린 서로 사랑하고 있어. 웃기만 해 봐, 내 자네 주둥이를 갈겨 버릴 테니까."

그러나 게롤트의 얼굴에선 웃음기 하나 찾아볼 수 없었다.

"자네의 그 베레나 말인데……"

게롤트가 조용히 말을 이었다.

"루살카가 아닐까 하네. 자네도 알고 있었나?"

"짐작하고 있었어. 그녀는 가녀린 몸매에 머리카락이 흑발이지. 거의 말이 없고 간혹 말을 해도 내가 모르는 언어로 말을 해. 인간이 먹는 음식은 먹지 않아. 며칠씩 숲 속에 모습을 감추고 있다가 다시 나타나곤 해. 모두 전형적인 현상 아닌가?"

"어느 정도는."

게롤트는 허리띠를 단단히 조였다.

"자네가 사람으로 돌아가면 그녀가 다시는 돌아오지 않을 거라고 확신하는 것 같군."

"난 그럴 거라고 확신해. 루살카들이 인간을 얼마나 무서워하는지 자네도 알잖아. 루살카를 가까이에서 본 사람은 거의 없지. 하지만 나와 베레나는…… 아, 젠장. 쓸데없는 소릴 했군. 잘 가게, 게롤트."

"잘 있게, 니벨렌."

게롤트는 말안장에 앉아 장화 뒤축으로 암말의 옆구리를 툭툭 치며 성문을 향해 갔다. 괴물은 그 곁에서 성큼성큼 걸었다.

"게롤트?"

"말하게."

"나는 자네가 생각하는 만큼 그렇게까지 어리석지는 않아. 자네, 최근에 여길 찾아왔던 상인의 흔적을 따라 이리로 온 거지? 변을 당했던가?"

"그렇다네."

"최근에 상인이 나를 찾아온 건 사흘 전이었어. 딸과 함께 왔었지. 말이 나왔으니 하는 말인데 딸의 미모는 썩 예쁜 축에 낄 만한 건 아니었어. 나는 집에 창문과 문들을 모조리 잠그라고 명령을 내렸지. 그러곤 일절 내가 살아 있다는 표시를 하지 않았다네. 그 상인과 딸은 성 안 뜰을 헤집고 다니다가 다시 말을 타고 돌아갔지. 소녀는 숙모님의 장미넝쿨에서 장미 한 송이를 꺾어 드레스에 꽂았지. 어디 다른 곳에 가서 그녀를 찾아보던지. 어쨌든 유념하게. 이 지역은 유쾌한 곳이 못 된다는 것을. 이미 말했다시피 밤에 숲에 있는 건 특히 안전하지 못하다네. 추한 일들을 보고 듣게 될 테니까."

"고맙네, 니벨렌. 자네를 염두에 두겠네. 모를 일이지, 어쩌면 내가 자네의 저주를 풀어 줄 사람을 찾아낼지도……."

"어쩌면. 어쩌면 아닐 수도 있고. 그건 내 문제야, 게롤트. 내 인생이고 내가 받은 벌이지. 나는 그것을 참는 법을 배웠고 거기에 적응했어. 만약 내 상태가 훨씬 더 나빠진다면 다른 사람은 찾지 말고 혼자 돌아와서 모든 걸 마무리해 주게. 위쳐의 방식으로. 잘 가게, 게롤트."

니벨렌은 돌아서서 단 한 번도 뒤돌아보지 않고 성큼성큼 성을 향해 걸어갔다.

III

과연 일대는 인적이 없어 황량했고, 악한 기운과 함께 적의가 느껴졌다.

게롤트는 날이 저물어 오는데도 큰길로 돌아가지 않았다. 그리고 우회로로 둘러가는데 시간을 쏟고 싶지도 않았다. 그는 빽빽한 나무숲을 질러가는 지름길을 택했다. 얼마 후, 게롤트는 커다란 언덕의 민머리 꼭대기에서 칼을 무릎 위에 올려놓고 연신 투구꽃 덤불 가지를 불 속에 던지며, 약한 불에 의지한 채 밤을 보냈다.

한밤중이 되자 계곡 깊은 곳에서 불빛이 어른거리는 것이 느껴졌다. 그리고 광기 어린 울음소리와 읊조림에 가까운 노랫소리, 또 '고문당하는 여인이 내는 비명소리가 저렇겠다' 싶은 끔찍한 소리까지 들려왔다.

그는 새벽동이 트자마다 서둘러 소리가 났던 곳으로 가 보았다. 그러나 그가 찾아낸 것은 발에 밟혀 납작해진 풀숲과 아직 온기가 그대로 남은 잿더미 그리고 그 속에 있는 까맣게 숯이 된 뼛조각들뿐이었다. 거대한 떡갈나무의 나무 갓 위에 무언가 앉아 있다가 꿰엑 비명을 지르곤 쉭쉭거렸다. 아마도 하피일 것이다. 어쩌면 평범한 스라소니일지도 모르고. 게롤트는 굳이 그것의 정체를 밝히려는 생각은 없었다.

IV

점심 무렵, 샘물가에서 게롤트가 로치에게 물을 먹이려 할 때였다. 로치가 날카롭게 히힝거리며 울기 시작했다. 뒷걸음을 치면서 누런 이를 드러내더니 재갈을 씹어 댔다. 게롤트는 즉시 마법기호를 써서 말을 진정시켰다. 불그스름한 버섯 갓들이 이끼 위에 동그랗게 원을 그리며 돋아 있는 것을 발견했다.

"로치, 너 제대로 신경질을 부리는구나."

게롤트가 말했다.

"이건 그냥 평범한 엘프의 고리일 뿐이야. 대체 왜 이렇게 호들갑이야?"

로치가 콧김을 씩씩 내뿜으며 그에게로 고개를 돌렸다. 게롤트는 이마를 문지르며 눈썹을 찌푸리고는 골똘히 생각에 잠겼다. 잠시 후 단숨에 말에 오른 그가 말머리를 돌렸다. 그러곤 지나 왔던 길의 흔적을 따라 서둘러 말을 몰았다.

"동물들은 나를 좋아하지."

그가 중얼거렸다.

"로치야, 미안해. 나보다 네가 더 낫다."

V

 귀를 쫑긋 세운 채 암말이 씩씩거리며 편자로 바닥을 긁었다. 그러고는 한 발짝도 더 나아가려고 하질 않았다. 게롤트는 마법기호로 말을 진정시키는 대신 말에서 뛰어내리고는 말의 머리 위로 고삐를 던졌다.

 등에 차고 있던 오래된 칼과 칼을 감싼 도마뱀가죽 칼집은 더 이상 보이지 않았다. 이번엔 번쩍이는 아름다운 칼이 그 자리를 대신하고 있었다. 십자형태의 날밑과 균형이 잘 잡힌 어두운 색의 손잡이가 장착된 칼이었다. 손잡이 끝에는 흰빛이 감도는 공 모양의 금속 장식이 달려 있었다.

 성문은 그가 떠나올 때 열어 둔 그대로였다.

 노랫소리가 들렸다. 그러나 한마디도 알아들을 수 없었다. 알아듣기는커녕 어느 지역의 말인지조차 파악할 수 없었다. 사실 그럴 필요도 없었다. 게롤트는 이 낮고 애절한 노래가 무엇인지, 또 동맥을 타고 흐르는 끔찍한 음파로 사람을 마취시키고 마비시키는 이 노래의 주인공이 누구인지 알 수 있었고 느낄 수 있었다.

 갑자기 노랫소리가 뚝 끊겼다. 그 순간 그녀가 보였다.

 그녀는 말라 버린 분수대의 돌고래 상 위에 착 달라붙어 있었다. 이끼가 돋아난 돌을 가느다란 팔로 휘감고 있는데, 팔이 어찌나 흰지 속이 다 들여다보일 지경이었다. 양동이 째 물이 쏟아지듯 어지럽게 쏟아져 내린 검은 머리카락 사이로 부릅뜬 커다란 흑회색의 두 눈이 불꽃을 튀며 그를 향하고 있었다.

 게롤트는 부드럽고 탄력 있는 걸음걸이로 담벼락을 따라 반원을 그리며 넝쿨진 푸른 장미화단을 지나 천천히 그녀에게 다가갔다. 돌고래의 등과 한 덩어리처럼 녹아든 형체가 그의 움직임을 따라 작은 얼굴을 갸웃거렸다. 뭐라 형언할 수 없는 그리움이 담겨 있는 얼굴, 꼭 다문 작고 아름다운 창백한 입술은 달싹이는 시늉도 않는데 여전히 노랫가락이 흘러나오는 것 같은 너무도 아름다운 얼굴이었다.

 게롤트는 그녀와 열 걸음 정도 떨어진 곳에 멈추어 섰다. 검은 법랑을 입힌 칼집에서 서서히 빠져나온 칼이 번쩍, 하며 그의 머리 위에서 불꽃을 튀겼다.

"이건 은이다."

그가 말했다.

"이 날은 은으로 만든 것이다."

납빛 얼굴은 놀라는 기색도 없었고 석탄 같은 흑회색의 두 눈에선 아무것도 읽을 수 없었다.

"너는 루살카와 너무도 닮았거든."

게롤트가 차분하게 말을 이어갔다.

"누구라도 속일 수 있다는 게 닮았어. 게다가 넌 흑발의 희귀조니까. 하지만 말들은 결코 속아 넘어가는 법이 없지. 말들은 너와 같은 것들을 본능적으로 알아보거든. 대체 정체가 뭐냐, 너는? 내 생각엔 물라[1]나 알프[2] 같긴 하다만. 평범한 뱀파이어라면 너처럼 이렇게 햇빛 속을 활보하고 다니진 못하지."

창백한 입술 양끝이 실룩거리더니 살짝 휘어져 올라갔다.

"니벨렌의 외모에 끌렸던 게로군, 그렇지 않아? 니벨렌이 말했던 꿈들도 다 네가 불러일으킨 것들이었어. 어떤 꿈이었을지 상상이 가는군. 불쌍한 니벨렌."

흑발머리는 꼼짝도 하지 않았다.

"네가 좋아하는 건 새들이지."

게롤트가 계속하여 말했다.

"하지만 그것 때문에 남자, 여자 가리지 않고 인간의 목을 물어뜯는 데 구애받을 네가 아니지, 그렇지? 너와 니벨렌이라! 너희 둘은 정말로 멋진 한 쌍이 될 수도 있었겠지. 괴물과 뱀파이어, 숲 속 성의 두 지배자, 얼마나 멋진가! 둘이 뭉치면 손바닥 뒤집듯 힘들이지 않고 이 일대를 전부 지배하게 되었겠지. 늘 피에 굶주려 있는 너, 그리고 너의 수호자요, 네가 부탁하기만 하면 사람을 죽이는 것도 불사하는 자, 맹목적

---

[1] 뱀파이어의 일종으로 인간의 사고 능력과 행동 방식을 가지고 있다.
[2] 아름다운 여성의 모습을 하고 있는 일반 뱀파이어다.

으로 너의 수족이 되어 주는 니벨렌. 하지만 그러기 위해선 먼저 그가 진짜 괴물이 되어야 했지. 괴물의 탈을 쓴 인간이 아니라."

커다랗던 검은 두 눈이 좁아졌다.

"흑발머리, 니벨렌한테 무슨 짓을 한 거지? 아까 노래를 불렀었지. 그렇다면 피를 마셨다는 말…… 그의 이성을 점령할 수 없게 되자 최후의 수단을 쓴 거로군. 내 말이 맞나?"

흑발머리가 알 듯 말 듯하게 살짝 고개를 끄덕였다. 입꼬리가 더욱 말려 올라갔다. 작은 얼굴이 유령 같은 인상으로 변했다.

"이젠 확실하게 이 성의 안주인이 되었다는 생각이 들겠군?"

한 번의 끄덕임. 그러나 이번엔 아주 분명한 끄덕임이었다.

"물라인가?"

아니라는 듯 천천히 가로젓는 고갯짓. 움직임이 보이진 않았지만 쉭쉭거리는 쇳소리는 섬뜩한 미소를 짓고 있는 창백한 입술에서 울려 나오는 것이 분명했다.

"알프인가?"

흑발머리는 또다시 아니라는 듯 천천히 고개를 가로 저었다.

게롤트는 뒤로 물러서며 칼의 손잡이를 더욱 단단히 움켜쥐었다.

"그 말은, 그렇다면 너는……."

입꼬리가 죽 미끄러져 올라갔다. 점점 더 높이…… 그러자 입이 벌어졌다.

"브룩사[1]였어!"

게롤트가 소리를 지르며 분수를 향해 뛰어올랐다.

창백한 입술 뒤에 숨어 있던 날카롭고 하얀 송곳니들이 번쩍였다. 브룩사가 풀쩍 뛰어오르며 표범처럼 둥글게 등을 굽히고 날카로운 소리를 내기 시작했다.

소리의 음파가 쇠달구[2]처럼 게롤트를 가격해 왔다. 그는 숨을 쉴 수 없었다. 갈비뼈가 조여 오면서 귓속과 뇌를 바늘로 찌르는 것 같은 고통이 밀려왔다. 그는 허우적거리며 뒷발질을 치면서도 양쪽 손목을 십자로 교차시켜 헬리오트로프 기호[3]를 그렸다. 그리고 벽에 부딪히는 순간, 어깨에 비중을 실어 꽤 충격을 완화했는데도 눈앞이 캄캄해졌다. 마지막으로 남아 있던 숨이 신음소리와 함께 폐에서 짓눌리어 나왔다.

물기 없는 분수대의 석조 테두리 안, 방금 전까지 하얀 옷을 입은 하늘거리는 한 소녀가 앉아 있던 돌고래의 등 위에는 거대한 검은 박쥐 한 마리가 앉아 있었다. 그 박쥐는 희미하게 빛나는 몸체를 한껏 부풀리는가 싶더니 뒤이어 한 줄 가득 바늘처럼 날카로운 흰 이빨이 늘어선 길고 뾰족한 주둥이를 쩍 벌렸다. 그러곤 판판하게 피부를 당겨 놓은 것 같은 양 날개를 활짝 펼치더니 소리 없이 날갯짓을 하며 마치 석궁의 화살처럼 빠른 속도로 게롤트를 향해 돌진했다.

입안에 고인 피에서 찝찌름하게 철 맛이 났다. 게롤트는 큰 소리로 주문을 외치면서 한 손을 뻗고는 손가락을 폈다. 쿠엔 기호[4]를 위한 것이었다. 갑자기 박쥐가 옆으로 굽어 들었다. 그러곤 킥킥거리며 위로 솟구쳐 오르더니 게롤트의 목을 겨냥한 채 수직으로 곧장 날아들었다.

게롤트는 옆으로 피하며 박쥐를 공격했으나 빗맞히고 말았다. 박쥐가 한쪽 날개를 오므린 채 방향을 바꾸며 게롤트의 주변을 돌았다. 그러곤 이빨로 들어찬 주둥이를 쩍 벌리고 다시 공격을 시도했다. 게롤트는 놈이 가까이 오기를 기다렸다가 양손으로 받쳐 들고 있던 칼을 들어 박쥐를 향해 뻗었다. 놈이 완전히 근접해 온 순간, 게롤트가 풀쩍 뛰어올랐다.

이번엔 측면이 아니라 정면을 향해 뛰어오르며 거세게 칼을 내리쳤다. 휘익, 허공을 가르는 소리가 났다. 칼이 빗맞은 것이다. 예기치 않게 칼이 빗나가자 게롤트는 리듬을 잃고 정말 간발의 차이로 몸을 피했다. 그러나 이미 늦은 뒤였다. 야수의 발톱에 뺨이 찢어지는 것과 비로드처럼 부드럽고 축축한 날개가 그의 목을 가격해 오

---

1) 평소에는 아름다운 여인의 모습을 한 뱀파이어. 일반 뱀파이어보다 강력하며 제물이 되는 희생자를 연인으로 삼아 오랫동안 비축할 수 있는 식량의 저장고로 삼는다.
2) 땅을 단단히 다지는 데에 사용하는 거대한 쇠망치이다.
3) 마법 공격으로부터 자신을 보호하는 주문이다.
4) 시전자 주변에 보호막을 생성하는 주문이다.

는 것이 느껴졌다. 그는 옆으로 몸을 던지며 오른발에 체중을 싣고 민첩한 움직임으로 뒤쪽을 향해 힘차게 칼을 뻗었다. 그러나 이번에도 환상적이리만치 유연한 이 생명체를 놓치고 말았다.

박쥐가 양 날개를 펄럭이며 솟구쳐 오르더니 분수대로 미끄러져 내려왔다. 분수대의 석조 수조에 구부러진 앞발을 대는가 싶었는데 그 순간 무시무시한 주둥이가 희미해지며 모습이 변하더니 사라졌다. 물론 그 자리에 다시 창백한 입술이 모습을 드러내긴 했지만 아직 살의에 찬 송곳니는 사라지지 않았다.

브룩사가 온몸을 관통하듯 날카로운 소리로 울기 시작했다. 그러고는 목소리를 바꾸어 읊조리듯 섬뜩한 노래를 불렀다. 동시에 증오가 가득한 눈길로 게롤트를 노려보며 다시 새된 소리를 질렀다.

새된 소리의 음파는 마법기호가 깨질 정도로 강하게 게롤트를 강타했다. 그의 눈앞에서 빙글빙글 검고 붉은 원이 춤을 추었고 누군가 계속 관자놀이와 정수리를 망치로 치는 것만 같았다. 바늘로 찌르듯 귓속을 파고드는 고통을 뚫고 목소리가 들렸다. 탄성과 신음, 플루트와 오보에 음색의 울림, 폭풍의 울부짖음이 한데 섞인 소리였다. 게롤트는 얼굴 피부가 딱딱하게 굳으며 얼어붙는 것 같은 느낌이 들었다. 그는 고개를 가로 저으며 무릎을 꿇었다.

검은 박쥐가 소리 없이 게롤트를 향해 미끄러져 오면서 이빨이 톱니처럼 늘어선 주둥이를 쩍 벌렸다.

음파 때문에 정신이 혼미한 중에도 게롤트는 본능적으로 반응했다. 그는 높이 뛰어오르면서 번개처럼 빠르게 괴물의 비행속도에 맞추어 움직였다. 그는 세 걸음 앞으로 발걸음을 내디딘 다음 옆으로 비켜서 몸을 반쯤 틀었다. 뒤이어 양손으로 거머쥔 칼이 훅! 하고 가차 없이 허공을 갈랐다. 아무것도 칼날에 스친 것 같지 않았다. 거의 아무것도.

게롤트의 귓전을 찢으며 비명소리가 들렸다. 순은 칼날에 스친 고통 때문에 내지르는 비명소리였다.

브룩사가 울음소리를 내며 돌고래 조각상의 등 위에서 변화하기 시작했다. 흰 드레스 위, 왼쪽 가슴 윗부분에 새끼손가락보다 짧은 찢어진 틈이 보였고, 그 틈새로 붉은 얼룩이 보였다. 게롤트는 이를 부드득 갈았다. 분명 이 뱀파이어 야수 브룩사가 두 동강이 나야 마땅한 공격이었다. 그런데 단지 긁힌 상처라니.

"어서 비명을 질러, 이 뱀파이어야."

뺨에 흐르는 피를 닦으며 그가 으르렁거렸다.

"밖으로 뽑아내라고. 힘을 써. 그래야지 내가 네 예쁜 머리통을 베어 주지!"

브룩사는 얼음처럼 차갑게 인간의 언어로 입을 열었다.

"너부터 힘이 빠질 거다, 위쳐여. 내 손으로 네놈을 죽이고 말겠다."

"그야 두고 볼 일이지."

"베레나!"

니벨렌이었다. 그는 성체의 문을 밀어젖히고 두 손을 양쪽 기둥에 버틴 채, 고개를 떨어뜨렸다. 그가 분수대를 향해 불안하게 앞발을 휘두르며 손짓을 했다. 목깃에 핏자국이 얼룩져 있었다.

"베레나!"

니벨렌이 또다시 울부짖었다. 브룩사가 그에게로 고개를 돌렸다. 게롤트가 칼을 치켜들고 그녀를 향해 뛰어올랐다. 그러나 브룩사가 더 빨랐다. 뒤이어 찢어지는 비명소리. 그리고 그 다음 전달된 음파에 게롤트는 바닥으로 나동그라지고 말았다. 뒤로 자빠진 그의 길에 깔아놓은 자갈돌이 부딪혀 달각달각 소리를 냈다. 브룩사가 등을 둥글게 말며 몸을 움츠리는가 싶더니 뛰어오르려는 듯 다시 몸을 쭉 폈다. 주둥이에 가려 있던 뾰족한 송곳니들이 단도처럼 번쩍였다. 니벨렌이 두 팔을 곰처럼 쫙 펼치고 그녀를 붙잡으려고 했다. 그녀가 그의 얼굴 한가운데에 대고 비명을 질렀다. 니벨렌은 허우적거리며 뒷걸음질을 치다가 성벽에 설치된 목조비계에 부딪혔다. 목조비계가 우지끈 무너져 내리며 니벨렌을 덮쳤고 이내 그는 거대한 나무더미 아래에 묻히고 말았다.

그 사이 다시 일어선 게롤트가 반원을 그리며 성 안마당을 달렸다. 브룩사의 관심을 돌리려는 것이었다. 브룩사가 옷자락을 펄럭이며 곧장 그를 향해 뛰어올랐다. 발을 거의 땅에 대지 않고 가볍게 한 마리 나비처럼 뛰어올랐다. 그녀는 더 이상 울부짖지도, 변신을 시도하지도 않았다.

게롤트는 이제 그녀가 힘이 다 빠졌다는 걸 알 수 있었다. 그러나 그는 그녀가 기진맥진한 상태에서도 여전히 치명적이고 위험하다는 걸 잘 알고 있었다. 게롤트의 등 뒤에서 널빤지에 깔린 니벨렌이 울부짖으며 몸을 뒤척이는지 덜걱거리는 소리가 들렸다.

게롤트는 왼쪽으로 뛰어오르며 동시에 브룩사의 정신을 분산시키려고 짧게 칼을 휘휘 돌렸다. 브룩사가 머리카락을 흩날리며 그를 향해 돌진해 들어왔다. 끔찍했다. 게롤트는 그녀를 과소평가했다. 돌진해 오는 틈을 타 그녀가 비명을 질렀던 것이다. 음파에 꺾여 그도 더 이상 마법기호를 쓸 수가 없었다. 그 역시 허우적허우적 뒷걸음질을 치며 성벽에 고스란히 등을 부딪치고 말았다. 척추를 타고 스며드는 고통이 손끝까지 전해지자 어깨의 감각이 사라졌다. 무릎이 저절로 꺾였다. 그가 무릎을 꿇자, 브룩사가 노랫가락을 읊듯 우는 소리를 내며 그에게 훌쩍 다가왔다.

"베레나!"

니벨렌이 울부짖었다. 그녀가 뒤돌아섰다. 그 순간 니벨렌이 포물선을 그리며 달려와 끝이 뾰족한 3미터 길이의 막대기를 그녀의 가슴팍에 꽂았다. 그녀는 비명을 지르지 않았다. 단지 한숨을 내쉴 뿐이었다. 한숨 소리를 듣는 순간 게롤트는 전율이 일었다.

그들은 서로 마주보고 서 있었다. 니벨렌은 두 다리를 벌리고 서서 막대기 끝을 겨드랑이 아래 넣고 버틴 채, 양손으로 막대기를 잡고 있었다. 브룩사는 막대기의 반대편 끝에 마치 핀에 꽂힌 한 마리 나비처럼 매달린 채 그와 마찬가지로 양손으로 나무를 움켜쥐고 있었다.

브룩사는 날카로운 소리로 한숨을 내뱉었다. 그러곤 갑자기 거세게 막대기를 지지대 삼아 몸을 밀쳤다. 게롤트의 눈에 그녀의 양쪽 어깨 사이, 하얀 옷 위로 붉은 얼룩이 번지는 것이 보였다. 얼룩에서 피가 콸콸 쏟아졌다. 섬뜩하고 처참했다. 그 사이로 부러진 막대기의 뾰족한 끝이 모습을 드러냈다. 니벨렌이 울부짖으며 한 걸음 뒤로 물러섰다. 그리고 또 한 걸음, 또 한 걸음 물러서더니 빠른 걸음으로 후진하기 시작했다. 그러면서도 막대기는 놓지 않았고 결국 막대기에 펜 브룩사를 막대 끝에 매단 채 같은 방향으로 끌고 가는 꼴이 되었다. 한 걸음 더 간 뒤, 니벨렌이 성체의 벽에 등을 대고 섰다. 겨드랑이를 지지대 삼아 버티고 있던 막대기의 끝이 빠각거리며 벽과 부딪혔다.

천천히, 그러면서도 조심스럽게 브룩사가 나무를 따라 가녀린 손을 뻗으며 어깨를 최대한 멀찍이 내밀었다. 그런 다음 막대기를 단단히 그러쥐곤, 제 몸을 앞으로 밀었다. 벌써 피 묻은 막대기가 그녀의 등 뒤로 1미터나 빠져나왔다. 그녀는 커다랗게 두 눈을 부릅뜬 채 고개를 뒤로 젖혔다. 한숨 소리가 점점 가빠지고 빨라지더니 목젖을 타고 색색거리는 소리로 변했다.

게롤트가 일어섰다. 그는 그 광경에 사로잡힌 사람처럼 아무런 행동도 할 수 없었다. 춥고 축축한 지하 감옥의 둥근 천장 아래에서 울리는 것 같은 둔탁한 목소리가 그의 골을 울렸다.

넌 내 거야. 아무도 널 가질 수 없어. 너를 사랑해. 사랑해.

그리고 핏물에 목이 막힌 듯 뚝뚝 끊어지는 한숨 소리가 이어졌다. 브룩사는 젖혔던 몸에 다시 반동을 주어 앞으로 향했다. 그렇게 계속 몸을 밀며 막대기를 타고 앞으로 나아갔다. 니벨렌은 여전히 막대를 손에서 놓지 않은 채 절망적으로 울부짖으며, 뱀파이어를 가능한 멀찍이 밀어내려 애를 썼다.

하지만 허사였다. 그는 더욱 격렬하게 울부짖으며 헝클어진 머리를 이리저리 도리질했다. 브룩사는 막대기를 타고 계속 몸을 앞으로 밀어내며 니벨렌의 목을 향해 고개를 기울였다. 어금니들이 눈이 아리도록 하얗게 빛났다.

게롤트가 뛰어올랐다. 실수로 튕겨져 나간 용수철처럼 그는 뛰어올랐다. 지금 그가 하는 모든 움직임과 내딛는 걸음 하나하나가 모두 본능에 의한 것이었다. 그것은 학습된 것이었고 막을 새도 없이 자동적으로 나온 것이었다. 치명적인 위험으로부터 안전을 지키기 위해 본능적으로 나온 행동이었다.

빠르게 이어진 세 걸음. 세 번째 걸음은 전에 수백 번도 더 그런 걸음을 걸었다는 듯 왼쪽 발을 확고하고 단호하게 디디면서 끝이 났다. 몸 돌리기 한 번, 높이 팔을 올려 육중하게 내려치기 한 번. 그는 그녀의 두 눈을 바라보았다. 아무런 변화도 없었다. 목소리를 들어보았다. 역시 아무런 변화도 없었다. 그녀는 비명을 질렀다. 아무것도 변하지 않았다. 내려치기 한 번.

그는 전에 수백 번도 더 해 봤다는 듯 능숙하게 날선 칼날을 세워 목표물을 향해 한 치의 흔들림도 없이 내리쳤다. 그리고 즉각 그 리듬에 맞춰 네 번째 발걸음을 내디딤과 동시에 몸을 반쯤 돌렸다. 이미 그 반원의 끝점쯤에서 다시 빈 칼날이 번쩍이며 그의 움직임을 뒤따라왔다. 그 뒤로 붉은 방울들이 부채꼴을 그리며 퍼졌다. 까마귀처럼 까만 머리카락이 넓게 파도치듯 넘실거리더니 둥실둥실 공중을 떠돌았다. 두둥실, 둥실둥실······.

머리통이 자갈돌 아래로 떨어진다.

괴물이 점점 더 줄어든다고?

그럼 나는? 나는 무엇인가?

저기 비명을 지르는 건 누구인가? 새들인가?

밤스와 푸른 드레스를 입은 그 여인인가?

나자이르의 장미인가?

어찌 이리 조용하단 말인가!

어찌 이리 텅 빈 것 같은가.

이 공허는 대체 무엇인가.

내 속에 있는 이 공허함은······.

니벨렌은 잔뜩 웅크린 채 누워 있었다. 쐐기풀에 덮여 있는 성채 담벼락에 기대어 경련에 몸을 떨며 두려움 속에 그렇게 누워 있었다.

"일어나게."

게롤트가 말했다. 창백한 안색이었지만 젊고 건장한 체격의 잘생긴 남자가 고개를 들고 두리번거렸다. 남자는 성채의 담 옆에 누워 있었다. 남자의 눈길이 한 곳에 머물지 못하고 불안해 보였다. 남자가 두 눈을 비비다 말고 자신의 두 손을 바라봤다. 그 손으로 자신의 얼굴을 더듬어 본 남자가 나직한 소리로 비명을 질렀다. 그런 다음 손가락을 입에 넣고 한참 동안 손가락으로 치아를 따라가며 이곳저곳 만져댔다. 또다시 격하게 얼굴을 움켜쥔 남자가 광대뼈 위에 난, 부어오른 채 피가 나는 네 줄기의 상처를 만져 보더니 다시 한 번 비명을 질러댔다. 남자는 훌쩍이다가 웃기 시작했다.

"게롤트! 어떻게? 어떻게 이런 일이……? 게롤트!"

"일어나게, 니벨렌. 일어나 가세. 안장주머니에 우리에게 필요한 약이 있어."

게롤트는 니벨렌이 일어나는 걸 도와주면서 속이 보일 듯 투명하고 가녀린 흰 손으로 가는 시선을 애써 피했다. 손은 깍지를 낀 채 막대기를 움켜쥐고 있었다. 축축한 붉은 천 조각에 싸인 조그만 가슴팍 사이에 박힌 막대기였다. 니벨렌이 또다시 비명을 질렀다.

"베레나!"

"쳐다보지 마. 그냥 가세."

그들은 서로를 부축하며 성 앞마당을 가로질러 푸른 장미넝쿨 곁을 지나갔다. 니벨렌은 부축하지 않은 한 손을 쉴 새 없이 얼굴로 가져갔다.

"게롤트, 나는 정말이지 믿겨지지 않네. 이렇게 여러 해가 지났는데 어떻게 이것이 가능할 수 있지?"

"어떤 동화든 티끌만 한 진실이라도 진실의 씨앗은 품고 있기 마련이니까."

게롤트가 나직이 말했다.

"사랑과 피. 이 둘은 위대한 힘을 지녔어. 마법사와 학자들이 수년 전부터 그 비밀을 밝혀내려고 골머리를 싸맸지만 아무것도 찾아낼 수 없었지. 다만 밝혀낸 것이 있다면……."

"뭔가, 그게?"

"반드시 진정한 사랑이어야 한다는 것이지."

이성의 목소리
3

"나는 모엔의 백작 팔비크요. 그리고 이쪽은 도른달의 기사 타일레스요."

게롤트는 기사를 빤히 보며 성의 없이 허리를 숙여 인사했다. 갑옷으로 무장한 두 사람은 왼쪽 어깨에 백장미 표시를 한 진홍색 외투를 걸치고 있었다. 게롤트는 좀 놀랐다. 근방에 기사단[1] 소속의 관구가 있다는 말은 들어 본 적이 없기 때문이었다.

겉으론 분방하고 아무런 의심도 하지 않는 듯 미소를 짓고 있던 네네케가 게롤트가 놀라는 걸 눈치 채고 이렇게 말했다.

"이 귀족출신의 신사분들로 말할 것 같으면……."

그녀는 내키지 않는 말투로 말문을 열고는 왕좌를 연상케 하는 등받이 의자에서 자세를 곧추 세워 앉았다.

"이곳 영토의 자비로운 통치자이신 헤레바르트 대공의 휘하에 봉직 중이시라네."

"영주님이십니다."

더 젊은 쪽인 기사 타일레스가 힘주어 직위를 바로잡으며 적의를 가득 담은 푸른 눈으로 여사제를 바라보았다.

"헤레바르트 영주님의 휘하지요."

"우리, 미묘한 명칭의 차이는 무시하고 넘어갑시다."

---

[1] 중세의 기사 정신과 기독교 수도회 정신을 결합하여 이루어진 특수 교단이다.

네네케가 조롱하듯 미소를 지었다.

"우리 땐 몸속에 왕족의 피가 흐를 때만 영주라고 불렀지요. 그러나 요즘은 그런 건 그다지 중요한 의미를 갖지 않는 것 같으니까. 우선 백장미 기사단의 견해와 그대들이 나의 보잘 것 없는 성전을 방문한 목적에 관해서나 이야기합시다. 게롤트, 자네가 알아 둬야 할 게 있네. 참사회에서 하필 헤레바르트에게서 기사단을 위한 봉토를 구하려고 애를 쓰고 있다네. 그래서 많은 장미기사들이 영주에게 고용되었지. 이곳 토박이들 중에도 적지 않은 사람들이 여기 있는 타일레스처럼 서약을 하고 이렇게 잘 어울리는 붉은 외투를 받았다네."

"이거 영광입니다."

게롤트가 또다시 절을 하였다. 성의 없기로는 아까와 다를 바 없었다.

"나는 그렇게 생각지 않네."

여사제가 차갑게 말했다.

"이분들이 경의를 표하는 말이나 듣겠다고 온 줄 아나? 이분들은 자네에게 당장 이곳을 떠나라는 요구를 하려고 왔다네. 요컨대, 자네를 쫓아내려고 온 거지. 자네는 이런 걸 영광이라고 생각하나? 나는 아닐세. 난 이거야말로 모욕이라고 생각하네."

"제가 들은 대로라면 고귀하신 기사님들께서 정말 괜한 수고를 하신 것 같습니다."

게롤트가 어깨를 으쓱하며 말했다.

"저는 이곳에 상주할 생각이 없습니다. 더 이상의 요구나 민폐를 끼치는 일 없이 이곳을 떠날 겁니다. 곧 말입니다."

"지금 당장이야."

타일레스가 으름장을 놓았다.

"지체하지 말고 당장 이곳을 떠나게. 영주께서 명령하시길……."

"이 성전에선 내가 명령을 내리네."

네네케가 명령조의 냉정한 목소리로 타일레스의 말을 끊었다.

"평소 나는 내 명령이 헤레바르트의 정책에 크게 대립되지 않도록 노력해 왔네. 정책이 논리적이고 이성적인 한 그래 왔지. 그러나 지금 이 경우, 그의 정책은 비이성적이야. 나는 이 정책이 갖는 가치, 딱 그 만큼만 진지하게 받아들일 것이네. 그대들 신사분들은 잘 들으시게. 게롤트는 나의 손님이고 나는 그가 나의 성전에 머무르는 것을 허락했네. 더욱이 나는, 그가 이 성전에 있어 주어서 좋다네. 그러므로 게롤트는 본인이 원하는 한 나의 성전에 머무를 걸세."

"당신, 뻔뻔하게 영주님께 거역하는 건가, 한갓 여자 주제에?"

타일레스가 소리를 치더니 뒤이어 어깨에 걸쳤던 외투를 휙 젖혔다. 놋쇠로 표층처리를 한 휘황찬란한 물결무늬 흉갑이 모습을 드러냈다.

"감히 군주의 권위에 대해 의심을 해?"

"조용히 하시지."

네네케가 두 눈을 질끈 감았다.

"목소리를 낮춰. 지금 자네가 무슨 말을 하고 있는지 그리고 누구한테 하는 말인지 생각은 하고 하는 말인 겐가."

"잘 알고 하는 말이다!"

기사가 한 발짝 앞으로 다가섰다. 연장자인 팔비크가 기사의 팔꿈치를 거칠게 움켜쥐고 눌렀다. 갑옷장갑에서 '끼기긱' 하는 소리가 났다. 타일레스는 그의 손을 뿌리치고 분에 겨워하며 말했다.

"내가 하는 말은 이 영토의 주인이신 영주님의 뜻이다! 알아 둘 것이 있는데, 지금 우리가 데리고 온 12명의 병사가 밖에서 대기 중이다."

네네케가 그녀의 허리띠에 달린 주머니로 손을 뻗었다. 그러곤 조그마한 도자기 상자 하나를 꺼내었다.

"정말이지 나도 모르네."

네네케가 차분한 목소리로 말했다.

"이 상자를 자네 발 앞에 던지면 무슨 일이 일어날지, 타일레스. 어쩌면 허파가 터질지도 몰라. 아마 몸에서 짐승의 털이 자라날 수도 있겠지. 누가 알겠나, 혹시 두 가지 모두 다 일어날지. 자비로우신 멜리텔레 여신이라면 모를까, 아무도 모를 일이지."

"감히 마술나부랭이로 나를 협박하려 하지 마라, 여사제! 우리 병사들은……."

"병사들 중 한 명이라도 멜리텔레 신전의 여사제에게 손을 댔다가는 그 즉시 시내로 향하는 도로 변의 아카시아나무에 매달리는 신세가 될 것이야. 그것도 태양이 지평선을 어루만지기 전에 말이지. 이것은 그들도 그리고 자네 역시도 잘 알고 있을 걸세, 타일레스. 그러니 막돼먹은 사람처럼 행동하는 건 그만두게. 나로 말할 것 같으면 네가 태어나던 자리에 있었던 몸이다. 못돼먹은 인간 같으니. 네 어머니가 불쌍할 뿐이다만 팔자라 생각해야지. 내 자네에게 내키지도 않은 예절교육이나 하고 있을 생각 없네."

"그만 하세요, 그만 해."

게롤트가 끼어들었다. 모든 과정을 지켜보고 있자니 불편하기 짝이 없었다.

"이러다 저같이 보잘 것 없는 일개인 때문에 심각한 갈등이 벌어질 것 같군요. 사실 그래야 할 이유가 전혀 없어 보이는데 말입니다. 팔비크님은 한창 젊은 피가 끓어오르는 동료분보다는 더 침착해 보이시는군요. 들어 보십시오, 팔비크님. 저는 서둘러 며칠 내로 이 지역을 떠나겠습니다. 장담할 수 있습니다. 또 이곳에서 일을 하거나 계약을 체결하거나 일거리를 받으려는 생각은 전에도 그리고 지금도 추호도 해본 적이 없다는 것 역시 장담할 수 있습니다. 제가 이곳에 있는 것은 위쳐가 아닌, 일개인으로서 사적으로 있는 것뿐입니다."

팔비크 백작이 게롤트의 두 눈을 바라보았다. 그 즉시 게롤트는 자신이 실수를 범했다는 걸 깨달았다. 백장미 기사의 눈길엔 순전하고도 흔들림 없는 증오가 노골적으로 담겨 있었다. 그 모습을 보자 게롤트는 확신할 수 있었다. 자신을 몰아내고 축출하려는 건 헤레바르트 대공이 아니라 팔비크와 그의 일당들임을.

팔비크가 네네케에게로 돌아서서 고개를 숙여 경의를 표했다. 그런 다음 말을 시작했다. 침착하고 예의바른 말투, 감정적이지 않고 이성적인 말투였다. 그러나 게롤트는 팔비크가 판에 박힌 거짓말을 하고 있다는 걸 알 수 있었다.

"존경하옵는 네네케, 먼저 용서를 구합니다. 그러나 저의 봉건영주이신 헤레바르트 영주께선 위쳐 게롤트가 당신의 영토에 있는 것을 원치 않으시며 참고만 계시지도 않으실 겁니다. 게롤트가 괴물을 사냥하든, 그가 스스로를 보잘 것 없는 일개인으로 여기든 그건 전혀 중요하지 않습니다. 영주님께선 위쳐 게롤트가 결코 평범한 일개인이 될 수 없다는 걸 잘 알고 계십니다. 위쳐라는 존재는 자석이 쇳가루를 끌어당기듯, 재난을 끌어당깁니다. 마법사들이 들고 일어나 진정서를 작성 중입니다. 드루이드 사제들은 심지어 협박도 하고 있습니다."

"이 구역의 마법사와 드루이드 사제들이 흥분해 날뛰는 걸 왜 게롤트가 책임져야 하는 건지 모르겠소."

그의 말을 끊고 네네케가 끼어들었다.

"헤레바르트가 언제부터 이런저런 의견에 신경을 쓰기 시작했습니까?"

"이런 논쟁은 그만 하지요."

팔비크가 고개를 들었다.

"존경하는 네네케, 이만하면 충분히 알아듣게끔 말씀드린 것 같은데요? 그럼, 더 이상 오해의 소지가 없도록 분명히 말하지요. 헤레바르트 영주님도, 기사단 참사회도 블라비켄의 백정이라고 불리는 위쳐 게롤트가 엘란더에 단 하루라도 더 머무른다면 참지 않을 것이오."

"여기 이곳은 엘란더가 아니오!"

네네케가 갑자기 벌떡 일어섰다.

"이곳은 멜리텔레 성전이오! 그리고 나, 멜리텔레의 대여사제 네네케는 당신네 사람들과 두 신사분들이 이 성전에 있다는 걸 한순간도 더는 참지 않을 것이오!"

"팔비크님."

게롤트가 낮은 목소리로 말했다.

"이성의 소리에 귀를 기울여 보십시오. 저는 성가신 사람이 되고 싶지 않습니다. 짐작컨대 백작께서도 특별히 관여하실 일은 없으실 겁니다. 늦어도 사흘 내로 이 지역을 떠나겠습니다. 아니, 네네케, 가만히 계십시오, 제발. 저는 어차피 떠날 때가 다 되어 가던 참이었습니다. 사흘입니다, 백작님. 그 이상은 부탁드릴 생각이 없습니다."

"부탁하지 않는 건 아주 올바른 자세지."

팔비크가 대답을 하기도 전에 먼저 여사제가 말했다.

"그대들, 젊은이들이여, 들었는가? 위쳐는 그의 바람대로 이곳에 3일간 더 머무를 것이오. 그리고 나, 멜리텔레의 여사제는 그에게 이 3일 동안 손님으로서 누릴 권리를 보장할 것이오. 이것은 나의 바람이기 때문이오. 헤레바르트에게 그렇게 전하시오. 아니, 헤레바르트가 아니라 대공의 부인 되시는 고귀한 에르멜리에게 전하시오. 그리고 앞으로 계속 나의 약방에서 사랑의 묘약을 정기적으로 얻고자 하신다면, 남편이신 대공님의 심기를 다독여 놓는 편이 좋을 거라는 말씀도 드리시오. 덧붙여 점점 더 정신박약 징후를 나타내는 대공의 과대망상증과 변덕에 제동을 걸어야 한다는 말도."

"그만 하지 못할까!"

타일레스가 소리를 질렀다. 그 바람에 목소리가 갈라지며 새되고 우스꽝스러운 소리가 났다.

"못들은 것으로 하겠다. 어찌 일개 돌팔이 주제에 나의 봉건영주와 그의 부인을 능멸한단 말이냐! 이런 모욕적인 언사는 결코 그냥 넘어가지 않겠다! 이곳은 이제 백장미단의 규정에 따라 지배될 것이다. 너희들의 이 어둡고 오만방자한 소굴도 이제 끝이다! 그리고 나 백장미의 기사가……."

"그렇다면 잘 들어 두게, 코흘리개 친구."

게롤트가 심술궂은 미소를 띠고 그의 말에 끼어들었다.

"주제넘은 자네 혀에 재갈을 물려야 할 것 같군. 자네는 존경받아 마땅한 한 여인과 이야기를 나누고 있네. 일개 백장미 기사에겐 언감생심이지! 참사회 금고에다 천 노비그라드 크라운을, 그것도 자원해서 갖다 바쳐야만 백장미 기사가 된다지? 그래서인가, 기사단엔 고리대금업자와 재단사 집안의 아들들이 우글우글하더군. 아무리 그런 너희들이라 해도 미풍양속의 '미'자 정도는 알고 있겠지. 내가 잘못 알고 있는 건가?"

타일레스가 이를 하얗게 드러내며 손을 허리춤으로 가져갔다.

"팔비크님."

게롤트는 아직도 미소 띤 얼굴이었다.

"만약 저자가 칼을 뽑는다면 저는 그 칼을 뺏어서 저 똥싸개만도 못한 친구의 똥구멍을 칼날로 도려낸 다음 그걸 문구멍을 메우는 데다 쓸 겁니다."

타일레스는 손을 덜덜 떨며 허리띠에 걸쳤던 철 장갑 한 짝을 꺼내어 게롤트의 발치에 쩔그렁 소리가 나게 던졌다.

"내, 네 피로 기사단에 대한 능멸을 씻어낼 것이다. 이 악마의 기형아야! 남자 대 남자로 싸우자! 밖으로 나와!"

"자네 지금 무슨 생각을 하는 건가, 유치하기는……."

네네케가 차분히 말했다.

"당장 거두어들이지 못하겠소! 이곳에다 오물을 버리는 것은 금지되어 있소. 이곳은 성전이오. 팔비크, 저 멍청이를 데리고 이곳에서 떠나시오. 그렇지 않으면 일이 고약하게 끝날 것이오. 헤레바르트에게 전해야 할 말은 잊지 않았지요? 그건 그렇고, 내 헤레바르트에게 사적으로 따로 편지를 쓸 것이오. 그대들이 썩 믿음이 가는 사신은 아닌 것 같아서요. 썩 물러가시오. 출구까지 잘 찾아가길 바라오."

팔비크는 분노로 이글거리는 타일레스를 강철같이 단단하게 잡고 갑옷을 쩔그렁거리며 고개를 숙였다. 그런 다음 그는 게롤트의 눈을 바라보았다. 이제 게롤트의 얼굴에선 미소를 찾아볼 수 없었다. 팔비크는 붉은 외투를 어깨에 걸쳤다.

"이번이 이곳을 찾는 마지막 방문은 아닐 것이오, 존경하는 네네케."

그가 말했다.

"다시 오겠소."

"우려했던 바요."

네네케가 대꾸했다. 차가운 말투였다.

"그리고 불쾌하기 짝이 없는 일이오."

피해가 더 적은 쪽

I

여느 때와 다름없이 고양이와 아이들이 먼저 그에게 관심을 보였다. 햇살에 따뜻하게 덥혀진 장작더미 위에서 자고 있던 줄무늬 고양이가 둥근 머리통을 들고 귀를 쫑긋 세웠다. 그러더니 쉭쉭 소리를 내며 장작더미에서 뛰어내려 쐐기풀 사이로 사라졌다. 어부 트리글라의 세 살배기 아들 드라고미르가 가뜩이나 더러운 셔츠를 오두막집 문지방에 대고 문지르며 더 더럽게 만들고 있다가 말을 타고 지나가는 남자를 보고는 눈물을 글썽이더니 끝내 울음을 터트렸다.

게롤트는 골목을 가로막고 서 있는 건초 수레를 추월하지 않으려고 애를 쓰며 천천히 말을 몰았다. 건초 수레 너머에는 궁형으로 휘어진 안장 부분을 끈으로 매어 고정시킨 나귀 한 마리가 짐을 가득 실은 채 목을 앞으로 쭉 빼고 터덜터덜 걸어가고 있었다. 이 기다란 귀를 가진 짐승의 등짝엔 흔히 볼 수 있는 길마[1] 외에도 덮개를 두른 상당히 커다란 짐이 더 실려 있었다. 나귀의 회백색 등은 핏물이 흘러내려 검은 얼룩이 줄기져 있었다.

드디어 수레가 옆으로 굽어드는 한 골목으로 휘어져 들어갔다. 그런 다음 제방 위쪽 지대로 올라가 선착장으로 향했다. 선착장에서 바닷바람 냄새와 함께 타르와 소 오줌 냄새가 실려 왔다. 게롤트는 좀 더 속도를 내어 말을 몰았다. 채소를 팔던 한 여인이 허옇게 뼈가 튀어나온 맹수의 앞발에서 눈을 떼지 못한 채 비명을 질렀지만 그

---

[1] 짐을 싣는 전용 안장을 말한다.

는 무시하고 지나갔다. 덮개 아래로 삐져나온 맹수의 앞발이 나귀의 걸음에 맞추어 덜렁거렸다.

게롤트는 자신의 뒤를 따라오며 흥분해서 술렁이는 사람들이 점점 많아지는 걸 알았지만 뒤돌아보지 않았다.

시장의 집 앞에는 여느 때와 다름없이 많은 수레가 서 있었다. 게롤트는 안장에서 사뿐히 뛰어내렸다. 그러곤 등에 찬 칼을 제대로 고쳐 매고 목재 난간 위에 고삐를 던져 놓았다. 그를 뒤따라온 한 떼의 사람들이 나귀 주변에 반원을 그리며 몰려들었다.

밖에서도 시장의 고함 소리를 들을 수 있었다.

"안 된다고 내 말하지 않아! 자넨 안 된다고, 제길! 자네, 사람들이 자네에게 하는 말이 무슨 말인지 몰라서 그래? 이런 불한당 같은 놈!"

게롤트가 들어섰다. 작은 키에 배가 불룩 나온 시장은 화가 나서 얼굴이 벌겠다. 그의 앞에는 농부 한 명이 깃털을 곤두세운 거위의 목을 잡고 서 있었다.

"뭐야, 또…… 아이고, 세상에! 이게 누군가! 게롤트 아닌가? 내가 제대로 본 거 맞지?"

그러곤 다시 농부를 향해 말했다.

"이놈, 그거 도로 가져가거라! 귀가 먹었느냐?"

"그들이 말해 주었습니다요."

농부는 곁눈질로 힐끗힐끗 거위를 보며 구시렁거렸다.

"시장님께 뭐든 드려야 한다고요. 왜냐면입쇼, 안 그러면……."

"누가 그런 소리를 해?"

시장이 벽력같이 소리를 질렀다.

"누구야? 그자들이 그러든가, 내가 뇌물을 받는다고? 내, 뇌물은 허용치 않는다고 말했으렷다! 썩 물러가게, 내 말했네! 어서 오게, 게롤트!"

"안녕하십니까, 칼데마인."

시장은 한 손으론 게롤트의 손을 잡고 다른 한 손으로 그의 어깨를 두들겼다.

"게롤트, 이게 얼마만인가! 이곳을 떠난 지 한 2년쯤 되었지, 응? 자넨 한곳에 진득이 붙어 있지 않잖아. 어디서 오는 길인가? 아, 어서 말해 보게, 그동안 뭘 했는지. 어이, 누가 맥주 좀 가져와! 앉게, 게롤트, 앉아. 여긴 온통 뒤죽박죽일세. 내일이 연시(年市)[1] 날이거든. 그간 겪은 새로운 경험담 좀 얘기해 보게."

"나중에요. 먼저 저랑 잠깐 나가셔야 할 것 같군요."

밖으로 나오자 아까보다 배 이상이나 많은 사람들이 모여 있었다. 그러나 나귀 주변으로는 여전히 아무도 다가오려고 하지 않았다. 게롤트가 덮개를 뒤로 젖혔다. 모여 있던 사람들이 신음 소리를 내며 뒤로 물러섰다. 칼데마인은 입을 쩍 벌린 채 그 자리에 그대로 서 있었다.

"세상에, 게롤트! 이게 뭔가?"

"키키모어입니다. 이걸 잡으면 보상금이 있지 않던가요, 시장님?"

칼데마인이 한 발짝, 한 발짝 걸음을 떼었다. 그러곤 깡마른 살가죽에 뒤덮인, 꼭 거미처럼 생긴 형상을 살펴보았다. 일자 모양 눈동자의 유리알 같은 눈, 피 얼룩이 남은 주둥이와 그 속에 사리 잡은 바늘같이 뾰족한 이빨.

"어…… 어디에서?"

"시에서 6킬로미터 떨어진 곳에 있는 늪지대의 둑에서요. 칼데마인, 가기만 하면 목숨을 잃는다고 하는 곳이죠. 주로 어린아이들이 말이지요."

"그렇군. 아주 박자가 착착 맞아떨어지는군. 하지만 아무도…… 누가 생각이나 했겠는가. 어이, 다들 집에 가서 일이나 하시오! 여기 볼 게 뭐가 있다고 그러나! 게롤트, 그거 다시 덮게나. 파리 떼가 몰려들고 있네."

방으로 들어오자 시장은 한마디도 하지 않고 맥주잔을 잡았다. 단숨에 잔을 비운 그는 깊은 한숨을 내쉬고는 코를 킁킁거렸다.

"보상금은 없네."

---

[1] 기독교의 축일과 연계하여 1년에 한두 번 정기적으로 열리는 큰 시장이다.

시장은 웅얼거리며 말했다.

"소금 수렁 속에 저런 것이 웅크리고 있을 거라고 누가 생각이나 했겠는가. 그 지역 일대에서 많은 사람들이 사라진 것은 맞네. 하지만 둑 주변을 어슬렁거리는 사람은 거의 없네. 그런데 자네는 어떻게 그 길로 들어갔나? 큰길을 놔두고 말일세. 왜 큰길로 말을 몰지 않았지?"

"그야 큰길엔 돈벌이가 될 만한 것들이 별로 없으니까요, 칼데마인."

"아, 그런가."

시장은 딸꾹질을 누르려는지 양 볼을 터질 듯 부풀렸다.

"참 조용한 곳이었는데……. 심지어 임프들이 여자들의 젖에 오줌을 싸는 일도 아주 드물었지. 그런데 여길 한번 보게. 저기 저곳과 바로 붙어 있는 곳엔 말이네, 키키모어 같은 것이 웅크리고 있어. 자네에게 고마워해야 할 것 같기는 하네. 하지만 돈을 지불하는 건…… 저런 것에 돈을 지불하지는 못하겠네. 그건 전혀 예상하지 않았었네."

"아쉽네요. 겨울나기에 돈이 좀 필요했었는데."

게롤트는 맥주잔을 들고 맥주를 한 모금을 들이킨 뒤 입술에 묻은 거품을 닦았다.

"이스파덴으로 갈 겁니다. 그런데 눈이 쌓이기 전에 그곳까지 갈 수 있을지 모르겠습니다. 아마 루톤스키 도로변의 작은 마을 중 한곳에 발이 묶일 테죠."

"블라비켄에서 좀 더 편하게 지내다 갈 생각은 없나?"

"아니요. 겨울이 다가오고 있는데 편히 쉴 시간이 어디 있겠습니까."

"자네 어디에 있을 건가? 우리 집은 어떤가? 다락에 빈 방이 하나 있네. 그 사기꾼 같은 술집 주인한테 굳이 숙박료를 낼 필요가 있나. 우리 이야기나 하세. 먼 세상에선 무슨 일이 벌어지고 있는지 이야기나 해 주게."

"좋습니다. 하지만 부인이신 리부사께는 뭐라고 말하실 건가요? 지난번에 보니까 부인께선 제가 오는 걸 열렬히 반기는 눈치는 아니던데요."

"우리 집에선 여자들에게 일일이 알리고 그런 거 없다네. 우리끼리 얘기인데, 지난

번 저녁식사 때 자네가 했던 행동은 아내가 있는 자리에선 할 수 없는 일이긴 했지."

"지난번에 제가 쥐를 향해 포크를 던진 일 말씀이신가요?"

"아니. 그게 아니라 어두웠는데도 자네가 쥐를 맞춘 걸 두고 하는 말일세."

"저도 그게 좀 웃기다고 생각했지요."

"그랬지. 하지만 아내가 있을 때엔 그런 행동은 하지 말게. 그리고 아까 그 괴물 이름이 뭐라고 그랬더라, 키키……?"

"키키모어."

"그래, 키키모어. 자네, 그거 어디 쓸 데라도 있나?"

"뭐에다 쓰겠습니까? 보상금이 없다면 거름더미에 던져 버리셔도 됩니다."

"거 괜찮은 생각이로군. 헤다, 카렐카, 보르그, 나스슈타인! 거기 누가 있나?"

어깨에 도끼 창을 둘러 맨 시(市)경비병이 들어왔다. 창날에 문설주가 긁히는 소리가 났다.

"나스슈타인."

칼데마인이 말했다.

"사람들을 좀 더 데리고 와서 집 앞에 있는 나귀와 덮개로 말아 놓은 저 지저분한 것을 한꺼번에 끌고 돼지우리 뒤로 가. 그리고 그 지저분한 것을 분뇨구덩이에다 던져 버려. 알아들었나?"

"명령대로 하겠습니다. 그런데요, 시장님."

"뭔가?"

"저 구역질 나는 물건을 던져 버리기 전에, 혹시……."

"혹시 뭐?"

"마스터 이리온에게 보이는 건 어떨까요? 그에게 필요한 데가 있을지도 모르지 않습니까."

칼데마인이 손으로 이마를 쳤다.

"똑똑하구먼, 나스슈타인! 들어 보게, 게롤트. 아마 우리 시 소속의 마법사에게 가면 자네에게 그 썩은 고기 값으로 뭘 좀 줄지도 몰라. 고기잡이 어부들의 경우 온갖 특이한 문어, 메기, 청어, 변종 고기들을 그에게 갖다 주고 돈을 좀 벌었다는군. 자, 우리도 탑으로 가세."

"시에 마법사를 두셨군요? 종신직입니까? 아니면 그냥 임시직인가요?"

"종신직이네. 마스터 이리온이라고 하지. 1년 전부터 블라비켄에 살고 있네. 아주 능력 있는 마법사라네. 첫눈에 알아볼 수 있지."

"능력 있는 마법사가 키키모어 하나 죽였다고 뭘 보상해 주다니, 좀체 믿을 수가 없네요."

게롤트가 얼굴을 찡그렸다.

"제가 알고 있기로는 키키모어는 약 만드는 재료로도 쓰임새가 없어요. 이리온이라는 마법사는 저를 웃음거리로 만들 겁니다. 마법사들과 우리 위쳐들은 사이가 매우 나쁘다는 걸 아시지 않습니까?"

"나는 지금까지 마스터 이리온이 누굴 조롱거리로 만드는 건 한 번도 본 적이 없네. 그가 돈을 지불할지 장담은 못하겠네만 시도야 해 볼 수 있지 않은가. 늪지대에 이런 키키모어들이 엄청 많이 있을지도 모를 일이고 말이야. 그러면 어떻게 될까? 마법사에게 그걸 보여 주고 그가 늪지에다 무슨 마법 같은 걸 걸어두도록 해야겠지."

게롤트는 잠시 동안 생각에 잠겼다.

"당신이 이겼어요, 칼데마인. 좋습니다, 그럼 마스터 이리온과의 만남을 감행해 볼까요?"

"가세. 나스슈타인, 아이들은 쫓아내고 나귀는 밧줄에 매게. 내 모자는 어디 있는가?"

II

매끈하게 다듬은 화강암 벽돌에 꼭대기를 왕관 모양으로 주석 처리한 탑은 위풍당당해 보였고 부서진 기와를 인 집들과 커다란 널빤지를 이어 만든 오두막들 사이에 우뚝 솟아 있었다.

"새로 보수한 것 같군요."

게롤트가 말했다.

"주문을 걸어서 한 겁니까? 아니면 여러분께 일을 맡겨서 한 겁니까?"

"대부분은 마법을 써서 한 것이지."

"이리온 말인데요, 어떤 사람입니까?"

"점잖은 사람이네. 사람들에게 도움을 주고. 하지만 사람들을 꺼리고 냉정한 사람이기도 하네. 웬만해서는 탑 밖으로 나오는 법이 없어."

상감세공한 밝은 목재 장미 장식을 덧댄 문에는 커다란 문고리가 달려 있었다. 문고리는 눈딱부리처럼 눈을 부릅뜬 평평한 물고기머리 모양이었는데 이빨이 드러나 보이는 주둥이에 놋쇠 고리를 물고 있었다. 칼데마인은 어떤 식으로 문이 작동하는지 잘 아는 듯했다.

그가 문 앞으로 다가가 헛기침을 하였다. 그런 다음 "마스터 이리온에게 볼일이 있어 온 칼데마인 시장, 문안인사 드립니다. 더불어 같은 볼일로 이곳에 온 리비아의 위쳐 게롤트도 문안인사를 전합니다"라고 읊조렸다.

한참 동안 아무런 움직임도 없더니 마침내 물고기의 턱이 움직이며 구름처럼 수증기를 내뿜었다.

"마스터 이리온은 받아들이지 않겠다. 선량한 그대들은 돌아가라."

칼데마인은 초조하게 기다리며 게롤트를 바라보았다. 게롤트는 어깨를 으쓱해 보였다. 나스슈타인은 코를 후벼 팠다. 진지하고 골똘한 표정이었다.

"마스터 이리온은 받아들이지 않겠다."

문고리에서 흘러나오는 금속성의 목소리가 같은 말을 반복했다.

"돌아가라, 선량한 그대들……."

"나는 선량한 '그대'가 아니다."

게롤트가 문고리의 말이 끝나기도 전에 큰 소리로 끼어들었다.

"나는 위쳐다. 저기 나귀 등에 있는 것은 키키모어이고, 시(市)에서 아주 가까운 근교 습지대에서 내가 죽인 것이다. 시 소속 마법사에게 지역 일대의 안전을 신경 쓰는 것은 '의무'이다. 마스터 이리온이 원치 않는데 내 실력을 인정한다는 말을 들으려는 마음은 없다. 이리온 역시도 나의 실력을 인정한다는 말을 굳이 할 필요가 없다. 그리고 나를 받아들일 필요도 없다. 그러나 키키모어는 직접 보아야 한다. 그리고 그에 상응하는 결론을 내려야 한다. 나스슈타인, 키키모어를 풀어서 이리로 던져 주겠나? 여기 문 바로 앞에."

"게롤트."

시장이 조그만 목소리로 말했다.

"자네야 떠나면 그만이지만 나는 여기 남아 있어야 하는 몸일세."

"갑시다, 칼데마인. 나스슈타인, 이제 코 좀 그만 후비고 어서 시킨 대로 하게."

"곧 내려가겠다."

순간 전혀 다른 목소리가 문고리에서 흘러나왔다.

"게롤트, 진정 그대인가?"

게롤트가 나직한 목소리로 불평을 늘어놓았다.

"점점 인내의 한계가 느껴지는군. 당연하지. 진짜로 나지 그럼 누구겠소. 그리고 내가 진짜로 나라면 뭘 어쩔 작정이신가?"

"문 가까이로 오라."

문고리에서 목소리가 흘러나오더니 증기구름을 뿜었다.

"혼자 오라. 그대가 들어오는 걸 허락하겠노라."

"키키모어는 어떻게 할 작정이신가?"

"끌고 온 사람들이 데리고 가야지. 나는 그대와 이야기하고 싶다, 게롤트. 오직 그대하고만. 미안하게 되었소, 시장님."

"별말씀을 다 하시오, 마스터 이리온."

칼데마인이 손사래를 쳤다.

"들어가 보게, 게롤트. 우리는 이따가 보세. 나스슈타인! 저 끔찍한 물건은 거름구덩이에 던져 버려!"

"분부대로 하겠습니다."

게롤트가 상감세공으로 장식한 문에 다가가자 문이 천천히 열렸다. 좁긴 해도 그가 지나가기엔 충분한 틈이었다. 문을 통과하자 곧이어 바로 문이 닫혔다. 게롤트는 잠시 칠흑 같은 어둠 속에 잠겼다.

"이봐!"

게롤트가 불쾌함을 숨기지 않고 소리쳤다.

"곧 가네."

친숙한 목소리가 대답했다. 게롤트는 눈앞에 펼쳐진 전혀 예상하지 못했던 광경에 뒷걸음질 치며 기댈 곳을 찾아 손을 뻗었다. 그러나 딱히 기댈 만한 곳이 없었다.

정원은 흰 꽃, 장밋빛 꽃들이 화려하게 피어 있었고, 비온 뒤의 냄새가 났다. 하늘엔 알록달록한 무지개가 나무꼭대기에서부터 멀리 푸른 산맥까지 펼쳐져 있었다. 정원 한가운데에 있는 집은 작고 수줍게 접시꽃 사이에 잠겨 있었다. 아래를 내려다본 게롤트는 자신이 엉덩이까지 차오른 백리향(百里香) 사이에 서 있는 걸 깨달았다.

"자, 어서 오시게, 게롤트."

인사하는 목소리가 들렸다.

"나는 집 앞에 있네."

게롤트가 정원의 나무들 사이로 걸어갔다. 그때였다. 왼쪽 편에서 뭔가 움직이는 것이 눈에 들어왔다. 게롤트가 몸을 돌렸다. 실오라기 하나 걸치지 않은 황금빛 몸매의 여자가 줄지어선 화단 사이를 걷고 있었다. 그녀는 사과가 가득 찬 바구니를 들고 있었다. 게롤트는 더는 놀라지 말아야겠다고 마음을 다잡았다.

"드디어 왔군. 안녕하신가, 위쳐 게롤트."

"스트레고보르!"

게롤트는 방금 전 했던 다짐과 달리 또다시 놀라고 말았다. 게롤트는 지금까지 별별 사람들을 다 보았다. 시의원처럼 보이는 범죄자나 탁발승처럼 보이는 시의원, 공주처럼 보이는 창녀, 새끼 밴 암소처럼 보이는 공주, 악마처럼 보이는 왕……. 그러나 스트레고보르는 언제나 딱 그대로, 그러니까 외모로 보나 말투로 보나 모든 면에서 마법사처럼 보였다. 큰 키에 마른 몸, 구부정한 등, 송충이같이 굵고 숱이 많은 회색빛 눈썹과 긴 매부리코까지 모두. 게롤트가 알고 있는 그 어떤 마법사도 스트레고보르만큼 완벽하게 생긴 마법사는 없었다. 그리고 제일 희한한 것은 스트레고보르가 마법사처럼 생긴 사람이 아니라 정말로 탁월한 마법사라는 것이다.

두 사람은 접시꽃에 둘러싸인 베란다의 흰 대리석 탁자를 사이에 두고 의자에 앉았다. 바구니처럼 나뭇가지를 엮어 짠 의자였다. 사과 바구니를 든 나체의 여자가 미소를 머금은 얼굴로 다가왔다. 그러곤 다시 방향을 되돌려 엉덩이를 샐룩거리며 정원으로 돌아갔다.

"저 여자도 일루젼[1]이오?"

게롤트가 여자의 뒷모습을 바라보며 물었다.

"그렇다네. 여기 있는 다른 것들도 마찬가지이지. 하지만 여보게, 이건 일등급 일루젼이라네. 꽃들에선 향기가 나고 사과는 먹을 수 있지. 벌은 자네를 쏠 수도 있어. 그리고 저 아이……."

마법사가 금빛의 여자를 가리켰다.

"저 아이와는 함께……."

"그 이야기는 나중에."

---

[1] 마법으로 만들어진 환영을 의미한다.

"그래, 그래. 게롤트, 자네 여기는 웬일인가? 여전히 돈을 위해, 멸종해 가는 종(種)들의 대표 주자를 죽이는 일로 바쁜 건가? 그래, 키키모어를 잡고는 얼마를 받았나? 한 푼도 못 받은 모양이네 그려. 그렇지 않고서야 자네가 이리로 올 리가 있었겠나. 또 자네가 운명을 믿지 않은 부류의 사람이기 때문이기도 해. 내가 여기 있는 걸 알고도 이렇게 찾아온 걸 보면, 그렇지 않은가?"

"아니. 난 이런 곳에 당신이 있으리라곤 꿈에도 생각지 못했소. 내 기억이 틀리지 않다면 예전에 당신은 코비르에서 이 탑과 비슷한 탑에 살았던 걸로 기억하는데……."

"그때 이후로 많은 것이 변했다네."

"이름만 봐도 그런 것 같군. 보아하니 지금은 마스터 이리온이라고 하는 것 같던데?"

"이 탑의 원래 주인 이름이라네. 그는 12년 전쯤 죽었다네. 이곳에 자리를 잡고 나서 어떻게든 그에게 경의를 표해야겠다, 싶었거든. 지금 나는 이곳 시(市)에 상주하며 마법사 일을 보고 있다네. 이곳은 사람들 대부분이 바다를 생존의 근거로 살아가는 곳이지. 그리고 자네도 알다시피 내가 일루젼뿐만 아니라 날씨에도 특기가 있지 않은가. 나는 폭풍우를 누그러뜨리기도 하고 또 어떨 땐 주문을 외워 폭풍우를 불러 일으키기도 한다네. 서풍을 일으켜 대구 떼를 비롯한 물고기 떼들을 기슭 가까운 곳으로 몰 때도 있지. 그렇게 사람들이 살아가고 있다네. 말인즉슨……."

그가 우울한 목소리로 덧붙여 말했다.

"살아갈 수 있었던 거라네."

"살아갈 수 있었다니…… 그건 무슨 말이오? 이름은 또 왜 바꾸었소?"

"운명의 여신은 여러 개의 얼굴을 지녔지. 나에게 운명이란 외적으로는 아름답지만 내적으로는 추한 얼굴을 지녔다네. 운명이 나를 향해 피 묻은 날카로운 발톱을 뻗어 왔거든."

"당신은 하나도 변하지 않았군."

게롤트가 입을 비죽였다.

"말도 안 되는 말을 지껄이면서도 현자의 얼굴을 하고 의미심장한 표정을 짓는 것 하며, 좀 평범하게 이야기할 수는 없는 거요?"

"그럼 그렇게 함세."

마법사가 한숨을 쉬었다.

"내 말투가 거슬렸나? 그렇다면 내 그렇게 함세. 운명이 나를 이리로 몰고 온 셈이거든. 나를 죽이려고 하는 무시무시한 괴물을 피하여 이리로 도망 온 거니까. 그런데 아마도 그 괴물이 내일, 아니면 늦어도 모레쯤 나를 죽이러 올 것 같네."

"아하."

게롤트가 냉담한 어조로 말했다.

"이제 이해가 가는군."

"자네, 내가 협박당해 죽을지도 모른다는데 아무 느낌도 없나?"

"스트레고보르."

게롤트가 말했다.

"세상사가 다 거기서 거기요. 여행을 하다 보면 별일을 다 겪지요. 밭고랑을 사이에 두고 두 명의 농부가 서로를 죽이기도 하고 서로 죽이지 못해 안달이던 백작 둘이 추종자들의 말발굽에 치여 납작하게 뻗어 죽은 것을 본 적도 있소. 길가를 따라 늘어선 나무에 교수형을 당해 죽은 자들이 흔들거리며 매달려 있는 것도 보았고 숲에선 도적떼들이 아무렇지 않게 상인의 목을 칩니다. 도시라고 다를 게 없지요. 가는 곳곳마다 발에 치이는 것이 도랑에 처박힌 시체들이고 성에선 단도로 서로를 찔러 죽이고, 연회에선 시도 때도 없이 독극물을 먹고 시퍼레진 채 식탁 위로 쓰러지는 자들이 속출하고 있소. 그런 일을 하도 많이 보다 보니 이제 그런 일이라면 이골이 났소. 그럴진대 죽음의 위협 따위에 내가 깊은 인상을 받을 이유가 어디에 있겠소, 더군다나 그 당사자가 당신인데?"

"당사자가 나니까 더더욱 그렇지."

스트레고보르가 말을 꼬아서 다시 말했다.

"나는 자네를 친구라고 생각했었네. 자네가 날 도와줄 거라고 생각했어."

"마지막으로 우리가 만났던 것이……."

게롤트가 말했다.

"코비르에 있는 이디 왕의 궁정에서였을 거요. 나는 지역 일대를 공포와 충격으로 몰아넣었던 쌍두괴물을 죽인 것에 대한 보상금을 받으러 갔었고, 그때 당신과 당신의 동료인 나이드하르트는 나를 가리켜 협잡꾼이라고, 생각 없는 살인기계라고 비난했소. 모든 사람들이 보는 앞에서 말이오. 그것도 모자라 내 기억이 맞는다면 썩은 시체로 돈벌이를 하는 자라고도 했소. 그 결과는 참담했지. 이디 왕은 나에게 땡전 한 푼 내어 주지 않았고, 한 술 더 떠 열두 시간 안에 코비르를 떠나라고까지 했소. 그마저도 왕의 물시계가 고장 나는 바람에 하마터면 지키지 못할 뻔했지. 그런데 지금 와서 내가 당신을 도와줄 거라고 생각했다고 말하는 거요? 당신, 괴물이 당신 뒤를 쫓고 있다고 했소? 스트레고보르, 겁낼 게 뭐가 있소? 괴물이 습격하면 그냥 이렇게 말하면 되겠군. 당신은 괴물을 좋아하니 괴물을 보호할 거고 협잡꾼 위쳐 따위가 생명을 위협하지 않도록 잘 보살펴 줄 거라고 말이오. 그렇게까지 말했는데도 그 괴물이 당신의 내장을 들어내고 당신을 먹어치운다면 참으로 그것처럼 암담한 배은망덕이 어디 있을까 싶소."

마법사는 아무 말도 못 하고 슬며시 고개를 돌렸다. 게롤트가 미소를 지으며 계속 말했다.

"그렇게 개구리처럼 뾰로통한 표정 짓지 마시고 당신을 위협하는 일에 대해서나 얘기해 보시오. 할 수 있는 일이 없는지 들어봐야 하지 않겠소."

"검은 해의 저주에 관해 들어본 적 있나?"

"그야 물론이지요. 단, 그 사건은 '미친 엘티발트의 과대망상증'으로 불렸던 걸로 아는데. 엘티발트는 마녀사냥을 주도했던 마법사의 이름이었고 선량한 여자아이들, 심지어 귀족 자제들까지 탑에 가두거나 학살당하도록 했었지. 악마에 씌었다거나 저주를 받고 빛에 감염되었다는 둥, 당신들이 온갖 포장을 하며 법석을 떨었던 그 '검은 해'는 그저 평범한 일식 현상의 하나일 뿐이잖소."

"엘티발트는 결코 미친 사람이 아니네. 다우켄[1]의 선돌에 새겨진 비문과 보쉬고렌의 광대한 선사시대 묘지에 있는 묘석 판들을 해석한 인물이라네. 마멋인간들 사이에 전해 내려오는 전설과 설화들도 연구하였지. 비문과 전설들 모두 일식에 관해 거의 한 치의 의심도 없이 한결 같은 이야기를 하고 있었다네. 일식이 동방에서 니야라는 이름으로 신성시하며 숭배하는 릴리쓰[2]의 신속한 귀환을, 그리고 인간종족의 멸종을 예고한다는 것이었지. 그리고 황금왕관을 쓴 60명의 여자들이 그 길을 평탄하게 닦아줄 것이며 이 여인들이 하천의 계곡물을 피로 가득 채울 것이라는 이야기였네."

"정신 나간 소리요."

게롤트가 말했다.

"게다가 앞뒤도 맞지 않소. 제대로 된 예언은 모두 운율을 맞춘 듯 앞뒤가 맞아떨어지는 법이오. 엘티발트와 마법사 의회가 중요시했던 문제가 무엇인지는 이미 널리 알려져 있소. 마법사들이 자신들의 권력을 확실히 구축하고자 정신병자의 헛소리를 이용했던 거요. 동맹을 파기하고 왕가의 결혼을 방해하기 위해, 왕조를 조종하기 위해. 요컨대 왕관을 쓴 인형에 끈을 매달고 더욱 세게 잡아당기려고 말이오. 그런데 지금 당신은 시장판의 거지들도 비웃을 소리를 예언이랍시고 나에게 들이밀고 있는 게요?"

"엘티발트의 이론이나 신탁의 해석에 대해선 의구심을 가질 수도 있네. 하지만 일식 직후에 태어난 여자애들 가운데 무시무시한 돌연변이가 등장했다는 사실은 부정할 수 없을 걸세."

"왜 부정할 수 없다는 거요? 내가 들은 이야기는 정반대의 이야기였소."

---

[1] 다우켄과 보쉬고렌은 위쳐의 세계관에서 고대문명족의 하나로 알려져 있다.
[2] 메소포타미아 신화에 나오는 여자 악령이다.

"나는 그 돌연변이들 중 하나를 해부하는 자리에 있었던 몸이네."

마법사가 말했다.

"게롤트, 우리가 그때 그 돌연변이의 두개골과 척수에서 발견한 것은 말일세, 정확히 뭐라고 설명할 길이 없네. 일종의 붉은 해면과 같았다고나 할까. 내장기관은 뒤죽박죽이었지. 심지어는 내장이 완전히 없는 경우도 있었다네. 여하튼 기관들이 전부 움직이는 작은 섬모(纖毛)로 뒤덮여 있었다네. 청색과 담홍색을 띤 가느다란 머리카락 같은 털이었지. 심장엔 심방(心房)이 6개가 있더군. 그중 2개는 위축증세를 보이긴 했지만 어쨌든 그래도…… 자네 생각은 어떤가?"

"나는 두 손 대신 모두 독수리 발을 가진 사람도 보았고, 늑대이빨을 가진 사람도 보았소. 남들보다 더 많은 관절이나 장기, 감각을 지닌 사람들도 보았고. 그건 전부 그대들이 이리저리 날림으로 마법을 쓰고 다닌 결과였소."

"자네, 다양한 돌연변이들을 보았다고 말했나."

마법사가 고개를 들었다.

"그럼 그중 위쳐라는 직업에 걸맞게 돈을 받고 죽인 자들은 몇이나 되나? 응? 늑대이빨을 가질 수도 있고, 그걸 술집에서 여자들에게 보여 주는 걸로 만족할 수도 있지. 아니면 이빨과 동시에 늑대의 본성까지 지녀, 아이들을 덮칠 수도 있을 걸세. 일식이 일어난 직후 태어난 여자아이들의 경우도 말하자면 그와 같다고나 할까. 그들에게선 정말이지 믿기지 않을 정도로 잔혹한 성향, 즉 공격적 성향과 엄청난 위력으로 분출하는 분노의 성향이 발견되었지. 그야말로 냄비처럼 부글부글 끓어 넘치는 기질이랄까."

"그런 거야 여자라면 누구나 조금씩은 갖고 있는 성질이지 않소?"

게롤트가 반박하였다.

"지금 날 앉혀 놓고 무슨 헛소리를 하는 거요? 지금 내가 몇 명의 돌연변이를 죽였는지 물었소? 내가 몇 명이나 마법에서 풀려나게 하였는지, 저주를 풀어 주었는지에 관해선 왜 관심을 두지 않는 거요? 그러면 마법사님, 당신들 능력 있는 마법사 선생들께선 뭘 했는지 들어나 봅시다."

"고차원적인 마법을 썼지. 우리네 마법뿐 아니라, 다양한 성전의 여러 사제들이 쓰는 마법까지. 우리가 한 시도는 결국 전부 다 소녀들의 죽음으로 끝나고 말았지만."

"그 말은 소녀들이 아니라 그대들에게도 불리한 말이오. 그러니까 이미 우리는 손에 너무 많은 피를 묻혔다는 것이오. 당신이 과연 그 인원만 해부했을 것이라고 생각하는 거요?"

"그들만은 아니었지. 그런 눈으로 날 쳐다보지 말게. 자네가 바로 짚었네. 더 많은 시체들이 있었네. 원래 시체는 모두 바로 제거하기로 결정되었었지. 우리는…… 엄청나게 많은 소녀들을 살해했다네. 그리고 전부 해부대에 올렸지. 한 번은 생체 해부를 한 적도 있었다네."

"그렇게 하고도 감히 위쳐들을 비난하시오? 당신들은 쓰레기 같은 종자들이오. 스트레고보르, 사람들이 이성을 되찾고 그대들에게 책임을 물을 날이 올 것이오."

"나는 그런 날이 그렇게 빨리 올 거라고는 생각지 않네."

스트레고보르는 참을성을 갖고 말했다.

"잊지 말게, 우리는 전적으로 인간의 안정을 위해 마법을 사용해 왔다네. 돌연변이들을 그대로 두었더라면 그들은 세상을 핏물에 익사시켰을 걸세."

"그대들 마법사들은 그렇게 주장하지. 다들 어찌나 콧대가 높은지, 무오류의 권능을 가진 교황님이 오셨다가 울고 가겠소. 하지만 그대들이 아무리 무오류의 권능을 가졌다고 해도, 이른바 돌연변이라고 칭하는 존재들을 사냥하는 중에 그대들이 아무런 오류도 범하지 않았다는 주장은 못할 것 같소만?"

"좋네, 그럼."

한참을 말없이 있던 스트레고보르가 말했다.

"우리의 이익을 위해서라면 하지 말아야 할 말이지만 내, 솔직해지기로 하겠네. 우리는 오류를 범했네. 그것도 한두 번이 아니었지. 그들을 찾아낸다는 건 극도로 어려운 일이었네. 그래서 우리도 그들을…… 살해하는 걸 그만두었다네. 그리고 그 대신 그들을 격리시키기로 했다네."

"그대들의 그 유명한 탑들에 말이죠."

게롤트가 경멸조로 말했다.

"우리네 탑에…… 하지만 그것도 잘못된 선택이었어. 그들을 과소평가했던 거야. 많은 수가 탑에서 탈주했지. 왕자들, 특히 젊고 할 일도 별로 없고, 잃을 것도 별로 없는 왕자들 사이에 감옥에 갇힌 미녀들을 풀어 주는 정신 나간 유행이 번졌지. 다행히 대부분은 심각한 사고를 당했지만."

"내가 알고 있기론 탑에 갇혔던 소녀들이 곧 죽음을 맞이했다고 하더군요. 그 말은 마법사들이 그들의 죽음을 가속화하는 데 한몫했다는 말이기도 하죠."

"거짓말이야. 실제로는 급속도로 영양실조에 빠진 거라네. 음식물을 거부했으니까……. 눈에 띄는 점은 그들이 죽기 직전에 미래를 내다보는 능력을 밖으로 드러냈다는 것이지. 그게 바로 돌연변이를 증명하는 또 한 가지 특징이네."

"그런 증거들은 거론할수록 점점 신뢰감만 떨어뜨릴 뿐이오. 다른 건 더 없소?"

"있지. 나로크의 군주 실베나. 어찌나 빨리 권력을 넘겨받았는지, 우리가 접근할 틈도 주지 않았지. 지금 그 지역에선 끔찍한 일이 일어나고 있다네. 또 에버미르의 딸 비올카라는 아이는 머리카락을 밧줄처럼 땋아서 도망을 쳤다네. 그리고 지금은 북부 벨하드에서 테러를 자행하고 있지. 탈가의 베레니케는 앞에서 말한 그런 멍청한 왕자 중 한 명이 구해 주었는데 그 왕자, 지금은 지하토굴에서 이를 갈며 앉아 있다네. 탈가 지방의 풍경에서 지금 가장 흔하게 볼 수 있는 것이 교수대라네. 예로 들 것들이야 무궁무진하지."

"그야 당연하겠지요."

게롤트가 말했다.

"예를 들어 자물라크는 늙은 아브라드가 통치하고 있소. 그는 혹 주머니들을 달고 있는데 이빨이 하나도 없소. 아마 저 일식이 있기 100년 전쯤 태어났을 거요. 그런데 그자는 눈앞에서 누가 처형되는 걸 보지 않으면 잠을 못 잔답니다. 그자의 손에 일가친척이 몽땅 멸절되었소. 분노의 폭발에 관해 말했었나? 바로 그런, 믿기지 않는 분노가 한번 폭발하면 백성들의 절반이 온전치 못했다하오. 또, 한번 끓어오르면 주체하지 못하는 기질에 관해서도 얘깃거리가 있소. 젊은 시절, 사람들이 오죽하면 그를 일컬어 치마사냥꾼 아브라드라고 했겠소. 아, 스트레고보르. 돌연변이나 저주를 예로 들어 군주들의 잔혹행위를 설명할 수 있다면 얼마나 좋겠소."

"잘 들어 보게, 게롤트……."

"잘 듣고 말고 할 생각이 없소. 지금 당신이 말한 근거들로는 나를 설득할 수 없을 거요. 엘리발트가 범죄를 저지른 미치광이가 아니라는 근거부터 글러먹었소. 차라리 당신을 위협하고 있다는 그 괴물 이야기로 돌아갑시다. 아까 이야기 초반부를 말한 뒤에 내가 그 이야기를 탐탁지 않게 여긴다는 걸 알았을 거요. 그러나 끝까지 듣고는 싶소."

"비아냥대면서 중간에 끼어들지 않고 들을 텐가?"

"그건 약속하기 힘들 것 같소."

"지금 시작하는 편이 낫겠군."

스트레고보르가 양손을 망토의 양쪽 소매에 넣으며 말했다.

"입씨름해봤자 시간만 늘어질 테니. 그러니까 이 이야기는 크라이덴이라는 북부 지방에 있는 작은 제후국에서 시작되었네. 크라이덴의 제후 프레데팔크에겐 아리데아라는 똑똑하고 교양 있는 부인이 있었다네. 그녀의 집안엔 저명한 마법 전수자들이 많았다네. 그래서 유물로 받은 것인지 부인에겐 상당히 진기하고 강한 마력을 지닌 예술품이 하나 있었는데, 그것은 네할레니아[1]의 거울이었다네. 자네도 알다시피 신비한 능력을 지닌 네할레니아의 거울은 주로 예언가와 점쟁이들에게 도움을 주는 것이지. 미래에 관해 불분명하긴 해도 틀림없는 예언을 해 주니까. 아리데아는 자주,

---

[1] 옛 게르만족 또는 켈트족이 섬긴 여신이다.

정말로 자주 거울에게 물어보았지…….”

"늘 하는 질문을 하면서 말이오, 짐작이 가고도 남는군."

게롤트가 끼어들어 말했다.

"'누가 세상에서 가장 아름답지?' 같은 질문 말이오. 내가 아는 한 네할레니아의 거울은 세상에 단 두 종류밖에 없지요. 고집스럽게 같은 말만 되풀이하거나 아님 깨졌거나."

"잘못 짚었네. 아리데아는 나라의 운명에 관심이 더 많았다네. 그런데 그녀의 질문에 거울이 그녀 자신은 물론이고 많은 백성들이 프레데팔크 제후의 첫 결혼에서 얻은 딸의 손에, 혹은 그 딸이 저지른 잘못 때문에 끔찍한 죽음을 맞이할 거라고 예언하였지. 아리데아는 평의회에 그 일을 알렸고 평의회는 나를 크라이덴에 보내기로 결정했다네. 프레데팔크의 딸 렌프리가 일식 직후에 세상에 나왔다는 건 언급 않고 넘어가도 될 거라고 생각하네. 얼마간 나는 그 아이를 은밀히 살펴보았다네. 그 기간 동안 그 아이, 카나리아 한 마리와 강아지 두 마리를 괴롭혀 죽였고, 하녀 한 명은 빗손잡이로 눈을 찔러 뽑아냈더군. 나는 주문을 써서 몇 가지 실험을 해 보았네. 그리고 실험 대부분이 렌프리가 돌연변이라는 걸 확실히 입증해 주었지. 나는 그래서 아리데아와 그 일에 관해 상의했었다네. 프레데팔크에겐 딸이 전부였으니까. 아리데아는 말했다시피 똑똑한 여성인지라…….”

"당연히 그랬겠지."

세롤드가 또 끼어들었다.

"그리고 분명 남편의 전 부인에게서 얻은 딸을 좋아했을 리 없었을 거요. 자기가 낳은 아이에게 왕좌를 물려 주려고 했겠지. 그 다음에 어떤 일들이 이어졌을지 상상이 가고도 남소. 적절한 때 그녀의 목을 비틀 자 역시 아무도 나타나지 않았겠지. 그리고 차제에 당신의 목도."

스트레고보르는 여전히 다채로운 구름이 걸려 있는 하늘에 눈길을 준 채 한숨을 내쉬었다.

"나는 렌프리를 격리하는 것에만 찬성했지. 그러나 제후의 부인이 내린 결정은 달랐다네. 부인은 그 아이를 청부살인업자와 함께 숲으로 보내 버렸지. 사냥꾼이었어. 나중에 우리가 숲 속 덤불숲에서 그자를 찾아냈을 때 보니까 그 작자, 바지를 입고 있지 않더군. 어찌된 영문인지 사건을 되짚어 보는 건 어렵지 않았네. 렌프리의 브로치 핀이 그자의 귀속을 뚫고 뇌 속 깊이 박혀 있었다네. 그자가 완전히 다른 것에 정신이 팔려 있을 때 그랬던 것 같아."

"내가 그자를 불쌍히 여길 거라고 생각한다면 오산이오."

게롤트가 중얼거리며 말했다.

"우리는 몰이사냥을 시작했다네."

스트레고보르가 못 들은 척 이어서 말했다.

"그러나 그 아이의 흔적은 찾지 못했지. 당시 나는 쥐도 새도 모르게 크라이덴을 떠나야 하는 신세가 되었네. 왜냐하면 프레데팔크가 뭔가 낌새를 채기 시작했거든. 4년이 지난 후에야 나는 아리데아에 관한 소식을 들었다네. 그녀는 렌프리가 사는 곳을 찾아냈더군. 그 아이, 마하캄에서 일곱 난쟁이와 살고 있었지. 그런데 이 아이가 광산에서 일하고 진폐증에 시달리느니 상인들을 덮치는 게 더 낫다고 난쟁이들을 설득했던 모양이야. 대개 그녀를 '때까치'라고 부른다네. 때까치처럼 잡은 사람들을 산채로 뾰족한 말뚝에 꽂아 죽이기를 좋아했기 때문이었어. 아리데아는 여러 차례에 걸쳐 살인업자를 고용했지만 돌아온 사람은 아무도 없었지. 나중엔 그런 인물을 찾는 것도 힘들어졌어. 그 꼬마애가 이미 꽤나 악명이 높아졌거든. 칼을 어찌나 잘 다루었는지 어떤 남자도 함부로 다가갈 수 없을 정도였지. 나는 비밀리에 크라이덴으로 불려 갔다네. 도착한 뒤 아리데아가 누군가에게 독살되었다는 걸 알 수 있었지. 대부분의 사람들은 프레데팔크가 직접 독살을 자행했을 거라고 수군거렸다네. 제후가 당시 신분상 어울리지 않는 한 젊고 육감적인 여자를 찾아냈거든. 하지만 내 생각엔 프레데팔크가 아니라 렌프리였던 것 같아."

"확실한 것이오?"

"그래, 확실해. 아리데아를 독살한 건 분명히 그녀였어. 프레데팔크 영주는 그 일이 있는 지 얼마 안 되어 희한한 사냥 사고로 목숨을 잃었지. 그리고 아리데아의 장남은 흔적도 없이 사라졌고. 그것도 역시 그 아이의 작품이 틀림없어. 내가 '그 아이'라고 말하네만 그 당시 그 아이는 이미 열일곱 살이었고 인물도 반반하게 자랐지. 그 당시……."

잠시 뜸을 들인 후 마법사는 다시 말을 이어갔다.

"렌프리와 그녀의 난쟁이들은 마하캄 전역에서 이미 알아주는 공포의 대상이었지. 어느 화창한 날, 난쟁이들이 싸움을 벌였다네. 노획물 때문이었는지 아니면 일주일 동안 밤을 보내는 순서 때문이었는지는 모르겠네만 아무튼 서로 칼을 들고 싸우기 시작했다네. 일곱 난쟁이들은 서로를 찌르고 찔리는 칼부림에서 한 명도 살아남지 못했고 렌프리만 살아남았지. 그녀 혼자만. 그러나 그때 당시 나는 벌써 그 지역에 들어가 있었고 결국 그녀와 마주쳤다네. 그녀는 단번에 나를 알아봤고 내가 크라이덴에서 했던 역할에 대해 잘 알고 있더군. 게롤트, 잘 들어 두게. 맹세코 나는 제때에 주문을 외웠다고 말할 수 있네. 하지만 그녀가 들고양이처럼 칼을 들고 나를 향해 달려오자 영문도 모르게 양손이 부들부들 떨리더군. 나는 아름다운 수정덩어리 속에 렌프리를 가두어 버렸네. 사람이 충분히 들어가고도 남을 크기의 수정덩어리였지. 그녀가 기면상태에 빠지자, 나는 그 덩어리를 난쟁이들이 일하던 광산에 던져 넣고 갱도를 흙으로 덮어 버렸다네."

"날림으로 일처리를 한 거죠."

게롤트가 말했다.

"그건 쉽게 풀 수 있는 마법일 텐데, 그녀를 재로 만들 수는 없었던 겁니까? 훌륭한 주문들을 그렇게 많이 알고 있는데도?"

"나는 아닐세. 그건 내 영역이 아니네. 하지만 날림으로 일처리를 했다는 말은 옳아. 앞서 말한 그런 멍청한 왕자 한 놈이 렌프리를 찾아내었지. 그러곤 많은 돈을 들여 마법을 풀었다네. 그는 그녀의 마법을 풀어 준 다음, 승전가를 울리며 그녀를 자기 집으로 데리고 갔다네. 동부지방에 있는 몰락한 한 왕국이었지. 늙은 도적이나 진배없는 그의 아버지는 아들보다 훨씬 이성적이었다네. 그는 아들을 몽둥이찜질한 다음, 서둘러 렌프리를 붙잡아 그녀가 난쟁이들과 함께 모은 금은보화를 어디에 숨겨 두었는지 심문했지. 그런데 그는 그만 실수를 범하고 말았다네. 그녀를 고문대 위에 알몸으로 눕혀 놓고 그의 장남에게 고문을 돕게 한 것이 화근이었지. 어찌된 영문인지 그 다음 날 이미 이 장남이란 자는 양친을 잃고 고아가 되었고 일가친척 하나 없이 저 왕국을 다스리게 되었다네. 그리고 렌프리는 왕의 제일가는 총애를 독차지하게 되는 일이 벌어졌고."

"그 말은 그녀가 못생기진 않았다는 말이로군요."

"그야 취향의 문제지. 왕의 총애를 받는 여자로는 오래 가지 못했다네. 첫 번째 왕실반란이 벌어질 때까지가 한계였지. 그도 그럴 것이 저 궁정이라는 것이 가축우리나 다름없었으니까. 그 일이 있은 후 곧바로 그녀가 나를 잊지 않았다는 것이 드러났다네. 코비르에서 세 번이나 나를 암살하려고 했었으니까. 나는 위험을 감수하는 미련한 짓은 않기로 결심했지. 그래서 폰타르에서 기다리기로 했다네. 또다시 그녀가 나를 찾아내더군. 이번엔 앙그렌으로 도망쳤지. 그러나 역시 그녀는 나를 찾아냈어. 나는 어떻게 그녀가 냄새를 맡고 오는지 알 길이 없네. 흔적을 남기지 않기로는 나를 따라올 자가 없는데 말일세. 이건 틀림없이 그녀가 돌연변이라는 데서 비롯된 결과라는 생각이 드네."

"그녀를 다시 수정에다 가두면 될 것을…… 혹시 그렇게 하는 걸 망설이게 하는 이유라도 있었소? 양심의 가책 때문이었소?"

"아니. 그런 감정 같은 것은 전혀 없었네. 다만 그녀가 마법에 대한 저항력을 보였기 때문이었네."

"그건 불가능하오."

"아니. 마법에 따라 그에 적합한 부적이나 아우라만 있으면 된다네. 혹은 그런 것들이 돌연변이 성향과 결합하여 계속 발전해 나간 것인지도 모르고. 나는 앙그렌에서 도망쳐 나와 여기, 블라비켄 만(灣)으로 숨어들었다네. 일 년 간은 조용히 지낼 수 있었지. 하지만 지금 그녀가 또다시 냄새를 맡은 게야."

"그걸 어떻게 아오? 그녀가 벌써 이 도시에 들어오기라도 한 거요?"

"그렇다네. 수정구슬에서 그녀를 보았다네."

마법사가 그의 지팡이를 들어 올렸다.

"렌프리는 혼자가 아니야. 무리를 이끌고 왔더군. 그게 바로 그녀가 큰일을 계획하고 있다는 반증이지. 게롤트, 이제 더 이상 도망갈 데가 없네. 어딜 가야 몸을 숨길 수 있을지 이젠 모르겠네. 일이 이러한데, 자네가 하필 이 순간에 여기에 도착했다는 건 결코 우연이라고 할 수 없지 않겠나. 이건 운명일세."

게롤트가 눈썹을 추켜올렸다.

"그건 또 무슨 소리를 하는 거요?"

"그건 누가 봐도 분명한 일일세. 자네가 그녀를 처리해 주게."

"나는 살인청부업자가 아니오, 스트레고보르."

"맞아. 살인'자는 아니지."

"돈을 위해서 내가 죽이는 건 괴물들이오. 인간을 위협하는 야수들. 당신과 같은 작자들이 마법이나 저주를 내려 흉물이 된 괴물들 말이오. 인간은 아니오."

"렌프리는 인간이 아니네. 그녀는 정말이지 괴물이야, 괴물. 돌연변이, 저주받은 흉물이라고. 자네, 키키모어를 가져왔나? 그녀, 아니 그 때까치는 키키모어보다 더 지독해. 키키모어는 배고픔 때문에 살해하지만 때까치는 즐거움을 위해서 그렇게 하네. 그녀를 죽이게. 그러면 내 자네가 원하는 대로 돈을 치르겠네. 이성적으로 잘 생각해 보게나."

"이미 말했지만 나는 돌연변이와 릴리쓰의 저주에 관한 이야기는 바보 같은 소리라고 생각되오. 그 때까치인가 하는 처녀는 당신과 계산을 끝내야 할 정당한 이유가 있소. 나는 그 일에 끼어들지 않을 거요. 시장이나 시경비대에게 일을 의뢰해 보시오. 당신이 시의 마법사 아니오? 당신은 법의 보호권 안에 있는 사람이오."

"법, 시장 그리고 그의 도움 따위는 하나도 필요 없네!"

스트레고보르가 폭발한 듯 소리를 질렀다.

"내가 언제 보호가 필요하다고 했나. 나는 자네가 렌프리를 죽이는 것, 그걸 원하는 걸세! 이 탑엔 아무도 오지 않아. 이곳에 있으면 나는 아주 안전하지. 하지만 무슨 소용이 있겠나. 나는 생의 마지막 날까지 여기에 눌러앉아 있고 싶은 생각은 전혀 없네. 내가 살아 있는 한 그 때까치는 포기하지 않을 거라는 걸 나는 아네. 그냥 이 탑에 앉아서 고스란히 죽음을 기다리며 살아야 하겠나?"

"당신은 소녀들을 참혹하게 박해했소. 당신, 그거 아시오, 마법사 양반? 소녀들을 박해하는 일은 다른 강력한 마법사들에게 맡겼어야 했소. 결과가 이럴 줄 예견했더라면 말이오."

"제발 부탁하네, 게롤트."

"싫소."

마법사는 잠자코 있었다. 가짜 하늘에 걸린 가짜 태양은 움직임이 없었지만 게롤트는 블라비켄에 이미 저녁 어스름 때가 되었다는 걸 알 수 있었다. 그는 배가 고팠다.

"게롤트."

스트레고보르가 말했다.

"우리가 엘티발트의 이야기를 들었을 때, 우리 중 많은 사람들이 그 말을 의심했었다네. 하지만 우리는 피해가 더 적은 쪽을 선택하기로 결정했다네. 이제 내, 자네에게 부탁하겠네. 자네도 똑같은 결정을 해 주길 말일세."

"악은 악이오, 스트레고보르."

게롤트가 진지하게 말하고는 자리에서 일어섰다.

"작든 크든 피해를 입는 건 매한가지요. 크냐, 작냐는 상대적 수치일 뿐, 그 경계선은 분명하지 않소. 나는 성자의 모습을 한 은자가 아니오. 일생동안 좋은 일만 하고 살지도 않았소. 하지만 나에게 두 가지 해악을 두고 이쪽이냐, 저쪽이냐를 선택하라고 한다면 나는 차라리 아무것도 고르지 않겠소. 이제 가야 할 시간이오. 내일 봅시다."

"아마도 자네가 제때에 온다면……."

마법사가 말했다.

"볼 수 있겠지."

III

'황금 궁정'은 사람들로 꽉 차 시끌벅적했다. 이 소도시에서 유명한 여관이었다. 투숙객들과 토착민, 여행자들까지 대부분 그들의 국적과 직업에 걸맞은 전형적인 일에 몰두하고 있었다. 신중한 상인들은 물건 값과 담보이자를 두고 드워프들과 논쟁을 벌이고 있었다. 점잖지 못한 상인들은 완두콩을 곁들인 양배추 안주와 맥주를 나르는 여자들의 엉덩이를 주물럭거렸다. 도시를 떠돌아다니는 멍청한 부랑자들은 잔뜩 아는 체를 하며 시끄럽게 떠들어 댔다. 사창가의 여인네들은 돈 있는 사내의 환심을 사려고 애를 쓰는 한편 돈 없는 이들을 거절하느라 바빴다. 마부와 어부는 당장 내일부터 호프재배가 법으로 금지되기라도 한다는 듯, 기세를 몰아 술을 들이붓고 있었다. 선원 복장의 바다사나이들은 파도를 기리고, 선장의 대담함과 사이렌[1]의 장점에 관한 노래를 불렀다. 특히 맨 마지막에 나오는 노랫말은 그림을 그린 듯 세세했다.

"기억을 잘 더듬어 보게, 세트니크."

길데마인이 술집주인에게 말했다. 그러곤 시끌벅적한 소리 속에서 주인의 대답을 듣기 위해 바에 몸을 기대었다.

"노비그라드 풍의 은 징이 박힌 검은 가죽옷을 입은 여섯 명의 사내와 여자 한 명일세. 내, 그녀를 세관 검문대에서 보았지. 자네 집에 묵고 있나? 아니면 '참치'집에 있나?"

---

[1] 그리스신화에 나오는 바다의 요정으로 고혹적인 외모와 아름다운 노랫소리로 지나가는 뱃사공을 꾀어 죽였다.

주인은 불룩한 짱구 이마에 내천(川) 자를 그렸다. 그러곤 줄무늬 앞치마에 맥주잔을 닦으며 말했다.

"여기 있습니다, 시장님."

마침내 주인이 대답했다.

"그들이 그러더군요. 연시에 갈 거라고요. 하지만 모두들 칼을 갖고 갈 거랍니다. 그 여자까지도요. 시장님이 말씀하셨던 것처럼 검은 가죽옷을 입고 있었습죠."

"좋았어."

시장이 고개를 끄덕였다.

"그자들 지금 어디 있나? 여긴 없는 것 같은데."

"작은 칸막이 방에 있습니다. 금화를 내더군요."

"저 혼자 가겠습니다."

게롤트가 말했다.

"처음부터 그들 모두를 상대로 공적인 일을 행사한다는 건 아무 의미가 없습니다. 제가 여자를 데려오지요."

"그게 더 낫긴 하겠군. 하지만 주의하게. 나는 이곳에서 곤란한 일이 벌어지는 건 원치 않네."

"주의하겠습니다."

바다사나이들의 노래는 온갖 지저분한 표현이 난무하는 가운데 대미를 향해 달려가고 있었다. 게롤트는 방으로 이어지는 통로를 가린 커튼을 옆으로 살짝 밀쳤다. 커튼은 때가 타서 뻣뻣하고 끈적거렸다.

작은 방의 탁자 주변에 여섯 명의 남자들이 앉아 있었다. 그곳에 있을 거라고 예상했던 여자는 자리에 없었다.

"뭐야?"

맨 처음 게롤트를 발견한 남자가 퉁명스레 으르렁거렸다. 대머리인 남자는 흉터 때문에 얼굴이 흉했다. 흉터는 왼쪽 눈썹 위에서부터 콧잔등을 지나 오른쪽 뺨까지 이어져 있었다.

"나는 때까치와 이야기를 하러 왔소."

똑같은 형체 둘이 탁자에서 벌떡 일어났다. 어깨까지 내려오는 밝은 머리색에 표정 하나 없는 얼굴도 똑같았고 검은 가죽옷을 꽉 끼게 껴입은 것도 똑같았다. 가죽옷에 박힌 은 징들이 번쩍였다. 쌍둥이는 똑같이 움직이며 긴 의자 위에 있던 똑같이 생긴 칼 두 개를 들어 올렸다.

"브이르, 니미르, 둘다 진정하고 앉아."

흉터얼굴이 팔꿈치를 탁자에 댄 채 말했다.

"그러니까, 형제 양반, 누구와 이야기를 하러 왔다고 했나? 때까치가 누구야?"

"내가 누굴 말하는지 정확히 알 텐데."

"이자는 또 뭐 하는 작자야?"

반(半) 벌거숭이에 땀을 줄줄 흘리며 힘깨나 쓰게 생긴 남자가 물었다. 남자는 가슴엔 십자형 가죽 띠를 그리고 아래팔에는 고리로 연결된 전박보호대를 차고 있었다.

"노호른, 아는 사람인가?"

"아니."

흉터얼굴이 말했다.

"어딘지 알비노[1] 같은걸."

노호른 곁에 앉아 있던 검은머리의 날씬한 남자가 키득거렸다. 섬세한 얼굴선에 커다란 검은 눈동자 그리고 뾰족하게 위로 올라간 귀가 영락없는 하프엘프임을 드러내고 있었다.

"알비노이자 돌연변이, 자연이 부린 변덕이지. 저런 것들이 술집에 들어와 점잖은 사람들 사이를 활보하다니!"

"내 저자를 어디선가 본 것 같아."

---

[1] 선천적으로 피부, 모발, 눈 등의 멜라닌 색소가 결핍되거나 결여된 비정상적인 상태를 말한다.

머리를 땋아 내린 땅딸막하고 햇볕에 그을린 사내가 양미간을 찌푸리고 적의에 찬 눈길로 게롤트를 훑어보았다.

"타비크, 저자를 어디서 본 게 뭐가 중요해?"

노호른이 말했다.

"자, 여보게, 형제 양반. 키브릴이 방금 자네를 끔찍하게 기분 상하게 했잖은가. 도전장을 내밀고 싶은 마음 없나? 오늘 저녁, 심심한데 한판 붙어 보는 게 어때?"

"싫소."

게롤트는 조용히 말했다.

"그럼 내가 여기 이 생선찌개를 자네 머리에 부으면? 나한텐 도전신청을 하겠지?"

반 벌거숭이가 위협했다.

"조용히 하지, 십오."

노호른이 말했다.

"이자가 싫다고 그러잖아. 싫으면 안 하는 거지. 자, 형제 양반, 할 말이나 하고 썩 꺼지게. 도망갈 수 있는 기회를 주겠네. 이 기회를 이용하지 않으면 우리 애들 손에 짐짝처럼 버려질 걸세."

"당신한테는 볼일이 없소. 나는 때까치와 이야기를 하고 싶소. 렌프리랑 말이오."

"얘들아, 너희들 들었냐?"

노호른이 그의 패거리들을 훑어보며 말했다.

"이자가 렌프리랑 말하고 싶단다. 그럼 형제 양반, 무슨 일로 그러는지 물어봐도 될까?"

"안 되오."

노호른이 고개를 들더니 쌍둥이에게 눈길을 돌렸다. 쌍둥이들이 한 걸음 앞으로 나왔다. 그러자 그들의 긴 가죽장화에 달린 은 버클이 쩔그렁거렸다.

"이제 알았어."

변발의 사내가 갑자기 말했다.

"이제 알았다고, 저자를 어디에서 봤는지!"

"그걸 왜 진작 말하지 않았어, 타비크?"

"시장의 집 앞이었어. 무슨 용 비슷한 걸 팔려고 가져왔더군. 거미와 악어의 잡종 같았어. 사람들이 그러는데, 저자가 위쳐라고 하더라고."

"위쳐가 뭐야?"

십오라는 이름의 반 벌거숭이가 물었다.

"응? 키브릴?"

"돈을 주면 살 수 있는 사냥꾼."

하프엘프가 말했다.

"은전 몇 푼을 위해 사기를 치는 사기꾼이지. 내가 말했잖아, 자연의 변덕이라고. 인간과 신의 법칙에 대한 훼손이랄까. 태워 없앨 몹쓸 것들이지."

"우리는 사냥꾼 싫어해."

타비크가 이를 악물고 으르렁거렸다. 여전히 찌푸린 눈으로 게롤트에게 눈길을 고정시키고 있었다.

"왠지 이 촌구석에서 우리가 생각했던 것보다 할 일이 더 많아질 것 같은 느낌이 드는군. 여긴 사냥꾼 한 명만 있는 게 아니었어. 게다가 사냥꾼들은 단결을 잘 한다고 알고 있는데."

"그런 걸 두고 유유상종이라고 하는 거야."

하프엘프가 심술궂은 미소를 지으며 말했다.

"대체 누가 저런 것들을 세상에 내놓았을까?"

"좀 더 관용을 베풀었으면 싶네. 부탁해도 될까?"

게롤트가 낮고 차갑게 말을 이었다.

"출생의 근원에 관심이 있나 본데, 자네를 보아하니 자네 어머니는 혼자서 숲을 꽤나 돌아다니신 모양이야"

"그럴 수도 있지."

하프엘프가 여전히 미소를 머금은 얼굴로 대꾸했다.

"하지만 나는 적어도 내 어머니가 누구인지 알고는 있지. 자네는 위쳐의 몸이라 할 말이 없을걸."

게롤트의 안색이 더욱 창백해졌다. 게롤트가 입술을 굳게 다물었다. 노호른이 그걸 눈치채고 큰 소리로 웃어 재꼈다.

"어이, 형제 양반. 이런 모욕은 참고 넘어가기 쉽지 않은 모양이지? 거기 등짝에 짊어진 게 칼처럼 보이는데. 자, 어떤가? 키브릴과 함께 밖으로 나가시지? 오늘 저녁은 정말 심심해서 죽을 지경인데."

게롤트는 아무런 반응도 하지 않았다.

"형편없는 겁쟁이로군."

타비크가 으르렁거렸다.

"저자가 키브릴의 어머니에 관해 뭐라고 말했지?"

노호른이 양손으로 턱을 괴고 심드렁한 어조로 말했다.

"내가 이해하기론 어딘지 아주 역겨운 이야기였던 것 같은데. 그 애 어머니가 여기저기 떠돌아다녔을 거라는 둥 어떻다는 둥. 어이, 십오, 저 근원을 알 수 없는 떠돌이가 우리 패거리의 어머니를 모욕하는 소리, 너도 똑똑히 들었지? 어머니가, 젠장, 얼마나 성스러운 존재인데!"

십오가 곧바로 행동할 기세로 벌떡 일어나 죔쇠를 열어 칼을 꺼냈다. 그러곤 칼을 탁자 위에 던진 다음, 가슴을 쫙 펴고 은 징으로 장식한 소매끝동을 밀어 올리며 침을 퉤퉤 뱉었다. 십오가 한 걸음 앞으로 나섰다.

"아직 알아차리지 못했다면 말인데……."

노호른이 말했다.

"십오는 지금 맨손으로 싸우자고 도전장을 낸 것이네. 내가 말했었지. 우리 애들이 자네를 여기서 짐짝처럼 쫓아낼 거라고. 다들 비켜라."

십오가 주먹을 치켜들고 다가왔다. 게롤트는 칼의 손잡이에 손을 얹었다.

"조심해라."

게롤트가 말했다.

"한 걸음만 더 다가오면, 너는 네놈 팔을 찾아 바닥을 헤매게 될 것이다."

노호른과 타비크가 벌떡 일어나 칼을 향해 손을 뻗었다. 과묵한 쌍둥이들도 똑같은 움직임으로 칼을 뽑았다. 십오가 뒤로 물러섰다. 키브릴만이 아무 행동도 하지 않았다.

"빌어먹을, 대체 이게 뭐 하는 짓들이야? 이래서야 어디 잠깐이라도 너희들끼리 놓아둘 수 있겠어?"

게롤트가 천천히 몸을 돌려 바다색 눈에 시선을 두었다. 그녀는 키가 거의 게롤트만 했고, 삐뚤빼뚤 짧게 자른 밀짚 빛깔의 머리카락이 살짝 귓등을 덮고 있었다. 그녀는 폭이 좁고 긴 벨벳 블라우스 차림으로 한쪽 손을 문에 기댄 채 서 있었다. 블라우스는 징을 박은 허리띠로 질끈 묶였고 치마는 비스듬히 재단되어 왼쪽은 장딴지까지 내려오는데 반해 오른쪽은 엘크가죽으로 만든 긴 장화의 맨 위에 닿을락 말락했다. 왼쪽 엉덩이에는 긴 칼을, 오른쪽 엉덩이에는 손잡이에 커다란 루비가 박혀 있는 단도를 차고 있었다.

"다들 말할 줄 몰라, 말하는 거 잊어버렸어?"

"이자가 위쳐라는데."

노호른이 우물거리며 말했다.

"그래서?"

"그래서라니?

"사냥꾼 말이야!"

십오가 버럭 화를 내며 말했다.

"우린 사냥꾼 싫어하잖아."

타비크가 으르렁거렸다.

"조용히 해, 다들."

여자가 말했다.

"이자가 원하는 건 나와 이야기하는 것이야. 범죄행위라고는 할 수 없지. 너희들은 너희들끼리 계속 즐겨라. 단, 불미스러운 일은 만들지 마. 내일이 연시 날이다. 너희들, 너희들의 변덕 때문에 이 소도시의 삶에 중요한 사건이 될 연시를 망치려는 건 아니겠지?"

놀라운 정적을 뚫고 나직하고 악의에 찬 웃음소리가 울려 퍼졌다. 키브릴이 긴 의자에 아무렇게나 널브러지듯 앉으며 웃는 소리였다.

"그러니까, 렌프리……."

하프엘프가 푹푹 웃으며 말했다.

"'중요한 사건' 말이지!"

"그 입 닥쳐라, 키브릴. 지금 당장."

키브릴은 바로 웃음을 멈추었다. 게롤트는 놀라지 않았다. 렌프리의 목소리엔 뭔가 아주 기이한 어떤 것이 한데 섞인 매우 특별한 울림이 있었다. 칼날에 비친 붉은 불빛, 살해당하는 자들의 비명소리, 콧김을 뿜으며 씩씩거리는 말들의 모습, 피 냄새 등을 기억나게 하는 어떤 것이었다. 다른 자들도 비슷한 것을 떠올린 듯했다. 심지어 타비크마저 갈색으로 그을린 면상이 허옇게 질린 모습이었다.

"자, 백발 머리."

렌프리가 침묵을 깨고 말했다.

"혼자 갈 테니 당신과 함께 온 시장과 합석합시다. 그도 분명 나와 이야기를 하고 싶어 할 테니."

바에서 기다리고 있던 칼데마인이 그녀를 보자 주점 주인과 나직이 이야기를 나누다 말고, 자리에서 일어나 팔짱을 끼었다.

"어서 오시오, 아가씨."

그는 진부한 인사치레 따위로 시간을 허비하지 않았다. 그의 어조는 단호했다.

"나는 여기 이 리비아 출신의 위쳐에게서 그대가 무슨 연유로 블라비켄으로 왔는지 들었소. 보아하니 우리 시 소속 마법사에게 쌓인 것이 많은 것 같습디다."

"그런 것 같군요. 그래서 결론이 뭡니까?"

렌프리가 나직한 목소리로 말했다. 칼데마인과 마찬가지로 특별히 격식을 차린 공손한 말투는 아니었다.

"그래서 결론은 그런 종류의 일을 위해 시의회와 총독의 법정이 존재한다는 것이오. 우리, 이곳 만(灣)에선 무기로 복수를 꾀하려는 자는 언제나 비열한 살인자로 간주되어 왔소. 그리고 더불어 결론 한 가지를 더 말하겠소. 내일 아침 일찍 그대가 그대의 동료들과 블라비켄에서 사라지지 않으면 내가 그대를 감옥에 투옥할 거라는 것이오. 예, 예…… 그걸 뭐라고 하지, 게롤트?"

"예방차원."

"그래, 그거요. 예방차원에서. 알겠소, 아가씨?"

렌프리는 허리띠에 달린 주머니에 손을 넣더니 여러 겹으로 접은 양피지를 꺼냈다.

"시장님, 이걸 읽어 보시죠. 글을 읽을 줄 안다면. 그리고 다시는 나를 '아가씨'라고 부르지 마십시오."

칼데마인이 양피지를 받아들고는 한참을 읽은 뒤, 아무 말 없이 게롤트에게 양피지를 건네주었다.

"우리의 백작들과 봉신들 그리고 자유 신분의 신하들에게 보낸다."

게롤트가 소리 내어 편지를 읽었다.

"이로써 모두들 알아 두라. 크라이덴의 공주 렌프리는 우리의 호의와 총애를 받고 있는 자로서 그녀에게 맞서는 자는 우리의 노여움을 살 것이다. 아우도엔 왕……. '맞'자를 틀리게 썼군. 하지만 봉인은 진짜처럼 보입니다."

"그야 진짜니까."

렌프리가 게롤트의 손에서 양피지를 채 가며 말했다.

"이건 당신들의 자비로운 군주, 아우도엔의 서한입니다. 따라서 충고해 두겠는데, 나에게 맞서지 마세요. 서한의 내용과 상관없이 그럴 경우 당신들에게 닥칠 결과는 참담할 수도 있어요. 시장님, 당신은 나를 감옥에 넣을 수 없을 겁니다. 또 나를 '아가씨'라고도 하지 마세요. 나는 법에 저촉되는 일은 아무것도 하지 않았습니다, 현재까지는."

"만약 당신이 한 치라도 법에 저촉되는 행위를 할 경우……."

칼데마인은 침이라도 뱉을 듯한 기세였다.

"나는 아가씨를 토굴에 처넣을 거요, 이 양피지와 함께. 모든 신을 걸고 맹세할 수 있소, 아가씨. 가세, 게롤트."

"위쳐, 당신과는……."

렌프리가 게롤트의 어깨에 손을 대며 말했다.

"몇 마디 이야기를 더 나누었으면 하는데."

"저녁식사에 너무 늦지는 말게."

시장이 걸어가며 말했다.

"그랬다간 리부사가 어마어마하게 화를 낼 걸세."

"늦지 않을 겁니다."

게롤트는 바에 몸을 기대었다. 그는 목에 걸고 있는 메달을 만지작거렸다. 주둥이를 쩌억 벌린 늑대가 새겨진 메달이었다. 그러면서 여자의 청록색 눈을 바라보았다.

"당신에 관해 들었지. 백발의 위쳐, 리비아의 게롤트. 스트레고보르가 친구인가?"

"아니."

"그렇다면 일이 좀 더 쉬워지겠군."

"딱히 그렇진 않을걸. 나도 조용히 보고만 있을 생각은 없으니까."

렌프리가 눈을 가느다랗게 떴다.

"내일이면 스트레고보르는 죽어."

그녀가 나직이 말하고는 이마를 덮고 있던 삐뚤빼뚤 자른 머리카락을 쓸어 올렸다.

"그자 혼자 죽는다면 피해가 더 적어지겠지."

"그렇다면, 그렇겠지. 그러나 실제로는 스트레고보르가 죽기 전에 몇 명의 사람들이 더 죽어나가겠지. 그렇지 않고선 스트레고보르를 죽일 수 없을 것 같은데?"

"'몇 명'에서 그칠 수 있을까, 위쳐?"

"때까치씨, 나에게 겁을 주기 위해서라면 말만으론 안 되지."

"때까치라고 부르지 마. 나는 때까치라고 불리는 걸 싫어하니까. 문제는 내가 다른 가능성도 보고 있다는 것이지. 그것에 관해 얘기를 좀 해야 할 것 같아. 하지만 좋아, 리부사가 기다린다며? 최소한 못생기진 않았겠지, 그 리부사라는 여자 말이야."

"할 말이 있다더니, 이게 전부인가?"

"아니. 하지만 지금은 가봐. 리부사가 기다리고 있으니까."

IV

누군가 방안에 있었다. 지붕 아래 그가 묵는 방이었다. 문에 다가가기 전부터 게롤트는 그걸 알 수 있었다. 메달에서 진동이 느껴졌던 것이다. 거의 감지하기 힘든 미세한 진동이었다. 게롤트는 계단을 밝히기 위해 들고 있던 등잔불을 껐다. 그리고 장화 몸통에서 단도를 꺼내어 뒤춤 허리띠 사이에 꽂았다. 그는 손잡이를 내려 문을 열었다. 방안은 어두웠지만 위쳐에겐 아니었다.

게롤트는 일부러 자연스럽게 움직이며 문지방을 넘었다. 그러곤 움직이기 귀찮다는 듯 천천히 등 뒤에 있는 문을 닫았다. 다음 순간 그는 힘찬 도움닫기와 함께 길게 몸을 뻗어, 침대에 앉아 있는 사람에게 달려들었다. 그러곤 침대시트로 그를 눌렀다. 이어서 그의 목을 누르곤 단도에 손을 뻗었다. 그러나 칼은 뽑지 않았다. 살의가 느껴지지는 않았기 때문이다.

"시작 치고는 나쁘지 않은걸."

여자가 그의 아래에서 꼼짝도 하지 않고 누운 채 눌린 목을 쥐어짜며 말했다.

"생각은 했었지만, 이렇게 빨리 우리 둘이 한 침대에 들어올 줄은 몰랐는걸. 이 팔을 목에서 거두는 친절을 베풀어 주실 수 있을까요, 위쳐님?"

"너로군."

"그래, 나야. 들어 봐, 두 가지 방법이 있어. 첫째, 당신이 내 위에서 내려가는 것. 그리고 서로 이야기를 나누는 것. 둘째는 이 상태로 있는 것. 하지만 그러려면 최소한 장화만이라도 벗었으면 싶어."

게롤트는 첫 번째 방법을 택했다. 렌프리는 심호흡을 한 다음 몸을 일으켜 세우고 머리와 치마의 매무새를 바로잡았다.

"초에 불을 좀 붙이지."

그녀가 말했다.

"난 당신과 달리 어두운 데선 잘 보지를 못하니까. 그리고 얼굴을 보며 이야기하고 싶기도 하고."

탁자에 앉은 렌프리는 가죽장화를 신은 두 다리를 쭉 뻗었다. 큰 키에 늘씬하고 행동이 빨랐다.

"여긴 뭐 마실 거 없나?"

"없어."

"그럼 잘 되었군. 내가 가져온 걸 마시지."

렌프리가 미소를 지으며 야전용 수통과 가죽 잔 두 개를 탁자에 올려놓았다.

"자정이 거의 다 되었군."

게롤트가 말했다.

"본론부터 이야기해야 할 것 같은데?"

"조금 있다가. 자, 우선 한잔하지, 게롤트. 당신의 안녕을 빌며, 건배."

"때까치, 그쪽의 안녕도 빌며, 건배."

"젠장, 내 이름은 렌프리라니까."

렌프리가 갑자기 고개를 들었다.

"공주님이라는 칭호를 붙이지 않는 것까진 허락하겠어. 하지만 나를 때까치라고 부르는 건 그만두라고."

"조용히 해. 온 집안사람들을 다 깨우겠네. 무슨 목적으로 창문으로 기어들어 온 건지나 말해 보시지."

"위쳐, 당신 아직도 파악을 못한 거야? 나는 블라비켄에 대학살이 일어나는 걸 막고 싶을 뿐이야. 당신과 그 이야기를 나누려고 이렇게 춘삼월 고양이처럼 지붕을 타고 온 거라고. 이 점은 높이 사 줘야지."

"높이 사 주지."

게롤트가 말했다.

"나와 대화를 나눈다고 해서 뾰족한 수가 나올지 어떨지 모르겠지만 상황은 분명해. 스트레고보르는 마법의 탑에 앉아 있어. 그에게 접근하려면 그를 당장 포위해야 할 거야. 그걸 이용한다면 네 무덤은 쓸모가 없어지겠지. 아우도엔 왕은 네가 공개적으로 법을 어긴다면 너를 도와주지 않을 거야. 시장과 경비병, 블라비켄의 온 시민이 너에게 대적할 거다."

"나에게 대적한다면 온 블라비켄이 심히 후회하게 될걸."

렌프리가 미소를 지으며 맹수 같은 흰 이를 드러냈다.

"당신, 내가 데리고 온 사내들 보았지? 모두 자기 물건 다루는 데는 도사들이지. 장담할 수 있어. 걸을 때마다 자기편의 도끼 칼에 찔리는 미련퉁이 경비병들과 이 사내들이 붙으면 무슨 일이 일어날지 상상할 수 있겠지?"

"그렇다면 렌프리, 내가 그 자리에 있으면서 그 장면을 조용히 바라보기만 할 거라는 상상은 할 수 있겠어? 보다시피 나는 시장 댁에 묵고 있어. 필요한 경우 그를 돕는 건 내가 해야 할 도리야."

"그야 당연하지."

렌프리가 진지한 어조로 말했다.

"분명 당신 혼자밖에 없을 거야. 다른 자들은 지하실에서 벌벌 기고 있을 테니까. 일곱 명의 칼잡이를 상대로 끝까지 싸운 전사는 이 세상에 없어. 어떤 인간도 그렇게 할 능력이 없어. 아, 백발 머리, 우리 서로 겁주는 건 이제 그만 하지. 내가 말했지? 대학살과 유혈사태를 미연에 방지하자고. 구체적으로 그걸 방지할 수 있는 사람은 두 명이야."

"귀가 쫑긋해지는군."

"그중 한 명은……."

렌프리가 말했다.

"스트레고보르 자신이야. 그자가 제 발로 탑에서 나오면, 나는 그자를 끌고 시 외곽으로 갈 거야. 그러면 블라비켄은 다시금 언제 그랬냐는 듯 조용해질 것이고 이 일을 곧 잊겠지."

"스트레고보르가 미치지 않고서야 제 발로 기어 나오겠나. 아직은 그 정도로 미치진 않은 것 같은데?"

"그건 모를 일이지. 반박을 허락하지 않는 논쟁이 있고 거부할 수 없는 제안이라는 것도 있지. 예를 들면 트리담식 최후통첩이 여기에 해당해. 나는 스트레고보르에게 트리담식 최후통첩을 할 작정이야."

"최후통첩이라. 어떤 내용인데?"

"그건 나만의 소중한 비밀이야."

"좋으실 대로. 아무튼 나는 그게 소용이 있을까 하는 회의가 생기네. 스트레고보르가 네 이야기를 할 때 보니까 이가 덜덜거릴 정도로 떨더군. 그런 자에게 제 발로 항복하라는 최후통첩이라, 정말이지 퍽이나 훌륭한 발상이겠군. 차라리 그 블라비켄의 대학살을 막을 거라는 두 번째 인물에 관한 이야기나 하지. 그게 누구인지 내가 한번 말해 볼까 하는데."

"당신이 얼마나 통찰력이 있을지 기대가 되는군, 백발 머리."

"렌프리, 그건 너야. 너 자신. 실로 공주다운, 말하자면 왕족다운 아량을 발휘하여 복수를 포기하는 거야. 내 짐작이 맞았나?"

렌프리는 고개를 젖히곤 큰 소리로 웃음을 터트렸다. 그러면서도 제때 손으로 입을 가리는 것도 잊지 않았다. 그러곤 다시 진지해지더니 눈을 번쩍이며 게롤트를 살펴보았다.

"게롤트."

그녀가 말했다.

"나는 공주였어. 그러나 그건 크라이덴에서의 일이지. 나는 내가 원하는 건 뭐든 다 가졌어. 단 한 번도 무엇을 부탁할 필요가 없었지. 항상 하인들이 대기하고 있었으니까. 없는 게 없었지. 아름다운 드레스에 구두, 흰 삼베 속옷, 보석과 장신구, 황회색의 조랑말, 분수대 연못가엔 붕어도 있었지. 인형들은 물론이고 여기 이 방보다 더 큰 인형의 집까지. 스트레고보르와 그 걸레 같은 아리데아가 사냥꾼을 시켜 나를 숲으로 끌고 가서 죽인 다음 심장과 간을 가져오라고 명령을 내린 그날까지는 그랬지. 난 그 사냥꾼을 처리했어. 내가 잔인한가?"

"아니. 나는 네가 당시에 그 사냥꾼을 해치운 건 잘한 짓이라고 생각한다."

"그자를 해치운 건 똥덩어리 하나를 치운 셈이었지. 그자는 나를 불쌍히 여기어 도망가게 해 주었어. 하지만 그 전에 그 개자식, 나를 겁탈하고는 반지와 황금왕관을 빼앗아 갔지."

게롤트는 그녀의 두 눈을 똑바로 바라보며 메달을 만지작거렸다. 그녀 역시 그의 눈길을 피하지 않았다.

"그리고 그것으로 공주놀이는 끝이었어."

그녀가 다시 이야기를 시작했다.

"예쁜 드레스는 닳아서 나달나달해졌고 속옷들도 결국 흰색을 잃고 말았지. 그런 다음부턴 더러움과 배고픔, 매질과 발길질이 이어졌어. 죽 한 그릇 때문에, 아니면 머리 둘 곳을 위해 천박하기로 둘째가라면 서러워할 놈들과 잠자리를 가졌지. 내 머리가 어땠는지 알아? 비단결 같았어. 엉덩이까지 찰랑거렸다고. 내 머리에 이가 생기자 사람들이 양털 깎기 가위로 머리를 잘라 버렸어, 그것도 두피 바로 위까지. 그 후로 머리카락이 제대로 자라질 못했지."

그녀는 한참 동안 말없이 이마를 덮은 삐뚤빼뚤한 머리카락을 쓰다듬었다.

"굶어 죽지 않으려고 도둑질을 했고."

그녀가 다시 이야기를 시작했다.

"죽지 않으려고 죽였어. 오줌 지린내가 나는 토굴에 웅크리고 앉아 있었던 적도 있었지. 다음날 사람들이 나를 교수형에 처할지, 아니면 그냥 채찍질만 하고는 몰이 사냥하듯 쫓아낼지 전혀 모른 채로 말이야. 그리고 그러는 동안에도 내내 나의 계모와 마법사는 끊임없이 나를 추적해 왔어. 계모는 살인자를 보내어 나를 독살하려 했고, 나에게 마법의 저주를 내리기도 했지. 아량을 베풀라고? 왕족답게 그를 용서하라고? 나는 왕족답게 그의 목을 잘라 버릴 거야. 그리고 머리에 앞서 두 다리부터 절단 낼지도 몰라. 두고 보면 알겠지."

"아리데아와 스트레고보르가 너를 독살하려고 했다고?"

"그렇다니까. 독초인 벨라도나즙을 채운 사과로 말이야. 난쟁이 한 명이 나를 구했지. 그 난쟁이가 나에게 구토제를 먹였는데 그 구토제 생각만 하면 지금도 온몸에 경련이 느껴지고 내장이 다 거꾸로 서는 것 같아. 하지만 나는 살아남았지."

"일곱 난쟁이들 중 한 명이었겠군?"

막 첨잔(添盞)을 하려던 렌프리가 수통을 기울이다 말고 그를 빤히 바라보았다.

"오호."

그녀가 말했다.

"당신, 나에 관해서 아는 게 많군. 그래서? 난쟁이들에게 뭐 불만이라도 있어? 아님, 유사인종들에 대한 반감이라도 있나? 정확히 알아 둬야 할 게 있는데, 그들은 다른 대부분의 인간들보다 나에게 훨씬 잘 대해 줬어. 하지만 그건 당신과는 아무 상관 없는 일이고. 말했다시피 스트레고보르와 아리데아는 마치 들짐승을 쫓듯 둘이서 할 수 있는 한 계속 나를 잡으려고 혈안이 되어 돌아다녔지. 나중에 그들이 더 이상 몰이사냥을 할 수 없게 되자, 이번엔 내가 사냥꾼이 되었지. 아리데아는 자던 침대에서 뻗었어. 그녀로서는 내가 그녀를 처치하기 전에 죽은 것이 행운이었지. 그녀를 위해 준비해 두었던 특별 프로그램이 있었거든. 그리고 지금은 마법사를 위한 프로그램을 준비해 두었지. 게롤트, 당신 생각은 어때? 그 마법사, 죽어야 마땅하지 않아? 말해 봐."

"나는 위쳐지 판사가 아니야."

"그건 그래. 내가 말했지? 블라비켄에서 벌어질 유혈사태를 미연에 방지할 수 있는 인물이 둘 있다고. 나머지 한 사람은 당신이야. 마법사가 당신을 탑 안으로 들어오게 했을 때 당신이 탑에 들어가서 그를 죽이는 거야."

"렌프리."

게롤트가 조용히 말했다.

"혹시 이 방으로 오는 길에 지붕에서 떨어져 머리를 다친 건 아니지?"

"당신 위쳐 맞아? 젠장! 그러니까 말이야, 당신, 키키모어를 죽여서 그걸 나귀 등에 싣고 왔지? 보상금을 받으려고 말이야. 스트레고보르는 그 키키모어보다 더 지독해. 키키모어는 이성이 없는 짐승이고 그래서 살해를 하지. 왜냐고? 신들이 그 모양으로 만들어 놓았으니까. 하지만 스트레고보르는 사디스트에, 위험한 미치광이 괴물이야. 그를 나귀 등에 싣고 와. 그러면 내가 아낌없이 황금을 줄 테니."

"때까치, 나는 청부살인업자가 아니야."

"당연히 아니지."

그녀가 웃음기를 머금고 그의 말에 맞장구를 쳤다. 그녀는 의자에 등을 기대며 탁자 위에 올려놓았던 두 다리를 꼬았다. 치마가 넓적다리까지 말려 올라갔지만, 그녀는 손도 까딱하지 않았다.

"당신은 위쳐지. 악한 존재로부터 위협을 받는 인간들을 지켜 주는 수호자. 이번 경우도 크게 다르지 않아. 당신, 내가 제안한 피해가 더 적은 쪽을 택하는 것이 최상의 해법이라는 생각이 들지 않나? 그 비열한 인간, 스트레고보르를 위해서도? 당신은 그를 자비롭게 죽일 수 있어. 전혀 예상치 못한 틈을 타 단 한 번에 그를 찔러 죽이는 것이지. 그는 자신이 죽는 줄도 모르고 죽어가겠지. 하지만 내가 그를 죽인다면 자비로운 죽음 같은 건 장담할 수 없어. 아니 그 반대라고 해야겠지."

게롤트는 잠자코 있었다. 렌프리가 몸을 쭉 펴며 양팔을 위로 뻗었다.

"당신이 망설이는 건 이해해."

그녀가 말했다.

"하지만 나는 지금 즉시 답변을 들어야겠어."

"그 당시 크라이덴에서 스트레고보르와 제후의 부인이 왜 너를 죽이려고 했는지 이유는 알고 있나?"

갑자기 렌프리가 벌떡 일어서며 두 다리를 탁자에서 내려놓았다.

"그야 당연하지."

그녀는 거침없이 대답했다.

"내가 왕위계승자였거든. 그래서 프레데팔크의 첫째 딸인 나를 제거하려고 했던 거야. 아리데아의 아이들은 귀천상혼에서 낳은 자식들이라 권리가 없었거든……."

"렌프리, 내가 하려던 말은 그 이야기가 아니야."

렌프리는 고개를 숙였다. 그러나 그것도 잠깐일 뿐이었다. 그녀의 두 눈에서 불꽃이 튀었다.

"그래, 알고 있어. 내가 태어나면서부터 저주를 받았다는 것이었지. 내가 소위 말하는……."

"끝까지 말해 봐."

"괴물이라면서 말이야."

"너는 진짜 괴물인가?"

아주 짧은 순간, 그녀는 의지할 길 없고 삶의 의욕을 상실한 사람처럼 보였다. 그리고 무척 슬퍼 보였다.

"나도 모르겠어, 게롤트."

렌프리는 속삭이듯 말하다, 다음 순간 다시 굳은 표정이 되었다.

"그런데 젠장, 내가 그걸 어떻게 알아? 손가락을 베이면 피가 나오고 매달 꼬박꼬박 월경도 있어. 발로 배를 차이면 배가 아프고 또 술에 취하면 머리가 아프지. 기분이 좋으면 노래가 나오고 슬프면 욕이 나와. 누군가 증오하게 되면 그자를 죽여 버리지. 그리고 또…… 아, 빌어먹을. 그만 하지. 위쳐, 당신의 답변은?"

"나의 답변은 '아니요'야."

"내가 말했던 거 아직도 기억하지?"

그녀는 잠시 말이 없이 있다가 물었다.

"거부할 수 없는 제안이라는 게 있다는 것 말이야. 그런 제안을 거부했을 때 그 결과는 끔찍하지. 진심으로 경고하는데 나의 제안은 그런 종류의 것이었어. 잘 생각해 봐."

"충분히 잘 생각해 보고 내린 답변이니까 내가 하는 말을 진지하게 받아들여. 나 역시 진심으로 경고하는 거니까."

렌프리는 잠시 아무 말도 않고 진주목걸이를 만지작거렸다. 아름다운 목을 세 번 감은 다음 벌어진 블라우스 목선 사이로 떨어진 진주목걸이는 반원을 그리며 보기 좋게 드러난 가슴골 사이로 흘러 자극적으로 보였다.

"게롤트."

그녀가 말했다.

"스트레고보르가 나를 죽이라고 부탁하던가?"

"그랬지. 그것이 피해가 더 적은 해악이라는 견해를 갖고 있거든."

"짐작컨대 당신은 그의 청도 거절했을 것 같아."

"물론."

"왜지?"

"나는 해악이면 해악이지 피해가 더 적은 쪽이 있다는 생각은 안 하니까."

렌프리는 부드럽게 미소를 지었다. 그러곤 입술을 일그러뜨렸다. 노란 촛불에 비친 찡그린 얼굴은 참으로 괴이해 보였다.

"더 적은 해악이 있다는 생각은 안 한다, 그 말이로군. 그거 알아? 당신 말이 옳아. 하지만 전부는 아니고 부분만 그래. 해악과 더 큰 해악만이 있을 뿐이지. 그리고 그

둘 뒤엔 엄청나게 큰 해악이라는 그늘이 드리워져 있지. 엄청나게 큰 해악이란 말이야, 게롤트. 당신이 죽었다 깨어나도 상상조차 할 수 없는 그런 것이지. 설령 생각해 낸다고 해도, 그보다 더 놀랄 만한 일은 없을 거야. 그리고 게롤트, 그 엄청나게 큰 해악이라는 놈은 당신의 목덜미를 움켜쥐고 '형제여, 선택하라! 나인가? 아니면 저것, 그러니까 피해가 더 적은 쪽, 좀 더 작은 해악인가?'라고 물으며 찾아오지."

"대체 이러는 목적이 무엇인지 듣고 싶군."

"목적 같은 건 없어. 내가 좀 취했나 보네. 보편적인 진실에 대해 철학적으로 생각하며 답을 찾는 걸 보니. 그런데 방금 하나를 찾아냈어. 해악이라도 좀 더 피해가 적은 해악이 있다는 것, 그러나 우리 스스로는 그걸 선택할 수 없다는 것, 단지 엄청나게 큰 해악만이 우리로 하여금 강제로 더 적은 쪽을 선택하게 한다는 것을 말이야. 그게 우리가 원하는 것이든 아니든 말이지."

"나는 너무 안 취했나 보군."

게롤트가 차분하게 미소를 지었다.

"그런데 어쩌다 보니 벌써 자정을 넘겨 버렸군. 우리 구체적으로 이야기해보자고. 블라비켄에서 스트레고보르를 죽이는 건 하지 못하게 될 거야. 그건 내가 허락하지 않겠어. 이곳에서 싸움이 일어나고 유혈사태가 벌어지는 걸 두고 보지만은 않겠어. 이번엔 내가 너에게 제안하지. 복수에서 손을 뗄 것. 그를 죽이려던 걸 포기할 것. 이런 방식으로 그에게, 또 비단 그에게만은 아니겠지, 네가 비인간적이고 피에 굶주린 괴물이 아니라는 걸 입증해 보여. 그래서 그가 오류를 범했다는 걸 입증하는 거야. 그가 잘못 판단하여 너에게 엄청나게 부당한 행동을 했다는 걸 스스로 깨닫게 해."

렌프리는 잠시 게롤트의 메달을 바라보았다. 게롤트는 손가락 사이에 은줄을 넣고 배배 꼬고 있었다. 메날이 줄에 매달려 뱅글뱅글 맴을 돌았다.

"게롤트, 그렇다면 만약 내가 그를 용서할 수도, 복수를 포기할 수도 없다고 말한다면 그 말은 그럼 그가 옳다고, 아니 비단 그만이 아니라 다른 이들도 옳다는 걸 의미하는 말이 되겠네, 그렇지 않아? 그로써 나는 내가 괴물임을, 신들에게 저주받은 비인간적 악마라는 걸 입증하는 것이 되겠네? 위쳐님, 잘 들어 보세요. 내가 방랑생활을 시작한 아주 초창기에 어떤 자유농민이 나를 자기네 집에서 살게 해 준 적이 있었어. 내가 그의 마음에 들었던 것이지. 하지만 나는 그가 마음에 들지 않았어, 완전히 그 반대였지. 그 작자, 나를 갖고자 할 때마다 매번 매질을 해댔지. 그 다음날 건초 창고에서 거의 몸을 일으킬 수 없을 정도로 말이야. 어느 날, 아직 날이 밝지 않았을 때 잠에서 깬 나는 그 농부의 목을 잘라 버렸어. 낫으로 말이야. 그때만 해도 내가 지금처럼 칼질이 숙련되지 못했었거든. 그리고 그 작자에게 칼은 너무 작다고 생각했어. 그런데 게롤트, 그거 알아? 농부가 꾸르륵거리며 거친 숨을 몰아쉬는 소리를 냈을 때, 그자가 두 다리를 움찔거리는 걸 보았을 때, 나는 그자가 휘두른 몽둥이와 주먹에 맞았던 자리가 더 이상 아프지 않다는 걸 그리고 기분이 좋아진다는 걸, 그것도 무지무지하게 좋아진다는 걸 느낄 수 있었지. 나는 유쾌하게 그곳을 떠났어. 휘파람을 불며 건강하고 쾌활하고 행복하게 말이야. 그 이후론 매번 그렇게 했지. 그렇게 하지 않으면 나중에 복수를 위해 또 시간을 허비해야 하니까."

"렌프리."

게롤트가 말했다.

"네 개인적인 이유와 동기들과는 상관없이 네가 휘파람을 불면서 이곳을 떠나는 일은 없을 거야. 그리고 무지무지하게 좋은 기분도 들지 않을 거고. 쾌활하고 행복하게 떠나진 못하겠지만 살아서 떠날 수는 있을 거야. 내일 아침에 말이지. 시장이 명령한 대로 한다면 말이야. 그건 나도 이미 너에게 말했던 것이고 다시 같은 말을 반복하고 싶지는 않군. 블라비켄에선 스트레고보르를 죽이지 않길 바란다, 진심으로."

렌프리의 두 눈이 촛불에 비쳐 반짝였다. 벌어진 블라우스 목선 사이에서 진주가 반짝였다. 은줄에 매달려 빙글빙글 돌던 늑대 메달도 반짝였다.

"난 당신이 불쌍할 뿐이야."

갑자기 렌프리가 번쩍이는 은목걸이에 시선을 고정시킨 채 천천히 말했다.

"당신은 피해가 적은, 더 작은 해악 따위는 없다고 주장하고 있어. 당신은 광장에 혼자 서 있어. 피가 흘러넘치는 바닥 위에, 끔찍하리만치 쓸쓸하게. 이유는 당신이 결정을 내리지 못했기 때문이야. 당신은 결정할 수 없었어. 그래도 결정할 수 없다는 사실은 결정했지. 당신은 결코 알지 못할 거야. 어떤 일이 벌어질지 절대로 알 수 없을 거야, 절대로. 알겠어? 당신에게 돌아오는 보상은 돌팔매와 악의에 찬 말들밖에 없어. 나는 당신이 불쌍할 뿐이야."

"그러는 너는?"

게롤트는 거의 속삭임에 가까울 정도로 나직이 물었다.

"나 역시도 결정하지 못해."

"네 모습은?"

"변한 건 없어. 나는 지금의 모습 그대로야."

"네가 있는 곳은?"

그녀는 꽤 오랜 시간 아무런 대답도 하지 않았다. 그저 한곳을 응시한 채 침묵하다가 아주 작고 여린 목소리로 입을 열었다.

"추워……."

"렌프리!"

게롤트가 메달을 손으로 눌렀다. 그녀는 마치 잠에서 깨어난 듯 고개를 확 들어 올렸다. 그러곤 놀란 듯 몇 번이나 눈을 깜빡거렸다. 아주 잠깐이었지만 그녀는 겁을 먹은 것처럼 보였다.

"당신이 이겼어."

갑자기 그녀가 날카롭게 말했다.

"당신이 이겼다고, 위쳐. 내일 아침 블라비켄을 떠나 다시는 이 보잘 것 없는 소도시로 돌아오지 않을 거야, 다시는. 병에 술 남은 게 있으면 좀 따라 보시지."

빈 수통을 탁자에 놓을 때였다. 그녀의 입가에 예의 조롱기 섞인 교활한 표정이 다시 돌아왔다.

"게롤트."

"말해."

"이 망할 놈의 지붕은 경사가 급해서 말이야. 날이 밝은 후에 나가는 편이 좋을 것 같아. 어두우면 떨어져서 다칠 수도 있을 것 같아. 나는 이래봬도 섬세한 몸을 지니신 공주님이시라 밀짚 매트리스에 콩 알갱이 하나라도 섞여 있으면 즉각 알아차린다니까. 그러니 골고루 짚을 넣지 않은 매트리스야 말할 나위도 없지. 당신 생각은 어때?"

"렌프리."

게롤트는 마지못해 웃음을 지어 보였다.

"지금 네가 하는 말이 공주에게 적합한 말일까?"

"젠장, 당신, 공주에 관해서 뭘 안다고 그래? 나는 공주였고 공주라는 위치가 주는 편안함을 한마디로 말하자면 자기가 원하는 건 무엇이든 할 수 있다는 거야. 당신, 내가 원하는 걸 굳이 말로 해야 하겠어? 아니면 스스로 알아내겠어?"

게롤트는 여전히 미소를 머금고 있었으나 대답은 하지 않았다.

"당신이 나를 마음에 들어 하지 않을지도 모른다는 생각, 나로선 용납할 수 없는 생각이야."

렌프리가 입을 비죽였다.

"아마 일찌감치 그 자유농민과 같은 신세가 될까 봐 겁내는 것 같은데…… 백발 머리 위쳐님, 나는 뾰족한 것이라곤 하나도 몸에 지니지 않았거든요. 직접 확인해 보시던가."

그녀가 그의 무릎에 발을 얹어 놓았다.

"장화부터 벗겨 보시지. 장화 몸통처럼 칼을 숨기기 좋은 곳이 또 어디 있겠어?"

그녀는 맨발로 서서 가죽 띠의 버클을 풀었다.

"여기도 숨긴 건 아무것도 없어. 그리고 여기도 보시다시피 아무것도 없고. 저 눈치 없는 촛불 좀 끄라고."

바깥 어둠 속에서 고양이 한 마리가 요란하게 울어댔다.

"렌프리?"

"왜 그래?"

"이건 아마포인가?"

"당연하지, 젠장. 그러고 보니 그럼 이제 난, 공주인 거네?"

V

"아빠!"

어린 마릴카가 연신 아빠를 졸라댔다.

"우리 연시에 언제 가요? 빨리 가요, 아빠!"

"조용히 해라, 마릴카."

칼데마인이 빵조각으로 접시를 훔치며 웅얼거렸다.

"그러니까 자네 말은 그녀가 도시를 떠날 거란 말이지, 게롤트?"

"예."

"거참, 일이 이렇게 순조롭게 해결되리라고는 생각지도 못했네. 아우도엔 왕이 봉인한 양피지를 갖고 와서 나를 꼼짝도 못하게 하더니만. 내, 좋은 표정을 지어 보이긴 했네만 사실 그들이 공격해 와도 완전히 손을 놓고 있을 판이었다네."

"그들이 공개적으로 법을 어겼다 해도 말입니까? 그들이 살인과 살해를 시작했다 해도 말입니까?"

"그랬더라도. 게롤트, 아우도엔은 아주 성미가 급한 왕이야. 별것 아닌 일로 사람들을 단두대로 보낼 수 있는 왕이지. 나는 마누라도 있고 자식도 있어. 시장의 역할도 그럭저럭 잘해 나가고 있어. 나는 아침마다 죽에 넣을 비계덩이를 구하느라 골머릴 싸맬 필요도 없지. 한마디로 그들이 이곳을 떠나기로 한 건 모두에게 잘된 일이야. 그런데 대체 뭘 어떻게 했기에 이야기가 그렇게 되었나?"

"아빠, 나, 시장 구경 가고 싶어요!"

"리부시! 마릴카 좀 데리고 나가! 정말이지 게롤트, 나는 그렇게 되리라곤 생각지 못했다네. 세트니크 있지 않나, 그 황금 궁정의 주인 말일세. 내 그에게 그 노비그라드에서 온 일당들에 관해 물어보았었네. 완전히 막돼먹은 폭도들이더군. 몇 명은 유명하더라고."

"아하, 그런가요?"

"그 면상에 흉터가 있는 자는 노호른이라고 하는데, 전에 이른바 안그렌 자유중대에서 아베르가르드의 향도 노릇을 했더구먼. 자네 자유중대에 관해선 들어 봤지? 당연하지, 그걸 누가 모르겠어. 그들이 십오라고 부르는 그 황소 같은 놈도 마찬가지야. 그자의 별명이 십오라는 게 어디 선한 일을 열다섯 번 했다고 붙은 거겠나. 까무잡잡한 하프엘프는 키브릴이라고 하는데, 강도에 전문살인업자더군. 게다가 그자는 트리담의 대학살사건과 연루된 자라네."

"어디라고요?"

"트리담. 트리담에 관한 이야기 못 들었나? 트리담에 관해선 많은 이야기들이 있네. 그러니까 삼 년 전인가. 그래 삼 년 전이었어. 우리 마릴카가 그때 두 살이었으니까. 트리담의 백작이 지하 감옥에 어떤 강도들을 가두었는데, 그들에게 남은 무리가 있었고 그중에 아마 이 미치광이 키브릴도 있었던 모양이야. 그들은 순례자들을 가득 태운 나룻배를 점령하였다네. 바야흐로 세르비아의 도시인 니쉬의 축제 시즌이었다네. 그들은 백작에게 투옥된 자들을 풀어 주라는 요구서한을 보냈지. 백작은 당연히 그 요구를 거절하였고, 그러자 그들이 여행자들을 죽이기 시작했다네. 한 명씩, 한 명씩. 백작이 말랑해져서 사내들을 석방하기 전까지, 수십 명도 더 되는 사람들이 칼날에 스러져 갔지. 그 일이 있은 후 백작은 추방당할 위기에 처했고, 추방되지 않으면 손도끼로 죽여 버리겠다는 위협도 받았지. 그렇게 많은 사람들이 살해되고 난 다음에야 양보했으니 백작이 악독한 사람이라고 생각하는 이들이 있는가 하면, 또 그렇지 않다고 여기는 이들도 있었지. 어쨌든 백작이 엄청나게 큰 해악을 저질렀다며 이 사건은 하나의…… 그 뭐냐, 큰 해악에 대한 선례가 될 거라고들 말했어. 그런가 하면 범인들을 인질과 함께 석궁으로 쏘아 죽였어야 했다고, 아니면 직접 돛단배를 끌고 가 그 나룻배들을 휘몰아쳤어야 했다고 주장하는 사람들도 있긴 했어. 백작은 법정에서 이렇게 밝혔다네. 피해가 좀 더 적은 쪽, 더 작은 해악을 선택한 거라고. 그 나룻배엔 여자와 아이들을 포함하여 서른여섯 명이 넘는 사람들이 타고 있었기 때문이었다고.”

"트리담식 최후통첩이라……."

게롤트가 속삭이듯 말했다.

"칼데마인, 그래요, 연시예요, 바로 연시였어요!"

"응? 무슨 말인가?"

"칼데마인, 아직도 모르겠습니까? 그녀가 저를 속였습니다. 그녀는 떠나지 않을 겁니다. 그녀는 강도 일당이 트리담의 백작에게 강요했던 것처럼 스트레고보르를 강제로 탑에서 나오게 할 겁니다. 아니면 저를 강제로 끌어들일 겁니다. 아직도 모르시겠습니까? 그들이 연시에 모인 사람들을 죽이기 시작할 거라고요. 광장이야말로 성곽에 둘러싸여 있으니까 완벽한 기회란 말입니다!"

"세상에! 게롤트! 앉게! 자네 어디로 가려는 겐가, 엉?"

마릴카가 고함 소리에 놀라 부엌 구석에 몸을 숨기고 울기 시작했다.

"내가 당신한테 말했지요!"

리부사가 게롤트를 향해 팔을 뻗으며 소리쳤다.

"내가 말했죠! 저 사람은 오직 화(禍)만 초래할 거라고요!"

"조용히 해, 이 여편네가! 게롤트! 앉으라고!"

"그들을 막아야 합니다. 사람들이 장터로 몰려오기 전에 당장요. 경비병들을 소집하십시오. 숙소에서 나오는 즉시, 지체하지 말고 출동시키십시오."

"게롤트, 이성적으로 생각하게. 그게 안 된다니까. 그들이 어떤 범법행위도 저지르지 않는 한 우리는 그들을 건들 수 없다니까. 그들은 스스로를 보호하기 위해 방어할 걸세. 그러면 피바다가 될 거야. 그들은 전문가들이라네. 내 부하들을 도륙내고 말 거야. 아우도엔 왕의 귀에 그 소식이 들어가면 난 내 목을 내놓아야 할 걸세. 좋아, 내가 경비병들을 불러 모아 장터로 가게 한 다음 그곳에서 그들의 관심을……."

"그건 소용없습니다, 칼데마인. 많은 사람들이 광장에 모인 뒤엔 당신 힘으로 공황상태와 유혈사태를 막을 재간이 없습니다. 장터가 비어 있으면, 당장 그들의 위협을 제거할 수 있을지도 모릅니다."

"그거야말로 법에 저촉되는 일이네. 그렇게 하는 건 내 절대 허락할 수 없네. 하프엘프와 트리담에 관련된 이야기는 소문에 불과할 수도 있어. 자네가 잘못 판단한 거라면, 그런 거라면 어떻게 될 것 같나? 아우도엔 왕은 나를 능지처참할 걸세."

"피해가 더 적은 쪽을 택해야 하지 않습니까!"

"게롤트! 그건 내가 허락할 수 없네! 시장으로서 하는 말이네! 그 칼 내려놓게! 멈춰!"

마릴카가 두 주먹으로 얼굴을 누른 채 울음을 터트렸다.

VI

키브릴이 눈 위에 손차양을 치고, 나무들 위에 걸려 있는 해를 바라보았다. 장터가 활기를 띠기 시작했다. 크고 작은 마차들이 덜컹거리며 몰려왔고, 먼저 도착한 장사꾼들은 벌써 진열대 가득 물건을 채워 놓고 있었다. 망치 소리가 울려 퍼졌다. 수탉 한 마리가 꼬꼬댁거리자, 갈매기 떼가 시끄럽게 끼룩거렸다.

"일이 잘될 것 같은 날이로군."

십오가 생각에 잠긴 채 말했다. 키브릴은 미심쩍은 눈길로 그를 보았지만 아무 말도 하지 않았다.

"말들은 어떻게 되었나, 타비크?"

노호른이 장갑을 끼면서 물었다.

"준비됐어, 안장까지 채워 놓았는걸. 키브릴, 아직도 장터에 사람들이 많지 않군."

"더 오겠지."

"뭘 좀 먹어야겠어."

"나중에."

"그래. 나중에 먹을 시간이 날 거야. 그리고 먹을 기분도."

"저길 봐."

갑자기 십오가 말했다. 게롤트가 가판대 사이로 난 큰길을 따라 그들을 향해 곧장 걸어오고 있었다.

"아하."

키브릴이 말했다.

"렌프리 말이 맞았어. 노호른, 석궁 좀 줘."

그는 몸을 숙여 한쪽 발로 활을 단단히 고정하고 활시위를 팽팽하게 당겼다. 그러곤 조심스럽게 화살을 시위에 끼웠다. 게롤트가 가까이 다가왔다. 키브릴이 석궁을 들어 올렸다.

"한 발짝도 다가오지 마라, 위쳐!"

게롤트는 멈추어 섰다. 그와 일당들은 약 40보 정도 거리를 두고 서 있었다.

"렌프리는 어디에 있나?"

하프엘프가 아름다운 얼굴을 찡그리며 말했다.

"탑에 있지. 마법사에게 제안할 게 있어서. 렌프리가 자네가 올 걸 미리 알고 자네에게 두 가지를 일러 주라고 하더군."

"말해 보시지."

"첫 번째는 다음과 같은 메시지야. '나는 변하지 않았다. 선택하라. 나인가, 보다 적은 쪽인가.' 네놈은 무슨 소리인지 알겠지?"

게롤트는 고개를 끄덕인 다음 손을 들어 그의 오른쪽 어깨에 불쑥 솟아 있는 칼자루를 움켜쥐었다. 머리 위에 칼날로 호(弧)를 그렸다. 칼날이 번득였다. 게롤트는 느린 걸음으로 일당에게 다가갔다.

키브릴이 악의에 찬 미소를 지었다.

"결국은 이렇게 되는군. 위쳐, 그녀는 이렇게 되리라는 것도 예견했지. 그러면 이제 그녀가 네놈에게 전하라고 시킨 두 번째 메시지를 전할 차례로군. 이번 것은 두 눈 사이에다 전달해 주지."

게롤트는 계속 걸었다. 하프엘프가 석궁을 어깨로 가져갔다. 사방에 정적이 감돌았다. 활시위가 바람소리를 남기며 떨렸다. 게롤트가 칼로 허공을 치는가 싶더니 철이 부딪히는 소리가 났다. 화살이 회오리바람을 일으키며 날아오르다 마른 소리를 내며 지붕 위로 떨어졌다. 곧이어 추녀홈통에서 철그렁거리는 소리가 났다. 게롤트는 멈추지 않고 걸어갔다.

"놈이 화살방향을 돌렸어."

십오가 신음하듯 말했다.

"날아가는 화살을……"

"모두 붙어."

키브릴이 지시를 내렸다. 칼들이 슉! 하며 칼집에서 나왔고 일당은 어깨를 견주고 서서 게롤트를 향해 칼날을 겨누었다.

게롤트의 걸음이 빨라졌다. 걸음걸이는 놀라우리만치 유연하고 가벼웠다. 이내 그는 달리기 시작했다. 그러나 곧장 칼끝을 응시하며 서 있는 일당들을 향해 정면으로 덜려가는 것이 아니라, 측면으로 달려들어 일당들과의 거리를 점점 좁혀들어 갔다.

참지 못하고 뛰쳐나온 타비크가 게롤트를 향해 돌진하여 거리를 좁혔다. 뒤이어 쌍둥이가 뛰어올랐다.

"모두 붙어 있으라니까!"

키브릴이 벽력같이 소리를 지르고는 게롤트를 시야에서 놓치지 않으려고 고개를 돌렸다. 그는 일당이 완전히 와해되어 장터 판매대 사이로 윤무를 추듯 흩어지는 걸 보자 크게 고함을 지르며 옆으로 뛰었다.

타비크가 첫 번째였다. 방금 전까지 게롤트를 뒤쫓던 그는 갑자기 자기 맞은편 왼쪽으로 게롤트가 지나가는 것을 감지하곤 달리던 걸음에 제동을 걸려고 했다. 그러나 칼을 들어 올릴 틈도 없이 게롤트가 스쳐 지나가는 것이 보였다. 타비크는 엉덩이 바로 아래쪽으로 격한 일격이 가해지는 걸 느꼈다. 뒤로 몸을 돌리는 순간 그는 자신이 넘어지고 있다는 걸 알 수 있었다. 무릎이 땅에 닿자, 반쯤 절단된 그의 하체가 앞으로 꺾이며 그의 눈에 들어왔다. 그는 비명을 지르기 시작했다.

쌍둥이는 그들에게로 달려드는 희미한 윤곽의 검은 형체를 향해 동시에 공격을 가하느라 서로 어깨를 부딪쳐 한순간 몸의 리듬을 잃었다. 그것으로 충분했다. 브이르는 가슴 전체를 비스듬히 가로지르는 일격에 몸을 웅크리고 고개를 숙인 채 몇 걸음 더 걷다가 채소 가판대 위로 쓰러졌다. 니미르는 관자놀이를 가격당해 빙글빙글 돌다가 도랑에 그대로 쓰러져 기절했다.

시장에 있던 장사꾼들이 벼룩 튀듯 우왕좌왕하며 흩어졌고 우당탕거리며 가판대들이 뒤집혀 물건들이 와르르 쏟아졌다. 먼지와 비명소리가 한데 어울려 들썩였다. 타비크가 양팔을 펴고 다시 공격하려다 뒤로 벌렁 자빠졌다.

"왼쪽을 맡아, 십오!"

노호른이 소리쳤다. 그런 다음 게롤트의 뒤로 가기 위해 성큼성큼 반원을 그리며 달렸다. 십오는 재빨리 몸을 돌렸다. 그러나 충분히 빠르지는 못했다. 그는 배에 일격을 당하고도 버티고 서서 팔을 들어 그를 찌르려고 했다. 그러다가 두 번째 칼을 맞고 말았다. 이번엔 목 옆, 바로 귀밑 아래였다. 두 번째 칼을 맞은 그는 비틀거리며 빙글빙글 네 걸음 정도 더 간 다음 생선이 가득 실린 마차 위에 쓰러졌고 마차가 뒤집혔다. 십오는 생선비늘 때문에 은색으로 빛나는 길바닥에 무너져 내렸다.

키브릴과 노호른이 동시에 양면공격을 해 왔다. 엘프는 손을 번쩍 쳐든 채 위에서 아래로 공격을 시도했고, 노호른은 무릎을 낮추어 횡으로 공격을 시도했다. 양면공격이 저지되며 두 개의 금속이 부딪히는 소리가 한데 뭉쳤다. 키브릴이 비틀거리며 뒷걸음질을 치다가 가판대의 나무구조물에 손을 뻗어 두 발로 버티고 섰다. 노호른은 칼을 수직으로 세운 채 뛰어오르며 그를 보호해 주었다. 게롤트의 공격은 막아냈지만 엄청나게 강한 힘을 막아낸 터라 그는 결국 휘청거리며 뒷걸음질을 치다가 다시 한쪽 무릎을 꿇어야 했다. 재차 도약했지만 방어를 하기엔 너무 늦었다. 그는 얼굴에 칼을 맞고 말았다. 칼날이 옛날 흉터와 대칭을 이루며 지나갔다.

키브릴이 가판대를 지지대 삼아 어깨에 반동을 주며 다시 뛰어올랐다. 그러곤 쓰러져 있는 노호른을 뛰어넘어, 양손으로 칼을 움켜쥔 채 몸을 회전시키며 게롤트를 공격했다. 하지만 공격은 빗나갔고 그는 순간적으로 뒤로 점프를 시도했다. 칼에 맞은 느낌은 없었다. 본능적으로 방어를 한 다음, 그 다음 공격을 위해 페인트를 하려던 때였다. 그러나 양쪽 다리가 말을 듣지 않았다. 칼이 손에서 떨어졌다. 팔의 안쪽, 팔꿈치 윗부분이 절단 나 있었다. 그는 무릎을 꿇고 주저앉아 고개를 가로저으며 일어서려고 했다. 그러나 뜻대로 되지 않았다. 무릎 위에 고개를 떨어뜨린 채로 그는 붉은 웅덩이 속에, 뒤죽박죽 나동그라져 있는 양배추와 브레첼 빵과 생선들 한가운데에, 얼음처럼 그렇게 멈추어 있었다.

렌프리가 장터에 나타났다. 그녀는 천천히, 고양이처럼 부드러운 걸음걸이로 마차와 가판대를 우회하여 다가왔다. 골목과 집들의 외벽 밑자락에 말벌 떼처럼 모여서 웅성거리던 수많은 사람들이 갑자기 입을 다물었다. 게롤트는 치켜들었던 칼을 들고 가만히 서 있었다. 여자는 열 걸음 더 다가와 멈추어 섰다. 게롤트는 그녀가 밤스 속에 조그만 고리를 엮어 만든 갑옷을 입은 걸 눈치챘다. 거의 엉덩이에 닿을락 말락한 짧은 갑옷이었다.

"선택했군."

그녀가 확인하듯 말했다.

"당신의 선택이 옳다고 확신하나?"

"이곳이 제2의 트리담이 되게 할 수는 없었다."

게롤트가 단호한 어조로 말했다.

"제2는 고사하고 아무것도 없을 수도 있어. 스트레고보르가 나를 비웃으며 하는 말이, 내가 블라비켄을 통째로 없애 버리고, 거기에 더 얹어서 주변에 있는 몇몇 마을들까지 없앤다 해도 자기는 탑에서 나오지 않을 거라더군. 그리고 당신을 포함하여 아무도 탑에 들여보내지 않겠다고 하네? 살아오는 동안 나는 필요한 경우 사람들을 속였어. 내가 무슨 이유로 당신이라고 예외를 두겠어?"

"어서 여기를 떠나, 렌프리!"

그녀가 웃음을 터뜨렸다.

"그럴 순 없어, 게롤트!"

그녀가 재빠르고 능숙한 솜씨로 칼을 뽑아 들었다.

"렌프리."

"그럴 순 없어, 게롤트. 당신은 당신이 선택한 대로 했잖아. 그러니 이젠 내가 선택한 대로 할 차례이지."

그녀는 거칠게 반동을 주며 엉덩이를 덮고 있던 치마를 찢어 공중에 대고 휘휘 감았다. 그러자 천이 그녀의 왼쪽 아래팔에 둘둘 말렸다. 게롤트는 뒤로 물러섰다. 그러곤 손을 들어 손가락으로 마법기호를 만들었다. 렌프리가 다시 웃음을 터트렸다. 짧은 웃음이었고 갈라진 목소리였다.

"그래봤자 소용없어, 백발 머리. 나에겐 칼만이 진리이지."

"렌프리."

게롤트는 다시 그녀의 이름을 불렀다.

"어서 가. 우리가 서로 칼을 맞대면 그땐 나도 더 이상······."

"나도 알아."

그녀가 말했다.

"그런다 해도 나도······ 나 역시도 달라지긴 힘들어. 도저히 그게 안 돼. 우린 생긴 대로 살 수밖에 없어. 당신과 나는."

그녀가 가볍게 하늘거리는 걸음으로 그에게 달려왔다. 옆으로 쭉 뻗은 오른팔에 선 칼이 번쩍였고, 왼쪽 팔꿈치에 걸린 천이 바닥에 끌리며 그녀와 함께 달려왔다.

게롤트는 두 걸음 뒤로 물러섰다.

그녀가 뛰어오르자 치마 천이 회오리치듯 허공을 뚫고 빙글빙글 말려 올라갔다. 그러곤 그의 뒤쪽으로 떨어졌다. 간결하고 짧게 휘익 하는 소리와 함께 칼이 번득였다. 게롤트는 옆으로 뛰며 몸을 피했다. 천 자락은 그를 스치지 못했고 렌프리의 칼날은 비스듬하게 칼날을 세운 게롤트의 방어에 막혀 미끄러져 내렸다. 게롤트는 본능적으로 칼의 가운데 부분을 이용해 되찌르기 기술인 리포스트를 구사하며 맞물린 두 칼날을 잠시 물레방아 돌리듯 돌렸다. 그녀의 손에서 무기를 날려 보낼 심산이었다. 그러나 그것이 실수였다. 그녀가 그의 칼날을 되받아 침과 동시에 즉시 무릎을 구부리고 엉덩이의 반동을 이용하여 그의 얼굴을 향해 가격하였던 것이다. 이번엔 그도 거의 방어할 수 없었다. 그는 그의 위로 떨어지는 천 자락을 피해 뒤로 풀쩍 뛰었다. 그런 다음 몸을 회전하여 빠른 속도로 내리치는 칼날을 피하고 또다시 뒤로 물러났다. 그녀는 천 자락을 휘휘 돌리며 그의 눈 바로 앞까지 달려와 치마를 들이댔다. 그리고는 몸을 반쯤 돌려 낮은 일격을 가했다. 이번엔 그녀의 공격을 피한 게롤트가 그녀의 바로 앞에서 몸을 빙글빙글 돌렸다. 그녀는 그가 어떤 기술을 구사하려는지 간파하고 그가 도는 방향을 따라 돌았다. 얼마나 근접하여 돌았는지, 자신의 가슴 위로 칼날이 스치는 순간, 그는 그녀의 숨결도 함께 느낄 수 있었다.

고통이 번개처럼 그의 온몸을 훑고 지나갔다. 그래도 그는 리듬을 잃지 않았다. 그는 이번엔 반대방향으로 다시 빙그르르 몸을 돌려 관자놀이를 향해 빠른 속도로 날아오는 칼날을 되받아쳤다. 그러곤 신속하게 견제행동을 하며 공격을 가했다. 렌프리가 뒤로 점프하며 위에서 아래로 내려치려고 준비 자세를 취했다. 게롤트도 점프를 시도했다. 곧이어 무릎을 낮추고 칼의 맨 끝을 이용하여 아래에서 위로 올려쳤다. 칼끝이 아무것도 덮고 있지 않은 그녀의 넓적다리와 사타구니를 지나갔다.

그녀는 비명을 지르지 않았다. 그녀는 반대쪽 무릎과 옆구리를 땅에 대고 쓰러지며 절단된 근육을 양손으로 움켜잡았다. 그녀의 손가락 사이로 피가 밝은 빗줄기처럼 뿜어져 나와 화려하게 치장한 허리띠 위로, 고라니가죽으로 만든 장화 위로, 더러운 길

바닥으로 흘러내렸다. 골목길로 몰려 온 군중들이 술렁이며 비명을 지르기 시작했다.

게롤트가 칼을 거둬들였다.

"가지 마……."

그녀가 잔뜩 몸을 웅크린 채 말했다. 그는 아무 대답도 하지 않았다.

"추워…… 추워……."

게롤트는 대답하지 않았다. 렌프리는 또다시 신음소리를 내며 더욱 강하게 몸부림쳤다. 피는 빨리도 흘러 길바닥에는 피가 그득했다.

"게롤트…… 날 좀 안아 줘……."

그는 대답하지 않았다.

렌프리가 고개를 떨어뜨렸다. 길바닥에 한쪽 뺨을 댄 채 그녀는 미동도 하지 않았다. 지금까지 그녀가 몸속에 숨겨 두었던, 날이 아주 작은 단도 하나가 뻣뻣해진 그녀의 손가락 사이에서 미끄러져 나왔다.

영원히 지속될 것 같던 순간이 지나고 나자 게롤트는 지팡이로 바닥을 두드리며 달려오는 스트레고보르를 향해 고개를 돌렸다. 스트레고보르는 서둘러 그에게 오면서도 시체들이 보이면 빙 돌아 우회해 왔다.

"도축기념 축제라도 열린 것 같구먼."

코를 킁킁대며 그가 말했다.

"내 보았네, 게롤트. 수정구슬로 전부 다 보았어……."

그는 게롤트에게 다가가 깊숙이 몸을 숙였다. 앞섶을 풀어헤친 채 바닥까지 끌리는 망토를 걸친 그는 무척 늙어 보였다.

"믿을 수가 없어."

그가 고개를 가로저었다.

"천하의 때까치가…… 이렇게 완전히 죽다니."

게롤트는 아무 대답도 하지 않았다.

"자, 어서, 게롤트."

마법사가 몸을 일으키며 말했다.

"마차를 가져오게. 그녀를 탑으로 데려가자고. 부검을 해야 하니까."

그는 게롤트에게 눈길을 주었지만 대답을 기대하며 본 것은 아니었다. 그가 시신 위로 몸을 숙였다.

게롤트가 칼의 손잡이에 손을 뻗어 재빠르게 칼을 뽑았다.

"그녀에게서 손을 떼시오, 마법사. 그녀에게 손만 댔다간 그 즉시 당신 머리통이 길바닥에 나뒹굴게 될 거요."

"무슨 일이야, 게롤트, 자네 돌았나? 다치더니 쇼크를 받았나 보군! 부검만이 확인할 수 있는 유일한 길일세, 그녀가……."

"그녀에게서 손 떼시오."

곧추세운 칼날을 보자 스트레고보르는 뒤로 물러나며 지팡이를 휘둘렀다.

"좋아!"

마법사가 소리를 쳤다.

"자네 마음대로 해. 하지만 그러면 자네는 절대로 알 수가 없어! 절대로 확실한 걸 알 수 없다고! 절대로! 알아듣겠나, 게롤트?"

"썩 꺼지시지!"

"자네 좋을 대로 하게."

마법사가 돌아서며 지팡이로 바닥을 찍었다.

"나는 코비르로 돌아갈 걸세, 단 하루도 이 촌구석에 있고 싶지 않아. 함께 가세. 여기 있지 말고. 이 사람들은 아무것도 몰라. 이 사람들이 본 건 자네가 살해하는 장면뿐이었지. 게다가 좀 지독하게 죽였나? 게롤트. 자, 갈 건가?"

게롤트는 대답하지 않았다. 그리고 그에겐 눈길 한 번 주지 않았다. 게롤트는 칼집에 다시 칼을 꽂았다. 스트레고보르는 어깨를 한 번 으쓱해 보이곤 종종 걸음을 치며 떠나갔다. 박자를 맞추듯 지팡이로 바닥을 탁탁 치며.

군중들 사이에서 돌멩이 한 개가 날아와 큰 소리로 바닥을 때렸다. 그러고 나자 두 번째 돌이 게롤트의 어깨를 스치며 날아갔다. 게롤트는 양손을 높이 치켜들고 신속하게 마법기호를 그렸다. 군중들의 소리가 커지며 쉴 새 없이 돌멩이가 날아왔지만, 마법기호에 막혀 모두 딴 방향으로 날아갔다. 보이지 않은 타원형의 막에 부딪혀 목표물을 맞히지 못한 것이었다.

"그만 하면 충분해!"

칼데마인이 노호하여 소리쳤다.

"그만두라고 했겠다, 젠장!"

군중들이 밀려오는 파도처럼 부글거리기 시작했다. 그러나 이제 돌멩이는 더 이상 날아오지 않았다. 게롤트는 그 상태로 가만히 있었다. 시장이 그에게 다가왔다. 그는 손을 높이 쳐들고 작은 광장 여기저기 흩어져 미동도 않는 몸뚱이들을 가리켰다.

"이게 다인가? 자네가 택한 피해가 더 적은 쪽, 더 작은 해악의 모습이 이런 모습이었나? 그래, 자네가 불가피하다고 여겼던 일은 해결했나?"

"예."

게롤트는 한참 뒤에 겨우 말했다.

"상처는 심한가?"

"아니요."

"그럼 떠나게."

"그러지요."

게롤트가 말했다. 그는 시장의 시선을 피한 채, 잠깐 그대로 멈추어 서 있었다. 그런 다음 천천히 돌아섰다, 천천히 아주 천천히.

"게롤트."

게롤트가 뒤돌아보았다.

"다시는 돌아오지 말게."

칼데마인이 말했다.

"다시는."

이성의 목소리
4

우리 이야기 좀 해, 이올라.

이렇게라도 나는 대화가 필요해. 침묵은 금이라는 말이 있지. 그럴 수 있겠지. 하지만 침묵이 정말로 그렇게까지 가치가 있는지 나는 잘 모르겠어. 어쨌든 거기엔 그럴 만한 대가가 따르겠지. 무엇이든 공짜는 없으니까.

너에겐 침묵이 더 쉬운가 봐. 정말이야, 반박하진 말아 줘. 너는 자발적으로 침묵하고 있잖아. 너는 너의 여신에게 바칠 제물로 침묵을 택했지. 나는 멜리텔레 여신을 믿지 않아. 다른 신들의 존재에 대해서도 믿지 않지. 하지만 너의 선택, 너의 희생을 높이 평가할 줄은 알아. 나는 네가 믿고 있는 것을 높이 평가하고 또 존중해. 너의 믿음과 헌신, 네가 치르고 있는 침묵의 대가가 너를 보다 훌륭하고 귀한 존재로 만들 테니까. 최소한 그것들은 너를 그렇게 만들 수 있는 힘이 있어. 그러나 나의 불신앙은 할 수 있는 게 아무것도 없어. 무기력하지.

너는 묻겠지? 그렇다면 내가 믿는 건 무엇이냐고.

난 칼을 믿어.

보다시피 나는 두 개의 검을 차고 다니지. 어떤 위쳐든 모두 두 개의 검을 차고 다녀. 은으로 만든 검은 괴물을 위한 것이고, 강철로 만든 검은 사람한테 쓰는 것이라고 악의적으로 말하는 사람들이 있지. 물론 그건 사실이 아니야. 은검(銀檢)의 칼날만으로 해칠 수 있는 괴물이 있는가 하면, 강철이 치명적인 괴물들도 있거든. 아니, 이올라. 철이라고 다 되는 건 아니고 유성에서 나온 것이라야만 해. 유성이 뭐냐고? 그건 별똥별이야. 너도 분명 별똥별을 본 적이 있을 거야. 밤하늘에서 밝고 짧은 꼬리를 달고 떨어지는 별을 보았지? 분명히 그걸 보며 소원도 빌었을 거야. 아마 그런 것이 너에겐 신들을 믿게 된 토대 중 하나가 되었을지 몰라. 하지만 나에게 유성은 그저 하늘에서 떨어져 땅속에 묻힌 한 덩어리의 금속에 불과하지. 검을 만들 수 있는 금속 말이야.

칼을 잡아 봐도 되냐고? 그야, 물론이지. 얼마나 가벼운지 봤지? 심지어 너도 전혀 힘을 들이지 않고 들어 올릴 수 있잖아. 안 돼! 칼날 쪽은 쥐지 마! 다쳐. 면도날보다 더 예리하거든. 그래야 하니까.

아, 그럼. 훈련은 자주 하지. 틈날 때면 언제나. 훈련은 게을리 하면 안 되니까. 사원 공원에서 멀리 떨어진 이곳으로 온 것도 훈련을 하려는 마음에서였지. 이 지긋지긋하고 불편한 경직 상태를 몰아내기 위해, 내 속에서 맴돌고 있는 이 냉기를 몰아내기 위해서 말이지. 그런데 이곳에 오자 네가 나를 찾아내더군. 우습지 않아? 며칠 전엔 내가 너를 찾으려고 안달이었는데 말이야. 네가 너무 보고 싶었어. 왜냐하면······.

나는 이렇게라도 대화가 필요해, 이올라. 우리 어디 좀 앉아서 이야기할까.

난 게롤트라고 해. 리비······ 아니, 출신지 미상의 게롤트라고 해 두지. 나는 위쳐야. 내 고향은 위쳐들의 고향이라고 하는 케어 모헨이야. 나는 그곳 출신이야. 그곳엔 꽤 큰 요새가 있어······ 아니 있었어. 지금은 남아 있는 부분이 별로 없지.

케어 모헨······ 그곳은 나와 같은 아이들을 배출하는 곳이었어. 지금은 아니지만. 지금 케어 모헨엔 아무도 살지 않아. 베세미르 외엔 아무도 없어. 베세미르가 누구냐고? 나의 아버지야. 뭘 그렇게 놀란 눈으로 봐? 내가 무슨 이상한 이야기라도 했나? 세상에 아버지 없는 인간이 어디 있겠어. 나에겐 베세미르가 아버지야. 나의 진짜 아버지는 아니지만, 그게 뭐 대수인가? 진짜 아버지는 얼굴도 몰라. 어머니도 마찬가지이지. 그분들의 생사조차도 몰라. 근본적으로 내가 그 문제에 크게 관심을 기울이지 않기 때문이겠지.

그래, 케어 모헨……. 그곳에서 나는 일반적인 돌연변이 과정을 밟았어. 약초 실험을 한 뒤 호르몬, 약초, 바이러스 감염과 같은 통상적인 실험들이 이어졌지. 그리고 다시 이 과정을 처음부터 반복했어, 그것도 여러 번에 걸쳐서. 성공할 때까지 말이야. 나는 잠깐 앓았을 뿐, 모든 변화 과정들을 놀라우리만치 잘 극복했어. 사람들은 나를 특별한 저항력을 지닌 꼬마라고 여겨 좀 더 강도 높고, 복잡한…… 실험을 했지. 실험은 점점 더 견뎌내기 어려워졌어. 점점 더. 하지만 보다시피 나는 살아남았어. 그 실험을 위해 선발되었던 아이들 중 내가 유일한 생존자였어. 그때 이후 내 머리카락은 하얗게 변했지. 완벽한 색소유실이 일어난 거야. 그런 걸 두고 이렇게들 말하지. '부작용'이라고. 그래도 사소한 부작용이지. 사는 데 거의 불편한 것이 없는.

그 후로도 나는 여러 가지 다양한 훈련을 받았어. 상당히 오랫동안. 그리고 드디어 내가 케어 모헨을 떠나 여행할 수 있는 날이 왔어. 메달이야 이미 받은 상태였지. 그래, 바로 이 메달이야. 늑대 길드의 상징메달이지. 그리고 두 개의 검도 받았지. 은으로 된 것과 철로 된 것, 이렇게 두 개. 칼뿐 아니라 그때 나에겐 확신과 열의 그리고…… 믿음이 있었어. 내가 쓸모 있고 유용할 것이라는 믿음이었지. 그도 그럴 것이 이올라, 세상은 온통 괴물과 야수로 그득할 것이고, 나의 임무는 야수에게 위협받는 사람들을 보호하는 것이었으니까. 나는 내 생애 첫 괴물과의 만남을 꿈꾸며 케어 모헨을 떠났지. 나는 괴물을 대면할 때까지 기다리기 힘들었어. 진짜로 괴물이 만나고 싶었거든. 그리고 그날이 왔지.

내가 만난 첫 괴물은 대머리에, 보기 드물게 못생기고 형편없는 이빨을 가진 괴물이었어. 그 괴물을 만난 곳은 국도변이었지. 자기랑 비슷한 다른 괴물들, 그러니까 어떤 군대에서 떨어져 나왔는지 알 길 없는 낙오병들과 함께 웬 농부의 마차를 멈추어 세우곤 그 마차에서 한 소녀를 끌어내고 있더군. 아마 열세 살쯤 되었을까, 아니면 그보다 더 어려 보이는 소녀였지. 그의 떨거지들은 소녀의 아버지를 붙잡고 있었고, 대머리는 소녀가 걸친 치마를 찢으며 이렇게 말했어. 이제 그녀가 진정한 남자가 무엇인지 경험할 시간이 왔다고 말이야. 나는 그들에게 다가가 말에서 내린 다음 대머리에게 말했지. 진정한 남자가 무엇인지 경험할 시간이 왔다고. 나는 그 상황이 미칠 정도로 웃기다고 생각되었어. 대머리는 소녀를 놓아 주고, 도끼를 들고 나에게로 돌진해 왔지. 그자, 행동은 느렸지만 버티는 것 하나는 대단했어. 두 번이나 칼을 맞고서야 고꾸라졌으니까. 내 칼 솜씨는 특별히 깨끗한 편은 아니었지만 우리끼리 하는 말을 빌리자면, 아주 인상적이었지. 어느 정도였냐 하면 위처의 칼이 인간을 어떻게 만들 수 있는지를 목격한 순간, 대머리의 떨거지들이 모두 벼룩처럼 튀어 달아났으니까…….

이올라, 지루하게 한 건 아닌가 모르겠군.

나는 이렇게라도 대화가 필요해. 나는 정말로 대화가 필요해.

내가 어디까지 말했더라? 아, 그렇지, 나의 첫 번째 고귀한 활동이었지. 이올라, 그거 알아, 내가 케어 모헨에서 얼마나 주입식 교육을 받았는지? 그런 일에 끼어들어선 안 되며, 그런 일이 있으면 둘러가야 하며, 떠돌이 기사들과 어울리지 말며, 치안관계자들에게 도움을 구해선 안 된다고 말이야. 나는 내 실력을 드러내려고 고향을 떠난 게 아니라, 나에게 의뢰가 들어온 일을 돈을 받고 해결하려고 떠난 것이었어. 그런데 내가 둘째가라면 서러워할 멍청이처럼 그런 일에 끼어든 거야. 고향땅을 떠나온 지 80킬로미터도 채 못 가서 말이지. 내가 왜 그랬는지 알아? 난 그 소녀가 감사의 눈물을 흘리며 그녀의 흑기사인 나의 손에 키스하고, 그녀의 아버지가 무릎을 꿇고 나에게 감사하는 걸 보고 싶었거든. 그런데 그 대신 그 아버지라는 작자는 낯오병들과 함께 달아나 버렸고, 대머리가 흘린 피를 고스란히 뒤집어 쓴 소녀는 구토를 하며 히스테리 발작을 일으켰어. 내가 소녀에게 다가가자 소녀가 겁을 먹고 뻣뻣이 굳어 버리더군. 그 후로 나는 그런 일에는 웬만해선 끼어들지 않게 되었지.

나는 일에 전념했어. 어떻게 하면 일감을 찾을 수 있는지 일찌감치 배웠지. 일단 주소지가 확실한 곳으로 말을 타고 가. 그런 다음 마을이나 도시의 울타리 아래에서 쉬면서 기다려. 누군가 내게 침을 뱉으면 못 본 척 무시했고, 돌을 던지면 말을 타고 떠났어. 그 대신 누군가 울타리 밖으로 나와 나에게 일을 맡기면 그 일을 처리했어.

나는 도시와 성들을 찾아갔어. 그리고 사거리 길 안내판에 붙은 벽보를 읽으며, '위쳐 급구'라는 공고문이 없나 살펴보았지. 그 다음 이어지는 이야기들은 대부분 마녀 소굴이라던가 지하 감옥, 대형 공동묘지나 폐허, 숲 속의 빈터 혹은 뼈와 썩은 고기로 가득한 산속 동굴에 관한 것들이야. 죽이는 것 자체를 위해 사는 것들도 있었어. 배고픔 때문이든, 즐기기 위해서든, 혹은 누군가의 병적인 의지에서 태어났든 아니면 다른 이유 때문이든 간에 말이야. 만티코어[1], 비룡, 안개귀신, 톱주둥이괴물, 스톤바이트[2], 키메라[3], 레쉬, 뱀파이어, 구울[4], 그라비어[5], 늑대인간, 거대 전갈, 스트리가, 야가, 키키모어, 왕 살모사도 있었고. 그리고 보니 암흑 속에서 빗발치듯 날아오는 칼 사이에서 춤을 추던 것도 생각나는군. 나중에 날 고용한 사람들의 눈에 담긴 공포와 멸시도.

실수한 적이 있었냐고? 그야, 당연하지. 실수도 많이 있었지.

그러나 나는 원칙들은 고수했어. 아니, 규정은 아니었어. 종종 규정을 내세우는데 익숙해진 것뿐이야. 사람들은 그런 걸 좋아하더라고. 규정이 있고 또 그 규정을 따르는 사람은 존경받고 중요하게 받아들여지지.

규정은 없어. 세상 그 어느 법에도 위쳐를 위한 규정은 없어. 내가 지키는 규정은 내가 스스로 생각해 낸 것들이야. 대개 그랬어. 그리고 나는 내가 만든 규정을 고수했지. 항상……

아니, '항상'은 아니었어.

그럴 때가 있거든. 어느 모로 보나 규정을 지킬 수 없어 보이고 '그게 나와 무슨 상관이냐. 그건 내가 관여할 일이 아니야. 나는 위쳐'야라고 내 스스로에게 말을 해야

---

1) 공포와 질병을 퍼뜨리는 괴수로 피같이 붉은 사자 몸통에 추한 얼굴, 박쥐 날개에 전갈꼬리를 가졌다.
2) 물에서 사는 괴물로 돌도 씹을 수 있을 정도로 단단한 이가 특징이다.
3) 사막괴수 중 하나. 생김새가 사마귀처럼 생겼다.
4) 무덤을 파헤쳐 송장을 먹는다는 귀신이다.
5) 무덤 괴수 중 하나이다.

할 때, 이성의 목소리에 귀를 기울여야겠다는 생각이 들 때, 경험이 가르쳐 주지 않아서, 본능에 귀를 기울일 수밖에 없을 때, 아니면 적어도 익숙한 아주 익숙한 두려움에 귀를 기울일 수밖에 없을 때.

이성의 목소리에 귀를 기울여야 할 때, 그럴 때였는데…….

나는 그 목소리를 듣지 않았어.

나는 생각했어. 다 나쁠 땐, 해악이 더 적은 것을 택하자. 그래서 나는 피해가 더 적은 쪽을 선택했지. 해악이 더 적은 쪽을 말이야! 나, 위쳐 게롤트가. 블라비켄의 도살자라고도 불리는 내가.

아니야, 이올라. 내 손은 만지지 마. 아마 이런 접촉이 네 속에서 능력을…… 불러일으킬지도 몰라…… 어쩌면 네가 그걸…… 보게 될지도 몰라…….

하지만 나는 네가 그걸 보지 않기를 원해. 난 그걸 알고 싶지 않아. 나는 나의 숙명이 소용돌이처럼 나를 휘감고 도는 걸 알고 있어. 나의 운명? 운명은 내 발치를 졸졸 따라다니지. 그래도 나는 단 한 번도 발치를 뒤돌아보지 않았어.

올가미라고? 그래, 네네케에겐 그게 느껴지는 것 같아.

무엇이 나를 그때 그곳 신트라로 유인했을까? 어쩌다 내가 그런 어리석은 위험을 감수하게 되었을까?

아니야, 안 돼, 절대로 안 돼. 나는 결코 뒤돌아보지 않아. 그리고 신트라엔 절대 돌아가지 않을 거야. 신트라로 돌아가는 것만큼은 반드시 피하겠어. 흑사병이라고 생각하고 피하겠어. 절대로 그곳으로 돌아가지 않을 거야.

내가 제대로 계산했다면 그 아이는 오월에 태어났을 거야. 대략 벨레타인 축제 무렵쯤일 거야.

진짜 그렇다면, 그건 예사롭지 않은 우연이겠군. 예니퍼도 벨레타인 기간 중에 태어났으니까.

가자, 이올라. 벌써 날이 어두워지고 있어.

고마워, 나와 이야기해 주어서.

고마워, 이올라.

아니, 나는 괜찮아. 기분 좋은걸.

진심으로.

가격이 문제

I

게롤트의 목으로 칼날이 다가왔다. 그는 거품으로 채워진 물속에 누워 나무 욕조의 미끈거리는 가장자리에 머리를 기대고 있었다. 입술 끝에서 알싸한 비누 맛이 느껴졌다. 날 위에서 말을 타도 되겠다, 싶을 정도로 무딘 칼날이 아프게 울대뼈를 훑고 손톱으로 긁듯 턱으로 다가갔다.

이발사는 천지창조에 참여한 대천사와 같은 얼굴 표정을 하고는 완전히 매너리즘에 빠진 손길로 계속해서 얼굴을 긁어댔다. 그런 다음 근엄한 표정을 한 채 리넨 수건으로 그의 얼굴을 훔쳤다.

게롤트가 욕조에서 일어섰다. 그는 시종에게 그의 몸에 물 한 양동이를 쏟아붓게 한 다음, 물기를 털고 욕조에서 나와 붉은 벽돌을 깐 바닥에 젖은 발자국을 남겼다.

"여기 수건 있습니다, 선생님."

시종이 호기심 어린 눈길로 그의 메달을 흘깃흘깃 쳐다보았다.

"고맙네."

"의상은 여기 있소."

학소가 말했다.

"셔츠, 속바지, 바지, 밤스. 그리고 여기 장화도 있소."

"빠짐 없이도 챙겨 놓았군요, 학소 시종장. 내 장화를 신고 가면 안 되는 겁니까?"

"안 되오. 맥주 드시겠소?"

"좋지요."

옷을 입는 데는 시간이 걸렸다. 게롤트는 어색하고 뻣뻣해, 불편하기만 한 옷이 부어오른 살갗에 닿는 촉감 때문에 뜨거운 물속에서 사지를 쭉 뻗고 있는 동안 모처럼 만끽했던 좋은 기분을 망치고 말았다.

"시종장님."

"왜 그러시오, 게롤트 선생?"

"무엇 때문에 이렇게 잘 차려 입어야 하는 건지 혹시 아시오? 그러니까, 나를 어디에 쓸 작정이오?"

"그건 내가 관여할 일이 아니라서요."

학소가 곁눈질로 시종들을 바라보며 말했다.

"내가 해야 할 일은 선생께 옷을 입혀 드리고……."

"갈아입혀 준다, 라고 말씀하려던 것이겠지요?"

"……입혀 드리고 향응 장소에, 즉 왕비님께 모시고 가는 것입니다. 게롤트 선생, 밤스를 입으시지요. 그리고 선생의 위쳐 메달은 밤스 속에 숨기시기 바랍니다."

"여기에 내 단도가 있었는데."

"지금은 다른 곳에 있습니다. 선생의 검 두 개와 다른 소지품들은 아주 안전한 곳에 두었습니다. 지금 가야 할 곳은 무기를 갖고 갈 수 없는 곳입니다."

게롤트는 어깨를 움찔해 보이곤 몸에 꽉 끼는 진홍색 밤스를 입었다.

"이건 뭡니까?"

그가 성장에 놓인 자수(刺繡)를 가리키며 물었다.

"아, 그거요."

학소가 말했다.

"하마터면 잊을 뻔했군요. 연회가 벌어지는 동안 선생은 라빅스라는 문벌 좋은 피어호른 가문의 사람입니다. 주빈으로서 왕비님의 오른편에 앉게 될 겁니다. 왕비님께서 그렇게 원하셨습니다. 그리고 밤스에 놓인 그 자수 표시는 선생 집안의 문장(紋章)입니다. 황금색 바탕에 엄숙하게 걷는 검정색 곰, 그 뒤엔 푸른색 외투를 입고 양손을 들어 올린 긴 머리 처녀가 있지요. 이건 잘 기억하고 계셔야 합니다. 손님들 가운데 문장학을 열렬히 좋아하는 분이 있을 수도 있으니까요. 그런 일이 종종 있거든요."

"좋소, 명심하겠소."

게롤트가 힘주어 대답했다.

"그럼 피어호른은요? 어디에 있는 곳이오?"

"여기서 아무리 말해도 모를 만큼 멀리 떨어진 곳입니다. 준비됐습니까? 이제 가도 되겠소?"

"알겠소. 학소 선생, 그럼 이건 말해 줄 수 있소? 무슨 일로 이렇게 연회를 여는 것이오?"

"파베타 공주님께서 열다섯 살을 꽉 채우게 되었습니다. 관례에 따라 그녀의 손을 잡게 될 구혼자들이 옵니다. 칼란테 왕비님께선 공주님을 스켈리게에서 온 사람에게 주시길 원합니다. 우리에겐 섬사람들과의 관계가 매우 중요하니까요."

"왜 하필 섬사람들과의 관계입니까?"

"자기들과 결탁한 나라에 관해선 다른 나라처럼 자주 습격하지 않기 때문입니다."

"참으로 그럴듯한 이유로군요."

"하지만 단지 그 이유 때문만은 아닙니다. 게롤트 선생, 신트라에선 전통적으로 결혼한 여자가 통치하는 것을 허용하지 않습니다. 얼마 전 우리의 왕이신 로에그너 왕께서 시름시름 앓다가 서거하셨습니다. 그런데 왕비님께서 다른 남자를 원치 않으십니다. 통치자이신 칼란테 왕비님이 제아무리 현명하고 공정하신 분이어도 왕비는 왕비일 뿐, 왕은 아니지요. 왕비님과 결혼하는 사람이 왕좌에 오르게 됩니다. 능력 있는 남자를 찾는다면 좋겠지요. 섬나라에 가면 아마 그런 인물을 찾을 수 있지 않을까 생각됩니다. 섬사람들은 돌처럼 단단한 족속이니까요. 갑시다."

게롤트가 좁고 텅 빈 궁정 안마당을 빙 두른 기둥과 그 기둥들이 만들어낸 통로를 지나다 갑자기 멈추어 서서 주변을 둘러보았다.

"시종장님."

그가 낮은 소리로 말했다.

"여긴 우리밖에 없습니다. 왕비께서 무슨 일로 위쳐를 필요로 하는지 말해 보시오. 당신은 틀림없이 뭔가 알고 있을 거요. 당신이 아니라면, 누가 알겠소?"

"다른 사람들과 다를 바 없는 이유에서이지요."

학소가 웅얼거렸다.

"신트라도 다른 여타의 나라들과 다를 바 없으니까요. 똑같단 말입니다. 우리나라에도 늑대인간은 물론이고 바실리스크가 있습니다. 또 샅샅이 뒤져 보면 만티코어도 찾을 수 있지요. 그러니 위쳐가 필요하지 않겠습니까."

"다른 구실은 그만 갖다 붙이시오, 시종장. 내가 물은 건 왕비님께서 향응을 베푸는데 왜 위쳐가 필요한 건지, 더불어 그걸 위해 왜 머리를 풀어헤친 푸른 곰으로 변장을 해야 하는지, 그 이유를 물은 것이오."

학소 역시 게롤트처럼 주변을 둘러보았다. 심지어 기둥이 만들어낸 복도의 난간에 기대어 난간 너머까지 살펴보았다.

"게롤트 선생, 내 생각엔 뭔가 불길한 일이 생긴 것 같아요."

학소가 웅얼거리며 말했다.

"성 안에서 말이오. 뭔가 출몰하는 것 같습니다."

"'뭔가'라니요?"

"출몰한다는 데 뭐긴 뭐겠소? 유령이지요. 작고 등이 구부정한데다 고슴도치처럼 가시가 나 있다고 합니다. 밤마다 그것이 철거덕철거덕 쇠사슬 끄는 소리를 내며 성을 돌아다닌답니다. 방에서 놈의 한숨 소리가 배어나온다고 하기도 하고요."

"본 적이 있습니까?"

"아니오, 없습니다."

학소가 내뱉듯 말했다.

"굳이 보고 싶은 마음도 없소."

"거짓말로 속임수 쓰지 마시오, 시종장."

게롤트가 얼굴을 일그러뜨렸다.

"앞뒤가 맞지 않습니다. 우리는 지금 약혼식 연회장에 가고 있소. 그런데 내가 거기에 왜 가야 하는 거냐, 이겁니다. 등이 구부정한 정체불명의 무언가가 식탁 밑에서 튀어 올라와 연회를 방해하지 않도록 감시하라는 거요? 무기도 없이? 이렇게 광대처럼 입고 말입니까? 학소 시종장."

"좋을 대로 생각하시오."

시종장은 기분이 상했는지 딱 잘라 말했다.

"이 말은 당신에게 아무 말도 할 필요가 없다는 뜻이오. 당신은 나에게 요청하였고 그래서 나는 말을 해 주었소. 그랬더니 당신은 나한테 속임수를 쓴다고 주장했소. 아주 완고하기 짝이 없소."

"용서하시오, 시종장. 당신의 기분을 상하게 하려던 것은 아니었소. 나는 단지 놀라워서 그랬던 것뿐이오."

"그렇다면 이제 그만 놀라시오."

학소가 고개를 돌렸다. 여전히 화가 안 풀린 모양이었다.

"놀라려고 이곳에 온 건 아니지 않소. 그리고 위쳐 선생, 한마디 충고의 말을 하자면 말이오, 나는 왕비께서 당신을 발가벗기라고 하시든, 당신 엉덩이를 파란색으로 칠하라고 하시든, 또 샹들리에처럼 당신을 복도에 거꾸로 매달라고 하시든, 왕비께서 명령하시면 주저하지도 않고 그대로 할 것이오. 그렇게 하지 않으면 당신이 그보다 훨씬 불쾌한 일을 당할지도 모르니까 말이오. 아셨습니까?"

"알았소. 갑시다, 학소 시종장. 일단 갑시다, 무슨 일이 벌어지든. 목욕을 하고 나서인지 배가 고프군."

II

칼란테 왕비는 진부하고, 형식적인 인사말은 고사하고 게롤트를 '피어호른의 군주'라고 소개할 때조차도 그와는 한마디 말도 나누지 않았다. 아직 연회는 시작되지 않았다. 계속해서 손님들이 도착했고 그럴 때마다 헤롤트가 큰 소리로 도착을 알렸다.

식탁은 장방형에다. 크기가 엄청났다. 마흔 명은 너끈히 앉을 수 있는 크기였다. 칼란테 왕비는 식탁의 상단 끝에 있는 등받이가 높은 왕좌에 자리를 잡고 앉아 있었다. 그녀의 오른편엔 게롤트가 앉았고, 왼편에는 회색빛 수염에 류트[1]를 든 필로도르라는 이름의 남자가 앉았다. 이어지는 왼쪽 하단의 두 자리는 비어 있었다.

게롤트의 오른쪽에는 학소 시종장과 외우기 힘든 이름의 군사령관이 앉았다. 다음은 음울하고 말수가 없는 기사 라인파른과 공주의 구혼자이자 그가 보호하는 빈트할름 왕자 등 아트르 제후국에서 온 하객들이 뒤따랐다. 그 뒤를 이어 다채로운 복장의 신트라의 기사와 주변지역에서 온 봉신들이 자리를 잡았다.

"티그의 아일렘베르트 남작 납시오!"

헤롤트가 큰 소리로 하객의 도착을 알렸다.

"꼬꼬댁이로군!"

칼란테 왕비가 중얼거리며 필로도르의 옆구리를 찔렀다.

"재미있는 일이 벌어질 겁니다."

깡마른 체격에 코밑수염을 기르고 과하게 차려입은 기사가 몸을 깊숙이 숙이며 절하였다. 그러나 활기차고 장난기 어린 두 눈, 입가를 스쳐지나가는 미소는 공손한 몸짓과 따로 놀았다.

"인사드리오, 꼬꼬댁 남작."

왕비가 격식을 갖추어 말했다. 아마 그의 별칭이 남작 칭호와 함께 원래 성씨보다

---

[1] 만돌린과 비슷한 모양의 가장 오래된 현악기 중 하나이다.

더 많이 쓰이는 것 같았다.

"이렇게 와 주셔서 기쁘오."

"이렇게 초대해 주셔서 저 역시 기쁩니다."라고 말을 한 뒤 꼬꼬댁 남작이 한숨을 쉬었다.

"자, 이제 저는 왕비님께서 허락해 주신다면 공주님께 관심을 두려고 합니다. 혼자 사는 건 정말 힘든 일입니다, 왕비님."

"그런데 꼬꼬댁 남작."

칼란테 왕비가 옅은 미소를 지으며 고수머리를 손가락에 감고 돌렸다.

"남작께선 이미 결혼하신 몸이 아니시던가요? 우리는 그렇게 알고 있습니다만."

그러자 남작은 격분한 어조로 말했다.

"왕비님도 잘 아시다시피 제 부인은 약하고 섬세한 천성을 지닌 여자입니다. 그런데 지금 우리나라에 천연두가 기승을 부리고 있습니다. 나의 가죽 띠를 포함하여 내 검을 걸고 내기하겠습니다. 이제 덧신들이 채 해지기도 전에 모든 것이 끝날 겁니다. 일 년 뒤엔 장례식도 다 치렀을 겁니다."

"꼬꼬댁, 말씀을 듣고 보니 안됐다는 생각이 들면서도, 동시에 행운아라는 생각도 드는군요."

칼란테 왕비는 더욱더 친절한 웃음을 지어 보였다.

"부인께서 실제로 허약하긴 허약한가 봅니다. 이런 말을 들었거든요. 부인께서 지난 추수철에 당신이 건초더미 속에서 어떤 여자와 함께 있는 현장을 포착했다지요. 그 다음 부인이 건초용 쇠스랑을 들고 거의 1.5킬로미터나 당신을 쫓아갔는데도, 결국 붙잡지 못했다더군요. 부인을 좀 더 잘 먹이시고 쓰다듬어 주셔야 할 것 같습니다. 뿐만 아니라 밤마다 부인이 시린 어깨로 잠들지 않도록 신경 쓰셔야 할 것도 같군요. 그러면 일 년 뒤에 부인이 얼마나 건강해졌는지 직접 두 눈으로 보게 될 테니까요."

꼬꼬댁 남작은 울적한 표정을 지었지만 그다지 설득력이 있어 보이진 않았다.

"무슨 말씀이신지 잘 알아들었습니다. 그러나 이 연회 자리엔 남아 있어도 되겠지요?"

"그렇게 해 주신다면야 나로선 기쁘기 그지없지요, 남작."

"스켈리게에서 오신 사절단 납시오!"

헤롤트가 벌써 목이 잠겼는지 갈라진 음색으로 외쳤다.

모두 네 명의 섬사람들이 가장자리에 모피장식을 덧댄 번쩍이는 가죽밤스에 체크무늬 모직 장식 띠를 허리춤에 두르고 야만인답게 위협적인 발걸음으로 들어왔다. 피부색이 어두운 얼굴에 매부리코를 가진 강인한 체격의 무사가 사절단을 이끌었다. 빨강머리에 어깨가 넓은 젊은 청년이 그의 곁에서 걸어왔다. 왕비의 앞에 오자 모두 큰절을 했다.

"크나큰 영광이오."

칼란테 왕비가 살짝 홍조를 띠며 말했다.

"우리 성에서 스켈리게의 아이스트 튀르시치와 같이 뛰어난 기사 분을 다시 뵙고 인사를 나눌 수 있게 되다니 말입니다. 당신이 결혼할 마음이 없는 분이라는 걸 몰랐더라면, 나는 당신이 우리 파베타에게 청혼하러 오셨을 거라는 희망에 들떠 있었을 겁니다. 홀로 외롭게 지내시는 것도 이젠 지겨워졌을 법도 합니다만?"

"그럴 때가 자주 있지요, 아름다운 칼란테 왕비님."

검게 그을린 섬 사나이가 대답했다. 그러곤 눈을 빛내며 왕비를 올려다보았다.

"지속적인 혼인관계를 생각하기에는 내 삶이 너무 불안정합니다. 그렇지 않다면야…… 파베타는 아직 어린 숙녀요, 피지 않은 꽃봉오리이지요. 그러나……."

"그러나 무엇입니까, 말해 보시지요, 기사님?"

"모전여전이라고 했습니다."

튀르시치가 하얀 이를 드러내며 미소를 지었다.

"왕비님, 공주께서 지금은 어리지만 적령기가 되었을 때 얼마나 아름다워질지는 지금 왕비님을 보는 것만으로도 충분히 알 수 있지요. 지금은 더 젊은 친구들이 공주의 손을 잡아야 할 것입니다. 저희 왕의 조카분인 크래치 안 크라이테 역시 그걸 목표로 여기 왕비님 앞에 나왔습니다."

크래치가 숱 많은 붉은 머리를 숙이고 왕비 앞에 한쪽 무릎을 꿇고 절하였다.

"아이스트, 누굴 대동하고 오신 겁니까?"

덥수룩한 수염에 땅딸막하고 다부진 체격의 한 남자와 어깨에 백파이프를 둘러맨 키가 크고 굽떠 보이는 한 남자가 크래치 안 크라이테의 곁에 무릎을 꿇고 있었다.

"이자는 용감한 드루이드 사제 모이스작입니다. 저처럼 브랜스 왕의 친구이자 조언자이지요. 그리고 이자는 드레이그 본-드후, 우리의 유명한 음유시인입니다. 지금 밖에는 서른 명의 바다사나이들이 아름다운 칼란테 왕비께서 행여 창가에서라도 모습을 보여 주시지 않을까, 열화와 같은 희망에 부풀어 기다리고 있습니다."

"다들 자리에 앉으시지요, 귀하신 손님들. 튀르시치, 당신은 이리로 오세요."

아이스트는 식탁 상단 끝의 빈자리에 앉았다. 왕비와는 필로도르와 빈 등받이 의자를 사이에 두고 떨어진 자리였다. 나머지 섬사람들은 왼쪽 편으로 가서, 궁내장관 비세게르드와 스트렙트의 세 아들, 무름링, 헤켈, 렌후크 사이에 함께 앉았다.

"이제 거의 다 온 것 같군."

왕비가 궁내장관 쪽을 향해 고개를 끄덕였다.

"시작합시다, 비세게르드."

궁내장관이 손뼉을 쳤다. 주발과 술잔을 들고 있던 시종들이 식탁에 길게 늘어서 있는 자리를 향해 움직였다. 하객들은 즐겁게 반색하며 웅성거리기 시작했다.

칼란테는 거의 아무것도 먹지 않았다. 식탁에 오른 고기도 마지못해 은제 포크를 꽂는 시늉만 할 뿐이었다. 그 사이 서둘러 고기 몇 점을 삼킨 필로도르는 계속해서 류트를 뚱땅거리고 있었다. 반면 나머지 하객들은 새끼돼지와 날짐승, 생선, 조개 등의 구이 요리를 싹싹 비우고 있었다. 빨강머리 크래치 안 크라이테가 이 부분에서 단연 으뜸이었다. 아트르의 라인파른은 쉴 새 없이 나이 어린 빈트할름 왕자에게 주의를 주다가 왕자가 사과 그릇을 향해 손을 뻗자 심지어 왕자의 손가락을 때리기도 했다.

꼬꼬댁 남작은 뼈다귀를 물어뜯다 말고 잠시 멈추고, 발정 난 늪지거북이 소리를 흉내 내어 옆 사람들을 즐겁게 했다. 분위기가 점점 유쾌해졌다. 건배를 제창하는 말들이 오가기 시작했다. 그러나 시간이 지나면서 건배사는 점점 더 맥락 없이 이어졌다.

칼란테 왕비는 곱슬머리로 단장한 잿빛 머리에 두른 황금머리띠를 바로잡았다. 그러곤 몸을 반쯤 돌려 게롤트에게로 향했다. 게롤트는 커다란 붉은 바다가재의 껍질을 깨는데 한창 열중하고 있었다.

"자, 위쳐."

그녀가 말했다.

"주변이 충분히 시끄러워졌으니 이제 우리끼리 은밀한 이야기를 좀 나눠도 될 것 같군. 우리 격식 있게 시작하지. 만나게 되어 반갑소."

"그 기쁨이 배가 된 줄로 아옵니다, 왕비님."

"격식을 차렸으니 이제 구체적인 이야기를 해 볼까. 내 그대에게 맡길 일이 있소."

"생각하고 있었습니다. 단순한 호의에서 저를 연회에 초대하는 일은 거의 없으니까요."

"흠, 그대는 같이 식사를 하기엔 재미없는 사람 같군. 또 뭐 생각해 둔 것이 있나?"

"예."

"뭔가?"

"저에게 맡기실 일이 무엇인지 듣고 난 다음에 말씀드리겠습니다, 왕비님."

"위쳐."

칼란테 왕비가 에메랄드 목걸이를 손가락으로 만지작거리며 말했다. 가장 작은 에메랄드 알이 무당벌레 크기만 했다.

"위쳐에게 맡길 수 있는 일이 뭐가 있다고 생각하나? 응? 우물 파는 일이겠나? 지붕을 수선하는 일이겠나? 고블랭[1]을 짜라고 시키겠나? 그것도 브리당크와 아름다

---

[1] 주로 성화나 그림을 직조하여 벽걸이로 많이 쓰이는 천이다.

운 베로가 신혼 첫날밤 행했던 온갖 체위를 묘사한 그림을 짜라고 하겠나? 자네의 직업이 무슨 일을 하는 건지는 자네 자신이 가장 잘 알리라 생각되네만."

"예, 그건 제가 잘 알지요. 그러면 이제 제가 생각했던 것을 말씀드려도 될 것 같군요, 왕비님."

"기대되는군."

"저는 왕비님께서 다른 많은 사람들과 마찬가지로 제 직업을 완전히 다른 종류의 생업으로 혼동하고 계실 거라 생각했습니다."

"오호."

류트를 똥땅거리는 필로도르에게 몸을 길게 기댄 채 생각에 잠긴 칼란테 왕비의 모습은 어디 다른 곳에 있는 사람처럼 보였다.

"그런데 게롤트, 그 다른 사람들이란 누구를 말하는 건가? 누구이기에 그렇게 많으며, 누구이기에 황송하게도 무지함과 관련하여 나를 그들과 비교하는 건가? 그리고 이 멍청한 사람들은 자네의 직업을 어떤 직업과 혼동하던가?"

"왕비님."

게롤트는 침착한 어조로 말했다.

"신트라로 오는 길에 저는 농부와 상인, 드워프 행상꾼, 땜장이 그리고 나무꾼을 만났습니다. 그들이 저에게 야가가 이 지방 숲 속 어딘가에 은신처를 두고 있는데, 발톱으로 무장한 세 개의 닭다리가 야가의 작은 집을 받치고 있다는 이야기를 들려주더군요. 그리고 그로일이 산속에 둥지를 틀고 있다는 언질도 있었고, 톱 주둥이 괴물과 왕지네괴물에 대해서도 언급했습니다. 샅샅이 찾아보면 만티코어라도 찾을 수 있을 거라고 하더군요. 위쳐 한 명으로는 그렇게 많은 것들을 해결할 수 없습니다. 그것도 거추장스러운 깃털에 문장장식까지 달고서야 더더욱 안 될 일입니다."

"자네 아직 내 질문에 답하지 않았네."

"왕비님, 저는 따님과의 결혼을 통해 맺어질 스켈리게와의 연합이 신트라를 위해 반드시 필요한 일이라는 데 아무런 의심도 없습니다. 또한 그 일은 연합을 막으려는 모사꾼들에게 교훈을 줄 만한 일이기도 하지요. 교훈은 주되, 왕비님께서 직접 관여하지 않는 방식으로 말이지요. 아무에게도 알려지지 않은 저, 피어호른 출신의 한 귀족이 그들에게 이런 교훈을 전하고 그런 다음 곧바로 은막에서 사라져 준다면 분명 그것만큼 좋은 일은 없겠지요. 그럼 이제 왕비님의 질문에 답하겠습니다. 왕비님께선 제 직업을 청부살인업과 혼동하고 계십니다. 제가 조금 전 말씀드린 그 다른 사람들은 권력을 쥔 사람들입니다. 제가 궁정에 불려 온 건 이번이 처음이 아닙니다. 통치자의 문제를 신속하게 단칼에 베어 버리기를 요구하는 곳들이었지요. 그러나 저는 단 한 번도 돈을 받고 사람을 죽인 적이 없습니다. 그것이 좋은 일이든 나쁜 일이든 상관없이 말입니다. 또한 앞으로도 그런 일은 절대로 없을 겁니다."

맥주가 줄어드는 양과 비례하여 식탁의 분위기는 더욱더 활발해졌다. 붉은 머리 크래치 안 크라이테는 감사하게도 트루이트 전투에 관한 보고에 귀를 기울이는 사람들을 찾아내었다. 그는 살점이 붙은 뼈다귀를 소스에 담갔다 꺼내어 그것을 이용하여 식탁 위에 지도를 그렸다. 그러곤 큰 소리로 떠들며 작전상 출발지점을 그려 넣었다. 꼬꼬댁 남작은 그 별명에 맞게 느닷없이 진짜 암탉처럼 꼬꼬댁거리며 울어재꼈다. 이런 그의 행동은 하객들 사이에선 대체로 쾌활한 분위기를 자아냈지만 시종들에겐 혼동을 주었다. 시종들은 우리를 탈출한 닭 한 마리가 몰래 연회홀로 들어온 줄로 생각한 것이었다.

"숙명이 이제 이 약삭빠른 위쳐를 통해 나를 벌하는군."

칼란테 왕비는 미소를 짓고 있었지만 실눈을 뜨고 보는 시선엔 악의가 서려 있었다.

"존경의 'ㅈ'자도 찾아볼 수 없고 통상적으로 행하는 정중한 태도도 보이지 않은 채, 나의 계략과 천하고 무자비한 계획들을 폭로하는 이 위쳐를 통해서 말이야. 내 아름다움과 호감을 불러일으키는 인격에도 정신이 멍해질 정도로 매료되지 않던가? 다시는 이런 식으로 행동하지 말게, 게롤트. 다시는 권력을 쥔 자들에 관해 그런 식으로 말하지 말도록! 많은 사람들이 자네의 말을 기억해 둘 걸세. 자네, 왕들을 알지? 그리고 그들이 온갖 수단을 동원할 수 있다는 것도 잘 알 걸세. 단도, 독, 지하 감옥, 불에 달군 인두. 상처받은 자존심을 회복하기 위해 왕들이 손을 뻗을 수 있는 수단은 수백, 아니 수천 가지가 있지. 자네는 모를 거야. 많은 군주들이 얼마나 쉽게 자존심에 상처를 받는지. 또 '아니요', '나는 하지 않을 겁니다', 혹은 '절대로 하지 않을 겁니다'와 같은 말을 듣고도 조용히 참고만 있는 군주는 거의 없다는걸. 그렇다 뿐인가. 그런 말이 떨어지기가 무섭게, 혹은 불편한 의견을 던지기가 무섭게, 그런 말을 한 자는 사지가 찢기는 형벌감으로 확실히 지목된다는 걸 말이야."

왕비는 일부러 말을 멈추고 희고 가느다란 손을 펼쳤다. 그러곤 가볍게 턱을 괬다. 게롤트는 그녀의 말에 끼어들지 않았다. 그리고 아무 의견도 내세우지 않았다.

칼란테가 다시 말을 꺼냈다.

"왕들은 사람들을 두 부류로 분류하지. 하나는 그들이 명령할 수 있는 부류, 다른 하나는 그들이 값을 주고 살 수 있는 부류. 그들은 사람은 누구든 돈을 주고 살 수 있다는 오래되고 진부한 진실을 신봉한다네, 누구든. 단지 얼마를 주고 사느냐 하는 가격이 문제일 뿐. 이 말에 동의하나, 자네? 아, 괜한 질문을 했군. 자네는 위쳐인데 말이야. 자네는 자네가 할 일을 하고 보수를 받으면 되는 위쳐 아닌가. 자네에 관한 한 '값을 주고 산다'는 말은 그 말이 지닌 듣기 거북한, 추악한 색채를 잃고 말지. 자네의 경우, 가격 문제 역시 명료하지. 일의 난이도와 완성도, 완벽성과 관련되어 있으니까. 아, 그리고 또 자네의 명성과도 관련되어 있지. 대목장을 떠도는 거지들이 리비아 출신의 백발 머리 위쳐의 행적을 노래로 부를 정도니까 말일세. 그중 절반만 사실이라고 해도, 자네를 고용하는 값이 적지 않다는 것쯤은 짐작할 수 있네. 정치적인 음모나 살인과 같이 간단하고 진부한 일들을 위해 자네를 고용한다는 것은 돈 낭비일 게야. 그런 일은 다른, 더 값싼 손을 빌려도 해결할 수 있으니까."

"크아아아아! 그하—아아악!"

갑자기 꼬꼬댁 남작이 포효하기 시작했다. 연속적으로 이어지는 동물 소리에 우레와 같은 박수가 터져 나왔다. 게롤트는 어떤 동물들의 소리인지 알 수 없었지만, 어쨌든 그런 동물은 절대로 만나고 싶지 않았다. 고개를 돌리자 왕비의 침착한 청록색 눈길이 느껴졌다. 필로도르는 고개를 숙이고 손과 악기 위로 흘러내린 머리카락에 얼굴을 가린 채, 나직이 류트를 뜯고 있었다.

"아, 게롤트."

칼란테 왕비가 말했다. 그러면서 그녀는 시종에게 그녀의 잔에 술을 더 따르도록 시켰다.

"나는 말을 하는데, 자네는 침묵하고 있군. 우리는 지금 연회 중이라네. 모두들 이야기를 나누며 즐기길 원하지. 우리 이야기를 좀 나누세나. 자네의 유익한 의견개진과 통찰력 있는 주장이 그리워지기 시작하는걸. 이런저런 입에 발린 소리도 좋고, 충성을 맹세하노라 같은 말도 좋고. 아니면 확실히 복종하겠다는 말이라도 괜찮을 것 같네. 자네가 좋아하는 순서대로 말하는 것도 좋을 것 같고."

게롤트가 대답했다.

"제가 같이 식사하기에 재미없는 사람이란 건 의심할 필요도 없을 것 같군요. 저는 왕비님께서 하필 저에게 이 자리에 앉는 영광을 주신 데 대해 아직도 놀라움을 떨치지 못하고 있습니다. 훨씬 더 자격 있는 사람에게 이 자리를 배분하실 수도 있었을 텐데요. 당신이 원하는 사람에게 말입니다. 누군가에게 명령을 내리시거나 아니면 누구를 사시거나 하는 걸로 충분했을 텐데요. 가격 문제가 따르긴 하겠지만 말입니다."

"말하게, 말해."

칼란테 왕비는 머리를 뒤로 젖히고 눈을 지그시 감았다. 그러곤 입가엔 짐짓 친절한 미소를 지어 보였다.

"아름다움과 그 아름다움을 넘어서는 현명함을 겸비하신 신트라의 왕비님 곁에 앉게 되다니 저로서는 영광이고 자랑스러울 뿐입니다. 왕비님께서 제 이야기에 기꺼이 귀를 기울여 주시고 저를 진부한 일에 쓰지 않으시겠다니 그 또한 저로서는 마찬가지로 크나큰 영광일 따름입니다. 지난겨울 자비와는 좀 거리가 먼 흐로바리크 영주님께서 어떤 아름다운 소녀를 찾는 일에 저를 고용하신 적이 있습니다. 소녀는 그의 저급한 호색 행위에 넌더리가 나, 무도회에서 도망을 쳤는데 그 와중에 신발 한 짝을 잃어버렸지요. 그런 일에는 위쳐가 아니라 실력 좋은 사냥꾼이 필요하다고 그분을 설득하는데 얼마나 애를 먹었는지 모릅니다."

왕비는 수수께끼 같은 미소를 머금은 채 귀 기울여 듣고 있었다.

"다른 군주들, 모두들 칼란테 왕비님의 현명함에 비하면 한참 뒤떨어지는 인물들이었지요. 역시 저에게 진부한 일을 맡기길 주저하지 않았습니다. 대부분은 본처의 자식이나 계부, 계모, 삼촌, 고모를 처리해 달라는 진부한 일들이었지요. 전부 다 열거하기도 힘듭니다. 그들은 대가로 얼마를 줘야 하나, 그것만이 문제라는 견해를 갖고 있었지요."

왕비는 미소에 모든 것을 담은 듯했다.

"반복하여 말씀드리지만······."

게롤트가 고개를 살짝 숙이며 말했다.

"저는 지금 왕비님의 옆자리에 앉을 수 있게 된 것에 자부심을 느끼고 있습니다. 정말 자제하기 힘들 정도로 말입니다. 우리 위쳐들에게 자부심은 아주 중요하기 때문이지요. 왕비님은 모르실 겁니다. 얼마나 중요한지 말입니다. 한 번은 어떤 군주 한 분이 위쳐의 자부심을 상하게 한 적이 있었습니다. 위쳐의 명예와 규정을 고려하지 않은 채, 그에게 일을 맡긴 것입니다. 그렇다 뿐입니까? 위쳐의 정중한 거절을 모른 체하곤, 위쳐가 요새를 떠나기 전에 그를 가두어 두려고 했습니다. 나중에 이 사건에 대해 사람들은 한결같이 그 군주의 생각이 최악의 선택이었다는 데 동의하였지요."

"게롤트."

잠시 잠자코 있던 칼란테 왕비가 이윽고 입을 열었다.

"자네가 잘못 생각한 거야. 자네, 함께 식사하기에 좋은 재미있는 친구인걸?"

꼬꼬댁 남작이 수염과 윗도리에 묻은 맥주거품을 쓰윽 닦더니 고개를 뒤로 젖혔다. 그러곤 폐부를 찌를 것 같이 우는 소리를 냈다. 암내를 풍기는 암컷 늑대를 흉내

낸 것이다. 훌륭했다. 궁정 마당과 주변 일대의 개들이 덩달아 짖어댔다.

스트렙트에서 온 형제들 중 한 명이-아마 렌후크 같았다-손가락에 맥주를 축여 크래치 안 크라이테가 그려 놓은 도형 주위에 두꺼운 줄을 하나 그었다.

"틀렸어요, 알지도 못하면서!"

그가 소리쳤다.

"다른 식으로 했어야지요. 여기, 이 날개 부분에 기병대를 보내어 외곽에서부터 공격하게 했어야지!"

"하!"

크래치 안 크라이테가 버럭 소리를 지르며 들고 있던 뼈다귀를 식탁 위에 던졌다. 옆자리에 있는 사람들의 얼굴과 셔츠로 소스방울이 튀었다.

"그렇게 하면 중심부가 약화되는데도? 요충지가 말이오. 말도 안 되는 소리요!"

"장님이나 정신병자가 아니고서야 그런 상황에서 작전행동을 하지 않았다는 게 말이 됩니까!"

"그렇지! 옳소!"

아트르의 빈트할름이 높은 소리로 말했다.

"누가 너한테 물었냐, 꼬맹아?"

"그러는 당신이 꼬맹이다!"

"입 닥쳐, 그렇지 않으면 이 뼈에 한 대 맞을 줄 알아."

"엉덩이 붙이고 앉아서 조용히 하지 못할까, 크래치."

방금 전까지 비세게르드와 이야기를 나누던 아이스트 튀르시치가 큰 소리로 말했다.

"이제 그만들 싸우시오. 여보시오, 필로도르 선생! 그 좋은 재주가 아깝소! 그대의 아름다우나 작은 연주 소리에 귀를 기울이려면 집중력과 주의력이 좀 더 필요할 것 같소. 드레이그 본-드후, 작작 좀 먹고 작작 좀 마시게! 자네, 여기 식탁에 모인 분들에게 아직 강렬한 인상을 남기지 못한 것 같군. 차라리 점잖은 전투음악으로 우리의 귀를 즐겁게 해 주게나. 물론 고귀하신 칼란테님의 허락이 떨어지면!"

"오, 맙소사."

왕비가 게롤트에게 속삭였다. 그러곤 체념한 듯 잠시 말없이 하늘로 시선을 던졌다. 그러나 그녀는 고개를 끄덕여 허락의 표시를 하며 아주 자연스럽고 호의를 담은 미소를 지어 보였다.

"드레이그 본-드후."

아이스트가 말했다.

"코세부 전투가를 연주하라! 그 전투는 적어도 사령관의 작전능력에 관해 의심할 일은 없으니까! 불멸의 명성으로 그곳을 막아낸 사람이 누구인지도! 신트라의 영웅 칼란테 왕비를 위해 건배!"

"건배! 왕비 만세!"

하객들이 일제히 소리치며 잔을 비웠다.

드레이그 본-드후의 백파이프가 음흉하게 슉슉 소리를 내더니 곧이어 끔찍하고, 끊임없이 전조를 거듭하는 신음소리를 뽑아냈다. 하객들은 리듬을 치며, 그러니까 뭐든 손에 잡은 그대로 식탁을 두드리며 노래를 시작했다. 꼬꼬댁 남작은 몹시 의욕적인 눈길로 염소가죽으로 만든 백파이프 자루를 뚫어지게 응시하고 있었다. 자루 내부에서 뿜어져 나오는 소리를 자신의 연출목록에 찍어 두려고 마법을 걸고 있는 게 틀림없었다.

"코세부는……."

칼란테가 게롤트에게로 눈길을 돌리며 말했다.

"나의 첫 번째 전투였지. 자부심을 지닌 위처에게 불쾌감과 혐오감을 불러일으킬까 두렵긴 하지만 고백하자면, 당시 우리가 싸운 건 돈 때문이었네. 적들이 우리에게 세금을 내는 마을들을 불태워 버렸거든. 그건 적에게 내어 주었지만, 대신 우리는 지칠 줄 모르고 탐욕스럽게 전장으로 나아갔지. 진부한 동기에, 진부한 전투였지. 까마귀들에게 물어뜯긴 삼천 구의 시신 역시 새로울 것 없이 진부했지. 그런데 보게나.

나는 수치스러워하는 대신, 공작처럼 당당하게 여기 앉아서 나에 대한 노래를 듣고 있지. 정말로 끔찍하고 야만적인 노래이긴 하지만."

그녀는 또다시 억지로 만면에 행복하고 호의가 가득한 미소를 구가하며, 온 식탁에서 날아오는 건배사에 답하기 위해 빈 잔을 들어 올렸다. 게롤트는 잠자코 있었다.

"계속하지."

칼란테 왕비는 필로도르가 건네 준 꿩 앞다리 고기를 받아들고 우아하게 뜯기 시작했다.

"말했다시피, 나는 자네에게 관심이 끌렸다네. 사람들이 나에게 말하길, 그대들 위쳐들은 유별난 계층이라고 했지만 나는 그걸 별로 믿지 않았었네. 그런데 이젠 믿겠네. 누군가 그대들을 가격하면 몸에서 이런 소리가 날 걸세. 새똥을 발라 빚어 놓은 것 같은 저 작자들과는 달리 아주 단단한 무쇠 소리가. 그렇다고 해서 자네가 임무를 완수하기 위해 이 자리에 있다는 사실이 변하는 건 아니지. 그리고 자네가 조건이나 이유를 달지 않고 일을 해내야 된다는 것도."

게롤트는 악의적이고 조롱이 가득한 미소로 답하고 싶었지만, 아무 말도 하지 않았다.

"나는, 자네가 무슨 말이든 할 줄 알았네. 아니면 웃기라도 할 거라고 생각했지. 아닌가? 그럴수록 더 잘된 일이지. 그럼 우리 타협한 걸로 생각해도 되겠지?"

왕비가 우물거리며 말했다. 왕비는 꿩 앞다리 고기에만 관심을 쏟고 있는 듯했다.

"무슨 임무인지 확실치 않습니다."

게롤트가 건조한 말투로 말했다.

"그런 임무는 확실하게 처리할 수 없습니다, 왕비님."

"확실치 않을 것이 뭐가 있나? 방금 자네가 다 말해 놓고선. 사실, 스켈리게와의 연합과 더불어 나의 딸 파베타의 혼인과 관련하여 세운 계획들이 좀 있네. 그리고 이 계획들이 위험할 거라는 자네의 추측 역시 틀리지 않았어. 물론 이 계획이 가져올 위험을 배제하기 위해 내가 자네를 필요로 할 거라는 부분은 틀렸지만. 자네의 통찰력은 거기서 한계를 드러내고 말았다네. 내가 자네의 직업을 청부살인업과 혼동하고 있다고 나를 비방한 건 내겐 아주 충격적이었다네. 잘 알아 두게, 게롤트. 나는 위쳐가 무슨 일을 하는지 그리고 그들을 무슨 일에 고용해야 하는지 정확히 알고 있는 소수의 군주들에 속한다네. 다른 한편에서 보면 누군가 자네와 마찬가지로 능숙하게 사람들을 죽일 수 있다면-굳이 돈을 위해서가 아니라 해도-그렇다면 그것을 그의 직업으로 간주하는 사람들이 많은 건 당연한 일, 그걸 놀라워해서는 안 될 일이네. 게롤트, 자네의 명성은 자네를 앞질러 가고 있네. 드레이그 본-드후의 저 빌어먹을 백파이프 소리보다 더 요란하게 말일세. 속에 든 걸로 따지면, 자네 명성이나 백파이프나 별로 좋은 냄새가 나진 않겠지만."

왕비가 하는 말을 들었을 리 만무한데, 백파이프 연주자의 독주회도 마침 끝이 났다. 하객들은 귀가 찢어질 정도로 거친 환호성으로 연주에 응답하였고 뒤이어 다시 열의를 다해 남은 음식과 음료를 없애는 데 몰두하였다. 그런 다음 이런저런 전투에 대한 회고담이 시끌벅적하게 이어졌고, 여성에 관한 점잖지 못한 농담이 오갔다. 꼬꼬댁 남작이 큰 소리를 내질렀다. 하지만 사람들은 그것이 새로운 동물을 모방한 소리인지, 아니면 과하게 채운 위장의 부담을 덜기 위해 낸 소리인지 분간할 수 없었다.

아이스트 튀르시치가 탁자 너머로 길게 몸을 내밀었다.

"왕비님."

그가 말했다.

"피어호른 씨에게 많은 시간을 할애하심은 다 그만한 이유가 있으셔서 그러시겠지요. 그러나 지금이야말로 파베타 공주님의 얼굴을 뵙기에 최적의 시간인 듯합니다. 저희가 고대하는 것이 무엇이겠습니까? 크래치 안 크라이테가 완전히 취할 때를 고대하는 건 아니지 않습니까? 그런데 그 순간이 다가오고 있는 것 같습니다."

"당신 말이 맞소, 아이스트, 늘 그렇듯이."

칼란테 왕비가 참을성 있게 미소를 지었다. 게롤트는 왕비의 무기고에 얼마나 다양한 종류의 미소가 구비되어 있는지, 다시 한 번 놀라고 말았다.

"솔직히 말하자면, 문벌 좋은 라빅스 씨와 이례적으로 중대한 일에 관해 이야기를 나누고 있었답니다. 걱정하지 마세요, 당신을 위해서도 내 시간을 낼 터이니. 그러나 당신도 알다시피 '먼저 의무를 다하라, 그런 다음 즐겨라'가 내 원칙이지 않습니까. 학소 시종장!"

왕비가 손을 들어 시종장에게 손짓을 하였다. 학소는 아무 말 없이 자리에서 일어나 왕비께 절하였다. 그러곤 계단을 뛰어올라가 어두운 복도로 사라졌다. 왕비가 다시 게롤트에게로 몸을 돌렸다.

"자네도 들었나? 우리가 너무 오래 협상을 한 모양이네. 그동안 파베타가 거울 앞을 다 쓸고 다녔다면 곧 내려올 걸세. 그럼 이제부터 잘 들어 두게, 두 번 말하지 않겠네. 나는 내가 계획했던 것은 물론이고 또 자네가 상당히 공정하게 충고해 준 것까지 다 해치울 작정이네. 다른 식으로 해법을 찾는 건 추호도 허락지 않겠네. 자네로 말할 것 같으면 선택하는 일만 남았지. 내 명령을 받고 억지로 행동으로 옮기거나…… 명령 불복종의 문제에 관해선 내 상세히 설명하지 않겠네. 복종에 관해선 당연히 그에 상응하는 보상이 주어지겠지. 아니면 보상 없이 봉사할 수 있는 걸 나에게 입증해 보이거나. 이미 알아차렸겠지만 내, 자네를 사겠다는 말은 하지 않았네. 위쳐로서 갖고 있는 자네의 자부심에 상처를 내지 않으리라 다짐했거든. 이건 엄연히 큰 차이가 있지 않은가?"

"큰…… 차이는 잘 모르겠습니다."

"그렇다면 내가 말할 때 더 주의해서 귀담아 듣게. 다음과 같은 점에서 차이가 큰 거라네. 돈을 지불해 사들인 자는 고용인 맘대로 보수를 받지만, 자신의 능력을 남에게 베푸는 자는 스스로 가격을 결정한다네. 자네는 무슨 말인지 이해했으리라 생각하네만?"

"어느 정도까지는 이해했습니다, 왕비님. 그럼, 제가 보상이 주어지는 봉사 형식을 택하는 걸로 일단 정하지요. 그래도 제가 봉사해야 할 일이 어떤 일인지는 알아야겠습니다."

"아니, 그럴 순 없네. 명령이란 이미 그 자체로 구체적이고 분명한 것! 보상이 따르는 봉사를 자청할 때에는 문제가 좀 다르지. 내가 관심을 두는 건 결과야. 그 외의 다른 것들엔 관심 없네. 어떤 수단을 써서 결과를 보장할지는 자네가 알아서 할 일이야."

게롤트가 고개를 들었을 때였다. 그의 시선이 모이스작의 검고, 꿰뚫어보는 듯한 눈빛과 마주쳤다. 그는 게롤트에게서 눈을 떼지 않은 채, 빵조각을 손에 들고 부스러기를 떨어트리고 있었다. 깊은 생각에 잠긴 것 같았다. 게롤트는 부스러기가 떨어진 쪽을 보았다. 참나무로 만든 상판 위에서 빵부스러기와 곡식낟알, 그리고 잘게 부서진 붉은 게 껍질들이 개미처럼 빠른 속도로 움직이고 있었다. 부스러기들이 모여 글자를 형성했다. 룬 문자였다. 문자들이 한데 모이더니 아주 잠깐이긴 했지만 하나의 단어를 만들었다. '의문사'였다.

모이스작은 게롤트에게서 눈길을 돌리지 않고 잠자코 기다렸다. 게롤트는 다른 사람들은 거의 알아차리지 못하게 고개를 끄덕여 보였다. 스켈리게에서 온 드루이드 사제가 눈꺼풀을 내리깔고 딱딱하게 굳은 얼굴로 상 위에 있던 부스러기들을 닦아냈다.

"신사 여러분!"

헤롤트가 소리쳤다.

"신트라의 공주이신 파베타 공주님입니다."

하객들이 이야기를 멈추고 일제히 계단 쪽으로 고개를 돌렸다. 시종장과 진홍색 밤스를 입은 금발의 시동 뒤에서 공주가 고개를 숙이고 천천히 내려오고 있었다. 어머니와 똑같은 잿빛 머리카락이었지만, 어머니와 달리 양 갈래로 땋아 내린 머리가 허리띠 아래까지 내려왔다. 정교하게 연마한 원석 한 개가 박힌 작은 왕관과 허리춤에 묶어 청금색의 긴 드레스를 주름져 흘러내리게 한 작은 황금사슬 허리띠 이외에 파베타는 어떤 장식품도 걸치지 않았다. 공주는 시동과 헤롤트, 시종장 그리고 비세게르드의 인도에 따라 필로도르와 아이스트 튀르시치 사이의 빈자리에 자리를 잡았다. 섬 출신의 점잖은 신사가 즉시 공주의 잔에 신경을 썼다. 그러곤 이런저런 잡담으로 공주를 접대하였다.

게롤트는 그녀가 단답형으로만 대답하는 걸 알 수 있었다. 그녀는 계속 눈을 내리깔고 있었다. 탁자 이곳저곳에서 그녀를 향해 쏟아지는 왁자지껄한 건배사가 이어지는 내내 그렇게 그녀의 두 눈동자는 긴 속눈썹 뒤에 숨겨져 있었다. 그녀의 미모가 하객들에게 깊은 인상을 준 것은 의심의 여지가 없었다. 크래치 안 크라이테는 큰 소리로 이야기하던 걸 멈추고 말없이 파베타를 바라보느라 맥주잔을 비우는 것조차 잊었다. 아트르에서 온 빈트할름 왕자 역시 공주에게서 눈을 떼지 못하고 얼굴에 점점 더 홍조를 띄는 것이, 마치 마지막 남은 몇 알갱이의 모래가 모래시계에서 떨어지고 나면 신부의 침상을 벗어나야 하는 사람 같았다. 꼬꼬댁 남작 역시 수상하다 싶을 정도로 집중하여 공주를 살펴보고 있었고, 스트렙트 출신의 형제들은 공주의 선 고운 얼굴을 찬찬히 훑어보았다.

눈에 보이는 효과에 기뻐하며 칼란테 왕비가 나직이 말했다.

"자네는 어떻게 생각하나, 게롤트? 딸들은 엄마를 닮기 마련이지. 나는 저 아이를 저 목석같은 크래치에게 주기엔 아깝다고 생각하네. 진심으로 바라는 바는 청년들 중에 아이스트 튀르시치 정도의 조건을 갖춘 사람이 있었으면 하는 거야. 같은 혈통이면서 말이지. 그거 아나, 게롤트? 신트라는 스켈리게와 반드시 합병해야 한다네. 국가의 안녕을 위해 합병이 필요하기 때문이야. 내 딸은 거기에 부합하는 인물과 약혼해야 해. 왜냐, 나의 딸이기 때문이지. 바로 이것이 자네가 나에게 보장해야 할 결과라네."

"저한테 그걸 보장하라는 말씀입니까? 그건 왕비님의 의지 하나만으로 충분히 이뤄질 수 있는 일이 아닙니까?"

"일이라는 것이 하다 보면 어떻게 될지 모르는 거니까."

"왕비님의 의지보다 더 강한 것이 있습니까? 그것이 무엇입니까?"

"운명이지."

"아하. 그러면 저, 이 불쌍한 위쳐는 왕비님의 의지보다 더 강력한 운명에 대놓고 맞서야 한다는 말씀이군요. 운명과 싸우는 위쳐라! 이게 웬 아이러니입니까."

"대체 아이러니할 게 뭐가 있는가, 이 일에?"

"다분히 있지요. 왕비님, 왕비님께서 지금 불가능의 경계선상에 있는 일을 요구하시는 것 같아서입니다."

"그것이 가능성과 경계가 맞닿아 있었다면……."

왕비가 미소 띤 입술로 누르듯 말을 내뱉었다.

"내가 직접 일을 해결했겠지, 유명한 리비아의 게롤트를 필요로 했겠나. 영양가 없는 말일랑 그만두게. 모든 것은 규정대로 하세. 남은 건 가격 문제일 뿐. 자네의 위쳐 가격표에 불가능과 경계가 맞닿아 있는 것에 관한 가격도 있을 것 아닌가. 적지 않을 거라는 건 짐작하고 있네. 자네는 내가 말했던 그 결과를 나에게 보증하게. 나는 자네가 요구하는 걸 주겠네."

"무슨 말씀이신지요, 왕비님?"

"자네가 요구하는 걸 주겠다는 말이네. 나는 뭐든 두 번 반복하는 게 싫어. 좀 물어나 보세, 위쳐. 자네, 자네가 매진해야 하는 일마다 매번 의뢰인의 감정을 자극하는가, 지금 나한테 하는 것처럼? 시간이 흐르고 있네. 대답하게. 할 건가, 안 할 건가?"

"하겠습니다."

"나아졌군, 좀 나아졌어, 게롤트. 벌써 대답하는 모양새가 이상적인 모습에 훨씬 더 가까워졌어. 내가 질문할 때마다 예상하는 모습과 점점 비슷해지고 있군. 그럼 이제 다른 사람이 눈치 못 채게 자네의 왼팔을 뻗어서 내 왕좌의 등받이를 만져 보게."

게롤트는 청금색의 왕좌 덮개 아래로 손을 뻗었다. 더듬을 필요도 없이 곧바로 칼이 손에 닿았다. 칼은 모로코가죽[1]을 덧댄 의자 뒤편 쿠션에 납작하게 고정되어 있었다. 그가 익히 잘 알고 있는 칼이었다.

---

1) 빨강, 검정 등 화려한 색상을 물들인 염소의 고급유피를 말한다.

"왕비님."

그가 나직한 소리로 말했다.

"왕비님께선 칼로 운명을 대적할 수 없다는 걸 잘 알고 계시리라 생각됩니다만?"

"그야 당연히 칼만 갖곤 안 되지. 그러니 칼자루를 쥘 위쳐가 필요한 것이야. 보다시피 나는 그런 인물을 예비한 것이고."

"왕비님……"

"더 이상 아무 말도 말게, 게롤트. 우리끼리만 너무 오래 속닥거렸어. 사람들이 우리를 보고 있어. 아이스트도 서서히 기분이 상해 가는 게 보이는군. 시종장과 잠시 이야기를 좀 나누게. 뭘 좀 먹고 마시게나. 단 너무 많이 마시지는 말게. 자네가 떨리는 손으로 일하는 건 원치 않으니까."

그는 왕비의 말대로 했다. 왕비는 말없이, 기운 없이 앉아 있는 공주를 사이에 두고 아이스트와 비세게르드, 모이스작이 나누는 대화에 끼어들었다. 필로도르는 류트를 치워 버리고 그간의 저조함을 먹는 것에서 만회하고 있었다. 학소는 대화에 끼어들지 않았다. 기억하기 어려운 이름의 군사령관은 피어호른에서 라빅스가 하는 일과 당면한 문제들에 관해 잠시 이야기를 나누다가 그에게 정중하게 암말들이 새끼를 잘 낳을지 물어보았다. 게롤트는 그럼요, 수컷보다는 훨씬 잘 낳을 겁니다, 라고 대답했다. 군사령관은 이 농담을 좋은 쪽으로 받아들여야 할지, 말지를 잠시 고민하는 듯했다. 그는 더 이상 아무런 질문도 하지 않았다.

모이스작은 여전히 게롤트와 눈빛교환을 시도하고 있었지만 식탁 위의 부스러기들은 이제 아무런 움직임도 없었다.

크래치 안 크라이테는 스트렙트 출신의 형제들 가운데 두 명과 점점 더 죽이 맞는 사이가 되었다. 셋째인 막내는 높은 기량을 발휘하며 술을 마시는 드레이그 본-드후와 보조를 맞추며 술을 마시다가 더 이상 보조를 맞추질 못하고 뻗어 버렸다. 음유시인은 걸음걸이 하나 흐트리지 않은 채 술 시합에서 벗어났다.

식탁 하단 끝에 모여 있던 좀 더 젊고, 중요도가 떨어지는 백작들은 분위기가 무르

익자, 틀린 음정이긴 했지만 뿔난 소와 복수심에 이글거리는, 재미없는 할머니에 관한 노래로 분위기를 고조시켰다.

곱슬머리 시종과 신트라를 상징하는 청금색 옷을 입은 경비대 대령이 비세게르드에게 달려왔다. 미간을 찌푸리고 보고를 듣던 궁내장관이 자리에서 일어나 왕좌 뒤쪽으로 가서 섰다. 그러곤 몸을 깊숙이 숙이고 왕비에게 뭔가 중얼거리며 말했다. 칼란테가 재빨리 게롤트에게로 눈길을 돌리며, 짧게 한마디 말로 대답했다. 비세게르드가 더 몸을 낮추더니 속삭이기 시작했다. 왕비가 날카로운 눈길로 그를 바라보며 한 손으로 말없이 왕좌의 등받이를 쳤다. 궁내장관은 왕비에게 절을 한 다음, 이어 경비대 대령에게 명령을 내렸다. 게롤트가 있는 곳에선 무슨 명령인지 들리지 않았지만, 게롤트는 모이스작이 안절부절 못하며 파베타를 바라보는 것을 눈치챘다. 공주는 고개를 숙인 채, 꼼짝 않고 앉아 있었다.

접견실에서 나는 철그렁거리는 육중한 금속성의 발걸음 소리가 식탁의 떠들썩함을 순식간에 압도했다. 모두들 머리를 들고 소리가 나는 쪽으로 고개를 돌렸다.

가까이 다가오는 형체는 철판과 왁스를 먹인 가죽을 혼용한 갑옷을 걸치고 있었다. 검고 푸른색의 에나멜로 표면 처리한 봉긋하고 각진 흉갑이 한 줄의 줄무늬가 들어간 앞치마 형태로 변형되어 정강이 가리개 위까지 이어졌다. 견갑 위로 뾰족한 강철가시들이 솟아 있었다. 촘촘한 격자창살의 면갑에, 개의 주둥이처럼 앞으로 비죽이 돌출한 투구 역시 밤송이처럼 가시로 뒤덮여 있었다.

철그렁, 삐거덕거리며 식탁으로 다가온 예사롭지 않은 하객은 왕좌 맞은편에 이르자 멈추어 서서 미동도 하지 않았다.

"고매하신 왕비 전하, 존귀하신 신사 여러분."

방금 도착한 하객이 투구 면갑을 쓴 채로 깊숙이 절하며 말했다.

"연회 자리를 방해하게 되어 대단히 죄송합니다. 저는 에를렌발트의 고슴도치라고 합니다."

"안녕하시오, 에를렌발트의 고슴도치."

칼란테 왕비가 천천히 말하였다.

"자리에 앉으시오. 신트라에선 어떤 손님이든 환영한답니다."

"감사합니다, 왕비님."

에를렌발트의 고슴도치가 다시 한 번 절하며 철 장갑을 낀 손을 자신의 가슴에 갖다 대었다.

"그런데 저는 하객으로서 신트라에 온 것이 아니라, 뒤로 미룰 수 없는 중대한 일 때문에 왔습니다. 칼란테 왕비님께서 허락하신다면 왕비님의 시간을 뺏는 일 없이 곧바로 저의 뜻을 전하고자 합니다."

"에를렌발트의 고슴도치."

칼란테 왕비가 날 선 목소리로 말했다.

"우리의 시간을 염려해 준 것은 칭찬받아 마땅하겠으나 정중하지 못한 태도를 정당화하기엔 역부족이로구나. 철로 된 창살을 두르고 나에게 말을 할 요량이라면, 그 또한 부족함을 더할 것이다. 그러니 투구를 벗어라. 투구를 벗느라 발생하는 시간 손실은 감수하겠다."

"제 얼굴은 왕비님, 우선은 숨겨 두어야만 할 것 같습니다. 왕비님의 허락 하에 말입니다."

자리에 모인 하객들 사이에서 웅성웅성, 노기 어린 목소리들이 울려 나오더니, 여기저기서 나직하게 욕을 퍼붓는 소리도 새어 나왔다. 모이스작은 고개를 숙이고 소리 없이 입술을 움직이고 있었다. 게롤트는 모이스작의 주문이 순간적으로 공기에 정전기를 불러일으켜 그의 메달을 움직이게 하는 걸 느꼈다. 칼란테 왕비는 실눈을 뜨고 고슴도치 기사를 바라보며, 손가락으로 타닥타닥 왕좌의 팔걸이를 쳤다.

"허락하노라."

마침내 그녀가 말했다.

"그럴 만한 충분한 이유가 있을 거라고 생각하고 싶구나. 그럼 자네를 이곳으로 이끈 그 중대한 일에 관해 말하라, 얼굴 없는 고슴도치여."

"허락해 주셔서 감사합니다."

에를렌발트의 고슴도치가 말했다.

"정중하지 못하다는 평가에 대해선 기사 서약 때문이라고밖에 해명드릴 길이 없습니다. 서약에 따라 자정 전에 제 얼굴을 드러내는 것이 금지되었기 때문입니다."

신경 쓰고 싶지 않은 듯 왕비는 손짓으로 그의 말을 수용한다는 표시를 했다. 강철 가시로 무장한 갑옷을 쩔그렁거리며 고슴도치 기사가 앞으로 걸어 나왔다.

"15년 전이었습니다."

그가 큰 소리로 말했다.

"칼란테 왕비님, 부군이신 로에그너 왕께선 에를렌발트에서 사냥을 하시다가 길을 잃으셨습니다. 왕께선 길을 찾아보셨지만 허사였고, 오히려 낙마(落馬)하시어 골짜기로 떨어져 그만 다리가 부러지고 말았습니다. 바닥에 누운 채로 도움을 요청하셨지만 그 부르짖음에 대답한 건 쉭쉭거리는 뱀들과 울부짖으며 다가오는 늑대인간들뿐이었지요. 도움의 손길이 없었으면 죽음을 면치 못하실 상황이었습니다."

"상황이 그랬던 건 알고 있네."

왕비가 그의 말을 인정하며 대답했다.

"그런데 자네 역시 그 사실을 알고 있는 걸 보니, 그이를 도왔던 이가 바로 자네였나 보군."

"그렇습니다. 오직 저의 도움 덕분에 부군께선 완치된 몸으로 건강하게 성으로 돌아오실 수 있었던 것입니다. 왕비님, 당신께로 말입니다."

"내 자네에게 고마움의 빚을 졌구먼, 에를렌발트의 고슴도치 기사여. 내 마음과 침실의 지배자인 로에그너가 이젠 이 세상 사람이 아니지만 그렇다고 해서 이 고마운 마음이 덜해지겠나. 어떻게 해야 나의 고마움을 자네에게 표할 수 있을지 묻고 싶은 마음이 간절하네만 그렇게 묻는 것이 행여나 기사로 살고자 맹세하고, 매사에 기사도를 따르는 고매하신 기사님의 기분을 상하게 할까 봐 두렵기도 하네. 자칫 자네가 사심 없이 왕을 도운 것이 아니라는 전제 하에 물어보는 것처럼 들릴 수도 있으니까 말일세."

"잘 알고 계시는군요, 왕비님. 그러면 제가 왕께서 자신의 생명을 구해 준 것에 대한 대가로 저에게 약속하신 보상을 받으러 온 것도 알고 계시겠군요."

"아, 그런가?"

칼란테 왕비가 미소를 지었다. 그러나 그녀의 두 눈에선 파랗게 불꽃이 튀었다.

"그러니까 자네가 골짜기의 바닥에서 왕을 발견했단 말이지. 무기도 없이 상처를 입고, 뱀과 괴물들의 먹잇감으로 던져져 있는 왕을. 그런데 자네는 왕으로부터 보상에 대한 약속을 받은 뒤에야 우리의 위대한 왕을 도와주려고 서둘렀단 말인가? 그렇다면 왕께서 자네에게 보상을 약속할 수 없었거나 약속하려고 하지 않았더라면, 자네는 그이를 거기에 그냥 두었을 것이고 오늘까지도 나는 그이의 유골이 어디에 있는지도 모르고 살았겠지. 아, 이 얼마나 고매한가. 의심할 바 없이 당시 자네가 취한 태도는 무척이나 특별한 기사도에 따른 것일 게야."

사람들이 술렁거리는 소리가 더욱 커졌다.

"그런데 오늘, 보상을 받으려고 왔다, 이거로군, 고슴도치군?"

왕비는 더욱더 노기 서린 미소를 머금고 이야기를 이어갔다.

"15년이 흐른 뒤에? 틀림없이 그때부터 지금까지 모였을 원금의 이자까지 계산했겠지. 고슴도치군, 이곳은 드워프 은행이 아니야. 자네, 로에그너가 자네에게 보상을 해 주겠다고 약속했다고 말했지? 어쩐다, 그걸 입증할 수 있도록 그이를 데려오기가 어려울 텐데? 차라리 자네를 그가 있는 저 세상으로 보내는 것이 더 간단할 것 같구먼. 거기 가면 두 사람이 누가 누구에게 무엇을 빚졌는지 합의를 보기가 쉬울 테니 말이네. 고슴도치군, 나는 남편을 무척 사랑했네. 벌써 그 당시에, 그러니까 그이가 자네와 거래를 맺었다고 하는 15년 전, 나는 자칫 잘못하다 그이를 잃게 되면 어쩌지, 그런 생각을 애써 떨치려 했던 사람이네. 그 생각을 하니 자네의 인격에 대해 마냥 좋은 감정만 생기지는 않네. 가면 쓴 친구, 자네 그거 아나? 자네가 현재 이곳에, 그러니까 신트라에, 나의 성에 그리고 나의 권능 하에 들어와 있다는걸, 그리고 그 당시 골짜기 바닥에 있던 로에그너처럼 도움의 손길을 받지 못한 채, 죽음에 직면해 있다는 것을? 자네 말일세, 내가 자네에게 목숨을 부지한 채 이곳을 떠나게 해 주겠다고 약속하면 나에게 어떤 보상을, 얼마만큼의 대가를 제공하겠나?"

게롤트의 목에 걸린 메달이 들썩 하더니 떨리기 시작했다. 게롤트는 얼른 모이스작에게로 눈길을 돌렸다. 모이스작은 뚫어질듯 그를 바라보며 불안해하는 기색이 역력한 눈길로 그에게 응대하였다. 게롤트가 고개를 살짝 돌리고 눈썹을 추켜세우며 뭔가 묻는 듯했다. 그러자 드루이드 사제인 모이스작은 아니라는 듯 답하고는 거의 아무도 눈치채지 못할 정도로 곱슬곱슬한 턱수염을 들어 고슴도치 기사를 가리켰다. 게롤트마저 사제의 움직임을 제대로 본 것인지 확신이 서질 않았다.

"왕비님, 지금 하신 말씀은……."

고슴도치 기사가 외쳐 말했다.

"저를 위축시키려고 하신 말씀인 줄로 알겠습니다. 그리고 이곳에 모인 고매하신 신사분들의 노여움을 불러일으키시려는 것이기도 하겠지요. 또한 왕비님의 아름다운 딸 파베타 공주님께는 혐오감을 불러일으키시려는 것이기도 하고요. 그런데 무엇보다도 지금하신 왕비님의 말씀은 진실이 아닙니다. 그건 왕비님께서 가장 잘 알고 계십니다!"

"달리 말하자면, 내가 이러쿵저러쿵 말을 만들어 냈다는 말이로군."

칼란테 왕비의 입술이 몹시 추하게 일그러졌다.

"왕비님, 잘 아시지 않습니까."

고슴도치 기사는 전혀 동요하지 않고 하던 말을 계속했다.

"당시 에를렌발트에서 있었던 일 말입니다. 왕비님은 알고 계십니다. 로에그너 왕께서 제가 목숨을 구해드린 뒤, 왕께서는 당신의 뜻에 따라 제가 평소 원하던 것을 저에게 주시겠다고 맹세하셨다는 것을요. 저는 지금부터 드리는 말씀을 위해 여기 모인 모든 분을 증인으로 삼겠습니다. 저는 사고를 당했던 왕을 구해드린 뒤 그의 심복들이 있는 근처까지 왕을 모시고 갔습니다. 그러자 왕께선 두 번째로 제가 무엇을 원하는지 물어보셨고 그래서 저는 대답을 했습니다. 왕께서 미처 알지 못한 채, 고국에 남겨 두고 오신 소중한 것이 있을 텐데, 그것을 주리라 약속해 주셨으면 좋겠습니다, 하고 부탁드렸습니다. 그러자 왕께선 그렇게 하겠노라고 맹세를 하셨지요. 성으로 돌아왔을 때 왕께선 칼란테, 당신이 해산 중에 있는 것을 발견하게 됩니다. 그렇습니다. 왕비님, 저는 15년을 기다렸습니다. 그 사이 제가 받을 보상의 이자도 자라났지요. 이제, 아름다운 파베타를 볼 수 있으니, 이 기다림이 그만한 가치가 있었다고 저는 생각합니다! 이곳에 모인 신사 및 기사 여러분! 여러분 중 일부는 공주에게 청혼하기 위해 신트라로 오셨을 겁니다. 그런 분들은 헛걸음을 하셨다는 걸 알려 드립니다. 아름다운 파베타 공주는 태어나던 날부터 왕의 언약에 의거하여 저에게 속한 몸이었습니다!"

하객들 사이에서 한바탕 폭풍이 일었다. 소리치는 사람, 저주를 퍼붓는 사람, 주먹으로 식탁을 내려치는 사람, 그런가 하면 그릇을 뒤집어엎는 사람도 있었다. 스트렙트의 렌후크는 양고기 구이에 꽂혀 있던 칼을 뽑아 들고 이리저리 휘둘렀고, 크래치 안 크라이테는 몸을 숙이고 서 있는 모양이 보아하니 식탁 상판을 떼어 내려고 하는 것 같았다.

"그런 말은 듣도 보도 못하였소."

비세게르드가 버럭 소리를 질렀다.

"증거라도 있소? 증거!"

"왕비님의 얼굴……."

고슴도치 기사가 흥분하여 외쳤다.

"왕비님의 얼굴을 보시오! 그게 증거요!"

파베타는 고개를 숙인 채 꼼짝 않고 그대로 앉아 있었다. 공중으로 매우 기이한 어떤 기운이 한데 모여 공처럼 동그래졌다. 목걸이에 꿰어 밤스 속에 차고 있던 게롤트의 메달이 부르르 떨렸다. 왕비가 손짓으로 왕좌 뒤에 서 있는 시동을 불러, 속삭이며 짤막하게 명령을 내리는 것이 보였다. 누구에게 내리는 명령인지 들리진 않아도 시동의 표정으로 보아 놀랄 만한 일이라는 걸 짐작할 수 있었다. 시동이 출구로 뛰어갔다.

식탁 주변에서 일어난 흥분은 좀처럼 가라앉을 줄을 몰랐다. 아이스트 튀르시치가 왕비에게로 몸을 돌렸다.

"칼란테."

그의 말투는 차분했다.

"저자가 하는 말이 사실입니까?"

"사실이라면……."

왕비는 언짢은 투로 소리 죽여 말하였다. 그러곤 입술을 앙다물며 어깨에 걸쳤던 녹색 숄을 살짝 잡아당겼다.

"그렇다면요?"

"저자가 말하는 것이 사실이라면……."

아이스트는 양미간을 찌푸리고 말했다.

"그렇다면 약속대로 이행되어야지요."

"진심으로 하는 말씀입니까?"

"이러시면 내가 당신의 말을 어떻게 받아들이겠습니까?"

아이스트 튀르시치가 어두운 표정으로 물었다.

"왕비께서 모든 약속을 이런 식으로 하찮게 여기시는 걸로 받아들여야 하는 겁니까? 제 마음 속에 깊이 각인된 약속들마저 말입니까?"

촉촉한 눈길과 떨리는 입술 그리고 진한 홍조를 띤 얼굴을 칼란테 왕비에게서 보게 되리라고는 꿈에도 생각지 못했던 터라 게롤트는 적이 놀라지 않을 수 없었다.

"아이스트."

왕비가 속삭였다.

"그건 좀 다른 이야기죠……."

"정말입니까?"

"아, 이런 개자식을 보았나!"

그때 생각지도 않은 크래치 안 크라이테의 목소리가 들렸다. 그가 자리에서 벌떡 일어나며 소리쳤다.

"내가 헛수고를 했다고 주장하는 멍청이 중의 멍청이는 알렌커 만(灣)의 바닥에서 게 먹이로 생을 마감하게 될 거다! 고작 빈손으로 돌아가려고 내가 스켈리게에서 여기까지 온 줄 알아? 그건 아니지! 하필 경쟁상대라고 나타난 자가 이런 개자식이라니! 헤다, 나에게 칼을 좀 가져다 줘. 그리고 지금 당장 이 바보 멍청이한테도 하나 가져다 줘! 그러면 알 수 있겠지, 누가……."

"그 입 좀 닥치지 못하겠나, 크래치?"

아이스트가 두 주먹을 탁자에 버티고서 무섭게 화가 난 목소리로 말했다.

"드레이그 본-드후, 이제부터 자네가 국왕폐하의 조카가 하는 모든 행실을 책임지고 맡게나!"

"당신, 내 입도 막으시려오, 튀르시치?"

아트르의 라인파른이 큰 소리를 외치며 자리에서 일어났다.

"지금 우리 영주님께서 당하신 이 치욕을 피로써 씻어 내려는 나를 누가 감히 막아서려는 게요? 어디 영주님만 모욕했소? 그분의 아들이자 파베타 공주께서 손과 잠자리를 허락하실 유일한 인물 빈트할름도 함께 치욕을 당했소! 검을 가져오시오! 내 당장, 이 자리에서 저 고슴도치인지 뭔지 하는 자에게 이런 모욕을 당했을 때 우리 아트르에서 어떤 식으로 복수를 하는지 보여 주리다! 내 뜻을 막아설 자, 누가 있소, 아니 무엇이 있겠소?"

"방법은 있지요. 미덕을 생각하는 마음이오."

아이스트 튀르시치가 차분한 어조로 말했다.

"먼저 왕비님의 동의를 구하지 않고 즉석에서 싸움을 시작하거나 누군가에게 도전장을 내미는 것은 예와 법도에 어긋납니다. 대체 이곳이 신트라의 옥좌가 있는 방입니까, 아니면 언제든 기분만 내키면 서로 얼굴을 치고받고, 칼로 사람을 위협하는 여관 딸린 술집입니까?"

또다시 모두들 서로 목청을 높이고 욕설을 퍼부으며 팔을 휘두르기 시작했다. 그러나 삽시간에 맹렬하게 달려오는 들소 무리의 짧고 분노에 찬 포효가 홀 안에 울려 퍼지자, 이 혼란스런 상황은 마치 칼로 무쪽 자르듯 일시에 끝이 났다.

"자."

꼬꼬댁 남작이 헛기침을 하며 일어섰다.

"아이스트, 잘못 짚었소. 술집에서도 이런 광경은 볼 수 없소. 이건 오히려 동물원에 가깝지. 그러니 황소도 데려와야지요. 고귀하신 칼란테 왕비님, 저에게도 지금 우리가 당면한 문제에 대한 견해를 말할 수 있도록 허락하여 주시옵소서."

"보다시피……."

칼란테 왕비가 말꼬리를 늘이며 말했다.

"이 문제에 대해 많은 분들이 저마다 자신의 생각을 갖고 의견을 피력하고 있소. 그것도 내 허락도 없이 말이오. 그런데 참 이상도 하지요, 왜 여러분들은 나의 견해엔 관심이 없는 거지요? 나의 견해는 차라리 이 빌어먹을 성이 위에서부터 와르르 무너져 내리는 게 나을 것 같다는 겁니다. 이 이상한 사나이에게 파베타를 주느니 말입니다. 그런 건 생각조차 해 본 적이 없으니 말이오."

"로에그너 왕의 맹세는……."

고슴도치 기사가 끼어들었다. 그러나 왕비는 즉시 빈 술잔을 식탁 위에 요란하게 내려놓으며 그의 말을 가로막았다.

"로에그너의 맹세에 대해선 내, 작년 폭설 때만큼이나 신경 쓰고 있네! 그리고 고슴도치군, 자네에 대해선 크래치나 라인파른에게 자네와 칼날을 겨루도록 허락할 것인지, 아니면 자네를 간단하게 참수형 시켜 버릴지 지금도 고민 중일세. 내가 말하는 중간마다 끼어들면 자네의 그런 언행이 내 결정에 계속해서 영향을 미칠 걸세."

게롤트는 계속 진동을 멈추지 않는 메달 때문에 불안해하며 홀을 둘러보다가 갑자기 파베타와 눈길이 마주쳤다. 어머니의 눈을 그대로 닮은 에메랄드 같은 초록빛 눈동자였다. 이제 공주는 에메랄드빛 눈동자를 긴 속눈썹 뒤에 숨겨 두지 않았다. 그녀는 다른 사람들은 안중에 없다는 듯, 모이스작과 게롤트를 번갈아 훑어보았다. 모이스작이 돌아서서 허리를 숙이더니 무언가를 중얼거렸다.

여전히 자리에 앉지 않고 서 있던 꼬꼬댁 남작이 쉰 목소리로 까악까악 까마귀 소리를 냈다.

"말하시오."

왕비가 그에게 고개를 끄덕여 보였다.

"곧바로 본론만, 그리고 짧게 끝내세요."

"분부대로 하겠습니다, 왕비님. 고귀하신 칼란테 왕비님, 그리고 기사 여러분! 참으로 에를렌발트의 고슴도치가 로에그너 왕에게 했던 요청은 별난 요청이었습니다. 왕이 그에게 무슨 소원이든 들어주겠노라고 말했을 때, 그가 요청한 보상은 별난 보상이었습니다. 그러나 우리가 그런 요청을 생전 처음 듣는 척은 하지 맙시다. 인류의 역사처럼 오래된 바로 그 '경이의 원칙' 말이오. 어떤 사람이, 누가 봐도 도움을 청할 길 없는 상황에 처한 사람을 구해 주고 그 대가로 누가 봐도 이룰 길 없는 소망을 이루게 해 달라는 걸 듣게 된다면 말입니다. 이를테면 '당신이 집에 돌아갔을 때 제일 먼저 마중 나온 것을 나에게 주시오'라는 소망이라고 합시다. 당신은 압니다. 그것이 한 마리 개가 될 수도 있고, 아니면 성문에 서 있는 도끼 칼을 찬 자일 수도 있고, 심지어 집에 돌아오는 사위에게 호통을 치려고 벼르던 장모일 수도 있다는 걸요. 아니면 '당신이 집에 돌아갔을 때 발견하게 되는, 하지만 전혀 예상하지 못했던 것을 나에게 주시오'라는 소망이라고 합시다. 고매하신 신사 여러분, 여러분이 긴 여행을 마친 뒤, 예기치 않은 귀향길에 올랐다면 통상 그것은 부인의 침대에 누워 있는 정부(情夫)놈일 겁니다. 그러나 가끔씩은 아이가 될 수도 있지요. 운명에 의해 간택된 아이 말입니다."

"짧게 말하시오, 꼬꼬댁 남작."

칼란테 왕비가 눈썹을 찌푸리며 말했다.

"분부대로 하겠습니다. 여러분! 운명이 선택한 아이들에 관해 들어 보신 적이 있으시지요? 저 전설적인 영웅 차트레트 보루타도 어린아이였을 때 드워프들에게 맡겨지지 않았습니까? 그의 아버지가 요새에서 집으로 돌아왔을 때 제일 먼저 마주친 사람이 그였기 때문이었지요. 그런가 하면 미치광이 데이의 경우엔 어떤 한 여행자가 데이 자신은 모르나, 집에 두고 온 것을 자기에게 달라고 요구하지 않습니까? 이 예기치 않았던 아이가 바로 나중에 미치광이 데이를 짓누르고 있던 저주를 푸는 그 유명한 슈프리입니다. 치벨레나도 생각나는군요. 그녀는 난쟁이 룸펠슈틸츠헨의 도움으로 메티나의 왕비가 되지만, 그 대신에 자기 첫째 아이를 룸펠슈틸츠헨에게 주기로 약속했습니다. 그러나 치벨레나는 룸펠슈틸츠헨이 그가 보상으로 받아야할 아이를 데리러 오자 약속을 지키지 않았습니다. 마법을 써서 강제로 그를 도망가게 하지요. 그 일이 있은 뒤 얼마 후, 그녀는 아이와 함께 전염병에 걸려 죽고 맙니다. 운명을 희롱하는 사람이 벌을 받지 않고 지나가는 법은 없습니다!"

"날 겁주지 마시게, 꼬꼬댁 남작!"

칼란테 왕비가 얼굴을 찌푸렸다.

"공포의 시간인 열두 시가 다가오고 있소. 당신, 유년시절을 아주 힘들게 보냈을 것 같군. 그 시절에 들었던 전설 중에 더 알고 있는 것이 있소? 없다면 이제 그만 앉으시오."

"부디 자비를 베푸시어……."

꼬꼬댁 남작이 긴 콧수염을 비비 꼬며 말했다.

"조금만 더 서 있도록 허락하여 주시옵소서. 저는 여러분 모두 전설을 기억하시기를 바랍니다. 오래되어 다들 잊은 전설, 어쩌면 우리가 아주 힘들게 보냈을 어린 시절에 모두들 한 번쯤은 들었던 전설 말입니다. 어린 시절 들었던 전설들에선 왕들이 약속을 지켰습니다. 우리 불쌍한 봉신들을 왕들과 연결 짓는 고리는 오직 왕의 말씀뿐입니다. 각종 계약과 연합, 우리의 특권, 우리의 봉토가 모두 왕의 말씀에 근거를 두니까요. 그럼 우리가 이 모든 것을 의심해야 할까요? 범접할 수 없는 왕의 말씀을 의심해야 할까요? 작년에 폭설 때문에 고생했을 때 눈의 무서움과 중요성이 드러났던 것처럼, 기껏 일을 겪고서야 말씀의 중요성이 드러날 때까지 마냥 기다려야 할까요? 참으로 그래야 한다면 힘들게 보낸 어린 시절에 이어 앞으로 우리를 기다리고 있는 것은 힘든 노년일 것입니다!"

"꼬꼬댁 남작, 당신 지금 누구 편을 들고 있는 거요?"

아트르의 라인파른이 벽력같이 소리를 질렀다.

"조용히 하시오! 말하게 놔두시오!"

"이 어리석은 꼬꼬닭이 전하에게 불경을 저지르고 있지 않소!"

"티그에서 온 남작의 말이 옳소!"

"조용히 하시오."

칼란테 왕비가 갑자기 자리에서 일어섰다.

"남작은 끝까지 이야기하시오."

"감사합니다."

꼬꼬댁 남작이 몸을 숙여 절하였다.

"그런데 제 이야기는 벌써 끝이 났습니다."

남작의 이야기로 인해 설왕설래하며 오간 한바탕 소동의 여파인지 이상하리만치 정적이 찾아들었다. 칼란테 왕비는 여전히 자리에 앉지 않고 서 있었다. 게롤트는 자신 이외에 이마를 훑는 왕비의 손이 파르르 가볍게 떨리는 것을 알아차린 사람이 아무도 없을 거라는 생각이 들었다.

"신사 여러분."

마침내 왕비가 입을 열었다.

"아마도 해명을 하고 넘어가는 것이 마땅할 듯하오. 그렇소. 이 고슴도치 기사가 한 말은 사실이오. 로에그너가 그를 칭찬하며 자신이 예기치 않았던 것을 그에게 주기로 한 것은 사실이었소. 잊을 수 없는 우리의 왕께선 분명 여자들의 일에 관해선 정말로 무지하였던 것 같소. 아마 그 부분에선 거의 아홉까지도 못 세는 모자란 사람이었던 것 같소. 게다가 임종 때가 되어서야 나에게 진실을 고백하였다오. 자신이 했던 맹세를 그전에 고백했다면 내가 그에게 무슨 짓을 했을지 잘 알고 있었기 때문이었소. 어머니들이 자식에 관한 일이라면 얼마나 분별력 없이 나설 수 있는지 잘 알고 있었던 것이지요."

기사들과 귀족신분의 신사들 모두 아무 말이 없었다. 고슴도치 기사 역시 미동도 없이 가시 돋친 강철동상처럼 서 있었다.

"그러나 꼬꼬댁 남작이……."

칼란테 왕비가 말을 이어갔다.

"지금 꼬꼬댁 남작이 내가 어머니가 아니라 왕비라는 걸 상기시켜 주었소. 그럼 좋소. 왕비로서 내일 나는 의회를 소집할 것이오. 신트라는 전제군주국이 아니오. 죽은 왕의 맹세가 왕위 후계자의 운명에 영향권을 행사할 수 있는지는 의회에서 결정할 것이오. 또 왕위 후계자와 왕좌가 근본도 모르는 떠돌이에게 돌아가야 할 것인지, 아니면 왕국의 이해관계에 따라 처리될 것인지도 결정할 것이오."

칼란테 왕비는 잠시 말을 끊고 게롤트를 비스듬히 내려다보았다.

"그러나 공주의 손을 잡을 거라는 희망을 안고 신트라로 오신 고매하신 기사분들에 관해선…… 여러분이 당하신 심한 모멸과 명예훼손에 관해 심심한 유감을 표하는 바이오. 여러분이 무방비로 당한 조롱에 관해서도 마찬가지입니다. 그러나 그것은 나의 잘못은 아니었소."

하객들 사이에서 웅성거리는 소리가 일기 시작했다. 게롤트는 그 속에서 아이스트 튀르시치의 속삭임을 들을 수 있었다.

"모든 바다의 신들에 대고 말하건대, 이건 법도에 어긋나는 일이오. 이건 분명 유혈사태를 고무하는 것이오. 칼란테, 당신의 말은 지금 이들을 선동할 뿐이오……."

"조용히 해요, 아이스트."

왕비가 화난 목소리로 나직이 말했다.

"내가 폭발하는 걸 보고 싶으십니까?"

모이스작이 두 눈을 번쩍이며 어두운 표정으로 얼굴을 일그러뜨린 채 막 자리에서 일어나려는 아트르의 라인파른을 눈짓으로 가리켰다. 게롤트는 즉각 반응하며 그보다 앞서 첫 번째로 자리에서 일어났다. 그러면서 일부러 요란스럽게 의자 끄는 소리를 냈다.

"아마도 의회를 소집하실 필요는 없으실 겁니다."

게롤트가 큰 소리로 쩌렁쩌렁 홀을 울리며 말했다. 모두들 하던 말을 멈추고 놀란 표정으로 그를 바라보았다. 게롤트는 파베타의 초록빛 두 눈이 그를 향해 멈춘 것을, 그리고 고슴도치 기사가 면갑의 격자창살 사이로 그를 바라보는 것이 느껴졌다. 또한 해일처럼 넘실대며 허공 중에 매달려 있는 힘도 느껴졌다. 이 힘의 영향을 받은 듯 횃불과 샹들리에의 촛불 연기가 환상적인 형태를 띠기 시작하는 것이 눈에 들어왔다. 그는 알았다. 모이스작 역시 이것을 보고 있다는 것을, 그리고 다른 사람들의 눈엔 이것이 보이지 않는다는 것을.

"제가 말씀드렸지요."

게롤트는 조용히 아까 했던 말을 다시 반복하였다.

"의회를 소집하는 건 아마 필요 없으실 것이라고요. 에를렌발트의 고슴도치, 내가 무슨 말을 하는 건지 알고 있을 테지?"

가시로 무장한 고슴도치 기사가 쩔겅거리며 두 걸음 더 앞으로 나왔다.

"알고 있소."

투구의 면갑 뒤에서 둔탁한 목소리가 들렸다.

"나는 멍청이기 아니니까. 자비롭고 고매하신 칼란테 왕비께서 방금 하신 말씀, 잘 들었습니다. 저를 떨쳐 버릴 수 있는 탁월한 방법을 찾으셨더군요. 초면의 기사여, 내 그대의 도전을 받아들이지!"

"자네에게 도전장을 내밀었던 기억은······."

게롤트가 말했다.

"게롤트!"

칼란테 왕비는 게롤트를 '훌륭한 문벌가의 라빅스'라고 칭하는 것도 잊은 채 큰 소리로 그의 이름을 불렀다.

"일을 너무 긴장국면으로 끌고 가지 말게. 내 인내심을 시험하지 말게나!"

"그리고 나의 인내심도."

라인파른이 분한 목소리로 덧붙여 말했다. 그에 반해 크래치 안 크라이테는 웅얼거리고만 있었다. 아이스트 튀르시치가 그를 향해 많은 말을 담은 몸짓으로 주먹을 그러쥐어 보였다. 크래치는 좀 더 큰 소리로 웅얼거렸다.

"모두들 들으셨습니다."

게롤트가 말했다.

"티그에서 오신 남작께서 한 말씀 말입니다. 고슴도치 기사가 생명을 구해 준 대가로 로에그너 왕께 요구했던 그런 종류의 맹세로 인해 부모의 품을 떠나게 된 유명한 영웅들에 관해 한 이야기였죠. 그런데 왜, 그리고 무엇을 위해 그런 맹세를 하도록 요구했던 걸까요? 에를렌발트의 고슴도치, 당신은 그 답을 알고 있소. 그런 맹세는 그 맹세를 받아들인 사람과 그 맹세의 대상, 그러니까 예기치 않았던 아이 사이의 강력하고 끊으려야 끊을 수 없는 운명의 끈을 묶어 주기 때문이지요. 그런 아이들은 눈먼 운명에 의해 간택되어 평범하지 않은 일들을 맞이하도록 예정되어 있습니다. 그들의 운명과 연결되어 있는 자의 일생에 전대미문의 중대한 역할을 할 수 있는 것이지요. 바로 그 때문에 고슴도치, 당신은 로에그너 왕에게 오늘 당신이 회수하고자 하는 대가를 요구했던 것이오. 당신이 원하는 건 신트라의 왕좌가 아니야. 당신이 원하는 건 공주를 데려가는 것이지."

"초면의 기사여, 정확히 당신이 말한 그대로요."

그가 큰 소리로 웃음을 터트렸다.

"바로 그것이 내가 요청하는 것이오! 내 운명인 그녀를 주시오!"

게롤트가 말했다.

"그건 아직 두고 볼 문제요."

"지금 그걸 감히 의심하는 것이오? 왕비께서 내 말이 사실이라고 이미 확인하셨는데? 방금 당신 스스로 그렇게 말을 해 놓고도 말이오?"

"그렇소. 왜냐하면 당신이 우리에게 전부 다 말한 건 아니기 때문이오. 로에그너 왕은 '경이의 원칙'이 얼마나 강력한 것인지를, 또 자신이 행한 맹세의 무게를 잘 알고 있었소. 그래서 그는 맹세를 했던 거요. 왜냐하면 그는 이 서약이 오랜 관습과 법칙 아래 철저히 보호받을 것이며, 그렇기에 오직 운명이 당신이 가진 권리를 인정할 때에만 현실로 이뤄지리라는 것을 알고 있었기 때문이오. 에를렌발트의 고슴도치, 나는 당신이 우선 공주에 대해 요구할 권리가 없다고 주장하는 바이오. 공주를 데려 가겠노라고 요구하기 전에 우선해야 할 조건이 있소."

"무슨 조건 말이오?"

"우선 공주가 스스로 당신과 함께 갈 용의가 있는가 하는 것이오. '경이의 원칙'이란 게 바로 그런 거요. 부모가 아니라, 아이들의 동의를 통해서 그 맹세가 옳았다는 것을 인정할 수 있고, 그 사실이 바로 그 아이가 정말로 운명의 그늘 속에서 태어난 아이임을 입증하게 됩니다. 그렇기 때문에 15년이 지난 지금, 당신이 이곳으로 돌아온 것이지요, 고슴도치 기사. 로에그너 왕은 그래서 이 조건을 걸고 맹세를 하신 겁니다."

"당신 누구요?"

"나는 리비아에서 온 게롤트요."

"게롤트, 대체 당신이 누구이기에 권리와 관습의 문제에 대해 판단하려 드는 거요?"

"이런 권리에 관해선 여기 있는 그 누구보다 그가 더 잘 알 것이오."

모이스작이 갈라진 목소리로 말했다.

"한때 그도 그런 운명의 대상이었으니까요. 그도 일찍이 부모님의 집에서 멀리 떨어져 살았습니다. 그의 부친이 귀향하였을 때 집에 있을 거라고 예기치 않았던 인물이 바로 그였던 것이지요. 그도 남다른 운명을 타고 난 사람이요. 그리고 운명의 힘에 의해 지금의 그가 된 것입니다."

"그러니까 그가 누구냐는 말입니까?"

"위쳐입니다."

순간 밀려든 정적을 뚫고 망루의 종이 자정을 알렸다. 메마른 울림이었다. 모두들 몸을 움찔거리며 고개를 돌렸다. 모이스작이 이상하다는 듯 놀란 표정으로 게롤트를 응시하였다. 그러나 가장 눈에 띄게 움찔거린 건 고슴도치 기사였다. 그가 불안하게 몸을 움직였다. 철 장갑을 낀 양손이 힘없이 축 처졌고, 가시 돋친 투구가 불안정하게 아래위로 출렁였다.

전에 본 적이 없는 기이한 힘이 잿빛 안개처럼 홀을 가득 채우더니 갑자기 농축되기 시작했다.

"그의 말은 사실이오."

칼란테 왕비가 말했다.

"여기 있는 게롤트는 위쳐입니다. 일에 있어서 명망과 존경을 한 몸에 받고 있소. 밤의 자식이며, 인간에게 해를 끼치는 사악한 힘들을 발산하는 괴물들에게서 우리를 지켜 주는 일에 헌신하고 있소. 숲 속이나 골짜기에 숨어서 우리를 기다리는 괴물과 온갖 공포의 대상을 처단하지요. 민가로 들어올 만큼 뻔뻔한 괴물들도 마찬가지이고."

고슴도치 기사는 아무 말도 하지 않았다.

"자, 그럼."

왕비가 반지 낀 손을 들어 올리고, 다시 말을 이어갔다.

"이제 권리에 관해선 충분히 살펴본 것 같군. 에를렌발트의 고슴도치, 왕의 맹세를 이행해 달라는 자네의 요구가 이제 실현될지도 모르겠군. 자, 자정을 알리는 종이 울렸으니 이젠 자네의 기사서약도 자네를 묶어 두지 못할 걸세. 면갑을 올리게. 내 딸이 의사를 밝히기에 앞서, 스스로 결정을 내리기에 앞서, 자네의 얼굴을 보는 것이 마땅할 터!"

에를렌발트의 고슴도치가 천천히 갑옷을 두른 한쪽 손을 들어 올렸다. 그가 움직이자 철컥철컥 소리가 났다. 그는 그 손으로 투구의 강철 뿔을 잡고 투구를 벗었다. 쩔그렁! 투구가 바닥에 떨어졌다. 비명을 지르는 사람이 있는가 하면, 저주를 퍼붓는 사람, 혹 휘파람 소리를 내며 숨을 들이키는 사람도 있었다. 왕비의 얼굴에 사악한, 아주 사악한 미소가 번졌다. 잔혹한 승리의 미소였다.

둥글넓적한 흉갑판 위에서 통방울같이 튀어나온 검은 두 개의 단추가 그녀를 노려보고 있었다. 눈이었다. 붉은 털로 뒤덮인 길고 끝이 뭉툭한 코의 양옆으로 촉수같이 떨리는 수염과 날카롭고 허연 엄니가 자리 잡고 있었다.

"나는 이렇게 생겼소."

결코 인간의 형상이라 할 수 없는 괴수가 말했다.

"칼란테, 당신이 알고 있는 그대로입니다. 로에그너 왕이 당신에게 에를렌발트에서 겪었던 모험담을 들려드릴 때, 그의 목숨을 구해 준 자가 누구인지 틀림없이 설명하셨을 겁니다. 왕께선 흉물스러운 그의 외모에도 불구하고 그에게 그런 맹세를 하셨던 겁니다, 왕비님. 그 말을 지킬 수 없다는 당신의 저 거만하고 혐오감 서린 거절의 말씀은 왕비님께 속한 봉신들을 사주하시려는 말씀이란 것을 압니다. 과거에 저를 암살하려던 여러 번의 시도가 실패로 끝나자, 이젠 은밀히 위쳐를 살인자로 예비하시어 당신 오른편에 앉혀 놓으셨군요. 결론적으로 말씀드리자면 이는 저급하고 비열한 속임수입니다. 칼란테 왕비님, 당신은 저에게 굴욕감을 안겨 주시려 했습니다. 그러나 알아 두십시오. 오히려 그로 인해 당신 자신에게 굴욕을 안겨 주었다는 것을요."

"그만 하면 됐다."

칼란테 왕비가 자리에서 일어서며 주먹을 그러쥐고 허리춤에 번대었다.

"이제 이 이야기는 그만 하지. 파베타! 지금 보고 있으렷다! 누가, 아니 무엇이라고 하는 편이 더 낫겠군, 무엇이 네 앞에 서서 너를 요구하고 있는지 말이다. '경이의 원칙'과 오랜 관례에 따라 결정권은 너에게 있다. 답해라. 네 말 한마디면 그걸로 족하다. '예'라고 말하면, 너는 이 괴물 같은 자의 소유물이자 노획물이 되는 것이다. '아니요'라고 대답한다면 너는 그의 얼굴을 다시는 보지 않게 될 것이다."

홀 안에 둥그렇게 공처럼 농축된 힘이 강철머리띠처럼 게롤트의 관자놀이를 짓눌렀다. 쇄쇄 바람 소리가 귓속을 파고들며, 목덜미부터 머리카락이 쭈뼛 섰다. 게롤트는 모이스작이 손가락 뼈마디가 허예지도록 탁자 모서리를 움켜쥐고 있는 것을 보았다. 왕비의 얼굴 위로 가느다란 땀줄기가 흘러내렸다. 식탁 위에 흩어졌던 빵부스러기들이 벌레처럼 움직이며 룬 문자를 형성했다. 문자가 흩어졌다 다시 모이더니 선명하게 하나의 단어를 나타냈다.

'조심하라!'

"파베타!"

칼란테 왕비가 재차 물었다.

"대답하거라. 이 괴물과 함께 가려느냐?"

파베타가 고개를 들었다.

"예."

홀을 가득 채우고 있던 그 힘이 공주의 대답 소리와 동시에 궁형의 천장을 먹먹하게 울렸다. 아무도, 정말이지 아무도 숨소리 하나 내지 않았다.

칼란테 왕비는 천천히, 아주 천천히 무너지듯 왕좌에 주저앉았다. 완전히 무표정한 얼굴이었다.

"여러분 모두 들으셨습니다."

정적을 뚫고 고슴도치 기사의 차분한 목소리가 울려 퍼졌다.

"칼란테 왕비, 당신도요. 그리고 똑똑한 청부살인업자, 당신도요. 나의 권리는 옳다는 것이 입증되었습니다. 진실과 운명이 거짓과 간계를 이겼습니다. 고매하신 왕비님, 변장한 위쳐여, 이제 무엇이 또 남았습니까? 번쩍이는 강철 검입니까?"

아무도 대답하지 않았다.

"가장 좋은 것은······."

고슴도치 기사는 수염을 움찔거리며 이리저리 긴 코를 휘두르며 말을 이어갔다.

"제가 파베타 공주를 데리고 당장 이곳을 떠나는 것이겠지요. 그러나 그냥 떠나기엔 너무 밋밋할 것 같군요. 칼란테 왕비님, 따님을 제가 서 있는 곳까지 데리고 와서 그녀의 옥수를 제 손에 놓아 주시지요."

칼란테 왕비가 천천히 위쳐에게 고개를 돌렸다. 그녀의 눈에 명령의 말이 담겨 있었다. 게롤트는 꼼짝도 하지 않았다. 공기 중에 모여드는 힘이 집중적으로 자신을 겨냥하는 것이 느껴졌다. 오로지 그에게만 집중되고 있었다. 그에겐 익숙한 일이었다. 왕비가 가늘게 실눈을 떴다. 그녀의 입술이 떨리고 있었다.

"뭐! 무엇이 어째?"

갑자기 크래치 안 크라이테가 소리를 지르며 벌떡 일어났다.

"그녀의 하얀 옥수를? 저자의 손에? 가시투성이의 구린내 나는 짐승과 공주를 함께 보낸다고? 이…… 돼지 코랑 말이오?"

"내, 기사와 겨루듯 저자와 싸우겠소!"

라인파른이 동조하며 일어섰다.

"저자는 공포의 대상이오, 짐승이란 말이오. 내 저자와 겨루겠소. 저자를 개들에게 던져 버리시오! 개들에게!"

"경비병!"

칼란테 왕비가 벽력같이 소리쳤다.

그 다음 삽시간에 일들이 벌어졌다. 크래치 안 크라이테가 식탁에서 칼을 뽑아들었다. 그 바람에 의자가 뒤집혀 요란한 소리가 실내를 울렸다. 아이스트 튀르시치의 명령을 충실히 이행하려는 듯 드레이그 본–드후는 깊이 생각할 것도 없이 백파이프로 힘껏 크래치 안 크라이테의 뒷목을 후려쳤다. 크래치는 식탁 위, 회색빛 소스에 담긴 철갑상어 요리와 멧돼지구이 요리의 구부러진 갈비뼈 잔반 사이에 철퍼덕 쓰러졌다.

라인파른은 소매에서 빼어든 단검을 번쩍이며 고슴도치에게로 돌진했다. 꼬꼬댁 남작이 높이 뛰어올라 발차기 한 번으로 등받이 없는 의자를 라인파른의 발치 바로 앞에 메다꽂았다. 라인파른은 노련한 몸놀림으로 방해물을 뛰어넘었지만 잠시 주저하는 바람에 모든 것을 망치고 말았다. 고슴도치가 공격할 듯 짧게 몸을 놀리어 그를 혼란스럽게 한 다음, 갑옷을 두른 주먹으로 힘차게 내리쳐 그를 항복시킨 것이었다. 꼬꼬댁 남작이 라인파른의 손에서 단도를 뺏으려고 다시 한 번 뛰어올랐지만 이번엔 빈트할름 왕자가 블러드독처럼 그의 다리를 잡고 늘어지며 그를 저지했다.

입구에서 양날도끼와 창칼로 무장한 경비병들이 뛰어왔다. 칼란테 왕비는 위협적으로 꼿꼿이 서서 독재자의 면모가 풍기는 격한 몸짓으로 고슴도치 기사를 가리켰다. 파베타가 비명을 지르며 아이스트 튀르시치를 저주하기 시작했다. 모두들 펄쩍펄쩍 뛰며 어쩔 줄을 몰라 했다.

"저자를 죽여라!"

왕비가 소리쳤다. 고슴도치 기사는 화가 나서 엄니를 희번덕이며 씩씩거렸다. 그리고 무장한 경비병들이 있는 곳으로 몸을 돌렸다. 그에겐 무기가 없었다. 그러나 강철 가시로 뒤덮여 있어 창칼의 끝이 부딪혔다 철그렁거리며 튕겨 나갔다. 충격으로 뒤로 튕겨져 나간 고슴도치는 그의 바로 뒤에 서 있던 라인파른에게 안기는 모양새가 되었다. 그러자 라인파른이 고슴도치 기사의 양다리를 붙잡고 늘어졌다. 고슴도치는 으르렁거리며 머리 위로 쏟아지는 칼날 세례를 팔 가리개 갑옷으로 방어했다. 라인파른이 그를 향해 단도를 휘둘렀지만 칼날이 흉갑에 부딪혀 미끄러져 내렸다. 경비병들이 창을 교차시켜 고슴도치를 정교하게 조각한 벽난로를 향해 밀어붙였다. 그의 허리끈을 잡고 있던 라인파른이 갑옷 사이로 난 틈을 발견하고는 틈새에 단도를 꽂았다. 고슴도치가 몸을 웅크렸다.

"듀니!"

파베타가 가느다란 목소리로 소리를 지르며 의자에서 벌떡 일어났다. 게롤트가 칼을 쥐고 식탁을 뛰어넘어 싸움 중인 사람들을 향하여 급히 뛰어갔다. 그의 발아래에서 접시와 주발, 술잔들이 나동그라졌다. 그는 시간이 얼마 남지 않았음을 알고 있었다. 파베타의 비명소리가 점점 더 부자연스럽게 울리기 시작했다. 라인파른이 다시 고슴도치 기사를 찌르려고 단도를 높이 추켜들었다.

게롤트는 식탁에서 뛰어내려 라인파른의 무릎 사이로 파고들었고, 세차게 팔을 들어 올렸다. 라인파른이 울부짖으며 뒷걸음질 쳐 벽으로 갔다. 게롤트는 몸을 빙글빙글 회전시켜 고슴도치의 흉갑 사이에 창을 찔러 박으려는 한 경비병을 칼날의 정중앙으로 내리쳤다. 병사가 바닥으로 쓰러지자 납작해진 투구가 벗겨졌다. 입구에서 다음 경비병들이 달려들어 왔다.

"이건 예와 법도에 맞지 않소!"

아이스트 튀르시티가 큰 소리로 소리치며 의자를 잡았다. 그러곤 스윙동작으로 거치적거리는 가구를 바닥에서 들어 올리더니 손에 든 채로 지금 막 도착한 병사들을 향해 달려갔다.

고슴도치는 갈고리처럼 겹쳐진 두 개의 도끼 칼에 사로잡혀 딜커덕 소리를 내며 쓰러졌다. 그러곤 병사들이 바닥에 쓰러진 그를 그대로 바닥에 눕힌 채로 질질 끌고 가자, 비명을 지르며 씩씩거리기 시작했다. 세 번째 병사가 그를 찌르려고 풀쩍 뛰며 창칼을 높이 들어 올렸다. 게롤트는 칼끝 가장 뾰족한 부분으로 그의 관자놀이를 쳤다. 고슴도치를 끌고 가던 두 병사가 도끼 칼을 던져 버리고 멀찍이 떨어졌다. 문에서 달려오던 병사들은 아이스트가 마치 저 전설적인 차드레트 보루타에 나오는 발무르의 마법 검처럼 바람 가르는 소리를 내며 의자를 휘두르는 바람에 다가오지 못하고 후퇴하고 있었다.

피베타의 소름끼치는 비명소리가 정점에 달하는가 싶더니 갑자기 뚝 그쳤다. 무슨 일이 일어날지 예감한 게롤트는 바닥에 납작하게 몸을 던졌다. 그리고 한 줄기 녹색의 섬광이 이는 것을 보았다. 귀에서 끔찍한 고통이 느껴졌다. 많은 사람들이 내지르는, 공포감을 불러일으키는 울부짖는 소리와 경악스러운 비명소리가 들려왔다. 잠시 후 한결 같은 떨림을 유지하는 공주의 비명소리가 들렸다.

식탁이 빙글빙글 돌며 위로 솟구쳐 올랐다. 그러자 식탁 둘레로 접시와 음식들이 뿔뿔 흩어졌고, 육중한 의자들이 홀을 가로질러 날아가 벽마다 부딪혀 부서지는

가 하면 두터운 고블랭과 아라쪼[1]가 펄럭거리며 먼지구름을 불러일으켰다. 출구 쪽에선 쩔그렁거리는 소리, 비명소리, 도끼자루가 마른 지팡이 부러지듯 쩌억 부러지는 소리가 났다.

왕좌에 앉은 칼란테 왕비를 그대로 싣고 왕좌가 높이 솟구쳐 올라, 쏜살같이 홀을 가로질러 가더니 반대편 벽에 와자작 부딪히며 박살이 났다. 왕비가 헝겊 인형처럼 힘없이 부서진 의자 사이로 무너져 내렸다. 지쳐서 더 이상 서 있기도 힘들어 하던 아이스트 튀르시치가 그녀에게로 몸을 날려 그녀의 어깨를 감싸 쥐었다. 그러곤 자신의 몸을 우산처럼 펼쳐 벽과 바닥에서 우박 튀듯 튕겨져 나오는 파편들로부터 그녀를 보호하였다.

게롤트는 메달을 움켜쥐고 최대한 빨리 모이스작이 있는 쪽을 향해 기어갔다. 모이스작은 이게 웬 날벼락인가 싶었는지, 바닥에 엎드리는 대신 무릎을 꿇고 앉아 산사나무가지로 만든 짧은 마법지팡이를 치켜들고 있었다. 마법지팡이 끝에는 쥐의 해골이 꽂혀 있었다. 그가 등을 보이고 있는 뒤쪽 벽에는 포위된 오르타고르 요새가 불에 타는 그림이 그려진 고블랭 벽걸이가 있었는데, 진짜로 불꽃이 일며 타들어 가고 있었다.

파베타의 흐느낌이 계속되었다. 그녀는 이리저리 몸부림을 치며 마치 곤봉을 휘두르듯 비명으로 온갖 것을, 온갖 사람들을 다 난타하였다. 바닥에 누워 있다 일어나려던 사람들은 다시 고꾸라져 구르거나 그대로 미끄러져 벽에 부딪혔다. 게롤트의 눈앞에서 선미가 높고 노 구멍이 많은 범선처럼 생긴 커다란 은제 소스 그릇이 바람 가르는 소리를 내며 공중으로 날아가 이름을 외우기 힘든 군사령관의 두 발에 꽂혔다. 천장에서 횟가루가 부슬부슬 떨어져 내렸고 천장 바로 아래엔 식탁이 맴돌고 있었다. 식탁 위엔 사지를 쭉 뻗은 크래치 안 크라이테가 빙글빙글 돌며 아래에 대고 험악한 욕설을 퍼붓고 있었다.

---

[1] 그림 무늬가 있는 플랑드르 풍의 벽걸이 양탄자이다.

게롤트는 모이스작이 있는 곳까지 기어갔다. 두 사람은 언덕처럼 불룩한 곳 하나를 엄호물 삼아 그 뒤로 숨어들었다. 아래에서부터 위로 차근차근 스트렙트의 헤켈과 맥주 통, 필로도르, 의자 그리고 필로도르의 류트가 쌓여 이뤄진 언덕이었다.

"이건 순수하고 때 묻지 않은 원초적인 힘이요!"

모이스작이 쩔그렁거리고 삐거덕거리는 소음을 뚫고 소리쳤다.

"저걸 이길 힘은 없소."

"나도 알고 있소!"

게롤트가 소리쳐 대답했다. 몇 가닥 줄무늬 진 꼬리깃털과 함께 어디서 날아왔는지 알 길 없는 꿩 구이 요리가 그의 어깻죽지 사이에 정통으로 떨어졌다.

"그녀를 멈추게 해야 해! 벽에 금이 가기 시작했소!"

"나도 보고 있소!"

"준비됐나?"

"됐습니다!"

"하나! 둘! 셋!"

그들은 동시에 공격을 시작했다. 게롤트는 아드 기호를, 모이스작은 거의 바닥이 녹아내릴 것 같은 끔찍한 3중 주문을 외웠다. 공주가 앉아 있던 의자가 부서져 산산조각이 났다. 파베타는 그것을 눈치채지 못하는 것 같았다. 그녀는 공중에, 투명한 녹색 공간 한가운데에 매달려 있었다. 소리 지르기를 멈추지 않은 채 그녀가 고개를 돌렸다. 그녀의 섬세한 얼굴선이 일그러지며 갑자기 사악하게 찡그린 얼굴로 변했다.

"악령이란 악령은 죄다 모여들었군!"

모이스작이 갑자기 소리 내어 울부짖었다.

"조심하시오!"

게롤트가 몸을 굴리며 소리쳤다.

"어서 그녀를 막아요! 어서요, 그렇지 않으면 우리 모두 끝장이오!"

식탁이 콰쾅, 육중한 소리를 내며 바닥에 떨어졌다. 그 바람에 식탁 아래쪽에 있던 모든 것과 십자지지대까지 부서지고 말았다. 식탁에 누워 있던 크래치 안 크라이테가 3엘렌이나 그대로 붕 떠올랐다 떨어졌다. 주변으로 그릇과 남은 음식들이 비처럼 무겁게 쏟아져 내렸고, 크리스털 카라페[1]가 바닥에 부딪혀 쨍그랑 소리를 내며 깨졌다. 벽에서 떨어져 나온 돌림띠가 벽력같은 소리를 내며 바닥에 떨어지자 성의 바닥이 진동하기 시작했다.

"전부 다 쏟아내고 있어!"

모이스작이 소리치며 마법지팡이를 들고 공주를 겨냥했다.

"그녀가 전부 다 쏟아내고 있다고! 힘이 몽땅 우리 위로 쏟아지고 있소!"

게롤트는 재빨리 칼을 휘둘러 모이스작을 향해 직선으로 날아오는 양 갈래 포크를 막아냈다.

"그녀를 막아요, 모이스작!"

에메랄드빛 두 눈에서 녹색 섬광 두 줄기가 뿜어져 나와 그들을 향해 정면으로 날아왔다. 섬광이 서로 얽히더니 빙글빙글 돌며 눈이 멀 정도로 밝은 깔때기 모양으로 변했다. 그런 다음 소용돌이 치기 시작했다. 소용돌이의 내부에서 힘이 빠져 나오며 그들을 습격했다. 힘은 마치 성문 파괴용 대형망치와 같았다. 그들은 골이 산산조각 나고, 두 눈이 멀고, 숨이 막혀 죽을 것만 같았다. 그 힘에 실려 유리와 도자기, 주발, 촛대, 뼈다귀, 먹다 남긴 빵 끄트머리 그리고 벽난로에서 타다 만, 아직도 불씨가 남아 있는 나무토막이 그들을 향해 대책 없이 몰려왔다. 한 마리 거대한 수컷뇌조처럼 학소 시종장이 거칠게 비명을 지르며 그들의 머리 위로 날아갔다. 커다란 삶은 잉어 대가리가 게롤트의 가슴팍에 부딪혀 퍽하고 터졌다. 바로 피어호른의 문장인 동정녀와 곰 그리고 누런 들판의 윗부분이었다.

홀의 사방 벽을 진동케 하는 모이스작의 주문소리를 뚫고, 부상을 입은 사람들의 비명소리와 울음소리를 뚫고, 쿵쾅거리는 소리, 덜컥거리는 소리, 와지끈 쩍하며 갈

---

[1] 주로 포도주를 담는 유리병을 말한다.

라지는 소리를 뚫고, 파베타의 울부짖는 소리를 뚫고 게롤트가 이전에 한 번도 들어 본 적이 없는 끔찍하기 짝이 없는 소음이 귀에 들어왔다.

바닥에 쪼그리고 앉은 꼬꼬댁 남작이 엉겁결에 두 팔과 무릎으로 본-드후의 백파이프주머니를 누르고 있었던 것이다. 그러나 그것이 다가 아니었다. 꼬꼬댁 남작이 직접 고개를 뒤로 젖히고, 백파이프주머니에서 나오는 무시무시한 소리보다 훨씬 더 큰 소리를 내고 있었다. 그는 길들인 동물과 야생 동물 그리고 신화에 나오는 동물 등 우리에게 알려져 있거나 혹은 알려져 있지 않은 모든 동물 소리를 한데 섞어 놓은 것 같은 소리로 우는 소리, 포효하는 소리, 빼에엑 길게 빼는 날카로운 비명소리, 양이나 소의 울음소리, 삐악거리는 소리, 새된 소리를 내고 있었다.

파베타가 당황한 듯 비명을 멈추고 휘둥그레진 눈으로 남작을 바라보았다. 칼로 무쪽 자르듯 순식간에 힘이 둔화되었다.

"지금이야!"

모이스작이 소리치며 마법지팡이를 휘둘렀다.

"때가 왔소, 위쳐 양반!"

두 사람이 맞붙어 공격을 가하자, 공주를 감싸고 있던 녹색 공간이 비누거품처럼 터지며 눈 깜짝할 사이에 홀에서 광분하던 힘이 빈 공간속으로 빨려들어갔다. 파베타 공주가 무겁게 쿵! 하고 바닥에 떨어지더니 울기 시작했다.

온갖 악령이 떼로 몰려들었다 나간 후 귓전에 울려 퍼진 정적도 잠시, 건물 잔해들 틈새에서, 부서진 가구들과 힘을 쓰지 못하는 사람들 사이에서 힘에 겨워 간신히 내는 목소리들이 들리기 시작했다.

"이런, 이런 제장, 이런 똥구멍 같은 일이!"

크래치 안 크라이테는 연신 그 말을 되풀이하며 터진 입술에서 나온 피를 뱉었다.

"자중하시오, 크래치!"

모이스작이 사제 가운에 붙은 걸쭉한 오트밀죽을 닦아내며 힘겹게 말했다.

"여기엔 숙녀분들도 있소."

"칼란테, 내 사랑 칼란테!"

아이스트 튀르시치는 키스를 퍼붓다가 잠시 쉴 때마다 같은 말을 반복했다. 왕비가 눈을 떴다. 그러나 그의 품에서 벗어나려는 몸짓은 하지 않았다.

"아이스트, 사람들이 보고 있잖아요."

칼란테 왕비가 말했다.

"볼 테면 보라고 하시오."

"무슨 일이 벌어진 건지 나에게 말해 줄 사람 누구 없소?"

궁정장관 비세게르드가 떨어진 벽걸이 양탄자 밑에서 기어 나오며 물었다.

"없소."

게롤트가 말했다.

"의사를 불러요!"

아트르의 빈트할름이 라인파른에게 몸을 숙인 채 가느다란 목소리로 외쳤다.

"물!"

스트렙트에서 온 세 형제 중 한 명인 렌후크가 입고 있던 치마로 고블랭직에 붙은 불을 덮어 끄며 소리쳤다.

"물을 가져오세요, 어서요!"

"그리고 맥주도 한 잔!"

꼬꼬댁 남작이 쉰 목소리로 말했다. 그래도 두 발로 버티고 설 수 있는 몇몇 기사들은 공주를 옮기려고 해 보았지만 공주는 그들의 손을 뿌리치고, 혼자 힘으로 일어서서 절뚝거리며 벽난로가 있는 곳으로 걸어갔다. 난롯가에는 고슴도치 기사가 벽에 어깨를 기대고 앉아 서툰 솜씨로 피로 얼룩진 갑옷을 벗으려 하고 있었다.

"요즘 젊은 것들이란!"

모이스작이 그들을 건네다 보며 분통을 터트렸다.

"섣불리 시작하곤 뒷감당은 나 몰라라 하지!"

"왜 그러십니까?"

"뭐라니, 어떻게 그런 말을 하시오, 위쳐 양반, 당신은 모르겠소? 동정녀라면, 다시 말해 아무도 건드리지 않은 여자라면 그런 힘을 사용할 수 없었을 거라는걸?"

"동정녀의 순수함 따위는 악마에게 줘 버리라지."

게롤트가 중얼거렸다.

"그녀는 대체 어디서 그런 능력을 받게 된 것 같소? 내가 아는 한 칼란테 왕비도 로에그너 왕도 아닌데……."

"격세 유전된 것이오."

모이스작이 이어서 말했다.

"공주의 조모인 아달리아는 눈썹만 한 번 달싹거려도 도개교를 들어 올릴 수 있었소. 게롤트, 저길 좀 보시오! 아직도 성에 차지 않았나 보이!"

칼란테 왕비는 여전히 아이스트 튀르시치 옆에 계속 붙어 앉아서 경비병에게 부상당한 고슴도치 기사를 가리켰다. 게롤트와 모이스작이 재빨리 그에게로 갔다. 그러나 그럴 필요가 없었다. 경비병들이 반쯤 누워 있는 고슴도치 기사를 앞에 두고 서로 속삭이거나 중얼거리며 뒤로 물러섰던 것이다.

고슴도치 기사의 괴물 같던 기다란 코가 윤곽이 흐릿해지며 희미해지더니 윤곽선이 없어졌다. 가시와 뻣뻣한 털 역시 물결이 일듯 일렁거리더니 검고, 윤기 나는 곱슬머리와 수염이 되어 창백하고 각진 얼굴에 자리한 우뚝한 코를 둘러싸고 있었다.

"저건……."

아이스트 튀르시치가 더듬거리며 말했다.

"저자는 누구인가? 고슴도치인가?"

"듀니라고 해요."

파베타가 부드러운 말투로 대답했다. 칼란테 왕비가 입을 꼭 다물고 고개를 돌렸다.

"마법에 걸린 건가?"

아이스트가 중얼거렸다.

"하지만 어떻게……?"

"열두 시 종이 울렸으니까요."

게롤트가 말했다.

"방금 전에 울렸지요. 우리가 아까 들었던 종소리는 종치기가 잘못 알고 실수한 겁니다. 그렇지 않나요, 칼란테 왕비님?"

"맞아요, 맞습니다."

듀니라는 이름의 남자가 신음 소리를 내며 왕비를 대신하여 대답했다. 왕비는 처음부터 대답할 생각조차 하지 않았다.

"그런데 저에게 질문을 하시기 전에 혹시 제가 갑옷 벗는 걸 누가 좀 도와주실 수 있습니까? 그리고 의사도 불러 주십시오. 이 정신 나간 라인파른이 내 갈비뼈 아래를 찔렀거든요."

"의사는 불러 뭣 하려고?"

모이스작이 마법지팡이를 집어 들었다.

"됐소."

칼란테 왕비가 몸을 일으켜 세우곤 당당하게 고개를 치켜들었다.

"이만하면 됐소. 이 모든 일이 수습되면 여러분을 내 방에서 보고 싶소. 여기 서 있는 여러분, 아이스트, 파베타, 모이스작, 게롤트 그리고 자네…… 듀니, 모두 말이오. 모이스작?"

"예, 왕비님."

"혹시 그대의 그 마법지팡이로 나도…… 내가 허리를 삔 것 같아서 말이네. 그리고 허리 주변도."

"명령만 내리십시오, 왕비님."

III

"……저주는."

듀니가 관자놀이를 문지르며 다시 말문을 열었다.

"날 때부터 시작되었죠. 누가 어떤 이유로 나에게 그렇게 했는지는 전혀 알 수 없습니다. 자정부터 새벽 동틀 녘까지는 평범한 인간이지만 아침부터는…… 여러분께서 보셨던 그 모습으로 지냅니다. 부친이신 아커스파아르크는 그것을 비밀에 부치려고 했지요. 메히트의 사람들은 미신을 잘 믿었는데, 왕가가 처한 저주와 마법이 왕조에 액운을 가져올지도 모른다고 믿었습니다. 아버지의 기사 중 한 명이 저를 궁정에서 데리고 나가 길렀습니다. 우리 둘은 떠돌이 기사가 되어 정처 없이 세상을 돌아다녔지요. 그러다 그가 죽고 나자 저는 홀몸으로 계속 떠돌아다녔습니다. 그러다 누구에게서 들었는지 이제는 기억도 나지 않지만 예기치 않은 의외의 아이가 나를 저주에서 풀어줄 수 있을 거라는 말을 들었습니다. 그로부터 얼마 지나지 않아 저는 로에그너 왕을 만났습니다. 그 다음부터는 여러분도 잘 아시는 이야기입니다."

"나머지는 우리도 잘 알지. 아니 안다기보다는 상상할 수 있지."

칼란테 왕비가 머리를 끄덕이며 말했다.

"무엇보다도 자네는 로에그너와 약속했던 15년을 기다리지 않고 일찌감치 내 딸이 자네에게 반하도록 했어. 파베타! 언제부터였지?"

공주는 고개를 숙이고 손가락 하나를 들어 보였다.

"그랬단 말이지. 너 이 앙큼한 것. 내가 시퍼렇게 눈을 뜨고 있는데 내 성에서 그런 짓을 하다니! 밤마다 저자를 성으로 들이는 자가 누구인지 알았어야 했는데! 너와 함께 앵초를 꺾으러 다녔던 시녀를 미리 족쳤어야 했었어! 앵초라니, 맙소사! 이제 너희를 어찌해야 할까?"

"칼란테……."

아이스트는 칼란테 왕비를 진정시키려고 했다.

"서두르지 마세요, 튀르시치. 아직 내 말이 다 끝나지 않았어요. 듀니, 일이 매우 복잡하게 꼬여 버렸네. 자네는 일 년 전부터 파베타와 사귀었네. 그럼 이건 뭐지? 아무것도 아닌 일이 되는 거야. 다시 말해 자네는 가짜 사제에게 서원을 한 것이네. 운명이 자네를 놀린 거지. 여기 있는 위쳐 게롤트가 입버릇처럼 말하던 그대로 이게 무슨 아이러니란 말인가."

"운명이니 서원이니 아이러니니 하는 말은 악마에게나 줘 버리십시오."

듀니가 얼굴을 일그러뜨리며 말했다.

"저는 파베타를 사랑합니다. 그리고 그녀도 저를 사랑합니다. 나무랄 것이 있다면 그것뿐입니다. 왕비님, 당신은 우리의 행복을 막으실 수 없습니다."

"막을 수야 있지, 듀니. 그리고 막을 수 있을지 없을지는 두고 볼 일이지."

칼란테 왕비가 미소를 지었다. 가식 없는 미소였다.

"그런데 자네, 운이 좋았어. 나는 둘의 행복을 막고 싶지 않으니까. 내 자네에게 아직 갚아야 할 것이 좀 있지 않은가, 듀니. 그 일에 관해선 자네도 알고 있을 걸세. 나는 결심했네. 자네에게 용서를 구하는 것이 마땅할 것 같아. 사실 그렇게 하는 것이 나로선 달갑지 않지만 말일세. 그럼, 자네에게 파베타를 주겠네. 이걸로 우리 사이의 셈은 다 끝난 걸세. 파베타? 달리 염두에 두고 있는 생각이라도 있느냐?"

공주는 격하게 고개를 가로 저으며 아니라고 답했다.

"감사합니다, 왕비님. 감사합니다."

듀니가 미소를 지었다.

"당신은 현명하고 넉넉한 품성을 지니신 왕비님이십니다."

"그야 여부가 있겠나. 거기에 아름답기까지 하지."

"그리고 아름다운 왕비님이십니다."

"그대들 둘은 원한다면 신트라에 머물러도 좋다. 이곳 백성들은 메히트의 백성들처럼 그렇게 미신을 믿지는 않으니 이 일에 금방 적응할 걸세. 말이 나온 김에 말인데, 자네는 고슴도치일 때도 아주 호감을 주었네. 알아 둬야 할 것은 우선은 자네가 왕좌에 오를 거라는 생각을 할 수 없다는 것이네. 내, 신트라의 새 왕 곁에서 당분간 더 통치할까 생각 중일세. 스켈리게에서 온 고매하신 아이스트 튀르시치가 나에게 청혼하였거든."

"칼란테……."

"그래요, 아이스트, 당신의 청혼을 받아들일게요. 예전에 나는 단 한 번도 사랑 고백을 받아 본 적이 없었어요. 그러나 왕좌의 부서진 조각에 묻혀 바닥에 누워 있는 동안…… 듀니, 자네 뭐라고 말했지? '나무랄 것이 있다면 그것뿐입니다. 왕비님, 당신은 우리의 행복을 막으실 수 없습니다'라고 했던가. 아주 좋은 조언이라고 생각하네. 그런데 여러분, 뭘 그렇게 놀란 눈으로 멍하니 보십니까? 여러분이 이제 거의 결혼한 것이나 다름없는 내 딸을 보고 내 나이가 많을 거라고 생각하나 본데, 난 생각만큼 늙지는 않았답니다."

"요즘 젊은 것들이란……."

모이스작이 중얼거렸다.

"모전여전이 따로 없군."

"마법사 양반, 뭘 그리 중얼거리시오?"

"아무것도 아닙니다, 왕비님."

"좋아요. 차제에 모이스작, 내 그대에게 한 가지 제안을 할까 하네. 파베타에겐 선생이 필요해. 파베타는 자기만의 특별한 재능을 잘 다룰 수 있는 교육을 받아야 할 것 같네. 나는 이 성을 사랑하네. 그러니 앞으로도 이 성이 무너지지 않고 그대로 서 있는 걸 보고 싶은데, 재주가 뛰어난 나의 딸이 다음에 다시 히스테리 발작을 일으킨다면, 그땐 고스란히 무너질지도 모르네. 모이스작, 그대 생각은 어떤가?"

"저로선 영광입니다."

"나도 그렇게 생각하고 싶네."

왕비가 창이 있는 쪽으로 얼굴을 돌렸다.

"아침이 밝아오고 있군. 시간이 되었어……."

왕비가 갑자기 옆으로 돌아섰다. 옆에선 파베타와 듀니가 두 손을 마주잡고 속삭이며 거의 이마를 맞댈 듯 붙어 있었다.

"듀니!"

"예, 왕비님?"

"들었나? 동이 트고 있어! 날이 밝기 시작했어! 그런데 자네……."

게롤트가 모이스작을 보자, 모이스작 역시 게롤트를 바라보았다. 그러더니 둘은 소리 내어 웃기 시작했다.

"그대들, 뭐가 그리 우스운가? 그대들은 이게 안 보이나?"

"우리는 여왕님께서 직접 알아차리시길 기다리고 있었습니다."

모이스작이 풋, 하고 웃음을 내뿜었다.

"저는 여왕님께서 언제 알아차리실까, 궁금해하며 보고 있었습니다."

"무엇을 말인가?"

"여왕님이 저주를 푸신 것 말입니다. 여왕님께서 푸신 겁니다."

게롤트가 이어서 말했다.

"여왕님께서 '자네에게 파베타를 주겠노라'라고 말씀하신 그때, 바로 그 순간 예정되었던 모든 것이 이루어진 것입니다."

"맞습니다."

모이스작이 확인하듯 말했다.

"세상에!"

듀니가 느릿느릿 말했다.

"그러니까 마침내 풀려난 거네요. 젠장, 나는 훨씬 더 기쁠 거라고 생각했어요. 어디선가 나팔이 울려 퍼지고, 그럴 거라고요…… 여느 때와 다름없군요. 여왕님! 감사합니다. 파베타, 들었어?"

"으응."

공주가 속눈썹을 내리깔고 그대로 말했다.

칼란테 왕비는 한숨을 내쉬고 피곤한 표정으로 게롤트를 바라보았다.

"이로써 모두들 좋은 결말을 맞이하게 되었군. 그렇지 않은가, 위쳐? 저주가 풀렸고, 두 건의 결혼식이 거행될 걸세. 알현실 수리는 아마 두 달 정도 걸릴 것 같고. 사상자가 네 명에, 부상자도 많고, 아트르의 라인파른은 거의 숨도 못 쉴 지경이 되었지. 그렇지만 우린 기뻐해야 하지 않겠나? 위쳐, 자네 그거 아나? 내가 자네에게 명령하고 싶은 순간이 있었다는걸. 무슨 명령이었냐면……."

"알고 있습니다."

"하지만 지금은 자네에 대해 정당한 조치를 취해야 할 때인 것 같네. 내, 자네에게 결과를 보여 줄 것을 요구했었고 결과를 이렇게 보고 있네. 신트라는 스켈리게와 동맹을 맺을 것이고 나의 딸은 결코 뒤지지 않는 남편을 얻게 되었지. 방금 전만 해도 나는 위쳐 자네를 연회에 끌어들여 내 옆에 두긴 했지만, 모든 일이 다 운명에 따라 돌아가는 거라 생각했었어. 하지만 내 판단은 잘못된 것이었네. 운명의 힘은 라인파른의 단도에 부딪혀 수포로 돌아갈 수도 있었지. 그러나 위쳐의 손에 라인파른은 저지당했네. 게롤트, 자네, 정말 훌륭하게 일을 해내었네. 이제 가격 문제만 남았군. 원하는 액수를 말해 보게."

"잠깐만요."

듀니가 부상당한 곳을 문지르며 말했다.

"가격 문제에 관해 말씀하셨는데, 값을 치러야 할 사람은 바로 접니다. 그것은 마땅히 제가……."

"내가 말하는데 끼어들지 말게, 사위."

칼란테 왕비가 두 눈을 지그시 감았다.

"자네의 장모는 누가 자신의 말에 끼어드는 걸 참지 못한다네. 명심해 두게나. 그리고 자네는 아무것도 빚진 것이 없다는 것 역시 알아 두게. 오히려 자네는 내가 위쳐 게롤트와 체결한 계약의 표적이었지. 일이 그래서 이렇게 된 것이고. 내 말했네, 우리 사이엔 이제 계산할 것이 없다고. 그러니 나는 이제 내가 자네에게 영원히 사죄를 구하는 것도 의미가 없다고 보네. 그러나 내가 맺은 계약은 여전히 끝이 나지 않았네. 자, 게롤트, 가격은?"

"좋습니다."

게롤트가 말했다.

"왕비님의 녹색 숄을 주십시오. 그것이라면 제가 알고 있는 한 가장 아름다운 왕비님의 녹색 눈동자를 늘 기억할 수 있을 겁니다."

칼란테 왕비는 미소를 지으며 그녀의 에메랄드 목걸이를 풀었다.

"이 목걸이도."

그녀가 말했다.

"나의 녹색 눈동자에 걸맞은 색조의 보석이 달려 있지. 좋은 기억과 더불어 이것도 간직하시게."

"제가 한 말씀 드려도 되겠습니까?"

듀니가 겸손하게 물었다.

"그럼, 사위, 말하게, 말해."

"위쳐여, 나는 여전히 당신에게 큰 빚을 지고 있다고 말하고 싶소. 라인파른의 단도에 죽을 뻔한 건 당신이 아니라 나였소, 내 목숨이었소. 당신이 없었으면 경비병들의 창에 찔리고 말았을 것이오. 값을 치러야 한다면 그건 내가 지불해야 마땅하오. 내 맹세컨대 이미 마음의 준비를 마쳤소. 얼마를 요구하겠소, 게롤트?"

"듀니."

게롤트가 차분히 말하기 시작했다.

"대가와 관련된 질문을 받은 위쳐는 상대가 그 질문을 다시 한 번 반복하도록 요구해야 하오."

"그럼 내 반복하리다. 그도 그럴 것이, 보시오, 게롤트. 나는 다른 이유에서도 당신에게 빚을 지고 있소. 홀에서 당신의 정체를 들었을 때, 나는 당신을 미워하며 당신을 아주 나쁘게 생각했었소. 당신을 맹목적이고 피에 굶주린 살인기계, 아무런 생각이나 감정도 없이 살해한 다음, 칼날에 묻은 피를 닦아내며 돈을 세는 그런 인간이라고 생각했었소. 그러나 이제 나는 확신하게 되었소. 위쳐라는 직업이 정말이지 존경받아 마땅하다는 것을 말이오. 당신은 어둠속에 잠복하고 있는 사악한 존재들로부터 우리를 보호해 줄 뿐만 아니라, 우리 자신 속에 숨겨져 있는 사악함으로부터 또한 우리를 보호해 주는 것 같소. 그런 일을 하는 위쳐들이 그렇게 조금밖에 없다니 참으로 아쉬울 뿐이오."

칼란테 왕비가 미소를 지었다. 게롤트는 오늘밤 들어 여왕이 두 번째로 진심 어린 미소를 지었다는 생각이 들었다.

"나의 사위가 잘 말해 주었네. 거기에 내가 두 마디만 더 보태야 할 것 같군. 정확히 두 마디네. 미안하네, 게롤트."

"그럼 나는……."

듀니가 말했다.

"두 번 반복해서 말을 하겠소. 얼마를 요구하겠소, 게롤트?"

"듀니."

게롤트가 진지한 어조로 말했다.

"칼란테 왕비님, 그리고 파베타 공주님. 그리고 당신, 올곧은 성품의 기사이자 신트라를 이끌 미래의 왕인 뮈르시치님. 위쳐가 되기 위해선 운명의 그늘 속에서 태어나야 합니다. 그런데 아주 소수만이 그 그늘 속에서 태어나지요. 그렇기 때문에 우리 위쳐들이 그렇게 적은 것입니다. 우리도 나이가 들고, 저 세상으로 돌아갈 것입니다. 그런데 우리에겐 우리의 지식과 우리의 능력을 전수해 줄 사람이 없습니다. 후계자가 턱없이 부족하지요. 그러나 세상엔 우리가 더 이상 존재하지 않게 될 날만을 손꼽아 기다리는 사악한 존재들로 가득 차 있습니다."

"게롤트."

칼란테 왕비가 나직이 속삭였다.

"예, 맞습니다, 왕비님. 듀니! 당신은 이미 당신이 갖고 있지만 그 사실을 모르고 있는 것을 나에게 주어야겠습니다. 6년 뒤에 신트라로 다시 돌아오겠소. 운명이 나에게 자비를 베풀었는지 아닌지 확인하기 위해서 말이오."

"파베타!"

듀니가 눈을 동그랗게 떴다.

"그럼 설마 당신이……?"

"파베타!"

칼란테 왕비가 소리쳤다.

"너…… 너 정말로……?"

파베타 공주는 시선을 떨구며 얼굴을 붉혔다. 잠시 후 그녀가 대답했다.

이성의 목소리
5

"게롤트! 여보게! 자네, 안에 있나?"

게롤트는 누렇게 변색되고 낡아서 부슬거리는 로데리크 드 노벰브르의 〈세계사〉를 보고 있었다. 논란의 여지가 많지만 흥미로운 책으로 이틀 전부터 그가 열심히 보고 있던 책이다.

"있습니다. 웬일이세요, 네네케? 제가 필요한 일이라도 있습니까?"

"누가 자넬 찾아왔어."

"또요? 이번엔 또 누구랍니까? 헤레바르트 대공께서 몸소 왕래라도 하셨나요?"

"아니. 이번엔 자네의 둘도 없는 친구 단델라이언이라고 하네. 어디든 참견하길 좋아하는 성격에, 식충이에 무위도식하는 게으름뱅이요, 예술교 사제이며 서사시와 연애시 문단의 빛나는 별 말일세. 평소와 다름없이 명성의 후광을 입어 환한 얼굴에, 돼지 오줌보에 바람 집어넣은 것처럼 뚱뚱하고 맥주 냄새가 진동하더군. 보고 싶나?"

"물론이죠. 그래도 내 친구인데요."

네네케가 어깨를 으쓱해 보였다.

"나는 자네 둘이 친한 걸 이해할 수가 없네. 그 작자는 자네와 완전히 다른 타입이잖아."

"반대끼리는 서로 끌리는 법이지요."

"그야 분명 그렇지. 아, 저기 오네."

네네케가 방향을 가리키며 고개를 끄덕였다.

"자네의 유명하신 시인님일세."

"네네케, 저 친구 정말로 유명한 시인이에요. 저 친구의 서사시를 들어 보시면 그렇게 말씀하시진 못할 겁니다."

"벌써 들었네."

여사제가 얼굴을 찡그렸다.

"방금 전에. 내가 서사시에 관해서 알면 얼마나 알겠는가마는, 감동적인 서정시에서 시작하여 물 흐르듯 자연스럽게 외설스럽고 추잡한 이야기로 넘어가는 바로 그 점에 저 친구의 타고난 재능이 있는 것 같더군. 이 이야기는 그만 하지. 미안하네만, 자네들과 말상대를 하고 싶지 않네. 오늘은 내, 저 친구의 시문학도, 그의 상스러운 농담도 들어 줄 기분이 아니네."

복도를 쩌렁쩌렁 울리며 왁자한 웃음소리와 류트 소리가 들리는가 싶더니, 도서관 문지방에 단델라이언이 나타났다. 그는 소맷부리에 레이스 장식을 한 연보라색 밤스를 입고, 한쪽 귀를 덮은 모자를 쓰고 있었다.

단델라이언은 네네케를 보자, 모자에 꽂은 재두루미 깃털이 바닥을 쓸 정도로 깊숙이 몸을 숙여 절하였다.

"공경하는 어머니, 깊은 존경의 마음을 담아 인사드립니다."

그는 멍청해 보일 정도로 잘도 주절거렸다.

"위대한 멜리텔레 여신과 정절과 지혜의 샘물인 멜리텔레 여사제들을 찬미합니다."

"조롱하는 말은 이제 그만 하시게, 단델라이언."

네네케가 엄한 목소리로 말했다.

"그리고 나를 어머니라고 부르지 말게. 자네 아나? 자네 같은 아들이 있다는 건 생각만으로도 화가 머리끝까지 나니까."

그녀는 그 자리에서 곧바로 돌아서서 밖으로 나갔다. 망토자락에서 사각거리는 소리가 났다. 단델라이언은 찡그린 얼굴로 절을 하는 시늉을 했다.

"네네케는 하나도 안 변했어."

그가 화가 풀린 듯 온화한 목소리로 말했다.

"아직까지도 농담이라면 질색을 하시네, 그려. 지금 네네케는 나 때문에 기분이 안 좋을 거야. 내가 도착했을 때 문을 열어 주던 여자와 좀 놀았거든. 긴 속눈썹에 친절한 금발머리 아가씨였는데 한 갈래로 땋아 내린 머리가 예쁜 엉덩이까지 내려왔더라고. 그렇게 예쁜 엉덩이를 만지지 않고 지나친다면 그거야말로 죄악이지 않겠나? 그래서 아가씨의 엉덩이를 움켜쥐었지. 그런데 바로 그때 네네케가 지나가다가 그만…… 어쩔 수 없지, 뭐. 오랜만이네, 게롤트."

"오랜만이네, 단델라이언. 내가 여기 있는 건 어떻게 알았나?"

단델라이언이 기지개를 켠 다음 바지를 끌어올렸다.

"나 비지마에 있었어."

그가 말했다.

"스트리가에 관해 들었네. 그래서 자네가 상처를 입었다는 것도 알게 되었지. 자네가 몸을 추스르러 어디로 갔을지 짐작이 가더군. 보기엔 이미 다 나은 것 같은데?"

"제대로 봤네. 제발 네네케에게도 그 사실을 좀 가르쳐 주게나. 앉게. 밀린 이야기나 해 보세."

단델라이언이 자리에 앉더니, 독서대 위에 놓인 책에 눈길을 돌렸다.

"역사라?"

그가 빙긋 미소를 지었다.

"로데리크 드 노벰브르? 나도 알아, 나도. 옥센푸르트 대학에서 공부할 때, 내가 두 번째로 좋아하던 과목이 역사였거든."

"첫 번째는 무슨 과목이었는데?"

"지리."

시인이 진지한 말투로 답했다.

"세계지도가 아주 컸지. 그 뒤에다 화주병을 숨기기가 아주 좋았거든."

게롤트는 별로 감흥 없이 웃으며 자리에서 일어났다. 그리고 책꽂이에서 루니니와 티르스의 〈마법과 연금술의 불가사의한 세계〉라는 두꺼운 책을 꺼내들고 그 책 뒤에 숨겨두었던, 배가 불룩하고 밀짚으로 칭칭 두른 술 한 병을 끄집어냈다.

"오호!"

음유시인의 목소리가 눈에 띄게 밝아졌다.

"보다시피, 지혜와 영감은 늘 책장에서 발견되는 법이지. 오호라! 이거 내 마음에 쏙 드는걸. 자두로 담근 거로구먼, 그렇지? 그래, 이런 게 바로 연금술이지, 암, 그렇고말고. 이제 현자의 돌이 우리 손에 들어왔으니, 연구해 볼 만하지 않은가. 형제여, 건배! 어우! 이거 독한걸!"

"무슨 일로 여기까지 온 건가?"

게롤트가 시인에게서 병을 뺏어 들었다가 자리에 내려놓고는 타는 듯한 목을 문지르며 기침을 했다.

"어디로 갈 작정인가?"

"아무데도. 이 말은 자네가 가려는 곳으로 따라갈 수 있다는 말이기도 해. 자네의 말상대를 해 주며 말일세. 자네 여기서 오래 쉴 생각이었나?"

"아니. 이곳의 대공이 내가 이 지역에 있는 걸 원치 않는다는 의사를 비쳤다네."

"헤레바르트 대공 말인가?"

단델라이언은 야루가에서 드라헨베르겐에 이르기까지 모든 왕과 제후, 통치자, 봉건영주를 다 알고 있었다.

"신경 쓸 것 없네. 그 사람은 네네케에게 시비를 걸만큼 배짱 좋은 인물이 아니야. 멜리텔레 여신에겐 더더욱 못하지, 국민들이 그의 성을 완전히 박살내놓고 말 텐데?"

"나 때문에 성가신 일을 만들고 싶진 않아. 어차피 이곳에 머무른 지도 오래 되었고. 난 남쪽으로 갈 걸세, 단델라이언. 남쪽으로 계속 내려갈 거야. 이곳에선 일을 찾을 수 없어. 문명화되었거든. 이곳 사람들에게 위쳐가 무슨 소용이 있겠나? 내가 일거리를 물어보면, 그들은 나를 무슨 환상 속의 기괴한 동물 바라보듯 본다네."

"자네 지금 무슨 말을 하는 거야! 대체 이곳의 어디가 문명화되었다는 말이야? 나는 일주일 전에 부이나를 지나 온 몸이네. 말을 타고 그 땅을 지나오는 내내 나는 온갖 이야기들을 다 들었다네. 이 지역에 물의 엘프, 빈더, 키메라, 플라터 같은 온갖 잡것들이 산다더군. 자네, 할 일이 태산 같아서 눈코 뜰 새 없을 지경일 걸세."

"그런 이야기라면 나도 들었네. 그중 절반은 지어낸 이야기이거나 과장된 이야기야. 아니야, 단델라이언. 세상은 변하고 있고, 무엇인가는 사라져 종말을 고할 걸세."

단델라이언이 술병을 들어 한 모금 들이켰다. 그러곤 두 눈을 질끈 감고 무겁게 한숨을 쉬었다.

"자네 또 시작인가, 서글픈 위쳐 활동을 한탄하면서 철학적으로 사고하는 것까지……, 부적절한 독서로 인한 암울한 결과를 보게 되는군. 왜냐하면 저 노령의 로데리크 드 노벰브르조차도 세상이 변하고 있다는 결론에 이르렀으니까 말일세. 뿐만 아니라 그의 논문에서 사람들이 아무런 의구심도 갖지 않고 동의하는 유일한 명제가 세상의 가변성에 관한 것이기도 하지. 하지만 지금 자네가 나를 놀라게 하려고 말한 명제는 그렇게 독창적인 명제가 아니야. 그리고 사색가의 표정을 짓는 것도 그래. 자네 얼굴엔 도무지 어울리지 않아."

게롤트는 대답하는 대신 병에서 술을 한 모금 들이켰다.

"그래, 그래."

단델라이언이 또다시 끄응, 신음소리를 냈다.

"세상은 변하지. 해는 지고, 술은 사라져 종말을 고하겠지. 자네 생각에 또 무엇이 종말을 고할 것 같은가? 철학자 양반. 자네, 종말에 관해 얘기하지 않았나."

"자네에게 몇 가지 예화를 들려줄까 하네."

게롤트가 잠시 침묵하고 있다가 말문을 열었다.

"부이나에서 보낸 지난 두 달 동안 겪은 이야기일세. 어느 날, 말을 타고 이리로 오는 길이었는데 다리가 하나 보이더군. 그런데 다리 위에 트롤 한 마리가 앉아서 지나가는 사람들에게 한 명도 빠짐없이 세금을 요구하고 있었다네. 돈을 내지 않으려는 사람은 괴물 손에 다리가 부러져 나갔는데 이 괴물, 두 다리를 다 부러뜨릴 때가 많더군. 그래서 나는 마을 이장에게 가서 이 트롤을 죽이면 얼마를 주겠소, 하고 물었지. 이장이 놀라서 입을 쩌억 벌리며 이렇게 말하더군. '트롤이 없어지면, 그러면 무엇이, 아니 누가 다리를 고친단 말이오? 트롤이 다리를 돌보며 정기적으로 구슬땀을 흘려가며 다리를 수리하는데 얼마나 꼼꼼하게 손을 보는지 모른다오, 그래서 현재의 그 모습을 계속 유지하고 있는 거요. 그러니 우리가 트롤에게 통행료를 내는 것이 더 싸게 먹힌다오'라고 하더군. 그래서 나는 계속 말을 몰아 길을 재촉하였다네. 그러다 나방의 변형 괴물인 포크테일을 발견하게 되었다네. 특별나게 큰 놈은 아니었어. 코끝에서 꼬리 끝까지 대략 6엘레 정도 되는 녀석이었지. 녀석이 날아다니다 말고, 갈고리 발톱으로 양을 낚아채 가더군. 나는 말을 몰아 마을로 들어가 그 못된 짐승을 처치하는데 얼마를 줄 건지 물었네. 농부들이 무릎을 꿇더니, 안 돼요, 안 돼, 라고 외치며 하는 말이 '그건 우리 남작의 막내딸이 가장 좋아하는 용입니다, 만약 용의 비늘 하나라도 다치게 했다가는 남작이 마을 전체를 불태우고 우리는 살가죽을 벗겨 죽일 겁니다'라는 거야. 나는 계속 길을 갔다네. 점점 더 배가 고파 왔지. 그래서 일거리가 있는지 묻고 다녔다네. 그런데 들어오는 일감들이 어떤 종류의 일들이었는지 아는가? 어떤 사람에겐 루살카를 찾아 주었고, 또 어떤 사람에겐 님프, 그런가 하면 드라이어드를 찾아 준 사람도 있었어……. 다들 정신머리들이 없었지. 마을마다 처녀들이 북적대고 있었지만 그들은 다른 종류의 여자를 원했다네. 또 스트라이트링[1]

---

[1] 주로 위쳐들 사이에선 약재로 사용하기 위해 포획했던 괴물이다.

을 해치운 다음 괴물의 손에서 추린 뼈를 가져왔으면 하고 바란 사람도 있었다네. 그걸 갈아서 스프에 넣어 먹으면 정력이 강해진다나, 어쩐다나……."

"그거, 진짜 멍청한 잡소리야."

단델라이언이 비난조로 말했다.

"내가 먹어 봐서 알아. 강하게 하긴 개뿔! 강하게 해 주는 것 따윈 없었어. 맛이 꼭 발싸개를 고아서 만든 즙 같다네. 어쨌든, 사람들이 그걸 믿고 기꺼이 돈을 지불하겠다면야, 뭐……."

"나는 스트라이트링은 죽이지 않아. 다른 해롭지 않은 괴물들도 마찬가지일세."

"그렇다면 자네는 쭉 배고픈 채로 살게 될 걸세. 그렇게 살지 않으려면, 직업을 바꿔 보게."

"무슨 직업으로?"

"어떤 직업이든. 사제가 되는 건 어떤가. 자네의 양심, 자네의 도덕, 인간의 본성과 다른 모든 것에 대한 자네의 지식으로 보건대 형편없는 사제는 절대 안 될 것 같아. 신들을 믿지 않는 것이 전혀 문제가 안 될 정도지. 내가 아는 사제들 중에 신을 믿는 사제는 소수였어. 사제가 되게. 그리고 스스로를 불쌍히 여기는 짓거리는 집어치우게."

"나는 나를 불쌍히 여기는 게 아니야. 사실을 직시하는 거지."

단델라이언은 한쪽 다리를 다른 쪽 다리 위에 올려 놓고는 닳아빠진 신발 뒤축을 흥미롭게 살펴보았다.

"게롤트, 지네를 보고 있자니 은발의 한 어부가 생각나는구먼. 물고기에서 비린내가 난다는 걸, 그것이 뼛속으로 스며들었다는 걸 인생이 끝나갈 무렵에 비로소 알아차린 어부였지. 이성적으로 생각하게. 잡다하게 떠들고 징징거린다고 해서 나아지는 건 아무것도 없네. 나는 말일세. 만약에 시문학에 대한 수요가 더 이상 없을 것 같다 싶으면, 류트를 못에 걸어 놓고 정원사가 될 걸세. 장미를 키울 거야."

"자네 누굴 놀리나. 자네는 그렇게 세상을 등지고 살 사람이 아니야."

"그럴지도 모르지."

단델라이언은 계속해서 구두 뒤축을 살펴보며 말했다.

"아마도 나는 그렇게 살지 않을지도 몰라. 하지만 자네와 나의 직업엔 확실한 차이점이 있지. 시문학과 류트 연주에 대한 수요는 결코 줄어들지 않을 거야. 그러나 자네가 하는 일은 점점 더 힘들어질 걸세. 자네들 위쳐들은 말이야, 스스로 일자리를 없애고 있어. 느리긴 하지만 꾸준히 말이지. 위쳐들이 일을 잘하면 잘할수록, 철저하게 하면 할수록, 그만큼 자네들이 할 일이 적어지는 거지. 자네들의 목표, 자네들의 존재목적은 괴물 없는 세상이지. 평화롭고 위험하지 않은 세상. 그 말은 다시 말해 위쳐들이 필요 없는 세상을 의미하지. 이런 모순이 어디 있겠나, 그렇지 않은가?"

"맞네."

"옛날에, 아직 유니콘이 있던 시절엔 유니콘을 잡기 위해, 정절을 지키는 일군의 소녀들이 있었지. 그 규모가 엄청났잖아, 자네도 기억하지? 그리고 피리로 쥐를 잡던 쥐잡이꾼들도 있었지. 어딜 가든 사람들에겐 그들이 절대적으로 필요했어. 그런데 연금술사들이 효능 좋은 독을 발견하여 쥐들을 죽여 버렸어. 쥐뿐인가, 널리 퍼져 있던 고양이와 흰 족제비를 비롯한 족제비류까지 죽일 수 있는 독이었지. 동물들은 값이 싸졌고, 맥주도 예전처럼 그렇게 많이 마시지 않아. 자네 '아날로기'라고 알고 있나? 유추하는 것 말일세."

"알고 있네."

"그렇다면, 자네가 한 그 이색적인 경험들을 살려 보는 건 어떤가. 유니콘 동정녀들은 일자리를 잃자, 손바닥 뒤집듯 동정을 던져 버렸다네. 그들 중 세상을 등지고 살았던 세월을 보상받길 원했던 많은 여인들이 그 후 기술을 연마하고 열심히 노력해서 유명해졌지. 쥐잡이꾼들은…… 흠, 이들에 관해선 예를 들지 않는 편이 자네에게 더 나을 것 같군. 이들은 여느 남자들처럼 술을 입에 대기 시작해서 결국 가난뱅이 신세를 면치 못하게 되었지. 그런데, 거참, 이제 위쳐가 그 다음 차례인 것 같아 보이는군. 자네 로데리크 드 노벰브르를 읽고 있나? 내가 아는 게 맞는다면, 그 책에선 위쳐에 관해 이렇게 언급하고 있을 걸세. 대략 3백 년 전 위쳐가 나타나기 시작하여 전

지역으로 퍼져 나갔다고. 그 시절은 농부들이 씨를 뿌리러 나갈 때면 단단히 무장하고 무리를 지어 나가야 했고, 마을마다 삼중으로 보루를 쌓았던 시절이었지. 용병대의 행진을 연상케 하는 상인들의 행렬이 이어졌던 시절, 몇 안 되는 도시에선 밤낮 없이 성벽마다 발사준비를 갖춘 대포를 세워 두었던 그런 시절이었어. 그 시절엔 용이며, 만티코어, 그리핀[1], 앰비스비나[2], 뱀파이어, 늑대인간, 스트리가, 키키모어, 키메라와 플라터 등이 온 땅을 지배했었지. 우리는 이들의 땅을 힘겹게 조금씩, 조금씩 앗았지. 그렇게 하나씩 하나씩 계곡과 준령의 고갯길과 숲과 초원을 빼앗았다네. 그리고 그렇게 되기까지 있었던 위쳐의 도움은 절대로 평가절하할 수 없을 걸세. 그러나 이 시절도 지나갔어, 게롤트, 돌이킬 수 없는 시절이 되었어. 남작이 포크테일을 죽이는 걸 허락하지 않았던 건 녀석이 사방 수천 킬로미터 이내에 남은 마지막 용이기 때문이지. 그래서 마치 용자리유성과 같은 역할을 하기 때문일 걸세. 게다가 이제는 녀석이 공포를 불러일으키기보다는 동정과 향수를 불러일으키거든. 다리를 지키는 트롤 역시 사람들과 익숙해졌어. 더 이상 괴물이라며 아이들에게 겁줄 수 있는 존재가 아닌 거지. 하나의 유물이자 그 지역의 마스코트나 매력덩이가 된 거지. 그런 점에서 여전히 쓸모 있는 존재이고. 그리고 키메라, 만티코어, 앰비스비나는 어떤가? 그것들은 숲 속 깊숙한 곳에, 사람들이 접근할 수 없는 산속 깊은 곳에서 숨어 지내지."

"그렇다면 내가 옳았군. 무언가는 사라져 종말을 맞을 거야. 자네가 마음에 들어 하든 말든, 무언가는 사라져 종말을 맞을 걸세."

"나는 자네가 판에 박힌 말을 늘어놓는 거 맘에 안 들어. 자네가 짓는 표정도 마음에 안 들어. 자네 무슨 일이 있나? 게롤트. 자네라는 사람은 알다가도 모르겠네. 아, 제기랄, 우리 가능한 빨리 남쪽으로, 저 거친 야생지대로 가세나. 괴물 몇 놈 해치우고 나면, 언제 그랬냐는 듯 우울한 기분도 사라질 걸세. 그리고 거긴 괴물도 충분이 있

---

[1] 독수리 머리와 날개, 사자의 몸을 한 괴수이다.
[2] 물뱀류의 괴수로 꼬리에도 머리가 달려 있다.

을 걸세. 이런 말까지 나돌 정도니까. 그곳에선 노파가 더 이상 살맛이 나지 않으면 숲에 나뭇가지를 주우러 간다는 이야기 말이네. 투창은 집에 두고 혈혈단신으로 말일세. 성공률이 확실해서라네. 자네, 아마 거기 가면 완전히 뿌리박고 살아야 할지도 몰라."

"어쩌면 그래야 할지도 모르지. 하지만 나는 뿌리를 박진 않을 걸세."

"아니 왜? 위쳐 입장에선 다른 곳보다 더 쉽게 돈을 벌 수 있을 텐데?"

"벌기가 쉬우면 뭘 하나."

게롤트가 병을 들어 술을 한 모금 들이켰다.

"쓸 데가 없는데. 더군다나 그곳 사람들은 보리쌀에 사슴고기를 먹어. 맥주에선 오줌 맛이 나고. 여자들은 도무지 씻지를 않고 모기까지 극성이지."

단델라이언이 큰 소리로 웃으며 엉덩이를 책장에 꽂혀 있는 가죽장정의 책등에 기대었다.

"사슴고기에 모기라! 그 말을 들으니 세상의 끝을 향해 떠났던 우리의 첫 여행 때가 생각나는군."

그가 말했다.

"자네, 지금도 기억하나? 우리, 굴레트에서 성찬이 열릴 때 처음 알게 되었잖아. 그리고 자네가 나를 설득하여······."

"자네가 나를 설득했었지. 자넨 굴레트를 떠날 수밖에 없었지 않나. 음악가 전용 연단 아래에서 관계를 맺었던 처녀에게 장성한 오빠가 네 명이나 있었으니까. 그들이 자네를 찾아 온 도시를 누비고 다니며 자네를 거세시키겠노라고, 그러고 난 다음 온몸에 타르를 바르고 새털을 입힐 거라고 협박했었지. 그래서 그때 자네가 나에게 매달리지 않았나."

"그리고 자네는 단짝을 찾게 되어 아주 기쁜 마음으로 그 오두막을 나왔고. 그전까지 자네는 길가는 내내 말하고만 이야기를 나눴지. 하지만 아무튼 자네 말이 옳아. 자네가 말한 대로였지. 진짜로 그 당시 나는 당분간 숨어 지낼 수밖에 없는 신세였어. 그렇게 지내기엔 꽃의 계곡만 한 곳이 없었지. 나한텐 딱 안성맞춤인 곳이었어. 그곳은 세상의 끝자락이었으니까. 문명화와 현대화의 전초지요, 두 세계의 경계선에서 가장 멀리 밀려나간 지점이었지…… 자네 아직도 기억하지?"

"물론이네, 단델라이언."

세상의 끝자락: 땅 끝 마을

I

단델라이언이 손잡이가 달린 맥주잔 두 개를 끼고 조심스럽게 술집 계단을 내려갔다. 술잔에서 맥주 거품이 방울져 떨어졌다. 그는 혼잣말로 나직이 욕을 하며 호기심에 가득 찬 몇몇 아이들의 무리를 뚫고, 마당을 지나가다 소동이 보이자 빙 돌아 피해 갔다.

마당에 세워둔 탁자에선 마을의 장로와 게롤트가 이야기를 나누고 있었고, 탁자 주변으로 마을사람들이 모여 있었다. 벌써 열 명은 족히 넘는 것 같았다. 단델라이언이 맥주잔을 내려놓고 자리에 앉았다. 그 즉시 그는 자신이 자리를 비운 사이 이야기가 단 한 뼘도 진전되지 않았음을 알아차렸다.

"저는 위쳐입니다, 어르신."

몇 번이나 되풀이하고 있었는지는 모르겠지만 게롤트는 입가에 묻은 거품을 닦아내며 똑같은 말을 반복했다.

"저는 아무것도 팔지 않습니다. 군대를 모집하는 일이나 콧물이 흘러내리는 걸 고쳐 주는 일도 하지 않습니다. 저는 위쳐입니다."

"그건 말하자면 일종의 직업이랍니다."

단델라이언도 몇 번이나 했는지 모를 설명을 반복했다.

"위쳐라고요, 아시겠어요? 위쳐는 스트리가와 유령들을 죽이지요. 해충이란 해충은 죄다 처치하고요. 직업이니만큼 돈을 받고 하지요. 아시겠어요, 어르신?"

"아하!"

곰곰이 생각하느라 깊이 주름졌던 노인의 이마가 활짝 펴졌다.

"위쳐! 그걸 왜 진작 말하지 않았노!"

"그러게요."

게롤트가 노인의 말에 맞장구를 쳤다.

"그래서 이제 말씀 좀 여쭤 보려고 합니다. 이 지역에 제가 할만한 일거리가 좀 있을까요?"

"아하."

노인은 다시 생각해 보는 것 같았다. 그러는 게 표정에 고스란히 드러나 보였다.

"일거리? 아마 없을걸……. 야생동물들 말이가? 자네 여기에 변신하는 동물들이 있는지 묻는 거 맞제?"

게롤트가 미소를 지으며 고개를 끄덕였다. 그러곤 먼지가 들어가 가려운 눈꺼풀을 손 마디뼈로 문질렀다.

"있재."

한참을 생각한 뒤에 노인이 결론을 내렸다.

"저쪽 좀 보래이, 저기 산이 보이제? 저기에 엘프들이 산대이. 엘프들의 왕국이라 안카나. 엘프 성들도 있대이. 내, 자네한테만 말하는데 그게 완전히 순금으로 만들어졌다카더라. 어이, 보래이! 내가 엘프라고 그랬제. 끔찍하지 않나. 그리로 간 사람은 다시는 돌아오지 못한다 안카나."

"그긴 저도 생각하고 있었습니다."

게롤트는 차분하게 대답했다.

"그래서 제가 그리로 가려고 하지 않는 거 아니겠습니까."

단델라이언은 눈치도 없이 실실 웃고 있었다. 게롤트의 예상대로 노인은 또 한동안 생각해 보는 눈치였다.

"아하."

마침내 노인이 입을 열었다.

"아, 그래. 그러고 보니 다른 야생동물들도 있긴 있다. 아마도 엘프의 땅에서 나왔지 싶대이. 야야, 그것들이 을매나 많은지 말도 못한대이. 셀 수도 없을 정도라니까. 그중에서도 가장 고약한 거이 모라다. 이보게들, 내 말이 맞제?"

사람들이 활기를 띠며 사방에서 탁자로 몰려들었다.

"모라라예!"

누군가 말했다.

"그럼요, 그럼요. 어르신 말씀이 맞어예. 창백한 처녀 얼굴을 하고 새벽녘에 오두막을 훑고 다니며 아이들을 훔쳐 간다 안합니꺼."

"임프도 있잖십니꺼."

또 다른 사람이 이야기를 보태었다. 지역경비대의 병사였다.

"마구간에 있는 말들의 갈기란 갈기는 죄 땋고 돌아다닌다 아입니꺼."

"뱀파이어! 뱀파이어도 있어예!"

"빈더도 있고예! 빈더한테 부스럼을 옮은 사람도 있다니까요!"

이후 몇 분간은 부끄러운 행동이나 존재 그 자체만으로 근방의 주민들을 괴롭혔던 온갖 괴물들을 열거하는 것으로 채워졌다. 게롤트와 단델라이언은 길을 잃게 만들고 빛으로 눈을 멀게 만드는 환영 때문에 술에 취한 어느 점잖은 청년이 집을 찾지 못했다는 이야기, 하늘을 날아다니다가 암소에게 달려들어 소젖을 빨아 먹었다는 플라터에 관한 이야기, 머리에 거미 다리가 달린 괴물이 숲 속을 휘젓고 다닌다는 이야기, 빨간 모자를 쓴 땅꼬마 엘프의 이야기, 빨래하는 여인의 손에서 빨래를 빼앗아 가고 그것도 모자라, 빨래하던 여자들을 덥석 물고 간다는 끔찍한 가물치에 관한 이야기도 알게 되었다.

늘 그렇듯 이 사람들도 빼놓지 않고 다음과 같은 이야기를 알려 주었다. 마녀 노파인 노이버린이 밤이면 부지깽이를 타고 날아다니고 낮이 되면 방앗간주인이 도토리 가루를 밀가루라고 속여 판다는 소문이나 누군가 총독을 막돼먹은 놈이라고 흉을 봤다는 소문을 퍼트리고 다닌다는 이야기였다.

게롤트는 인내심을 갖고 귀를 기울였다. 짐짓 집중하여 듣는 듯 고개를 끄덕이는가 하면 질문도 몇 번 하였는데, 대부분은 지역의 지형과 거리에 관한 것들이었다. 그런 다음 자리에서 일어서며 단델라이언을 향해 고개를 끄덕여 보였다.

"그럼, 안녕히 계십시오. 다들 친절하신 분들이십니다."

그가 말했다.

"조만간 다시 오겠습니다. 그때가 되면 제가 무슨 일을 할 수 있을지 알게 되겠지요."

그들은 오두막과 울타리를 따라 말없이 말을 타고 돌아갔다. 멍멍 짖어대는 개들과 빽빽거리며 소리 지르는 아이들이 앞장서 갔다.

"게롤트."

단델라이언은 말안장에서 몸을 곧추 세워 정원 울타리 밖으로 튀어나온 가지에서 사과를 따 먹으며 말했다.

"오는 길 내내 일감 찾기가 점점 더 어려워진다고 불평을 늘어놓더니만 내가 방금 들은 대로라면 이제 자네, 여기서 겨울까지 일해도 모자랄 것 같네. 그것도 쉬지 않고 말일세. 자넨 돈푼께나 벌 거고, 나는 멋진 주제를 잡아 서사시를 쓸 수 있었을 텐데. 왜 이곳을 떠나 계속 말을 달려야 하는 건지 설명 좀 해 주겠나?"

"여기 있다간 땡전 한 푼도 못 벌 걸세, 단델라이언."

"아니 왜?"

"사람들의 이야기에서 단 한마디도 진실한 말을 찾을 수 없었거든."

"그게 무슨 말인가?"

"사람들이 이야기했던 괴물들 중에 실제로 존재하는 괴물은 하나도 없네."

"자네 지금 농담하나!"

단델라이언은 씨앗을 퉤 뱉고는, 가운데만 오목하니 남은 사과를 점박이 개에게 던졌다. 유독 말의 발목을 향해 덤벼들던 개였다.

"아니야. 그럴 리 없어. 우리 눈으로 직접 그 사람들을 보지 않았나. 나는 그런 사람들을 잘 알아. 그런 사람들은 거짓말을 하지 않아."

"맞아."

게롤트가 그의 말에 동의하며 말했다.

"그 사람들은 거짓말을 한 게 아니야. 다만 그 모든 걸 철석같이 믿고 있을 뿐이지. 그런다고 거짓이 진실이 되는 건 아닐세."

단델라이언은 한동안 말이 없었다.

"그 괴물들 중에 아무것도…… 단 한 놈도 존재하지 않는단 말이야? 그럴 수는 없지. 그 사람들이 말한 것 중에 뭐라도 있긴 있겠지. 적어도 한 가지는 진짜로 있을 거야! 인정하게나."

"인정하지. 분명히 하나는 있어."

"그럼 그렇지! 뭔가?"

"뱀파이어. 박쥐 말일세."

그들은 마을 끝자락의 울타리들을 지나 노란 유채 밭과 바람에 출렁이는 밀밭 사이로 난 길을 따라갔다. 맞은편에서 짐을 잔뜩 실은 마차가 길을 따라 달려오고 있었다. 단델라이언은 안장의 휘어 들어간 부분에 한쪽 다리를 올려놓고 무릎으로 류트를 받친 다음 우수 어린 곡조로 류트를 뜯었다. 그러는 와중에도 치마를 걷어붙이고 억센 어깨에 곡괭이를 둘러멘 채 킥킥거리며 길을 따라 걸어가는 처녀들을 향해 손을 흔들어 보였다.

"게롤트."

그가 갑자기 말문을 열었다.

"그래도 괴물은 있어. 아마도 예전처럼 그렇게 많지는 않겠지. 아마도 이젠 숲 속의 나무 뒤에 숨어서 몰래 지켜보는 짓은 하지 않겠지. 어쨌든 괴물은 진짜 있다니까. 실존하는 존재라고. 그러니까 말일세, 사람들이 왜 있지도 않은 것을 과장해서 생각해 냈겠어? 더더군다나 뭣 때문에 자기들이 생각해 낸 것을 믿겠느냐고? 응? 리비아의 게롤트, 유명한 위쳐님? 그 원인에 대해 의문을 가져 본 적은 없습니까?"

"있지요, 유명한 시인님. 그리고 그 이유도 알고 있습니다."

"긴장되는걸."

"사람들은……."

게롤트가 고개를 돌렸다.

"괴물과 기괴한 것들을 생각해 내길 즐긴다네. 그러고 나면 자기 자신이 좀 덜 기괴하게 여겨지거든. 술에 취해 돌아다닐 때나 사기 칠 때, 도둑질할 때, 가죽 허리띠로 마누라를 팰 때, 늙은 조모(祖母)를 굶주리게 놓아둘 때, 덫에 걸린 여우의 몸에 거름치우는 쇠스랑을 찔러 박을 때, 혹은 세상에 남은 마지막 유니콘에게 화살을 꽂을 때, 사람들은 자기들보다 새벽녘에 집집마다 훑고 다니는 모라가 훨씬 더 나쁘다고 생각하고 싶어 한다네. 그렇게 하면 마음이 훨씬 가벼워지거든. 그리고 삶도 더 단순해지고."

"나도 그건 알고 있어."

단델라이언이 잠시 잠자코 있다가 말했다.

"거기에 적합한 각운을 찾아서 그걸로 서사시를 한 편 만들어야겠군."

"그렇게 하게. 하지만 많은 박수는 기대하지 말게나."

천천히 말을 몰았는데도 곧 마을의 마지막 오두막들마저 시야에서 사라졌다. 두 사람은 수목이 무성한 구릉의 꼭대기를 가로질러 갔다.

"세상에."

단델라이언이 고삐를 잡아당기어 말을 세우고 주변을 둘러보았다.

"보게, 게롤트. 아름답지 않나? 난 목가적인 풍경만 보면 미치겠다니까. 정말 멋진 눈요깃거리지!"

언덕을 넘어서자 지대는 완만한 경사를 이루며 흘러내려 평평하고 고른 들판으로 이어져 있었다. 들판은 다양한 종류의 열매들이 자라나며 모자이크를 이루고 있었다. 들판 한가운데는 세 호수의 수면이 클로버 이파리처럼 규칙적이고 둥글게 서로 경계를 맞대고 있었고, 경계선을 따라 **빽빽한** 오리나무 덤불의 짙은 색 띠가 수면을 둘러싸고 있었다. 울창한 숲이 만들어 낸, 형태를 종잡을 수 없는 검은 선들 위로 산이 하나 우뚝하니 솟아 있었고, 구름에 걸린 산의 푸른 실루엣이 지평선을 이루는 장관을 연출했다.

"가세, 단델라이언."

길은 호수가 있는 곳으로 곧장 이어졌다. 둑을 따라 오리나무 덤불숲으로 들어가자 숨어 있던 호수가 나타났다. 호수는 꽥꽥거리는 물오리, 청둥오리, 왜가리 그리고 볏이 달린 물새들로 꽉 차 빈틈이 없었다. 도처에 인간이 손을 댄 흔적들이 역력한데 이렇게 많은 새들의 세상이 펼쳐지다니 놀라운 일이 아닐 수 없었다. 제방을 쌓고, 돌과 널빤지로 배출구를 튼튼하게 하는 등 관리가 잘 되어 있었다. 연못에 설치된 방류전은 부식된 곳 하나 없이 경쾌하게 물을 방류하고 있었다. 호숫가 갈대숲 사이로 조각배와 선착장들이 보였고, 호수 수면엔 팽팽하게 펼쳐진 그물과 어살을 지지하고 있는 막대기들이 솟아올라 있었다.

단델라이언이 갑자기 몸을 돌렸다.

"누가 우리 뒤를 따라오고 있어."

흥분한 말투였다.

"마차를 타고!"

"그건 처음 듣는 소리구먼."

게롤트가 돌아볼 생각도 않은 채 농조로 말했다.

"마차를 타고 와? 난 여기 사람들은 박쥐를 타고 다닌다고 생각했지."

"자네한테 한마디 해야 되겠네."

단델라이언이 퉁명스럽게 쏘아붙였다.

"사람이 왜 그렇게 세상의 끝에 가까워질수록 점점 더 실없어지나? 그러다 어디까지 갈지 생각도 하기 싫구먼!"

그들은 천천히 말을 몰았다. 그러자 마차가 빠른 속도로 그들을 따라잡았다. 점박이 말 두 마리가 빈 수레를 끌고 있었다.

마부석에 앉아 있던 남자가 그들 바로 뒤에서 말을 멈추어 세웠다. 머리카락을 눈썹까지 내려 온 남자는 통가죽 밤스를 입고 있었다.

"안녕하십니꺼, 선생님들!"

"안녕하십니꺼."

지방 방언에 통달한 단델라이언이 대꾸했다.

"저는 브레네셀이라고 합니더."

마부가 자초지종을 털어놓았다.

"선생님께서 저 윗동네 최고 어르신과 말씀하시는 걸 봤습니더. 그래서 선생님이 위쳐라는 걸 알았심더."

게롤트가 말고삐를 늦추고 암말이 길가에 있는 쐐기풀인 브렌에셀에 코를 대고 잠시 냄새를 맡게 해 주었다.

"그라고……."

밤스를 입은 남자가 계속하여 이야기를 했다.

"어르신이 동화같이 허무맹랑한 이야기를 하시는 것도 들었지예. 선생님이 내색은 안 해도 다 알고 계시다는 것도 눈치챘어예. 놀랄 일도 아니지예. 그런 어처구니없는 이야기와 거짓말은 참말로 오랜만에 들어봤다 아입니꺼."

그 말에 단델라이언이 껄껄 웃음을 터트렸다. 게롤트는 아무 말도 하지 않고 청년을 주의 깊게 살펴보았다. 브레네셀이라는 이름의 남자가 헛기침을 했다.

"위쳐 선생님, 선생님께서는 제대로 된 일감을 맡고 싶으시지예?"

그가 말했다.

"선생님이 하실 일이 있을 것 같심더."

"어떤 일인데 그러나?"

브레네셀이라는 청년이 그의 눈을 똑바로 보며 말했다.

"길거리에서 말씀드리기는 좀 곤란한 일이라예. 우리 집에 가입시더. 저기 아랫동네라예. 거 가서 이야기하입시더. 어차피 가시던 길 아입니꺼."

"그걸 자네가 어떻게 아나?"

"그야 여긴 달리 갈 길도 없고 또 선생님의 말이 주둥이를 엉덩이가 아니라 아랫동네로 향하고 있다는 걸 보면 알 수 있지예."

단델라이언이 또다시 웃음을 터트렸다.

"게롤트, 뭐 더 할 말 있나?"

"없네."

게롤트가 대답했다.

"길거리에서 말하기 곤란하다 이거지. 그렇다면 가지, 브레네셀군."

"말은 마차에 단단히 매고 여그 올라오시지예."

브레네셀이 제안했다.

"그게 더 좋지 않겠심니꺼. 말안장에 앉아 엉덩이를 혹사시킬 필요가 있습니꺼?"

"맞는 말일세."

그들은 마차에 올랐다. 게롤트는 밀짚 위에 편하게 몸을 뻗었다. 우아한 녹색 옷자락을 더럽히고 싶지 않았는지 단델라이언은 마부석에 올라앉았다. 브레네셀이 혀를 차자, 마차가 뒤뚱거리며 널빤지로 보강한 둑 위를 지나갔다.

그들은 개연꽃과 좀개구리밥이 자라난 수로 위의 다리를 건너 풀 벤 자리가 마치 선을 그어 놓은 것처럼 보이는 초원을 지나갔다. 초원 뒤로 정성껏 경작한 들판이 시야 가득 들어왔다.

"이곳이 세상의 끝이라는 게, 문명화의 끝이라는 게 믿기지 않는군."

단델라이언이 말했다.

"게롤트, 저것 좀 보게. 호밀밭이 황금 같지 않나? 옥수수 밭은 말이랑 들어가서 숨어도 모르겠어. 아니 유채는 또 어떻고. 보게, 정말 크지 않나?"

"자네 농업에 관해서 좀 아나 보네?"

"우리 시인들은 모든 분야에 대해 조금씩은 다 알아야 한다네."

단델라이언이 꾹 참고 대답했다.

"그렇잖으면 톡톡히 망신당하고 말 걸세. 사람은 배워야 해, 친구, 배워야 한다고. 농업에 세계의 운명이 걸려 있지. 그러니 농업에 관해 잘 알아두는 건 좋은 일이야. 농업은 먹이고, 입히고, 추위로부터 보호하고, 오락을 즐기게 하고, 예술에 도움을 준다네."

"오락과 예술까지야…… 과장하지 말게나."

"아니 술은 괜히 먹나?"

"이제 알겠군."

"자넨 별로 아는 게 없구먼. 공부 좀 하게. 저기 저 보라색 꽃들이 보이나? 저게 루핀꽃일세."

"사실 저건 야생 완두꽃입니더."

브레네셀이 한마디 툭 던졌다.

"선생님, 아직 루핀꽃 못보셨습니꺼? 지나쳐 오는 동안 보신 적이 있으실 겁니더, 선생님. 이곳에서는 뭐든 다 힘 있고 건강하게 잘 자라나서 즐거움도 그만큼 크지예. 그래서 이곳을 꽃들의 골짜기, 블루멘탈이라고 안합니꺼. 그래가꼬 우리 조상님들이 여기에 뿌리를 박고 살며 엘프들을 쫓아냈다 아입니꺼."

"꽃들의 골짜기 블루멘탈이라고도 하고, 돌 블라타나라고도 하지."

단델라이언이 짚더미 위에 사지를 뻗고 누워 있는 게롤트를 팔꿈치로 쿡 찔렀다.

"자네 눈치챘나? 그러니까 그들은 엘프들을 몰아내긴 했지만 엘프들이 새겨 놓은 옛날 이름을 변경할 필요는 없다고 생각했던 거야. 판타지가 부족했던 거지. 그런데 지금은 여기서 엘프들과 함께 살고 있고, 응? 바로 코앞 산속에 있는 엘프들을 그냥 두고 있는 걸 보니 말일세."

"우리하고 엘프들하고는 함께하는 게 하나도 없습니더. 갸들은 갸들대로 살고, 우리는 우리대로 각자 사는 겁니더."

"최고의 해법이로군."

단델라이언이 말했다.

"그렇지 않은가, 게롤트?"

게롤트는 대답을 미뤄 두었다.

II

"감사히 잘 먹었습니다."

게롤트가 뼈로 만든 숟가락을 쪽 빤 다음 주발에 넣으며 말했다.

"대단히 감사합니다, 주인어른. 그럼 이제 괜찮으시다면 본론으로 들어가지요."

"그야 물론이지예."

브레네셀이 맞장구를 쳤다.

"드훈 어른, 어떻십니꺼?"

아랫동네의 촌장인 드훈은 탁한 눈길을 지닌 억세고 몸집이 큰 인물이었다. 드훈이 하녀들을 향해 고개를 끄덕이자 하녀들이 재빠르게 탁자에 있던 그릇을 들고 응접실을 빠져나갔다. 식사 시작 때부터 하녀들에게서 눈을 떼지 못하고 실없는 농담으로 하녀들을 웃기던 단델라이언은 아쉬워하는 모습이 역력했다.

"말씀하시지요."

게롤트가 창밖을 내다보며 말했다. 창문 너머에서 도끼 찍는 소리, 톱질하는 소리가 들려왔다. 마당에서 목재 작업을 하는 중인지 진한 송진 냄새가 응접실 내부까지 파고들었다.

"말씀하시죠, 여기서 제가 도와드릴 일이 무엇인지요."

브레네셀이 드훈 촌장을 바라보았다. 촌장이 고개를 끄덕이곤 헛기침을 했다.

"그러니까, 그게 말이요."

촌장이 이야기를 시작했다.

"여기 엄청나게 큰 들판이 하나 있다 아인교……."

게롤트는 식탁 아래로 단델라이언을 쿡 찌르며 심술궂게 말참견을 하려고 입을 달싹이던 그를 말렸다.

"맞제, 브레네셀? 들판은 오랫동안 경작되지 않고 있었어예. 하지만 우리가 그걸 일궈서 거기다 대마와 홉, 아마를 기르고 있다 아입니꺼. 들판이 진짜로 넓다 아인교. 숲까지 이어져 있을 정도니까……."

"그래서요?"

단델라이언이 참지 못하고 끼어들었다.

"들판이 뭐가 잘못되었습니까?"

"그게 말이요."

촌장이 고개를 들고 귀 뒤를 긁적이며 말했다.

"거참, 거기서 지금 악마가 행패를 부리고 있다 아입니꺼."

"뭐라고요?"

단델라이언이 버럭 소리를 질렀다.

"그게 무슨 말씀입니까?"

"말했지 않았는교? 악마라고."

"악마가 어디 있습니까, 악마는 없습니다!"

"자넨 좀 빠져 있게, 단델라이언."

게롤트가 차분한 목소리로 말했다.

"드훈 어르신, 말씀 계속하시지요."

"내 말했소, 악마라고."

"그건 저도 들었습니다."

게롤트는 마음만 먹으면 무한한 인내심을 발휘할 수 있었다.

"그것이 어떻게 생겼는지, 어디서 왔는지, 어떻게 여러분을 방해했는지 말씀해 주십시오. 괜찮으시다면 순서에 맞추어서요."

"그라니까……."

촌장은 앙상한 손을 들어 올려 손가락을 차례차례 구부리며 힘겹게 셈을 하였다.

"순서대로 하라꼬? 참말로 똑똑한 분이시오. 그라니까 생긴 거야 악마처럼 생겼지 별거 있겠습니꺼? 그 왜 책에 나오는 악마 안 있는교? 어디서 왔냐꼬예? 거참, 아무데서도 안 왔고, 쾅! 하는 소리가 나서 우리가 그쪽을 보았더니 거기 악마가 서 있었다 아입니꺼. 그라고 사실 특별히 해코지한 것이 없어예. 오히려 도움을 준다는 생각도 들고예."

"악마가 도움을 줘요?"

단델라이언이 맥주에 빠진 파리를 건지려다 말고 큰 소리로 웃음을 터트렸다.

"악마라면서요?"

"단델라이언, 자넨 좀 빠져 있어. 계속 말씀해 보시지요, 드훈 어르신. 어떤 방법으로 여러분을 도왔습니까, 그것이……."

"악마라니까요."

브레네셀이 힘주어 말했다.

"그러니까 그것이 돕는다 함은, 그것이 땅에 거름을 주고, 흙을 잘게 부수어 부드럽게 해 주고, 두더지를 근절하고, 새들을 쫓고, 흰 무와 사료용무를 못 뽑아가게 지켜 준다, 이 말입니더. 그리고 또 양배추에 벌레가 기어가면 그걸 먹기도 합니더. 물론 벌레하고 양배추까지 다 먹어 버리긴 하지만예. 그거이 안 먹는 것이 없이 다 먹어버립니더. 딱 악마 아입니꺼."

단델라이언이 또다시 웃음을 터트렸다. 그러곤 맥주에 젖은 파리를 손가락으로 튕겨 난롯가에서 잠자고 있던 고양이에게 날려 보냈다. 고양이가 한쪽 눈을 뜨더니 나무라듯 단델라이언을 째려보았다.

"아무튼 어르신은……."

게롤트가 조용히 말했다.

"이 악마에게서 벗어나게만 해 드리면 저에게 돈을 지불할 의사가 있다, 이 말씀인 거죠? 다시 말해 이 지역에 악마를 두고 싶지 않다는 말씀이시지요?"

"그렇심더."

촌장이 탁한 눈길로 그를 바라보았다.

"누가 조상 대대로 내려 온 땅에 악마를 두려고 하겠심니꺼? 이 땅은 옛날부터 우리 땅이었어예. 왕께서 우리에게 하사하신 땅이란 말이지예. 그런데 악마가 여기서 얼쩡거려서야 되겠습니꺼. 까짓 도움 따위 필요 없어예. 우리가 뭐 손이 없습니꺼, 발이 없습니꺼. 그라고 위쳐 양반, 그건 악마가 아이라 못돼먹은 짐승이라예. 이렇게 말하면 실례겠지만 그놈은 머리에 똥만 차서 사람들이 견디기가 고약하다 아입니꺼. 새벽이 될 때까지 밤새 그놈이 뭔 엉뚱한 걸 생각해 냈는지 알 수 없거든예. 들어 보이소. 어떤 때는예 우물에다 볼일을 보고요, 또 어떤 땐 처녀들 뒤를 쫓아가 처녀들한테 몸을 섞겠다고 협박을 하기도 한다 아잉교. 또 있심더. 가져갈 수 있는 건 죄다 훔쳐 간다 아입니꺼. 아니면 그런 걸 가져다 망가뜨리고 상하게 만들고예, 둑마다 가만히 두질 않고 파헤치는데 사향쥐나 비버처럼 구멍을 판다 아입니꺼. 그러다 결국 연못에서 물이 쏟아져 나와 잉어가 물에 떠내려 오고 그랬지예. 또 밖에 세워둔 건초더미 속에서 파이프담배를 피우다가 그 망할 자슥이 건초더미를 홀랑 태워 먹었고예……."

"잘 알겠습니다."

게롤트가 촌장의 말을 끊고 말했다.

"그러고 보니 피해를 주긴 주나 봅니다."

"어데예."

촌장이 고개를 가로저었다.

"피해 준 거, 해코지 한 거 없어예. 그냥 불장난을 한 거지예."

단델라이언은 창가로 몸을 돌리고 터져 나오려는 웃음을 억지로 눌렀다. 게롤트는 아무 말도 하지 않았다.

"아, 얘기만 백날 하면 뭐해예."

여태까지 잠자코 듣고만 있던 브레네셀이 목소리를 냈다.

"선생님은 위쳐 아입니꺼, 맞지예? 그라믄 악마 때문에 벌어진 일을 잘 좀 정리해 주이소. 저 윗동네에서 선생님이 일감을 찾는 거, 제 두 귀로 직접 들었다 아입니꺼. 이제 선생님이 할 일을 찾았다 아닌교. 값은 우리가 치를 겁니더. 하지만 명심해 두실 게 있심더. 우리는 위쳐 선생님이 악마를 죽이는 건 원치 않심니더. 그건 안 됩니더."

게롤트가 고개를 들고 심술궂게 씩 웃었다.

"이거 흥미롭습니다."

그가 말했다.

"뭔가 평범하지 않다는 말입니다."

"뭐가 그렇다는 말인교?"

촌장이 이마를 찡그렸다.

"조건부터 일단 평범하지 않습니다. 이 자비로운 결정은 어떻게 내리게 되신 겁니까?"

"아무도 그놈을 죽여서는 안 됩니더."

드훈 촌장의 이마가 더욱 깊이 주름졌다.

"왜냐하면 이곳 골짜기엔······."

"죽여선 안 됩니더. 그게 다입니더."

브레네셀이 끼어들며 말했다.

"선생님, 놈을 잡아만 주이소, 아니면 산으로 쪼까 내 주이소. 보답은 섭섭잖게 하겠심더."

게롤트는 아무 말도 하지 않고 여전히 미소만 짓고 있었다.

"받아들이신 건교?"

촌장이 물었다.

"먼저 여러분이 말하는 그 악마라는 녀석을 제 눈으로 보고 싶습니다."

촌장과 브레네셀이 서로 눈길을 주고받았다.

"그래예."

브레네셀이 자리에서 일어서며 말했다.

"좋으실 대로 하이소. 악마가예 밤이면 온 지역을 돌아다니며 해코지를 하는데, 낮에는 대마 밭에 웅크리고 앉아 있어예. 아니면 습지대에 있는 오래된 목초지 사이에 있심더. 거기 가면 놈을 볼 수 있을 거라예. 재촉하지 않을 테니 쉬고 싶으시면 먼저 원하시는 만큼 쉬고 일하이소. 손님으로 생각하고 편히 쉴 곳과 음식은 부족하지 않게 마련해 드리겠심더. 편히 지내이소."

"게롤트."

단델라이언이 의자에서 벌떡 일어나 앞마당을 지나 오두막에서 멀어져 가는 촌장과 브레네셀을 바라보았다.

"나는 뭐가 뭔지 도무지 알다가도 모르겠네. 자네랑 둘이서 괴물들 이야기를 한 지 하루도 지나지 않았는데 갑자기 자네가 악마를 잡는 일을 하겠다고 나서다니. 무엇보다 악마야말로 순수한 환상에 불과하고, 그냥 신화적 형상에 불과하다는 건 누구나 다 알고 있는 사실 아닌가. 무지렁이 농부들이나 혹시 모를까. 뜻밖에 이렇게 열심을 내는 건 대체 무슨 꿍꿍이란 말인가? 내 자네를 좀 알아서 하는 말이야. 자네라는 사람은 벌어먹고 살겠다고 이런 방식으로 스스로를 낮출 위인이 절대 아니야."

"그건 사실이지."

게롤트가 비죽이 웃으며 말했다.

"시인 양반, 보아하니 날 좀 아는 것 같은데?"

"그렇다면 더욱 이해가 안 가네."

"지금 이해하고 말고 할 게 뭐가 있다고 그러나?"

"세상에 악마가 어디 있어!"

단델라이언이 언성을 높여 급기야 자고 있던 고양이를 깨우고 말았다.

"없어, 없다고! 악마는 존재하지 않는단 말일세, 악마가 들으면 웃겠네!"

"맞아."

게롤트가 웃음을 터뜨렸다.

"하지만 단델라이언, 존재하지 않는 걸 직접 보고 싶은 유혹, 지금까지 내가 단 한 번도 뿌리치지 못했던 유혹이 그것이라네."

III

"한 가지는 확실하군."

눈앞에 펼쳐진 정글처럼 뒤엉킨 대마 밭을 죽 훑어보던 게롤트가 중얼거렸다.

"이 악마라는 녀석이 결코 멍청한 녀석이 아니라는 거야."

"무엇을 근거로 그렇게 생각하나?"

단델라이언이 궁금해하며 물었다.

"놈이 아무도 들어올 수 없는 빽빽한 곳에 웅크리고 있는 상황을 보고 그렇게 짐작하는 건가? 토끼도 그 정도 머리는 있네, 물론 수재(秀才) 토끼 정도 되어야겠지만."

"대마의 특수한 성질 때문이네. 이 드넓은 들판에서 뿜어져 나오는 마법에 반(反)하는 강력한 기운을 보게. 여기선 주문을 외워봐야 대부분은 아무 효과도 내지 못할 걸세. 그리고 저기, 저 줄기들 보이지? 저건 홉이라네. 홉 열매의 화분(花粉)도 비슷한 효능을 갖고 있지. 어쩌면 이건 우연이 아닐 걸세. 녀석은 그 기운을 감지하고 이곳이 안전하다는 걸 간파한 거야."

단델라이언이 헛기침을 하고 바지를 추켜올렸다.

"이거 긴장되는구먼."

그가 이마를 문지르며 말했다.

"자네가 그놈을 어떻게 손에 넣을지 말일세. 지금껏 자네가 일하는 현장을 한 번도 본 적이 없지 않은가. 악마를 잡는 거야 자네가 나보다는 더 잘 알 터이니, 나는 옛날 서사시나 몇 편 생각해 봐야겠네. 그중에 악마와 여자에 관한 서사시가 있는데 말이야, 점잖지는 않지만 재미있네. 들어보게, 여자가……."

"여자 이야기는 아껴두었다 나중에 하게, 단델라이언."

"좋을 대로 하게나. 도움이 될까 해서 한 말이었네, 다른 뜻은 없었어. 그런데 옛날 노래라고 해서 과소평가해서는 안 되네. 그 속엔 여러 세대를 거쳐 집적된 지혜가 숨겨져 있지. 욜롭이라는 머슴에 관한 서사시가 있는데, 이 머슴은……."

"이야기는 이제 그만 하게나. 나 일하러 갈 시간이야. 먹고 살 돈을 벌어야지."

"뭘 할 건데?"

"대마 밭을 좀 뒤져 보려고."

"독창적이군."

음유 시인이 깔보며 말했다.

"그다지 세련되지는 않아도."

"그럼 자네는, 자네라면 그놈을 어떻게 손에 넣을 건데 그러시나?"

"똑똑하게."

단델라이언이 뻐기며 말했다.

"그리고 영민하게. 예를 들면 몰이사냥 같은 걸 하겠지. 나라면 악마를 덤불에서 몰아낸 다음, 들판에서 말을 달려 악마를 뒤쫓아 갈 걸세. 그리고 올가미를 던져서 놈을 잡는 거지. 어떻게 생각하나?"

"아주 흥미진진한 계획이야. 누가 알겠나, 자네가 동참한다면 혹시 그 방법을 사용할 수 있을지. 그런 일을 하려면 적어도 두 명은 있어야 하니까 말이네. 하지만 우리 사냥은 뒤로 미뤄 두세. 나는 먼저 이 악마라는 놈의 정체부터 알고 싶네. 그러려면 대마 밭을 좀 뒤져 봐야지 않겠나."

"어이! 자네 칼은? 칼도 안 가져 왔잖아."

단델라이언이 이제야 이 사실을 눈치채고 말했다.

"뭣 하러 가져와? 악마에 관한 서사시들은 나도 알고 있네. 여자도, 욜롭이라는 머슴도 칼을 사용하진 않았지."

"흠……."

단델라이언이 주변을 둘러보았다.

"우리, 꼭 이 빽빽한 대마 밭 한가운데서 사전조사를 해야 하는 건가?"

"자네는 안 해도 되지. 마을로 돌아가서 기다리고 있어도 돼."

"아니."

단델라이언이 대꾸했다.

"나더러 이런 기회를 포기하라고? 나도 악마를 보고 싶다고. 정말로 책에 나온 것처럼 그렇게 끔찍하게 생겼는지 나도 확인하고 싶단 말일세. 내가 물었던 건 우리가 정말로 저 대마 사이를 뚫고 사전작업을 해야 할 필요가 있겠느냐는 것이었네. 저기에 길이 있는데 말이네."

"정말이군."

게롤트가 눈 위에 손으로 차양을 만들었다.

"저기 오솔길이 있었군. 저 길을 이용하세."

"그런데 그게 악마가 있는 곳으로 이어지는 길이면?"

"그럴수록 더 좋지. 그럼 쓸데없이 여기저기 돌아다니지 않아도 되지 않나."

"그런데 게롤트, 있잖은가."

단델라이언이 게롤트를 따라 대마 밭 사이로 난 울퉁불퉁하고 좁다란 오솔길을 걸어가며 수다를 떨기 시작했다.

"나는 지금껏 '악마'라는 말은 은유에 불과한 거라고, 사람들이 욕이나 저주를 퍼부을 때 쓰려고 만들어낸 말이라고 생각해 왔네. '악마나 알지', '악마한테 잡혀갈 놈', '악마한테나 가 버려' 이런 말은 제기랄, 빌어먹을, 이런 뜻으로 우리가 일반적으로 쓰는 말이지 않은가. 호빗족들은 손님이 오는 걸 보면 이렇게 말한다네. '악마가 또 누구를 보냈군' 난쟁이들은 일이 잘 안 될 때면, '디벨 호엘'이라고 욕하고, 형편없는 물건을 일컬어 '디벨쉬이트'라고 한다네. 그리고 고어표현 중에는 이런 관용구도 있다네. '아 뒤—블 엡 아—쉬', 이 말의 뜻은……."

"나도 그게 무슨 소리인지는 아네. 수다 좀 작작 떨게나, 단델라이언."

단델라이언이 수다를 멈추었다. 그러곤 왜가리 깃털로 장식한 모자를 벗어들고 부채질을 하며 땀범벅이 된 이마를 훔쳤다. 대마 밭은 습하고, 찌는 듯한 열기로 가득했다. 열기 때문에 공중에 걸린 풀꽃과 잡초 냄새가 더욱 진하게 진동했다. 오솔길이 약간 휘어드는가 싶더니 뒤에 있는 조그만 빈터에서 곧바로 길이 끊어졌다. 발에 밟혀 다져져 생긴 빈터였다.

"이것 좀 보게, 단델라이언."

빈터 한가운데 평평하고 커다란 돌이 하나 있었다. 돌 위에 흙으로 빚은 토기가 몇 개 놓여 있었는데, 토기 사이로 거의 끝까지 타들어간 수지양초 한 개가 눈에 들어왔다. 게롤트는 녹아내린 둥글넓적한 양초기름에 옥수수 알갱이, 콩 알갱이를 비롯하여 무엇인지 식별하기 힘든 크고 작은 씨앗들이 들러붙어 있는 걸 보았다.

"내 이럴 줄 알았어."

게롤트가 중얼거렸다.

"마을 사람들이 제물을 바친 거야."

"정말로 그랬군."

단델라이언이 초를 가리키며 말했다.

"게다가 악마를 위해 초까지 밝혔구먼. 그런데 보니까 악마한테 낟알을 먹이로 주었나 보네 그려. 악마가 무슨 새인 줄 아나? 이런 제기랄, 이거 완전 돼지우리잖아! 꿀에, 타르에, 몽땅 끈적끈적 들러붙어 있어. 뭐 이런……."

그 다음에 이어지는 단델라이언의 말소리는 크고 위협적인 염소 울음소리에 묻히고 말았다. 대마 밭 속에서 뭔가 바스락바스락, 쿵쿵 발을 구르는 듯한 소리가 나더니, 이윽고 빽빽한 대마 틈바구니에서 이상하게 생긴 피조물이 밖을 내다보는 것이 보였다. 게롤트가 지금껏 본 것 중에 가장 기이하게 생긴 것이었다.

피조물은 키가 세 길도 더 되었고, 퉁방울처럼 튀어나온 눈에 염소수염과 염소 뿔이 달려 있었다. 이리저리 움직거리는 입술도 가운데가 갈라지고 부드러워 보이는 것이 되새김질 하는 염소를 생각나게 했다. 놈의 하반신은 갈라진 발굽에 이르기까지 길고 굵은 암적색 털로 뒤덮여 있었다. 이 상상 속의 동물은 붓촉 모양의 수술형태로 끝나는 기다란 꼬리도 있었다. 놈이 이리저리 격하게 꼬리를 쳐댔다.

"욱! 욱!"

괴물이 짖는 소리를 내며 발굽으로 바닥을 긁어댔다.

"너희들, 여기서 뭘 찾는 거냐? 썩 물러가라, 썩. 그렇지 않으면 뿔로 받아버리겠다, 욱! 욱!"

"염소야, 누구한테 엉덩이라도 걷어차였냐?"

단델라이언은 궁금한 건 참지 못했다.

"욱! 욱! 메에에에!"

뿔난 괴물이 염소 우는 소리를 내기 시작했다. 단델라이언의 질문이 맞는다는 소리인지, 아니면 틀렸다고 내는 소리인지 아니면 우는 것 자체가 목적인지 분간이 가지 않았다.

"조용히 좀 하라고, 단델라이언."

게롤트가 화난 목소리로 말했다.

"한마디만 더 해 봐!"

"음메음메음메에에!"

놈은 성이 나서 주둥이를 크게 벌린 채 누런 말 이빨을 드러내고 우는 소리를 냈다.

"욱! 욱! 욱! 음메음메에에음메에에!"

"완벽해."

단델라이언이 고개를 끄덕였다.

"손풍금이랑 딸랑이는 자네가 갖게. 그건 집에 갈 때 들고 갈 수 있잖아."

"그만 좀 하게, 빌어먹을."

게롤트가 이를 악물고 말했다.

"뭐든 그렇게 비비꼬고 망쳐 놓아야 직성이 풀리겠나. 그런 바보 같은 농담은 작작 좀 해 두게나."

"농담이랬나!"

뿔난 괴물이 펄쩍펄쩍 뛰며 울부짖었다.

"농담이라, 메에에에, 메에에! 또 시시한 농담이나 하는 놈들이란 말인가, 엉? 내 너희들한테 농담을 주마, 더러운 놈들. 욱, 욱, 욱! 농담하고 싶냐, 메에에! 옛다! 농담 받아라! 너희들이 가져왔던 쇠공이나 받아라! 옛다!"

괴물이 펄쩍펄쩍 뛰며 격하게 팔을 뻗쳤다. 그 순간, 단델라이언이 울부짖으며 오솔길에 퍽! 하고 쓰러졌다. 그러곤 두 손으로 이마를 눌렀다. 괴물은 메에에, 우는 소리를 내며 또다시 팔을 들어 올렸다. 게롤트의 귓전으로 무언가가 휘익! 지나갔다.

"쇠공 나가신다! 음메에에!"

작은 콩만한 쇠공 하나가 게롤트의 가슴팍에 부딪혔고, 다음 쇠공은 단델라이언의 무릎에 적중했다. 단델라이언은 끔찍한 욕설을 퍼부으며 줄행랑을 놓았다. 게롤트도 주저하지 않고 그의 뒤를 따라갔다. 그의 머리 위로 쇠공들이 붕붕 날아왔다.

"욱! 욱! 메에에에!"

뿔난 괴물은 풀쩍풀쩍 뛰며 울부짖는 소리를 냈다.

"너희들이 가져온 쇠공이니 너희들에게 돌려 줘야지! 시시한 농담이나 하는 천한 것들!"

쇠공 하나가 공기를 가르며 부웅 날아오는 소리가 났다. 단델라이언이 아까보다 더 심한 욕을 내뱉으며 엉덩이를 움켜쥐었다. 게롤트는 옆쪽, 대마 숲으로 뛰어들었지만 양쪽 어깨 사이로 파고드는 공은 피할 수 없었다. 거짓말 하나 보태지 않고 악마는 경악스러울 정도로 정확히 목표물을 겨냥하였고, 써도 써도 없어지지 않을 만큼 많은 쇠공을 비축하고 있는 것 같았다. 게롤트가 빼빼한 대마 사이를 뚫고 나오는데 무적의 악마가 승전가를 울리듯 메에에 우는 소리가 들려왔다. 뒤이어 곧바로 다음 쇠공이 부웅 날아오는 소리, 단델라이언의 욕설, 탁탁거리며 날아가듯 오솔길을 따라 달리는 그의 발소리가 들렸다.

잠시 후 사방은 쥐 죽은 듯 고요해졌다.

IV

"게롤트, 자네 아나."

단델라이언이 양동이에 넣어 차갑게 식힌 말굽을 이마에 대며 말했다.

"나는 그리리라곤 상상도 못했네. 염소수염에 그런 뿔 달린 멍텅구리가, 온몸이 털로 뒤덮인 그런 염소가 기다리고 있을 줄은, 그리고 그런 놈이 자네처럼 불쌍하기 짝이 없는 사람을 몰아댈 줄은 상상도 못했네. 그리고 내가 머리에 이렇게 뭘 하나 얹게 될 줄도. 보게, 내가 얼마나 큰 혹을 달고 있는지!"

"벌써 여섯 번이나 보여 줬잖은가. 처음 보여 줄 때나 지금이나 크기는 그대로인 것 같구먼."

"친절하기도 하셔라. 자네랑 함께 있으면 안전할 거라고 생각했다고!"

"난 자네한테 대마 밭으로 들어오라고 부탁한 적 없네. 정확히 말하면 제멋대로인 자네의 그 혀에 재갈을 물리라고 부탁했지. 자네는 내 말을 듣지 않았고 그러니 지금 고통을 겪을 수밖에. 그리고 미안한데 조용히 하게, 누가 오고 있으니까."

브레네셀과 나이에 비해 다부진 체격의 촌장 드훈이 방으로 들어왔다. 그들의 뒤로 브레첼[1]처럼 등이 굽은 백발의 작은 노파가 아연실색할 정도로 깡마른 소녀의 손에 이끌려 들어왔다.

"드훈 어르신, 브레네셀군."

게롤트는 인사치례 없이 곧바로 말을 꺼냈다.

"이곳을 떠나기 전에 한 가지만 물읍시다. 악마를 막아보겠다고 직접 무슨 조처를 취하신 적이 있습니까, 없습니까? 분명 아무것도 안 했다고 말씀하셨습니다. 그런데 그게 그렇지 않은 것 같더군요. 근거 없이 한 추측이 아닙니다. 설명 기다리겠습니다."

마을사람들이 함께 모여 나직이 중얼거렸다. 곧이어 촌장이 주먹 쥔 손을 입에 대고 잔기침을 하고는 한 걸음 앞으로 나왔다.

"선생님 말이 맞소. 용서하이소. 우리가 거짓말을 했다 아입니꺼. 이거 면목이 없소. 우리는예, 악마를 속여 볼라꼬 했심더. 그렇게 하믄 악마가 여기서 사라질까 하고예……."

"어떤 방법으로요?"

"우리가 사는 이 골짝엔……."

촌장이 천천히 말했다.

"진즉부터 괴물들이 출몰했었어예. 공중에선 용들이, 땅에는 빈더, 부르두라켄과 팡피레[2], 어마어마하게 큰 거대거미, 뱀을 닮은 온갖 종류의 괴물 무리들이었지예. 하지만 우리는 이 무뢰한 것들이 출몰할 때마다 책에서 방법을 찾았답니더."

"책이라니 무슨 책 말씀입니까?"

"할매, 책 좀 보여 주이소. 책이라고 말씀드리지 않았능교. 책말이요! 환장하게꼬마! 완전히 귀가 먹었다 아인가. 릴레, 할매한테 말씀드리라, 책 좀 보여 주시라꼬!"

금발머리 소녀가 노파의 갈퀴처럼 휜 손가락에서 책을 낚아채어 게롤트에게 건넸다.

"이 책은……."

촌장이 이어서 말했다.

"까마득한 옛날부터 우리 종족이 보유해 온 책이라예. 세상에 있었거나 있거나, 있을 온갖 괴물들, 마법, 진귀한 것들에 대적할 수 있는 방법들이 거기 다 들어 있다 아잉교."

게롤트는 소녀가 건넨 책을 바로 살펴보았다. 먼지로 뒤덮인 무겁고 두툼한 한 권짜리 책이었다. 소녀는 물러가지 않고 게롤트의 앞에서 앞치마를 구깃거리며 서 있었다. 소녀는 게롤트가 처음 생각했던 것보다 더 나이가 많아 보였다. 또래로 보이는 억센 다른 마을 소녀들과 확연히 구분되는 마른 체형 때문에 착각했던 것이다.

---

1) 8자형 모양의 소금 빵을 말한다.
2) 뱀파이어와 유사한 습지괴물이다.

게롤트는 탁자에 책을 놓고 목재로 된 무거운 겉장을 펼쳤다.

"이것 좀 봐주게, 단델라이언."

"초기 룬 문자로군."

단델라이언이 이마에 말굽을 댄 채 게롤트의 어깨너머로 책을 보며 글자를 판독했다.

"가장 오래된 문자로, 지금 우리가 사용하고 있는 글자도 거기서 나온 거라네. 또 엘프의 문자와 난쟁이들의 상형문자의 근간이 되기도 했고. 독특한 양식을 갖고 있지만, 당시엔 이렇게들 사용했지. 흥미로운 기호와 계시들이로군. 게롤트, 이런 책은 흔히 볼 수 없어. 본다고 해도 사원의 도서관이라면 모를까, 이런 땅 끝 마을에서 볼 수 있는 건 아니라네. 세상에, 친애하는 주민 여러분, 대체 이 책은 어디서 구하셨대요, 그래? 설마 이걸 읽을 수 있다거나 뭐 그런 말을 하려는 건 아니지요? 할머니? 할머니, 저 초기 룬 문자 읽으실 수 있으세요? 아니, 룬 문자를 알기는 아세요?"

"뭐라카노?"

금발머리 소녀가 할머니에게 다가가 귓속말로 속삭였다.

"글을 읽는다꼬?"

노파가 웃으면서 잇몸밖에 없는 입을 히죽 벌렸다.

"내가? 어데, 택도 없는 소리! 내는 그런 거 할 줄 모린다."

"이제 설명해 보시죠."

게롤트가 촌장과 브레네셀에게 돌아서며 차갑게 말했다.

"룬 문자를 읽을 줄도 모르면서 어떻게 책을 이용했다는 겁니까?"

"젤로 늙은 할매들이 대대로 책에 뭐라꼬 적혀 있는지 다 알았다 아인교."

드훈 촌장이 침울한 어조로 말했다.

"그리고 최고 연장자인 할매들은 돌아가실 때가 다가오면, 할매들이 알고 있는 걸 젊은 여자들에게 가르쳐 주십니더. 선생님도 보다시피 지금 이 할매도 때가 다 되었꼬예. 할매도 릴레, 야를 받아들여 가르치는 중이라예. 그래도 아직까지는 할매가 가장 잘 알고 있심더."

"늙은 마녀와 나이 어린 마녀라."

단델라이언이 중얼거렸다.

"내가 제대로 이해했다면……."

게롤트가 믿기 어렵다는 듯 말했다.

"그럼 할머니께서는 책을 모두 외우신다는 말씀이네요? 그렇습니까, 할머니?"

"완전히는 아니지, 어데!"

노파가 대답했다. 이번에도 릴레가 중개역할을 했다.

"그림 밑에 씌어 있는 것만 외우제."

"아하."

게롤트가 잡히는 대로 아무 데나 책을 펼쳤다. 그가 펼친 페이지엔 수금(竪琴)처럼 동그랗게 휘어진 뿔을 가진 점박이 돼지그림이 있었다.

"자, 할머니가 외우실 수 있다는 걸 보여 주시죠? 여기 뭐라고 씌어져 있습니까?"

할머니는 코를 훌쩍이기 시작했다. 그러곤 그림을 찬찬히 살펴본 다음, 두 눈을 지그시 감고 낭송하기 시작했다.

"뿔 달린 아우에록스 혹은 타우루스. 많은 사람들이 착각하여 비젠트라고 칭하기도 한다. 뿔이 있으며, 그 뿔로 들이받으며……."

"그만 하셔도 됩니다. 아주 잘하시네요, 정말입니다."

게롤트는 뒤에 붙어 있는 책장 몇 장을 더 넘긴 다음 물었다.

"그럼 여기는요?"

"그건, 온갖 구름정령과 불꽃정령들을 모아 놓은 것이제. 비를 내리게 하는 것도 있고 바람씨앗을 뿌리는 정령도 있고, 또 번개를 휘두르는 것도 있다. 그들로부터 추수한 것들을 보호하고자 한다면 무쇠 칼을 들고―새 칼이어야 한다―쥐똥 3로트[1])와

---

[1]) 반 온스, 약 16그램에 준하는 오래된 무게 단위이다.

재두루미 속껍질을……."

"잘하셨습니다, 브라보. 흠…… 그럼 여기는요? 이건 무엇입니까?"

그림은 헝클어진 머리를 하고 말을 향해 가는 괴물을 그린 그림이었다. 커다란 눈에 엄청 큰 이빨을 지닌 괴물이었다. 괴물은 오른손에 근사한 칼을, 왼손에 돈주머니를 들고 있었다.

"위쳐 괴물."

할머니가 코를 킁킁거리며 말했다.

"위쳐라고 칭하는 사람들이 많다. 위쳐를 불러들이는 건 매우 위험하지만, 필요할 때가 있다. 괴물이나 괴수에 대항하여 손을 써볼 수 없을 때가 있기 때문이다. 이럴 땐 위쳐 괴물이 도움이 된다. 그러나 조심할 것……."

"됐습니다."

게롤트가 중얼거렸다.

"그만 하면 되었습니다, 할머니. 고맙습니다."

"아니, 안 되지."

단델라이언이 심술궂은 미소를 지으며 제동을 걸었다.

"그 다음이 어떻게 되죠? 아주 흥미로운 책이네요! 말씀해 보세요, 할머니, 말씀해 보세요!"

"어디까지 했더라…… 그러나 조심할 것. 만질 경우 옴이 오를 수 있으니, 위쳐 괴물은 만지지 않도록 조심하라. 그리고 처녀들은 위쳐 괴물의 눈에 띄지 않도록 조심하라. 위쳐 괴물은 지나치게 호색한 기질이 강하기 때문이다……."

"구구절절 맞는 말이구먼."

단델라이언은 히죽거렸지만 게롤트가 보기에 릴레가 미소를 짓는 건지 아닌지 거의 알 수 없었다.

"……그리고 위쳐 괴물은 또 아주 탐욕스러워서 황금을 탐한다."

할머니는 쉬지 않고 이번에는 눈살을 찌푸려 가며 이어서 말했다.

"그러므로 다음 금액 이상을 쥐어 주면 안 된다. 엘프 하나 당 은전 한 푼 또는 반 푼. 고양이인간 하나당 은전 두 푼. 뱀파이어 하나당 은전 네 푼……."

"호시절 이야기죠."

게롤트가 중얼거렸다.

"고맙습니다, 할머니. 그럼 이제 책 어디에 악마에 관한 이야기가 나와 있는지 그리고 책에서 악마에 관해 뭐라고 씌어져 있는지 보여 주시지요. 이번엔 저도 귀를 바짝 세우고 들어 보려고요. 여러분이 무슨 수단을 써서 악마를 막으려고 했는지 그것을 좀 알아볼까 해서요."

"조심하게, 게롤트."

단델라이언이 쿡쿡 웃었다.

"자네, 비꼬는 말로 이야기를 시작할 겐가. 하기야 그런 행동 방식이 전염성이 있긴 하지."

할머니는 떨리는 손을 겨우 진정시키고는 한꺼번에 몇 장씩 책장을 넘겼다.

게롤트와 단델라이언이 탁자 위로 몸을 숙였다. 정말로 그림 속에 쇠공을 던지는 괴물이 강조되어 그려져 있었다. 뿔과 털, 꼬리가 그려져 있었고 심술궂게 입을 비죽이고 있는 모습이었다.

"악마."

할머니가 읊어 내려갔다.

"염소다리 혹은 나무와 숲의 정령인 악마라고도 한다. 이 괴물은 재산이나 가축에 큰 해를 주거나 화를 초래하지는 않는다. 이것을 근방에서 쫓아내길 원한다면, 이렇게 하라."

"어서, 어서요."

단델라이언이 중얼거렸다.

"한 손에는 호두를 한 움큼."

할머니는 손가락으로 양피지를 짚어가며 말을 이어갔다.

"다른 손엔 같은 양의 쇠공을 한 움큼 쥐어라. 레겔[1] 하나엔 꿀을, 다른 하나엔 타르를 담아라. 병 하나엔 잿빛 비누를 담고, 다른 병엔 치즈를 담아라. 그리고 밤을 틈타 악마가 있는 곳으로 가라. 그리고 호두부터 먹이기 시작한다. 악마는 맛있는 먹을거리에 홀딱 반해서 네가 있는 곳으로 나올 것이고, 그 즉시 음식이 맛있었는지 물어보아라. 그런 다음, 악마에게 쇠공을 주어라."

"당신들도 정말 징글징글 하슈."

단델라이언이 투덜거렸다.

"그래도 그렇지 어떻게 하라는 대로……."

"조용히 하게."

게롤트가 말했다.

"자, 할머니, 계속하시지요."

"그러면 악마는 이가 부러지게 될 것이고, 네가 꿀을 먹는 걸 보고 너에게 꿀을 달라고 청할 것이다. 그 즉시 악마에게 타르를 주고, 너는 쿠바르크를 먹어라. 그리고 악마가 투덜대며 불평하는 소리가 들려도, 전혀 못들은 척, 아무렇지도 않은 척 행동하라. 그러다가 악마가 쿠바르크를 원하면 비누를 주어라. 비누를 섭취한 뒤 시간이 지나면, 악마도 더 이상 참지 못하게 될 것이다."

"비누까지 써 본 겁니까?"

게롤트가 딱딱하게 굳은 얼굴로 말을 끊고 촌장과 브레네셀에게 돌아섰다.

"어데예."

브레네셀이 한숨을 쉬었다.

"쇠공까지도 제대로 해 본 적이 없심더. 말도 마이소, 선생님. 쇠공을 한 번 씹더니 놈이 그걸 우리한테 도로 던졌다 아입니꺼."

"그런데 누굽니까?"

---

[1] 밑바닥이 타원형인 작은 들통으로 45-50리터 정도의 액체를 담을 수 있는 크기이다.

단델라이언이 화를 내며 물었다.

"여러분에게 그렇게 많은 쇠공을 악마한테 주라고 시킨 사람이? 책에는 한 움큼만 가져가라고 씌어져 있습니다. 그런데 여러분은 놈에게 자루 하나 가득 쇠공을 주었더군요! 족히 2년간은 비축탄환으로 쓸 만큼 갖다 바쳤더란 말입니다. 어떻게 그렇게들 똑똑하고 지혜로우신지!"

"조심하게."

게롤트가 빙긋 웃으며 말했다.

"자네도 비꼬는 말을 쓸 텐가? 그거 전염성이 있어."

"고맙네."

게롤트가 생각난 듯 고개를 들었다. 그러곤 할머니의 곁에 서 있는 소녀의 눈을 바라보았다. 릴레는 눈을 내리깔지 않았다. 작고 종잡을 수 없는 푸른 눈이었다.

"그런데 마을사람들이 악마에게 씨앗 종류를 제물로 바친 건 왜이지? 누가 보아도 악마는 전형적인 초식동물이던데?"

릴레는 아무 대답도 하지 않았다.

"아이야, 너한테 물은 거다. 나랑 이야기하는 것만으로는 옴을 옮지 않을 테니 겁내지 말고."

"선생님, 릴레한테는 질문하지 마이소."

브레네셀이 불쾌한 기색이 그대로 묻어나는 목소리로 말했다.

"릴레는요…… 릴레는요……, 보기 드문 아이라요. 갸는 선생님 질문에 대답하지 않을 겁니더. 굳이 그럴 필요도 없고예."

게롤트가 계속해서 릴레의 눈을 바라보았다. 릴레 역시 여전히 시선을 피하지 않았다. 게롤트는 전율이 등줄기를 타고 지나가 목구멍으로 스멀스멀 기어오르는 것이 느껴졌다.

"도리깨와 퇴비용 쇠스랑은 뒀다 뭣 하려고 가져가지 않은 겁니까?"

게롤트는 목청을 높여 말했다.

"덫을 놓을 수도 있지 않았습니까? 여러분이 마음만 먹었다면, 진즉 악마의 염소 대가리를 막대기에 꽂아 허수아비로 쓸 수도 있었을 겁니다. 여러분은 저에게 악마를 죽이려는 시도는 하지 말라고 경고하였습니다. 왜입니까? 릴레, 네가 그렇게 하지 말라고 한 거야, 그렇지?"

촌장이 일어섰다. 머리가 거의 지붕에 닿을락 말락 하였다.

"야야, 이제 그만 나가보래이."

그가 퉁명스럽게 말했다.

"할매 모시고 그만 나가래이."

"드훈 어르신, 저 애는 누구입니까?"

할머니와 릴레가 나가고 문이 닫히자 게롤트가 물었다.

"저 여자애는 누구입니까? 왜 저 여자애가 여러분께 이 책보다 더 많은 대접을 받고, 그걸 누리는 겁니까?"

"그건 선생님이 상관할 바가 아닙니더."

촌장이 게롤트를 바라보았다. 친절함이라곤 찾아볼 수 없는 눈길이었다.

"선생님이 사는 곳에선 도시마다 똑똑한 여자들을 박해하고, 화형장을 세우지예. 하지만 우리는 그런 거 없심더. 그리고 앞으로도 그런 일은 없을 겁니더."

"어르신, 제 말뜻을 알아듣지 못하신 것 같군요."

게롤트가 쌀쌀맞게 말했다.

"그야 내가 선상 말을 알아들으려고 한 적이 없으니까."

촌장이 퉁명스럽게 말을 뱉었다.

"그러신 것 같더군요."

게롤트가 비아냥거리며 말했다. 그 역시 애써 친절한 말투로 말하려고 하지는 않았다.

"하지만 드훈 어르신, 한 가지만 알아주신다면 황송하기 그지없겠습니다. 전과 마찬가지로 지금도 우리 사이엔 아무런 계약이 체결되지 않았다는 겁니다. 그러니 저는 여러분께 어떠한 의무도 없습니다. 여러분께서 이미 위쳐를 샀고, 그가 은전 한 닢 혹은 반 닢을 받고 여러분 스스로 해결하지 못하는 일을 해결해 줄 것이라고 생각할 어떠한 근거도 없는 겁니다. 아니면 여러분이 직접 해결하는 건 원치 않는 일일 수도 있지요. 그게 아니면 여러분이 직접 해결하면 안 되는 일이거나. 아무튼 그럴 수는 없다는 겁니다, 드훈 어르신. 여러분은 아직 위쳐를 사지 않으셨습니다. 그리고 제 생각엔 일이 성사되기 힘들 것 같군요. 여러분이 위쳐의 말을 이해하겠다는 의욕이 없는 한, 안 될 일입니다."

촌장이 아무런 말도 하지 않고, 탁한 눈길로 게롤트를 찬찬히 훑어보았다. 브레네셀이 흠흠 헛기침을 하더니 긴 의자 위에 앉아 이리저리 몸을 돌리며, 바닥에다 짚신을 놓고 신발 끈을 맸다. 그런 다음 갑자기 벌떡 일어서며 말했다.

"위쳐 선생님예."

브레네셀이 말했다.

"언짢게 생각하지 마이소. 어떻게 된 일인지 제가 말씀드리겠심더. 드훈 어르신?"

촌장은 동의한다는 듯 고개를 끄덕이곤 자리에 앉았다.

"저랑 마을로 오실 때 말입니더."

브레네셀이 이야기를 시작했다.

"선생님, 보셨지예, 여기선 뭐든지 다 잘 자라고 또 수확물도 풍성한 것을예. 다른 곳 같으면 보기 드물 뿐 아니라 듣기도 힘든 일인데 여기선 자주 있는 일입니더. 그래서 우리한데는 모종과 파종씨앗이 중요하지예. 그게 있어야 세금을 내고, 물건을 팔고, 교환할 수 있고······."

"그게 악마랑 무슨 상관이 있다는 건가?"

"상관이 있심더. 전에도 악마가 여기저기 쑤시고 다니며 훔치고 장난질을 하곤 했어예. 그런데 언젠가부터 완력을 써서 곡식을 훔치기 시작하더라 아입니꺼. 처음엔 대마 밭에다 돌을 던지는 걸로 시작했지예. 배가 부르면 악마가 조용해질 거라고 생각하면서예. 하지만 아무 효과도 없었습니더. 악마가 온 힘을 다해 계속 훔쳐댔다 아입니꺼. 그래서 우리는 악마가 가져갈까 봐 비상식량들을 숨기기 시작했고, 지하실과 헛간엔 빗장을 치고, 단단히 잠갔지예. 그러자 악마가 길길이 날뛰고 울부짖고 메에에거리고, '욱욱' 소리를 지르고 난리가 아니었심더. 악마가 그렇게 난리를 치면, 우리는 꽁지가 빠져라 도망쳤어예. 악마가 우리한테 협박했거든예, 우리를……."

"발로 걷어차며 막 다루겠다고 말이지."

단델라이언이 히죽히죽 웃으며 끼어들었다.

"그것도 있고예."

브레네셀이 수긍하며 계속해서 말했다.

"통닭구이를 만들어 버리겠다고도 했어예. 할 말은 많지만, 암튼 훔칠 물건이 없게 되니까 악마가 세금을 요구하지 뭡니꺼. 곡물과 다른 물건들을 자루에 담아 자기한테 가져오라고 명령했지예. 그 말에 우리는 단단히 화가 나서 녀석의 꼬리 달린 엉덩이 가죽을 무두질해 버리겠다고 작정했었심더. 하지만……."

젊은 농부가 헛기침을 하더니 눈을 내리깔았다.

"계속 그렇게 변죽만 울릴 끼가? 뭘 그리 둘러말하고 그라노."

촌장이 입을 열었다.

"브레네셀, 우리가 위쳐 양반을 과소평가했데이. 전부 다 말해뿌라."

"할매가 악마를 죽이지 말라고 했심더."

브레네셀이 얼른 이어서 말을 했다.

"하지만 우리는 릴레가 그렇게 했다는 걸 알았지예. 왜냐면예, 할매는요…… 할매는 릴레가 원하는 것만 말하거든예. 그리고 우리는…… 위쳐님예, 선생님도 잘 아시지예. 우리는 그 말을 따르고예."

"나도 그럴 거라고 생각하고 있었네."

게롤트가 입가에 미소를 지으며 말했다.

"할머니는 턱을 달싹거리면서 당신도 잘 알아듣지 못하는 몇 마디를 띄엄띄엄 말하기만 하면 되지. 그리고 소녀는 여신의 동상이라도 되듯 할머니의 눈길을 피한 채,

할머니를 빤히 바라보다가 원하는 바를 알아맞히겠지. 그러면 할머니의 바람은 당신들에겐 곧 명령이 되겠지. 릴레 말이네, 정체가 뭔가?"

"선생님이 방금 알아맞혔다 아입니꺼. 예언가라예. 그러니까 슬기로운 여자 현인인 거지예. 하지만 아무한테도 얘기하지 말아주이소. 부탁합니더. 만약 총독님이 아시게 되거나 혹여…… 신의 가호가 함께 하기를! 총독께서 아시게 되는 날엔……."

"겁낼 것 없네."

게롤트가 진지한 어조로 말했다.

"무엇 때문에 그러는지 내 다 아네. 그리고 나는 이곳 사람들에 관해서도 발설하지 않을 걸세."

각 마을마다 예언가 내지 현인이라 불리는 여자와 소녀들은 고관대작들이 농부들에게서 세금을 징수하기 시작한 즈음부터 예전만큼 많은 사랑을 받지 못했다. 농부들은 거의 모든 일에 예언가의 조언을 구했다. 그들의 예언녀에 대한 믿음은 맹목적이고 무한했다. 그러나 그렇게 구한 조언에 맞춘한 결정들은 대지주와 통치자의 정책과 현저한 대립각을 세울 때가 많았다. 불과 얼마 전 게롤트도 가축 떼를 도살한 사건, 씨앗과 추수한 수확물을 내다버린 사건, 심지어 마을 전체가 이적(移籍)한 사건 등 과격하고 도저히 이해할 수 없는 사건들에 관해 들었었다. 따라서 통치자들은 '미신'을 억압하였고, 그 과정에서 수단과 방법을 가리는 수고 따위는 하지 않았다. 이것이 가져온 학습효과로 농부들은 조속히 여자 현인들을 숨겼지만 이 여인들의 조언을 따르는 일은 그만두지 않았다. 경험을 통해 그들이 배운 한 가지 사실, 즉 이 현명한 여인들이 항상 옳았다는 사실은 의심할 여지가 없었고 뿐만 아니라, 시간을 두고 살펴보아도 역시 그들이 늘 옳았음이 입증되었기 때문이다.

"릴레가 우리한테 악마를 죽이지 말라고 했심더."

브레네셀이 계속 이야기를 이어갔다.

"그러면서 하는 말이 책에 나온 대로 하라꼬 했어예. 선생님도 아시다시피, 그렇게 해봤자 소용이 없었지예. 우리는예, 벌써 총독 어른하고 불편한 일을 겪은 상태라예. 우리가 다른 때 비해 곡물을 적게 바치자, 총독이 가만두지 않겠다고 소리소리 질러가며 협박을 했다 아입니꺼. 악마 이야기는 죽었다 깨어나도 말하면 안 됐어예. 총독님은 엄격한 사람이라서 농담이 뭔지를 모르는 인물이라예. 그러던 차에 선생님들과 우리가 길에서 딱 마주친 거고예. 그 길로 우리는 릴레한테 물어보았지예, 우리가 선생님을…… 고용해도 되는지…….”

"그래서?"

"릴레가 할매를 통해서 먼저 선생님을 봐야 안 쓰겠나 말했어예."

"그리고 그렇게 한 거로군."

"그랬지예. 그리고 선생님을 인정한 거지예. 우리는 잘 알 수 있심더. 릴레가 인정하는 건지, 인정하지 않는 건지 척 보면 알아예."

"나와 한마디도 하지 않았는데도 말인가?"

"릴레는 다른 사람하고는 절대 말 안 합니다, 물론 할매는 빼고예. 그리고 만약 선생님을 인정하지 않았다면예, 그 방에 들어오는 일은 어림 반 푼어치도 없는 일이라예."

"흠……."

게롤트가 생각에 잠겼다가 다시 입을 열었다.

"그것 참 흥미로운 일이로군. 예언가인데, 예언하는 대신 침묵한다? 릴레는 어떻게 마을로 오게 되었습니까?"

"위쳐 선생님, 그건 우리도 모른다 아입니꺼."

촌장이 중얼거리듯 말했다.

"하지만 어르신들이 기억하시기를, 지금의 할매도 딱 그랬다카데예. 그 이전의 할매도 어디서 나타났는지 알 길이 없는 말없는 소녀를 한 명 데리고 왔다꼬 하고. 그러니까 그 소녀가 오늘 만난 우리 할매 아닌교. 우리 증조부께서 그랬심더. 할매들이 그런 식으로 다시 젊어지는 거라꼬. 요컨대 할매들이 하늘에 올라가서 한 한 달쯤 있으면 다시 젊어진다꼬예, 그러니까 그 사람이 새 사람이 되는 거지예. 웃지 마이소……."

"웃기는요."

게롤트가 고개를 가로 저었다.

"그런 일로 웃기엔 제가 그동안 본 것들이 좀 많습니다. 또 여러분의 일에 코를 들이밀 생각도 없습니다, 촌장 어르신. 제가 어르신께 여쭈었던 이유는 릴레와 악마 사이에 어떤 관계가 있는지 알아보고 싶어서였습니다. 아마 여러분도 벌써 둘 사이에 모종의 관계가 있다고 짐작하셨을 겁니다. 그러니까 여러분이 여러분의 예언가 릴레를 중요하게 여기는 마음이 있다면, 악마와 관련하여 제가 드릴 수 있는 조언은 딱 한 가지입니다. 여러분이 악마에게 애정을 가져야 한다는 것입니다."

"선생님, 이거 아십니꺼."

브레네셀이 말했다.

"그게요, 비단 악마한테만 관련된 것이 아니라예. 릴레는 누구든지 괴로워하는 꼴을 견디지 못해예. 생명 붙은 거는 다 그래예."

"당연하지."

단델라이언이 끼어들었다.

"시골 예언가들은 드루이드 사제들과 같은 뿌리에서 나왔거든. 등에가 제 피를 빨아먹어도 '맛있게 드세요'라고 말하는 인간들이 바로 드루이드 사제들인걸."

"딱 맞혔어예."

브레네셀이 살짝 미소를 지었다.

"명중입니더! 우리도 멧돼지가 나타나서 채소밭을 파헤쳤을 때 그랬다 아닙니꺼. 그런데 어떻습니꺼? 창밖 좀 보이소, 채소밭이 그림같이 예쁘지예? 우리가 방법을 찾아냈다 아잉교. 릴레는 그게 뭔지 생각지도 못할 겁니더. 모르는 게 약이라는 말이 있지예. 선생님, 무슨 말인지 알겠능교?"

"알지."

게롤트가 중얼거리며 말했다.

"이제 그 이야기는 충분히 한 것 같고. 릴레가 뭘 했든 간에 이곳 괴물의 정체는 악마입니다. 굉장히 보기 드문 괴물이지만 이성적인 괴물이지요. 저는 녀석을 죽이지 않을 겁니다. 제가 정한 규정상 그렇게 할 수가 없습니다."

"그 자슥이 이성적인 자슥이라면……."

촌장이 목소리를 냈다.

"이성을 찾게 해 주소."

"참말로."

브레네셀이 촌장의 말에 동조하며 말했다.

"악마가 이성을 지녔다면 그럼 악마가 이성적으로 도둑질을 한다, 이 말이 아입니꺼. 그라믄 위쳐 선생님, 악마가 뭣 때문에 그라는 건지 알아내 주소. 곡식 낱알을 줘도 안 먹어예. 여하튼 먹는다 해도 그렇게 많이 먹는 것도 아니라예. 근데 어디에 쓰려고 알곡들을 필요로 할까예? 우리를 골탕 먹일라꼬 그랬을까예? 아님 뭘까예? 악마가 뭘 원하는 걸까예? 선생님이 그 이유를 알아내서, 어떤 마법수단을 쓰든지 간에 우리 지방에서 놈을 쫓가내 주이소. 그렇게 해 주실 거지예?"

"그렇게 해 보지."

게롤트가 결정한 듯 말했다.

"그런데……."

"그런데 뭐예?"

"친해하는 두 분, 여러분의 책 말인데요, 너무 낡았어요. 제가 무슨 뜻으로 하는 말인지 이해하셨지요?"

"솔직히 말하면……."

촌장이 중얼거렸다.

"다 이해하지는 못했심더."

"그럼 제가 설명해드리죠. 그러니까 말입니다, 드훈 어르신, 브레네셀군. 저의 도움이 여러분에게 은전 한 닢 내지 반 닢 정도의 비용으로 해결할 수 있는 일이라고 생각했다면 큰 오산이라는 뜻입니다."

V

"어이!"

빽빽한 대마 숲에서 바스락거리는 소리, 성이 잔뜩 난 '욱—욱!' 소리, 홉 막대기가 딱딱 부러지는 소리가 들려 왔다.

"어이!"

게롤트는 몸을 숨기고 같은 말을 되풀이했다.

"어서 나와라, 이 염소다리야."

"말하는 사람이 염소다~리!"

"그럼 어떻게 불러 주랴? 악마라고 하랴?"

"말하는 사람이 악~마!"

뿔난 괴물이 대마 사이로 머리를 내밀고는 이빨을 번뜩였다.

"무슨 일이야?"

"얘기 좀 하자."

"농담하냐, 엉? 너, 내가 네놈의 정체를 모를 줄 아냐? 농부들이 날 쫓아내라고 고용했지, 그렇지?"

"맞아."

게롤트는 심드렁한 말투로 괴물의 말을 인정했다.

"바로 그것에 관해서 너랑 수다를 떨려고 그런다. 이야기하다 보면 의견일치를 볼 수도 있지 않겠냐."

"말인즉슨……."

악마가 메에에거리며 말했다.

"네놈이 아주 값싼 방법으로 나를 쫓아 버리고 싶다는 말이로구나, 응? 수고하지도 않고? 어림도 없는 소리다, 음메에에! 인간이여, 삶은 투쟁이야. 더 나은 놈이 이긴다. 나를 이기고 싶으면 네가 더 낫다는 걸 증명해 보여라. 수다 떠는 것 말고 내기로 하자. 이기는 사람이 조건을 결정하는 거야. 내가 제안하지. 여기서 둑에 있는 옛 초원지대까지 달리기 시합을 하자."

"나는 그 둑이란 것이 어디 있는지도 모르고, 옛 초원지대가 어디 있는지는 더더군 다나 모른다."

"네가 그걸 안다면 내가 시합하자고 말했겠냐. 난 내기는 좋아하지만 지는 건 싫어하거든."

"내 그럴 줄 알았어. 안 돼, 이런 날씨에 우리끼리 달리기를 하자고? 안 될 말이네, 오늘은 너무 더워."

"유감이군. 그렇다면 다른 방법으로 실력을 재볼까?"

악마가 누런 이를 드러내 보이더니 바닥에서 꽤 큰 돌 하나를 들어 올렸다.

"'누가 누가 더 큰 소리를 내나'라는 시합 알아? 나부터 시작하지. 자, 눈 감아."

"다른 내기가 생각났어."

"듣고 있으니까 말해 봐."

"시합이나 달리기, 큰 소리내기, 그런 거 하지 않고 네가 그냥 떠나는 거야. 자발적으로 말이지."

"그런 제안이라면 아 뒤—블 엡 아—쉬에나 줘 버려."

이걸로 악마가 고어표현을 안다는 것이 입증되었다.

"난 여기 안 떠날 거야. 이곳이 마음에 들거든."

"하지만 너는 여기서 너무 많은 일을 저질렀어. 장난이 많이 지나쳤지."

"내 장난이 너한테 디벨쉬이트를 준 것도 아닌데 무슨 상관이냐."

그러니까 이 악마가 난쟁이 언어를 죽 꿰고 있는 놈이렷다.

"듣고 보니 네놈이 한 제안이야말로 디벨쉬이트라 할 만하다. 나는 다른 곳으로는 그곳이 어디라도 절대 떠나지 않을 거야. 어떤 내기든, 내기에서 네놈이 이긴다 해도 그럴 거거든. 그래도 내가 기회를 한 번 줄까? 힘쓰는 게임이 싫으면 우리 수수께끼 게임을 하자고. 이제 내가 수수께끼를 하나 낼 거야. 만약 네가 정답을 말하면 네가 이기는 것이고 그럼 나는 이곳을 떠나는 거지. 만약 네가 정답을 말하지 못하면 나는 여기에 있고 네가 떠나는 거야. 바짝 긴장해라, 수수께끼가 쉽지 않으니까."

악마는 게롤트가 반박할 틈도 주지 않고 메에에, 울며 발을 쿵쿵 구르더니 꼬리를 들어 채찍질하듯 땅을 치고는 이렇게 말했다.

"이파리는 장미꽃 같고, 꼬투리가 아름답고 소담스럽다. 개울에서 멀리 떨어지지 않은 점토질의 땅에서 자란다. 기다란 줄기에 얼룩이 꽃처럼 핀다. 고양이의 눈에 띄면 그 즉시 고양이가 다 먹어치운다. 자, 이것은 무엇일까? 알아맞혀 보시지."

"전혀 모르겠는걸."

게롤트는 지루한 듯 맞춰 보려는 시도도 하지 않고 말했다.

"혹시 연리초인가?"

"틀렸어. 네가 졌어."

"그럼 정답은 뭐야? 뭐가 그…… 얼룩진 줄기에 달린 거야?"

"양배추."

"잘 들어."

게롤트가 버럭 소리를 지르며 말했다.

"너 슬슬 내 신경을 건드리고 있거든."

"내가 경고했지?"

악마가 웃음을 터트렸다.

"쉬운 수수께끼가 아니라고. 어려운 거야. 내가 이겼으니까 나는 여기 있으면 되고, 너는 이제 가면 되는 거야. 잘 가라."

"잠깐만."

게롤트가 악마 몰래 손을 주머니에 찔러 넣으며 말했다.

"그럼 내 수수께끼는? 나에게도 수수께끼를 낼 권리가 있지 않아?"

"아니, 안 되지."

악마가 거부했다.

"내가 정답을 맞힐 수 없을지도 모르는데. 너 누굴 바보로 아냐?"

"아니."

게롤트는 고개를 가로저었다.

"바보는 무슨. 난 널 심술궂고, 학식 있는 시골뜨기라고 생각하고 있어. 이제 우리 새로운 놀이나 하나 하면서 즐겁게 보내자고. 그런데 이건 네가 모르는 놀이야."

"하! 어떻게 하는 건데? 무슨 놀이인데 그러나?"

"이 놀이의 이름은……."

게롤트가 천천히 놀이의 이름을 읊조렸다.

"'사람들이 너에게 하지 않았으면, 하고 바라는 것은 다른 사람들에게도 하지 않기'야. 이 놀이는 눈 감고 그러는 거 없어."

게롤트가 번개 같은 몸놀림으로 몸을 웅크리는가 싶더니 작은 콩만한 쇠공이 슝! 하고 바람을 가르며 공중으로 날아가 정확히 악마의 양쪽 뿔 사이로 숨어들었다. 악마가 번갯불을 맞은 듯 고꾸라졌다. 게롤트는 긴 동선을 그리며 줄기들 사이로 점프해 들어가 털로 뒤덮인 악마의 다리를 움켜쥐었다. 악마는 메에에거리며 팔다리를 휘둘렀다. 게롤트가 고개를 어깨 뒤로 젖혔다. 그러나 엄청난 소리가 그의 귓전을 파고들었다. 작은 덩치에도 불구하고 악마가 못된 노새와 같은 힘으로 발길질을 했던 것이다. 게롤트는 발길질을 하는 발굽을 움켜잡아 보려 했지만 허사였다. 뿔난 괴물은 몸을 떨며 앞발굽으로 흙바닥을 때리기 시작했다. 그 와중에 게롤트는 이번에도 발길질을 당했다. 이번엔 이마 한가운데였다.

게롤트의 입에서 욕설이 튀어나왔다. 악마의 다리가 그의 손가락에서 빠져나가는 것이 느껴졌다. 엉켰던 몸이 떨어지며 둘은 각자 다른 방향으로 몸을 틀었다. 와지끈 뚝! 소리가 나며 홉 막대기들이 쓰러지고 막대기와 한데 뒤섞인 게롤트와 악마는 대마 덩굴 속으로 미끄러져 들어갔다.

먼저 막대기들을 떨치고 일어난 것은 악마였다. 악마가 뿔난 머리를 들이밀고 돌진해 왔다. 그러나 그 사이 게롤트 역시 일어나 두 다리로 버티고 서 있었고, 그 덕에 악마의 공격을 어렵사리 피할 수 있었다. 게롤트가 악마의 뿔 한쪽을 꽉 움켜쥐고 거칠게 반동을 주어 땅바닥에 쓰러트린 뒤 무릎으로 찍어 눌렀다. 악마가 메에에거리며 염소 울음을 울더니 그의 눈에 대고 곧바로 침을 뱉었다. 낙타도 아닌 것이 낙타들이 쓰는 수법을 쓴 것이다. 게롤트는 본능적으로 몸을 뒤로 젖혔지만 그 와중에도 손에서 뿔을 놓지 않았다. 악마는 이리저리 고개를 저으며 발굽 달린 앞발을 들어 동시에 걷어찼고, 정말 신기하게도 두 발 다 헛발질이 없었다. 게롤트는 심한 욕을 해대면서도 뿔을 잡은 손을 더욱 다잡았다. 그는 악마를 바닥에서 끌어올린 다음 삐거덕거리는 나무막대기에 밀어붙이곤 온 힘을 다해 털이 북슬북슬한 무릎을 걷어찼다. 뒤이어 몸을 굽혀 악마의 귓속에다 침을 퉤 뱉었다. 악마는 우는 소리를 내며 뭉툭한 이빨을 북북 갈았다.

"사람들이 너에게 하지 않았으면, 하고 바라는 것은?"

게롤트가 숨을 헐떡이며 말했다.

"다른 사람들에게도 하지 않는 법이야. 우리 이 놀이 계속할까?"

"음메음메음메에에!"

악마는 꾸르륵거리다가, 꽥꽥 소리를 지르다가, 성을 내며 침을 뱉었다. 그러나 게롤트가 악마의 뿔을 단단히 쥔 채, 녀석의 머리를 아래로 누르고 있었기 때문에 침은 악마의 발굽에 떨어졌다가 먼지와 잡초가 휘휘 구름바람을 일으키며 진동하는 땅 위로 떨어졌다.

이후 모욕적인 말과 발길질이 오가는 격한 싸움으로 점철된 몇 분이 이어졌다. 만약 게롤트가 조금이라도 기뻐할 이유를 찾는다면, 그건 아마도 사람들이 자신을 보지 못했다는 사실일 것이다. 정말이지 이 광경은 돈 주고도 못 볼 우스꽝스러운 장면이었다.

다음번 발길질에 분리된 두 싸움꾼은 서로 반대 방향으로 날아가 빽빽한 대마 숲 사이로 굴러들어갔다. 그런 다음 악마가 게롤트의 앞에 다시 모습을 드러냈다. 악마가 점프를 하더니 그 길로 절뚝거리며 줄행랑을 치기 시작했다. 게롤트는 한숨 돌리며 얼굴을 훔치고는 악마의 뒤를 쫓아갔다. 둘은 대마 밭을 가로지르며 서로 치고받다가 이어서 홉 밭으로 들어갔다. 게롤트의 귀에 다그닥거리는 말발굽 소리가 들려왔다. 그가 기다리던 소리였다.

"여길세, 단델라이언! 여기야!"

그가 외쳤다.

"홉 밭에 있어!"

갑자기 게롤트의 면전으로 말의 가슴팍이 들어왔다. 다음 순간 그는 말에 부딪히고 말았다. 그는 마치 암벽에 부딪힌 것처럼 말에게서 튕겨져 나와 곧바로 땅으로 떨어졌고 그 충격으로 눈앞이 캄캄해졌다. 그런데도 그는 옆으로 몸을 던져 홉 줄기 뒤로 들어갔고 다행이도 말발굽은 피할 수 있었다. 게롤트가 손을 짚고 뛰어오르려는데, 어디서 나타났는지 또 다른 말 한 마리가 달려들어 그를 쓰러뜨렸다. 그러고 난 뒤 갑자기 누군가 그에게 막무가내로 달려오더니 그를 그대로 바닥에 눌렀다. 바로 뒤이어 번쩍하는 섬광과 더불어 뒤통수를 파고드는 듯한 고통이 이어졌다.

그리고 암흑이 찾아왔다.

VI

게롤트는 입 안 가득 모래가 느껴졌다. 모래를 뱉으려던 그는 자신이 땅 위에 얼굴을 박고 누워 있다는 걸 알았다. 몸을 움직이려다가 몸이 꽁꽁 묶여 있다는 사실도 알게 되었다. 고개를 살짝 들어 보았다. 두런두런 말소리가 들렸다.

그는 소나무가지 곁에 있는 마른 낙엽더미에 누워 있었다. 스무 걸음쯤 떨어진 곳에 안장을 내린 말 한 쌍이 서 있었다. 깃털 모양의 양치식물 잎사귀 사이로 보아서 분명하지는 않았지만 그래도 두 마리 중 한 마리는 단델라이언의 밤색 암말임이 확실했다.

"옥수수 세 자루."라는 소리가 그의 귀에 들어왔다.

"실력 좋은걸, 토르퀘. 아주 잘했어."

"그게 다가 아니야, 아직 더 있어."

염소 울음소리가 말했다. 악마만이 낼 수 있는 목소리였다.

"갈라르, 이것 봐. 콩처럼 생겼지만 아주 하얘. 그리고 크기도 이렇게 커! 이건 유채라고 하는 거야. 사람들이 그 씨앗으로 기름을 짠대."

게롤트는 눈을 꼭 감았다가 다시 떴다. 아니, 아니었다. 꿈이 아니었다. 악마와 갈라르는 누구랄 것 없이 늘 그래 왔다는 듯 고어표현 즉 엘프의 언어를 사용했다. '옥수수', '콩', '유채'와 같은 단어는 표준어를 사용했다.

"그럼 이건? 이건 뭐야?"

갈라르라는 이름의 남자가 물었다.

"그건 아마 씨야. 아마 말이야, 알겠어? 셔츠들도 다 아마로 만들어. 아마는 비단보다 값도 싸고 질겨서 더 오래가. 내 생각에 만드는 과정이 퍽 복잡할 것 같은데 곧 알아낼 수 있을 거야."

"중요한 건 이 아마 씨가 잘 자라야 한다는 거야. 순무처럼 우리 땅에서 말라 죽어서는 절대 안 돼."

갈라르가 퉁명스럽게 말했다. 그러나 여전히 여러 가지 말을 섞어 써서 알아듣기 힘들었다.

"새로운 순무모종도 신경 좀 써주게, 토르퀘."

"걱정하지 마."

악마가 메에에 거렸다.

"그건 문제없어. 여기선 뭐든 미친 듯 쑥쑥 자라니까. 내가 어떻게든 구해 볼 테니까 걱정하지 말라고."

"그리고 또 있네."

갈라르가 말했다.

"그 삼포식농법[1]이라는 것이 무엇인지 꼭 좀 알아오게."

게롤트는 조심스럽게 머리를 들고 몸을 뒤집으려고 애를 썼다.

"게롤트······."

누군가 속삭이는 소리가 들렸다.

"이제 정신이 드나?"

"단델라이언."

게롤트 역시 속삭이며 답했다.

"여기가 어딘가······ 무슨 일이 있었던 거야?"

단델라이언은 나직이 신음소리만 낼 뿐이었다. 설명은 그걸로 충분했다. 게롤트는 몸을 쭉 편 다음, 등을 대고 꿈틀꿈틀 움직였다.

빈터 한가운데 악마가 서 있었다. 게롤트가 짐작한 대로 토르퀘라는 희귀한 이름은 악마의 이름이었다. 악마는 말 등에다 열심히 자루와 주머니, 안장가방을 쌓고 있었다. 그리고 날씬한 몸에 키가 훌쩍 큰 한 남자가 그를 도와주고 있었다. 갈라르라는 남자가 틀림없었다. 게롤트가 움직이는 소리가 나자 남자가 돌아섰다. 남자의 머릿결은 눈에 띄게 감청색 빛이 감도는 흑발이었다. 날카로운 얼굴 윤곽에 크고 번쩍이는 두 눈, 그리고 뾰족하게 당겨 올라간 두 귀. 갈라르는 엘프였다. 산에서 내려온 엘프. 고대 민족의 대표격인 순수혈통의 '아엔 자이드헤'였다.

시야에 들어온 엘프는 비단 갈라르 하나만이 아니었다. 빈터 가장자리에 여섯이나 더 앉아 있었다. 그중 하나는 단델라이언의 안장가방을 비우고 있었고, 다른 하나는 단델라이언의 류트를 땅땅거리고 있었다. 나머지는 풀어헤친 자루 주변에 모여서 순무와 홍당무로 양껏 배를 채우고 있었다.

"바나다인, 토루비엘."

갈라르가 포로들을 향해 고갯짓을 하며 소리쳤다.

---

[1] 농지를 셋으로 나누어 그 가운데 하나를 해마다 번갈아 가며 휴경지로 삼고 지력을 회복하는 경작 방식이다.

"베드라이! 에늘르!"

토르퀘가 펄쩍 뛰며 염소 울음소리를 내기 시작했다.

"안 돼, 갈라르! 안 돼! 필라반드렐이 금지한 일이잖아! 그거 잊었어?"

"아니, 잊기는."

갈라르가 주둥이를 묶은 자루 두 개를 말 등에 던지며 말했다.

"하지만 놈들이 끈을 풀지 않았는지 살펴는 봐야지."

"우리한테 원하는 게 뭐냐, 너희들?"

엘프들 중 하나가 무릎을 꿇고 매듭을 확인하는 동안 단델라이언이 신음 소리를 내며 물었다.

"무엇 때문에 우리를 묶어 두는 거냐? 너희들, 뭐가 문제야? 나는 단델라이언이다, 시……."

퍽! 하고 때리는 소리가 게롤트의 귀에 들어 왔다. 게롤트가 몸을 뒤집어 고개를 돌렸다.

단델라이언의 위에 서 있는 엘프는 검은 눈동자에 까마귀처럼 검은 머릿결을 지닌 여자엘프였다. 풍성한 머리카락이 어깨 위까지 찰랑거렸고 관자놀이 부근에만 가늘게 땋은 두 갈래의 머리를 늘어뜨리고 있었다. 그녀는 통이 넓은 초록색의 새틴 셔츠 위에 짧은 조끼 그리고 몸에 꼭 끼는 순모바지를 입었고, 바짓가랑이는 장화 속에 찔러 넣은 모습이었다. 엉덩이 주변에는 넓적다리 한가운데까지 내려오는 알록달록한 천 조각을 감고 있었다.

"퀘 글로쎄?"

그녀는 게롤트를 빤히 보며 허리띠에 매단 긴 단도를 잡는 시늉을 하며 물었다.

"퀘 렌 파비엥, 엘레아?"

"넬레아."

게롤트가 부인하였다.

"텐 파비엔, 아엔 자이드헤."

"당신 들었어?"

여자엘프가 그녀의 남편에게로 돌아서며 물었다. 키가 훌쩍 큰 자이드헤인 그녀의 남편은 매듭이 잘 묶였는지 살펴보려는 생각은 않고 긴 얼굴에 무심한 표정을 지은 채 단델라이언의 류트만 퉁땅거리고 있었다.

"바나다인, 당신 들었냐고? 원숭이 인간이 말도 할 줄 아네! 게다가 주제넘게 굴기까지 하네!"

남편은 어깨를 으쓱해 보였다. 그의 재킷에 장식된 깃털들이 바스락거렸다.

"놈을 묶어 둬야 할 이유가 하나 더 늘었군, 토루비엘."

여자엘프가 게롤트에게로 몸을 숙였다. 긴 속눈썹, 부자연스러울 정도로 창백한 안색에 입술이 부르터 부어올라 있었다. 그녀는 긴 목걸이를 차고 있었는데 황금자작나무를 깎아 만든 조각품을 가는 끈에 매달아 여러 겹 목에 두른 것이었다.

"자, 원숭이 인간, 더 말해 보시지."

쉿소리를 내며 그녀가 말했다.

"짖는데 익숙한 네 녀석의 목청이 어디에 쓸모가 있을지 한번 보자고."

"대체 무슨 말을 원해? 손발이 묶여 있는 사람을 때리다니."

게롤트는 힘겹게 바닥에 등을 대고 뒤척거리며 모래를 뱉어냈다.

"핑계 삼을 구실이 필요한가 보지? 구실 따위 내세우지 말고 그냥 패라! 네가 재미로 그러는 거 내가 다 봤으니까. 안심하고 쳐."

여자엘프가 일어섰다.

"네놈이라면 진즉부터 마음 놓고 있었다. 네놈이 손을 묶이지 않았을 때부터 말이야."

그녀가 말했다.

"네 녀석을 말에 치여 쓰러지게 하고, 네 녀석의 머리통을 쥐어박은 것도 나거든! 그러니 명심해라, 이런 식으로 계속하면 내가 네 녀석을 끝장낼 수도 있다는걸."

그는 대답이 없었다.

"내, 네 녀석을 면전에서 칼로 찌르며 네 녀석이 죽어가는 꼴을 보고 싶은 마음이 굴뚝같다."

여자엘프가 말을 이어갔다.

"그러나 인간이여, 네놈에게선 끔찍하게 구린내가 나서 말이야, 내 너에게 활을 쏠까 한다."

"좋을 대로 하시지."

게롤트는 끈이 허락하는 한도 내에서 어깨를 으쓱해 보였다.

"고귀하신 아엔 자이드헤님, 당신 좋을 대로 하세요. 끈에 묶인, 움직이지도 못하는 목표물 정도는 적중시키실 수 있으시겠죠."

여자엘프가 그의 앞에 두 다리를 벌리고 서더니 몸을 숙이고 이빨을 드러냈다.

"여부가 있겠나."

그녀가 말했다.

"나는 마음먹은 건 뭐든지 적중시키지. 하지만 너에게 확실히 해 둘 게 있는데 말이야, 네놈이 화살 한 방에 죽지는 못할 거라는 말을 미리 해 둬야겠어. 두 번째 화살에도 그냥 콱! 죽여 주지는 않을 거라는 말씀이야. 네 녀석이 고통을 느끼고 또 느끼며 죽어가도록 내가 신경 좀 쓸 생각이니까."

"가까이 오지 마."

게롤트는 얼굴을 찡그리며 구역질하는 시늉을 했다.

"아엔 자이드헤, 끔찍하게 구린내가 나서 말이야."

여자엘프가 뒤로 물러나나 싶더니 조그만 엉덩이에 반동을 주며 게롤트의 다리를 걷어찼다. 게롤트는 몸을 웅크리고 이리저리 뒹굴었다. 그녀가 어디를 노리고 다시 발길질을 할지 알았던 것이다. 다행히 중요한 곳은 피하고 엉덩이를 맞았지만 얼마나 세게 맞았는지 이가 덜덜 떨릴 지경이었다.

근처에 서 있던 키꺽다리 엘프가 발길질에 답하며 날카로운 화음을 내면서 류트의 현을 뜯었다.

"토루비엘, 그 사람은 내버려 둬!"

악마가 염소 울음소리를 내며 말했다.

"지금 제정신이야? 갈라르, 그녀에게 그만두라고 말해!"

"타헤쎄!"

토루비엘이 소리를 지르며 게롤트에게 다시 발길질을 날렸다. 키꺽다리 자이드헤가 힘차게 류트의 현을 뜯었다. 그러곤 현 하나를 잡아당겨 이이이잉, 하는 긴 한탄조의 울림을 만들어 냈다.

"그만 하면 됐어! 충분하다고, 세상에!"

단델라이언이 밧줄에 꽁꽁 묶인 몸을 이리저리 꿈틀거리며 신경질적으로 말했다.

"바보 같은 계집, 뭣 때문에 사람을 그렇게 함부로 대하는 거야? 그 친구 좀 가만히 내버려 둬! 그리고, 너, 너는 내 류트 좀 가만히 내버려 두고, 응?"

토루비엘이 부르튼 입술을 심술궂게 비죽이며 단델라이언을 향해 돌아섰다.

"음악가로구나! 인간 주제에 음악가라! 류트 연주자란 말이지!"

그녀는 한마디도 하지 않고 꺽다리 엘프의 손에서 악기를 낚아채어 소나무 둥치에 대고 류트를 부수어 버렸다. 그러곤 단델라이언의 가슴팍에다 악기의 잔해를 던졌다. 현이 악기 잔해에 어지럽게 매달려 있었다.

"너는 소뿔이나 튕겨라, 미개한 주제에 류트는 무슨!"

단델라이언은 시체처럼 창백해진 얼굴로 입술을 덜덜 떨었다. 게롤트는 가슴 속 깊은 곳에서 차가운 분노가 올라오는 것을 느끼며 토루비엘의 검은 눈동자와 눈을 맞혔다.

"뭘 그렇게 노려 보냐?"

토루비엘이라는 이름의 여자엘프가 쇳소리를 내며 그에게로 몸을 숙였다.

"이 역겨운 원숭이 인간아! 네놈의 추한 눈알을 뽑아 내야 쓰겠냐?"

그녀의 목걸이가 그의 바로 위에서 흔들거렸다. 게롤트는 온몸의 근육을 긴장시킨 다음, 몸을 일으켜 엘프의 목걸이 줄을 이빨로 물고는 다리를 구부려 옆으로 몸을 던짐과 동시에 힘껏 줄을 잡아당겼다. 토루비엘이 중심을 잃고 그에게로 쓰러졌다. 게롤트는 여전히 끈에 묶인 상태로 마치 마른 땅에 떨어진 물고기처럼 퍼덕거리며 이리저리 몸을 던졌다. 그러곤 자신의 몸무게를 이용하여 토루비엘을 바닥에 밀어붙인 다음 경추에서 뚜둑 소리가 날 정도로 고개를 뒤로 젖히더니 온 힘을 다해 토루비엘의 얼굴을 이마로 들이받았다. 그녀가 비명을 지르며 우는 소리를 내더니 곧 사레가 걸려 쿨럭거렸다.

누군가 게롤트의 머리채와 옷을 움켜쥐고 난폭하게 여자에게서 그를 떼어내어 옆으로 옮겼다. 그리고 그를 후려쳤다. 게롤트는 반지에 맞아 양 볼에 생채기가 생기는 것이 느껴졌다. 숲이 흔들리더니 윤곽이 흐릿하게 눈에 들어왔다. 그는 토루비엘이 무릎을 세우고 일어서는 걸 알 수 있었다. 그녀의 입과 코에서 피가 쏟아지는 것이 보였다. 토루비엘은 칼집에서 단도를 꺼내었다. 그러나 갑자기 신음소리를 내며 몸을 웅크리더니 얼굴을 움켜쥐고 무릎 사이에 머리를 박았다.

알록달록한 깃털장식 재킷을 입은 꺽다리 엘프가 그녀의 손에서 단도를 빼앗아 들고 게롤트에게 다가왔다. 그러곤 그를 옴짝달싹 못하게 바닥에 밀어붙였다. 엘프가 빙긋이 웃으며 칼날을 치켜들었다. 게롤트는 눈앞에 쳐진 듯한 붉은 막 사이로 그의 모습을 보았다. 토루비엘의 이빨에 물어뜯긴 그의 이마에서 피가 흘러내리고 있었던 것이다.

"안 돼!"

염소 울음소리를 내며 토르퀘가 엘프를 향해 돌진해 왔다. 그러곤 그의 팔에 매달렸다.

"죽이지 마! 안 돼!"

"보에를레, 바나다인."

불현듯 울림이 좋은 목소리가 들려왔다.

"퀘스 아엥? 싸엘름, 에벨리엥! 갈라르!"

게롤트는 머리카락을 움켜 쥐인 상태였지만 최대한 고개를 돌려보았다.

빈터로 걸어오는 말은 눈처럼 흰 백마였다. 여인의 머릿결처럼 길고 부드러운 갈기가 비단결 같았다. 화려한 안장 위에 앉은 기사의 머리카락도 말과 같은 색이었고 이마 위엔 사파이어로 장식한 띠를 두르고 있었다.

토르퀘가 메에 울음소리를 내며 말을 향해 달려가 등자[1]를 부여잡고는 백발의 엘프에게 장황하게 변설을 쏟아 놓았다. 백발의 엘프는 명령조의 손짓으로 토르퀘의 말을 중단시킨 다음 안장에서 내렸다. 그러곤 두 명의 엘프에게 부축을 받고 서 있는 토루비엘에게 다가가 그녀의 얼굴을 감싼 피 묻은 손수건을 조심스럽게 떼어냈다. 토루비엘이 에일 듯한 신음소리를 냈다. 백발의 엘프가 고개를 절레절레 저으며 돌아서서 게롤트에게로 다가왔다. 불꽃을 뿜는 듯한 검은 두 눈이 창백한 얼굴과 대조되어 반짝이는 별과 같았다. 그러나 수많은 밤을 잠이라곤 통 못 잔 것처럼 눈 주위로 푸르스름하게 다크서클이 내려와 있었다.

"이렇게 묶인 몸으로 박치기도 하는군."

그는 완벽한 표준어를 구사하였다.

"영락없는 바실리스크로군. 달리 무엇이라고 결론을 내리겠나."

"토루비엘이 시작했어요."

악마가 메에거렸다.

"저렇게 묶여 있는데도 토루비엘이 그를 발로 찼어요. 제정신이 아닌 듯했습니다……."

이번에도 백발의 엘프가 손짓을 하며 그의 입을 다물게 했다. 그가 간결하게 한마디 명령을 내리자 게롤트와 단델라이언은 소나무 아래로 끌려갔고, 이번엔 소나무 기둥에 꽁꽁 묶이는 신세가 되었다. 엘프들은 누워 있는 토루비엘을 둘러싸고 모두 무릎을 꿇고 앉았다. 이제 그들에게 가려 그녀의 모습이 보이지 않았다. 게롤트는 그녀가 다른 사람들의 손에 잡힌 채 이리저리 펄떡이며 비명을 지르는 소리를 들었다.

---

[1] 말을 타고 내릴 때, 혹은 말을 타고 있을 때 발을 디디는 도구를 말한다.

"이렇게 하려는 생각은 없었어."

악마가 말했다. 악마는 아직도 두 사람의 곁에 서 있었다.

"이렇게 하려던 생각은 정말 없었다고, 젠장. 하필 그 순간에 저들이 우리가 있는 곳에 나타나리라고는 정말 생각도 못했어……. 저들이 너를 때려서 정신을 잃게 만들고 네 친구를 밧줄로 묶었을 때, 나는 오히려 너희들을 홉 밭에 그냥 두고 가자고 빌었다고. 그런데……."

"저들이야 어떤 증인도 남겨 두어선 안 될 테니까."

게롤트가 중얼거렸다.

"쟤네들, 우리를 죽이지는 않겠지?"

단델라이언이 신음하며 말했다.

"아무리 그래도 우리를 죽이지는 않을 거야……."

토르퀘가 아무 말 없이 몰랑몰랑한 코만 흔들어댔다.

"빌어먹을."

단델라이언이 또다시 신음하며 말했다.

"쟤네들이 우리를 죽일 거란 말이야? 대체 무슨 일이 있었던 거야, 게롤트? 우리가 뭘 봤다고 증인이니 뭐니 그런 소릴 하는 거야?"

"우리의 이 뿔난 친구가 블루멘탈에서 특수임무를 수행하고 있었거든. 그렇지, 토르퀘? 엘프들과 계약을 맺고 도둑질을 좀 했지. 파종씨앗과 모종 그리고 농업과 관련된 지식…… 또 뭐가 더 있지, 악마 친구?"

"내가 구할 수 있고……."

토르퀘가 염소 울음소리를 내며 말했다.

"그들이 필요로 하는 건 뭐든 전부. 산속에 사는 그들은 배고픔에 시달리며 살아. 겨울엔 특히 더 그렇고. 그리고 농업에 관해선 완전히 백지상태지. 짐승이나 날짐승을 길들이고 조그만 밭뙈기에 뭘 심어서 그것이 번성하는 걸 보기도 전에…… 그들에겐 그럴 시간이 없어, 젠장."

"내가 지금 쟤들한테 시간이 있냐, 없냐 그런 거 신경 쓰게 생겼어! 내가 쟤들한테 대체 뭘 했는데?"

단델라이언이 끙끙거리며 말했다.

"내가 무슨 나쁜 짓을 했냐고, 대체?"

"잘 생각해 보게."

백발의 엘프가 말했다. 어느 틈에 그가 소리도 없이 그들에게 다가와 있었다.

"그러면 아마 그 질문에 대해 스스로 답할 수 있을 걸세."

"저자는 엘프들이 인간에게 당했던 모든 고통에 대해 복수를 하려는 거야."

게롤트가 삐딱하게 빙긋 웃으며 말했다.

"복수의 대상이 누구이건 그건 그로서는 전혀 상관할 바 없지. 단델라이언, 저자의 근엄한 외모와 세련된 화법에 혹해서 헤매지 말게. 저자도 우리를 걷어찼던 검은 눈동자들과 전혀 다를 바 없어, 한통속이라니까. 저자도 주체할 길 없는 증오를 누군가에게 풀어 놓지 않으면 안 되는 모양이야."

백발의 엘프가 단델라이언의 류트를 집어 들었다. 그러곤 아무 말 없이 부서진 악기를 한동안 살펴보더니 키 작은 관목 틈새로 던져 버렸다.

"내가 증오심이나 복수욕에 무너질 것 같았으면⋯⋯."

백발의 엘프는 부드러운 흰색 가죽장갑을 만지작거리며 말했다.

"벌써 밤을 틈타 계곡마을을 습격했을 걸세. 농가에 불을 지르고 주민들을 무자비하게 학살했겠지. 식은 죽 먹기일세. 그들은 보초조차 세우지 않으니까. 그들이 숲 속에 들어왔을 땐 또 어떤가. 그들은 우리를 보지도 못하고 우리의 소리를 듣지도 못한다네. 나무 뒤에서 소리 없이 재빨리 화살을 날리면 그보다 더 간단하고 쉬운 일은 없을 걸세. 하지만 우리는 그들을 사냥하지 않았어. 그러나 자네는 우리 친구 토르퀘를 사냥했지."

"메에에에, 그건 좀 과장된 말인 걸요."

토르퀘가 메에에거리며 말했다.

"사냥이라니 무슨 말씀을요. 그냥 서로 좀 격렬하게 광란의 시간을 보냈던 거죠……."

"그대들 인간들이야말로 자기와 다른 것은 모두 증오하는 존재들이지. 하다못해 귀 모양새 하나만 달라도 말일세."

백발의 엘프는 토르퀘의 말은 아랑곳 않고 침착하게 이어서 말했다.

"다르다는 그 이유 때문에 그대들은 우리의 땅을 앗아가고, 우리를 고향땅에서 내쫓고 산속으로 몰아냈어. 그리고 우리의 돌 블라타나를 점령했지. 블루멘탈 말이네. 나는 백색선(白色船)의 펠레아오른 종족에 뿌리를 둔 은탑(銀塔)의 필라반드렐 아엔 피드하일이라고 하네. 하지만 지금은 쫓겨나 땅 끝 마을로 밀려들어 왔으니, 땅 끝 마을의 필라반드렐이라고 하지."

"세상은 커."

게롤트가 중얼거렸다.

"우리 모두 그 속에서 한 자리씩 차지하고 있지."

"세상이 커?"

백발의 엘프 필라반드렐이 되뇌어 말했다.

"맞는 말이지. 하지만 그대들은 그 큰 세상을 바꿔 버렸지. 무엇보다도 완력으로 말이네. 그대들은 세상 모든 것이 마치 그대들의 수중에 다 들어온 것처럼 그렇게 세상을 다루었다. 그리하여 지금은 세상이 그대들에게 적응하기 시작한 것처럼 보이지. 세상은 그대들에게 굴복했어. 그대들이 세상을 이긴 것이다."

게롤트는 아무 대답도 하지 않았다.

"토르퀘가 말한 건 사실이네."

필라반드렐은 계속하여 말했다.

"맞아, 우리는 배고픔에 시달리고 있네. 그리고 파멸의 위협을 받고 있어. 태양이 빛나되 예전과 다르고 공기도 달라졌지. 물도 더 이상 예전 같지 않아. 우리들이 예전에 먹었던 것, 사용했던 것은 변질되고 기형화되어 죽어가고 있지. 우리는 단 한 번도 땅을 경작한 적이 없었네. 그대들 인간들과 반대로 쟁기와 괭이로 땅을 갈기갈기 찢은 적은 결단코 없었지. 그대들에게 땅은 피 땀 어린 투쟁의 대가를 지불하지만 우리에게는 선물을 준다네. 그대들은 힘을 써서 땅이 가진 보물을 캐내지만 우리를 위해 땅은 열매를 내어주고 꽃을 피운다네. 땅이 우리를 사랑하기 때문이지. 물론, 영원한 사랑은 없다고들 말하지. 그래도 우리는 이 사랑을 오래오래 지속하고자 하네."

"낟알을 훔치는 대신, 살 수도 있어. 필요한 만큼 얼마든지. 결론적으로 너희들에게는 인간들이 무지무지 귀하게 여기는 것들이 많이 있어. 너희들은 얼마든지 거래를 할 수 있어."

필라반드렐이 혐오감을 드러내며 미소를 지었다.

"그대들과 거래를 해? 결코 그런 일은 없을 것이다."

게롤트가 얼굴을 찡그렸다. 얼굴에 붙어 있던 말라붙은 피딱지가 부스스 깨어졌다.

"그따위 오만함과 업신여기는 태도로 버티려면 차라리 죽어버려라! 우리와 더불어 살지 않겠다면 그건 바로 너희들 스스로에게 몰락을 선고하는 거야. 더불어 살며 일치점을 찾는 것, 그것만이 너희들에게 주어진 유일한 기회야."

필라반드렐이 격하게 몸을 숙였다. 그의 눈에서 불꽃이 튀었다.

"그대들의 조건에 맞추어서?"

필라반드렐이 물었다. 여전히 침착하지만 목소리는 사뭇 달라졌다.

"그리고 그대들의 헤게모니를 인정한 채로 말이지? 우리 자신의 정체성은 잃어버린 채로? 더불어 살아? 무슨 신분으로? 노예로? 최하층의 천민으로? 그대들이 우리를 차단하기 위해 도시마다 둘러놓은 그 담장을 넘어가서 그대들과 더불어 살라고? 인간을 사랑한 대가로 교수형의 위험을 감수하며 살라고? 아니면 그렇게 함께 살다가 낳은 아이들이 도처에서 당할 억울한 일들을 보면서 살라고? 흔히 볼 수 없는 인간이여, 왜 나의 눈길을 피하는가? 자네는 자네와 좀 다른 이웃들과 더불어 살기가 어떤가?"

"나야 잘 지내고 있지."

게롤트가 그의 눈을 똑바로 바라보며 말했다.

"그럭저럭 잘해 내고 있네. 그럴 수밖에 없으니까. 다른 출구가 없으니까. 그리고 나는 나의 '다름'에 대해 억지로라도 내 내면에 자부심과 자긍심을 심고자 했거든. 그건 '다르다'는 사실에 대해 이 자부심과 자긍심이 보호막 역할을 해 준다는 것, 그것도 따뜻한 보호막이 되어 준다는 걸 깨달았기 때문이지. 그래, 태양은 빛나되 예전 같지 않지. 그러나 태양은 계속해서 빛날 것이고 태양을 향해 돌팔매질을 한다한들 아무 소용이 없지. '사실'은 사실대로 받아들여야 하네, 백발의 엘프. 그런 건 배워야 마땅하네."

"그대들이 원하는 것이 바로 그런 것이겠지, 그렇지 않은가?"

필라반드렐이 흰 눈썹 위에 자리한 창백한 이마에 맺힌 땀을 손으로 훔치며 말했다.

"그대들이 타인에게 가르치려는 것이 바로 그런 것이겠지? 이제 그대들의 시대, 하나의 신기원(新紀元), 인간의 세기가 도래하였다는 것, 그러니 그대들이 다른 종족에게 행하는 것이 해가 뜨고 지는 것처럼 자연스러운 일이라고 설득하려는 것인가? 그러니 거기에 타협하고 그것을 받아들여야 한다는 말인가? 그러고도 나의 자부심에 대해 비난을 하는 건가? 자네, 대체 무엇을 말하려는 건가? 왜 그대들 인간들은 자신들이 세상을 지배하는 것이 털가죽에 이가 증식하는 것과 똑같이 자연스러운 일이라고 주장하는 것인가? 그러니 마찬가지로 지금 자네가 나에게 제안하는 것은 이 '이'와 더불어 살라고 하는 것과 진배없지 않은가? '이'들이 공동으로 털가죽을 이용하는데 있어 자기들이 우세한 위치에 있다는 걸 설명하는 건가? 그럼 우리는 경건한 마음으로 '이'가 하는 소리에 귀를 기울이기라도 하라는 건가?"

"그렇다면 엘프, 그렇게 불쾌한 곤충이랑 논쟁을 벌이느라 시간낭비하지 말게."

게롤트는 애써 목소리를 억누르며 말했다.

"나는 자네가 한 마리 이에 불과한 나에게 얼마나 훌륭하게 후회와 양심의 가책을 불러일으키는지 놀라울 따름이네. 필라반드렐, 자네를 보니 정말 짠하군. 자네는 마음에 상처가 많아. 복수에 목말라 있고 자네가 무기력하다는 것도 잘 알고 있지. 그러니 어서 시작해. 칼을 들어 나를 찔러. 인간 종족 전체에게 복수하라고. 그렇게 하면 자네 마음이 얼마나 가벼워질지 알게 될 테니까. 그전에 토루비엘처럼 내 불알을 걷어차든가, 아니면 내 이빨을 차든가!"

필라반드렐이 고개를 돌렸다.

"토루비엘은 병이 들었네."

그가 말했다.

"그 병에 관해선 나도 알고 있어. 증상이 어떤지도."

게롤트가 고개를 돌려 어깨너머로 침을 뱉었다.

"내가 치료했던 방식대로 하면 틀림없이 도움이 될 걸세."

"정말이지 이런 식의 대화는 아무 의미가 없군."

필라반드렐이 자리에서 일어섰다.

"미안하지만 우린 너희들을 죽일 수밖에 없다. 복수와는 아무 상관이 없는, 순전히 실리적인 이유 때문이다. 토르퀘는 앞으로도 계속 임무를 다해야 해. 아무도 토르퀘가 누구를 위해 일을 하는지 알아선 안 돼. 우리는 그대들과 전쟁을 치를 여력이 없어. 그리고 무역과 물물거래를 위해 우리 자신을 팔 생각도 없네. 우리는 그대들 인간 상인들이 무엇의 전위부대인지 모를 만큼 소박하지만은 않아. 그리고 그 전위부대 다음엔 무엇이 올지, 그것이 어떤 식의 결과를 초래하게 될지도 알고 있네."

"엘프."

지금까지 입을 다물고 있던 단델라이언이 말을 꺼냈다.

"나한테 친구들이 있네. 우리를 위해 보석금을 지불해 줄 사람들이지. 네가 원한다면 생필품 형식으로도 지불할 수 있네. 어떤 식으로든 다 해 줄 수 있어. 잘 생각해보게. 이렇게 씨앗을 훔치는 것으론 자네들을 구제할 수 없어……."

"아무것도 저들을 구제할 수 없다네."

게롤트가 끼어들어 말했다.

"저자의 앞에서 우는 소릴랑 하지 말게, 단델라이언. 구걸하지 마. 그래 봤자 아무 소용없어. 비참해질 뿐이야."

"극히 짧은 시간을 살다 가는 주제에."

필라반드렐이 딱하다는 듯 미소를 지었다.

"놀랍게도 죽음에 대한 경의를 표하는 겐가, 참 내."

"한 번 태어났으면 언젠가는 죽게 마련이다."

침착한 말투로 게롤트가 말했다.

"'이'에게 안성맞춤인 철학이지, 그렇지 않나? 그럼 긴 수명을 유지하는 삶은 어떠냐? 나는 네가 불쌍하다, 필라반드렐."

필라반드렐이 눈썹을 추켜올렸다.

"무슨 말인지 설명해라."

"너희들, 정말 우스꽝스럽군. 훔친 파종씨앗을 자루 째 챙겨서 말 잔등에다 실은 모습이라니. 한 줌의 씨앗, 부스러기 몇 개에 불과한 그것을 먹고 살겠다고, 살아남겠다고 챙기는 모습이라니. 이 미션을 수행하는 것으로 너희들은 몰락이 가까이 왔다는 생각을 잠시나마 피해 가려고 하지. 너는 진즉부터 알고 있었다, 이미 종국으로 가고 있다는 것을. 고지대에선 그 무엇도 싹을 틔우거나 번성하지 않는다. 아무것도, 너희들을 구할 수 있는 것이 아무것도 없는 것이다. 하지만 너희들은 수명이 길다. 너희들은 오래 살 것이다, 아주 오래오래, 고고하게 고립을 선택한 채로 말이다. 종족 수는 점점 더 줄어들 것이고, 힘은 점점 약해지고, 마음의 상처 또한 점점 더 깊어질 것이다. 그러면 그 다음에 무슨 일이 벌어질지, 필라반드렐, 너는 알 것이다. 그러고 나면 백 살 노인의 눈을 가진 절망에 빠진 젊은 남자들과 토루비엘처럼 한창때도 지나고, 불임에 병까지 든 소녀들이 아직 칼과 활을 다룰 수 있는 저들을 이끌고 계곡마을로 내려올 거라는걸. 너희들은 죽음을 찾아 꽃들이 만개한 계곡마을로 내려올 것이다. 그렇게 함으로써 너희들은 품위 있게 죽어가겠지. 빈혈과 결핵, 괴혈병에 내 몰려 병상에서 맞이하는 죽음이 아니라 전투 중에 맞는 죽음이니까. 그때가 되면 수명이 길어 오래오래 살 그대는 내 생각을 하게 될 거다. 내가 너를 불쌍히 여겼던 것이 생각날 것이다. 그리고 내가 옳았다는 걸 알게 되겠지."

"누가 옳았는지는 시간이 지나 보면 알겠지."

필라반드렐이 조용히 말했다.

"바로 그 오래 산다는 것에 장점이 있지. 나에겐 그것을 직접 확인할 수 있는 기회가 있거든. 그것이 이 도둑질한 한 줌의 곡식 덕분이라 할지라도 말이야. 자네는 그런 기회조차 갖지 못할 테니까. 눈 깜짝할 새 자네의 삶은 끝날 테니까."

"적어도 저 친구의 목숨은 살려 줘야지."

게롤트가 단델라이언을 향해 고갯짓을 했다.

"아니, 엄숙한 자비심을 발휘하란 말이 아니야. 이성적으로 생각하라는 거지. 나를 기억하거나 생각할 사람은 아무도 없어. 하지만 저 친구는 많은 사람들이 복수하려고 덤빌 거야."

"내 친구 말에 한 치도 틀림이 없다는 걸 알아 둬라!"

단델라이언이 시체처럼 창백한 얼굴로 버럭 소리를 질렀다.

"이 개자식, 그 말대로 될 테니 기대하고 있어라. 나도 죽여라. 안 그러면 내가 약속하건대, 온 세상 사람들을 동원해서 너희들에게 대적하겠지! 너는 털가죽에서 나온 '이'들이 어떤 일을 할 수 있는지 보게 될 것이다! 우리는 너희들을 처치할 것이다. 그리고 필요하다면 너희들이 사는 산들을 평지와 똑같이 평평하게 만들어 버릴 것이다! 믿어도 좋다!"

"무슨 바보 같은 소리를 지껄이는 거야, 단델라이언!"

게롤트가 신음소리를 내며 말했다.

"한 번 태어났으면 언젠가는 죽게 마련이지."

단델라이언은 고집스러운 말투로 말했지만 이빨이 캐스터네츠처럼 딱딱거리는 바람에 결연함의 효과는 어딘가 김이 빠져 버리고 말았다.

"아주 결정적인 말을 해 주었네."

필라반드렐이 허리띠에 꽂아 두었던 장갑을 빼어들고 쓰다듬으며 말했다.

"이제 이 에피소드를 끝낼 시간이 되었군."

필라반드렐이 간결한 말로 명령을 내렸다. 그러자 엘프들이 활과 화살을 들고 그들의 맞은편에 섰다. 순식간에 그렇게 행동하는 것으로 보아 진즉부터 명령이 떨어지기를 기다리고 있었던 모양이었다. 게롤트는 그중 한 명이 아직도 순무를 씹고 있는 걸 알 수 있었다. 토루비엘은 입과 코에 천과 자작나무 껍질을 붕대처럼 십자모양으로 두르고, 활을 든 엘프들 곁에 서 있었다. 활은 없었다.

"눈을 가릴까?"

필라반드렐이 물었다.

"일 없네."

게롤트가 얼굴을 돌렸다.

"*아 뒤아블 아에프 아르스.*"

그때였다.

"안 돼!"

악마 토르퀘가 갑자기 염소 울음소리를 내며 달려오더니 죽음을 선고 받은 두 사람을 온몸으로 막았다.

"다들 지금 생각이 있는 거야? 필라반드렐! 이건 약속에 없던 일이잖아요! 이건 아니지! 이 사람들을 사속으로 데리고 가서, 우리가 여기서 일을 마칠 때까지 동굴 속에 가둬 두기로 했잖아요······."

"토르퀘."

필라반드렐이 말했다.

"그럴 순 없네. 위험을 무릅쓰면서까지 그렇게 할 수는 없네. 자네, 저자가 토루비엘을 어떻게 했는지 보지 않았나? 그것도 밧줄에 묶인 채로 말일세. 나는 위험을 무릅쓰면서까지 그렇게 할 수는 없네."

"당신이 무얼 할 수 있고 무얼 할 수 없고 그런 건 내가 상관할 바 아니야. 무슨 상상들을 하는 거야? 너희들, 내가 너희들이 살인을 저지르게 놔둘 거라고 생각하는 거야? 여기, 내 땅에서? 내 집 옆에서? 정말 멍청하기 짝이 없군! 활 가지고 여기서 썩 꺼져, 안 그러면 내 뿔 맛을 보여줄 테니까, 욱욱!"

"토르퀘."

필라반드렐이 양손을 허리띠에 걸치고 말했다.

"불가피한 일이라 우리도 어쩔 수 없네."

"뒤벨샤이쓰 같은 소리. 불가피한 일이긴 뭐가 불가피한 일이야!"

"옆으로 비키게, 토르퀘."

토르퀘는 귀를 이리저리 움찔거리며 더욱 큰 소리로 울부짖었다. 눈을 쟁반같이 휘둥그레 뜨고 한쪽 팔을 구부려 난쟁이들이 즐겨하는 불손한 제스처를 취했다.

"여기선 아무도 못 죽여! 다들 말에 올라 타. 그리고 저기 고갯길 너머, 산 속으로 사라져 버려! 안 그랬다간 너희들 손에 나도 생명부지하기 힘들 것 같으니까!"

"이성적으로 생각하게."

백발의 엘프 필라반드렐이 느릿느릿 말을 이어갔다.

"우리가 저들을 살려 두면 인간들은 너와 네가 한 일들을 알게 돼. 너의 뒤를 밟은 다음, 너를 때려죽일 거야. 너도 인간들이라면 잘 알잖아."

"잘 알지."

토르퀘는 염소 울음소리로 말하며 계속해서 게롤트와 단델라이언을 막아 주었다.

"너희들보다는 내가 더 잘 알고 있는 것 같아! 누구 편을 들어야 할지 말지 정말이지 모르겠군! 내가 그대들과 친밀한 관계를 가졌다는 사실이 유감천만이오, 필라반드렐!"

"이건 자네 스스로 원한 걸세."

필라반드렐은 쌀쌀맞게 대꾸한 다음, 궁수들에게 손짓을 했다.

"자네가 스스로 원한 거야, 토르퀘. 르 스파렐레안! 에빌리엔!"

엘프들은 화살통에서 화살을 뺐다.

"저리 가, 토르퀘!"

게롤트가 이를 악물고 소리쳤다.

"이렇게 해봤자 아무 의미가 없어. 어서 비켜."

토르퀘는 제자리에서 꼼짝도 않고 그에게 난쟁이 제스처를 해 보였다.

"음악 소리가…… 들려……."

갑자기 단델라이언이 훌쩍거렸다.

"그냥 환청일 뿐이야."

게롤트가 화살촉을 바라보며 말했다.

"신경 쓰지 말게. 두려워서 정신이 멍해지는 건 수치스러운 일이 아니라네."

필라반드렐의 표정이 변하더니 이상하게 일그러진 얼굴이 되었다. 그러고는 뒤로 홱 돌아서더니 짧고 딱 부러지는 어조로 궁수들을 향해 큰 소리로 무슨 말인가를 외쳤다. 궁수들이 무기를 내려놓았다.

빈터로 릴레가 들어오고 있었다.

릴레는 더 이상 치마를 두른 깡마른 시골소녀의 모습이 아니었다. 송골송골 이슬이 맺힌 빈터의 풀 위로 그들을 향해 걸어오는 건, 아니 둥실둥실 떠오는 건 여왕이었다. 꽃과 이삭, 풀을 다발로 엮어 만든 화환을 쓴 그녀는 환한 얼굴, 금발에 이글거리는 눈, 자신의 마력에 모든 것을 옭아매는 들판의 여왕이었다. 그녀의 왼쪽에선 새끼 노루 한 마리가 뻗정다리를 하고 뻣뻣이 걸어오고 있었고, 오른쪽에선 커다란 고슴도치가 버스럭거렸다.

"*다나 메아드브흐.*"

필라반드렐이 경의를 표하며 말했다. 그런 다음 머리를 숙여 절을 하고 무릎을 꿇었다.

다른 엘프들도 무릎을 꿇었다. 그들은 머뭇거리면서도 천천히, 차례로 무릎을 꿇고 깊숙이 고개 숙여 경의를 표했다. 마지막으로 토루비엘이 무릎을 꿇었다.

"*하엘, 다나 메아드브흐.*"

필라반드렐이 다시 한 번 인사했다.

릴레는 인사말에 대답하지 않고, 몇 걸음 걸어가 필라반드렐의 앞에 섰다. 그러곤 푸른 눈으로 단델라이언과 게롤트가 있는 곳을 훑어보았다. 다른 엘프들과 마찬가지로 절을 하고 있던 토르퀘가 즉시 그들을 묶은 끈을 풀기 시작했다. 엘프들은 다들 미동도 하지 않았다.

릴레는 여전히 필라반드렐 앞에 서 있었다. 그녀는 말은커녕 숨소리조차 거의 내지 않았다. 그러나 게롤트는 필라반드렐의 표정 변화를 보았고, 두 사람을 감싼 아우라를 느꼈다. 그리고 그들이 생각을 교환하고 있다는 확신이 들었다.

토르퀘가 갑자기 게롤트의 팔을 잡아끌었다.

"네 친구 말인데……."

토르퀘가 나직이 메에거렸다.

"곧 기절할 것 같아. 어떻게 할까?"

"따귀 두 대만 먹여."

"기꺼이."

필라반드렐이 일어섰다. 그의 명령에 따라 엘프들은 번개같이 빠르게 말 등에 안장을 얹었다.

"함께 가시죠, *다나 메아드브흐.*"

필라반드렐이 말했다.

"우린 당신이 필요해요. 우리 곁에 머물러 주시오, 영원히. 우리에게서 당신의 은총을 거두어가지 말아요. 당신의 은총이 없으면 우리는 패배한 거나 다름없소."

릴레가 천천히 얼굴을 돌려 동쪽을, 산들이 있는 곳을 가리켰다. 필라반드렐은 몸을 숙여 절을 하고 흰 갈기가 수려한 그의 말에 올랐다. 그러고는 화려하게 장식된 말고삐를 손에 쥐었다.

단델라이언이 토르퀘에게 부축을 받으며 왔다. 창백했고 말이 없었다. 릴레가 그를 보며 미소를 지었다. 릴레가 게롤트의 눈을 바라보았다. 오래오래, 그녀는 아무 말도 하지 않았다. 말은 필요 없었다.

엘프들 대부분이 말안장에 올라타자 필라반드렐과 토루비엘이 다가왔다. 게롤트는 붕대 너머로 보이는 토루비엘의 검은 눈동자를 바라보았다.

"토루비엘……."

막상 말은 꺼냈지만 게롤트는 더 이상 말을 잇지 않았다.

토루비엘이 고개를 끄덕였다. 그러곤 안장 손잡이를 열어 류트를 하나 꺼내었다. 상감세공을 한 것이라 착각할 정도로 정교하게 장식된 가벼운 목재 몸통에, 잘 깎아 만든 날씬한 손잡이를 한 매우 수려한 류트였다. 토루비엘은 아무 말 없이 단델라이언에게 악기를 건네었다. 단델라이언은 악기를 받아들고 깊숙이 절했다. 그 역시도 말이 없었지만 그의 두 눈은 많은 이야기를 담고 있었다.

"안녕히 가시게, 흔히 볼 수 없는 인간이여."

필라반드렐이 나직한 목소리로 게롤트에게 말했다.

"자네가 옳네. 무슨 말이 필요하겠나. 변하는 것은 아무것도 없는 것을……."

게롤트는 아무 말도 하지 않았다.

"오랫동안 숙고해 본 다음, 내가 얻은 결론은 자네가 옳다는 것이었네. 아까, 자네가 우리를 동정했을 때였지. 그러니 잘 지내시게. 곧 우리가 단아한 죽음을 맞기 위해 계곡마을로 내려오게 될 그날까지. 그날이 오면 나와 토루비엘, 우리들이 자네를 찾겠네. 우리를 실망시키지 말게."

그들은 한동안 아무 말 없이 서로를 바라보았다. 그런 다음 게롤트가 짧고 간단하게 답하였다.

"노력해 보겠네."

VII

"세상에, 게롤트!"

단델라이언이 연주를 하다 말고 류트를 끌어안았다. 그러곤 뺨을 갖다 대며 말했다.

"나무통이 저절로 노래를 해! 현들이 살아 움직인다고! 음색은 또 얼마나 아름다운지! 이거, 발길질 몇 번에, 겁 좀 먹여 준 대가치고는 너무 굉장한 거 아니야? 뭘 줄지 알고 있었다면 내, 하루 종일이라도 맞아 줄 수 있었는데. 게롤트, 자네 듣고 있나?"

"어떻게 안 들을 수 있겠나?"

게롤트가 책에서 눈을 떼고 단델라이언과 악마 토르퀘를 건너다보았다. 토르퀘는 아까부터 길이가 서로 다른 갈대관이 달린 특이하게 생긴 샬마이[1]를 물고 삑삑거리고 있었다.

"자네들 소리를 어떻게 안 들을 수 있겠나. 나도 듣고, 온 동네가 다 듣고 있지."

"*뒤벨쉬트*, 동네는 무슨."

토르퀘가 샬마이를 슬쩍 내려놓으며 말했다.

"황량한 벌판밖에 없구먼. 황야라면 모를까. 여기가 마을이라면 세상의 똥구멍, 후장(後腸)마을이지. 아, 내가 살던 대마 밭이 이토록 그리울 줄이야!"

"저 친구, 대마 밭이 그립다네."

단델라이언이 거장의 손길이 느껴질 정도로 잘 깎아 만든 류트의 조임 나사를 조심스레 조이면서 웃음을 터트렸다.

"처녀들을 놀리거나 둑을 무너뜨리는 것도 못하고, 우물에다 오줌도 못 싸고 그 빽빽한 대마 밭에 쥐 죽은 듯 조용히 주저앉아 있어야 했을 텐데? 내 생각엔 이제부턴 토르퀘, 몸 좀 사려야 할 것 같다. 어슬렁거리며 마실 나가는 건 이젠 끝난 거지. 알았냐, 토르퀘?"

---

[1] 오보에의 전신으로 평가되는 중세시대 목관악기이다.

"난 어슬렁거리며 마실 다니는 거 좋아해."

토르퀘가 이빨을 드러내며 말했다.

"마실을 다닐 수 없다니. 그렇게 사는 건 상상도 할 수 없어. 하지만 어쩔 수 없지. 새로 가는 곳에선 사람들 앞에 모습을 드러내지 않기로 약속했으니까. 이제부턴 더더욱 자제해서 마실 다니기 놀이를 해야지."

구름이 걸리고 바람이 살아 있는 밤이었다. 셋이 야영 중인 갈대밭으로 바람이 스칠 때마다 갈대가 누웠다 일어섰다. 단델라이언이 나무토막 하나를 집어 모닥불에 던져 넣었다. 토르퀘는 잠자리에 누워 이리저리 뒤척이며 꼬리로 모기를 쫓았다. 호수에선 물고기 한 마리가 잘방거리며 헤엄치고 있었다.

"세상의 끝, 땅 끝 마을에서 겪은 경험담을 전부 서사시로 옮기겠어."

단델라이언이 선언하듯 말했다.

"그리고 그 속에 네 이야기도 쓸 거야, 토르퀘."

"너 그러는 꼴을 내가 가만히 두고 볼 것 같나."

토르퀘가 퉁명스럽게 쏘아붙였다.

"그렇게 하기만 해 봐, 나도 서사시를 쓸 거니까. 그리고 네 이야길 쓸 거야. 네가 앞으로 20년 동안 점잖은 사람들 쪽은 쳐다보지도 못하게 쓸 거다. 두고 봐. 근데 게롤트?"

"왜 그러나?"

"책에 뭐 재미있는 대목이라도 나오나? 자네가 농부들을 사취해서 가져온 그 책 말이야."

"으흠."

"그러면 불이 사그라지기 전에 그 대목 좀 읽어 봐."

단델라이언이 토루비엘의 류트를 괜스레 뚱땅거리며 말했다.

"어서 읽어 보게, 게롤트."

게롤트가 팔꿈치에 몸을 의지하고 책을 불 가까이로 가져갔다.

"그녀는."

게롤트가 책을 읽기 시작했다.

"하절기에 볼 수 있다. 주로 마이엔[1]부터 브라세[2], 길브하르트[3]까지 볼 수 있지만, 가장 빈번하게 나타날 때는 낫축제[4] 때로, 고어로는 수확제 즉 '라마스' 때이다. 그녀는 금발의 동정녀의 모습으로, 온몸을 꽃으로 치장하고 나타난다. 그리고 살아 있는 모든 것은 잡초든 동물이든, 그녀를 우러러 본받고자 하며 그녀의 발치에 몸을 던진다. 그런 까닭에 그녀는 생명의 여신을 뜻하는 레빈이라고 불린다. 고대 사람들은 그녀를 '다나메비'라고 부르며 그녀를 높이 숭상했다. 긴수염족들은 들판 한가운데가 아닌, 산속 깊은 곳에 살고 있지만 그녀를 존경하며 '블루오마르마그데'라고 부른다."

"다나메비라……."

단델라이언이 중얼거렸다.

"다나 메아드브흐, 들판의 동정녀로군."

"레빈의 발길이 닿는 땅에선 꽃이 피고 열매가 맺히고 어떤 생물이든 힘차게 번식한다. 그녀의 능력이 그런 것에 있기 때문이다. 모든 민족들이 그들이 거둔 수확물의 일부를 그녀에게 제물을 바친다. 내심 레빈이 다른 곳은 찾지 않고, 자기네 땅을 찾아와 주길 바라는 마음으로 말이다. 이것은 언젠가 레빈이 그 민족에게 머무르게 될 것이고, 그 민족을 다른 민족보다 우위에 서게 할 것이라는 의미를 담고 있으니 보라, 이는 여성들의 동화이기 때문이다. 또한 현자들이 공정하게 한 말들이 있기 때문이니, 레빈은 오직 땅을 사랑하고 가장 보잘 것 없는 잡초든, 작디작은 벌레든 땅 위에서 자라고 살아가는 것을 사랑하며, 그녀에게 인간은 가장 보잘 것 없다고 하는 잡초 그 이상도 그 이하도 아니라는 것이다. 인간들 역시 한 번 왔다가 가는 존재이고, 그들의 뒤를 이어 새로운 다른 종족들이 오니까 말이다. 그러나 레빈은 영원하다. 그녀는 과거

---

1) 5월의 고어 표현이다.
2) 6월의 고어 표현이다.
3) 7월의 고어 표현이다.
4) 낫으로 추수를 하는 데서 유래한 용어로 추수감사절을 일컫는 말이다.

에도 있었고 현재에도 있으며 미래에도 존재할 것이다. 언제나, 영원토록."

"영-원-토-록!"

단델라이언이 노래와 함께 화음을 넣어 류트를 뜯었다. 토르퀘가 샬마이를 입에 대고 트레몰로를 구사하며 끼어들었다.

"건재하소서, 들판의 여신이여! 수확물을 위해, 돌 블라타나의 꽃들을 위해, 당신이 막아 주신 덕분에 화살 구멍이 날 뻔한 위기에서 벗어나 아직 건재한 저의 살가죽을 위해서도! 여보게들, 나 할 말이 있어."

단델라이언은 연주를 멈추곤 류트를 어린아이라도 되는 양 가슴에 품었다. 그러곤 슬픈 표정을 지었다.

"나, 엘프들에 관한 이야기는 서사시에 넣지 않을 거야. 그들이 싸우고 있는 어려움도. 의지를 불태우며 산속으로 출정하려는 인간말짜들이 넘쳐나게 될 것 같아서…… 그런 걸 앞당겨서 뭣 하겠어……."

단델라이언이 갑자기 말을 끊었다.

"끝까지 말해."

토르퀘가 씁쓸한 표정으로 말했다.

"너 이렇게 말하려고 했지? 그런 걸 앞당겨서 뭣 하겠어, 어차피 닥칠 일인데라고 그렇게 이야기하려고 했지?"

"우리 그 이야기는 그만 하지."

게롤트가 토르퀘의 말을 가로막았다.

"이야긴 해서 뭣 해? 말할 필요도 없는 일을. 릴레를 예로 들어보자고."

"그녀는 엘프와 텔레파시로 의사소통을 했어."

단델라이언이 중얼거렸다.

"그런 감이 왔어. 맞지, 게롤트? 자네는 그런 걸 느끼니까. 자네, 그녀가 그 백발의 엘프에게 무엇에 관해…… 아니 무슨 말을 건넸는지 알 수 있었나?"

"어느 정도는."

"그녀가 무엇에 관해 말을 하던가?"

"희망에 관해서 말했네. 모든 것은 새로 시작된다, 그러니 결코 새로 시작하기를 멈추지 말라, 그런 말이었지."

"더 이상은 없었어?"

"그거면 충분하지."

"흠…… 게롤트, 릴레는 마을에서 살겠지, 사람들 틈에서 말이야. 자네는 그녀가……."

"그녀가 인간들 곁에 남아 있을 거라고 생각하느냐고? 여기, 돌 블라타나에? 글쎄, 아마 그렇지 않을까. 단……."

"단, 뭐?"

"인간들이 돌 블라타나를 존중한다는 걸 보여 준다면. 세상의 끝, 땅 끝 마을이 땅 끝 마을로 머물러 있다면. 그리고 우리가 마을의 경계선을 존중한다면. 자, 이야기는 이만하면 충분히 한 것 같으니 이제 그만 잠이나 자자고, 젊은이들."

"맞아. 곧 자정도 다가오고 불길도 잦아들고 있으니. 나는 좀 앉아 있겠네. 불이 잦아들 때, 언제나 최상의 시상이 떠오르거든. 그런데 제목이 있어야 하는데…… 이번 서사시에 붙일 아름다운 제목이 필요해."

"'세상의 끝'은 어때?"

"너무 통속적이야."

음유시인 단델라이언이 평가절하하며 고개를 절레절레 흔들었다.

"진짜로 '끝'이라 해도 말이지, 장소를 다르게 표현해야 한다고. 은유적으로 표현해야지. 게롤트, 자네 은유가 뭔지는 알고 있지? 은유 말이야. 흠, 어디 생각 좀 해 보자구. '-하는 그곳에서'가 좋겠군, 빌어먹을, '뛸' 하는 그곳에서라고 할까?"

"잘 자게."

토르퀘가 메에에거리며 피곤하다는 듯 말했다.

이성의 목소리
6

게롤트는 셔츠의 끈을 풀어헤치고 목에 둘렀던 축축한 리넨 천을 벗었다. 동굴 안은 덥다 못해 뜨겁기까지 했다. 이끼 낀 바위 조각과 현무암벽에 물방울이 맺혀 있었다. 공기 중에 서린 축축하고 진한 수증기 때문이었다.

동굴 안은 사방이 식물들로 둘러싸여 있었다. 암석 바닥을 깎고 그 속에 이탄[1]을 채운 구덩이, 커다란 상자와 통나무를 깎아 만든 나무통 그리고 양동이 속에서 온갖 식물이 자라고 있었다.

게롤트는 신기해하며 주변을 둘러보았다. 그도 아는 몇몇 희귀종 식물이 눈에 들어왔다. 마법 거름종이에 거르거나 마법 탕기에 달여 마법음료 및 영약을 만드는데 쓰는 성분들이었다. 다른 식물들은 더더욱 희귀한 것들이어서 나름대로 그 성질에 대해 추측하는 것으로 만족할 수밖에 없었다. 그런가 하면 전혀 알지도, 들어본 적도 없는 식물들도 있었다.

그는 동굴 벽을 뒤덮고 있는, 잎이 별모양을 닮은 노스트릭스의 반점들과 커다란 양동이 안에서 빽빽하게 솟아오른 블라스코프의 공처럼 생긴 꽃들, 핏빛 딸기와 함께 흩뿌려 놓은 아레나리엔 새싹도 살펴보았다. 도톰하고 성긴 줄무늬 잎사귀의 찔

---

[1] 땅속에 묻힌 시간이 오래되지 않아 완전히 탄화하지 못한 일종의 석탄으로 비료나 연탄의 원료로 사용한다.

슈넬과 와인색과 황금색이 어우러진 타원형의 님머메르크 꽃 그리고 거무스름한 바늘모양의 잎사귀를 가진 젝슈티헬은 그가 익히 알고 있는 것이었다. 이제야 그는 지혈초인 블루트슈틸의 솜털버섯이 바위 조각에 납작하게 달라붙어 있는 걸 알아차렸다. 그리고 라벤아우게의 물결 모양 구근과 모이제슈반츠—오르히데의 호피무늬 주머니도 보였다.

인공동굴의 그늘진 부분엔 나델블래트링의 버섯모자가 봉긋이 솟아 있었고 거의 눈에 띄지 않는 꽃실이 보이는 것으로 보아 적용범위가 넓고 약효가 강한 식물뿌리인 분트푸스가 있다는 걸 알 수 있었다.

동굴 한가운데는 물에서 자라는 식물들이 차지하고 있었다. 호른블라트와 거북이오트밀이 그득 담긴 양동이와 기생식물인 노랑뿌리의 자양분이 되어주는 바쎄라세가 두터운 이불처럼 수면을 뒤덮고 있는 인공저수조가 눈에 들어왔다. 또 유리 용기도 있었다. 유리 용기엔 환각을 일으키는 쯔비슈피츠의 꼬불꼬불한 줄기와 하늘하늘한 진초록의 크립토코리넨 그리고 다발을 이룬 페들링이 그득했다. 질척거리는 진흙을 채운 통짜 나무통은 무수한 조균류(朝菌類)와 물이끼, 곰팡이, 모어플레히테의 배양소였다.

네네케는 사제복 소매를 걷어붙였다. 그러곤 바구니에서 가위와 뼈로 만든 갈퀴를 꺼내들고 말없이 작업을 시작했다. 게롤트는 빛기둥들 사이에 있는 긴 의자에 가서 앉았다. 동굴의 둥근 천장에 있는 커다란 크리스털 판을 통해 빛줄기가 기둥을 이루며 동굴 내부로 떨어지고 있었다.

여사제는 혼잣말을 중얼거리며 능숙한 몸놀림으로 얽히고설킨 잎사귀와 줄기들 사이로 몸을 낮추었다. 그러곤 빠른 속도로 가위질을 하며 바구니에 녹색식물들을 척척 채워 나갔다. 또 식물을 받혀 주는 막대기와 틀을 바로잡아 주며 이따금 갈퀴의 손잡이로 땅을 쑤석거리기도 했다. 또 가끔씩 화난 목소리로 툴툴거리며 말라비틀어지거나 썩어 버린 싹을 뽑아내어 균류를 비롯해 뱀처럼 배배 꼬인 다른 식물들의 자양분이 되도록 부식토가 담긴 용기에 던질 때도 있었다. 이 식물들은 게롤트가 알지 못하는 것들이었다. 그는 그것이 식물인지조차도 확신할 수 없었다. 희미한 빛이 감도는 그 식물 다발들이 부드럽게 움직이며 수염 난 돌기를 여사제 쪽으로 곧게 펴는 것처럼 보였던 것이다.

안은 더웠다. 너무 더웠다.

"게롤트."

"예."

게롤트는 몰려오는 졸음을 뿌리치며 대답했다. 네네케가 열심히 가위질을 하며 플리겐블루트의 커다란 깃털 모양 잎 사이로 그를 살펴보았다.

"아직 떠나지 마. 여기 있어. 며칠만 더 있다 가."

"아닙니다, 네네케. 이젠 그만 떠날 때가 되었지요."

"뭣 때문에 그렇게 재촉하는 거야? 헤레바르트는 신경 쓸 필요 없어. 그리고 그 떠돌이 단델라이언은 혼자 떠나서 큰일 한번 당해 봐야 정신이 들게야. 게롤트, 자넨 여기 있어."

"안 돼요, 네네케."

여사제가 가위질을 멈추었다.

"자네, 그녀가 자넬 여기서 찾아낼까 봐서, 그래서 겁나서 그렇게 서둘러 성전을 떠나려는 게야?"

"예."

그는 떳떳하게 시인했다.

"딱 알아맞히셨네요."

"그거야 척하면 삼천리지."

그녀가 중얼거렸다.

"하지만 안심하게! 예니퍼가 이미 여길 들렀다 갔으니까. 두 달 전이었지. 그렇게 빨리 되돌아오지는 않을 거야. 나랑 싸웠거든. 아, 자네 때문은 아니었어. 자네에 관해선 묻지도 않았는걸."

"그녀가 아무것도 안 물었다고요?"

"그것 때문에 속이 상했나 보군."

여사제가 빙긋이 웃었다.

"여느 남자나 다름없이 자네도 자기중심적이로군. 무관심보다 더 나쁜 것은 없지, 그렇지 않나? 하지만 아니야. 마음에 담아 두지 말게. 나는 예니퍼를 잘 알아. 대놓고 묻고 다니지는 않았어도 자네의 흔적을 찾아 구석구석 돌아다녔다네. 자네한테 단단히 화가 나 있었지. 그게 그대로 느껴졌어."

"무엇 때문에 싸우신 겁니까?"

"자네가 상관할 일이 아니네."

"어차피 저도 다 아는 걸요."

"과연 그럴까. 내 생각엔 그렇지 않은데."

네네케는 냉정하게 한마디 하고는 콩 줄기를 바로 세웠다.

"자네가 그녀에 관해 알고 있는 건 지극히 피상적인 것이지. 자네에 관해 그녀가 알고 있는 것도 그렇고. 자네와 예니퍼가 맺었던 그리고 맺고 있는 관계가 딱 그 정도일세. 두 사람 모두, 하나같이 원인은 무시한 채 결과에 대해 지극히 감정적인 평가를 내리는 데만 급급해하고 있어."

"예니퍼가 여기에 온 건 치료 때문이었어요."

게롤트가 냉담한 말투로 확신하듯 말했다.

"그걸 두고 두 사람이 싸운 거고요, 인정하시죠."

"아무것도 인정할 수 없네."

게롤트가 자리에서 일어나 인공동굴의 돔형 천장에 있는 크리스털 판 아래쪽으로 가서 섰다. 빛이 가득 든 곳이었다.

"네네케, 이리로 좀 와 봐요. 잠깐만 이것 좀 보세요."

그는 가죽 띠에 달린 비밀 주머니를 열어 작은 돈지갑을 꺼내었다. 아주 조그만 염소가죽 주머니였다. 그런 다음 내용물을 손바닥 위에 쏟았다.

"다이아몬드 두 개, 루비 한 개, 고운 연옥 세 개, 매력적인 마노 한 개."
네네케는 다방면에 걸쳐 모르는 것이 없었다.

"다 합쳐서 얼마나 되지?"

"이천오백 테메리아 오렌. 비지마에서 스트리가를 해결하고 받은 대가입니다."

"그리고 목을 찢긴 데 대한 대가이기도 하지."

여사제가 이마를 찌푸렸다.

"어쨌든 가격이 문제이지. 하지만 이렇게 보석으로 보수를 받은 건 잘한 일이야. 오렌은 화폐가치가 약하고 비지마에선 보석이 별로 비싸지 않지. 마하캄의 난쟁이 광산이 근처에 있으니까. 만약 노비그라드에서 그 보석을 판다면 최소한 오백 노비그라드 크라운을 받을 걸세. 1크라운의 환율이 현재 6.5오렌인데 더 오르는 추세야."

"네네케, 저는 당신이 이걸 받아 주었으면 좋겠어요."

"보관해 줘?"

"아닙니다. 우리 이렇게 하죠. 연옥은 성전을 위해 간직해 주세요. 멜리텔레 여신에게 바치는 저의 제물이라고 생각해 주십시오. 그리고 나머지 보석들은…… 그녀를 위한 것입니다. 예니퍼 말이에요. 그녀가 성전을 다시 찾아오면 그녀에게 보석을 주세요. 조만간 분명히 다시 찾아올 거니까요."

네네케는 휘둥그레진 눈으로 그를 바라보았다.

"내가 자네 입장이라면, 나는 이런 행동을 하지 않을 걸세. 이렇게 해 봤자, 그녀를 더욱 하나게 할 뿐이야. 그것도 무척이나, 믿어도 좋아. 모든 걸 그냥 있는 그대로 가만히 두게. 자네가 뭘 한다고 해서 돌이킬 수 있는 건, 더 나아지게 할 수 있는 건 아무것도 없으니까. 자네가 그녀에게서 도망친 건, 자네의 그런 행동은…… 뭐랄까, 성숙한 남자로서 특별히 보기 좋은 행동은 아니었어. 그런데 보석으로 자신의 잘못을 해결하려고 한다면 그건 너무, 너무 노숙한 남자들같이 행동하는 거야. 어떤 종류의 남자가 더 역겨운지 나로선 그게 그거라 말하기 힘들 것 같구먼."

"그녀는 소유욕이 너무 강했어요."

게롤트가 고개를 돌리고 중얼거렸다.

"나는 그걸 견딜 수 없었어요. 날 다룰 때 보면 그녀는 내가 마치……."

"그만 하게."

그녀가 매섭게 쏘아붙였다.

"우는 소릴랑 집어치우게. 나는 자네 어머니가 아니야, 몇 번이나 더 말해야 되겠나? 자네의 고해성사를 듣는 사제 역할을 할 생각 또한 없네. 그녀가 자네를 어떻게 다루었는지, 또 자네가 그녀를 어떻게 다루었는지 나와는 아무 상관도 없는 일이야. 그리고 이 빌어먹을 보석들을 그녀에게 양도하거나 전해 줄 생각도 전혀 없네. 자네 자신을 바보로 만들고 싶으면 내 도움에 기댈 생각하지 말고 혼자 알아서 하게."

"제 말씀을 이해하지 못하셨군요. 그녀에게 호의를 베풀어서 환심을 사거나 혹은 기분을 나쁘게 할 생각은 없습니다. 하지만 제 자신이, 그녀에게 잘못한 것이 있고 또 그녀가 받고자 하는 치료비용이 제 짐작이지만 매우 비쌀 겁니다. 저는 그녀를 돕고 싶을 뿐, 그 이상도 그 이하도 아닙니다."

"자네, 내가 생각했던 것 이상으로 어리석군."

네네케가 바닥에 있던 바구니를 집어 들었다.

"치료비가 비싸? 도와 줘? 게롤트, 그녀에겐 자네가 갖고 있는 보석쯤은 너무도 하찮아서 침을 뱉을 가치조차 없을 걸세. 자네 그거 아나? 예니퍼가 귀부인들의 병을 치료해 주고 해산을 도와주는 대가로 얼마나 큰 거금을 받는지?"

"그거야 정확히 알죠. 그리고 불임치료 비용은 훨씬 더 많다는 것도 압니다. 이런 맥락에서 정말 유감스러운 것은 그런 그녀가 자기 자신은 도울 수 없다는 것이지요. 그래서 다른 데서, 무엇보다도 당신에게서 도움을 구하고 있는 겁니다."

"아무도 그녀를 도와줄 수 없어. 그건 완전히 불가능한 일이야. 그녀는 마법사야. 대부분의 여자 마법사들처럼 그녀도 발육부전인 자궁을, 완전히 임신 불능인 자궁을 갖고 있어. 그리고 그건 치유할 수 없고 그녀는 결코 아이를 가질 수 없어."

"그 점에 있어선 모든 여자 마법사가 다 불이익을 당하는 건 아니지요. 제가 그런 사례에 관해 좀 알고 있거든요. 그건 당신도 알고 있을 겁니다."

"참 내, 그래."

네네케가 두 눈을 지그시 감았다.

"알고 있어."

"예외 없는 법칙이란 존재할 수 없지요. 남들 다 하는 말로 중언부언하며 예외가 법칙의 정당성을 증명한다고 둘러대지 마세요. 그런 예외가 있다면 저에게 말씀 좀 해 보세요."

"예외에 관해서라면……."

네네케가 쌀쌀맞게 말겠다.

"딱 한 가지, '예외란 존재한다'라는 것밖에 할 말이 없어. 더도 덜도 말고 말이지. 그러나 예니퍼의 경우는…… 아무튼 예니퍼는 유감스럽게도 예외의 경우에 해당하지 않네. 적어도 우리가 이야기했던 불임에 관해서 본다면 아니야. 다른 관점에서 보면 그녀만큼 예외적인 경우도 찾아보기 힘드니까."

게롤트는 쌀쌀맞은 말투에도, 비꼬는 말투에도 흔들리지 않고 말했다.

"마법사들은 죽은 사람도 살렸어요. 믿을 만한 사례들도 알고 있습니다. 그리고 죽은 사람을 살리는 일은 제가 보기엔 신체기관의 발육부전을 상쇄하는 일보다 훨씬 어려운 일일 것 같습니다."

"그렇다면 자네가 잘못 본 것이지. 내가 아는 한 분비기관의 발육부전을 내분비물로 상쇄하거나 그것을 재생시키는 데 완벽하게 성공했다는 믿을 만한 사례는 단 한 건도 없었으니까. 게롤트, 그만 하세. 이거 무슨 의료상담 시간도 아니고. 자네는 이 분야를 잘 모르지만, 나는 아니네. 그리고 내 자네에게 확실히 해 두겠는데, 예니퍼가 특정한 능력을 위해 다른 능력을 잃는 것으로 대가를 치렀다면 더더욱 안 될 말이네."

"그게 그렇게까지 확실하다면, 대체 그녀가 왜 그렇게 계속 애를 쓰는 건지 이해가 가지 않는군요."

"자네, 무지해도 너무 무지하군."

여사제가 그의 말에 끼어들었다.

"정말이지 너무. 예니퍼가 안고 있는 육체적 고통에 대해선 그만 신경 끄고 자네 자신의 고통이나 생각하게. 자네의 신체기관도 바뀌어 가고 있어. 그것도 돌이킬 수 없이. 자네도 놀라고 있잖아. 하지만 자네, 자네 자신에게 뭐라고 말하는가? 자네의 경우도 다시는 온전한 인간으로 돌아갈 수 없을 게 분명해. 그런데도 자네는 끊임없이 인간으로 있고자 하지. 인간이 저지르는 실수를 범함으로써 말이야. 위쳐라면 해서는 안 되는 실수들인데도 말이지."

그는 동굴 벽에 기대어 선 채로 이마에 맺힌 땀을 닦았다.

"자네는 아무 대답도 하지 않겠지."

네네케가 가볍게 미소를 지으며 확인하듯 말했다.

"놀랄 일도 아니지. 이성의 목소리와 싸우기가 쉬운 건 아니니까. 게롤트, 자네는 아픈 몸이야. 완전히 능력발휘를 할 수 있는 상태가 아니라네. 영약에 대한 반응이 떨어지고 있어. 맥박은 점차 가속도가 붙고, 두 눈의 안구조절력도 점점 느려지고 즉각적인 반작용도 하지 못해. 간단한 마법기호조차도 쓸 수 없어. 그런데도 지금 길을 떠날 작정이란 말인가? 자네는 쉬어야 해. 휴양해야 한다고. 자네에게 필요한 건 치료야. 그리고 그전에 트랜스가 필요하고."

"그래서 이올라를 나에게 보낸 겁니까? 치료를 위해서요? 좀 더 쉬운 트랜스를 위해서요?"

"어리석은 사람 같으니!"

"다시는 그런 일은 하지 마세요."

네네케가 몸을 돌리더니 게롤트에겐 생소한 몇몇 덩굴식물의 통통한 잎자루 새로 손을 찔러 넣었다.

"좋아."

그녀가 침착한 말투로 말했다.

"그래, 내가 그녀를 자네에게 보냈네. 치료를 위해서. 그리고 그렇게 한 건 유용했네. 그 다음날 아침, 자네의 반응이 훨씬 더 좋아졌으니까. 더 침착해졌더군. 그뿐 아니라 이올라에게도 치료가 필요했었지. 화내지 말게."

"제가 화가 나는 건 치료 때문도, 이올라 때문도 아닙니다."

"그럼 자네에게 들리는 이성의 목소리 때문인가?"

그는 아무런 대답도 하지 않았다.

"트랜스는 반드시 해야 하네."

네네케가 같은 말을 되뇌고는 동굴정원을 죽 둘러보았다.

"이올라는 준비가 되어 있어. 그녀는 육체적으로 그리고 정신적으로 자네와 접촉하였네. 자네, 길을 떠날 거라면 오늘 저녁에 트랜스를 하세."

"아니요, 저는 싫습니다. 네네케, 트랜스 중에 이올라가 환영을 볼 수 있다는 거 아시잖아요. 예언을 하고 미래를 예견할 수도 있고요."

"그것 때문이었구먼."

"맞아요. 그런데 저는 미래를 알고 싶지 않거든요. 미래를 안다고 해서 제가 무엇을 할 수 있겠어요? 어차피 어떻게 돌아갈지 다 알게 되었는데."

"자네 확실한 건가?"

그는 아무 대답도 하지 않았다.

"그럼 좋아."

그녀가 한숨을 쉬었다.

"그만 가세나. 아참, 게롤트. 호기심에 이러는 건 아니네만 말해 주겠나? 말해 보게, 두 사람이 어떻게 알게 되었나? 자네와 예니퍼 말이네. 어떻게 둘 사이가 시작이 된 건가?"

게롤트가 미소를 지었다.

"단델라이언과 제가 저녁 거리가 없어 물고기를 잡기로 한 데서 시작되었지요."

"듣고 보니, 자네가 물고기 대신에 예니퍼를 낚았다는 이야기네?"

"어떻게 된 이야기인지 말씀드릴게요. 하지만 일단 저녁부터 먹고요. 배가 고프네요."

"그럼 가세나. 난 필요한 건 다 챙겼네."

게롤트는 출구로 가면서 다시 한 번 동굴온실을 죽 훑어보았다.

"네네케?"

"응?"

"당신이 여기 심은 것의 절반 정도는 다른 곳에선 자라지 않는 식물들인 것 같습니다. 제 말이 맞죠?"

"맞네. 절반이 아니라 절반이 넘지."

"어떻게 된 건지 설명해 주실 수 있습니까?"

"멜리텔레 여신의 은총 덕분이라고 말한다면 자네는 분명 만족하지 않겠지?"

"그야 당연하지요."

"내 그럴 줄 알았어."

네네케가 빙긋이 웃었다.

"게롤트, 보이나? 친애하는 우리의 태양님은 여전히 빛을 발하고 있지. 하지만 더 이상 예전 같지 않다네. 원한다면 책에서 이 부분에 관한 대목을 읽을 수도 있어. 그러나 그럴 시간을 내고 싶지 않다면, 저기 저 천장을 이루고 있는 크리스털이 필터작용을 한다는 설명에 만족하게. 크리스털이 날로 증가하는 태양광선의 치명적인 광선을 차단해 준다네. 그 덕분에 자네가 자연계 어디에서도 찾아볼 수 없었던 식물들이 이곳에선 자라는 걸세."

"잘 알았습니다."

게롤트가 고개를 끄덕였다.

"네네케, 그럼 우리는요? 우리는 어떻게 되는 겁니까? 우리에게도 태양광선이 내려 쪼이잖아요. 우리도 이런 지붕 아래에서 안전을 꾀해야 하는 거 아닌가요?"

"원래는 우리도 그래야 하지."

여사제가 말했다.

"하지만……."

"하지만 뭔가요?"

"이미 너무 늦었어."

마지막 소원

I

수염이 달린 메기의 머리가 물 밖으로 용솟음쳐 올랐다. 메기가 힘차게 몸뚱이를 뒤척이자 파도가 일며 번쩍이는 하얀 배가 드러났다.

"조심해, 단델라이언!"

게롤트는 구두 뒤창을 개펄에 대고 버틴 채 소리쳤다.

"꽉 잡으라고, 제기랄!"

"잡고 있어."

단델라이언이 신음하며 말했다.

"맙소사, 무슨 이런 괴물이 있나! 이건 물고기가 아니라 숫제 레비아탄이로구먼! 하지만 먹을 건 많겠네, 세상에!"

"좀 살살해, 살살하라고, 줄이 끊어지겠어!"

바닥에 딱 붙어 있던 메기가 갑자기 튀어 오르더니 굽이진 강 속으로 몸을 날렸다. 줄이 쉬이익 소리를 냈고, 단델라이언과 게롤트의 장갑에선 연기가 나기 시작했다.

"당겨, 게롤트, 당기라고! 힘 빼지 말고, 잘못하면 엉킨다고!"

"줄이 끊어진다니까!"

"줄 안 끊어지니까 당기라고!"

그들은 단단히 버티고 서서 줄을 당겼다. 줄은 쉬익 소리를 내면서 물속을 가르며 지나갔고, 줄의 떨림에 물방울들이 사방으로 흩어져 떠오르는 태양빛에 수은처럼 반짝였다. 곧바로 모습을 드러낸 메기가 수면 바로 위에서 버둥거리자 줄이 살짝 느슨해졌다. 그들은 재빨리 줄을 팽팽히 잡아당겼다.

"저놈을 훈제로 만들어 버리자고."

단델라이언이 헐떡거리며 말했다.

"마을로 가지고 가서 훈제로 만들어 버리는 거야. 그리고 대가리는 국을 끓여먹고 말이야!"

"조심해!"

얕은 곳에 배가 닿은 느낌이 들었는지, 메기가 억센 몸집을 절반이나 물 밖으로 내밀고는 이리저리 머리를 처박았다. 그런 다음 편평한 꼬리를 탁 치고는 수심 깊은 곳으로 돌진하듯 내려갔다. 장갑에서는 또다시 연기가 피어올랐다.

"당겨, 당기라고! 저 못된 놈을 물가로 끌어내라고!"

"줄이 끊어지겠어! 조금 늦춰, 단델라이언!"

"안 끊어진다니까, 겁내지 마! 대가리는 국을 끓여 먹을 거야!"

다시 한 번 물가 쪽으로 끌려나온 메기가 이리저리 요동쳤다. 성이 나서 줄을 끌어당기는 모양이 쉽사리 프라이팬 속으로 끌려들어 가지는 않겠다는 결연한 의지를 보여 주는 것 같았다. 메기가 철벅거리며 요동치는 바람에 물이 수면 위로 높이 솟구쳐 올랐다.

"껍질은 팔아 버리고……!"

단델라이언은 양손으로 줄을 잡아당기며 바닥에 발을 파묻고, 있는 힘껏 버티느라 얼굴이 시뻘게졌다.

"그리고 이 수염은, 이 수염으론 말이지……!"

하지만 단델라이언이 메기의 수염으로 뭘 하려 했는지는 결국 아무도 알지 못했다. 그 순간 탕, 하는 소리와 함께 줄이 끊어졌다. 두 낚시꾼은 중심을 잃고 젖은 모래 위로 쓰러졌다.

"저런 저 악마 같은 놈!"

단델라이언이 소리를 질렀다. 소리가 포아 풀밭 위에 메아리쳐 울렸다.

"저렇게 많은 먹을거리가 날아가 버리다니, 망할 놈의 메기 같으니라고!"

"내가 말했지."

게롤트가 바지를 털며 말했다.

"그렇게 세게 당기면 안 된다고 말했잖아, 친구. 그렇게 말을 안 듣더니 일을 다 망쳤군. 낚시꾼으로 말하면 자네는 완전히 허당일세."

"그건 아니지."

기분이 상한 음유시인이 대답했다.

"그 괴물 녀석이 미끼를 먼저 문 것은 내 덕분이라고."

"어디 한번 볼까. 내가 줄을 던졌을 때, 자넨 손가락 하나 꿈쩍 안 했네. 자넨 그저 류트만 뚱땅거리고 앉아 주둥이만 쩍 벌리고 있었어. 그 밖에 한 게 뭐가 있어."

"그건 아니지."

단델라이언의 치아가 환하게 드러났다.

"자네, 그거 아나? 자네가 잠들었을 때, 딱정벌레의 유충을 갈고리에서 걷어내고 숲에서 내가 발견한 죽은 까마귀를 그 위에 걸어 놓은 건 바로 나라고. 아침에 그 까마귀를 걷어내는 자네의 얼굴을 한번 보고 싶었거든. 그런데 메기가 그 까마귀를 덥석 문 거지. 대체 어떤 놈이 자네가 걸어 놓은 딱정벌레 유충을 물겠나."

"물었어, 그래, 물었다고."

게롤트는 나무토막에 줄을 감으며 물 위에 침을 퉤 뱉었다.

"하지만 놈이 도망간 건, 자네가 꼭 무슨 미친놈처럼 줄을 당겼기 때문이잖아. 그만 떠들고 남은 줄들이나 마저 감으라고. 벌써 해가 중천에 떴네. 길을 떠나야지. 나는 가서 짐이나 싸겠네."

"게롤트!"

"왜?"

"다른 줄에도 뭐가 걸…… 아닐세, 빌어먹을. 줄이 그냥 뭉친 건가 보네. 젠장, 이거 완전히 무슨 바위 덩어리처럼 꽉 붙어 있잖아. 이거 왜 이렇게 안 떨어져! 아, 이제 됐다…… 하, 하, 이것보라고, 내가 뭘 꺼냈는지! 이거 꼭 데스몬드 왕 시대에 타고 다니던 거룻배 조각처럼 생겼지 않나! 이렇게 대단한 쓰레기 덩어리 본 적 있나? 이것 좀 보라고, 게롤트!"

물론 단델라이언이 과장하여 말한 것이었다. 단델라이언이 꺼낸 것은 썩은 밧줄과 그물 자투리 그리고 해초들이 한데 뭉친 것이었다. 내용물은 대단했지만 거룻배의 규모로 볼 때 전설적인 왕의 시대의 것은 결코 아니었다. 단델라이언은 그 덩어리를 하나씩 풀어내어 강가에 던진 다음 장화 뒤축으로 쑤석거리기 시작했다. 해초 안엔 거머리와 피라미들, 작은 게들이 우글거렸다.

"하! 내가 뭘 발견했는지 한번 보라고!"

궁금해진 게롤트가 다가왔다. 그것은 고령토로 만들어진 배가 불룩한 항아리였다. 양쪽에 손잡이가 달린 앰포라[1]처럼 생긴 항아리가 그물에 감긴 채 썩은 물이끼, 날도래와 달팽이 군집 같은 것들이 들러붙어 시꺼먼 색을 띠고 있었다. 단지에서 오래된 진흙 냄새가 풍겼다.

"하!"

단델라이언이 다시 한 번 으쓱대며 외쳤다.

"자네, 이거 뭔 줄 알아?"

"당연하지. 오래된 단지잖아."

"허튼소리."

단델라이언은 나무토막으로 겉에 붙은 조개와 돌처럼 굳어진 지저분한 점토를 긁어내면서 선포하듯 외쳤다.

"이것은 바로 다름 아닌 요술항아리라구. 이 속엔 세 가지 소원을 들어주는 지니라는 정령이 들어 있어!"

"웃기는 소리 좀 그만 하게, 단델라이언."

---

[1] 고대 그리스 로마 시대에 유행하던 양쪽에 손잡이가 달린 단지나 항아리를 말한다.

게롤트가 나직이 비웃었다.

"웃으려면 웃으라고!"

단델라이언은 항아리에 낀 이물질들을 다 긁어낸 다음, 쪼그리고 앉아서 항아리를 물로 깨끗이 씻었다.

"코르크 마개에 봉인이 있군. 봉인 위엔 마법기호가 있고."

"무슨 기호인데? 한번 볼까."

"어딜!"

단델라이언은 항아리를 등 뒤로 감췄다.

"언감생심, 이걸 발견한 건 나라고. 소원을 말하려면 내가 해야지."

"봉인에 손대지 말게! 그대로 가만히 둬!"

"손 떼라고 했다! 이건 내 거야!"

"단델라이언, 조심해!"

"물론이지!"

"만지지 말라니까! 이런, 젠장!"

두 사람이 옥신각신하는 중에 바닥에 떨어진 항아리에서 붉은 연기가 빛을 내며 피어올랐다.

재빨리 옆으로 도약한 게롤트가 칼을 가져오기 위해 야영지로 달려갔다. 단델라이언은 가슴 위에 손을 포갠 채 눈썹 하나 깜짝하지 않았다.

연기가 점점 짙어지더니 단델라이언의 머리 높이에서 불규칙한 원 모양을 그리며 떠돌았다. 그림책에서나 볼 수 있는 코 없는 머리통 형상엔 엄청나게 큰 눈과 부리처럼 생긴 것이 달려 있었다. 머리통 크기가 한 길 정도 되는 것 같았다.

"지니!"

단델라이언은 발을 구르며 말했다.

"내가 너를 풀어 주었으니, 앞으로 나는 너의 주인이다. 나의 소원은······."

머리통이 부리를 탁탁 마주쳤다. 그러나 이제 보니 그것은 부리가 아니라 변화무

쌍한 형상의 축 처지고 일그러진 입술 같았다.

"도망쳐!"

게롤트가 절규하듯 큰 소리로 외쳤다.

"도망치라고, 단델라이언!"

"나의 소원은……."

단델라이언은 게롤트의 말에 아랑곳하지 않고 계속 말했다.

"다음과 같다. 첫째 치다리스의 음유시인인 발도 막스가 그 자리에서 벼락을 맞는 것이다. 둘째 캘프의 남작부인 버지니아는 말이야, 앞으로 아무도 받아들이지 않는 것이다. 내 소원은 그 여자가 나만 받아들이는 것이다. 셋째……."

단델라이언은 세 번째 소원을 입 밖에 내지 못했다. 그 기괴한 머리통에서 더욱 기괴하게 생긴 두 개의 팔이 죽 뻗어 나오더니 그의 목을 움켜쥐었던 것이다. 단델라이언은 숨이 막혀 캑캑거리기 시작했다.

세 번의 도약 끝에 머리통 근처까지 온 게롤트가 순은 칼을 들어 머리통의 귀에서부터 한가운데까지 깊숙이 내리쳤다. 공중에서 울부짖는 소리가 나더니 머리통에서 뭉게뭉게 연기가 피어올랐다. 연기는 빠른 속도로 다시 불어나 지름이 두 배나 더 커졌다. 더불어 두 배나 더 커진 끔찍한 아가리가 열리더니 다시 닫히면서 쉿소리를 내었다. 우악스런 두 손은 버둥거리는 단델라이언을 이리저리 흔든 뒤, 바닥에 눕히고 짓눌러댔다.

게롤트는 손가락으로 아드 기호를 그리며 그가 동원할 수 있는 모든 에너지를 머릿속에 끌어모았다. 에너지는 머리 주변의 빈 공간에서 빛나는 광선으로 변하여 목표물을 맞혔다. 목표물에 명중하는 소리가 어찌나 컸던지 게롤트는 귀가 멍해질 정도였다. 에너지가 파열되며 생긴 대기의 충격에 아름드리 버드나무들이 쏴 하고 흔들렸다. 괴물은 골이 울릴 정도로 큰 소리로 울부짖으며 단델라이언을 풀어 주었다. 그러곤 아까보다 더욱 커진 커다란 형태가 되어 공중으로 솟아올랐다. 그러곤 빙글빙글 나선형을 그리며 돌다가 앞발로 물결을 지치며 수면 위로 멀리 날아갔다.

게롤트가 미동도 않고 쓰러져 있는 단델라이언을 끌어내리고 막 뛰어가려던 찰나, 순간 모래 속에 파묻혀 있던 둥근 물체 하나가 손끝에 닿았다. 부러진 십자가와 9개의 각뿔이 달린 별로 장식된 황동인장이었다.

강 위를 떠돌던 머리통은 그새 벌써 밭에 쌓아 놓은 건초더미만큼이나 커졌다. 쩍 벌린 채로 울부짖는 아가리는 커다란 창고 문을 연상시켰다. 앞으로 튀어나온 팔이 공격을 가해 왔다.

완전 무방비 상태였던 게롤트는 인장을 움켜쥐고 공격해 오는 괴물을 향해 팔을 뻗쳤다. 그러면서 언젠가 어떤 여사제가 가르쳐 준 퇴마용 주문을 큰소리로 외쳤다. 미신을 믿지 않았던 그로선 지금껏 단 한 번도 사용한 일이 없었던 주문이었다.

효과는 기대 이상이었다.

인장에서 갑자기 쉿소리가 나더니, 순식간에 손바닥이 타들어갈 것처럼 뜨거워졌다. 거대한 머리통이 공중에서 뻣뻣하게 굳은 채 움직이지 않고 강 위를 떠돌았다. 잠시 후 머리통이 큰 소리로 울부짖으며 괴성을 질렀다. 그리고 통통 튀기는 공 모양의 연기로 풀어지더니 짙고 큰 구름으로 변하였다. 구름이 희미한 휘파람 소리를 내며 믿기지 않는 속도로 강을 따라 앞으로 질주해 왔다. 바람의 속도에 수면이 갈라져 마치 깊이 골을 파 놓은 것 같았다. 그 후 몇 초 만에 구름은 멀리 사라졌고, 울부짖던 소리가 남긴 긴 여운만이 한동안 강 위에 머물러 있었다.

게롤트는 모래 위에 몸을 웅크린 채 쓰러져 있는 단델라이언의 옆에 무릎을 꿇었다.

"단델라이언? 살아 있나? 단델라이언, 제기랄! 어떻게 된 거야?"

단델라이언은 고개를 이리저리 흔들더니 팔에 경련을 일으키며 입을 열고는 소리를 질러댔다. 게롤트는 얼굴을 찡그리며 눈을 꽉 감았다. 단델라이언은 아주 힘 있고 발성이 훌륭한 테너 음성이었는데, 공포에 사로잡히면 상상할 수 없이 높은 소리를 내곤 했다. 하지만 이 음유시인의 목구멍에서 나온 소리는 거의 알아들을 수 없을 정도로 새된 목소리였다.

"단델라이언! 어떻게 된 거야? 대답 좀 해 봐!"

"흐으으…… 에에에…… 헤에에……."

"어떻게 된 거야? 단델라이언!"

"흐으으…… 쿠후우……."

"말로 할 필요 없어. 괜찮으면 그냥 고개만 끄덕이라고."

단델라이언은 얼굴을 찡그리며 몹시 힘겹게 고개를 끄덕였다. 그러곤 곧바로 옆으로 몸을 돌려 웅크리더니 힘겹게 호흡을 하면서 기침을 했다. 입에서 피가 터져 나왔다.

게롤트가 욕설을 뱉었다.

II

"세상에!"

보초병이 뒤로 물러서면서 등불을 낮추었다.

"그 사람 어떻게 된 거요?"

"우릴 좀 통과시켜 주시오, 선한 양반."

말안장에 널브러져 있는 단델라이언을 부축하며 게롤트가 낮은 목소리로 말했다.

"보다시피 상황이 좀 급하오."

"그런 것 같군요."

보초병은 단델라이언의 창백한 얼굴과 피범벅이 된 턱을 보면서 말을 삼켰다.

"이 사람, 부상당한 거요? 상처가 심해 보이는데요."

게롤트가 반복해서 말했다.

"상황이 좀 급하오. 우린 동틀 무렵부터 지금까지 쉬지 않고 걸어왔다오. 제발 부탁이니 우릴 지나가게 해 주시오."

"안 됩니다."

다른 보초병이 말했다.

"이 문은 해가 있을 때만 통과할 수 있소. 밤엔 명령에 따라 통행이 금지되어 있단 말이오. 왕이나 시장의 허가증이 없거나 귀족이 아닌 사람은 아무도 통과할 수 없소."

단델라이언이 쉰 목소리를 내며 몸을 움츠렸다. 그러곤 말갈기 위에 머리를 기대더니, 온몸을 떨면서 구역질을 해댔다.

"여러분."

게롤트는 가능한 한 조용한 목소리로 말을 했다.

"이 사람이 얼마나 심각한 상황인지 당신들이 직접 보고 있지 않소. 이자를 치료해 줄 사람을 찾아야 합니다. 제발 부탁이니 지나가게 해 주시오."

"아무리 부탁해도 소용없소."

도끼 칼에 몸을 기대며 보초병이 말했다.

"명령은 명령이오. 당신들을 통과시켜 줬다간 문책을 받고 이 자리에서 쫓겨나게 될 거요. 그러면 우리 아이들은 누가 먹여 살리겠소? 안 되지요. 그럴 수는 없소. 차라리 당신 친구를 말에서 내려 외곽 보루에 있는 오두막으로 데려가시오. 우리가 그를 돌봐주리다. 그가 살 운명이면 아침까진 버틸 거요. 그다지 오래 남지도 않았으니까."

"이 사람을 돌보기에 여기는 적당하지가 않소."

게롤트는 이를 갈며 말했다.

"치료사나 사제, 아니면 유능한 의사가 있어야……."

"이 밤에 그런 사람을 깨워 데려온다는 건 어차피 불가능할 거요."

다른 보초병이 말을 보탰다.

"성문 앞에서 아침 동틀 때까지 그러고 앉아 있지 않으려면 우리말대로 하는 게 좋을 거요. 오두막 안은 따뜻하고 다친 사람들을 위한 자리도 있으니까. 그렇게 안장에 앉아 있는 것보단 그 사람을 위해서도 좋을 거요. 이리 오시오. 그 사람이 말에서 내리는 걸 도와드리리다."

외곽 보루의 오두막 안은 따뜻하긴 정말 따뜻했지만 좁아서 숨이 막혔다. 벽난로에는 불이 바스락거리는 소리를 내며 활활 타고 있었고, 벽난로 뒤엔 석쇠를 얹은 화덕이 계속해서 지글거리고 있었다.

그릇과 접시들이 놓여 있는 육중한 사각 탁자 주변에 세 명의 남자가 앉아 있었다.

"실례합니다."

단델라이언을 부축한 보초병이 말했다.

"쉬고들 계신데 이렇게 방해를 해서…… 바라건대 폐가 되지 않는다면 여기 이 기사 양반 그리고 여기 또 한 사람, 이 사람은 부상을 당했습니다, 그래서 제가 생각하기에……."

"잘 오셨소."

그들 중 한 남자가 좁고 날카로우면서도 표정이 풍부해 보이는 얼굴로 말하며 몸을 일으켰다.

"이쪽, 안쪽으로 들어와서 그자를 여기 침상 위에 눕히시오."

그 남자는 엘프였다. 탁자에 앉아 있는 다른 남자도 마찬가지인 것 같았다. 인간과 엘프의 옷을 섞어 입은 것으로 보아 이곳에 동화된 거주 엘프임을 알 수 있었다. 겉모습으로 봐선 이들 중 가장 나이가 많아 보이는 또 다른 남자는 인간이었다. 입은 옷이 ㅏ투구에 맞게 자른 잿빛 머리칼로 보아 기사인 듯했다.

"나는 키레아단이요."

키가 더 큰 엘프가 자기소개를 했다. 그는 얼굴 표정이 풍부한 자였다. 엘프들은 통상 그렇듯이 나이를 가늠할 수가 없었다. 스무 살일 수도 백스무 살일 수도 있었다.

"그리고 이쪽은 내 친척 에르딜이오. 여기 귀족분은 기사 브라티미르고요."

"귀족이라……."

게롤트는 중얼거렸다. 하지만 전투복 상의 위에 새겨진 문장(紋章)을 자세히 살펴본 그는 모든 희망을 버릴 수밖에 없었다. 금장 백합을 새긴 네 부분의 방패 위에는 은빛 띠가 비스듬히 그려져 있었다. 그러니까 브라티미르는 불법적인 결합에 의해 생겼을 뿐만 아니라 인간과 비인간의 혼혈이었던 것이다. 비록 귀족문장을 지니고 있다 할지라도 완벽한 귀족이라 볼 수가 없고 그러니 당연히 해가 진 후에 성문을 통과할 특권을 지니지 못한 것이다.

"유감스럽게도."

게롤트의 시선을 감지한 엘프가 말했다.

"우리 역시 여기서 새벽 동이 틀 때까지 기다려야 합니다. 법에는 예외가 없지요, 적어도 우리 같은 자들에겐 그렇지요. 우리와 함께 앉으시죠, 기사 양반."

"리비아 출신의 게롤트라고 하오."

게롤트는 자신을 소개했다.

"나는 위쳐요, 기사가 아니라."

"저 사람은 어떻게 된 거요?"

키레아단이 단델라이언을 가리키며 물었다. 그동안 보초병들이 그를 침대에 눕혀 놓았다.

"무슨 독성에 감염된 것 같군요. 만약 그렇다면 내가 도울 수 있지요. 거기에 좋은 약을 가지고 있으니까."

게롤트는 자리에 앉아 강에서 있었던 일을 짧게 설명해 주었다. 엘프들의 시선이 오갔다. 잿빛머리 기사는 이마를 찌푸리고는 이빨들 사이로 침을 뱉었다.

"무서운 일이군요."

키레아단이 말했다.

"그게 무엇이었을까요?"

"호리병 정령."

브라티미르가 중얼거렸다.

"동화에서 나오는 것처럼……."

"꼭 그렇지만은 않은 것 같소."

침상 위에 몸을 웅크린 채 누워 있는 단델라이언을 가리키며 게롤트가 말했다.

"내가 아는 한 그렇게 끝나는 동화는 없소."

"이 딱하디딱한 사람의 부상은……."

키레아단이 말했다.

"보아하니 주술적인 성격인 것 같소. 내 약도 별로 소용이 없을 것 같구려. 그래도 최소한 통증은 줄여 줄 수 있을 거요. 저 사람에게 무슨 약을 주었소, 게롤트?"

"통증을 줄여 주는 영약이요."

"이리 와서 나 좀 도와주시오. 이 사람 머리를 좀 잡고 계시오."

단델라이언은 약을 탄 포도주를 게걸스럽게 들이마시다가 사레가 들려 기침을 해 댔다. 그 바람에 가죽 베개를 다 적시고 말았다.

"난 이자를 알고 있소."

다른 엘프 에르딜이 말했다.

"이자는 단델라이언이라는 트루바두르[1]이지요. 이자가 치다리스에 있는 에타인 왕의 궁정에서 노래 부르는 걸 본 적이 있지요."

"트루바두르라……."

키레아단이 같은 말을 되뇌며 게롤트를 바라보았다.

"큰일이군요. 상태가 아주 안 좋아요. 이 사람, 목 근육과 목구멍을 다쳤거든요. 벌써 성대에 이상이 생기고 있습니다. 어떻게 해서든지 빠른 시간 안에 이 마법이 더 이상 퍼지지 않도록 해야 합니다. 그러지 않으면…… 그의 몸은 돌이킬 수 없게 될 수도 있습니다."

"그 말은…… 이 친구가 더 이상 말을 못하게 된다는 말인가요?"

---

[1] 중세시대 남프랑스를 떠돌던 음유시인의 통칭이다.

"말은 할 수 있겠지요, 아마도. 하지만 노래는 못하게 될 겁니다."

아무 말 없이 게롤트는 탁자에 앉아 손바닥으로 이마를 받쳤다.

"마법사가 필요해요."

브라티미르가 말했다.

"여기엔 마법의 약이나 치유 주문이 필요합니다. 위쳐 양반, 이 사람을 어디든 다른 도시로 데려가야 합니다."

"어떻게 말이요?"

게롤트는 고개를 들었다.

"여기 린데에는? 여긴 마법사가 없습니까?"

"린데 전 지역을 통틀어도 마법사를 구하기가 쉽지 않을 거요."

기사가 설명을 했다.

"안 그렇소, 엘프 양반들? 헤리베르트 왕이 마법 사업에 거의 말도 안 되는 세금을 물린 이후로 마법사들이 수도와 왕의 명령을 열심히 따르는 도시들에서 의도적으로 영업 거부를 했지요. 그리고 내가 들은 바로는 린데의 시의회 의원들은 이 일에 있어서 그 어느 곳보다도 더욱 열심이랍니다. 안 그렇소? 키레아단, 에르딜, 내 말이 맞지요?"

"맞습니다."

에르딜이 인정했다.

"하지만…… 키레아단, 해도 될까?"

"되다 뿐인가, 반드시 해야지."

키레아단이 말했다.

"숨길 게 뭐 있겠나. 어차피 린데에 사는 사람이라면 누구나 다 알고 있는 사실인 걸. 게롤트, 지금 이 도시에 어떤 여자 마법사가 머물고 있다오."

"분명히 가명을 쓰겠군요?"

"꼭 그렇지만은 않소."

엘프가 미소를 지었다.

"내가 지금 말하고 있는 사람은 아주 대단한 사람이지요. 그녀는 린데의 마법사 협회에서 내린 영업거부 결정뿐 아니라 이곳 시의회 의원들의 명령도 무시하는 마법사랍니다. 활약이 대단하지요. 마법사들의 영업거부 덕분에 마법에 대한 주문이 엄청 나거든요. 당연히 그 여자 마법사는 세금을 내지 않고 있고요."

"그 여자 마법사는 어느 상인의 저택에 살고 있는데, 그 상인은 노비그라드 무역공단의 책임자인 동시에 공식외교사절이랍니다. 그의 저택에 있는 한 그녀를 건드릴 자는 아무도 없지요. 망명 상태를 향유하는 중이라고 할까요."

"망명이라기보다는 오히려 가택연금이지."

에르딜이 말했다.

"사실 그녀는 거기에 갇혀 있는 거랍니다. 하지만 손님이 없다고 불평할 일은 없지요. 부자손님들 말이에요. 시의회 의원들을 보란 듯이 무시하면서 무도회와 주연을 열고 있으니까요."

"시의회 의원들 쪽에서는 있는 대로 화가 나서 그녀를 해코지할 온갖 수단을 총동원하여 그녀의 명성을 망가뜨리는데 혈안이 되어 있답니다."

키레아단이 덧붙여 말했다.

"그녀에 대해 지저분한 소문들을 퍼트리면서 노비그라드의 최고성직자가 그녀를 돌봐주는 그 무역상에게 제재를 가하기를 원하고 있지요."

"그런 복잡한 일엔 끼어들고 싶지 않군요."

게롤트가 중얼거렸다.

"하지만 다른 방도가 없으니……. 그 상인이자 외교사절의 이름이 뭡니까?"

"뷰 베란트."

게롤트에겐 키레아단이 이 이름을 말하는 순간 얼굴을 찌푸리는 것처럼 보였다.

"어쨌든 정말로 이것만이 당신에겐 유일한 기회일 겁니다. 정확히 말하자면, 저기 저 침대에서 신음하고 있는 저 불쌍한 친구에게 유일한 기회이지요. 하지만 그 여자 마법사가 당신을 도와주려고 할지는…… 나도 모르겠습니다."

"그곳으로 간다면 조심할 게 있습니다."

에르딜이 말했다.

"시장의 첩자들이 그 집을 감시하고 있으니까요. 그들이 당신을 가로막으면 어떻게 해야 할지는 알고 있겠지요. 돈이 있으면 모든 문들이 열리는 법이지요."

"성문이 열리는 대로 출발하겠습니다. 그런데 그 여자 마법사의 이름은 무엇입니까?"

게롤트는 표정이 풍부한 키레아단의 얼굴에 환한 빛이 스며드는 것처럼 느껴졌다. 그러나 어쩌면 단지 벽난로의 불 때문인지도 모른다.

"벵거베르크의 예니퍼입니다."

III

"주인님은 주무시는 중이네."

문지기가 게롤트를 내려다보며 반복해 말했다. 키가 게롤트보다 머리 하나 정도는 더 컸고 어깨넓이도 거의 두 배쯤 되었다.

"너 이 자식, 귀가 먹었냐? 주인님이 주무시는 중이라고 말했잖아."

"주인님은 주무시게 놔두게."

게롤트가 말했다.

"자네 주인이 아니라 여기에 머무는 마법사에게 볼일이 있네."

"그러니까 볼일이 있다는 말이지."

이 문지기는 사람들의 신체와 외모로 농을 즐기는 재미있는 사내였다.

"그렇다면 양손으로 가운뎃다리를 꼭 붙잡고 유곽으로 가서 다리 마사지나 받으셔. 썩 꺼져, 나가!"

게롤트가 허리띠에서 돈주머니를 풀었다. 그러곤 돈주머니 끈을 붙잡고 손으로 흔들어 보였다.

"날 매수할 생각은 하지 마라."

지옥의 입구를 지키는 개, 케르베로스를 연상케 하는 문지기가 으스대며 말했다.

"그럴 생각은 나도 없네."

문지기는 워낙 덩치가 육중해서 보통 사람의 재빠른 공격을 방어할 어떤 동작도 취하지 못했다. 게롤트가 일격을 가하기 직전에도 그는 눈 한 번 깜박이지 않았다. 돈주머니는 엄청난 강철 소리와 함께 그의 관자놀이를 가격했다. 문 쪽으로 쓰러진 그는 양손으로 문틀을 잡았다. 게롤트는 그의 무릎을 발로 차 그를 문에서 떼어 놓고 어깨로 밀면서 다시 한 번 돈주머니를 사용했다. 문지기의 눈이 흐려지더니 아주 우스운 사팔뜨기 모양으로 벌어졌고 다리가 주머니칼처럼 탁! 접혔다. 이미 의식이 거의 없는 상태인데도 문지기는 계속해서 이리저리 팔을 휘둘렀다. 게롤트가 그의 정수리에 세 번째 일격을 가했다.

"돈이 있으면······."

게롤트가 중얼거렸다.

"모든 문은 열리는 법이지."

집안의 복도는 상당히 어두웠다. 왼쪽에 있는 문에서 크게 코를 고는 소리가 들렸다. 게롤트는 조심스럽게 방 안을 들여다보았다. 엉망으로 흐트러진 침상 위에 몸집이 풍만한 한 여인이 잠옷이 엉덩이까지 말려 올라간 채로 코를 골며 자고 있었다. 썩 보기 좋은 광경은 아니었다. 게롤트는 그 방으로 문지기를 끌고 가 문을 잠갔다. 오른편으론 문들이 몇 개 더 있었는데 반 쯤 열린 채였고 그 뒤로는 아래로 내려가는 돌계단이 보였다. 그곳을 지나쳐 가려는데 아래쪽에서 불분명한 욕지거리와 함께 덜커덩거리는 소리, 그릇들이 탁탁 부딪히며 와장창 하고 깨지는 소리가 들려왔다.

그곳은 온갖 살림 도구들이 다 모여 있는 커다란 부엌이었고, 여러 약초들과 타르를 칠한 나무 냄새가 풍겨 왔다. 돌바닥 위, 깨진 질항아리 파편들 사이에 완전히 발가벗은 한 남자가 고개를 깊이 숙인 채 무릎을 꿇고 있었다.

"사과 주스, 제기랄."

그는 말을 더듬으면서 실수로 성벽에 부딪힌 숫염소처럼 머리를 흔들었다.

"사과…… 주스. 하인들, 하인들은 어디 간 거야?"

"무엇을 원하십니까?"

게롤트는 예의를 갖춰 물었다.

그 남자는 고개를 들고 침을 꿀꺽 삼켰다. 흐릿한 눈으로 남자가 삐딱하게 꼬아보며 말했다.

"그녀가 사과 주스를 달래."

이 말을 전한 남자는 겨우 자리에서 일어나 모피를 덮어 놓은 궤짝 위에 앉아 난로에 몸을 기댔다.

"내가 말이지…… 그걸 가지고 올라가야 된다고, 왜냐하면……."

"뷰 베란트 어른 되십니까?"

"조용."

그 남자는 고통스러운 듯 얼굴을 찡그렸다.

"그렇게 큰 소리로 말하지 말라고, 조심해. 저기 항아리 안에…… 주스, 사과 주스. 그걸 어디에 따라서…… 내가 계단으로 올라가는 걸 좀 도와달라고, 알겠나?"

게롤트는 어깨를 으쓱해 보이곤 알겠다는 듯 고개를 끄덕였다. 지나친 음주를 피하기는 하지만 지금 상인이 처한 상태가 그에게 완전히 낯선 것은 아니었다. 식기들 사이에서 빈 항아리와 양철 국자를 발견한 그는 나무통에서 주스를 폈다. 코 고는 소리가 들려 몸을 돌려보니 발가벗은 남자가 머리를 가슴에 파묻고 잠을 자고 있었다.

게롤트는 그에게 주스를 끼얹어 깨울까, 하는 생각이 잠시 들었지만 더 좋은 생각이 떠올랐다. 그는 항아리를 손에 들고 부엌을 나섰다. 복도는 상감으로 장식한 육중한 문 앞에서 끝났다. 그는 겨우 비집고 들어갈 정도로만 문을 열고 조심스럽게 안으로 들어갔다. 실내는 어두웠다. 그는 동공을 확대했다. 그리고 콧구멍을 벌렁거렸다.

방 안엔 발효하는 포도주와 양초, 푹 익은 과일 냄새가 진동했다. 게다가 라일락 향기와 구즈베리의 혼합물을 연상시키는 것도 있었다.

그는 주위를 둘러보았다. 방 한가운데에 있는 탁자 위는 그야말로 항아리들과 배가 불룩한 유리병들, 잔, 은제 접시와 대접, 주발과 상아손잡이가 달린 수저들의 전쟁터라고 할 만했다. 구겨지고 반쯤 밀려나 있는 탁자보는 보라색 포도주로 얼룩투성이고, 촛불에서 흘러나온 촛농을 머금어 뻣뻣했다. 오렌지 껍질이 자두와 복숭아씨, 배의 줄기 그리고 포도송이들 가운데에 꽃처럼 화려하게 펼쳐져 있었다. 잔 하나는 넘어져서 깨져 있었고, 다른 잔은 멀쩡했다. 반쯤 채워진 포도주잔에는 칠면조 뼈가 튀어나와 있었다. 잔 옆에는 굽이 높은 여성용 단화가 한 짝 놓여 있었다. 전설적인 뱀의 껍질로 만들어진 것이었다. 신발 재료 가운데 이 뱀 껍질을 능가할 만큼 비싼 재료는 없다.

다른 한 짝은 안락의자 밑에 아무렇게나 벗어 던진 치마 위에 놓여 있었다. 흰 주름에 꽃 자수 장식이 있는 치마였다.

잠시 동안 게롤트는 수치스런 감정과 그 자리에서 돌아 나가고 싶은 욕구에 휩싸여 오도 가도 못하고 서 있었다. 하지만 이 자리에서 돌아간다면 그가 집 현관에서 케르베로스를 기절시킨 것도 결국 헛수고가 되는 셈이었다. 게롤트는 '쓸모없는' 행동은 좋아하지 않았다. 방의 한쪽 구석에 나선형 계단이 있는 것이 눈에 띄었다.

계단에서 그는 시든 백장미 네 송이 그리고 포도주와 진홍색 루주 자국이 선명한 냅킨을 발견했다. 라일락과 구즈베리 냄새가 더욱 심해졌다.

계단을 따라 가자 바닥에 커다란 모피를 깐 침실이 나왔다. 모피 위에는 레이스 소매가 달린 셔츠와 백장미 수십 송이가 놓여 있었다. 그리고 검정 양말 한 짝도.

다른 양말 한 짝은 침대 위 중후한 캐노피를 받치는 네 개의 목재 다리 가운데 하나에 걸려 있었다. 목재 다리엔 다양한 체위를 한 님프와 목양신들의 그림이 새겨져 있었다. 몇몇 체위들은 흥미로웠지만 어떤 것들은 실소를 금할 수가 없었다. 많은 것들이 비슷한 걸 반복할 뿐이었다. 처음부터 끝까지.

돈을 무늬로 짠 비단 천의 침대보 사이로 머리가 보였다. 풍성한 검은 곱슬머리였다. 게롤트는 큰소리로 헛기침을 했다. 이불이 움직이더니 한숨 소리가 들렸다. 게롤트는 좀 더 큰소리로 헛기침을 했다.

"뷰?"

검은 곱슬머리가 불분명한 소리로 물었다.

"주스 가져왔어요?"

검은 곱슬머리 아래로 오랑캐꽃 같은 보랏빛 눈에 가느다란 입술을 살짝 일그러뜨린, 역삼각형의 창백한 얼굴이 드러났다.

"오……."

입술이 한층 더 일그러졌다.

"목말라 죽는 줄 알았어."

"드시죠."

여인은 침대에서 일어나 앉았다. 여인은 어깨선이 아름다웠고 매끈한 목에는 검은 빌로도 밴드를 차고 있었다. 브릴리언트 커트를 한 반짝이는 별 모양 보석이 달린 밴드였다. 목에 찬 빌로도 밴드 외에 그녀가 몸에 걸친 것은 아무것도 없었다.

"고마워."

게롤트의 손에서 컵을 받아 든 그녀는 단숨에 주스를 들이키곤, 손을 들어 관자놀이를 짚었다. 이불이 계속해서 미끄러져 내려갔다. 게롤트는 눈길을 돌렸다. 정중한 행동이었지만 썩 내키진 않았다.

"근데 너는 누구지?"

눈을 비빈 흑발의 여인이 이불을 끌어올리면서 물었다.

"여기서 뭐 하는 거야? 베란트는 도대체 어딜 간 거야?"

"무슨 질문에 먼저 대답을 드려야 할까요?"

순간적으로 그는 비꼬아 말한 걸 후회했다. 여인이 손바닥을 들어 올리자, 그녀의 손가락에서 금빛 광선이 뿜어져 나왔다. 게롤트는 본능적으로 양손으로 헬리오트로프 기호를 만들며 광선에 대응했다. 얼굴 바로 앞에서 마법을 막아내는 데 성공은 했지만 그 충격이 워낙 강력해서 뒷벽에까지 밀려 바닥으로 나가떨어졌다.

"그만!"

여인이 다시 한 번 손을 드는 것을 본 그가 외쳤다.

"예니퍼님! 악한 의도가 있어서 온 것은 아닙니다."

계단에서 잰 발자국 소리가 울리더니 침실 문 앞에 시종들이 나타났다.

"예니퍼님!"

"물러가라."

여자 마법사가 조용한 목소리로 그들에게 명령했다.

"네 따위 것들, 더 이상 필요 없어. 너희들이 고용된 것은 이 집을 지키기 위해서야. 그런데도 이자가 여기로 들어왔으니 이자는 내가 상대하겠다. 베란트님께 이 사실을 알려라. 그리고 목욕물 좀 준비해 줘."

게롤트는 가까스로 몸을 일으켰다.

예니퍼는 실눈을 뜨고 아무 말 없이 그를 관찰했다.

"너는 내 주문을 막아냈다."

마침내 그녀가 입을 열었다.

"보아하니 마법사는 아닌 것 같은데. 하지만 놀라울 정도로 재빠르게 방어를 했어. 악한 의도로 오지 않았다면 네 정체를 밝혀라. 빨리 말하는 게 좋을 거야."

"나는 리비아의 게롤트, 위쳐요."

예니퍼는 기둥에 새겨진 목신을 움켜잡은 채 침대에서 상체를 굽혔다. 그녀가 움켜진 부위는 잡기에 알맞은 목신의 신체 부위였다. 게롤트에게서 눈을 떼지 않고 그녀는 바닥에서 모피 장식이 달린 외투를 집어 올려 몸을 감싼 뒤 자리에서 일어났다. 그리고 느긋이 주스 한 잔을 더 따라 단숨에 마시고는 헛기침을 하며 그에게 다가왔다. 게롤트는 방금 전 벽에 세게 부딪혔던 엉덩이를 잠시 문질렀다.

"리비아의 게롤트라……."

여자 마법사는 이름을 되뇌면서 검은 속눈썹 사이로 그를 찬찬히 뜯어보았다.

"어떻게 이리로 들어왔지? 무슨 목적으로? 베란트에게 무슨 짓을 한 건 아니겠지?"

"아니오, 그건. 예니퍼님. 당신의 도움이 필요합니다."

"위쳐라……."

그녀가 중얼거리며 더 가까이 다가와서는 외투를 끌어당겼다.

"내가 가까이에서 얼굴을 본 최초의 남자일뿐더러, 그 유명한 하얀 늑대란 말이지. 그대에 관해선 좀 들은 바가 있지."

"그게 뭔지 잘 알 것 같군요."

"그대가 뭘 잘 알 것 같다는 건지는 모르겠지만……."

그녀는 하품을 하면서 더 가까이 다가섰다.

"실례 좀 할까?"

그녀가 손으로 그의 뺨을 만지면서 바로 코앞에서 그의 눈을 들여다보았다. 그는 이를 악물었다.

"동공이 빛에 맞추어 반응을 하는군. 아니면 동공을 마음대로 작게 하거나 크게 할 수 있는 건가?"

"예니퍼."

그가 조용히 말했다.

"나는 하루 종일 쉬지 않고 린데로 말을 몰고 왔소. 그리고 거의 잠도 자지 않고 성문이 열리기를 기다렸소. 문지기가 날 들여보내려 하지 않아 머리통을 한 방 먹이기도 했고, 또한 무례하고 불손하게도 잠을 자며 쉬고 있는 당신을 방해하고 말았소. 모두 내 친구를 돕기 위해서요. 그를 도울 수 있는 건 당신밖에 없기 때문이오. 제발 부탁이니 내 친구를 좀 도와주시오. 그렇게만 해 준다면 당신이 원할 경우, 돌연변이와 변형체에 관해 이야기를 나눌 수도 있을 거요."

그녀는 한 걸음 물러서서 입을 밉살스럽게 일그러트렸다.

"무슨 도움이 필요한 거지?"

"마법으로 인해 부상당한 신체 기관을 회복시키는 일이오. 기관지와 후두 그리고 성대 쪽이오. 일종의 성홍열 같은 것에 의한 부상이랄까. 아니면 그와 흡사한 것이거나."

"흡사한 것이라고."

그녀가 되뇌며 말했다.

"두말할 필요도 없이 그대의 친구가 부상당한 건 성홍열 때문이 아니라는 말이군. 무슨 일이 있었던 거지? 빨리 말해. 이런 새벽에 잠을 설친 내가 그대 머릿속을 파고들어 갈 힘도 없고 그럴 마음도 없으니 말이야."

"흠, 그렇다면 차라리 처음부터 이야기하겠소."

"아, 아니."

그녀가 그의 말을 끊었다.

"그게 자초지종을 밝혀야 할 정도로 복잡한 일이라면 내 좀 더 참아 주지. 이른 아침에, 입 냄새에 머리는 엉클어지고 눈꺼풀도 잘 안 떨어지는 이런 행색으로 이야기를 듣고 싶진 않아. 저 지하실 아래에 있는 목욕탕으로 가. 나도 곧 갈 테니까 말이야. 그런 후에 이야기를 듣도록 하지."

"예니퍼, 보채고 싶은 마음은 없지만 시간이 없소. 내 친구가……."

"게롤트."

그녀가 날선 목소리로 그의 말을 끊었다.

"내가 일어난 건 그대를 위해서야. 그리고 난 정오를 알리는 종이 울리기 전엔 일할 생각이 없어. 아침을 건너뛸 용의는 있지. 왜인 줄 아나? 그대가 내게 사과 주스를 갖다 주었기 때문이지. 그대는 상황이 급했고, 그대 친구의 고통에 대한 생각 때문에 사람들을 해치면서까지 무리해서 이리로 쳐들어왔어. 그러면서도 그댄 목마른 여인을 배려하는 마음이 있었어. 거기에 내 마음이 움직였지. 그러니까 그대를 도와줄 수도 있어. 하지만 일단 씻지 않으면 그럴 생각이 없어. 부탁이니 내 말을 들어주길 바라."

"좋소."

"게롤트."

"또 뭐가 문제요?"

그가 문턱에서 멈추어 섰다.

"이 기회에 그대도 목욕 한 번 하지. 그대가 풍기는 냄새에서 그대의 종족과 나이뿐만 아니라 그대가 타고 다니는 말의 색깔까지도 느껴지니까 말이야."

IV

그녀는 목욕탕으로 왔다. 벌거벗은 게롤트가 작은 목욕통에 앉아서 마지막으로 물통의 물을 몸에 끼얹고 있을 때였다. 그녀가 거리낌 없이 목욕탕으로 들어왔다. 그는 헛기침을 하며 점잖게 몸을 돌렸다.

"부끄러워할 필요 없어."

그녀가 옷가지를 한 아름 안고 와 옷걸이에 걸쳐 놓으면서 말했다.

"벌거벗은 남자를 본다고 해서 정신을 잃을 사람은 아니니까. 내 친구인 트리스 메리골드는 이렇게 말하곤 했지. 남자는 한 명만 보면, 다 본 거나 마찬가지라고 말이야."

그는 목욕통에서 일어나 수건으로 엉덩이 부분을 둘러맸다.

"멋진 상처군."

예니퍼가 미소를 지으며 그의 가슴을 훑어보았다.

"무슨 일이 있었지? 제재소에서 톱질이라도 당한 건가?"

그는 대답이 없었다.

예니퍼는 요염하게 고개를 숙이곤 계속해서 그를 살펴보았다.

"이렇게 가까이에서 위쳐를 본 것도 처음인데, 게다가 실오라기 하나 걸치지 않았다니. 오호!"

그녀는 귀를 쫑긋 세우고 몸을 아래로 굽혔다.

"그대의 심장 소리가 들리는군. 이런, 엄청 느리게 뛰고 있네. 아드레날린 분비까지 조절할 수 있는 거야? 아, 미안해, 직업이 직업이라 호기심이 생기는군. 그대는 그대의 신체기관의 특징을 화제로 삼는 것에 무척 민감한 것 같아. 그대는 그런 특징들을 이런저런 이름을 붙여 말하는 데 익숙해졌겠지. 나는 그런 이름들이 마음에 안 들어. 심한 경우, 못되게 조롱조로 거명하기도 하는데, 그건 정말 싫어."

그는 대답이 없었다.

"이런, 이 정도로 끝내지. 내 목욕물이 차가워지겠어."

예니퍼는 망토를 벗어던지려는 듯한 동작을 취하더니 멈추고 말했다.

"내가 목욕을 하는 동안 그대가 이야기를 들려주면 되겠네. 그러면 시간을 아낄 수 있을 테니까. 하지만…… 그대를 곤란하게 만들고 싶진 않아. 게다가 우린 거의 모르는 사이잖아. 그러니 만일을 대비해서 어느 정도 예의는……."

"돌아서 있겠소."

게롤트는 자신 없는 목소리로 제안했다.

"아니. 함께 말하는 사람의 눈을 봐야지. 좋은 생각이 있어."

그녀가 무슨 주문을 외우는 소리가 들렸다. 그의 메달에서 진동이 느껴졌다. 그리고 검은 망토가 천천히 바닥으로 떨어지는 것이 보였다. 곧이어 물 튀기는 소리가 들렸다.

"이젠 당신이 보이지 않는군요, 예니퍼."

그가 말했다.

"유감스럽게도."

투명해진 예니퍼는 킥킥거리며 나무 욕조에서 물 끼얹는 소리를 냈다.

"이야기해 봐."

그 사이 게롤트는 그럭저럭 수건 아래로 바지를 입고는 벤치에 앉았다. 장화버클을 잠그면서 그는 강가에서 있었던 위험천만했던 이야기를 들려주었다. 그러면서 그는 메기와의 싸움에 대한 묘사는 최소한도로 간략하게 줄였다. 예니퍼가 고기잡이에 흥미가 있을 것 같지는 않았기 때문이다.

이야기가 항아리에서 나온 구름 같은 정체에 이르자, 투명한 여인의 몸을 닦던 커다란 해면이 순간 멈추었다.

"저런, 저런" 하는 목소리가 들렸다.

"재미있군. 지니라…… 항아리의 정령이지."

"지니는 무슨 지니."

그가 반론을 제기했다.

"그건 성홍열괴물의 변형이었소. 알려지지 않은 어떤 새로운 부류의……."

"알려지지 않은 어떤 새로운 부류는 어떤 식으로든 이름을 붙여 줄 필요가 있지."

투명인간 예니퍼가 말했다.

"지니라는 이름이 나쁘지 않은 것 같은데. 어쨌든 계속해."

그는 그녀가 하라는 대로 했다. 그가 이야기를 계속하는 동안 물통의 비누 거품이 점점 더 많아졌고, 물이 물통 주변에서 넘칠 듯 찰랑거렸다. 어느 순간 무언가가 그의 시선을 붙잡았다. 그가 자세히 보자 눈에 보이지 않는 여인의 주변으로 비누가 만드는 어떤 윤곽과 형태가 느껴졌다. 그 윤곽과 형태가 어찌나 매혹적인지 그는 입을 다물고 말았다.

"계속 이야기해 봐!"

그 아무것도 없는 윤곽에서 들려오는 목소리가 박차를 가했다.

"그래서 어떻게 됐지?"

"이게 전부입니다."

그가 말했다.

"당신이 말한 그 지니라는 놈은 내가 쫓아냈소……."

"어떻게?"

국자처럼 생긴 바가지가 올라가더니 물이 쏟아졌다. 비누와 함께 형태가 사라졌다. 게롤트의 입에서 한숨이 나왔다.

"마법주문을 썼지요."

그가 말했다.

"자세히 말하자면, 퇴마용 주문이오."

"어떤?"

다시 바가지에서 물이 쏟아졌다. 게롤트는 바가지의 움직임을 자세히 눈여겨보기 시작했다. 비록 짧은 시간이긴 하지만 희미하게나마 형체를 구분할 수 있었다. 그는 주문을 외워 보았다. 만일의 사태를 대비하기 위해 모음 "에"를 빼고 대신 그 부분은 숨을 내쉬었다. 그는 자신이 그런 비법을 알고 있다는 사실이 그녀를 감동시킬 수 있으리라 생각했다. 그런데 물통에서 미친 듯이 웃어대는 소리가 들려왔다. 영문을 알 수가 없었다.

"뭐가 그렇게 웃기오?"

"당신의 그 퇴마용 주문은……."

수건이 옷걸이에서 날아오르더니 몸의 윤곽의 나머지 부분들을 격렬하게 닦기 시작했다.

"내가 트리스에게 이 이야기를 해 주면 트리스는 눈물이 나도록 웃을 거야. 그 주문, 누가 가르쳐 주었지, 위쳐? 그…… 주문이란 거?"

"훌드라의 성전에 있는 어떤 여사제였소. 그건 사원에서만 쓰는 비밀언어요……."

"비밀이라, 누구에게 비밀이어야 한다는 건지."

수건이 물통 주변을 치면서 물이 바닥으로 튀겼고 맨발 자국이 예니퍼의 행보를 드러내 주었다.

"그건 마법 주문이 아니야, 게롤트. 다른 성전에 가서는 그 말을 하지 않는 게 좋을 거야."

"그게 마법주문이 아니라면, 무엇이란 말이오?"

이렇게 말하는데 검은 스타킹이 두 개의 매끈한 다리에 하나씩 신겨지는 것이 그의 눈에 들어왔다.

"그냥 장난으로 하는 말이야."

주름 장식이 달린 꽉 끼는 무릎바지 한 벌이 자극적으로 허공 중에서 팽팽하게 펴졌다.

"물론 좀 상스럽기는 하지만."

활짝 핀 꽃 모양의 커다란 자보 장식이 달린 흰 블라우스가 덧입혀지자 그녀의 체형이 드러났다. 게롤트가 눈치챈 대로 예니퍼는 여인들이 흔히 사용하는 고래수염 장신구 같은 하찮은 장신구는 일체 몸에 지니지 않았다. 그럴 필요가 없었던 것이다.

"무슨 말이오?"

그가 물었다.

"그 얘긴 그만 하지."

탁자에 서 있던 사각의 크리스털 병에서 코르크가 떨어져 나왔다. 욕실에 라일락과 구즈베리 향기가 퍼졌다. 코르크가 부채꼴을 그리더니 다시 제자리로 돌아갔다. 예니퍼는 블라우스의 커프스를 잠그고, 치마를 들어 올린 다음 모습을 드러냈다.

"후크 좀 끼워 줘."

그녀는 그에게 등을 돌리고는 거북이 등딱지로 된 빗으로 머리를 빗었다. 빗의 손잡이에는 길고 뾰족한 가시가 튀어나와 있어서 필요한 경우에는 비수로도 충분히 활용할 수 있을 것 같았다.

그는 천천히 고리를 하나하나 찾아가면서 후크를 끼웠다. 그러면서 그는 등허리 가운데까지 내려오는 그녀의 검은 머리에서 풍기는 향기를 음미했다.

"그 호리병 속의 정체에 관해 말하자면……."

다이아몬드 귀걸이를 귀에 끼우며 예니퍼가 말했다.

"그놈이 도망간 건 당신의 그 어처구니없는 '마법주문' 때문이 아닌 것만은 확실해. 괜히 당신 친구한테 화풀이를 하다가 따분해지니까 그냥 사라져 버렸다고 생각하는 게 더 맞을 거야."

"아마 그럴지도 모르오."

게롤트는 어두운 표정을 지으며 말했다.

"왜냐하면 그놈이 발도 막스를 죽이려고 치다리스로 날아갔으리라고는 나도 생각하지 않으니까."

"발도 막스가 누구지?"

"트루바두르인데 시인이자 음악가인 내 친구를 군중의 취향에 사로잡힌 엉터리로 여기는 사람이오."

예니퍼가 몸을 돌렸다. 그녀의 눈이 이상한 광채를 내며 빛났다.

"당신 친구가 소원을 말하기는 했나?"

"두 개나 말했소. 둘 다 멍청하기 짝이 없는 것들이지만. 근데 그건 왜 묻소? 이게 정말이지 말이 되는 소리요? 그 소원을 들어준다는 정령인가 뭔가, 지니라는 램프의 정령이라니……."

"정말이지 말도 안 되는 소리지."

예니퍼가 미소를 지으며 그가 했던 말을 따라했다.

"물론이지. 그건 망상이고 허황된 옛날이야기에 지나지 않아. 착한 정령과 엘프들이 나와서 소원을 들어준다는 온갖 전설들과 마찬가지로 말이야. 이런 동화 같은 이야기들은 단순한 바보들이 지어낸 것에 불과해. 그런 자들은 자신들의 수많은 소원을 스스로 이룰 생각은 꿈에도 하지 못하는 것들이지. 난 당신이 그런 자들에 속하지 않아서 기쁘네, 게롤트. 그런 점에서 그대는 나와 생각이 비슷하군. 난 어떤 소원이 있으면 꿈을 꾸지 않고 행동을 하지. 그래서 나는 언제나 내가 원하는 것은 얻고야 말아."

"아무렴 그렇겠지요. 준비됐습니까?"

"준비됐어."

여자 마법사는 신발 끈을 묶고 일어났다. 뒷굽이 있음에도 불구하고 그녀는 그다지 크지가 않았다. 그녀가 긴 머리칼을 흔들었다. 꼼꼼히 빗질을 했는데도 야생마 같은 그녀의 곱슬머리는 잘 다스려지지 않았다.

"물어볼 게 하나 있는데, 게롤트. 그 병을 막고 있던 인장 말이야, 당신 친구가 아직 그걸 가지고 있나?"

게롤트는 머뭇거렸다. 인장은 단델라이언이 아니라 그가 가지고 있었고 게다가 지금 몸에 지니고 있었던 것이다. 하지만 경험상 마법사들에게는 말을 너무 많이 안 하는 게 좋을 것 같았다.

"음…… 내 생각에는, 그런 것 같소."

그런 식으로 그는 머뭇거린 이유를 그녀에게 숨기려고 했다.

"맞아, 아마도 단델라이언이 가지고 있을 거요. 그건 왜요? 그 인장이 중요한가요?"

"별 엉뚱한 질문을 다 하는군."

그녀가 날카롭게 대답했다.

"위쳐라는 사람이, 초자연적인 기괴한 현상에 대한 전문가라는 사람이, 그 인장이 얼마나 중요한지, 또 그런 인장은 만지면 안 된다는 것쯤 틀림없이 알고 있을 만한 사람이, 친구한테도 만지지 말라고 알렸어야 할 사람이…… 쯧쯧."

그는 이를 악물었다. 그의 생각이 적중했던 것이다.

"하긴 뭐."

예니퍼는 훨씬 친근한 말투로 말했다.

"누구나 실수는 할 수 있는 거지. 위쳐라고 예외란 법은 없지. 누구나 잘못은 할 수 있는 법. 그러면 출발하지. 당신 동료는 어디 있지?"

"여기 린데에 있소. 에르딜이란 자의 집인데, 엘프요."

그녀가 그를 뚫어질 듯이 바라보았다.

"에르딜네 집에?"

그녀가 반복해 말했다.

"난 그자가 누구인지 알고 있어. 내 생각에는 그의 사촌 키레아단도 거기에 있을 것 같은데."

"맞소. 그런데 뭐가……."

"아무것도 아니야."

그녀는 그의 말을 끊고는 한 손을 올리고 눈을 감았다. 게롤트의 목에 걸린 메달이 움직이면서 사슬이 팽팽해졌다.

욕실의 습기 찬 벽에 갑자기 불이 타오르듯 밝은 빛의 윤곽이 나타났다. 그것은 무슨 문처럼 생겼는데, 그 주위로 야광 물질처럼 흐리게 빛나는 허공이 원 모양으로 드러났다.

게롤트는 작은 소리로 욕을 했다. 그는 마법의 문을 좋아하지도 않았고 그것을 통과하는 여행도 별로 좋아하지 않았던 것이다.

"꼭 이래야 하는지……?"

갈라진 목소리로 그가 말했다.

"그다지 멀지도 않은데……."

"난 시내를 활보할 수 없는 몸이야."

그녀가 그의 말을 자르며 말했다.

"이곳 사람들이 날 좋아하지 않거든. 날 욕하고 나에게 돌을 던지지. 그리고 온갖 수단을 동원해 나를 해코지하려고 해. 몇몇 사람들은 여기서 내 명성을 완전히 망가트려 놓고도 무사할 거라고 생각하고 있어. 하지만 난 아무것도 겁나지 않아. 내 전용 문은 안전하니까."

게롤트는 언젠가 그 안전하다는 마법의 문을 통과하던 자의 몸 절반이 날아가 버린 것을 직접 목격한 적이 있었다. 몸통 반쪽은 결코 발견되지 않았다. 게다가 그는 마법의 문에 들어섰던 사람이 흔적도 없이 사라진 몇몇 경우에 관해서도 알고 있었다.

예니퍼는 머리칼을 다시 몇 번 쓰다듬어 제대로 다듬고는 진주로 수를 놓은 주머니 하나를 허리띠에 찼다. 주머니는 얼마나 조그만지 동전 몇 개나 입술연지 한 개 정도밖에 들어갈 수 없어 보였다. 하지만 게롤트는 그게 그냥 예사로운 주머니가 아니라는 걸 알았다.

"나를 껴안아. 난 도자기가 아니니 깨질 걱정 말고 더 세게 안으라고. 출발!"

메달이 떨기 시작했다. 뭔가 번쩍 하더니 순식간에 게롤트의 몸이 검은 허공 속으로 떨어졌다. 추위가 몸속으로 파고들었다. 아무것도 보이지도 않았고, 들리지도 않았고, 느껴지지도 않았다. 유일하게 느껴지는 것은 추위뿐이었다.

그는 욕을 하고 싶었지만 욕설을 내뱉을 수가 없었다.

V

"그녀가 들어간 지 벌써 한 시간이 지났소."

키레아단은 탁자 위의 모래시계를 돌리면서 말했다.

"슬슬 걱정이 되는군요. 단델라이언의 목이 그 정도로 안 좋은 가요? 우리가 한 번 저 위로 올라가 봐야 하는 게 아닐까요?"

"그녀가 그러지 말라고 분명하게 말하지 않았소."

게롤트는 약초즙이 담긴 잔을 비운 후 떨떠름한 표정을 지었다. 그는 지성과 조용하고 겸손한 성품, 독특한 유머 감각을 가진 거주민 엘프들을 아끼고 또 사랑했지만, 음식과 음료에 관한 한 그들의 기호를 이해할 수도 공유할 수도 없었다.

"난 그녀를 방해할 생각이 없소, 키레아단. 마법에는 시간이 필요해요. 잘은 몰라도 하루 종일 걸릴 수도 있소. 어쨌든 중요한 건, 단델라이언이 낫는 것이오."

"물론 당신 말이 옳습니다."

옆방에서 망치 두드리는 소리가 들려왔다. 에르딜은 폐업한 여인숙에 살고 있었다. 여인숙을 사서 개조한 후에 내성적이고 말이 없는 그의 아내와 함께 운영할 생각이었다. 경비실에서 함께 밤을 보낸 후 부부와 합류한 기사 브라티미르가 수리하는 일을 도와주겠다고 자원하고 나섰다. 게롤트와 예니퍼의 요란하기 짝이 없는 갑작스런 출현이 가져온 충격에서 벗어나자 곧바로 에르딜 부부와 함께 벽에 붙은 널빤지를 새로 붙이는 작업에 들어간 것이다. 게롤트와 예니퍼가 벽에 생긴 마법의 문 속에서 갑자기 튀어나왔던 것이다.

"솔직히 말해서……."

키레아단이 말했다.

"당신이 그렇게 쉽게 일을 해내리라고는 기대하지 않았습니다. 예니퍼가 그렇게 순순히 도움을 베푸는 일에 응할 사람이 아니라서 말이오. 그녀는 타인이 근심한다고 해서 가슴을 졸이거나 잠을 설치거나 하지 않지요. 간단히 말해, 그녀가 누군가를 사심 없이 도와주었다는 말을 들어본 적이 없습니다. 도대체 무슨 생각으로 당신과 단델라이언을 도와주는 걸까요?"

"너무 과장하는 거 아닙니까?"

게롤트가 웃으며 말했다.

"나한테는 전혀 나쁜 인상을 주지 않았소. 물론 그녀가 자신의 능력을 과시하는 면이 있긴 하지요. 하지만 기고만장하기 이를 데 없는 다른 마법사들에 비하자면, 그녀는 미덕의 모범이자 선한 의지의 화신이지요."

키레아단도 마찬가지로 웃으며 말했다.

"이건 뭐, 멋진 꼬리가 있으니까 전갈이 거미보다 더 예쁘다는 말과 비슷하네요. 조심하시오, 게롤트, 그녀가 미덕과 아름다움 뒤에 가시를 품고 있는 것을 모른 채, 그녀를 이런 식으로 좋게 본 사람이 비단 당신이 처음이 아니니까 말이오. 그 가시에 잘못 걸리면 그야말로 눈 깜빡 할 사이에 사정없이 당하게 된답니다. 물론 그녀가 매혹적이고 아름다운 여인이라는 사실은 변함이 없지요. 당신도 그걸 부인하진 않겠지요?"

게롤트는 날카로운 시선으로 키레아단을 바라보았다. 그의 얼굴에 생긴 홍조를 두 번이나 감지한 것이다. 그것은 키레아단의 말 만큼이나 놀라운 것이었다. 엘프가 인간 여인에 대해 관심을 갖는 것은 흔한 일이 아니었다. 아무리 아름다운 여인이라 할지라도 말이다. 게다가 예니퍼는 나름대로 매력적이긴 했지만 누구나 다 인정하는 미녀라고 볼 수는 없었던 것이다.

개인의 취향에 대해 알가왈부할 수는 없겠지만 기본적으로 여자 마법사들을 '아름답다'고 하는 건 누구나 할 수 있는 말은 아니었다. 모두들 딸들의 유일한 임무는 결혼을 하는 데 있다고 보는 그런 세상이었다. 딸을 결혼시키면서 자기 딸이 그 후 수년 간 힘든 수련과 육체적 변화의 고통을 받게 될 거라고 생각하는 사람이 누가 있겠는가? 또 여자 마법사를 가족으로 맞아들이기를 원하는 사람이 누가 있겠는가? 마법사들이 누리는 온갖 명예에도 불구하고 여자 마법사를 둔 가족들은 그에 반해 아무런 혜택도 받지 못한다. 왜냐하면 소녀들이 교육을 다 마치기 전에 가족과의 모든 관계가 끊어졌기 때문이다. 여자 마법사들에겐 오직 동료들과의 관계만이 중요하다. 그런 이유로 남자를 만날 가능성이 전혀 없는 딸들만 여자 마법사가 되었던 것이다.

신전의 여사제나 드루이드 여사제가 못생기고 기형인 소녀들을 잘 받아들이지 않는 것과는 반대로 마법사들은 필요한 자질만 발견되면 어떤 여자나 받아들였다. 첫 해 교육에서 아이들이 다듬어지지 않으면 그때부터 아이들에게 마법이 적용되었다. 휘어진 다리를 똑바르게 하고, 길이가 다른 다리를 똑같게 만들고, 잘못 자란 뼈들을 교정하는가 하면 언청이를 고치기도 하고, 흉터나 점, 마맛자국 같은 것들을 지우는 마법이었다. 젊은 여자 마법사가 그렇게 '매력적'으로 변한 것은 여자 마법사라는 직업에 품격을 더하기 위해 필요했기 때문이었다. 그 결과 아름다운 외모에 못생긴 여자의 악독하고 차가운 눈을 가진 여인들이 만들어진 것이다. 마법의 가면으로 가려진 자신의 추한 얼굴을 잊을 수 없었던 여자들에게 그 가면은 그녀들을 행복하게 만들지 못했고, 직업에 필요한 수단으로 사용할 뿐이었다.

그랬다. 게롤트는 키레아단의 말뜻을 이해하지 못했다. 그의 눈, 게롤트의 눈이 이미 너무 많은 것들을 보고 기록해 두었던 것이다.

"그럼요, 키레아단."

그가 키레아단의 질문에 답했다.

"그걸 부인하진 않겠소. 경고해 줘서 고맙소. 하지만 지금 중요한 것은 오직 단델라이언뿐이오. 그는 내 눈앞에서 화를 입었소. 나는 그를 지켜 주지도 못했고 그를 도와주지도 못했소. 그를 낫게만 할 수 있다면 나는 맨 엉덩이로 전갈을 깔고 앉으래도 앉을 수 있을 것이요."

"당신이 조심해야 할 게 바로 그것이오."

키레아단은 야릇한 미소를 머금고 말했다.

"왜냐하면 그 점을 잘 아는 예니퍼가 그것을 이용하기 때문이지요. 그녀를 믿지 마십시오, 게롤트. 그녀는 위험합니다."

그는 아무 대답이 없었다.

위에서 문이 삐걱거리는 소리가 들렸다. 계단까지 나온 예니퍼가 복도 난간에 몸을 기댄 채 말했다.

"위쳐 양반, 당신 잠깐 올라올 수 있겠어?"

"물론이지요."

예니퍼는 절반가량도 채 완성되지 않은 방의 문에 등을 기대고 있었다. 그 방에 아픈 단델라이언이 누워 있었다. 위로 올라간 게롤트는 아무 말 없이 그녀를 관찰하기 시작했다. 그녀의 왼쪽 어깨가 그의 눈에 들어왔다. 오른쪽보다 살짝 높았다. 코는 약간 긴 편이었다. 입술은 약간 가는 편이었고 턱은 다소 짧은 편이었다. 눈썹은 일정치가 않았다. 눈은……. 너무 많은 것들이 그의 눈에 들어왔다. 전혀 그럴 필요가 없는데 말이다.

"단델라이언은 어떻게 된 겁니까?"

"내 실력을 의심하는 거야?"

그는 계속해서 그녀를 바라보았다. 그녀는 스무 살 정도 된 여인의 몸매였다. 그녀의 실제 나이는 가늠하고 싶지 않았다. 그녀의 움직임은 아주 자연스럽고 꾸밈없는 우아함을 지니고 있었다. 그랬다. 그는 그녀의 이전 모습이 어떠했고, 달라진 것은 무엇인지 알아내지 않을 것이다. 그는 그 부분에 관한 생각은 접었다. 의미가 없었다.

"재주 많은 당신 친구는 괜찮아질 거야."

그녀가 말했다.

"목소리도 되찾을 거고."

"뭐라 고마움을 표해야 할지, 예니퍼."

그녀는 웃었다.

"그 고마움, 표할 날이 오겠지."

"그를 잠시 봐도 되겠소?"

그녀는 한동안 말없이 묘한 웃음을 띤 채, 손가락으로 문설주를 치며 그를 바라보았다.

"물론이지. 들어와."

게롤트의 목에 걸린 메달이 격렬하게 진동하기 시작했다.

방바닥 가운데에 우윳빛을 발산하는 유리구슬 하나가 놓여 있었다. 자그마한 멜론 크기만 했다. 그 구슬은 아홉 개의 각을 가진 별의 중심에 놓여 있었고, 끝이 또렷한 별의 모서리들은 작은 방의 벽과 구석에까지 펼쳐져 있었다. 그 별에는 붉은색으로 그려진 또 하나의 오각형별이 내접되어 있었다. 오각형별의 끝부분은 특이하게 생긴 촛대에 꽂힌 검은색 초가 차지하고 있었다. 검은색 초들은 단델라이언이 양털을 덮은 채 누워 있는 침대머리 끝에서도 불을 밝히고 있었다. 쉰 목소리와 기침 소리가 사라진 단델라이언의 숨소리는 조용했고, 고통스럽게 일그러졌던 그의 얼굴엔 약간 멍해 보이는 행복에 찬 미소가 어른거렸다.

"저 친구, 자고 있어."

예니퍼가 말했다.

"꿈까지 꾸면서."

게롤트의 눈에 바닥에 그려진 무늬가 들어왔다. 게롤트는 그 속에 숨겨져 있는 마법이 느껴졌다. 아직 깨어나지 않은 잠들어 있는 마법, 잠자는 사자를 연상하게 하는 마법, 동시에 그 사자의 포효가 어떨지 짐작케 해 주는 마법이었다.

"이게 뭐요, 예니퍼?"

"덫이지."

"누구를 위한?"

"당신을 위한. 잠시 동안이긴 하지만."

예니퍼는 열쇠를 자물쇠에 넣고 이리저리 돌리고는 손 안에 넣었다. 열쇠가 사라졌다.

"그러니까 내가 사로잡혔다는 거군."

그가 차갑게 말했다.

"그럼 이젠? 날 시험해 볼 생각인 건가?"

"아무것도 상상하지 말도록 해."

예니퍼는 침대 모서리에 앉았다. 단델라이언은 여전히 멍청하게 웃으면서 작은 소리로 한숨을 내쉬었다. 그것은 분명히 환희에 찬 한숨이었다.

"이게 다 뭐요, 예니퍼? 놀이라면, 나는 이 놀이의 규칙을 모르지 않소."

"내가 말했지."

그녀가 말했다.

"나는 내가 원하는 건 언제나 얻어낸다고. 그러니까 말하자면 단델라이언이 가진 것을 내가 갖고 싶다는 거지. 그걸 얻으면 우린 각자 갈 길을 가는 거야. 걱정하지 마. 저 친구에게 해가 되는 것은 없을 테니……."

"당신이 바닥에 세워둔 이 이상한 것은……."

게롤트가 그녀의 말을 끊었다.

"악령을 불러들이는 것. 악령이 나타나는 곳에선 예외 없이 누군가 해를 당하게 돼. 내가 그렇게 되도록 가만히 있을 것 같소?"

"이자는 머리털 하나 다치지 않을 거니까."

예니퍼는 그의 말에 조금도 신경 쓰지 않고 하려던 말을 계속했다.

"그의 음성은 더 아름다워질 거야. 그러면 그는 몹시 만족할 거고 그야말로 행복해질 거라고. 우리 모두가 행복해질 거란 말이지. 그런 다음 우린 헤어지는 거야. 섭섭할 것도, 화낼 것도 없이 말이야."

"이봐, 아가씨."

단델라이언이 눈을 감은 채 한숨을 쉬며 말했다.

"그대의 가슴이 얼마나 아름다운지, 백조털보다도 더 부드럽구려……."

"이 친구, 미친 거요? 헛소리를 하는 거요?"

"꿈을 꾸고 있는 거야."

예니퍼가 웃으며 말했다.

"그의 소원이 이루어진 거지. 그의 머릿속을 샅샅이 파헤쳐 봤는데, 별거 없더군. 추잡한 거 조금하고, 소원 몇 가지에 시와 노래만 잔뜩 있어. 이 얘긴 이 정도로 하고. 지니의 병을 막고 있던 그 인장 말이야, 게롤트. 난 알고 있어. 그걸 가진 사람은 이 음유시인이 아니라 당신이라는 것을. 그걸 내게 줘."

"그 인장을 어디에 쓰려고 그러는 거요?"

"당신의 물음에 내가 어떻게 대답해야 할까?"

예니퍼의 입가에 웃음기가 스쳐 지나갔다.

"이렇게 말해 보면 어떨지. 그건 당신이 상관할 바가 아니라고 말이야, 위쳐. 내 대답에 만족하시겠나?"

"아니."

그 역시 마찬가지로 음흉한 미소를 지으며 말했다.

"만족할 수 없지. 그렇다고 자신을 너무 책망할 필요는 없소, 예니퍼. 나는 쉽게 만족하는 사람이 아니니까. 지금까지 날 만족시킨 사람들은 보통이 넘는 사람들뿐이지."

"유감이군. 그렇다면 그냥 불만족한 상태로 있을 수밖에. 운이 나쁜 건 당신이니까. 인장을 줘, 어서. 인상 쓰지 말고. 인상 쓰는 건 당신의 그 혈색 좋고 잘생긴 얼굴에 어울리지 않으니까. 당신이 아직까지도 깨닫지 못한 것 같으니 내 입으로 말할 수밖에. 지금이 바로 당신이 내게 진 빚을 갚을 때야. 인장은 저 가객의 음성을 찾아준 대가에 대한 첫 번째 할부금이야."

"대가를 여러 차례 할부로 나눠 받을 생각인가 본데."

그가 차갑게 말했다.

"좋소. 그건 나도 예상하고 있었으니까. 하지만 이건 정당한 거래여야 해, 예니퍼. 내가 당신의 도움을 받았고, 거기에 대한 대가는 내가 지불을 할 거요."

그녀가 억지 미소를 지으며 말했다. 하지만 그녀의 보랏빛 눈은 차갑게 그에게 고정되어 있었다.

"그런 것에 관해서라면, 위쳐, 의심할 필요 없어."

게롤트가 거듭 말했다.

"난 그를 이곳으로부터 좀 더 안전한 장소로 옮길 거요. 그런 후에 내가 다시 와서 두 번째 할부금과 나머지를 계산하겠소. 첫 번째 할부금은……."

그는 허리띠 속에 있는 비밀주머니를 움켜쥐고는 별 표시와 부러진 십자가 표시가 있는 황동인장을 꺼냈다.

"자, 받으시지. 이건 할부금으로 주는 게 아니요. 계산된 행동이긴 했지만 그래도 당신이 그를, 당신네 동료 대부분이 하는 것보다 더 잘 치료를 해 준 것에 대해 위쳐가 주는 감사의 표시로 받아 두길 바라오. 내가 내 친구를 안전한 곳으로 옮긴 후에, 이곳으로 다시 돌아와 나머지를 갚겠다는 내 선의를 다짐하는 징표로 받아 주길 바라오. 내가 꽃들 사이에 숨어 있는 전갈을 눈치채지 못했구려, 예니퍼. 내 부주의에 대한 대가를 치를 각오가 되어 있소."

"멋진 말이군."

예니퍼는 가슴 위로 팔짱을 끼었다.

"감동적이고 열정적인 말이야. 유감스럽게도 아무 소용이 없지만 말이야. 내가 필요한 건 단델라이언이야, 그는 여기 있어야 돼."

"단델라이언은 당신이 부르고 싶어 하는 것을 이미 한 번 만난 몸이오."

게롤트는 바닥의 무늬를 가리키며 말했다.

"당신이 지니를 불러들인다면 단델라이언은 분명히 또다시 해를 입게 될 것이오. 당신에게 치료를 받은 것이 소용도 없이 말이오. 아니, 어쩌면 처음보다 더 심한 해를 입게 될지도 모르오. 당신한테 중요한 건 병 속에 들어 있는 물건이잖소, 안 그렇소? 그걸 당신 것으로 만들어서 당신의 말을 듣게 할 생각이겠지? 굳이 대답할 필요 없소. 내가 상관할 바가 아니라는 건 나도 알고 있소. 그러니 당신이 원하는 대로 하시오. 열 악마를 불러오든 말든. 하지만 단델라이언은 놔주시오. 당신이 단델라이언에게 고통을 가한다면 그건 더 이상 정당한 거래가 아니오, 예니퍼. 만약 그렇게 한다면 당신은 단델라이언을 고쳐준 대가를 요구할 권한이 없는 거요. 내가 허락하지 않겠……."

순간 게롤트의 입에서 말이 끊어졌다.

"당신이 언제 그걸 눈치채나 궁금했어."

예니퍼가 키득거리며 웃었다. 게롤트는 이를 악물로 온 힘을 다해 근육을 긴장시켰다. 이가 아파 왔다. 그러나 아무 소용이 없었다. 그는 땅속에 박아 놓은 기둥처럼, 석상처럼, 마비된 듯 움직일 수가 없었다. 심지어 장화 속의 발가락조차도 꼼짝할 수가 없었다.

"내가 마법을 직접 부리면 당신이 그걸 막아낼 수 있다는 걸 알았어."

예니퍼가 말했다.

"그리고 어떤 일을 감행하기 전에 당신이 나를 당신의 그 달변으로 감화시키려고 할 거라는 것 또한 알고 있었어. 예상대로 당신은 말을 했고, 그래서 당신 위를 떠돌던 마법에 영향을 주어 마법이 작용하면서 당신을 서서히 사로잡은 거지. 이제 당신이 할 수 있는 단 한 가지는 말하는 것뿐이야. 하지만 날 감화시키려고 애쓸 필요는 없어. 당신이 달변이란 건 이미 잘 알고 있으니까. 달변으로 감화하려고 애쓸수록 그 효과만 반감시키게 될 거야."

"키레아단……."

그는 마비시키는 마력에 계속 저항하면서 힘겹게 입을 열었다.

"당신이 뭔가 꿍꿍이수작을 부린다는 것을 키레아단이 눈치챌 거야. 언제라도 의심이 생기면 금방 눈치챌 거라고. 그는 당신을 믿지 않으니까. 그는 처음부터 당신을 믿지 않았어."

예니퍼가 팔을 들어 가격하는 동작을 취했다. 그러자 벽들의 윤곽이 흐릿해지면서 사방이 온통 칙칙한 회색빛으로 변했다. 그러곤 방문과 창문이 사라지고 먼지투성이 커튼과 파리똥으로 얼룩진 벽의 무늬들조차 사라져 버렸다.

"키레아단이 눈치채면 어쩔 건가?"

그녀는 심술궂게 웃었다.

"그자가 당신을 도와주러 뛰어올 거라고 생각하는 건가? 내 차단막은 아무도 뚫지 못해. 그리고 키레아단은 손도 까딱하지 않을 거야. 날 방해할 생각은 전혀 하지 않을 거란 소리지. 안 하고말고. 그는 내 수중에 들어와 있으니까. 아니, 마법하곤 아무 상관없어. 난 그런 쪽으론 아무것도 하질 않았으니까. 그건 평범한 유기체의 화학적 현상에 불과할 뿐이야. 말하자면 사랑에 빠진 거지. 그 멍청한 작자가 말이야. 당신 그걸 몰랐나? 심지어 그자는 뷰한테 결투를 신청하려고까지 했다니까. 당신, 그런 건 꿈에도 생각해 본 적 없을걸? 엘프가, 게다가 질투까지 하다니. 그런 경우는 아주 드물지. 게롤트, 내가 무작정 이 집을 선택한 게 아니야."

"뷰, 키레아단, 에르딜, 단델라이언. 당신한텐 정말이지 모든 게 식은 죽 먹기군. 하지만 예니퍼, 나는 이용하지 못할 거야."

"당신을 이용할지 말지는 내가 결정해."

예니퍼는 침대에서 일어나 바닥에 그려진 표시와 상징들을 조심스럽게 피하면서 방을 가로질러 갔다.

"내가 당신에게 그랬지, 시인을 치료해 준 것에 대해 당신이 나에게 얼마간 빚을 졌다고 말이야. 아주 시시하고, 작은 일 한 번이면 돼. 해결하려는 일만 끝내면, 나는 곧바로 린데에서 떠날 거야. 하지만 아직 이 촌구석에서 해야 할…… 뭐랄까, 정산할 일이 남아 있어. 여기 몇몇 사람하고 약속한 게 있거든. 난 약속한 건 꼭 지키는 편이지. 하지만 내가 직접 그걸 할 수 없는 상황이니 당신이 날 위해 그 약속을 지켜 줘야겠어."

그는 온 힘을 다해 저항하고 또 저항해 보았다. 하지만 허사였다.

"피곤한 짓 하지 마세요, 꼬마 위쳐 씨."

그녀의 웃음엔 조롱기가 가득 했다.

"아무 소용없어. 당신이 아무리 의지가 강하고 마법에 대한 저항력이 크다고 해도 내 주문엔 어림도 없어, 위쳐님. 내 앞에서 괜히 우스꽝스러운 짓 하지 말라고. 강력하고 억센 남성성으로 날 현혹할 생각은 하지 마. 당신이 강력하고 억센 건 단지 당신 혼자 생각일 뿐이야. 친구를 구하기 위해서라는 핑계로, 당신은 날 위해 뭐든지 다 했을걸? 굳이 내가 마법을 쓰지 않았더라도 말이지. 모르긴 몰라도 내 장화라도 핥았을걸? 그리고 내가 엉뚱한 쪽으로 심심풀이가 하고 싶어서 뭔가 다른 걸 요구했어도 그대로 했을 거야."

그는 아무 말도 하지 않았다. 예니퍼는 웃으면서 그의 앞에 서서 빌로도 블라우스에 붙은 번쩍거리는 흑요석으로 된 별을 만지작거렸다.

"뷰의 침실에서 이미……."

그녀는 차가울 정도로 차분히 이야기를 계속했다.

"우리가 몇 마디 말도 채 나누지 않았을 때, 그때 이미 나는 당신을 어떻게 다뤄야 할지 알아챘어. 그리고 당신에겐 어떤 식의 대가를 요구해야 할지도 알았고. 린데에선 내가 계산서를 내밀면 아마 누구든지, 예를 들어 키레아단처럼, 대가를 지불해 줄 사람들이 있을 거야. 하지만 계산은 당신이 해, 당신이 대가를 지불해야 할 사람이니까 말이야. 그럴싸한 강력함과 차가운 시선, 그 어떤 세밀한 것도 다 잡아내는 눈, 화석 같은 얼굴, 비웃는 듯한 어조에 대한 대가. 그리고 당신이 벵거베르크의 예니퍼에게 들이대면서, 제 잘난 맛에 사는 콧대 높은 여자로, 타산적인 마녀로 여겨도 되겠다는 생각을 한 점에 대해, 마지막으로 비누칠한 내 유두를 훔쳐 본 것에 대한 대가. 계산하시지, 게롤트!"

그녀가 양손으로 그의 머리를 움켜쥐었다. 그러곤 격렬하게 그의 입술을 훔치며 흡혈귀처럼 숨을 빨아들였다. 목의 메달이 반응을 주며 팽팽해졌다. 게롤트는 목걸이가 그의 목을 휘감으면서 마치 교수대의 밧줄처럼 그의 목을 조르는 듯한 느낌을 받았다. 머릿속에서 밝은 빛이 타오르는 것 같았고 귀에서는 끔찍한 굉음이 울려 왔다. 예니퍼의 보랏빛 눈이 사라지면서 어둠이 그를 덮었다.

그는 무릎을 꿇었다. 예니퍼가 부드럽고 여린 소리로 그에게 속삭였다.

"알아들었니?"

"예, 주인님."

그건 게롤트 자신의 목소리였다.

"그럼 얼른 가서 내가 시킨 일들을 해야지."

"알겠습니다, 주인님."

"내 손에 키스를 해도 돼."

"감사합니다, 주인님."

그는 자신이 무릎걸음을 걸으며 그녀에게 다가가고 있다는 느낌이 들었다. 머릿속에서 수만 마리의 벌들이 윙윙거리는 듯했다. 그녀의 손에서 라일락과 구즈베리 향기가 났다. 라일락과 구즈베리…… 라일락과 구즈베리…… 번개, 어둠, 난간, 계단. 키레아단의 얼굴.

"게롤트! 무슨 일이요? 게롤트, 어디로 가는 거요?"

"난……."

자기 자신의 목소리.

"가봐야 하오……."

"맙소사! 저 사람 눈 좀 보게!"

공포로 일그러진 브라티미르의 얼굴. 에르딜의 얼굴. 그리고 키레아단의 음성.

"안 돼! 에르딜, 안 돼! 그에게 손대지 마. 그리고 말리지도 마! 비켜, 에르딜! 가게 놔두라고!"

라일락과 구즈베리 향기…… 라일락과 구즈베리…….

문, 작열하는 태양, 뜨겁군, 무더워, 라일락과 구즈베리 향기.

그는 천둥이 칠 것 같다는 생각을 했다.

그것이 이성이 남아 있던 그가 기억하는 마지막 순간이었다.

VI

어둠, 냄새…….

냄새? 아니, 악취였다. 오줌 냄새, 썩은 짚과 젖은 누더기. 검게 그을린 횃불에서 풍기는 악취. 횃불은 불규칙한 돌덩이들로 이루어진 한쪽 벽에 부착된 철제 고정 장치에 끼워져 있었다. 횃불이 드리운 그림자, 짚으로 뒤덮인 진흙 바닥 위에 드리워진 그림자…….

창살 그림자.

게롤트는 정신을 차리기 위해 고개를 흔들었다.

"드디어 돌아왔군요."

그는 누군가 자신을 일으켜 세워 축축한 벽에 등을 기대어 놓는 것을 느꼈다.

"얼마나 오랫동안 정신을 잃고 있었는지, 정말 걱정했습니다……."

"키레아단? 여기가…… 제기랄, 머리가 깨지는 것 같군…… 여기가 어디요?"

"당신 생각엔 어떤 것 같습니까?"

게롤트는 얼굴을 비비고 주위를 둘러보았다. 맞은편 벽 쪽에 넝마를 걸친 세 명이 앉아 있었다. 그는 그들이 잘 보이지 않았다. 그들은 횃불에서 가장 멀리 떨어진 곳에 있어서 완전히 어둠 속에 묻힌 채 앉아 있었다. 조명이 있는 통로와 그들을 갈라놓는 창살 근처에 외관상으로 보아선 완전히 넝마 뭉치와 같은 것이 웅크리고 있었다. 자세히 보니 코가 황새부리처럼 생긴 바짝 마른 고령의 노인이었다. 엉켜 붙은 머리의 길이하며 입고 있는 옷의 상태로 보아하니 어제 들어온 건 아닌 것이 확실했다.

"감옥에 갇힌 신세가 되었군."

사태를 파악한 그가 음울하게 말했다.

"제 정신으로 돌아와서 정말 다행입니다."

키레아단이 말했다.

"제길, 뭐 이런…… 근데 단델라이언은? 우리 여긴 언제 들어온 거요? 시간이 얼마나 지났는지…….'"

"나도 모르겠습니다. 여기 들어올 때 나도 당신처럼 의식이 없었으니까."

키레아단이 짚을 긁어모아 좀 더 편한 자세로 앉았다.

"그게 중요한가요?"

"근데 어떻게, 제기랄. 예니퍼는…… 그리고 단델라이언은. 단델라이언이 거기, 그녀에게 있어요, 그녀가…… 어이, 거기. 여보시오, 우리가 여기 언제부터 갇힌 거요?"

넝마들이 서로 소곤거렸다. 하지만 아무도 대답하지 않았다.

"당신네들 귀가 먹었소?"

게롤트가 침을 뱉었다. 금속성의 맛이 여전히 입술에 남아 있었다.

"그럼 이거나 묻겠소. 지금이 낮이요, 밤이요? 당신네들 밥 먹는 시간은 알 거 아니요?"

다시 한 번 넝마들이 서로 중얼거리더니, 헛기침을 했다.

"고귀하신 신사분들."

마침내 한 사람이 입을 열었다.

"부탁이니, 우리한테 말 걸지 말고 가만히 좀 계시오. 단순 범죄자들이지 정치범이 아니란 말이오. 우린 정부를 공격하는 짓은 안 했소. 그냥 도둑질만 좀 했을 뿐이지."

"그렇소."

다른 자가 거들었다.

"당신네들은 거기 있고, 우린 여기 있으니. 남의 일에 신경 쓰지 맙시다."

키레아단은 흥분한 듯 씩씩거렸고 게롤트는 침을 퉤! 뱉었다.

"그야 당연하지."

코가 긴 털북숭이 노인이 지껄이기 시작했다.

"감옥에선 누구나 자기가 자리 잡은 구석에서 자기 사람들이나 챙기면 되는 거라고."

"그럼 그렇게 해요, 할아범."

키레아단이 조롱하듯 물었다.

"당신은 저들 편이오, 아니면 우리 편이오? 어느 쪽 사람이오?"

"아무 쪽도 아니지."

할아범이 자랑스럽게 대답했다.

"난 죄가 없거든."

게롤트가 다시 침을 뱉었다.

"키레아단."

그가 관자놀이를 문지르면서 물었다.

"정부를 공격했다는 말…… 그게 사실이오?"

"물론이죠. 기억 안 나요?"

"내가 거리를 걷고 있는데 사람들이 나를 보고 있었고…… 그러곤, 그러곤 거기에 무슨 가게가 있었는데……."

"전당포예요."

키레아단이 목소리를 낮추었다.

"당신이 전당포로 들어갔지요. 그런데 들어가자마자 주인 낯짝을 한 대 갈겼어요. 세게. 그것도 엄청 세게 말이요."

게롤트는 이를 악 물면서 욕설을 내뱉었다.

"고리대금업자가 바닥으로 나가떨어졌지요."

키레아단은 낮은 소리로 계속 말했다.

"그러자 당신이 그의 민감한 부분을 몇 차례 걷어찼답니다. 종놈이 주인장을 도우러 달려오자 당신이 그놈을 창문으로 집어던졌어요. 도로 한가운데로 말이죠."

"그게……."

게롤트가 중얼거렸다.

"그게 전부가 아니라는 불길한 생각이 드는군."

"물론 그게 전부가 아닙니다. 당신은 전당포에서 나와 도로 한가운데로 행진하더니 괜히 보행자들을 어깨로 툭툭 치면서 어떤 부인한테는 말도 안 되는 추잡스런 말을 퍼붓기도 했지요. 그러자 당신 뒤로 벌써 상당히 많은 사람들이 따라붙기 시작했고, 그중에는 나와 에르딜, 브라티미르도 있었지요. 그러다가 당신은 약사 로베르 트래거의 집 앞에 멈춰 섰고, 잠시 그의 집안으로 들어갔다 다시 나오는데 보니까, 로베르 트래거의 다리 한 쪽을 잡고는 그를 끌고 나오더군요. 그러곤 모여든 사람들을 앞에 두고 연설 같은 걸 했지요."

"무슨 연설을?"

"간단히 말해, 자신의 체면에 신경 쓰는 남자라면 직업적인 매춘부라 할지라도 '창녀'라고 불러서는 안 된다는 것이었지요. 왜냐하면 그건 비열하고 추잡한 짓이라는 겁니다. 그럼에도 불구하고 어떤 여자에게 '창녀'라는 명칭을 사용했다면, 그것도 성교도 한 적이 없고 또 화대를 주지도 않은 여자에게 그랬다면 그자는 개자식에 지나지 않고, 그런 자는 의심할 여지없이 벌을 받아야 한다고 했지요. 그 벌은 바로 그 자리에서 집행될 것이고, 그래야지 그런 개자식에게 적당한 벌이 될 거라고 모든 사람들에게 공표했어요. 그러곤 약사의 머리를 당신의 무릎 사이에 끼우더니, 그의 바지를 끌어내리고는 허리띠로 그의 엉덩이를 마구 후려갈겼죠."

"더 말해 주시오, 키레아단. 나는 신경 쓰지 말고 솔직하게 다 말해 줘요."

"당신은 죽어라고 로베르 트래거의 볼기짝을 때려 댔고, 그 약사는 괴성을 지르면서 울부짖었어요. 울면서 신들과 사람들에게 용서를 빌며 도움을 청했죠. 그래요, 그자가 심지어 잘못을 고치겠다는 약속까지 했는데도 당신은 그걸 통 믿으려 하지 않았어요. 얼마 후에 무장한 악당 몇 명이 달려왔어요. 린데에선 그자들을 근위대라고 부르곤 한다지요."

"그래서 거기서……."

게롤트가 고개를 끄덕이며 말했다.

"내가 근위대를 그러니까 정부를 공격했다는 거군요."

"천만의 말씀. 그건 벌써 훨씬 전의 일이지요. 그 고리대금업자도 로베르 트래거도 시의회 위원들이죠. 아마 이 이야기는 꽤 관심이 생길 겁니다. 그 두 사람, 예니퍼를 도시에서 쫓아낼 것을 요구했던 의원들이었답니다. 그들은 의회에서 그걸 지지하는 투표를 했을 뿐만 아니라 술집들을 돌아다니며 입이 부르트도록 그녀에 관해 안 좋은 말들을 퍼트리고 다녔지요."

"그럴 줄 알았소. 계속하시오. 근위대들이 뛰어왔다는 이야기까지 했소. 그들이 날 감옥에 처넣은 거요?"

"그들이 그러려고 했지요. 와, 게롤트, 너무 멋졌습니다! 그들이 왔을 때 당신이 보여준 장면을 어떻게 말로 표현해야 할지 모르겠군요. 그자들은 검과 채찍, 몽둥이, 도끼 같은 것들을 가지고 있었고, 당신에겐 그저 둥근 손잡이가 달린 물푸레나무 지팡이만 있었지요. 그 지팡이는 당신이 어떤 멋쟁이 신사에게서 빼앗은 것이었어요. 어쨌든 당신은 그자들을 모두 바닥에 때려눕히고는 계속 걸어갔지요. 우리는 대부분 당신이 어디로 갈지 알고 있었어요."

"궁금하군, 어디로 갔을까."

"당신이 간 곳은 사원이었어요. 크레프 사제 때문이었죠. 그 사제도 역시 의회 위원인데, 설교하면서 예니퍼에 관한 말을 많이 했거든요. 당신은 크레프 사제에 대한 당신의 생각을 숨김없이 낱낱이 토해 냈지요. 당신은 그에게 아름다운 이성을 존중해야 한다는 가르침을 주겠다고 훈계를 하기 시작했어요. 그러면서 그의 공식적인 직분은 완전히 무시하고 다른 명칭들을 덧붙이는 바람에 군중들이 엄청 재미있어 했지요."

"아하."

게롤트가 중얼거렸다.

"그래서 신성모독죄가 더해졌군. 그 외에는? 사원을 훼손했나?"

"아니요. 사원으로 들어가지는 않았어요. 사원 앞엔 이미 경비병들이 투석기만 빼고 무기고에 있는 것들을 죄다 가지고 나와서 완전무장을 한 채 대기하고 있었거든요. 게롤트 당신을 완전히 박살내려는 태세였지요. 하지만 당신은 그들이 있는 곳까지 가질 못했어요. 갑자기 당신이 두 손으로 머리를 움켜쥐더니 그대로 기절해 버렸거든요."

"그 나머지는 말 안 해도 알겠소. 그런데 키레아단, 당신은 어떻게 해서 감옥에 오게 된 거요?"

"당신이 쓰러지자 경비병 몇 명이 뛰쳐나와 당신을 창으로 찌르려 했습니다. 난 그들과 싸움을 벌였어요. 그러다가 머리에 철퇴를 한 대 맞았는데 깨어 보니 여기 감옥이더군요. 분명 그들은 반국가적인 음모에 가담했다며 나를 고소했을 겁니다."

게롤트는 이를 갈며 말했다.

"우리가 이미 고소를 당한 몸이라면 우리에게 두려울 것이 뭐가 있겠소, 안 그렇소?"

"만일 네빌레 시장이 벌써 수도에서 돌아왔다면……."

키레아단이 중얼거렸다.

"그러면 뭐라고 말하기 곤란해요. 난 시장을 잘 알거든요. 하지만 그분이 아직 돌아오지 않았다면 의회 위원들이 판결을 내릴 겁니다. 그 가운데는 물론 로베르 트래거와 고리대금업자도 있지요. 그 말은 즉……."

키레아단은 목에 대고 짧은 손동작을 해 보였다. 지하 감옥이 아무리 어두워도 그동작을 알아보는 건 어렵지 않았다. 게롤트는 아무 대답이 없었다. 다른 죄수들이 낮은 목소리로 서로 뭐라고 웅얼거렸다. 무죄로 감옥신세를 지고 있는 할아범은 자고 있는 것 같았다.

"알겠소."

마침내 게롤트가 입을 열었다. 그러곤 분노를 억누르며 무겁게 입을 열었다.

"내가 교수형을 당하게 되는 건 괜찮소. 그런데 나 때문에 당신이 죽게 생겼다는 것을 알게 되었소, 키레아단. 그리고 단델라이언 역시 나 때문에 목숨이 위태롭다는 걸 알게 되었소. 아니, 내 말을 끊지 마시오. 예니퍼로 인해 그렇게 됐다는 것은 알고 있지만 잘못은 나에게 있소. 내가 너무 멍청했기 때문이지. 그녀는 나를 완전히 구워 삶아서 난쟁이들이 하는 말대로 '바지저고리'로 만들어 버린 거지."

"음......"

키레아단이 중얼거렸다.

"당신 말이 맞기는 맞아요. 내가 당신에게 그녀에 대해 경고를 했었지요. 제기랄, 당신에게 경고했었는데. 하지만 나 자신도, 이런 표현을 써서 미안하지만 엄청난 멍청이였어요. 당신은 내가 당신 때문에 여기에 있다고 자책하겠지만 그 반대이기도 하답니다. 당신이 여기에 있게 된 건 나 때문이요. 나는 거리에서 당신을 때려 눕혀서라도 그렇게 하지 못하게 막았어야 했어요. 그런데 그렇게 하지 않았죠. 왜냐하면 그녀가 건 마법이 풀어져서 당신이 다시 돌아가게 된다면 그래서…… 그녀에게 무슨 해코지를 할까 봐, 그게 두려워서요. 용서를 빕니다."

"용서를 빌고 말고 할 게 없소. 왜냐하면 그 주문이 얼마나 강력한 것이었는지 당신이 몰라서 하는 소리요. 친애하는 엘프 양반, 보통의 마법이라면 나는 아무런 피해도 입지 않고 몇 분 안에 마법에서 벗어나곤 하지요. 예니퍼의 주문은 당신네들도 깨지 못했을 것이요. 그러니 나를 때려눕히기 힘들었을 겁니다. 근위대를 생각해 봐요."

"말한 대로, 그 와중에 내가 생각한 건 당신이 아니라 그녀였지요."

"키레아단, 당신 설마?"

"예?"

"당신…… 당신…….”

"나는 거창한 미사여구 쓰는 거 좋아하지 않아요.”

키레아단이 슬픈 미소를 지으며 그의 말을 가로막았다.

"말하자면, 난 그녀에게 완전히 매혹당한 겁니다. 당신에겐 분명 놀라운 일이겠지요, 그런 여자에게 매혹당할 수 있다는 게?”

게롤트는 눈을 감고 그 모습을 떠올려 보았다. 그로선 뭐라 형언할 길 없는 방식으로, 거창한 미사여구 쓰지 않고 한마디로 '매혹시켰던' 그 모습을.

"아니오, 키레아단.”

그가 말했다.

"나에게도 놀라운 일은 아니오.”

복도에서 묵직한 발소리들과 함께 쇠붙이들이 철그렁거리는 소리가 울렸다. 네 명의 보초병 그림자가 감옥을 가득 채웠다. 열쇠가 삐걱거리자 무죄라던 노인이 스라소니처럼 창살에서 튀어나가 범죄자들 틈에 끼었다.

"이건 너무 빠르지 않나?”

키레아단이 깜짝 놀라며 낮은 소리로 말했다.

"단두대를 세우려면 시간이 좀 걸릴 줄 알았는데…….”

보초병들 가운데 대리석과 같은 대머리에 팔팔한 멧돼지를 연상시키는, 턱수염 자국이 있는 보초병이 게롤트를 가리켰다.

"저기 저놈이야.”

다른 두 명이 게롤트를 움켜쥐고 들어 올리더니 사정없이 벽으로 밀어붙였다. 죄인들은 한쪽 구석에 가서 딱 붙었고, 코가 긴 할아범은 지푸라기 속에 몸을 파묻었다. 키레아단이 벌떡 일어나려다 말고 다시 바닥으로 주저앉았다. 날이 시퍼런 단검이 그의 가슴을 겨누었기 때문이다.

대머리 보초가 게롤트 앞에 서서 소매를 걷어붙이고 주먹을 문질렀다.

"로베르 트래거 위원님께서 네가 우리 감옥에서 잘 지내는지 물어보라신다. 뭐 필요한 건 없냐? 너무 춥지는 않느냐고 물으신다, 응?"

게롤트는 굳이 대답할 필요가 없다는 생각이 들었다. 대머리를 발로 찰 수도 없었다. 그를 붙잡고 있는 보초들이 무거운 장화로 그의 발을 밟고 있었던 것이다.

대머리는 잠깐 팔을 들어 올리더니 그의 배를 가격했다. 그가 근육을 긴장시켜 방어를 해 보려고 했지만 소용이 없었다. 겨우 숨을 쉬는 게롤트의 눈에 잠깐 동안 자신의 혁대 버클이 눈에 들어왔다. 하지만 보초들이 또다시 그를 일으켜 세웠다.

"아무것도 필요 없냐고?"

대머리가 계속 물었다. 양파 냄새와 이 썩은 냄새가 풍겼다.

"불편하지 않게 잘 지낸다니 위원님께서 좋아하시겠군."

두 번째 가격. 같은 자리였다. 게롤트는 몸을 구부렸다. 뱃속에 든 게 있었다면 모두 토해 냈을 것이다. 대머리가 옆으로 몸을 돌렸다. 그가 손을 바꿨다.

퍽! 다시 한 번 게롤트의 눈에 가죽 띠의 버클이 들어왔다. 참 희한한 일이었다. 벽 어디에도 빛이 새어 들어올 만한 구멍이 없었는데 말이다.

"자, 이래도?"

대머리는 약간 뒤로 물러섰다. 의심할 여지없이 또 한 방 먹일 자세였다.

"원하는 게 없단 말이지? 로베르 트래거 위원님께서 네가 원하는 건 없는지 물어보랍신다. 그런데 왜 아무 말도 안 하는 거냐? 혀가 꼬였냐? 그렇다면 내가 금방 풀어 주지!"

퍽!

이번에도 그는 정신을 잃지 않았다. 하지만 그는 정신을 잃어야만 했다. 그의 내장 기관은 그에게 매우 중요했기 때문이었다. 정신을 잃으려면 강제로 대머리를 부추겨서 머리끝까지 화가 나도록 만들어야 했다.

"한 가지 있지……."

게롤트는 신음하며 간신히 머리를 들었다.

"네놈이 터져 버리는 것이다, 개자식."

대머리는 이를 갈면서 뒤로 물러서더니 이번에는 머리를 목표로 자세를 잡았다. 게롤트가 원하는 바였다. 하지만 그의 공격은 이루어지지 않았다. 대머리가 갑자기 칠면조 울음소리를 내며 얼굴이 뻘겋게 되더니 양손으로 배를 움켜쥐고 몸부림치며 새된 소리로 울부짖었다.

그리고 잠시 후, 대머리는 말 그대로 터져 버렸다.

VII

"내 너희들을 어찌해야 할꼬."

창문 너머 어두워진 하늘 한가운데로 밝은 섬광이 번쩍거리며 진한 선을 긋고 지나갔다. 그러자 곧 우르릉거리는 천둥소리가 귓속을 파고들며 연이어 울려 퍼졌다. 소나기가 점차 거세지면서 뇌우를 동반한 구름이 린데시를 뒤덮었다.

게롤트와 키레아단은 양치기 선지자 마요란을 그린 커다란 고블랭 아래, 긴 의자에 얌전히 머리를 숙인 채 앉아 있었다. 네빌레 시장은 방안을 이리저리 오가며 치밀어 오르는 분을 삭이느라 숨을 식식거렸다.

"이런 천하에 몹쓸 것들이 있나!"

갑자기 큰소리를 치며 그가 멈추어 섰다.

"우리 도시를 대체 어떻게 보고, 엉? 세상에 도시가 여기뿐이더냐, 그런 게냐?"

게롤트와 키레아단은 아무런 말도 하지 않았다.

"어떻게 그런 짓을……."

시장은 말을 삼켰다.

"어떻게 간수를…… 무슨 토마토처럼! 벌건 죽으로 만들어! 그건 정말로 비인간적인 짓이야!"

"비인간적이고 무도막심한 짓이지요."

시청 사무실에 함께 자리한 크레프 사제가 거듭 말했다.

"너무나도 비인간적이어서 그 배후에 누가 있는지는 제 아무리 바보라 할지라도 알 수 있을 것입니다. 그렇습니다, 시장님. 키레아단은 우리 두 사람이 잘 알고 있는 엘프입니다. 그리고 저기 저 위쳐라고 사칭하고 다니는 자는 간수를 그렇게 만들 만큼 능력이 뛰어나지 않습니다. 이 모든 것 뒤엔 예니퍼가 숨어 있습니다. 그 신의 저주를 받은 마녀 말입니다!"

사제의 말을 확인이라도 하듯 창문을 뚫고 천둥소리가 울려 왔다.

"다름 아닌 바로 그녀입니다."

크레프가 계속 말했다.

"그건 의심할 필요도 없습니다. 예니퍼가 아니라면 로베르 트래거 위원에게 복수할 자가 누가 있겠습니까?"

"하하하!"

갑자기 시장이 웃음을 터트렸다.

"마냥 화만 내기도 뭐한 것이 바로 그 이유 때문이기도 하오. 로베르 트래거가 이곳에서 내 자리가 탐난다고 말을 한 적이 있었거든요. 하지만 이제 그 사람 말에 귀를 기울이는 사람은 아무도 없을 거요. 그의 엉덩이 잔혹사를 생각하는 사람이라면 말이요."

"이들의 범죄에 대해 우호적인 표현은 삼가시는 것이 좋을 듯합니다, 네빌레 시장님."

크레프 사제가 이마를 찌푸렸다.

"제가 시장님께 상기시켜 드리고 싶은 것은, 만일 제가 신속하게 위쳐를 추방하도록 일을 처리하지 않았더라면 위쳐는 저와 장엄한 성전에 대해 반기를 들었을······."

"그대는 그대의 설교 중에도 그녀에 대해 좋지 않은 말을 했소, 크레프. 심지어 베란트까지도 그대를 별로 좋게 보지 않았지. 하지만 진실은 진실이니까. 너희들 듣고 있느냐? 이 더러운 놈들."

시장은 다시 게롤트와 키레아단 쪽으로 몸을 돌렸다.

"너희들의 행동은 결코 정당화될 수 없다! 이곳에서 그런 방종한 행동을 하는 것은 결코 용납될 수 없어! 자, 이제 너희들을 변호할 말이 있으면 지금 전부 말하라. 그렇지 않으면 내 모든 성유물(聖遺物)을 두고 맹세하건대, 너희는 너희들 인생에서 결코 잊을 수 없는 것을 경험하게 될 것이다! 지금 당장 고해성사할 때처럼 모든 것을 실토하라!"

키레아단이 깊은 한숨을 내쉬며 많은 것을 말하는 듯한 표정으로, 부탁하는 눈길로 게롤트를 바라보았다. 게롤트 역시 마찬가지로 한숨을 쉬고는 헛기침을 했다.

그러곤 모든 것을 이야기했다. 그러니까 거의 모든 것을 말이다.

"그것이 모든 것의 화근이었군."

크레프 사제는 잠깐 침묵한 후에 입을 열었다.

"대단한 이야기야. 풀려난 수호정령이라니. 게다가 이 수호정령을 손에 넣으려고 수를 쓰는 여자 마법사까지. 나쁘지 않은 콤비군. 예감이 좋지 않아. 아주 좋지 않아."

"수호정령이 뭐요?"

네빌레 시장이 물었다.

"그리고 그 예니퍼가 원하는 건 또 뭐고?"

크레프 사제가 오만한 표정으로 설명하기 시작했다.

"마법사들은 자신의 능력을 자연의 힘에서 빌려옵니다. 정확히 말하자면, 소위 4원소 혹은 4원칙으로 불리는 것에서 말입니다. 공기, 물, 불 그리고 땅이 그것이지요. 이 원소들은 각자 고유의 차원이 있습니다. 이 차원을 두고 마법사들은 은어로 '영역'이라는 말을 씁니다. 즉 물의 영역이 있고, 불의 영역, 공기의 영역, 땅의 영역 등이 있는 거지요. 우리로선 접근할 수 없는 이 차원의 세계에는 수호정령이라고 불리는 존재들이 살고 있는데……."

"전설에선 그렇지요."

게롤트가 그의 말을 끊었다.

"왜냐하면 제가 아는 한…….."

"내 말을 막지 마라!"

크레프 사제가 그의 말을 자르며 말했다.

"위쳐, 네놈이 아는 게 별로 없다는 것은 이미 네놈이 말하는 동안에 확실해졌다. 그러니 지금은 아무 말 말고, 더 현명한 사람이 말할 때 귀 기울여 들어라. 그러니까 시장님, 수호정령에 관해서 계속 말씀드리자면 4원소에 네 개의 영역이 있는 것과 마찬가지로 수호정령엔 네 가지 종류가 있습니다. 공기의 정령인 지니가 있고, 물의 원소와 관련이 있는 마리드와 불의 수호정령인 이프리트 그리고 땅의 수호정령인 다오가 있는데…….."

"당신 너무 말을 많이 하는 거 아니오, 크레프."

네빌레 시장이 끼어들었다.

"여긴 사원에 딸린 학교가 아니오. 그러니 우리에게 강의는 하지 말아주시오. 간단하게 용건만 말하란 말이오. 예니퍼가 이 수호정령에게 원하는 것이 무엇이오?"

"그런 수호정령은 시장님, 마법 에너지의 생생한 집합체라고 할 수 있습니다. 수호정령을 소유한 마법사는 그 에너지를 마법주문의 형태로 목적에 맞게 사용할 수 있지요. 그런 마법사는 이제 자신의 능력을 힘겹게 자연의 힘에서 얻을 필요가 없게 되는 것이지요. 수호정령이 그를 위해 다 마련해 주니까요. 그러면 그런 마법사의 힘은 엄청나게 됩니다. 거의 전능에 가까워지는 거지요."

"그렇지만 난 아직까지 모든 것을 할 수 있는 전능한 마법사에 관해선 한 번도 들어본 적이 없소."

네빌레 시장이 인상을 쓰며 말했다.

"그와는 정반대로, 대부분 그들의 힘은 몹시 과장되어 있소. 그들은 이걸 할 수 있으며, 저건 할 수 없고…….."

"마법사 스타멜포르드로 말씀드리자면…….."

사제가 또다시 시장이 하는 말을 끊고 대학 교수 풍의 말투와 자세, 그리고 근엄한 표정을 하고서 계속 말했다.

"한때 산을 옮긴 적이 있습니다. 산이 탑에서 바라보는 시야를 가로막았기 때문이죠. 그와 같은 일은 누구도 겪어본 적 없는 전무후무한 일이었습니다. 전승에 따르면 스타멜포르드가 땅의 수호정령인 다오를 수하에 두고 있었기 때문이었습니다. 다른 마법사들이 행한 그와 비슷한 규모의 마법활동을 그린 그림들이 있기도 하지요. 엄청난 파도와 끔찍한 강우 같은 것들은 의심할 여지없이 마리드의 작품입니다. 불기둥이나 화재, 폭발 등은 불의 정령 이프리트에 의한 것이고요."

"회오리, 허리케인, 땅 위에서 비행하는 것."

게롤트가 중얼거렸다.

"제오프리 몽크."

"그렇지. 보아하니 자네도 뭘 좀 아는군."

크레프 사제는 약간 우호적인 눈길로 그를 바라보았다.

"사람들이 말하기를 연로한 몽크가 공기의 수호정령인 지니를 억지로 자기 시종으로 만들기 위해 어떤 수단을 찾아내었다고 합니다. 심지어 하나가 아니라 더 많다는 소문도 돌았지요. 이 수단들을 그가 병속에 넣어서 한 정령 당 세 가지 소원씩, 필요할 때마다 사용한다는 소문이었습니다. 그도 그럴 것이 수호정령은 세 개의 소원을 들어주고 나면 그 후엔 풀려나서 자기가 속한 차원으로 돌아가기 때문이지요."

"거기 강가에서의 그놈은 아무 소원도 들어주지 않았습니다."

게롤트는 단호하게 말했다.

"그놈은 곧바로 단델라이언의 목을 졸라댔지요."

"수호정령들은……."

크레프 사제는 업신여기는 표정을 지으며 계속 이야기했다.

"음흉하고 변태적인 존재입니다. 그것들은 자기들을 병 속에 가둬 놓고 산이나 옮기게 하는 인간들을 싫어하지요. 그래서 사람들이 소원을 말하는 걸 방해하기 위해 온갖 짓을 다 하는 겁니다. 게다가 소원을 들어주는 것도 아주 힘들고 예측할 수 없는 방식으로 이뤄 줍니다. 가끔씩은 말한 그대로 이뤄 주기 때문에 소원을 말할 땐 조심해야 합니다. 어쨌든 수호정령 하나를 부리려면 강철 같은 의지와 금속성의 튼튼한 신경, 강인한 힘 그리고 중요한 능력들이 필요합니다. 위쳐, 자네 이야기를 들어보니 자네는 능력이 부족했던 거야."

"그 망할 자식을 부리기에는 능력이 부족했소."

게롤트는 인정했다.

"하지만 전 그놈을 쫓아냈지요. 그놈이 어찌나 빨리 도망치던지 대기가 다 진동할 정도였습니다. 그러니 그만해도 어느 정도 능력은 되는 거겠지요. 물론 예니퍼가 나의 퇴마 주문을 가지고 놀려대긴 했지만……."

"어떤 퇴마 주문이었지? 한번 외워 봐."

게롤트는 그 주문을 글자 그대로 반복했다.

"뭐라고?"

크레프 사제의 얼굴이 처음엔 새하얗게 변하더니 다음엔 새빨개졌다가 마지막엔 새파래졌다.

"어떻게 그런 말을! 네놈이 날 놀릴 속셈인가?"

"용서하시오."

게롤트는 기가 죽은 소리로 말했다.

"솔직히 말하면 그 말이 무슨 뜻인지…… 모릅니다."

"그렇다면 모르는 말을 함부로 지껄이지 말라! 그대가 어디서 그런 추잡한 말을 들었는지 모르겠지만!"

"그 이야긴 이만하면 됐네."

시장이 손짓을 했다.

"괜한 시간낭비일 뿐이오. 그래요, 그럼 이제 우리는 그 여자 마법사가 그 수호정령을 필요로 하는 이유를 알게 되었소. 그런데 그대 말에 의하면 크레프, 그게 좋지 않다고 했는데 도대체 뭐가 좋지 않다는 거요? 그녀가 그것을 사로잡아서 악마에게 가든 말든 그게 나와 무슨 상관이요. 내 생각에는······.”

그 순간 네빌레 시장의 '내 생각'이 무엇이었는지 아무도 들을 수 없었다. 선지자 마요란 그림의 고블랭이 걸린 벽 옆쪽에서 갑자기 웬 빛나는 직사각형이 나타나더니 번쩍 하는 순간, 집무실 가운데로 단델라이언이 툭, 떨어진 것이다.

“무죄입니다!”

시인 단델라이언은 맑고 울림이 좋은 테너 음성으로 부르짖었다. 그러면서 그는 바닥에 앉은 채 불안정한 시선으로 주위를 둘러보았다.

“무죄예요! 위쳐 게롤트는 죄가 없습니다! 그걸 믿어주기 바라오!”

“단델라이언!”

게롤트는 거의 무슨 욕설처럼 들리는 퇴마 주문을 막 내뱉으려는 크레프를 말리면서 외쳤다.

“자네 도대체 어디에서 이리로 온 거야······ 단델라이언!”

“게롤트!”

단델라이언이 벌떡 일어났다.

“단델라이언!”

“이건 또 뭐야?”

네빌레 시장이 신경질적으로 외쳤다.

“이런 빌어먹을! 너희들이 마법을 그만두지 않으면 나도 더 이상 내 시장직을 책임질 수 없어. 내가 말했지 않느냐, 린데에선 함부로 마법을 사용하면 안 된다고! 먼저 서면으로 신청서를 제출하고, 그 다음에 세금을 납부해야 된다고······ 단델라이언? 그럼 이자가 예니퍼의 인질로 잡혀 있다는 가객인가?”

“단델라이언!”

게롤트는 거듭 친구의 이름을 외치며 단델라이언의 어깨를 잡았다.

“자네 어떻게 왔나?”

"나도 잘 모르겠네."

단델라이언은 약간 얼이 빠지고 근심 섞인 얼굴로 말했다.

"솔직히 말해, 나한테 무슨 일이 있었는지 잘 모르겠어. 생각나는 게 거의 없어. 뭔가에 한 대 맞은 것 같은데 그게 현실이었는지, 악몽이었는지도 잘 모르겠군. 단지 생각나는 게 있다면 그건 검은 머리에 불타는 눈을 가진 여자였는데, 별로 나쁘지는 않았지……."

"지금 웬 검은 머리 여자 타령인가."

화가 난 네빌레 시장이 그의 말을 가로막았다.

"본론으로, 여러분, 본론으로 돌아가자고요. 그대가 외치기를 이 위쳐에게 죄가 없다고 했는데 그게 무슨 말이지? 그렇다면 로베르 트래거가 자기 손으로 자기 엉덩이를 때렸단 말인가? 그렇지 않고서야 말이 안 되지 않는가. 혹시 집단최면에 걸렸던 거라면 또 모르겠지만."

"엉덩이나 집단최면에 관해서는 잘 모르겠습니다."

단델라이언은 자랑스럽게 말했다.

"그리고 트래거 로베르[1]에 관해서도 전혀 아는 바 없습니다. 그러나 재차 말씀드리면, 제가 마지막으로 기억하는 것은 우아한 한 여인이었습니다. 검정색과 흰색으로 아주 세련되게 옷을 입은 여자였지요. 그 여자가 아주 난폭하게 저를 빛나는 구멍으로 꾸겨 넣었습니다. 아마도 마법의 문이었겠지요. 그리고 그 전에 그녀가 저에게 정확하고 분명하게 지시를 내렸지요. 목표지점에 도달하면 곧바로 이렇게 증언하라는 것이었습니다. 지시대로 말하자면, '나의 소원은 그간 일어난 사건에 대해서 위쳐에겐 아무런 죄도 없다는 나의 말을 사람들이 믿는 것이다. 그것 외에 나의 소원은 없다'입니다. 그녀가 말한 걸 가감 없이 전하자면 이렇습니다. 물론 제가 물었죠. 무슨 일이냐, 뭐가 문제냐, 이게 모두 대체 어찌된 일이냐. 검은 머리 여자는 내 말을 끝까

---

[1] 로베르 트래거라는 이름으로 말장난을 한 것으로 '굶뜬 월계수'라는 의미이다.

지 들어보지도 않고 아주 우악스럽게 욕을 해대더니, 내 목덜미를 잡고는 이 문으로 밀어 넣었습니다. 이게 전부입니다. 그럼 이제……."

단델라이언이 몸을 쭉 펴더니 상의를 툭툭 털고 옷깃과 세련되지만 지저분한 주름 장식을 바로 잡고 말했다.

"신사 여러분, 이 도시에서 제일 좋은 여관 이름과 그 위치를 저에게 말씀해 주시겠습니까."

"나의 도시엔 나쁜 여관 같은 것은 없다."

네빌레 시장이 천천히 말했다.

"하지만 그대는 그것을 깨닫기 전에 먼저 이 도시에 있는 최고의 감방을 자세히 구경하게 될 것이다. 그대와 그대의 패거리들도. 아직 너희들은 자유의 몸이 아니다. 네 이놈들, 그걸 잊지 말란 말이다! 너희들 꼬락서니를 한번 보라고! 한 놈은 얘기 같지도 않은 얘기나 해대고, 또 다른 놈은 벽에서 튀어나와 무죄라고 소리를 치질 않나, 그런 놈은 차라리……."

"신이시여!"

크레프 사제가 갑자기 자기 대머리를 잡고 외쳤다.

"이제야 알겠다! 그 소원! 마지막 소원이었어!"

"무슨 일이요, 크레프?"

시장이 이마를 찡그렸다.

"어디 아프오?"

"마지막 소원!"

사제가 거듭 말했다.

"그녀가 이 음유시인에게 강요한 거야, 세 번째 마지막 소원을 말하도록 말이야. 수호정령이 이 소원을 이뤄 주지 않는 한, 그녀는 그 수호정령을 장악할 수 없었던 거야. 예니퍼가 마법의 덫을 쳐놓고 그 수호정령이 자기 차원으로 사라지기 전에 그걸 잡으려는 게 틀림없어! 네빌레 시장님, 우리는 무조건……."

바깥에서 천둥이 울렸다. 건물 벽들이 흔들거릴 정도로.

"제기랄!"

시장이 중얼거리면서 창가로 다가섰다.

"완전히 근접했군. 건물 안으로 들이치지 않았을 뿐이지. 저러다 큰 불이 나겠어…… 세상에! 저것 좀 보게! 크레프! 저게 뭔가?"

모두들 일제히 창가로 몰려갔다.

"이런, 제기랄!"

단델라이언이 부르짖으면서 자기 목을 움켜쥐었다.

"저건 내 목을 졸랐던 그 개자식 아니야!"

"지니!"

크레프가 소리쳤다.

"공기의 수호정령이야!"

"에르딜네 주점 위네요!"

키레아단이 외쳤다.

"지붕 위에 있어요!"

"그녀가 잡은 거야!"

크레프 사제가 거의 떨어질 정도로 창문에 기대어 밖을 내다보며 말했다.

"너희들, 저 마법의 빛이 보이나? 여자 마법사의 덫에 수호정령이 걸린 거야!"

게롤트는 그것을 보면서도 아무 말이 없었다.

수년 전 그가 아직 코훌리개로 위쳐들의 거주지인 케어 모헨에서 막 교육받기 시작했을 무렵, 그와 그의 동급생 에스켈은 숲에서 뒹벌을 잡아 곧바로 셔츠에서 실을 뽑아 그 실로 벌을 묶어 탁자 위에 놓인 항아리에 매달아 놓았었다. 둘은 묶인 뒹벌이 하는 짓을 보면서 죽겠다고 웃어대다가 스승이었던 베세미르에게 들켜 둘 다 가죽 띠로 두들겨 맞은 적이 있었다.

에르딜의 술집 지붕 위에서 맴돌고 있는 지니의 몸짓이 꼭 그 뒹벌과 같았다. 수호정령은 위아래로 날면서 위로 솟아올랐다가 밑으로 곤두박질치기도 하고, 분노에 차 웅웅거리면서 주변을 맴돌았다. 왜냐하면 지니 역시 케어 모헨의 뒝벌처럼 밝게 여러 가지 색으로 번쩍이는 빛을 휘감아 만든 실에 묶여 있었던 것이다. 그를 꽁꽁 감싼 그 실은 지붕에 매달려 있었다. 그래도 어쨌거나 지니는 항아리에 묶인 뒝벌보다는 움직일 공간이 더 많았다. 게다가 뒝벌은 주변 집들의 지붕을 박살내거나, 짚을 이리저리 날려 버리거나, 굴뚝들을 무너뜨리거나, 탑과 이단으로 경사진 지붕들을 허물어트리는 그런 짓은 하지 못했던 것이다. 그런데 지니는 그렇게 할 수가 있었다. 그리고 그렇게 했다.

"저놈이 도시를 파괴한다!"

네빌레 시장이 울부짖었다.

"저 괴물이 내 도시를 파괴하고 있다고!"

"하하!"

사제가 웃으며 말했다.

"보아하니 저놈을 물려다 그녀가 이빨이 빠지게 생겼군! 정말 엄청나게 강력한 지니군! 정말이지 누가 누굴 잡은 건지 모르겠네. 마녀가 그를 잡은 건지, 아니면 그가 마녀를 잡은 건지 말이야! 하, 어쨌든 마지막엔 지니가 그녀를 갈기갈기 찢어 버릴 거야, 정말 잘된 일이군! 정의는 승리하는 법!"

"정의는 무슨 얼어 죽을 놈의 정의!"

시장은 창문 아래에서 유권자들이 보고 있을 거라는 건 전혀 아랑곳하지 않고 부르짖었다.

"저것 좀 보라고, 크레프, 저기서 무슨 일이 벌어지는지! 으악, 저, 저런! 저런 건 말 안 했었잖은가, 너 이 멍청한 대머리! 말만 멋들어지게 할 줄 알지, 정작 중요한 건 한 마디도 안 했어! 왜 나한테 말을 안 한 거야, 저 악령이…… 위쳐! 어떻게 좀 해 봐! 뭐 하는 거야, 무죄라는 위쳐 양반? 저 악마 같은 놈을 어떻게 좀 해 보라고! 내가 모든 죄를 사면해 줄 테니까 말이야, 그런데……."

"저건 어쩔 도리가 없습니다, 네빌레 시장님."

크레프 사제가 씩씩거리며 말했다.

"제가 말씀드릴 때, 전혀 듣질 않으셨군요. 시장님은 제가 말하는 건, 절대로 귀담아 듣지 않으시죠. 다시 한 번 말하지만 이건 보통 이상으로 강력한 지니입니다. 안 그랬으면 벌써 저 여자 마법사가 놈을 해치웠을 겁니다. 다만 말씀드릴 수 있는 것은 그녀의 마법이 곧 쇠퇴할 것이라는 겁니다. 그러면 지니가 그녀를 해치우고 달아날 겁니다. 그러면 조용해지겠지요."

"그 사이에 도시가 완전히 폐허와 잿더미가 될 텐데?"

"우린 기다려야 합니다."

사제가 거듭 말했다.

"하지만 팔짱을 끼고 있어서는 안 되겠지요. 지시를 내리세요, 시장님. 사람들에게 이 근방의 집들을 떠나서 화재를 대비해 불 끌 준비를 하도록 말입니다. 지금 벌어지는 일은 수호정령이 여자 마법사를 해치울 때 시작될 지옥에 비하면 아무것도 아닙니다."

게롤트는 고개를 들었다가 키레아단과 시선이 마주치자 눈길을 피했다.

"크레프 사제님!"

갑자기 게롤트가 결연한 목소리로 말했다.

"당신의 도움이 필요합니다. 단델라이언이 이곳으로 올 때 지나온 문이 중요합니다. 이 문은 시청과 그곳을 연결하고 있습⋯⋯."

"문은 이제 흔적도 찾아볼 수 없다."

크레프 사제는 이렇게 말하며 벽을 가리켰다.

"보이지 않나?"

"눈에 보이지 않는다 해도 문은 흔적을 남기는 법입니다. 주문을 통해 흔적을 복구할 수 있어요. 그러면 제가 그 흔적을 통해 들어가 보겠습니다."

"그대가 필시 미친 게군. 설사 그 통로에서 갈기갈기 찢기지 않는다 할지라도, 그래서 어쩌자는 건가? 태풍의 눈 속에라도 들어가겠다는 건가?"

"제가 물은 건, 당신이 주문으로 그 문을 복구할 수 있는지 하는 것입니다."

"주문으로?"

사제는 보란 듯이 고개를 들고 말했다.

"나는 신을 모독하는 마법사가 아니다! 주문 같은 것은 사용하지 않아! 나의 힘은 믿음과 기도에서 나오지!"

"할 수 있다는 말입니까 아니면 없다는 말입니까?"

"할 수 있지."

"그러면 시작하시죠, 시간이 없으니까요."

"게롤트."

단델라이언이 입을 열었다.

"자네 정말 정신 나갔나! 그런 저주 받을 놈을 가까이 하지 말라고!"

"조용히 하기 바라오."

크레프 사제가 말했다.

"그리고 엄숙히 있어요들. 기도하는 중이니까."

"그따위 기도는 집어치워!"

네빌레 시장의 목소리가 쩌렁쩌렁 울렸다.

"사람들을 집합시켜야 할 거 아니오! 그렇게 서서 말만하지 말고 뭔가 행동을 해야 할 거 아닌가! 세상에! 이게 웬 날벼락이란 말인가! 완전히 저주 받은 날이야!"

게롤트는 키레아단이 그의 어깨에 손을 대는 것이 느껴졌다. 그는 몸을 돌렸다. 키레아단이 그의 눈을 바라보더니 시선을 떨어뜨렸다.

"거기로 가는군요…… 그럴 수밖에 없기 때문이죠, 그렇죠?"

게롤트는 머뭇거렸다. 어디선가 라일락과 구즈베리 향기가 나는 것 같았다.

"그런 것 같소."

그는 주저하며 말했다.

마지막 소원 **395**

"그럴 수밖에 없군요. 미안하오, 키레아단……."

"미안해할 것 없습니다. 당신이 어떤 심정일지 난 알고 있어요."

"알지 못할 거요, 나도 내 마음을 잘 모르겠으니까."

키레아단은 미소를 지었다. 적잖은 기쁨이 담긴 미소였다.

"바로 그거에요. 바로 그거."

크레프 사제는 몸을 펼치면서 깊게 심호흡을 했다.

"됐어."

벽에 난 거의 보이지 않는 윤곽을 자랑스럽게 가리키며 그가 말했다.

"하지만 이 문은 일시적인 것이라서 오래 가진 못할 거야. 중간에 끊어지지 않는다는 장담 또한 할 수도 없고. 위쳐 양반, 그대가 거기로 들어가기 전에, 양심에 거리끼는 게 있으면 말하게. 내가 그대를 위해 축복기도를 해 줄 테니. 하지만 죄를 용서하기에는……."

"시간이 충분치가 않지요."

게롤트가 그의 말을 대신 끝맺었다.

"저도 알고 있습니다, 크레프 씨. 죄를 용서하기 위해서는 언제나 시간이 충분치 않지요. 모두들 방에서 나가 주십시오. 문이 공중에 뜨게 되면 여러분 고막이 터지고 말 겁니다."

"나는 남겠네."

네빌레와 단델라이언, 키레아단이 나가자, 크레프 사제가 문을 잠그면서 말했다. 그가 공중에 대고 손동작을 하며 자신의 주변을 에둘러 고동치는 아우라를 만들었다.

"만일을 대비해서 방어막은 쳐놔야지. 만약 그 문이 폭발하면…… 내가 그대를 끄집어내겠네, 위쳐. 고막은 상관없어. 다시 생길 테니까."

게롤트는 약간 친근해진 눈으로 그를 바라보았다. 크레프 사제는 미소를 지었다.

"그대는 용감한 사람이네."

그가 말했다.

"그대는 그녀를 구하려는 것이지, 안 그런가? 하지만 그대가 아무리 용감해도 별 소용이 없을 거네. 지니는 반드시 복수를 하는 존재들이야. 그 여자 마법사는 패배하게 될 거야. 그대가 그리로 간다면 그대 역시 패배하게 될 거고. 양심에 거리끼는 게 있으면 말하게."

"그건 이미 했습니다."

게롤트는 약한 빛을 내는 문 앞에 섰다.

"크레프 사제님."

"왜 그러나?"

"당신이 그렇게 화를 냈던 그 퇴마 주문 말입니다…… 무슨 뜻이죠?"

"시간 한번 잘도 고르는군. 정말 한번 웃고 지나가기에 딱 좋은 시간을 골랐어."

"부탁입니다, 크레프 사제님."

"정 그렇다면……."

사제는 시장의 묵직한 참나무 책상 뒤로 몸을 숨기며 말했다.

"그게 그대의 마지막 소원이 될 테니 내 그대에게 말해 주겠네. 그 말의 뜻은…… 음…… '썩 꺼져서 용두질이나 해라'라는 뜻일세."

게롤트는 허공으로 들어섰다. 요란한 웃음소리가 그를 뒤흔들었지만 냉기가 그 웃음소리마저 얼려 버렸다.

VIII

마법의 문은 울부짖는 소리와 함께 마치 허리케인처럼 소용돌이치면서 급속도로 그를 몰아댔다. 그 세기가 얼마나 강력했던지 게롤트는 폐가 거의 찢겨져 나가는 것 같았다. 그는 힘없이 바닥에 쓰러졌다. 숨쉬기가 힘들었다. 그는 공기를 마시려고 입을 크게 벌리고 안간힘을 다했다.

바닥이 진동했다. 처음에 그는 폭발하는 지옥과 같은 마법의 문을 통과하는 여행을 마친 뒤라 자신의 몸이 떨리는 것이라고 생각했다. 하지만 이내 자신이 잘못 생각했다는 것을 깨달았다. 집 전체가 삐걱거리면서 흔들리며 진동하는 것이었다.

그는 주위를 둘러보았다. 그곳은 그가 예니퍼와 단델라이언을 마지막으로 봤던 방이 아니라 개조한 에르딜네 여관주점의 큰 응접실이었다.

예니퍼가 보였다. 그녀는 의자들 사이에 꿇어앉아 마법의 구슬 위로 상체를 구부리고 있었다. 구슬은 유백색의 광채를 강하게 발산하며 예니퍼의 손가락을 뚫고 붉게 빛을 발했다. 구슬의 광휘가 어떤 모습을 띠었다. 깜박거리면서 지속적이지는 않았지만 뚜렷한 모습이었다. 게롤트는 바닥에 그려진 오각별이 하얗게 이글거리는 작은 방을 보았다. 또한 이 오각별에서 뿜어져 나온 빛이 다채로운 색채를 띤 채 진동하며 빨갛게 작열하는 빛줄기가 되어 지붕을 통해 위로 사라지는 것을 보았다. 그 지붕에서는 사로잡힌 지니가 분노에 차 울부짖는 소리가 울려 퍼졌다.

인기척을 느낀 예니퍼가 벌떡 일어나 손을 들었다.

"안 돼!"

그가 소리쳤다.

"그러지 마시오! 난 당신을 도우러 왔소!"

"도와준다고?"

그녀가 씩씩거리며 말했다.

"당신이?"

"그렇소."

"내가 당신에게 한 그 모든 일에도 불구하고?"

"그렇소."

"놀라운 일이군. 하지만 어쨌든 상관없지. 당신의 도움은 필요 없으니까. 여기서 사라져, 당장."

"아니오."

"사라지라니까!"

예니퍼는 초조함과 다급함이 뒤섞인 표정으로 외쳤다.

"여긴 위험해! 일이 내 예상을 벗어났어, 무슨 말인지 알겠어? 놈을 제어할 수가 없다고. 왜 그런지는 모르겠지만 녀석이 약해지지가 않아. 녀석이 그 시인 놈의 세 번째 소원을 들어주는 순간, 놈을 사로잡았어. 그러니까 놈이 구슬 속으로 들어가야 돼. 하지만 놈이 전혀 약해지지 않는다고! 제기랄, 오히려 점점 더 강력해지는 것 같아. 하지만 아무리 그래도 내 기어이 저놈을 꺾어 놓고야……."

"당신은 그를 꺾을 수 없소, 예니퍼. 녀석이 당신을 죽이고 말거요."

"나는 그렇게 쉽게 죽지 않아……."

그녀가 하던 말을 멈추었다. 주점의 지붕 전체가 갑자기 눈이 부실 정도로 환하게 빛났다. 주위가 밝아지는 바람에 구슬에서 생긴 영상이 사라졌다. 바닥에 불타는 사각형이 크게 만들어졌다. 예니퍼가 욕설을 퍼부으며 손을 올리자 손가락에서 섬광이 뿜어져 나왔다.

"달아나, 게롤트!"

"무슨 일이오, 예니퍼?"

"녀석이 내가 있는 곳을 알아냈어……."

그녀가 힘에 부쳐 빨갛게 된 얼굴로 신음하며 말했다.

"나에게로 가까이 오려고 해. 이리로 오려고 자기가 스스로 마법의 문을 만들고 있어. 묶인 줄은 끊을 수 없지만 마법의 문을 통해 이리로 오고 있어. 녀석을 도무지…… 도무지 막을 수가 없어!"

"예니퍼……."

"내 신경 분산시키지 마! 집중해야 되니까…… 게롤트, 당신은 피해야 돼. 당신이 도주할 수 있는 마법의 문을 열어줄 테니까. 하지만 조심해야 돼, 변변찮은 문이니까. 다른 것은 만들 시간도, 힘도 없어…… 당신이 어디로 떨어질지, 나도 모르겠어…… 하지만 안전할 거야, 준비해."

그 순간, 갑자기 천장 근처에 커다란 마법의 문이 눈이 멀 정도로 밝게 불타오르더니, 점점 넓어지면서 어떤 형태를 갖추어 갔다. 무(無)를 밀치고 그들이 너무나 잘 아는 주둥이 하나가 밀려 나왔다. 주둥이에 매달려 있는 입술을 딱딱거리며 귀가 떨어져나갈 정도로 울부짖었다. 예니퍼가 풀쩍 뛰어오르더니 양손을 흔들면서 주문을 외쳤다. 그녀의 손에서 빛의 천이 쏟아져 나오면서 그물처럼 지니를 덮쳤다. 지니는 포효하며 앞발을 길게 늘어트려 마치 코브라처럼 예니퍼의 목 근처까지 위협했다. 하지만 예니퍼는 물러서지 않았다.

게롤트가 그녀에게로 뛰어들었다. 그러곤 그녀를 옆으로 밀치고 그녀의 앞에 섰다. 마법의 빛에 둘러싸인 지니는 호리병에서 튀어나온 코르크마개처럼 마법의 문에서 튀어나와 아가리를 크게 벌리고 두 사람에게 달려들었다. 게롤트는 이를 악물고 서둘러 놈을 막는 마법기호를 휘둘렀지만 눈에 띄는 효과는 없었다. 하지만 그 때문인지 수호정령은 공격을 해 오진 않았다. 엄청난 크기로 부풀어 오른 지니가 천장 바로 밑에서 멈추어 허공을 떠돌았다. 그러면서 희미한 눈으로 게롤트를 빤히 바라보며 크게 괴성을 질렀다. 그 괴성 속에는 뭔가 명령이나 충고 같은 것이 담겨 있었다. 그중 어느 쪽인지, 게롤트로선 알 수가 없었다.

"저쪽으로 가!"

예니퍼는 그녀가 계단 벽에 마법으로 만든 마법의 문을 가리키며 소리쳤다. 수호정령이 만든 문과 비교해 볼 때, 예니퍼의 것은 초라하고 보잘 것 없어서 그저 임시로 변통한 문처럼 보였다.

"저쪽으로, 게롤트! 달아나!"

"당신과 함께 가지 않는다면 절대로!"

예니퍼가 손동작을 하면서 주문을 외치자, 파지지 하는 소리와 함께 불꽃이 다양한 빛깔로 품어져 나왔다. 지니가 팽이처럼 빙빙 돌면서 주위를 돌아다니자, 그를 묶은 끈이 팽팽해지면서 길게 늘어졌다. 천천히 하지만 끊임없이 놈은 예니퍼에게 다가오고 있었다. 예니퍼는 여전히 뒤로 물러서지 않았다.

게롤트가 재빨리 달려와 능숙하게 한쪽 다리를 그녀에게 걸었다. 그러곤 한 손으로는 그녀의 허리띠를, 다른 한 손으로는 그녀의 머리카락을 움켜쥐었다. 예니퍼는 심한 욕설을 내뱉으면서 팔꿈치로 그의 목을 가격했다. 그는 여전히 팔을 풀지 않았다. 예니퍼의 주문으로 생긴 시원한 공기 냄새도 라일락과 구즈베리 향기를 압도하지는 못했다.

게롤트는 예니퍼의 버둥거리는 다리를 바닥에서 힘껏 잡아끌어 그녀를 안고 곧장 조그마한 마법의 문에 희미하게 어른거리는 허공으로 뛰어들었다.

도착지를 알 수 없는, 미지의 곳으로 이끄는 마법의 문으로.

서로를 꽉 껴안은 채 대리석 바닥으로 나동그라진 그들은 미끄러지면서 거대한 촛대를, 그리고 곧바로 식탁을 넘어트렸다. 그 바람에 와장창 소리와 함께 식탁 위에 있던 크리스털 잔들이며, 과일을 담은 접시들 그리고 잘게 부순 얼음과 해초, 굴들로 가득 찬 엄청 큰 대접이 떨어졌다. 누군가 꽥꽥 큰 소리를 질러대기 시작했다. 그들이 떨어진 곳은 샹들리에의 밝은 빛이 비치는 무도회장 한가운데였다. 고급스러운 복장을 한 신사들과 보석으로 번쩍이는 부인들이 춤을 멈추고 당황하여 아무 말도 하지 못하고 그들을 바라보았다. 이층에서 연주하던 악단이 귀가 찢어질 듯한 불협화음을 내며 연주를 멈췄다.

"너 이 멍청이!"

예니퍼가 소리를 지르며 그의 눈을 할퀴려 했다.

"이 바보 같은 놈! 일을 다 망쳐 버렸잖아! 놈을 거의 잡았는데!"

"어림 반 푼 어치도 없는 소리!"

그는 정말 화가 나서 큰 소리로 맞받아쳤다.

"기껏 목숨을 구해 주었더니, 멍청한 마녀 같으니라고!"

잔뜩 화가 난 고양이처럼 쌕쌕거리는 그녀의 손에서 불꽃이 뿜어져 나왔다. 게롤트는 얼굴을 돌리면서 그녀의 두 손목을 잡았다. 그와 동시에 그들은 굴과 설탕에 절인 과일들, 잘게 부순 얼음들 한가운데에서 싸우기 시작했다.

"뭐 원하시는 것이라도 있습니까?"

시종인 듯 보이는 한 품위 있는 한 남자가 억지로 인내하는 표정으로 그들을 내려다보며 물었다.

"꺼져, 이 바보 같은 놈!"

예니퍼가 게롤트의 눈을 할퀴려고 계속 시도하면서 거칠게 내뱉었다.

"이건 결코 용납할 수 없는 일이오."

시종은 힘을 주어 말했다.

"진실로, 그대들의 공간이동은 도가 지나치오. 나는 마법사 협회에 이의를 제기할 것이오. 내가 요구하는 것은……."

그들은 시종이 원하는 것이 무엇이었는지 다시는 들을 수가 없었다. 게롤트의 손에서 벗어난 예니퍼가 철썩 소리가 날 정도로 게롤트에게 따귀를 올려붙이고, 그의 장딴지를 발로 힘껏 걷어찬 다음 벽에 희미하게 남아 있는 마법의 문 속으로 뛰어들었던 것이다. 게롤트는 쏜살같이 그녀의 뒤를 따라가 숙련된 손놀림으로 그녀의 머리카락과 허리띠를 잡았다. 그러나 예니퍼 역시 숙련된 솜씨로 팔꿈치를 들어 그를 가격했다. 격렬한 동작으로 그녀의 겨드랑이 아래쪽 옷이 찢어지면서 그녀의 처녀 같은 아담한 가슴이 드러났다. 찢어진 틈새로 굴 하나가 튀어나왔다.

그들은 함께 마법의 문의 허공으로 떨어졌다. 게롤트의 귀에 시종의 목소리가 들렸다.

"음악! 계속 연주하시오! 아무 일도 아닙니다. 부탁이니 이런 유감스런 돌발 사태에 대해 흥분하지 마시길 바랍니다!"

게롤트는 마법의 문으로의 여행이 거듭될수록 재난을 당할 위험 역시 늘어난다는 확신이 들었다. 그리고 그의 예상은 빗나가지 않았다. 그들은 목적지인 에르딜의 여인숙에 도착했다. 하지만 그들의 몸이 튀어나온 곳은 천장 바로 밑이었다. 떨어지면서 그들은 계단 난간을 박살내고는 귀가 먹먹해질 정도로 강한 소리를 내며 탁자 위로 떨어졌다. 탁자는 당연히 지탱할 수가 없었고 또 지탱해 주지도 않았다.

떨어지는 순간 예니퍼가 아래에 깔렸다. 그는 그녀가 정신을 잃었을 거라고 확신했다. 하지만 그의 생각은 빗나갔다.

그녀는 주먹으로 그의 눈을 보기 좋게 한 대 갈기면서 그의 얼굴에 대고 온갖 악담을 퍼부었다. 그런 악담은 천하의 제일가는 악담가였던 난쟁이 매장꾼의 입에서나 나올 법한 것들이었다. 악담과 함께 화가 나서 어쩔 줄 모르는 가운데 아무렇게나 되는 대로 휘두르는 주먹질이 더해졌다. 게롤트는 그녀의 양손을 잡고는 그녀의 박치기를 피하기 위해 예니퍼의 깊이 파인 가슴골 부근에 얼굴을 밀착시켰다. 라일락과 구즈베리 그리고 굴 냄새가 풍겼다.

"이것 놔!"

그녀는 노새처럼 발길질을 하며 부르짖었다.

"이 바보, 천치, 멍청이 같은 놈! 이것 놓으라고 말했잖아! 곧 묶인 끈이 끊어질 거야, 그걸 튼튼하게 해야 한다고, 안 그러면 지니가 도망갈 거라고!"

그는 무슨 말을 하고 싶었지만 아무 말도 하지 않았다. 그는 그녀를 더 세게 잡으면서 바닥에 누르려고 힘을 썼다. 예니퍼는 심한 욕설을 내뱉으면서 몸을 돌려 있는 힘을 다해 무릎으로 그의 가랑이를 찼다. 게롤트에게서 벗어난 그녀는, 그가 다시 숨을 고르기도 전에 주문을 외쳤다. 순간 그는 가공할 만한 힘이 그를 바닥에서 들어 올려 홀의 이쪽 끝에서 저쪽 끝까지 날려 버린다는 느낌이 들었다. 그 다음, 그는 숨이 막힐 정도의 충격으로 나무 장식장에 부딪히면서 그야말로 장식장을 산산조각 내버렸다.

IX

"저쪽에 무슨 일이 생겼소?"

단델라이언은 창턱에 달라붙어 주룩주룩 내리는 소낙비를 뚫고 창 너머의 상황을 보기 위해 목을 쭉 뺐다.

"저기 무슨 일이 벌어지는지 말해달라니까, 이런 제기랄!"

"그들이 서로 치고받으면서 싸우고 있어요!"

멍하니 입을 벌리고 보고 있던 떠돌이 소년 하나가 크게 소리치는 여인숙 창가에서 뒤돌아 뛰어왔다. 다 해진 옷을 입고 있던 아이의 친구는 몸을 돌려 달아나기 시작했다. 아이의 맨발이 진창에 닿으며 철벅철벅 소리를 냈다.

"그 위쳐하고 여자 마법사가 치고받으면서 싸우고 있다고요!"

"둘이서 치고받으면서 싸우고 있다고?"

네빌레 시장이 놀라며 말했다.

"저 망할 놈의 악마가 내 도시를 부수고 있는데, 치고받으면서 싸우고 있어? 저것 봐, 저놈이 또 굴뚝 하나를 무너뜨렸잖아! 어, 저 굴뚝 공장에서 불꽃이 보이잖아! 어이, 자네들! 저기로, 빨리! 어, 다행이네, 비가 오는군! 안 그랬으면 삽시간에 불바다가 되었을 거야!"

"오래 걸리지는 않을 겁니다."

크레프 사제가 우울한 목소리로 말했다.

"마법의 빛이 약해지고 있으니, 지니를 묶은 끈이 곧 끊어질 겁니다, 네빌레 시장님! 사람들에게 피하라고 명령하십시오! 저곳은 곧 지옥처럼 변할 겁니다! 저 집은 잘 해야 벽돌조각 몇 개밖에 남지 않을 겁니다! 에르딜 씨, 그대는 왜 웃는 거요? 당신 집이잖소. 뭐가 그렇게 기쁘시오?"

"그 낡은 집에 보험을 많이 들어놨거든요!"

"그 보험, 마법이나 초자연적인 현상에도 적용이 되나요?"

"물론이죠."

"현명하군요, 엘프 양반. 아주 현명해요. 축하하오. 어이, 당신들, 피해요! 살고 싶으면 가까이 가지 마시오!"

에르딜의 택지 안쪽에서 귀가 멀 정도로 강한 소리가 울렸고 번개가 번쩍였다. 구경꾼들이 뒤로 물러서서 기둥 뒤로 숨었다.

"게롤트는 왜 저기서 돌아다니는 거야?"

단델라이언이 신음하며 말했다.

"도대체 왜, 제기랄! 왜 그 여자 마법사를 구하겠다고 이 난리를 치는 거야? 제길, 왜냐고? 키레아단, 당신은 이해하겠소?"

키레아단은 슬픈 빛을 띠며 미소 지었다.

"난 이해하지요, 단델라이언."

그가 말했다.

"이해하고말고요."

X

게롤트는 예니퍼의 손가락에서 뿜어져 나온 붉은 오렌지 빛의 불화살을 가볍게 건너뛰며 피했다. 그녀는 눈에 띄게 지쳤고, 화살들이 힘없이 천천히 날아왔다. 게롤트는 쉽게 그것들을 피할 수 있었다.

"예니퍼!"

그가 소리쳤다.

"진정해요! 내가 당신에게 하려는 말이 뭔지 제발 좀 알아들어요! 당신은 할 수 없……."

그는 말을 맺지 못했다. 예니퍼의 양손에서 가느다랗고 붉은 불빛이 번쩍이더니 그의 몸 여러 군데를 맞추면서 글자 그대로 그를 에워쌌다. 지지직, 하는 소리와 함께 그의 옷에서 연기가 나기 시작했다.

"내가 할 수 없다고?"

예니퍼는 씩씩대며 그를 내려다보면서 말했다.

"내가 뭘 할 수 있는지는 곧 보게 될 거다. 너는 거기 누워서 나를 더 이상 방해만 하지 않으면 된다."

"이거 좀 치워!"

그는 불의 천에 덮인 채 버둥거리며 부르짖었다.

"타 죽겠다고, 제기랄!"

"가만히 누워 있는 게 좋을 거야."

그녀가 힘겹게 숨을 쉬면서 그에게 충고했다.

"네가 움직일 때만 불타오르니까…… 더 이상 너랑 노닥거릴 시간이 없어, 위쳐. 우리 멋지게 한판 붙었잖아? 하지만 너무 심하면 건강에 해로워. 나는 지니하고 상대해야 해. 놈은 나에게서 도망가려고 안달복달이니까."

"그놈이 도망가?"

게롤트가 소리쳤다.

"도망가야 할 건 당신이라고! 그 지니는…… 예니퍼, 내 말을 잘 들어봐. 당신한테 고백할 게 있으니까…… 내가 사실대로 말해줄 테니까 놀라지 말라고!"

XI

지니는 이리저리 끈을 잡아끌면서 소용돌이쳤고 그 바람에 그를 붙잡아 두었던 줄들이 팽팽해지며, 뷰 베란트의 집에 붙어 있던 작은 탑들을 쓸어 버렸다.

"아마도 지금 울부짖는 중일 거야!"

단델라이언은 본능적으로 그의 목을 잡으며 말했다.

"아주 심하게 울부짖고 있을 거라고! 정말 미칠 듯이 화가 난 것 같은데!"

"그렇소."

크레프 사제가 말했다. 키레아단이 그를 힐끗 보았다.

"뭐요?"

"저놈은 잔뜩 화가 나 있소."

크레프가 반복해 말했다.

"놀라운 일도 아니지 않소. 나라도 몹시 화가 났을 거요. 만일 내가 위쳐가 우연히 발설한 그 첫 번째 소원을 속속들이 들어줬어야 됐다면 말이요."

"무슨 말이요?"

단델라이언이 소리쳤다.

"게롤트가? 소원이라고요?"

"수호정령을 가둬 두었던 그 봉인을 가지고 있었던 건 바로 그요. 지니가 소원을 들어준 자는 단델라이언 당신이 아니라 위쳐였소. 위쳐가 말한 첫 번째 소원은 지니에게 썩 꺼져서 음…… 뒤에 한 말은 중요한 게 아니니까, 아무튼 썩 꺼지라는 말이 첫 번째 소원이 된 것이오. 그래서 예니퍼가 지니를 복종시키지 못하는 겁니다. 그러나 그녀에게 말하면 안 돼요. 설사 위쳐 자신이 이미 그걸 알아냈다 해도 말입니다. 그녀에게 그걸 말해선 안 됩니다."

"제길!"

키레아단이 중얼거렸다.

"이제야 알 것 같군. 감옥 안의 그 초병…… 그자는 터져 버렸지요."

"그게 위쳐의 두 번째 소원이었던 거요. 이제 하나가 남았소. 마지막 소원이. 하지만 신이시여, 위쳐는 그걸 예니퍼에게 말해선 절대 안 됩니다!"

XII

예니퍼는 게롤트의 위에서 몸을 숙인 채 미동도 않고 있었다. 여인숙 지붕 위에서 끈을 잡아당기며 요동치는 지니는 안중에도 두지 않았다. 건물이 진동하면서 천장에서 석회와 나뭇조각이 떨어졌고 가구들이 경련하듯 떨면서 바닥 위를 움직였다.

"그래서 그랬군."

그녀가 쉿소리를 내며 말했다.

"축하해. 나를 잘도 속여먹었군. 단델라이언이 아니라 당신이었다니. 그래서 지니가 그렇게 싸울 수가 있었던 거군! 하지만 난 아직 지지 않았어, 게롤트. 당신은 나를 얕보고, 또 내 능력을 얕보고 있어. 그래도 아직 지니는 내 수중에 있어, 당신도 마찬가지고. 아직 한 가지 소원이 남았다고, 마지막 소원이. 그렇다면 어서 마지막 소원을 말해. 그러면 지니가 풀려나겠지. 그러고 나야 내가 놈을 병 속에 넣을 테니까."

"그러기엔 이제 당신 힘이 충분치가 않아, 예니퍼."

"당신은 내 능력을 얕보고 있어. 소원을 말해, 게롤트!"

"아니, 예니퍼. 난 할 수 없어…… 지니는 소원을 들어주겠지. 하지만 당신을 용서하진 않을 거야. 자유로운 몸이 되면 지니는 당신을 죽일 거야, 당신에게 복수할 거라고…… 당신은 놈을 잡을 수도 없고, 스스로를 방어할 수도 없을 거야. 당신은 탈진 상태야! 버티고 서 있지도 못하잖아. 고집부리다 죽을 수도 있어, 예니퍼."

"그건 내가 감수해야 할 위험이야."

그녀는 분노하며 소리쳤다.

"내가 어떻게 되던, 당신이 무슨 상관이야? 차라리 지니가 당신에게 줄 수 있는 게 무엇인지나 생각하라고! 당신한텐 아직 소원이 하나 남아 있으니까! 당신이 원하는 걸 빌 수 있다고! 이 기회를 이용해! 그걸 이용하라고, 위쳐! 당신은 모든 걸 가질 수 있어! 모든 걸 말이야!"

XIII

"그들이 둘 다 죽게 된다고요?"

단델라이언이 울부짖으며 말했다.

"왜지요? 크레프님, 아니면 당신이 어떻게 한 건…… 왜지요? 하지만 그 친구는 왜 도망가지 않는 거요? 왜? 대체 왜 그가 거기에 있는 겁니까? 왜 그는 그 빌어먹을 마녀를 운명에 맡겨두고 도망가지 않는 거요? 이건 말도 안 되는 짓이요!"

"당연히 말도 안 되지요."

키레아단이 씁쓸하게 말했다.

"이건 자살 행위요! 게다가 웃기는 짓이라고!"

"그건 그의 직업이요."

네빌레 시장이 반론을 제기하며 말했다.

"위쳐는 우리 도시를 구하는 중이요. 만일 그가 예니퍼를 이기고 그 악령을 물리친다면, 난 그에게 큰 보상을 내릴 것이요. 신들이 내 증인이 되어 줄 것이오."

단델라이언은 왜가리 깃이 달린 모자를 머리에서 잡아채어 그 위에 침을 뱉고는 모자를 쓰레기가 있는 곳에 던져 버렸다. 그런 다음, 온갖 언어로 온갖 단어를 반복하면서 그것을 짓밟아댔다.

"하지만 그는……."

갑자기 단델라이언이 신음하듯 말했다.

"그에겐 아직 소원 하나가 남아 있잖아요! 그 자신도 또 그녀도 구할 수 있지 않을까요? 크레프님!"

"그게 그렇게 간단하지가 않아요."

사제는 곰곰이 생각하며 말했다.

"하지만 만약 그가…… 만약 그가 적합한 소원을 말한다면…… 만약 그가 어떻게 해서든 자신의 운명을 그녀의 운명과…… 아니, 나는 그가 그렇게까지 하리라고는 생각지 않소. 그리고 그렇게 하지 않는 편이 훨씬 더 나을 것이요."

XIV

"소원을 말해, 게롤트! 빨리! 뭘 원하는 거야? 영생? 부? 명예? 권력? 힘? 지혜? 빨리, 시간이 얼마 없어!"

그는 아무 말도 하지 않았다.

"인간이 되는 것."

갑자기 그녀는 추한 조롱의 미소를 지으며 말했다.

"내가 알아맞혔군, 안 그래? 그게 바로 당신의 소원이었어. 그걸 꿈꾸고 있는 거야! 속박에서 벗어나는 것, 자유. 당신이 되어야 하는 사람이 아니라 당신이 되고 싶은 사람이 되는 것, 그걸 꿈꾸고 있었던 거야. 그런 소원이라면 지니가 들어줄 거야. 게롤트, 말하라고!"

하지만 그는 아무 말도 하지 않았다.

예니퍼는 게롤트의 위에서 깜박거리는 마법 구슬의 빛을 받으며 서 있었다. 마법의 빛을 받아 지니를 묶고 있는 광선들 한가운데에 그녀가 서 있었다. 풀어헤친 머리와 불타는 보라색 눈, 꼿꼿한 자세에 날씬한 몸매, 검은 머리카락, 끔찍하고도 아름다웠다.

그녀는 그가 있는 쪽으로 온몸을 숙여 코앞에 닿을 정도로 가까이에서 그의 두 눈을 바라보았다. 라일락과 구즈베리 향기가 났다.

"아무 말도 하지 않는군."

그녀가 신경질적으로 말했다.

"무엇을 원하는 거지, 위쳐? 당신의 가장 내밀한 소원이 뭐냐고? 모르는 거야, 아니면 결정할 수 없는 거야? 당신의 내면에서 잘 찾아 봐, 깊은 곳까지 샅샅이 말이야. 내 힘의 신에 대고 맹세컨대, 이런 기회는 두 번 다시 오지 않을 테니까."

불현듯 그는 진실을 깨달았다. 그는 알 수 있었다. 그녀가 과거에 어떤 사람이었는지 알 수 있었다. 그녀가 기억하고 있는 것이 무엇인지, 그녀가 잊지 못한 것이 무엇인지, 그녀의 삶을 유지시켜 주었던 것이 무엇인지 알게 된 것이다. 마법사가 되기 전 그녀가 정말로 어떤 사람이었는지.

이 모든 것이 몸을 굽히고 그를 바라보는 여자의 차가우면서도 사물을 꿰뚫어보는, 또한 악하면서도 현명한 눈에 드러났던 것이다.

불안이 그를 엄습했다. 아니, 진실에 대한 불안은 아니었다. 그의 불안은 그녀가 그의 생각을 읽지나 않을까 그리고 그가 깨달은 것을 그녀가 알게 되지 않을까 하는 데서 오는 것이었다. 그렇게 되면 그녀는 그를 결코 용서하지 않을 것이다. 그는 마음속의 이런 생각을 가라앉히고, 지워버리고, 흔적도 없이 영원히 기억에서 쫓아버렸다. 그러자 엄청난 안도감이 찾아왔다. 그리고 그가 느낀 것은……

천장이 열렸다. 이미 빛을 잃어가는 광선의 그물에 휩싸인 채 지니가 소리를 지르며 곧장 그녀에게로 달려들었다. 그 소리에는 승리의 환희와 광기 어린 살기가 담겨 있었다. 예니퍼도 그에게 맞서 달려 나갔다. 그녀의 손에서 빛이 뿜어져 나왔다. 매우 약한 빛이었다.

지니가 아가리를 열고 그녀를 향해 앞발을 뻗었다. 그 순간 게롤트는 불현듯 자신이 알고 있다는 걸 깨달았다. 자신이 소망하는 것이 무엇인지를.

그리고 그는 소원을 말했다.

XV

집이 폭발했다. 기와며 들보며 널빤지 같은 것들이 휘돌아 올라가면서 먼지와 불꽃의 구름을 이루었다. 소용돌이 속에서 지니가 튀어나왔다. 크기가 꼭 헛간 크기만 했다. 괴성과 함께 승리를 기뻐하는 천둥 같은 웃음소리가 들려왔다. 공기의 수호정령 지니는 이제 어떠한 의무도 없고, 그 누구의 의지에도 묶이지 않은 자유의 몸이 되어 도시 위를 세 번 돌았다. 그러면서 마지막으로 시청의 탑 꼭대기를 무너뜨리고는 하늘로 높이 솟아올라 멀리 날아갔다. 사라진 것이다.

"놈이 도망갔다! 지니가 도망갔다고!"

크레프 사제가 소리쳤다.

"위쳐가 해냈어! 지니가 날아가 버렸어! 이젠 아무도 위험하지 않을 거야!"

"아!"

에르딜이 기쁜 마음을 고스란히 드러낸 채 말했다.

"세상에 이렇게 멋진 폐허가 또 있을까!"

"제기랄, 제기랄!"

단델라이언이 창턱을 뒤로 하고 고개를 숙인 채 소리를 질렀다.

"놈이 집을 완전히 박살내 버렸어! 살아남은 사람이 아무도 없을 거야! 아무도 없을 거라고!"

"위쳐 리비아의 게롤트는 이 도시를 위해 자신을 희생하였다."

네빌레 시장이 장엄하게 선포했다.

"우리는 이것을 잊지 않고 그에게 경의를 표할 것이다. 우리는 기념비를 세우는 것도 고려해 볼 것이다. 그리고……."

단델라이언이 손을 들어 어깨에 붙어 있던 점토가 엉겨 있는 갈대 하나를 잡아뗀 다음, 밤스에 붙은 비에 젖어 벗겨진 회벽 파편들을 톡톡 쳐서 떨어트렸다. 그러곤 시장을 보면서 세련되게 선택된 단어들을 구사하여 희생과 경의, 추모 그리고 세계의 온갖 기념비들에 관한 그의 생각을 피력하였다.

XVI

게롤트는 주위를 둘러보았다. 지붕에 생긴 구멍에서 물방울이 천천히 떨어지고 있었다. 온 사방에 건물 잔해와 부러진 목재들이 엉망으로 널브러져 있었다. 그런데 이상하게도 그들이 쓰러져 있는 자리는 아주 깨끗한 상태였다. 거기에는 나뭇조각 하나, 벽돌 조각 하나 떨어지지 않았던 것이다. 마치 보이지 않는 방패가 그들을 막아준 것 같았다.

간신히 몸을 일으킨 예니퍼는 약간 상기된 얼굴이었다. 그녀는 그의 옆에서 무릎을 세우고 양손을 허벅지에 의지했다.

"위쳐."

그녀가 쉰 목소리로 말했다.

"살아 있어?"

"살아 있지."

게롤트는 얼굴에서 석회와 먼지를 닦아내면서 숨을 거칠게 내셨다. 예니퍼는 천천히 그의 손등에 자기 손가락을 대고 조심스럽게 어루만졌다.

"내가 당신에게 화상을 입혔어……."

"별거 아니야. 물집이 몇 개 생긴 것 외에는……."

"미안해. 그거 알아? 지니가 사라졌어, 영원히."

"그래서 아쉬워?"

"그다지."

"다행이군. 날 좀 도와 줘, 일어나게."

"잠깐만."

그녀가 속삭였다.

"당신의 소원 말인데…… 당신이 무슨 소원을 말하는지 들었어. 그걸 들었을 때, 난 그저 어안이 벙벙했어. 다른 모든 건 다 예상했지만 당신이 그런…… 소원을……. 왜…… 왜 나지?"

"그걸 모르겠어?"

그녀는 그에게로 몸을 굽히고 그를 어루만졌다. 그는 그녀의 머리카락이 자신의 얼굴을 스치는 것을 느꼈다. 라일락과 구즈베리 냄새가 났다. 그 순간 그는 이 향기,

이 부드러운 어루만짐을 결코 잊지 못하리라는 것을 알 수 있었다. 다른 그 어떤 향기도, 다른 그 어떤 애무도 그녀의 것과 비교할 수 없으리라는 것도.

예니퍼가 그에게 키스를 하자, 그는 자신이 이제 그녀의 입술 외에는 더 이상 그 어떤 입술도 원하지 않게 되리라는 걸 깨달았다. 그녀의 입술은 너무나도 연하고 촉촉했고, 달콤한 루주 맛이 났다. 그 순간 그는 문득 지금 이 순간부터는 오로지 그녀밖에 그의 마음에 들어올 사람이 없으리라는 생각이 들었다. 그녀의 목, 어깨 그리고 검은 옷에서 드러난 가슴, 그녀의 부드럽고 차가운 피부……. 지금까지 만져본 그 어떤 여인의 것과도 비교할 수 없었다. 그는 가까이에서 그녀의 보랏빛 눈을 바라보았다. 온 세상에서 가장 아름다운 눈. 그는 두려웠다. 바로 이 눈이 그에게…… 그에게 전부가 될 것이다. 그는 그것을 알 수 있었다.

"당신의 소원 말이야……."

예니퍼는 입술을 그의 귀에 바짝 대고 속삭였다.

"그 소원이 이루어질지 난 잘 모르겠어. 자연 속에 그런 소원을 들어줄 능력 있는 힘이 존재할지 그것도 모르겠어. 만약 존재한다면 당신은 소원을 통해 당신 자신에게 유죄판결을 내린 거야. 나에게 오도록 판결을 내린 거라고."

그가 키스로 그녀의 말을 끊었다. 포옹과 어루만짐, 상냥함과 애무가 이어졌다. 그는 있는 그대로의 그를 쏟아부었고, 모든 상념에 오늘의 유일한 생각을 더하였다. 모든 것, 모든 것, 모든 것을 다했다. 그들의 신음소리와 바닥에 던져진 옷에서 나는 바스락거리는 소리가 주위의 정적을 깼다. 그것도 아주 부드럽게. 그들은 아주 여유로우면서도 세심했고 서로를 살뜰히 챙기며 서로의 감정에 몰입했다. 비록 둘 다 신중함과 감정이입의 의미가 무엇인지는 잘 몰랐지만 그들은 그렇게 할 수 있었다. 그들이 그것을 간절히 원했기 때문이다. 그리고 그들에겐 서둘러야 할 이유가 없었다. 세상은 이제 그들을 위해 존재하지 않았다. 아주 잠시였지만, 세상사는 뒤로 미루어두었다. 그 짧은 순간이 그러나 그들에겐 영원처럼 느껴졌다. 아니, 정말로 영원 그 자체였다.

그런 후에 세상이 다시 존재하기 시작했다. 하지만 그 세상은 완전히 달라진 세상이었다.

"게롤트?"

"음?"

"이젠 어떻게 될까?"

"모르겠어."

"나도 그래. 있잖아, 난…… 난 잘 모르겠어. 나에게 오도록 결정을 내린 것이 과연 할 만한 결정이었는지. 나는 할 수 없을 거야. 잠깐, 뭐 하는 거야? 내가 말하려고 하잖아……."

"예니퍼…… 옌."

"옌."

그녀가 그의 말을 따라하였다. 그리고 그에게 완전히 몸을 맡겼다.

"지금까지 그런 식으로 날 부른 사람은 아무도 없었어. 다시 한 번 불러줘, 응?"

"옌."

"게롤트."

XVII

비가 그쳤다. 린데 시 창공에 구름이 뭉쳤다가 이내 흩어져 다채로운 곡선을 그리며 하늘을 따라 움직였다. 구름은 폐허가 된 여인숙 지붕에서 방금 피어오른 것처럼 보였다.

"세상에."

단델라이언이 중얼거렸다.

"어떻게 이렇게 조용할까…… 내 그대들에게 확실히 말해 두겠는데, 두 사람이 살아 있을 리가 없어요. 둘이 서로를 죽였거나 아니면 나의 지니가 그들을 끝내 버렸거나, 둘 중의 하나일 거요."

"그건 두고 볼 일이지요."

브라티미르가 구겨진 모자로 이마를 닦으며 말했다.

"그들이 부상을 당했을지도 몰라요. 혹시 의사를 불러야 하는 건 아닐까요?"

"차라리 매장꾼을 부르는 편이 나을 걸세."

크레프가 확신하며 말했다.

"난 그 여자 마법사를 잘 알지. 그리고 위처는 악마도 두려울 게 없었지. 어찌됐건 간에, 묘지에 무덤 두 개를 마련해야 해. 그리고 그 예니퍼는 매장하기 전에 사시나무 말뚝을 박아 넣어야 되고."

"어떻게 이렇게 조용할까."

단델라이언이 반복해 말했다.

"아까 전까지만 해도 서까래가 날아다녔는데 지금은 바람 한 점 없네."

그들은 신경을 곤두세우고 천천히 폐허가 된 여인숙으로 다가갔다.

"목수에게 관을 만들라고 해야겠군."

크레프가 말했다.

"목수에게 말해서……."

"조용!"

에르딜이 그의 말을 끊었다.

"무슨 소리가 들렸어요. 무슨 소리였지, 키레아단?"

키레아단은 뾰족하게 튀어나온 귀 뒤로 머리카락을 넘기고 고개를 기울였다.

"잘 모르겠는데…… 더 가까이 가보자."

"예니퍼가 살아 있어."

갑자기 단델라이언이 말하면서 자신의 음악적 청각을 한껏 곤두세웠다.

"그녀의 신음소리가 들렸어. 어, 신음소리가 또 들리네!"

"음."

에르딜이 거들었다.

"나도 들었어요. 그녀가 신음소리를 냈어요. 무서운 고통에 시달리는 게 틀림없어요. 키레아단, 어디 가는 거야? 조심해!"

키레아단은 깨진 창문으로 안을 들여다 본 후에 뒤로 물러섰다.

"갑시다."

그가 짧게 말했다.

"그들을 방해하지 않는 게 좋겠습니다."

"그들? 그러니까 두 명 다 무사하다는 말인가요? 키레아단? 그들이 거기서 무얼 하나요?"

"갑시다."

키레아단이 반복해 말했다.

"잠시 그들을 그냥 놔두도록 하지요. 저들은 남겨두고 가야 할 것 같습니다. 예니퍼와 게롤트, 그리고 그의 마지막 소원 말이오. 어디 주점에나 가서 기다리도록 하지요. 그렇게 오래 기다릴 것까진 없을 겁니다, 그들이 우리에게로 오려면요."

"그들이 거기서 뭘 하냐니까요?"

단델라이언은 알고 싶어 했다.

"어서 말해 보시오, 제기랄!"

키레아단은 미소를 지었다, 아주, 아주 슬픈 얼굴로.

"난 이런저런 미사여구 섞어서 말하는 걸 안 좋아해요."

그가 말했다.

"그런데 어쩌지요? 그런 긴 미사여구가 없으면 이 얘길 할 수 없으니."

이성의 목소리
7

I

 숲 속의 빈터에 투구만 빼고 완전무장한 팔비크가 기사단 외투를 어깨 너머로 젖히고 서 있었다. 그 옆에 힘이 세고 수염이 덥수룩한 난쟁이가 여우 외투에, 사슬 갑옷을 입고 역시 철고리가 달린 사슬 투구를 쓰고 팔짱을 끼고 서 있었다. 타일레스는 전혀 무장하지 않은 몸이었다. 그는 박음질한 짧은 조끼만 걸친 채 이리저리 오가다 가끔 번쩍이는 검을 들어 올렸다 내리곤 했다.
 게롤트는 고삐를 당겨 말을 멈추고 주위를 둘러보았다. 주변에선 용병들의 갑옷과 챙 달린 철 투구가 번쩍이고 있었다. 빈터를 둘러싼 그들은 창으로 무장하고 있었다.
 "제기랄."
 게롤트가 중얼거렸다.
 "이건 미처 생각하지 못했군."
 말을 돌린 단델라이언이 그들의 뒤에 서 있는 창 든 사람들을 보며 낮은 소리로 욕설을 내뱉었다.
 "무슨 일이야, 게롤트?"
 "아무 일도 아니야. 혀 좀 그만 놀리고 껴들지 마시게, 친구. 어떻게 해서든지 여기서 빠져나가려고 하는 중이니까."
 "무슨 일이냐고 묻고 있잖아. 또 새로운 모험의 시작인가?"

"입 좀 다물게."

"말을 타고 도시로 가자는 건 멍청한 생각이었어."

단델라이언이 신음하면서 나무들 너머로 보이는, 멀지 않은 곳에 있는 성전의 탑들을 쳐다보았다.

"그냥 네네케 집에 앉아서 바깥일에 관여하지 않았어야 했는데……."

"입 좀 다물고 있으라고 하지 않나. 모든 일이 잘 풀리는 걸 보게 될 거야."

"그럴 것 같지 않은데."

단델라이언이 옳았다. 그럴 것 같지 않았다. 타일레스는 갑옷은 입지 않았지만 짧은 누비 더블릿을 입고 있었다. 그는 천천히 걸음을 옮기며 이따금 뽑은 검을 휘둘렀다. 용병들은 창에 몸을 기댄 채 무료하고 태무심한 표정으로 그냥 바라보고만 있었다. 인간을 죽이는 것쯤은 조금의 아드레날린도 분출되지 않는다는 듯 무료하고 지루해 보였다.

그들이 말에서 내렸다. 팔비크가 난쟁이가 느린 걸음으로 다가왔다.

"그대는 고귀한 타일레스를 모욕했소, 위쳐."

백작은 통상적인 예의를 갖추지 않고 다짜고짜 말했다.

"그리고 그대도 분명 기억하겠지만, 타일레스가 그대에게 결투를 신청했소. 성전 구역은 그대의 버릇을 가르치기에 적당한 곳이 아니었소. 그래서 우리는 그대가 여사제의 치마폭에서 기어 나오기만을 기다렸소. 타일레스가 기다리고 있소. 그대 둘이 결투를 치러야 하오."

"꼭 그래야 합니까?"

"그래야만 하오."

"이렇게 생각해 보신 적은 없습니까, 팔비크 백작님."

게롤트는 삐딱하게 그를 보며 웃었다.

"그 고귀한 타일레스께서 나에게 지나친 영광을 베풀어 주신 건 아닌지? 나는 아직 한 번도 기사로 봉해지는 영광을 받은 적이 없소. 또한 내 출생에 관해서도 그렇소. 그러나 그에 관한 자잘한 이야기는 생략하도록 하겠소. 어쨌든 내가 걱정스러운 것은 내 자격이 충분치가 않다는 것이오. 그걸 하기에는…… 그걸 뭐라고 하지, 단델라이언?"

"도전을 받아들이고, 명예회복을 할 자격이 없음."

단델라이언은 입술을 쭉 내밀고 낭랑한 목소리로 읊어대기 시작했다.

"기사의 명예법전에 의하면……."

"기사단 참사회는 기사의 고유법전을 준수하오."

팔비크가 그의 말을 가로막았다.

"그대가 기사단의 기사에게 도전을 한다면, 그 기사는 철저히 자기 마음에 따라 그대에게 명예회복을 할 기회를 주거나 그것을 거절할 수 있소. 하지만 반대의 경우는 안 되오. 즉 기사가 그대에게 도전을 하면 그것으로 그 기사는 그대를 자기 신분으로 상승을 시키게 되는 것이오. 물론 모욕에 대한 대가를 치르는 데 필요한 시간 동안만 그런 것이오. 그대는 그것을 거부할 수 없소. 그러한 명예를 거부한다면 그대는 불명예스럽게 될 것이오."

"진짜 논리적이시네요."

단델라이언이 원숭이 표정을 지으며 말했다.

"보아하니 철학을 공부한 모양이십니다, 기사님."

"끼어들지 말게."

게롤트는 고개를 들어 팔비크의 눈을 보며 말했다.

"계속 말하시오, 기사. 나는 그대가 뭘 원하는지 알고 싶소. 내가 만약 불명예스러운 행동을 한다면…… 어떻게 되는 거요?"

"그러면 어떻게 되냐고?"

팔비크는 음흉한 미소를 지으며 입술을 일그러뜨렸다.

"그러면 내가 너를 나무에 매달아 죽이는 거지, 이 개자식아."

갑자기 난쟁이가 목 쉰 소리로 말했다.

"흥분하지 마십시오, 백작님. 그리고 욕하지 마시고요."

"날 가르치려고 하지 마, 크랜머."

팔비크 백작이 계속 밀어붙였다.

"그리고 네가 어떻게 행동해야 할지 명령을 내리는 사람은 바로 나라는 걸 잊지 마."

"날 가르칠 생각은 하지 마시오, 백작."

등 뒤 어깨끈에 꽂힌 양날 도끼에 손을 얹으며 난쟁이가 말했다.

"명령을 어떻게 수행할지는 내가 잘 아니까, 훈계 따윈 필요 없소. 게롤트 선생, 실례하오. 나는 헤레바르트 영주의 초병 대장인 데니스 크랜머요."

게롤트는 뻣뻣한 자세로 몸을 숙이면서, 난쟁이의 눈을 바라보았다. 잿빛 금발의 무성한 눈썹 밑에 강직해 보이는 엷은 회색빛 눈이 보였다.

"타일레스에게 맞서시오, 위쳐 선생."

데니스 크랜미가 낮은 목소리로 말을 계속했다.

"그게 좋을 것이오. 목숨을 건 싸움이 아니라 다만 싸울 능력이 없어질 때까지만 하는 것이오. 그러니 지금 당장 결투에 응해서 그대가 싸울 능력이 없다는 것을 보여주시오."

"뭐요?"

"타일레스 기사는 영주의 총아지."

팔비크가 음흉한 미소를 지으며 말했다.

"네놈이 싸우다가 그를 검으로 스치기만 해도, 위쳐, 넌 벌을 받을 거야. 크랜머 대장이 너를 체포해서 전하의 안전으로 끌고 갈 거라고. 처벌을 받도록 말이지. 이게 그의 명령이야."

크랜머는 팔비크에게 눈길을 돌리지도 않고 그의 냉정하고 강직한 눈으로 흔들림 없이 게롤트를 바라보았다.

게롤트는 나직하지만 상당히 불쾌하다는 듯 웃어 보였다.

"내가 이해한 바로는······."

그가 말했다.

"나는 결투에 응해야 한다. 왜냐하면 내가 거부할 경우, 나무에 매달리게 될 것이기 때문이다. 그리고 내가 싸울 경우, 나는 상대방이 나를 거세하도록 내버려 두어야 한다. 왜냐하면 내가 상대방을 다치게 할 경우, 윤형[1]을 당해 수레바퀴에 깔리게 될 것이기 때문이다. 이 말씀인 거지요? 정말 환상적인 선택사항이군요. 차라리 내가 당신들의 수고를 덜어드리는 게 어떨까요? 내가 그냥 나무에 내 골통을 박아 싸울 능력을 없애 버리도록 하지요. 그러면 그대들의 명예가 회복되시겠습니까?"

"비아냥거리지 마라."

팔비크가 으르렁거렸다.

"네놈 상황만 더 안 좋아질 뿐이니까. 넌 기사단을 모욕했어, 이 몹쓸 놈. 그러니 당연히 벌을 받아야지. 알아듣겠어? 우리의 젊은 타일레스는 위처를 물리쳤다는 명성이 필요한 거야. 그래서 명성에 걸맞은 장면을 원하는 거지. 안 그랬으면 너는 벌써 교수형에 처해졌을 거다. 너를 이기게 해 주면, 네 구차한 목숨은 구하게 되겠지. 네놈의 시체 따위는 우리에게 중요하지 않아. 우리가 원하는 건, 타일레스가 네놈 피부에 칼자국을 몇 번 내는 거다. 게다가 돌연변이인 네놈의 피부는 금방 아물잖아. 그러니 자, 어서 결정해. 네겐 선택의 여지가 없어."

"그렇게 생각하십니까, 백작 나리?"

게롤트는 더욱 표독스러운 미소를 지으며 주위를 둘러보고는, 깔보는 듯한 시선으로 용병들을 둘러보았다.

"제게도 방법이 있어서 말씀입니다."

"그렇겠지, 그야 당연하오."

데니스 크랜머가 시인했다.

"그대에게도 방법은 있소. 하지만 그렇게 되면 피를 보게 될 것이오, 수많은 피를.

---

[1] 수레바퀴로 죄인을 깔아 죽이던 형벌을 뜻한다.

블라비켄에서처럼 말이오. 그대는 그 방법을 선택하려는 거요? 그대의 양심을 피와 죽음으로 오염시키길 원하오? 그대가 생각하는 방법이라는 것이 게롤트 선생, 피와 죽음을 의미하지 않소?"

"그대의 말씀은 놀랍기 그지없군요, 대장님, 정말이지 감동적입니다."

단델라이언이 조롱하는 말투로 말했다.

"언제 살해당할지 모르는 사람을 찾아와서는 인간성과 인정을 운운하고 있으니 말입니다. 듣고 보니, 그대는 지금 이 친구에게 이렇게 부탁하고 계시는군요. 제발 자기를 공격하는 살인자들의 피를 흘리지 않게 해달라고 말입니다. 그에게 병사들을 불쌍히 여겨 달라고 말입니다. 왜냐하면 그 병사들은 가난하고, 처자식이 있는 몸이고, 또 모르긴 몰라도 어쩌면 어머니까지 모시고 있을지도 모르니까요. 하지만 크랜머 대장, 부질없는 걱정이라고 생각지 않으십니까? 그대의 창 든 병사들을 보아하니, 그들은 맨손으로 스트리가 괴물을 불리친 리비아의 게롤트라는 위쳐와 싸운다는 생각만으로도 무릎을 덜덜 떨고 있는 것 같으니까요. 이런 곳에선 전혀 피가 흐르지도 않을 것이고, 아무도 해를 입지 않을 것입니다. 도망가다가 다리가 부러지는 자들을 제외하곤 말이지요."

크랜머가 호전적인 모습으로 수염을 쓰다듬으며 조용히 말했다.

"내가 내 무릎을 탓할 일은 없을 거요. 나는 오늘날까지 그 누구 앞에서도 도망간 일이 없고 이런 내 습관이 바뀌지도 않을 거요. 나는 결혼도 하지 않았고, 아이들에 관해서도 아는 바가 전혀 없소. 그리고 내가 잘 알지도 못하는 작은 여인인 나의 어머니를 이 일에 끌어들이고 싶은 마음도 없소. 하지만 나에게 주어진 명령들은 행할 것이오. 평상시처럼 한 치도 틀림없이 말이오. 그 어떤 감정에도 호소하지 않고 나는 게롤트 선생에게 스스로 결정하라고 부탁하오. 그게 무엇이든 나는 받아들이고 거기에 따라 행동할 것이오."

크랜머와 게롤트, 두 사람은 서로의 눈을 응시하였다.

"그렇다면 좋소."

마침내 게롤트가 입을 열었다.

"그렇게 하도록 합시다. 오늘 같은 날이 오다니 유감이오."

"그러면 동의한 거요."

팔비크 백작이 눈을 번쩍이며 고개를 들었다.

"고귀한 도른달의 타일레스와 결투를 하겠다고?"

"그렇소."

"좋아. 준비하시오."

"난 준비됐소."

게롤트는 소매를 걷었다.

"시간 낭비하지 않도록 합시다. 네네케가 이 일에 관해 알게 된다면 끔찍한 일이 벌어질 테니. 신속하게 끝내도록 하시죠. 단델라이언, 자넨 조용히 있게. 자네와는 상관없는 일이니까. 그렇지 않소, 크랜머 대장?"

"물론이요."

크랜머는 그 말에 확답을 주듯 힘을 주어 말하면서 팔비크를 힐끗 쳐다보았다.

"물론이요, 게롤트 선생. 무슨 일이 벌어지더라도 당신하고만 관계된 일이니까."

게롤트는 어깨 뒤에 찬 검을 빼냈다.

"잠깐."

팔비크가 자기 검을 빼들었다.

"그런 면도칼로 싸울 수는 없지. 내 검을 받아."

게롤트는 어깨를 으쓱했다. 그는 백작의 검을 받아 연습 삼아 자세를 취해 보았다.

"무겁군."

그가 차갑게 내뱉었다.

"꼭 삽질하는 거 같은데."

"타일레스도 똑같은 거요. 균등한 조건이지."

"당신 정말 웃기는 사람이오, 팔비크 백작. 정말이지 대단해."

병사들이 느슨한 사슬 모양으로 빈터를 둘러쌌고, 타일레스와 게롤트는 서로를 마주보며 섰다.

"타일레스님? 뭐 사과 말씀하실 것은 없으신가?"

기사는 입술을 꽉 깨물면서 왼쪽 팔을 등 뒤로 놓고 뻣뻣하게 펜싱 자세를 취했다.

"없소?"

게롤트가 웃었다.

"그대는 이성의 소리를 듣고 싶지 않은가 보군. 유감이네."

타일레스는 몸을 움츠리더니 앞으로 튀어나가면서 번개와 같은 속도로 공격했다. 사전 경고도 없었다. 게롤트는 힘겹게 방어할 필요도 없이 재빨리 몸을 반만 돌려 공격을 피했다. 새로 거창하게 공격 자세를 취한 타일레스의 검이 다시 허공을 갈랐다. 게롤트는 숙련된 솜씨로 한쪽 발끝으로 선회하면서 칼집 아래로 사라졌다가 살짝 옆으로 비켜서는, 짧고 가벼운 속임수 동작으로 타일레스의 리듬을 깨뜨렸다. 타일레스는 욕설을 내뱉고는 도약하면서 오른쪽에서부터 내리쳤다. 그 바람에 잠깐 균형을 잃었지만, 본능적으로 균형을 되찾으려고 노력했다. 그러면서 서툰 솜씨로 검을 높이 들어 자신의 몸을 방어하는 자세를 취했다. 순간 게롤트는 번개와 같은 속도와 힘으로 어깨를 앞으로 한껏 내밀면서 곧바로 내리쳤다. 무거운 검이 날카로운 소리와 함께 타일레스의 검과 부딪혔는데 얼마나 세게 부딪혔는지, 타일레스의 검이 곧바로 밑으로 떨어지면서 그의 얼굴 한가운데를 정통으로 내리쳤다. 타일레스는 무릎을 꿇고 이마를 잔디에 문지르면서 울부짖었다. 팔비크가 그에게 달려갔다. 게롤트가 칼을 바닥에 꽂고는 몸을 돌렸다.

"이봐, 초병들!"

팔비크가 일어서면서 부르짖었다.

"저놈을 잡아라!"

"멈춰! 제자리로."

데니스 크랜머가 거친 소리로 명하고 도끼를 움켜쥐었다. 용병들이 제자리에 굳은듯 멈추었다.

"이건 아니오, 백작."

크랜머가 천천히 입을 열었다.

"나는 언제나 명령에 대해선 한 치도 어김없이 수행하오. 위쳐는 타일레스 기사를 건드리지 않았소. 저 풋내기가 자기 칼에 부딪힌 것일 뿐이오. 운이 좋지 않았던 거요."

"얼굴이 엉망이 되었잖은가! 상처가 평생 남을 텐데!"

"피부는 다시 자라게 마련이오."

데니스 크랜머는 강인한 회색빛 눈을 게롤트에게 고정시키고 이를 환히 드러내면서 말했다.

"기사에게 흉터는 명예로운 기념이며 명성과 칭송의 근원이오. 그건 타일레스가 몹시 원했던 것이기도 하고. 흉터가 없는 기사는 기사가 아니라 졸장부에 불과하오. 그에게 한번 물어보시오, 백작. 그가 기뻐하는 것을 확인해 보시지요."

타일레스는 바닥에서 몸을 뒤틀더니 피를 토하고는 낑낑거리면서 울부짖었다. 전혀 기뻐 보이지 않았다.

"크랜머!"

팔비크가 바닥에서 그의 검을 빼들었다.

"내 맹세코, 너는 반드시 후회하게 될 거다!"

크랜머는 몸을 돌리더니, 뒤에 맨 가죽 띠에서 도끼를 천천히 끄집어내고는 헛기침을 하더니 오른손에 침을 잔뜩 뱉어댔다.

"어이, 백작 나리."

그가 이를 갈며 말했다.

"함부로 맹세하지 마쇼. 난 함부로 맹세하는 사람을 보면 참을 수가 없거든. 헤레바르트 영주께서 내게, 그런 자는 머리를 잘라 버릴 권한을 주셨지. 내 그대의 멍청한 말들은 못 들은 것으로 하겠소. 하지만 두 번 다시 그런 말은 하지 마시오. 내가 좋은 말로 할 때 잘 알아두시오."

"위쳐!"

팔비크가 분노로 부들부들 떨며 게롤트를 돌아보았다.

"엘란더에서 사라져, 지금 당장. 한시도 지체하지 말고!"

"내가 이자의 말에 동의하는 경우가 거의 없는데……."

크랜머가 게롤트에게 가까이 다가가 그의 검을 건네주면서 투덜대듯 말했다.

"어쨌든 이 경우엔 이자가 옳소. 적당히 서둘러 이 지역을 떠나시오."

"그대가 충고하는 대로 하겠소."

게롤트는 등 뒤로 띠를 매면서 말했다.

"하지만 그 전에…… 백작 나리에게 한마디 할 게 있소. 팔비크 백작!"

백작은 초조하게 눈을 껌벅이며 외투에 손을 문질렀다.

"우리 잠깐 당신이 말한 법전의 조항으로 되돌아가 볼까 하는데."

게롤트는 히죽거리지 않으려고 애쓰면서 말했다.

"내가 정말 알고 싶은 게 하나 있소. 당신이 이렇게 법석을 떨며 만들어 낸 저 인물에 대해 내가 혐오감과 모욕감을 느꼈다고 가정합시다. 그래서 내가 당신에게 결투를 신청했다면, 그러면 당신은 어찌하시겠소? 내가 당신과 칼로 겨루기에 충분한 자격을 갖췄다고 보시오? 아니면 거절할 경우 내가 당신을 가치 없는 존재로 여겨, 하인들이 보는 앞에서 당신에게 침을 뱉고 면상을 한 대 갈기고 엉덩이를 걷어차려고 한다면 그대는 거절하시겠소? 팔비크 백작, 너그러운 성품으로 나의 이 궁금증을 풀어 주시기 바라오."

얼굴이 창백해진 팔비크는 뒤로 한 걸음 물러서면서 주위를 둘러보았다. 용병들은 그의 시선을 피했다. 데니스 크랜머는 인상을 쓰면서 혀를 쭉 내밀고는 긴 포물선을 그리며 침을 뱉었다.

"당신은 아무 말씀이 없으나……."

게롤트가 말을 이었다.

"나는 당신의 침묵 속에서 이성의 목소리를 듣고 있소, 팔비크 백작. 당신은 내 궁금증을 만족시켜 주셨소. 그럼 이제 내가 당신의 궁금증을 만족시켜 드리다. 기사단이 어떤 식으로든 어머니(神母) 네네케나 여사제들에게 근심을 안겨드리거나 크랜머 대장이 지나치게 압박을 당하게 될 경우, 백작, 내가 당신을 찾아내서 어떤 법전 조항이든 상관하지 않고 돼지 목 따듯 당신 목을 따버릴 테니, 그리 알아두시오."

백작의 얼굴이 더욱 창백해졌다.

"내 약속을 잊지 마시오, 팔비크 백작. 가세, 단델라이언. 시간이 됐네. 잘 지내시오, 크랜머 대장."

"잘 가시오, 게롤트."

데니스 크랜머가 환하게 웃었다.

"잘 지내시오. 만나게 되어 정말 기뻤소. 나중에 또 볼 수 있길 바라오."

"나 역시, 크랜머. 그럼 조만간에."

둘은 주위를 둘러보지도 않고 보란 듯이 천천히 말을 몰았다. 숲에서 그들이 보이지 않을 무렵에 와서야 두 사람은 말을 달렸다.

"게롤트."

갑자기 단델라이언이 입을 열었다.

"우리, 곧장 남쪽으로 가는 거 아닌가? 엘란더와 헤레바르트의 영지를 굳이 피해 가야 할 필요가 있을까? 뭐야? 이 연극을 계속 할 작정이야?"

"아니, 단델라이언. 그럴 생각 없네. 우린 숲으로 질러 가다가 나중에 상인들이 다니는 길로 꺾어들어 갈 걸세. 명심해. 네네케에겐 이번 싸움질에 관해 한마디도 해선 안 돼! 목에 칼이 들어와도."

"내가 바라는 건 하나야. 우리 이제 곧 출발하는 거지?"

"물론이지, 지금 당장."

II

게롤트는 몸을 굽혀 수선한 등자를 살펴보았다. 그러곤 신선한 가죽 냄새가 나는 등자의 가죽 끈 길이를 조절했다. 가죽 끈은 아직 뻣뻣했고 죔쇠 때문에 무거워서 자꾸만 미끄러져 내려갔다. 그는 말의 복대와 안장주머니 그리고 안장 뒤에 있는 돌돌 말아둔 모포와 그 옆에 단단히 묶인 순은 검을 가지런히 정돈했다. 네네케는 맞잡은 두 손을 가슴에 댄 채 그 옆에 가만히 서 있었다.

단델라이언이 옆으로 다가왔다. 그는 그의 거세당한 검푸른 수말을 끌고 왔다.

"그동안 친절하게 맞아주신 데 대해 감사드립니다, 여사제님."

그가 진지하게 말했다.

"그리고 이젠 그만 화 푸세요. 당신이 절 싫어하지 않으신다는 거, 저도 압니다."

"물론."

네네케는 미소를 짓지 않은 얼굴로 그 말에 동의했다.

"자네를 싫어하지는 않지, 이 건달 같은 친구야. 나조차도 왜 그런지는 잘 모르겠지만. 잘 가게."

"안녕히 계십시오, 네네케."

"잘 가게, 게롤트. 몸조심해야 되네."

게롤트는 너그럽게 미소를 지어 보였다.

"다른 사람들을 돌보는 게 더 나아요. 장기적인 안목으로 봤을 때 그게 더 좋을 것 같군요."

담쟁이덩굴로 뒤덮인 기둥들 사이를 지나, 성전에서 두 명의 어린 시녀를 대동하고 이올라가 왔다. 그녀의 손에는 게롤트의 작은 여행 가방이 들려 있었다. 그녀는 어색하게 그의 시선을 피했고 걱정스러워하며 지어 보이는 그녀의 미소는 포동포동하고 주근깨가 있는 작은 얼굴에 띤 홍조와 어우러져 무척 아름답게 보였다. 시녀들은 의미심장한 눈길을 감추지 않으면서 터져 나오는 웃음을 억지로 참고 있었다.

"세상에."

네네케가 한숨을 쉬며 말했다.

"진짜 이별 행렬이로군. 이 가방 들게, 게롤트. 자네 영약은 내가 채워 놨으니까 이젠 빠진 것 없이 다 챙긴 셈이야. 그리고 그 약, 어떤 약을 말하는 건지 자네도 알지? 두 주 동안 빼먹지 말고 꼬박꼬박 챙겨 먹어. 잊지 말고. 중요한 거니까."

"잊지 않을게요, 네네케. 고마워, 이올라."

소녀는 고개를 숙이고 그에게 가방을 건네주었다. 그녀는 정말이지 무슨 말이라도 하고 싶었다. 하지만 무슨 말을, 어떻게 해야 할지 몰랐다. 그녀가 말을 할 수 있었다 해도 그녀는 무슨 말을 해야 할지 알 수 없었을 것이다. 그런데도 이올라는 말이 하고 싶었다.

두 사람의 손이 닿았다.

피. 피. 피. 부러진 흰 막대기 같은 뼈. 하얀 밧줄과 같은 힘줄들이 싸움밖에 모르는 커다란 앞발과 날카로운 이빨들에 의해 갈가리 찢기어 터져 버린 피부 속에서 튀어나왔다. 갈기갈기 찢긴 육체가 내는 끔찍한 반향, 그리고 외침. 무자비한 외침, 그 무자비함 속에 널리 퍼져 있는 경악스러움. 종말의 무자비함, 죽음의 무자비함. 피와 외침. 외침. 피. 외침……

"이올라!"

그녀의 풍만한 체구로는 도무지 믿겨지지 않는 속도로 네네케가 경련을 일으키며 바닥에 쓰러진 이올라의 옆으로 달려갔다. 그러곤 소녀의 어깨와 머리카락을 꽉 잡았다. 시녀 가운데 한 명은 벼락을 맞은 듯 그 자리에 서 있었고, 좀 더 민첩한 한 명은 이올라의 다리를 무릎으로 눌렀다. 몸부림치는 이올라의 입술이 열렸고, 그 사이로 뭔가 소리 없는 침묵이 폭발하듯 터져 나왔다.

"이올라!"

네네케가 소리쳤다.

"이올라! 말 좀 해 봐! 애야, 말 좀 해 보라고! 말 좀 해 봐!"

소녀의 몸은 더욱 굳어졌고 안으로 빨려 들어간 뺨의 속살을 깨무는 바람에 실개천처럼 엷은 피가 그녀의 입에서 흘러나왔다. 힘이 들어 얼굴이 벌겋게 된 네네케는 게롤트가 알아듣지 못하는 무슨 말인가를 외쳤다. 게롤트는 그 소리를 이해할 수 없었지만 목에 달린 메달이 그의 목 주위에서 심하게 움직였고 그는 눈에 보이지 않는 어떤 압박에 본능적으로 등을 구부리고 몸을 숙였다.

이올라는 조용히 누워 있었다.

단델라이언은 왁스처럼 창백해진 얼굴로 한숨을 내쉬었다. 네네케가 무릎을 짚고 몸을 일으켰다. 그러곤 힘겹게 자리에서 일어섰다.

"그녀를 데리고 가."

네네케가 시녀들에게 말했다. 언제 왔는지, 아까보다 많은 시녀들이 모두들 놀란 나머지 심각한 표정으로 말없이 서 있었다.

"이 아이를 데리고 가라고."

여사제가 다시 말했다.

"조심해서. 그리고 그 아이를 혼자 놔두지 마라. 내가 곧 갈 테니."

그녀가 게롤트 쪽으로 몸을 돌렸다. 그는 가만히 그 자리에 서서 손에 흐르는 땀을 닦고 있었다.

"게롤트…… 이올라가……."

"아무 말 마세요, 네네케."

"나도 그걸 봤다네…… 잠깐 동안이었지만. 게롤트, 떠나지 말게."

"전 가야 합니다."

"자네 그걸…… 그걸 본 적 있나?"

"예. 처음이 아니에요."

"그래서?"

"뒤돌아본다고 해서 달라지는 건 없습니다."

"가지 말게, 제발."

"가야 해요. 이올라를 보살펴 주세요. 안녕히 계십시오, 네네케."

여사제는 고개를 돌리고는 코를 훌쩍이더니 재빠르게 온힘을 다해 손으로 눈물을 훔쳤다.

"잘 가게."

네네케는 그의 눈을 보지 않은 채, 아주 작은 목소리로 속삭여 말했다.